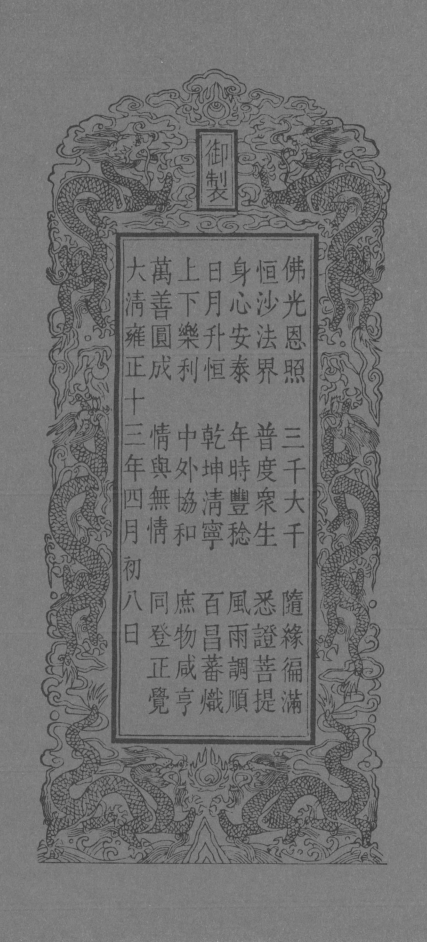

御製

佛光恩照　三千大千　隨緣徧滿
恒沙法界　普度衆生　悉證菩提
身心安泰　年時豐稔　風雨調順
日月升恒　乾坤清寧　百昌蕃熾
上下樂利　中外協和　庶物咸亨
萬善圓成　情與無情　同登正覺
大清雍正十三年四月初八日

第一三八册　此土著述（二八）

圓覺經畧疏之鈔

圭峯蘭若沙門 宗密於大鈔畧出

清刻龍藏佛說法變相圖

圓覺經略疏之鈔卷第六

圭峯蘭若沙門 宗密 於大鈔略出

疏九令修等者然諸教所說修禪唯論五停心總別相念及四禪八定之類唯起信論直修真如三昧論云若修止者住於靜處端坐正意不依氣息形色不依於空地水火風見聞覺知乃至謂一切諸佛法身與衆生身平等無二即名一行三昧當知真如是三昧根本若人修行漸漸能生無量三昧此經便入圓覺觀門雖三根頓漸之殊所入無非圓覺故注指云皆以悟淨圓覺為本疏十勸事等者然諸隨相之教所說修行有軌可則有跡可依以此未必長隨諸善友師僧和尚緣此經說本無惑業障惱復云勸斷說本來成佛復曰勸修故注曰佛本是而勸修等也一切儀式類皆如此末世後學難可依從故注云必須離相明師觸向曉喻故令親近等也經文甚顯可

檢敘之其文在普覺章中也第二藏乘分攝門文三一藏攝三藏者一修多羅此土義翻云契經契謂契理契機或有人說法唯契真理而不契合人心不令人悟入或復有人但說順世道理令人歡喜悅樂而不稱真理此二俱不名轉法輪必須契理合機方名經也經謂貫穿攝化佛地論云能貫能攝故名為經謂貫穿所說之義如線貫華華則不失以文持義義則不遺攝化者攝持所化之機令息惡歸善息妄歸真返本還源也若約正翻云線也線能貫華經能持緯此方不貴線名故古德見此方儒墨皆稱為經遂存於經字又借義助名更加契字故云契經甚為允當若據雜心論即有五義一湧泉注而無竭二出生展轉滋多三顯示示事理等四繩墨楷定正邪五結鬘如線貫華結成鬘故二毘柰耶此云調伏謂調鍊三業制伏過非調鍊通於止作制伏唯明止惡就所詮之行彰名調伏之藏亦名毗尼東塔律疏為毗尼毗柰耶傳譯訛略也此翻為滅

滅有三義一滅業非論第一云滅惡故名曰毗尼也二滅煩惱律云世尊為調伏貪瞋癡令盡故制增上戒學三得滅果戒經云戒淨有智慧便得第一道也三阿毗達磨此云對法法有二種一勝義法謂即涅槃是善是常故二法相法通四聖諦相者性也狀也對亦二義一者對向向前涅槃二者對觀觀前四諦其能對者皆無漏慧出對法體也故俱舍云淨慧隨行者即是淨慧相應心心所等若總說之無漏五蘊名為對法言對法者法之對故故對法藏特名慧論釋名也若據所依之法應名法論今以慧為其主故名慧論故所詮中詮於慧學也世親攝論說有四義謂對故通目諸論也義如上說數故數者數量去聲呼之謂於一一法數數宣說訓釋言辭等如瑜伽論俱舍之類言數數者頻多之義此即入聲呼之伏故能勝伏於他也此約賓主談論如中百門等三論也通故此能通釋契經義故如無著天親論釋金剛經智度論釋大品經之類也亦名優波提舍此云論義然此三種皆云藏者皆能含藏所詮法義故略而言之即經律

論是三藏也經詮於定律詮於戒論詮於慧諸佛菩薩本意欲令人學戒學定學慧故以經律論三藏三教而詮示之故云三學非爲欲令學於文字言教而已故大小乘諸教中皆云增上戒學增上心學心即定也增上慧學不言增上經學律學等疏修多羅攝者謂唯契經攝此圓覺之教非餘二藏所能攝也若約此經攝彼藏者即亦兼於律論謂二空觀前先令持戒三期修中說安居故剛藏菩薩徵難佛故疏二藏者一聲聞藏二菩薩藏即由前三藏詮示聲聞理行果故名聲聞藏詮示菩薩理行果故名菩薩藏莊嚴論云此三藏由上下乘差別故復爲聲聞藏菩薩藏疏菩薩藏攝者小乘三藏教中並無圓覺中之法義故非彼攝但是大乘菩薩藏中實教所攝若此攝彼即亦兼之深必該

淺故疏諸乘下二乘攝據諸經論乘有開合合者統唯一乘謂十方佛土中無二無三也設爲三者亦但於一中分別爲三也開者或立三乘準法華云爲求聲聞者說四諦爲求緣覺說十二因緣爲求菩薩說六波羅蜜或立五乘加人乘天乘若準梁攝論成立正法即具四乘彼論云如來成立正法有三種一立小乘二立三乘三立一乘於此三中第三最勝一即爲四也梁朝光宅法師約法華經亦立四乘謂臨門三車即是權教三乘四衢等賜大白牛車即是實教大乘以臨門牛車亦同羊鹿俱不得故羊鹿是虛指出門不上車牛車亦不上故知亦虛指並無體故出門既三車皆不得即明三皆無體諸子皆索故法華云諸子各白父言父先所許羊鹿牛車願時賜與然大乘與一乘異者法相宗中學人多不信之故華嚴藏和尚製五教義分齊文中料簡大乘一乘有十義差別都引二十餘

部經論證之故知學識寡淺者難免謗法一
乘所攝者此是四乘中之一乘約權實相對而料簡故也
非通相但一之一乘通相即一代之教皆同是一無復料簡故云諸
乘之中疏十二下三分攝十二分者如注所列
舊云十二部經近来諸德恐濫於部帙故改
云分教一契經者大意如上然有總別總者
涅槃經云始從如是我聞終至歡喜奉行皆
修多羅別者雜集論云謂長行綴緝略說所
應說義說前總中出十一分十一分中不收者還攝在修多羅名為別相即綴緝
等是也言略說等者且如色中復有青黃等然此別相亦名直說成實論中直說語亦名
法本謂經為論本初為後本略為廣本也二應頌者或與長行相
應之頌由長行說義未盡故重頌之或為後
来應更頌故三授記者佛記弟子生死因果
及記菩薩當成佛事四諷頌者謂孤起偈非
頌長行或為易誦持或為樂偈者故五因緣

者或因請或因事方說故六自說者不因請
故七本事者說佛及弟子徃昔事故八本生
者說佛及餘人昔受身故九方廣者方正廣
慱平等稱性廣利樂故十未曾有者德業殊
異法體希奇故十一譬喻者為深信者說似
令見真故或為淺識就彼取類誘令信故十
二論義者以理深奥直說不了故須論也疏
二分所攝者修多羅中就總相必攝諸經故
就別相中此經直說法門即廣若展轉分析
差別之義即略故修多羅攝就方廣中正是
其宗故題云大方廣也平等稱性昭然可知
若將此經攝彼十二分者即攝九分謂正宗
中一一重頌故攝於應頌記安人心成就佛
智故攝於授記因請說故攝於因緣說佛因
地法行故攝於本事六度非因六度對菩提涅槃即名因

今此經既指覺性爲本起因也從此方修六度故六度望本起因不名因也菩提涅槃非果前云泯絶果相成圓故等可撿叙之攝於希有二十七喻故攝於譬喻普賢有徵剛藏有難故攝論義餘二分如上唯不攝伽陀自說本生等三也第三權實對辨門文二一總標或一味不分者成上合字也如西域龍樹之釋大品無著之解金剛等東夏僧肇之解淨名僧叡之釋思益等疏或開宗料簡者如西域智光戒賢各分三時東夏生公之立四輪智者之分四教等諸德見開有失則合見合有失則開矣疏今將下二別辨二一列章如文疏不分下二正辨二初明不分二一立理殊途同歸者周易云天下殊途而同歸百慮而一致謂如道路千逕萬途所入王城不二九流百氏大道寧差今疏借用乃通三義一約教始

隨機異故殊途終歸顯實故一致二約機則異就理常一三體外無權權即是實故殊途同致疏一音普應一雨普滋者一音即是淨名云佛以一音演說法衆生隨類各得解等一雨即法華藥草喻品謂三草二木不同同承一雨之潤五性三乘不一法雨一味無差故彼經云如来知是一相一味之法所謂解脫相離相滅相究竟涅槃常寂滅相終歸於空等疏三原佛本意爲一事故者亦是法華中意故彼經云過去諸佛以無量無數方便種種因緣譬喻言辭而爲衆生演說諸法是法皆爲一佛乘故等疏四隨一一文衆解不同者此通明諸經如經說一無常或有解者以生滅代謝故云無常或云無彼真常故名爲無常或云不生不滅名爲無常或即無法

可常或云真如一法隨染淨緣轉變不常故名無常或云無常者對常以說無常非常非無常以爲中道等明知隨人解不同也又苦集滅道四諦其名則同隨機解殊乃有四種謂生滅四諦無生四諦無量四諦無作四諦等也又涅槃說十二因緣之法亦無多種但觀察者智有淺深謂下智觀者得聲聞菩提中智觀者得緣覺菩提上智觀者得菩薩菩提上上智觀者得佛菩提又如中論偈云因緣所生法我說即是空亦爲是假名亦是中道義即有四宗人解之不同如大鈔中說既隨一一文由人異解何須定判不同疏多種說法成枝流故者華嚴法界品云法欲滅時有千部異千種說法等何不尋條以得根乃欲派本而爲末混淳源之一味成澆薄之枝流疏故不可分者總結也夫子云攻乎異端斯害也已何得執異迷同是非競作疏即後下二正明即元魏菩提流支云如來一音同時報萬大小並陳什公云佛一圓音平等無二無私普應機聞自殊非爲言音本陳大小故維摩云佛以一音演說法衆生各各隨所解此上二師初則佛音具異後則異自在機各得圓音一義耳（互斥則俱失會之則是一義耳）疏其分下二明分教二一標意二一立理注云後三別說者顯過於前疏理雖一味等者謂令欲分教非欲分理迷於權實寧契佛心二中一音但是教本非即是教教方在機不同令分彼教即淨名云衆生各各隨所解令分隨所解耳一雨亦就佛說三草即就機殊令分三草教殊非析一雨令異故經云雖一地所生一

雨所潤而諸草木各有差別以一音一兩義相不異故但說一音三中本意未申者如佛本爲一事出現於世四十餘年未顯真實今分一代時教何妨判有淺深言隨他意語者佛有三語一隨自意語說自所證一實等故二隨他意語一向方便引衆生故三隨自他意語亦稱自證亦隨機故既有三種故須分析也四中言有通別者如前所引此通隨聞異解有不通者就此分之就顯者如大般若明空理則文顯明覺性則文隱等五中有二義故雖分權實不成枝派一善會佛意故謂所說權教乃是隨宜所說實者稱理究竟二有開顯故謂說彼權教是方便門說於實教是真實相不說方便爲真實則方便門開知實理之普周則真實相顯故法華經云此經開方便門示真實相今能開顯故不滯枝流約佛施設故須分權實疏六王之密語下此下更有三意顯開教之理過前不分此初一也涅槃第九說先陀婆一名四實一者鹽二者器三者水四者馬彼文云如是四法皆同此名有智之臣善知此名若王洗時索先陀婆即便奉水若王食時索先陀婆即便奉鹽若王食已將欲飲漿索先陀婆即便奉器若王欲遊索先陀婆即便奉馬如是智臣善解大王四種密語是大乘經亦復如是有四無常大乘智臣應當善知若佛出世爲衆生說如來涅槃智臣當知此是如來爲計常者說無常相欲令比丘修無常想或復說言正法當滅智臣應知此是如來爲計樂者說於苦相欲令比丘多修苦想又復說言我今病苦

衆僧破壞智臣當知此是如來爲計我者說無我相欲令比丘修無我想或復說言所謂空者是正解脫智臣當知此是如來說正解脫無二十五有欲令比丘修學空想以是義故是正解脫則名爲空或復說言一切衆生有如來性智臣當知此是如來說於常法欲令比丘修正常法是諸比丘若能如是隨順學者當知是人真我弟子然引此文意令隨所言須善得意豈可混然不分權實疏七不識佛意以深爲淺等者第二意也如經言初發心時便成正覺而淺見者謂言是如來方便說故云以深爲淺也既以爲淺不能正修高推聖境即不能速證無上菩提故云失其大利離世間品云修此法者少作功力疾得菩提等言以淺爲深虛其功者猶如世尊爲止亂想權令數息觀心爲厭苦者令出三界衆生不了耽味爲真勤苦不已多用功力所獲至微不得涅槃一日之價故云虛其功故謂虛廢功力也疏八諸佛下第三意也亦自分者如解深密立三時不同解節金光明立三輪之異涅槃自分半滿又約五味之差皆佛分也若無著之扶五性及與三時龍樹之判四門共與不共皆揀權實有取有捨即菩薩亦分也又亦意在莊嚴聖教令深廣謂分析權實空有偏圓遲速方知佛法微妙深玄無不包攝譬如不泛大海豈識邊涯不辨權實安知真實故智論釋法施云依隨經論廣作義理爲立名字皆名法施又若不分權實則謂三教大同令明大乘尚有權實何況小乘小乘比大猶若螢光方於日照故小乘是

佛教尚被所訶況於儒道比之佛法則天地懸隔矣以此重重揀之方知佛法深奧疏以斯下二雙結離合而捨合從離疏然就下二正開二一略標互闕言諸德不同者謂曇無讖三藏澤州遠法師皆判一代佛經總爲二種謂小乘半字教大乘滿字教皆不辨析大乘教中自有了不了也唐初印公判一切經亦有二種一釋迦屈曲教隨機說故即涅槃法華已下皆是二舍那平道教稱性說故即華嚴是此於屈曲教中又不分析權實了不了又齊梁晉宋之間南中諸師同判一藏經文爲三種教一佛初成道便說華嚴一時頓詮理事性相因果一切諸法名爲頓教二始自鹿苑終於鶴林三時一小乘有教二大乘空教三不空不有中道之教也五時加第四時中法華同歸教第五時涅槃常住教自淺之深漸次而說名爲漸教三者佛於一代之中隨

遇上根即頓詮一真覺性常住之理成佛六年便說央掘經及說如來藏經皆明大乘深理勝鬘金光明圓覺皆此類也遇中下根說對染之淨或說二乘之法故臨涅槃度須跋陀羅却成小乘羅漢也遇何機緣即稱之而說不定初後時節不屬三時五時所攝者名不定教又西域戒賢智光二大論師各立三時教又天台大師立藏通別圓四教上來諸德判教皆互有闕略或有違妨故未可全依疏今依下二廣明周備二初總判諸教二初列章此師是華嚴宗主即康藏和尚也姓康名法藏爲帝師勑謚號賢首大師當今天下所傳華嚴新舊二疏皆出大師門下皆宗承大師義門製造華嚴廣略文義及諸經論章疏約三五十本數百餘卷判一大藏經總爲五種教階降不同以顯頓漸偏圓大小權實一一教中所詮法

義析證悟修一切法數各有行相言五種者如疏所列疏初者下二判教五一小乘教三一明立教意言以隨機故等者且明佛設此教之意以凡夫外道邪正不分真妄混濫佛若說了義云一切皆真即此等因何改心悔過故說諸法染淨定別善惡雲泥令知善淨可欣惡染可厭知彼賢聖勝妙自覺凡夫過患發心立志修因證果故云隨機等也隨他語者義如前說疏然其下二辨所詮言七十五法者東之總唯五類一者色法有其十一五根五境及無表色二者心法唯有一意識也三心所有法有四十六復分為六一者徧大地法有十種謂受想思觸欲慧念及作意勝解三摩地也此徧一切心故名徧地二者大善地有十謂信勤行捨慚愧及無貪無瞋不害輕安不放逸三者大煩惱有六謂癡放逸懈怠不信惛沈掉舉此六恒為染也四者大不善有二謂無慚無愧五者小煩惱有十謂忿覆慳嫉惱害恨諂誑憍六者不定有八謂悔眠尋伺貪瞋慢疑也四者不相應法有十四一得二非得三衆同分四無想異熟五無想定六滅盡定七命根八生九住十異十一滅十二名十三句十四文也五者無為法有三一擇滅二非擇滅三虛空總計七十五也比於大乘欠二十五疏唯依等者明所依根本小乘計現在色心為所熏三毒為能熏故造業受報生死不絕若以善法熏心修道即得解脫故名染淨根本雖云六識但是一意識於六根中應用故名六也疏未盡下三總結不了只由所詮事理未盡故於彼當宗自有二十部諍論宗計不同就佛意即通就言教即隱故宗習之者隨言執理隨相執體如癡孩之徒聞說乾城水月之類便執實有其體疏二始教中三一明能詮以深密等者謂解深密經中判三時教第二第三時教中皆說衆生有五種性其中定性二乘無性衆生以無佛性故

畢竟不成佛果此是佛引中下之機初入大乘法門故總合之爲始教也疏此既下釋始教分教之名也疏廣說下二明所詮以說相多性少故言法相宗也刪繁録數者百法論題云本事分中略録名數言一百者對前顯勝言少說法性對後彰劣百者謂色有十一心法有八心所有五十一不相應行有二十四無爲法有六故成百數於前七十五中加二十五謂心法加七小乘唯一意識故心所加五不相應行加十無爲加三並如彼說疏法性即法相數者說真如法性乃是百中六無爲數疏決擇下三總結判又顯勝前前云未盡法源故多諍論多諍論者二十部異令云少諍者成立唯識之論但十師之殊唯有十部故對前爲少然對後無諍論此又是劣

疏三終教中三一正立言終者終於始故謂以空義相義初誘導之後以中道實理終竟成之故云終教以始教中無實果故復言實者疏文自釋疏少說下二所詮言少說等者然大小乘法相所詮義於源則略枝派則廣如說染法俱舍於起業相及業繫苦果三界六道依正之相甚廣唯識說六識中二執二障亦甚廣第八識三細乃至所依根本則略其本始覺三大及真如門乃至一真心源之義混不分析行相若起信則於此等開章廣辨其六麤障執之義則唯略說其起業受果但列之而已都不解釋故知法性宗所說本廣而末略小乘末廣而本略大乘法相本末俱略而中間廣餘皆例知學者徧尋三類本末俱通方解教理疏相亦歸性者如說五蘊

五蘊即空空即法性又云三世五蘊法説名爲世間彼滅非世間如是但假名等又云有諍説生死無諍説涅槃生死及涅槃二倶不可得又如説心心即離念法界一相等説諸淨土亦復皆空等又華嚴云華藏世界海法界無差別等其文非一故此宗中非不有相但意顯性以爲玄妙令物達此速證菩提故疏無諍論者起信智度寶性等三論皆無諸師諍競之興疏上二下三結會始終兩教文二初且略結始終束之爲漸以對第四頓教之殊疏然大下二復開始終兩教自有三宗以攝盡一期漸教也文三初且標列三宗謂若不許容有二宗之外別有法性宗者未審以何教爲法性邪不可以第二時密意方便破相不了之教而爲法性故始終窮究除圓頓稱性教外自有三宗兼小乘爲四總是漸教故藏和尚起信疏佛法中宗計總有其五下立宗中當叙又壓外法師金剛經疏懸談義門亦立大乘三宗名亦同比注各立互破者戒賢立法相宗破無相宗心境倶空之義云迷佛密意方便破執之教以爲實理智光破法相宗境空識有之義云迷佛方便接引劣機説識變等便以依他爲有廣如大疏所叙注皆認等者然法性宗有頓有漸故後注云通於頓漸等而漸宗所依經者是法華涅槃等第四五時中所説法性實理是結會始教之終極故名終教頓宗所依經者是華嚴圓覺之類不屬三時五時頓詮真性常住之理其破相宗所依之經自是第二時空教般若等其法相宗所憑之經自是第三時中四十年

前解深密等今後輩傳習或云唯識依華嚴
等六經所造或引涅槃等皆有佛性等理證
成空宗之義故云爾也疏今將下二兩重相
對料揀謂以法性對二宗也文二初總標如
文疏初中下二列對一一對法相二初辨異
言有多差別者所宗既別所說一切義旨皆
殊十對中皆上句相下句性一中三乘者意
云教具三乘爲圓了若言唯小乘或唯一乘
是不了義由一切衆生具五種性須有三乘
被機方足深密云云者彼經云普爲發趣一
切乘者說（一切即三乘也）一乘者法性宗意云教唯
一乘爲圓了若言唯小或言具三是不了義
由一切衆生皆同唯有一佛性故法華云十
方佛土中唯有一乘法無二亦無三除佛方
便說（則知云有三乘俱是方便之言）又云未來諸世尊雖說

百千億無數諸法門其實爲一乘復言等者
等涅槃之類涅槃云一切衆生皆同一乘一
解脫一因一果同一甘露一切當得常樂我
淨是名一味二五性中楞伽經中佛告大慧
有五種性一聲聞性二辟支佛性三如來性
四不定性五者無性無性之人無種性故雖
復勤行精進終不能證無上菩提（據理亦應云終不能
得聲聞緣覺也）但以人天善根而成熟之（人已下兼
是善戒經文）云等者般若深密等經莊嚴瑜伽等
論皆同此說一性者注中有二初且標立於
中言法華等者法華經云諸佛兩足尊知法
常無性（謂色心等法從本已來空無自性唯是真如一體一性此諸法等本來即無非推之使無故云常無故起信云是故一切法從本已來離名字相離心緣相畢竟平等唯是一心故名真如也）佛種從緣起是故說一乘楞伽
者謂入楞伽（十卷者）第二第四第七皆同說二

乘無實涅槃但是三昧力故後必當得無上菩提既無實二乘涅槃即唯同一大乘性涅槃者彼經云佛性者名爲一乘師子吼者名决定説决定説言一切衆生皆有佛性又云無佛性者所謂無情故總標云法華楞伽涅槃皆爲一性也後趣寂下破於三五釋成其一文有五句句末皆故字初一唯破定性次一通破二種次一唯破無性後二破三乘五句皆即破彼便成此也初句云趣寂等者即法華經化城喻品結喻世尊所化弟子云爾時所化無量恒河沙衆生者汝等諸比丘及我滅度後未來世中聲聞弟子是也我滅度後復有弟子不聞是經不知不覺菩薩所行自於所得功德生滅度想當入涅槃我於餘國作佛更有異名是人雖生滅度之想入於涅槃而於彼土求

佛智慧得聞是經唯以佛乘而得滅度等釋曰言餘國者即天台依智論所立四種國土中方便有餘土也故智度論第九十五云阿羅漢先世因緣所受身必應當滅住在何處而具足佛道若得阿羅漢更不生三界别有淨土出三界外乃無煩惱之名於是國土佛所聞法華經具足佛道如法華經説有阿羅漢我於餘國等云云全同上所引經釋曰智論之文昭然與法華符會即知聲聞雖出三界自有國土於彼决定廻心成佛非永寂滅次云菩薩與記等者即法華經中説常不輕菩薩於衢路中普禮四衆語言我不輕汝等汝等皆行菩薩道皆當作佛是時增上慢比丘比丘尼士女打駡云我不受此虚妄之記法華論釋云此諸增上慢聲聞根未熟故如來不自與

記菩薩與授菩提記者方便令發心故據此即無定性言我不輕汝等汝等皆當作佛者諸衆生皆有佛性故據此即無無性人釋曰論家所釋甚顯不應更疑引此一段文者通破定性無性也次云闡提有佛性故者涅槃第九廣破闡提斷善不能發心當文即云彼一闡提雖有佛性而爲無量罪垢所纏不能得出如蠶處繭以是業緣不能生於菩提妙用流轉生死釋曰既言雖有則顯不無故如蠶處繭繭喻罪垢罪垢是能纏蠶喻佛性佛性是所纏故勝鬘經說在纏名如來藏如來藏即佛性也據佛正當訶毀闡提之處尚不云無佛性不知彼宗何以苦執五性不同若爾楞伽經何以說有五性荅彼宗所引不曉經意自迷其文彼經具云五者無性謂一闡提此有二種一

者焚燒一切善根即謗菩薩藏二者憐愍一切衆生界即是菩薩若有衆生不入涅槃我亦不入大慧白言此二何者常不入涅槃佛言菩薩常不入涅槃非焚燒一切善根者以知諸法本來涅槃不捨一切衆生故此意則明菩薩入而不入既云菩薩常不入非闡提者則明闡提後必入矣後二句破三乘中初云攝論者彼本論第八云佛說正法善成立彼釋論自解云諸佛共說理不相違故名正法如來成立正法有三種一立小乘二立三乘三立一乘此三次第與智光論師準妙智經所立三時教大意同也於此三中第三最勝故名善成立釋曰據彼論以一乘居後判云最勝故知深密所立三乘是不了也後云法華破三多嫉怨者由四十年中深密等教立有三乘法華涅槃在後所

說乃破三乘三乘習已性成故被破而生怨嫉故法華經法師品云佛告藥王我所說經典無量百千億已說般若深密之類當說涅槃等經今說無量義經也同法華之會故云今也而於其中此法華經最爲難信難解藥王此經是諸經祕要之藏云云乃至從昔已來未曾顯說如此經者如來現在猶多怨嫉況滅度後由是會三之始歸一之初故偏難信昔經雖妙猶滯三乘故未招怨嫉涅槃雖明一極由法華已破三說故一聞便受法華如先鋒涅槃如大將以先鋒已破故大軍用力不多故唯法華難也今果有保執五性三乘不信唯一經文驗矣今注中但取意略標指耳三唯心中妄者法相宗所釋諸大乘經萬法唯心之義但云唯有爲八識生滅之心也謂此心識從惑業生一期報盡便歸壞滅以其識種引起後識以現在第八名異熟識由過去煩惱及業熏習成種招此識果酬引業故因果相續展轉無窮故唯識偈云由諸業習氣二取習氣俱前異熟既盡復生餘異熟也依生滅識種建立生死依識生死如上已明及涅槃因轉識成智智證涅槃故云因也真者謂性宗諸大乘經萬法唯心之義具云八識之心通如來藏如來藏是自性清淨本覺真心謂此淨心爲因根本不覺爲緣生三細三細即是阿賴耶識從此識等方轉起一切境界故反推其源唯真心也具如起信說然彼宗唯妄即不通真今性宗云真即兼妄故注云八識通如來藏也四真如中凝然者相宗所說一切有爲染淨等法既但是生滅妄識爲本不關真如故真如一向凝然不變無隨緣義隨緣者性宗所說八識既通如來藏性藏性即是在纏真如故真如有不變隨緣二義楞伽經云如來藏爲無始惡習所熏名爲識藏皆明隨緣成一切法也起信亦云自性清淨心因無明風動成其染心等而疏云但

是者躡上而起謂上生滅但是真如隨緣成也由對上始教但說疑然故云隨緣非謂此宗無不變義由不變故始能隨緣由隨緣故方能不變何者謂若無不變自體將何隨緣如水夫濕性將何隨風而成波浪即由此義經中說言真如隨緣若不能隨緣體則不徧緣中緣中既無何成不變是以二義返覆相成故勝鬘經不染而染染而不染難可了知此經二對上對即不變隨緣下對即隨緣不變不失自性也楞伽亦云不思議變是現識因藏和尚釋云變即不變名不思議等五三性空有中（三性者一徧計所執二依他起性三圓成實性如大疏所釋也）離者相宗說三性空有如注所配空者自空不得言有有者自有不得言空故云離也即者徧計如鏡中骨肉之面依他如鏡中影像圓成如鏡之圓明由骨肉之面但是孩稚癡情所執（如迷人顛倒之想也）都無一毫自實體性智者達之（如初悟人）但是影像如徧計無性即依他也又深智之者推窮影像不從外入不從內出都無一毫自性舉（體但）是圓明之鏡如依他無性即是圓成也故中論云因緣所生法我說即是空（徧計故也）亦為是假名（依他起故）亦是中道義（圓成也皆云亦者明即是空者假假者中中者空一體三名故云亦也注云無性者徧計依他二俱無自性也此與破相宗中無性即圓成義意稍異如下科簡之）六生佛不增減中（此不增減者二宗文同而義別）謂佛教諸大乘中說云生界不減佛界不增兩宗解釋不同相宗但就定性二乘無性闡提等三類眾生所說以三類定無佛性永不成佛故無增減不約定有佛性及不定性二類所說若性宗解則云一切眾生悉無差別自性但是真性一理

齊平無成不成故無增減故華嚴出現品云佛子如来成正覺時於其身中普見一切衆生成正覺乃至普見一切衆生入涅槃皆同一性所謂無性無何等性所謂無相性無盡性無生性無滅性無我性無非我性無衆生性無非衆生性無菩提性無法界性無虚空性亦復無有成正覺性知一切法皆無性故得一切智大悲相續救度衆生佛子譬如虚空一切世界若成若壞常無增減何以故虚空無生故諸佛菩提亦復如是若成正覺不成正覺亦無增減何以故菩提無相無非相無一無種種故佛子假使有人能化作恒河沙等心一一心復化作恒河沙等佛皆無色無形無相如是盡恒河沙等刼無有休息佛子於汝意云何彼人化心化作如来凡有幾何如来性起妙德菩薩言如我解於仁所説義化與不化等無有别云何問言凡有幾何普賢菩薩言善哉善哉佛子如汝所説設一切衆生於一念中悉成正覺與不成正覺等無有異何以故菩提無相故若有相則有增有減七二諦空有離者相宗真諦俗諦條然不同故云離也説徧計是俗此俗即空依他是俗此俗假有圓成是真一向實有既真不得俗俗又非真空不得有有不得空故皆離也(四種二諦總成八諦一一不同如大疏説)即者謂真妄俱空非獨妄有真空妄空真有故云第一義空該通真妄此是即妙有之真空非無物爲空故言第一義矣故仁王經二諦品云於諦常自二(二義二名)於解常自一(智者解了元是一體)通達此無二真入第一義(即是注中第一義空也)涅槃經佛告文殊云

世諦者即第一義諦文殊云若爾則無二諦佛言有善方便隨順衆生說有二諦(云云如大疏具)(引而釋)梁攝論云智障甚盲瞑謂真俗別執然性宗二諦不即不離非但即也以敵對相宗條然故但云即也又性宗本末細尋具有三諦如下所明八四相中前後者唯識論云本無今有有位名生生位蹔停即說爲住住別前後復立異也蹔有還無無時名滅前三有故同在現在後一是無故在過去(既現在過去之殊即是前後也)同時者以性滅爲滅故得同時故楞伽云一切法不生我說刹那義初生即有滅不爲愚者說淨名云汝今即時亦生亦老亦滅故又過去已滅未來未至現在無住三世皆空故體即滅乃會相歸性也故起信論云若得無念者則知心相生住異滅以無念等故

而實無有始覺之異以四相同時而有皆無自立本来平等同一覺故九能所斷證中(能斷所斷能證所證皆有離即)根本智緣真斷迷理事二種隨眠後得智達俗唯斷迷事隨眠即是根後緣境斷惑相離也又智證理之時智是有爲(以轉識而得有始無終故屬有爲)理是無爲(真如之理在障出障體無增減但是顯得不是修生故屬無爲)故不相即即者以心真如本来知覺元無煩惱故惑智及理皆相即也智論云菩提(智也)菩提斷(惑也)俱名爲菩提(即也)故云惑即菩提華嚴云無有智外如爲智所證亦無如外智能證於如故云見即真如(見即是見道之智也)十佛身中有爲者四智菩提是佛報身(四智者轉第八識成大圓鏡智轉第七識成平等性智轉第六識成妙觀察智轉前五識成成所作智智下文殊章中當具釋之)此智既依生滅識種(從阿賴耶識中無漏種子而生起也)四相所遷故是有爲無爲者既上明

世出世智依如來藏始覺同本則非有爲非一非異（疏但云無爲者且敵對上也）故云化身即常等也故涅槃經云吾今此身即是常身法身恐人謂言但是不斷常非凝然常凝然常者即是法身今云即是常身法身明化身即法身凝然常也不墮諸數者即淨名經弟子品云佛身無爲不墮諸數以訶阿難謂化身有小疾故上舉二經明化身常下況報體安得不常疏若知下第二會通二宗令不相違也然此會者恐後學宗計是非以生過患故復會通雖復會通權實不失於中先總標後謂就機下正會言約法一者非佛化法化法亦有權說三乘故今言法者佛之知見一乘可執之法耳疏新熏則五本有無二者然準法相立新熏者亦說有五立本有者亦說有五今但會經文五性之意不約彼執爲衆生遇緣熏三乘種性及不定無性故有五耳何者謂唯習近聲聞成聲聞定性習近緣覺成緣覺定性（故法華安樂行品中不許親近小乘三藏學者恐被熏習成其性故）若唯近菩薩則成菩薩性若俱習近三乘則成不定性若俱不習近則成無性亦如今人偏習禪戒等即成定性若三學俱習成不定性不定偏執故若都不習則成無性卒難教化故知熏習成五種性依其長時故說各別言本有無二者本有佛性理不容差故說有心定當成佛非是本性有五種性也然若入理雙拂則三一俱亡謂真理寂寥不屬諸數借一以遣三三亡而一遣言窮慮絕何實何權體本寂寥孰三孰一故法句云森羅及萬象一法之所印（以一遣多）一亦不爲一謂欲破諸數淺智

著諸法計一以爲一以非一遣一也故須三一兩亡若别約佛化儀則能三能一謂隨物機宜則說三乘陶鍊巳久則便說一故經云或有國土說一乘或二或三或四五如是乃至無有量況三一邪

圓覺經略疏之鈔卷第六

圓覺經畧疏之鈔卷第七

圭峯蘭若沙門宗密於大鈔略出

疏二對破相中文二初辨異二初且辨其五別文中四對皆上明破相義下明法性義唯三性義中兩宗皆含空有而義不同一中(所證理也)無性者破相宗以諸法空即名真理如幻華無體即是太虛第二月無性即是本月故門論云大分深義所謂空也假名及中道但約空說(如前不分教五義中所辨)憑公雖云存世之所已意亦但以空為所三本性者性宗以自性清淨常住真心為所證理真心者不待會色歸空不因斷惑成淨自心本淨故云自性無始時来乃至盡未来際有佛無佛常不滅壞故云常住心也故寶性論云清淨有二種一自性清淨謂性淨解脫以自性清淨心遠離煩惱故二離垢清淨謂障盡解脫真如者前但了諸法無性即名實理此乃諸法皆空無性方始顯出自心本性方為實理如天上雲散月出如鏡中垢盡明現非但無雲便名月也晦夜無雲不名月故二中(能證)真智者謂了一切皆無所有即此了智亦不可得即名真智若存一法即非真智也故法句云一亦不為一肇云般若無知又云惑智知無真智無知百論以無相智為宗者是此意也真知者一心真實本自能知也謂起信論明真如自體相云從本已来性自滿足一切功德所謂自體有大智慧光明義故真實識知義故荷澤亦云無住體上自有本智能知等言通於理智乃至引華嚴者顯真知異前智也彼品覺首等九菩薩問文殊云云何佛境界智(彼疏科云)

能證之智此下注釋者皆是彼疏也文殊偈荅曰諸佛智自在三世無所礙權智橫無不知故云自在竪達三際故無所礙如是慧境界平等如虛空實智也故云慧境平等如空如空者無著于也故淨名云但以數故說有三世非謂菩提有去來今權實無礙爲佛境智諸菩薩又問云何佛境界知彼疏科云明心體相文殊偈答云非識所能識亦非心境界其性本清淨開示諸群生彼疏釋云此下麁書是彼疏注書是彼鈔知即心體彼鈔云此句標示也謂前對所證之法明能證之智今則直語靈知之心異乎木石通於能所證又前唯佛果權實智慧不通於凡故云佛智自在此等通凡聖故云性淨開示羣生等然上兩重料簡即當寶性論二種清淨解脫也前云佛智自在即離垢清淨解脫後云性淨開示羣生即自性清淨解脫又云通能所證通凡聖者即是此疏通理智徹染淨之義也了別則非真知故非識所識分別名識今有了別之識故非真知唯無念方見也瞥起亦非真知起心亦是妄想故非真知真知必忘心遺照言思斷矣故勝天王般若經云遠離思量過覺觀境心體離念無念非有念可離可無故云性本清淨衆生

等有惑翳不知故佛開示皆令悟入諸菩薩以即體之用故問之以知文殊以即用之體故荅之以性淨即當五重中第一第二理智義也知之一字衆妙之門若虛已而會便契佛境釋經中佛境之言也故彼疏云十信圓觀便造佛境肇公云知有有壞知無無敗其知之知有無不計三中二諦者以緣生即空爲真諦不待滅壞即俗諦如空華之虛相故影公云俗諦故有真諦故無三諦者注釋自顯若本業經即云有諦無諦中道諦然注中但以鏡明喻第一義諦即知以明所現影像喻俗諦影像全空無體喻真諦也四中三性空有者空宗有謂等者但所見有法即非真實乃至菩提涅槃皆如夢幻言依計者依他徧計也此依計皆虛妄虛妄之中說此二名者如空華依他病眼而有亦如第二月依

他捏目及本月而有故名依他迷者情計謂爲實有即是徧計二義雖别所目之法不别此等諸法皆無所有方名圓成然此圓成但約依他徧計空理而說亦無其體故說三皆無性性宗即徧計等者徧計之法如繩上見蛇杌木上見鬼情中定有道理定無相有性無者如水中月如金中器相則似有體性全無也情無理有者爲約迷者見有蛇鬼之時情中都無繩杌故曰情無繩杌是實故云理有相無性有者如摩尼珠在黑色中雖全現黑相其性常明明性是有黑相是無五佛德中空宗云佛身者所謂無身故云雖也故金剛云如来所說身相即非身相乃至即是非相是名三十二相等五求不得者即中論觀如来品偈云非陰不離陰彼此不相在如来不有陰何處有如来釋曰由計我我所爲如来計有五故即離彼此相在及有是爲五求若如来即五陰五陰既無常如来亦無常若五陰即如来如来既是常五陰亦應常也而今五陰既不常如来非無常何得相即邪故云非陰若離五陰有如来以何相知又若如来離五陰如来即先有先有即爲常五陰離如来五陰即本無本無即爲斷既不斷不常故云不離陰若如来中有五陰如器中有物如来即大五陰即小若言五陰中有如来如狀上有人五陰即大如来即小必無此理故云彼此不相在又若相在亦皆有别異過若如来有五陰者如人有馬馬與人異如来與五陰不爾故云如来不有陰問此與離陰何異荅相離未必相有相有必知相離所以爲

異也然五句中初即為一後四皆異若總合之但是一異過耳故法品破我但云若我是五陰我即為生滅若我異五陰則非五陰相今細推尋故有五求皆不可得既知不有當知不無謂佛有者常見為惑謂佛無者邪見深厚非有非無真如來也故彼論偈云邪見深厚者則說無如來如來寂滅相分別有亦非如是性空中思惟亦不可然計有者過輕計無者過重故云邪見深厚得即虛妄者如金剛云凡所有相皆是虛妄若以色見聲求是人行邪道無得乃真者般若心經說無蘊處界緣諦無智亦無得以無所得故乃至得阿耨菩提等離一切相名佛功德者金剛云若見諸相非相即見如來離一切相即名諸佛無有高下是名阿耨菩提如是等文諸部般若中百門論首末皆是今但略引常所聞者意在易曉以為類例耳性宗有者諸佛皆具常樂我淨稱體之實德也此四廣如疏序中所釋身智等者謂十身十智十通及常光身光智光等一一無盡皆稱法界非如空宗有相即妄故云真實功德也性自本有者論云性上本有過河沙數無漏功德等不待機緣者揀權教應化佛也疏略辦下二例明所餘約前性相十對義目為例說之且初破相中一者衆生性空何有五一之定二者教如筏喻應捨何有一三之乘意以非乘而為了義三者一切境界唯是妄念念自本無何唯境界四者迷則妄想妄見變易悟妄皆空空則不變五者已如上說六生佛皆空故不增減七者亦如上說人者時無別體約法以明

法既本無時後何有九者與下性宗文同意異如云照體無本者空宗但無而已性宗云無本者自無本故但以無住爲本無住體上自有本智能知此爲能斷智之本體照體無自者空宗了一切法智當體無自故經云無智性宗以清淨心性爲自即性之照不可將照還能自照如眼不自見眼等斯乃體即自照故照不見有自體也亦同智都無所得非無智也且約以五蘊等法爲自都無此自名無自體十者有爲無爲俱空一異皆不可得故掌珍論云無爲無有實不起似空華後法性十義者不異前說但對法相及對破相意勢小異思之可知疏然得下二會通文中略會兩對餘三例之先會初對者謂空宗所言無性是諸法緣起之無性今明諸法皆本是真性緣起故推之無性便是真心本性故無性本性但是一也次會第二對者謂真智是始覺真知是本覺始本不異故智知一也疏餘諦性等者例餘三門乃至非性一性非乘一乘非心真心等也但約三諦中鏡影之喻即一切皆通謂空宗中說影空爲真影相爲俗性宗但加於明爲第一義今會通者影即空空即明明中無物即爲真不妨現影即爲俗始末覆躡即三即一即一即三故皆無異疏然此下三會通前後此門者終教前者始教後者頓教問須教未釋何以先會答因會給終二教所詮歸一此一即是頓教所詮真性故乘便會之令易也但教有殊者佛化儀也謂對上根直顯寂知是真心性即爲頓教如爲聰明孩子說銅明是鏡也對中下根且言修施戒斷惑業習定慧後始證悟真理相宗或云見煩惱本無即

名真理空宗也上二皆始教待彼執情漸破空慧漸發方與破三顯一會權歸實開示如来知見性相見真菩提涅槃一切衆生本有常住佛性皆同常樂我淨終教如是說者統名漸教如為闇鈍孩子說云汝且習學時事會解好惡待見此圓銅中總無青黃長短雜色等物方見明鏡方斷凝執故云始終漸頓之殊也法非深淺之異者即頓中所顯寂知是漸教終極所顯菩提涅槃菩提涅槃即是寂知無別新生果法故云非異或約頓開但悟至此便入圓教圓教是一道稱性之談非對機屈曲之說於中皆具頓漸等義如海具百川之味如下所明疏四頓教文二一正立教不生即佛者謂心本是佛妄起故為衆生一念妄心不生何為不得即佛故達磨碑云心有也曠刧而滯凡夫心無也刹那而登正覺華嚴經云法性本空寂無取亦無見性空即是佛不可得思量疏不依地位下釋名先正釋復注引二經思益文顯易了楞伽經語略而未周謂彼第四先長行云大慧於第一義無次第相續說無所有妄想寂滅法後有偈云十地則為初初則為八地第九則為七七亦復為八第二為第三第四為第五第三為第六無所有何次觧曰有何次者頌上經文於第一義無次第相續等疏總不下二辨所詮唯辨等者但諸經中一向辨真性處即屬頓教疏一切所有唯是妄想者心欲緣而慮息心行處滅也故論云心生則種種法生心滅則種種法滅故又云一切諸法唯依妄念而有差別若離心念則無一切境界之相是故一切法從本已来離言說相離名字相離心緣相畢竟平等無

有變異唯是一心故名真如以一切言說假名無實但隨妄念不可得故疏一切法界唯是絶言者口欲談而辭喪言語道斷也拂名言之跡顯離言真如故論次前文即云言真如者亦無有相謂言說之極因言遣言此真如體無有可遣以一切法悉皆真故亦無可立以一切法皆同如故當知一切法不可說不可念故名真如故疏云皆是絶言也言一切法界者界即性義以一切法性皆離言故疏五法至都遣者即楞伽明五法謂名相妄想正智如如然五皆空寂何者爲迷如以成名相妄想是生悟名相之本如妄便稱智則無名相妄想唯如如智矣智因如立智體亦空如假智明無所如矣故並空也况八識約事皆託緣生緣生性空亦何定體又因有我法說二無我我尚不可得無我寧存故中論云諸佛或說我或說於無我諸法實相中無我無非我故雙遣也訶教者謂以心傳心不立文字故勸離者乃有二義一令離教成上訶教之辭二令離法法唯無量不出色心離心心如離色色如故令皆離則契心體離念矣毀相約境凡所有相皆是虚妄泯心約智了境相空假稱爲智相既不有智豈有真心境兩亡即皆泯絶心無心相即是安心故說生心即妄不生即佛言生心者非但生於餘心縱生菩提涅槃觀心見性亦曰生心並爲妄想想念都寂方曰不生既一念不生則前後際斷照體獨立物我皆如斯乃寂照現前豈非真佛故華嚴經云一切法無生一切法無滅若能如是解諸佛常現前言如是解者

如不生之解而無解相非空解於不生耳疏泯之跡絶方顯真性者然初云總不說法相標泯跡也唯辨真性標顯真也一切所有下皆釋泯跡也不生即佛釋成顯真也佛謂本覺故論云離念相者等虛空界即是如來平等法身依此法身說名本覺今此兩句者上句結泯跡下句結顯真謂諸心不生足跡斯絶絶跡之處本性了然方為真矣是知上來所泯意在所顯佛對一類離念機故頓詮言絶之理為頓教難曰云云若無此門逗機不足達磨宗旨以心傳心不立文字亦順斯意雖云不立文字若不指一言以直說即心是佛心要何由可傳故寄無言之言直詮言絶之理也疏五圓教文二一正立教言一位即一切等者一切諸法一一稱性事事無礙故十

信攝五位者因是即性之因故該於果果是即性之果故徹於因故華嚴梵行品云初發心時得阿耨菩提等五位是住行向地及等覺也成正覺即妙覺果位果位是總五位是別疏所說下二辨所詮略如釋序中性起為相相得性融之文中所說廣如普眼章法界觀門中說然五教中第三既會合性相相對料簡便成六句謂一小乘唯相二頓教唯性三法相宗相多性少四終教相少性多五空宗中非相非性六圓教中全相全性疏已知下二配攝此經二初躡前徵起可知疏今顯下二正明相攝初門中判圓教全攝此經者如海含百川十德不言可知判此經分攝彼圓教者緣此經不明顯備說諸佛身相國土自在無礙塵沙大用及一切諸法法爾互相即互

相入重重融攝等義故不得全名圓教所言分者但約直顯一真法界之體及觀行門中一多無礙等義即同華嚴也第二門中判此經分攝初二教者以文中說斷我（淨業章也）除愛（彌勒章也）修二空觀（普眼章也）亦云諸法本如空華（文殊章也）又云亦攝漸修一切羣品（流通文也）故攝小乘及始教中相宗空宗之義然不委明有漏因果界地行相及識變為境種現岐路本末又不同般若等一一徧破諸法備說十八空十一空等故云分也判彼二教不攝此者此經首末所說染淨等法修證行相皆約圓明覺心假設方便顯示修習始終無體但是覺明雖說空義亦但是圓覺中離相義故非彼等所攝也第三門中判終頓二教反相攝者流通文中佛自判云是頓教大乘也如云知幻即離不作方便離幻即覺亦無漸次等文首末意多如此攝終教者五名中第五名如來藏自性差別又明顯息諸惑障勤修觀行階位勝劣皆全是起信等宗也第四分齊門文三初標舉言染法本末者然染淨法皆有本末今以淨法是返本還源之意故唯約染法顯從本起末五重論次之行相也將此五重為秤斗度量諸經宗教分齊若不約所詮法之本末無以驗能詮教之淺深此乃能量却是所詮所量却是能詮也五重者如一樹木本末五重最初是根二是樹身三枝幹四華葉五果實說得果實如最淺教故展轉乃至辨得樹根如最深教也疏論中下二正顯二初明能量之法一心者論云所言法者謂衆生心是心則攝一切世間出世間法依於此

心顯示摩訶衍義疏開二門者論云依一心法有二種門云何爲二一者心眞如門二者心生滅門謂一如來藏心含於二義一約體絶相義即眞如門謂非染非淨非生非滅不動不轉平等一味性無差別衆生即涅槃不待滅也凡夫彌勒同一際也二隨緣起滅義即生滅門謂隨熏轉動成於染淨染淨雖成性恒不動正由不動能成染淨是故不動亦在動門耳是二種門皆各總攝一切法以直如門是染淨通相通相之外無別染淨故得總攝一切諸法生滅門者別顯染淨染淨之法無所不該故亦總攝一切諸法也疏一者心眞等者論云心眞如者即是一法界大總相法門體所謂心性不生不滅一切諸法唯依妄念而有差別若離心念則無一切境界之相乃至唯是一心故名眞如疏二心生等者論云依如來藏故有生滅心所謂不生不滅與生滅和合非一非異名爲阿梨耶識疏三依此識下第三重也由眞如門但是一心不變之體非生起義

故唯取梨耶識展轉開也言覺者於中有本覺始覺也論云所言覺義者謂心體離念離念相者等虚空界無所不徧法界一相即是如來平等法身依此法身説名本覺乃至依本覺故而有不覺依不覺故説有始覺疏不覺者論云所言不覺義者謂不如實知眞如法一故不覺心起而有其念念無自相不離本覺猶如迷人依方故迷若離於方則無有迷衆生亦爾依覺故迷若離覺性則無不覺疏四依後義者由覺義是反本合體亦非起末今此但論染法故唯依後義也論云復次依不覺故生三種相與彼不覺相應不離云何爲三一者無明業相以依不覺故心動説名爲業業有二義一動作義即此是也覺則不動反釋動則有苦二爲因義由此招苦故也果不離因故二者能見相以

依動故能見依於一念之動轉成能見之相不動則無見反釋由動故能見也見謂取境三者境界相以依能見故境界妄現離見則無境界反釋疏五依下論云以有境界緣故復生六種相一者智相依於境界心起分別愛與不愛故於前所現相上不了自心所現故創起慧數分別染淨執有定性也二者相續相依於智故生其苦樂覺心起念相應不斷故謂依前分別愛境起樂受覺不愛境起苦受覺數數起念相續現前此明自相續也三者執取相依於相續緣念境界住持苦樂上皆是前相續相也心起著故是此執取相也謂於前苦樂等境不了虛無深起取著故下文云即此相續識依諸凡夫取著轉深計我我所等也四者計名字相依於妄執分別假名言相故依前顛倒所執相上更立假名是分別故楞伽云相名常相隨而生諸妄想故云依於妄執等也上來起惑自下造業受報五者起業相依於名字尋名取著造種種業故謂執相計名依此麁惑發動身口造一切業即苦因也六者業繫苦相以依業受報不自在故業因已成招果必然循環諸道生死長縛當知無明能生一切染法三細六麁總攝一切染法皆因根本無明不了真如而起以一切染法皆是不覺相故問染法多種差別不同如何根本唯一無明答染法雖多皆是無明之業氣悉是不覺之差別相故不異不覺也疏言諸下二明所量之教即正顯分齊也始從詮枝末之教展轉漸深乃至詮於根源之教也詮法漸漸近本教則漸漸幽深故言分齊疏唯業報者六麁最後之二也人天之教但說造惡墮三塗修善生人道天道勸修持戒都不明起業之本故云齊此疏小乘唯後四麁者初二麁是法執小乘猶迷故唯齊此此教猶未破之故所詮唯齊我執疏法相極於三細者此三是賴耶三分彼宗但以此識為無始根本是一切法所依故所詮法唯齊於此所說無明但在六七識中都不明賴耶更

有根本故不到前之三重若對樹木五重之喻此唯知華葉尚未識枝幹何況樹根問第二重是真如及梨耶識豈非彼教所說邪荅彼真如一向凝然無知覺隨緣之義與賴耶全別彼賴耶又但是生滅遷變對此與如來藏和合具本覺之梨耶不同故唯齊此三細三細即此論生滅因緣中一向起染之識也疏終頓通詮本末下正明此經所詮分齊幽深終教法華涅槃之類頓教華嚴勝鬘之類各數十部經所詮之義皆同於此但文有隱顯故標終頓而攝此經疏即此下配屬經文言圓覺妙心者普賢章經云善男子種種幻化皆生如來圓覺妙心猶如空華從空而有幻華雖滅空性不壞衆生幻心還依幻滅諸幻盡滅覺心不動偈頌云無始幻無明皆從諸如來圓覺心建立（既云衆生無明幻心皆從覺心生起即知正是論中最初之一心也）疏經標圓覺爲宗本者正宗經文最初云無上法王有大陀羅尼門名爲圓覺疏說染淨等者次前文云流出一切清淨真如菩提涅槃及波羅蜜教授菩薩即淨法現起前云幻化無明從覺心生即染法現起現起之言雖通染淨若從別義配者染法云起淨法云現疏文殊章末即真如門者文云知是空華即無輪轉亦無身心受彼生死非作故無本性無故彼知覺者猶如虛空乃至虛空性故常不動故如來藏中無起滅故無知見故如法界性究竟圓滿徧十方故疏如來藏差別者流通文內經有五名第五名如來藏自性差別（差別即生）滅之義疏普眼一章即始本覺者文中分析身心根識塵境二空觀及

法界觀成便得無邊虛空覺所顯發等即始覺也後云修習此心得成就者於此無修亦無成就圓覺普照寂滅無二乃至諸佛世界空華生死涅槃如夢衆生本来成佛等即是本覺也疏徵釋無明即是不覺者文云云何無明善男子一切衆生從無始来種種顛倒猶如迷人四方易處妄認四大乃至此無明者非實有體如夢中人等若離睡身即無別夢身正同論云若離本覺即無別不覺疏淨業一章三細者此章說我人等相甚深微細如前教起因緣中辨前云菩提隱障是也故文中云動念息念皆歸迷悶何以故由有無始本起無明爲已主宰又云則知我相堅固執持潛伏藏識遊戲諸根曾不間斷潛藏識者正是三細三細是藏識三分故也遊戲諸根即屬六麤中後意識論云分別六塵故也疏二麤者然此一章中雖標列我等相意

乃通破二執二障故文云厭流轉者道諦妄見涅槃滅諦由此不能入清淨覺無上菩提乃至動念息念凡夫二乘皆歸迷悶第一義愚又云本起無明等釋曰既證二乘之理亦是迷妄即知不唯我執及煩惱障又云障清淨覺尤顯是所知障障大菩提文中別說四相了更有數番每說過患了皆結云是故不能入清淨覺問既是通破障執何得偏標我相答漸教中爲初對凡夫外道偏說我執後待漸漸根熟復與單說法執令頓教中對生根凡夫根性雖利本来未聞無我之教由此便通破二執二障也就中耽著生死義邊我相煩惱過重故偏標名我成就種智義邊法執所知障重故偏結云由此不能入清淨覺等始終尋究義意昭然故知修多羅教誠宜意趣中求也疏彌勒

章至四麁者文云一切衆生從無始際由有種種恩愛貪欲故有輪迴乃至由有諸欲助發愛性是故能令生死相續欲因愛生命因欲有衆生愛命還依欲本愛欲爲因愛命爲果通明執取相計名字相也前明根本無明二乘亦不能了即知不障出世今此雖偏標恩愛貪欲然非唯潤業亦是親發業之宿惑經文通含者意同上通詮二執之說也由於欲境起諸違順境背愛心而生憎嫉躡上執取等二麁之因也若取意配者上是執取相此是計名字相也造種種業第五起業相也是故復生地獄餓鬼第六業繫苦相次說修善生人天修捨捨即禪定便現有爲增上善果上二界皆例此配故云即後四麁疏是知下三結成幽深言極盡五重者一一如注所配諸教分齊深淺歷然淺不至深深必該淺故具攝也然雖攝五而偏顯第二第三重也首末備明覺不覺義而皆拂迹謂覺於不覺歸心真

如故正當終頓二教第五所被門者謂此經所詮境界既說如上未委何等根機而能信解修證法既幽深應非我分恐遲疑於此故辨此門文二初開章疏初謂下二正辨二一明料簡二一揀非器言樂著等者經云迷於一實隨名相名相執故我塵生今照我塵無自性廻向無住涅槃城且圓覺非相故不可思又非名故不可議是故著名相者不能入也故下文云何況能以有思惟心測度如來圓覺境界如取螢火燒須彌山終不能著疏以文爲解者清涼云乖實非器謂如言取義起情至理法不入心故十地論云隨聲取義有五過失一不正信二退勇猛三誑他四謗佛五輕法疏滯行位者清涼云守權非器謂三乘共教諸菩薩等隨宗所修行布行位不

信圓融具德之法故出現品云設有菩薩無量億那由他劫行六波羅蜜不聞此經或時聞已不信不解不順不入不得名爲真實菩薩良以有作之修多劫終成敗壞無心體極一念便契佛家又云積行菩薩曝鰓鱗於龍門疏高推聖境者清涼云夫機差教別聖旨深玄且以淺爲深有符理之得以深爲淺有謗法之愆以遠爲近則有益於行人以近爲遠則疑法非我分諸佛設教貴在俯就物機後輩學人若欲高推聖境儻失大利豈不傷哉況纔生王宮貴極臣佐寧同撥亂之主備歷艱辛者哉初心契於覺海豈有邊涯猶微滴入於天池齊無終始故經云發心畢竟二不別如是二心先心難疏情尚下擧論不真空品中破三家異論於中破本無宗云本無者情尚於無多觸言以賓無故非有有即無非無無即無釋曰上皆是先叙所計也賓客也客皆向主今立本無之人言皆趣向於無爾雅云賓服也情中賓服於無也故說非有之義亦但云是無說非無之義亦云是無意云無亦無名非無故知觸言賓無也論次破云尋夫立文之本旨者直以非有非真有非無非真無耳何必非有無此有非無無彼無此直好無之談豈曰順通事實即物之情哉釋曰不言非有無却此有非無無却彼無也今此疏云空者尚輕於無輕過尚揀況於重乎良由此經宗於淨覺覺非空有故情尚空者非器上句云情尚者心之所尚下句云觸言者語之所尚心口皆乖圓覺故云非器疏自恃天真等者天真是自然之義意云我自

然是佛何用更求佛煩惱自然元無更何所斷即此經中任病也文云我等今者不斷生死不求涅槃涅槃生死無起滅念任彼一切隨諸法性欲求圓覺意云本無生死元是涅槃故一切任彼但逢飯即餐遇衣即著諸好惡事一切不知任運而行信緣而活睏來即卧興起即行東西南北要去即去彼圓覺性非任有故說名爲病釋曰佛破此念也謂設令善惡不拘但名無記之性七賢豈是大道四皓穿爲聖人尚昧欲天焉真覺體愁云行人至此溺水沉舟宜自警懷勿露斯病故起信問云上說法界一相佛體無二何故不惟念真如復假求學諸善之行答曰譬如大摩尼寶體性明淨而有鑛穢之垢若人雖念實性不以方便種種磨治終無得淨如是衆生真如之法體性空淨而有無量煩惱垢染若人雖念真如不以方便種種熏修亦無得淨今云天真者即真如也進習者即求學諸善行也彼意云性天然是真是佛何假更修故非器也輕者輕他人進習厭者自厭倦進習也

圓覺經畧疏之鈔卷第八

圭峯蘭若沙門宗密於大鈔畧出

疏固執先聞者且四弘誓云法門無邊誓願學者意恐得少爲足欲令求法不懈善財徧謁是此意也況佛教權實多門若先聞權後聞實便執先權說不信後實說失大利也如人先擔麻後遇金藏力不能捴擔又惜前功不能棄却便不取金也是故經云所未聞法聞之不疑是爲希有華嚴十地品說第三地菩薩行相云若聞一句未曾聞法聞之生大歡喜勝得轉輪聖王位若得一偈未曾聞法能淨菩薩行勝得帝釋梵王位住無量百千刧若有人言我有一句佛所說法能淨菩薩行汝今若能入大火坑受極大苦當以相與菩薩爾時作如是念我以一句佛所說法淨菩薩行故假使三千大千世界大火滿中尚欲從於梵天之上投身而下親自受取況小火坑而不能入然我今者爲求佛法應受一切地獄況人中諸小苦惱菩薩如是發勤精進求於佛法如其所聞觀察修行此菩薩得聞法已攝心安住於空閑處作是思惟如說修行乃得佛法非但口言而可清淨疏如上者捴結上五類人也疏反上下二明是器謂雖尋文而本性離觀相而常照心（反於著名相也）因該果海果徹因源（反於滯行位也）雖空不斷中道了然（反於情尚空也）頓悟漸修（反於輕厭進習）求法不懈（反於棄金）次第反前即是堪習此經器矣疏後普下二明普收二一通明皆益文顯疏謂宿下二益有淺深故清涼大師說五所爲一正爲二兼爲三引爲（說行布十地引權教中菩薩也）四權爲（權示現爲五百聲聞）

在座不見不聞彰小乘非器令發大心也五遠爲今此但有三種闡引爲權爲於三如下配屬謂悟入者正爲也悟謂悟解入謂證入華嚴中即善財之類此經即觀行成就之人信解者同彼兼爲也揀悟解也隨言而解隨解而信曰信解矣又信揀邪見解揀無明也熏成等者同彼遠爲也此即新熏五性義中第五無性人也謂凡夫外道闡提悉有佛性今雖不信後必當入故出現品云如來智慧大藥王樹唯除二處不能爲作生長利益所謂二乘墮無爲坑及壞善根非器衆生溺大邪見貪愛之水然亦於彼曾無厭捨今普收者即佛無厭捨之意也疏金剛喻者華嚴第五十二云佛子譬如丈夫食少金剛終竟不銷要穿其身出在於外何以故金剛不與肉身雜穢而同止故於如來所種少

善根亦復如是要穿一切有爲諸行煩惱身過到於無爲究竟智處何以故此少善根不與有爲諸行煩惱而共住故又云設有不生信樂亦種善根無空過者乃至究竟入於涅槃此明謗雖墮惡由聞歷耳終醒悟故又云如日亦與生盲作利益故第六能詮體性門疏能詮體者通明諸佛教法乃至此經以何爲體而能詮得無量事理等義文四一中疏聲名句文者聲是教主言音名句文是聲上屈曲詮表然大小乘宗各有三說一唯以聲爲體二唯名句文三通取四法今用通取也言音者謂佛唱辭評論語音宮商等語路語所行處語業語用語表令他生解是也名者次第行列也詮一切法自性如云椀未詮金椀銀椀等別也句者次第安布也詮法差別文者次第聯合也與名句爲所

依故疏體用假實相資者聲音是體聲上名句文屈曲詮表是用又聲是色法中收是爲實法就世俗言實也名句文是不相應行中收非色非心但約色心分位假立是爲假法由前第一家說云唯聲爲體其名句文但顯佛教作用非佛教體小乘中文離聲無別名等攝假從實故大乘中文第二家云聲是所依非正教體但展轉因故謂語起名等名等方能顯義小乘中文也言展轉者如世上人父但生子子方生孫聲如父名如子所顯義如孫故偏取親依爲教體此三離聲雖無別體而假實異亦不即聲今以體從用故取名等大乘中文也謂假雖依實而不即實即知是假名等能詮非實聲能詮也由上二義互有得失故今取第三通收之義故云相資相資者若無其體約何發用若無其用如何詮表是非得失若攝假從實但取聲者如人汎然發聲或吟或吽不吐辭句何所表顯說得何事若無聲者名等何依故云相資也疏十地經者經云如空中彩畫如空中風相彼論釋云風喻言音畫喻文字即名句文此中喻意不單取虛空以無畫處空不爲喻故不單取風畫以樹上風壁上畫不將喻故正取空中風畫也今引用者兼顯實教中聲等無自生虫起下唯識歸性之義也疏通攝所詮者瑜伽云諸契經體略有二種一文二義文是所依義是能依如是二種總名一切所知境界疏若不詮義文非教者釋通攝所以且如經教中文字與人間書史文字都無差別若不以說義理勝妙憑何生起真正信解起行證果外教亦爾但雜亂寫出文字不排列安布連合詮顯事義道理亦何名典教如玉篇切韻之徒豈屬詩書禮樂故須通攝所詮也故華嚴云

文隨於義義隨於文二中疏前二者前隨相門二種也一即聲名句文二即通攝所詮矣不離識者染淨萬法皆唯是識所變也故經教亦然此義前後頻有解釋疏本影異者有其四句一唯本無影謂即小乘教不知教法唯識現故二亦本亦影即大乘始教謂以佛自宣說若文若義皆是妙觀察智相應淨識之所顯現名本質教若聞者識上所變文義名影像教三唯影無本即大乘實教離衆生心佛果無別色聲功德唯有如如及如如智獨存但以大悲大智爲增上緣令彼所化根熟衆生心中現佛色聲說法是故佛教但是衆生心中影像華嚴云諸佛無有法佛於何有說但隨其自心爲說如是法四非本非影即頓教也非唯心外無佛色聲衆生心中影像亦空以性本離故忘言絕慮即無教之教耳佛言我從得道來不說一字汝亦不聞三中疏歸性者前則攝所變之萬境歸於能變之八識今又攝所現之八識歸於能現之一心一心即是真性故云歸性故起信云是故一切法從本已來離言說相離心緣相乃至唯是一心故名真如展轉推尋經教真實之體極至於此禪門先祖有言心即是經者良由曉會此展轉之義今有後輩棄却經教不說但指於心云是經教實爲帶累禪宗矣四中疏無礙者謂於前三門本末無礙方是圓了識於教體說即前後法乃同時疏心境理事交徹相攝者正顯無礙之相也心者唯識門也境及事者隨相門也理者歸性門也交徹者謂正名句時必帶所詮之義正唯識時即能詮所詮故交徹無礙也疏以一心二門者

釋交徹所以即論中所說依一心法有真如生滅二門廣如前辨今以一心若無二門即失前心境理事（事及心境皆生滅門理則真如）二門若非一心即不交徹故由一心二門方得無礙第七宗趣門文二初通注當部所崇者崇是崇重尊重好尚之義約典教法所言者即云當部所崇所尚就人言之即云心之所尚就賓主談論時言之即云語之所尚如前好尚無者觸言而賓無今判典教故云當部疏趣者意趣趣向即心意所歸趣之處謂凡是一切每偏宗一事必有意之所趣故注云宗之所歸疏因緣爲宗者謂古來諸德皆判儒宗五常道宗自然釋宗因緣因緣有二一內二外外謂穀子水土人時而芽得生泥團輪繩陶師而器得成內謂十二因緣然外由內變本末相收爲一緣起故佛教從淺至深說一切法不出因緣二字然有四重一因緣故生死成壞涅槃云我觀諸行生滅無常云何知邪以因緣故二因緣故即空謂不自他共生等故無生也三因緣故即假如鏡像水月之流緣會不得不現四因緣故即中若言不從因緣即是定有定無斷常二過故中論云因緣所生法我說即是空亦爲是假名亦是中道義（四句如次配前四重）涅槃亦說聲聞等四品菩提皆由觀之而得故佛教之宗因緣收盡注於中有下謂約佛滅度後賢聖弟子相承傳習通大小乘宗途有五一隨相法執宗即小乘諸師依阿含等經所立以造諸部小乘等論二真空無相宗即龍樹提婆依般若等經所立以造中觀等論三唯識法相宗即無著天親依

解深密等經所立以造唯識等論四如来藏緣起宗即馬鳴堅慧依楞伽等經所立以造起信等論五圓融具德宗即華嚴經也天親菩薩造論立六相圓融義注今則法性者配屬此經也疏別明下二別二一總二一達理成行言心境空寂者此有二意一約唯識釋境唯心變心外無境故空既不執境即心無攀緣故寂空是空無義寂者但是心識離喧動過患不是無也故唯識頌云此諸法勝義亦即是真如常如其性故即唯識實性今注中略而明之二約二性釋即今注也謂約徧計即心境俱空故如繩上之蛇杌木之鬼但倒情妄見故文云知是空華即無輪轉亦無身心受彼生死非作故無本性無故若約依他即心境俱寂舉體即是圓成如鏡中影不從外入不從内出見時不是新生不見亦非滅去故云寂也故法華云諸法從本来常自寂滅相又云世間相常住此皆非空無之義也故經云一切空寂法是法寂不空注引當經可知疏覺性圓滿者正是圓成真實性也心境既皆空寂無喧變全體便是圓成覺性故注云由空寂故疏凡聖等者如注引文文中說根識塵大世間諸法力無畏等出世諸法皆云清淨不動徧滿法界故云平等平等者良由覺性圓滿故云覺圓明故顯心清淨等又云覺性清淨圓無際故當知六根徧滿法界等皆注所引中間之文故注云乃至此乃由心境空故寂寂故覺圓圓故平等也故以此爲宗疏令修行下明趣也謂修行人但悟心境空寂自然喪巳忘情情忘即等佛心

等佛爲真觀行所言喪已者文云亦無身心受彼生死又云幻身滅故幻心亦滅等言忘情者由悟空寂平等故也如注所引八不之文八不者具云覺成就故當知菩薩不與法縛不求法脫不厭生死不愛涅槃不敬持戒不憎毀禁不重久習不輕初學何以故一切覺故餘如注釋疏又以下二依行證果鉤鎖相躡謂以忘情等佛觀行速成爲宗令惑業銷滅等爲趣也應先問修觀行成意何所趣荅意令惑業乃至安樂自在惑業銷滅者文云身心客塵從此永滅永絶輪迴者知彼如空華即能免流轉等起大神用者初靜一身至一世界覺亦如是等安樂者便能內發寂滅輕安（禪定樂也）又云三事圓證故名究竟涅槃（經說涅槃是安樂義）自在者永得超過礙無礙境煩惱

涅槃不相留礙上所引者皆是觀成功用等文故指爲修觀行意之所趣也每云等者引文不盡故等取已次之文若能備引即檢經文疏別者下二別由五雙之法各有相對不同之義對前總意故標云別若據展轉鉤鎖乃至起大神用但是豎窮一段始終之意亦不異前也則是展前令法義廣疏教義者問若宗此經一部令他勞苦學之有何意趣荅本圖曉會經中所說覺心染淨迷悟本末同異義理意旨不爲文字事業是其趣也論中亦云畢竟不可說相而有言說者當知如來善巧方便假以言說引導衆生其旨趣者皆爲離念歸於真如疏事理者捨前言教但約所詮之義論之所詮復有事理也問修心息妄不在事緣經中所說義理何必苦分張門

戸說本說末云妄云真有悟有修五性四位三觀諸輪四相四病等邪咨雖約種種意在顯理謂所說錯謬過患者意令知而離之離過則合理中下根性猶難頓知頓離故本末相對迷悟相翻遂成種種論其旨趣但爲顯理也疏境行者境即所觀真理對能觀之智故云境也謂於前對中又捨事不論但論觀理自有能對所觀也問真理一味無增無減無益無損何必宗之答夫心無定相對境隨緣若觀差別之境即成分別之心若觀一味真理即成無分別智無分別智方名觀行故今觀於理者意在觀行成就不在所觀之理也疏行寂者問勝天王般若云一行三昧者遠離思量過覺觀境淨名云不觀是菩提離諸緣故且生心動念即乖法體何必起行況真理即是自心何乃将心更觀真理故此答云宗觀行者意在絕觀何者且多生染習觸境生心若不修觀行則情計紛然愛憎交起如何遠離思量如何離諸緣等縱令强抑妄心直得念想不起亦是增長無明豈得定慧平等故須觀一切法如夢如幻本來空寂方悟能觀亦空自然能所兩忘心境俱泯泯然無寄行起解絕疏寂用對者問既能觀亦泯即一切皆絕利益有何勝矣豈不以虛設功夫都無所獲邪答起大神用是勝益也問何以都泯功能却得神用自在答如塵盡鏡明鏡無心而無像不現離幻即覺覺無心而無所不應理例昭然法爾如是疏此五下相由之意易如可詳而說之第八修證門文二一正明本義四一躡前標後初二句躡前七門

七門皆論佛之言教教詮於義約教解義但是聞慧之境設依義觀察思惟亦唯思慧之境皆未是忘緣寂照若上上根智即言忘言即相忘相此不復論今爲中下之流須開忘機寂忘之方便發慧契證之玄門故自古西域東夏承上已來有斯宗也下二句標後言忘詮等者意如上釋詮量揀擇之謂也詮即能詮之教忘者即周易略例中將言顯象得象忘言以象顯意得意忘象如以筌蹄取魚兔等（序中已釋）復有其門者不必事須攀緣經論自有默傳心印之門也疏故以下二正叙修證三一叙宗師以心傳心者是達磨大師之言也因可和尚諮問此法有何文字教典習學大師荅云我法以心傳心不立文字謂雖因師說而不以文句爲道須忘詮得意得意即是傳心歷代不絕者乃至今日也此上二句由且是以法標舉疏自佛囑下從此始是正叙也付法藏經中說佛化緣將畢垂當滅度告大弟子摩訶迦葉汝今當知我於無量阿僧祇刧爲衆生故勤修苦行一心專求無上勝法如我昔願今已滿足今者將般涅槃以此深法用囑累汝汝當於後敬順我意廣宣流布無令斷絕迦葉白言善哉受教我當如是奉持正法使未來世等當饒益惟願世尊不以爲慮是故如來滅度之後摩訶迦葉次宣正敎結集法藏化諸衆生其所度脫永不退轉（云云）即迦葉當第一故云佛囑迦葉也（然禪經序又云此是阿難曲承音詔遇非其人則幽關莫闢罕窺其庭若能得意忘言則遠中授與揔此則佛囑阿難又智論說阿泥樓豆語阿難言世尊首付汝法汝今愁悶失所付事又佛般涅槃時迦葉不在亦合是阿難今此經及傳記述法眼相付皆以迦葉爲）

初祖者應是先受佛密付囑然往山中後佛臨涅槃再囑阿難令遇迦葉當佛法主及令阿難同結集法藏故或云迦葉或云阿難矣

疏展轉于今者從迦葉已下西域二十八祖此方七祖相承傳法不絕謂迦葉臨欲入雞足山以最勝法付囑阿難爲第二阿難臨滅付商那和修爲第三優波毱多第四度人無量石室籌滿時號無相好佛自此已前所傳之法皆具禪法律三藏自此已後律教別行橫分五部傳法之者唯傳禪門及經論乃至二十三代師子尊者提多迦第五彌遮迦第六多聞博達有大辯才佛陀難提第七伏陀蜜多第八德力甚深智慧廣大國王信邪躬持赤幡請諸論主論義論主皆屈王目論亦屈遂改邪心脇尊者第九胎中六十年主即髮白厭世出家勤苦修道未曾以脇至席而臥善說法化生富那奢第十智慧深邃多聞博達化度無量說諸法空馬鳴慢心誓斷舌以難耶奢耶奢立二諦義鳴即歸伏馬鳴菩薩第十一作妙伎樂降諸伎人於樂音中演說諸法苦空無我貴賤出家時遇外國兵圍索九億金錢王以馬鳴與之方退化度無量造甘蔗論十萬偈又造起信等論善能開誘毗羅尊者第

十二造無我論足一百偈此論至處無不摧魔龍樹菩薩第十三豪貴家生通四圍陀天地圖識因與三友作妖術敗出家誦盡閻浮經論自謂爲一切智人大龍愍之接入海宮悟已還出化國王婆羅門外道無數造論數十部入室閉戶經日弟子破戶看之已蟬蛻而去也迦那提婆第十四智摧異學博識辯才振名天下出左眼與神誓求發言得人信受化邪見王及邪黨皆令出家以免斬頭之誓外道弟子由恨後破其復而終羅睺羅第十五僧伽難提第十六付法訖至一樹下手攀樹枝而滅諸羅漢欲移屍不得以諸象力挽之不動遂就樹下焚之身盡樹更蓊鬱僧伽耶舍第十七鳩摩羅馱第十八闍夜多第十九婆修盤陀第二十通達一切修多羅義分別宣說廣化衆生今疑此是天親未敢爲定摩拏羅第二十一鶴勒那夜遮第二十二師子尊者第二十三遊化至罽賓國國王邪見壞寺殺僧尊者付法已告衆令散後王問空義斬頭無血香乳流出自此已後傳法者唯傳心地應緣惡王之難矣舍那婆斯多第二十四優波掘第二十五婆須蜜第二十六僧伽羅叉第二十七菩提達磨第二十八

是南天國王第三子少小出家依師下悟如
来禪三乘三藏無不曉達然志於妙理冥心
虛寂於南天大作佛事觀此土有大乘種又
作是念東震旦國佛記後五百歲般若智燈
運光於彼遂囑弟子不若蜜多羅住
天竺傳法不絕自身遂来漢國也
達磨至此方當第一
初至梁朝機緣未合過至魏朝
遇慧可斷臂授法并一頌袈裟
以充印信定其宗旨語可曰漢地得入聖位
者與金剛楞伽相應又曰我法至六代後命
如懸絲大師門下又
傍出道育及尼總持
慧可第二
博學經史高
節至道鄴都
化導三十年遭難
非命年一百七
僧璨第三
付法了佯狂託
疾後於皖山齋
場樹下立
而終焉
道信第四
長坐脇不著席勅追不
入傍出牛頭一宗乃至
徑
山
弘忍第五
少小事師後居馮墓山廣開教
法學徒千萬時號東山法門於
中久在左右見解明利者即荊州神秀潞州
法如襄州通資州智詵越州義方華州慧藏
蘄州顯揚州覺嵩山老安等十人大師記云
各堪為一方師後有嶺南盧行者年二十二
来天師門下令為衆舂米八箇月因呈偈了
性遂付衣鉢令歸嶺南傳法自此便有南北
二宗
也
惠能第六
歸嶺南十七年後方始出家
印宗法師請開禪法神龍元
年勅請
不入
神會第七
頂異凡相骨氣殊衆聰辯
難測先事北宗秀三年因
秀奉勅追入遂徃曹溪門下荅無住為本見
即是性杖試諸難夜喚審問兩心既契師資

道今後又北遊廣其聞見上都受戒景龍年
中即歸曹溪曹溪知其純熟遂密授語緣達
磨懸記六代後命如懸絲遂不令法衣出山
和尚行門增上苦行供養密添衆瓶斫氷濟
衆負薪擔水神轉巨石然燈殿光誦經神衛
律窮五部禪感紫雲因洛陽詰北宗傳衣之
由乃滑臺演兩宗真偽便有難起開法不得
然能大師滅後二十年中曹溪頓旨沈廢於
荊吳嵩嶽漸門熾盛於秦洛普寂禪師謬稱
七祖二京法主三帝門師朝臣歸崇勅使監
衛雄雄若是誰敢當衝嶺南宗途甘從毀滅
法信衣服數被潛謀傳受碑文兩遭磨換荷
澤親承付囑詎敢因循直入東都面抗北祖
龍鱗虎尾狥命亡軀俠客縣官三度幾死商
旅縗服百種艱難達磨懸絲之記驗於此矣
因淮上祈瑞感炭上生芝草士庶咸覩遂命
建立無退屈心又因南陽荅王趙二公三車
義名漸聞於名賢天寶四載兵部侍郎宋鼎
請入東都然正道易申謬理難固於是曹溪
了義大播於洛陽荷澤頓門派流於天下然
北宗門下勢力連天天寶十二載被譖聚衆
勅黜弋陽又移武當郡至十三載恩命量移
襄州至七月又移荊州開元寺皆北宗所致
也然彼宗主必無此心蓋是門下凡愚競於
彼我也至乾元元年四月後頻告門人令數
問法再三深歎無為一法五月十三日中夜
示滅年七十有五二年遷厝於東京龍門置
塔寶應二年勅於塔所置寶應寺大曆五年
勅賜祖堂額號真宗般若傳法之堂七年勅
賜塔額號般若大師之塔真元十二年勅皇

太子集諸禪德楷定禪門宗旨遂立神會禪師爲第七祖内神龍寺勅賜碑記現在又御製七祖讃文現行於世縁第七代是中興之主故具叙之從第七代後不局一人法宗既立普令霑洽祔且局者順世規矩世諦之法多止於七經教亦然如此方七代先亡或令持念一七二七乃至多七請僧之數亡人齋數每事皆七乃至祖有七佛國有七廟之類也儀式既成故各令流布疏燈燈者維摩詰言我法名無盡燈譬如一燈然百千燈瞑者皆明明終不盡且如第七祖門下傳法二十二人且叙一枝者磁州法觀寺智如和尚俗姓王磁州門下成都府聖壽寺唯忠和尚俗姓張亦號南印聖壽門下遂州大雲寺道圓和尚俗姓程長慶二年成都道俗迎歸聖壽寺紹繼先師大昌法化如今現在當代法主兩川歸心疏然所下二叙法要謂已列能傳之人今正叙所傳之法也文二初總標如文疏無定下二別釋二初釋定慧一對然定慧正是所悟修之道頓漸是修之儀式所修之道有正有助定慧是正道餘萬行皆是助道助定慧故故華嚴云譬如有力王率土咸戴仰定慧亦如是菩薩所依賴諸教非一悟修是解行頓漸通於悟修無定已下明互闕之失謂無定之慧慧是狂慧如風中燈如搖動水無慧之定定是愚定如闇絶無心如枯杌無識又偏修定增長無明偏修慧增長邪見故涅槃云聲聞定力多故不見佛性菩薩慧力多故見不了了此二雙運下等學之益亦如涅槃說也兩足尊者福智圓滿定是福體慧爲智本故也止觀者天台有大止觀十卷小止觀二卷二卷者序云止

乃伏結之初門觀是斷惑之正要止是長養心識之善資觀是照察神解之妙術止是禪定之勝因（由止萬緣故心定也）觀是智慧之由藉（由觀察諸法故慧力成就）疏其頓下二釋餘兩對初一句標然悟與修皆通頓漸又悟有解悟證悟修有隨相離相謂初因解悟依悟修行行滿功圓即得證悟此爲真正若各隨根悟及諸師友方便施設先後無定疏有八對下當配之疏頓悟漸修爲解悟者初對也如慧日頓出霜露之惑漸銷又如孩子初生六根四肢百節頓具（喻性上恒沙功德也）乳哺飲食養育漸漸成長出身入仕（喻萬行資莊報化圓滿也）此悟在初故屬解悟悟後之修即具隨相離相理事雙修（若未悟而修即著相）故功行圓滿必有證悟即屬後對疏漸修頓悟下後三對證悟也初言漸修頓悟者此有二

意一者即前悟解之漸修修極故證二則從初便漸修如諸聲聞等因四十年前漸修三乘教行故靈山會中聞法華經疑網頓斷心安如海授記成佛如人伐木千斧萬斧漸斫倒即一樹頓倒又如從邊遠之境入於京都數月步步漸行入大城門之日一時頓到故天台大師數年修鍊百日加功用行忽然證得法華三昧旋陀羅尼門於一切法悉皆通達即其事也北宗漸教意見如此然多入二乘之境難得圓證故疏頓修漸悟者雖聞圓教信證圓法根性遲鈍不得頓悟雖不頓悟而樂欲情殷深崇頓理頓發大心頓絕諸緣頓伏煩惱由此加行漸漸得悟悟即是證不唯會解如人磨鏡一時徧磨一面終不從一分一寸致功然塵埃則漸漸而去（漸淨）明相則

漸漸而顯（漸照）又如學射初把弓矢便注意在的（喻發無上菩提心也）不故作親疎遠近節級（不先發十信次十住等也）然不免經千百日射億萬箭方漸漸親近乃至百發百中疏漸修漸悟者謂信本性圓滿而猶計有業惑障覆故勤拂磨鏡塵漸悟心性如注所引喻也足履喻修行所鑒喻證悟也（若對下頓斷煩惱斬絲之喻此如斬竹節節不同也）疏並爲證悟者總結上三對也疏若頓悟頓修下三對悟修皆頓但以或互先後或同時故成解證之異初標頓悟頓修以斬染綟絲爲喻者斬如頓悟煩惱本無即名爲斷如一綟之絲不勝一劍而頓斷故（此是荷澤所舉之喻）染如頓修頓稱性上恒沙功德念念無間而修如染一綟之絲千條萬條一時成色故清涼大師心要云心心作佛無一心而非佛心處處道成無一

塵而非佛國又行願疏云行即頓修位分因果皆是頓修之義疏謂先悟後修等者初對也如注所釋謂由頓了身心塵境皆空故不著諸相不證心性心性本不動故又由頓了恒沙功德皆備故念念與之相應名爲合道由悟於先故當解也疏先修後悟等者次對也謂由頓絶諸緣等（云云如上所引）故得心地豁開以根欲勝故不同前頓修漸悟也注以修如服藥者一服頓喫良藥也悟如病除者忽然得汗四肢百節一時輕涼也不取漸漸平復之意以悟在後故當於證然此證解亦無二相疏修悟一時通解證者後對也謂以無相爲修分明爲悟悟即慧也用也修即定也體也荷澤云即體而用自知等注中取意引心要也具云無心於忘照則萬累都捐任運以

寂知則衆行爰起今但各取上句故一悟一修心要又云一念不生前後際斷即頓修也照體獨立物我皆如即頓悟也荷澤云一切善惡都不思量言下自絶念想修也正無念想心已自知悟也疏即通解證者此有二意一者如上釋云證解亦無二相故二皆通謂即證即解即解即證二者或是證或是解謂頓了頓息即爲解悟頓盡頓覺即爲證悟如大夢覺覺名頓覺夢必頓盡故如佛地論說下當具釋也疏若本具下第八一對也結云通解證也亦含二意如次上說初義可知後義應釋約解釋者但取無漏本覺爲悟不加覺了之心但取性上功德爲行不待息心爲行注中飲字得字皆喻與之相應約證釋者即始覺合本之時無別始覺之異故華嚴宗說新成舊佛舊佛新成成時

但是本本之真不見新新之相悟修皆爾故華嚴說成佛時必與一切衆生同體俱成又云成與不成無差別者正由不取新成之虚相也疏此圓下三會此經也文有摽釋釋中但檢教起因緣門中及下銷文處取相應之義叙之今亦不能重述然此中言證但取觀行相應之時現量所見即名爲證不必聖果疏此等下三通妨難謂有難云前權實對辨已廣明頓漸等教何得今又重說故爲此通也疏苟得下四結勸修言皆成定慧者謂定慧有有作無作自性三種不同故頓與漸皆相當也故荷澤說三種三學有作三者約諸惡不作等云云無作三者妄心不起是戒無貪瞋惱嫉等也本無妄心是定無思覺等知心無念是慧不落無記空也自性三者謂空寂照如次配之空是離四

相絶百非之義故配戒也餘二可知言妄想者無定之慧也言無記者無慧之定也此但是寘寘無所揀擇而爲無記不唯揀於善惡說無記也言審而修之者此門意在於行不圖知解而已故勸云修之不云學之此第八門多依清涼大師奉勅所製華嚴疏懸談十門中修證淺深門及諸宗禪門諸經禪要而叙之

圓覺經略疏之鈔卷第八

圓覺經畧疏之鈔卷第九

圭峯蘭若沙門宗密於大鈔畧出

九通釋名題疏二初正釋經題言通釋者以題目包含一部之文故云通也文三疏上五下一配屬法義言法義者凡欲解了經論先須明識法義依法解義義即分明以義照法法即顯著今時聽學之人但求文義不尋法體亦不原此義是何法上之義若禪學者但欲認取一法認得即休更不推斥諸佛本末之說菩薩性相之釋故今具與配之故論中欲顯大乘深隱性相道理先開此二論云摩訶衍者總有二種一者法二者義法指一心義開三大正同此也論云所言法者謂衆生心此是如来藏心也即圓覺在纏之名然諸佛菩薩所說大乘一切差別義理皆約本心說之不曾有本心外別說一法故論云依於此心顯示摩訶衍義心即衆生心也聖人既依此心顯之我等即依於此心求之不應文字語言中求也今經題十一字中有兩重法義如文配之疏圓覺是法者正宗之初佛自標本唯立圓覺文云無上法王有大陀羅尼門名爲圓覺流出一切等中間處處牒前起後標結指陳一一只言圓覺更不言大方廣也文云如来因地修圓覺者又云聞此圓覺云何修行又云種種幻化皆生如来圓覺妙心如此文例有三五十節疏云大方廣是義者是起信中體相用三大也如下所釋疏下六字下配能詮中法義也於六字中上五字緣是比對諸經歎此經殊勝結爲題目故總屬能詮句攝屬於義用意言此圓覺一部經是修多羅藏中了義之經也經之一字正目此一部名句文字故配於法即教法也疏經有下二標廣存畧言五名者標廣也流通分中文云此經名大方

廣圓覺亦名修多羅了義亦名祕密王三昧亦名如来决定境界亦名如来藏自性差别義如下釋䟽首題唯二者存畧也宗本即圓覺是法體用即大方廣是義故云法義之宏宏者大也綱綱者網之所依尚書云若網在綱有條而不紊紊者亂也詮是修多羅即言也旨及功能是了義即彖也了義之言揀勝餘經故皎是至明義鏡者可辨妍媸好惡喻此經能楷定邪正大小權實䟽事周下雙結廣畧之意䟽大等下三隨文解釋二一釋所詮五字三初三字二字對二一釋三大二初總標謂大是圓覺體性方是圓覺德相廣是圓覺業用故言三大䟽大者下二牒釋三一釋大字䟽揀小之大者百法論題云大乘百法明門論彼䟽釋云大以揀小爲義乘以運載得名故今云爾䟽先於諸法者

儒道二教所説人畜草木萬物以天地爲先天地又以混沌一氣最爲其先故立元始之號又老子云有物混成先天地生意云天地人畜萬物皆從混沌而有今正教所明則天地人畜是别業所感所感能感皆從自巳妄識之所變起則以妄識爲先妄識由迷圓覺真心故有則以圓覺爲先故下經云種種幻化皆生圓覺妙心至於虚空亦從識變當知唯有圓覺是最先之義故云先於諸法也若約本末無礙真妄融通則無先無後今就迷真起妄依本起末之義故云先於諸法也是義勢之先後非時候之先後也由是最先故稱大也如人最長以生在先故稱爲大不約身量説大小也䟽涅槃經云者引經證常義是大義也常者即竪窮初際也即彼經第三

名字功德品佛告迦葉是經名爲大般涅槃上語亦善云云乃至所言大者名之爲常如八大河悉歸大海云云今但取其大字約體不變故名爲常以性自有非造成故故生公疏云若尋其趣乃是我始會之非照今有照不在今即是莫先爲大既云大矣所以稱常疏横者此約分量以説大也疏涅槃又云者即彼經第五如来性品云佛告迦葉所言大者其性廣愽猶如虚空復是别義謂第二十三又云譬如虚空者喻真解脱真解脱者即是涅槃疏方者下二釋方字文顯疏廣者下三釋廣字言本有過塵沙等者即論云從本已来性自滿足一切功德所謂自體有大智慧光明義故云云乃至具有過恒沙等妄染之義對此義故心性無動則有過恒沙等諸淨功德相義示現一一翻對故染淨皆過恒沙釋曰今改云塵沙者一則避於國諱二則展數更多謂抹世界爲塵一塵爲一德用故云多也沙則恒河中所有沙數疏云潛興密應者以凡夫位中此妙用亦非斷無但凡夫日用而不知故云潛密故論云能生一切世間出世間善因果故不善爲真是所治故非其用也問若尒應離於真荅以迷真故不得離真以違真故非用也既亦生世善則凡非無也故華嚴説菩薩及一切衆生心中念念常有佛成正覺疏無有休息窮盡者通論用無窮盡不揀凡聖但取性上本有此德若就聖位如涅槃經説大般涅槃能建大義芥納須彌乃至結云善男子菩薩摩訶薩住大涅槃則能示現種種無量神通變化是故名曰大般涅槃問華嚴題亦云大方廣與此同異荅配屬三大則同釋

義隨宗則異華嚴疏釋大云一切相用皆同真性而常徧故持則雙持性相具十玄門軌則一切諸法一一皆能生解故蔵和尚於一塵中説百門義述成兩巻廣則能包能徧相即相入重重無盡一一對此同異可知疏圓覺者下二釋法體六初標定於中初一句正標次若不下爲顯指體則知向来只説圓覺廣大軌持等也疏圓者下二正釋具如前釋序中彌滿清淨等文也疏故論下三引證證覺照無諸分別之義疏釋曰下四顯位顯離念之言不待聖位疏故知下五釋成如文疏下文下六證成其義不異序中所説然此圓覺於諸經中隨宗名別涅槃經但約凡夫身中本有此性悟之修之決定成佛故名佛性法華經約稱讃唯此一法運載衆生至於寶所餘乘不能餘法皆劣故名一乘妙法淨名但約住此性者神變難量非口可議非心可思故名不可思議解脱金剛但約此性顯發能破煩惱故名般若餘類可知皆圓覺門中差別之義良由未決定的顯無明本無衆生本佛故雖神用繁廣勝德無邊不得標題直名圓覺禪門離念無念亦是此中拂迹遮過之意然以心傳心密意指授非今簡牘所論且約形言對此辨矣疏或唯下二四字一字對二初總標法義言唯覺是法者且如世虚空亦能圓滿唯有靈覺世無與比故唯此是法故經中或但云覺徧十方界又云依幻説覺亦名爲幻若説有覺猶未離幻説無覺者亦復如是又云一切覺故又云皆是覺隨順又云非覺違拒諸能入者有諸能入非覺入

故又云證覺般涅槃又云是則名爲淨覺隨順又三觀皆云以淨覺心如是等文非一不定言圓唯覺一字不改故知是法况圓字是義下釋昭然疏意言下二舉法釋義初四字舉法餘皆釋義也文中作三重相對釋此四字文三一間隔對謂廣大者一與三對方圓者二與四對故云間隔間隔釋者爲取體用爲一對義理爲一對也理是指定之宗源宜云方正義是說釋之所以宜云圓滿故便取爲對也疏亦可下二相次對謂束四字但爲體用一對也疏又上下三總別對言三字別者是體相用三大義也意明已下挾法義以彰總別意云覺是能具三大是所具三大備足是爲圓矣疏是則下三總歎而結可知疏後能下二釋能詮六字三一配屬云總指諸

經者即三藏中一修多羅藏也意云此圓覺是修多羅藏中了義之經非於二藏中而歎也引文云眼目者釋成題中了義也眼目是開決顯照分明之義故疏修多下二正釋三初釋三字此義具在前第二藏攝門中解釋竟要更重說即檢叙之疏了義下二釋二字二初直銷文決擇等者順釋非覆等者反釋謂決擇說故非覆相說若但說生滅因緣是覆真空實相但說無我是覆真我之相但說一切皆空即名王道是覆靈覺本智之相反性上恒沙德相故非決了反此故名了義也究竟說故非密意說佛說無我本意密顯真我說諸因緣生法密顯恒沙性德說一切皆空密顯真如本覺爲恐隨言生著且泯息其念故非究竟也顯了說故非含隱說佛所說權教一一皆含真實究竟之法但未顯言故云隱也今頌圓滿清淨覺性故云顯了也疏然諸下二釋行相二一徵起如文疏清涼下二正釋二一約師釋一一指教就理俱爲了義佛意及圓

稱皆稱理故俱了也順宗者在東宮時勅使蘇明俊至清涼山問和尚諸經了義和尚製述以牋引而答之約十餘紙今撮機要而引用矣疏本爲一事者則法華經意爲開示悟入故出現於世如懸談教起因緣中說疏今約下二對機開教有了不了於中一初標定謂淨名等四依中之一也餘三依者謂依義不依語依智不依識依法不依人疏不了下二判教二初約大小判疏大乘下二約權實判皆如懸談權實對辨中廣說正在西域兩種三時教中及性相十別中一極者會三時歸之一也玄是法鑪是喻智是法海是喻群像萬流皆含法喻謂玄妙之理鎔融森羅萬象染淨事法而爲一味之法如以炎鑪鑄冶千萬金之器像而爲一味之金又總攝無量流類差別之智但是一實相智如攝百川萬流爲一大海餘皆可見疏又大實下二約教釋據所引經文中初佛且徵起後自牒釋牒釋中了不了相對明之有其四對然每對中不了行相多與大小乘法相宗中相應了義即與法性宗終教及頓教相應今且指出此經符合佛判了義之語證成題目兼對揀不了義教可審詳而說之第一對中言世俗者即小乘一藏唯說俗諦雖云四真諦望於真如還成世俗法相一宗經論亦多說世俗少說勝義即明是不了義也言說勝義者據唯識疏四重二諦總有八諦初一諦唯俗不真最後一諦唯真不俗所謂勝義勝義即是圓覺下文云圓覺流出一切清淨真如涅槃故所流出者亦是安立真如對此還成世俗第二對中說業煩惱者此等亦是

相教廣明相教中說真性處百分無一從多而說屬不了義云說煩惱業盡者亦與此經相應此經云永斷無明又云此無明者非實有體又云知是空華即無輪轉亦無身心受彼生死是煩惱業盡之義第三對中云說厭離等者正是二乘宗也法相宗中於斷障證眞轉識成智亦是此流類也言生涅無二此經說涅槃及種種幻化皆生覺心即二法同源正是無二義也又云生死涅槃如夢及不厭生死不愛涅槃等皆同此矣第四對中言種種文句差別者即法相宗漏無漏爲無爲一切定別是也云甚深難見難覺者由差別即無差別故難見也此經云有思惟心測度圓覺如取螢火燒須彌山終不能着即是難見難覺之義故疏結判云皆圓覺相當也是

佛自揀故不應疑疏經者下三釋經字言如上釋者藏攝中釋也疏問修下三通妨二一正通問意可知答云對總歎別者總者指一修多羅藏別即經經各殊今別歎此一部是修多羅藏中了義之經如歎勝人云是人中人或讚佛云天中天等也疏亦如下二舉例可知二別明翻譯中疏云覺救者此三藏以悲智爲名也覺謂覺悟救謂救迷又覺者覺法救者救世（起信歸敬偈謂佛云救世者）謂覺悟眞法救世群迷故名覺救疏北印度者天竺國有五印度四方及中此是北也印度罽賓皆未詳唐語白馬寺者後漢明帝時梵僧摩騰竺法蘭等將白馬駝經到洛都帝令造寺報白馬恩此則天下寺之祖禰也在舊洛城東去今洛城二十里餘亦曾到騰蘭白馬梵經初到

元由廣如別卷疏一部者目録云二十八紙或一卷或兩卷不載年月者目録云此經近出不委何年且弘道爲懷務甄詐妄但真詮不謬豈假具知年月邪（上皆本文）評曰余謂但云不載年月即得何必加此數言故疏中云不載年月疏龍集者有釋云高宗大帝當其年飛龍以王天下此說恐謬曾見有處說長壽年是則天之代然今亦未委其指的也待更尋檢疏具如別録者不知是何圖録悉待尋勘有釋云證義大德是京兆皇甫氏范氏沙門復禮懷素又指度語筆授等何得半在此傳半在彼圖乍可不知不得妄生異說堅志法師疏說譯主年月並與蔵海疏同唯云天竺三蔵羯濕彌羅爲異耳余又於豐德寺雜經中見一本圓覺經年多蟲食多已破爛經末後兩三紙纔可識辨後云貞觀二十年歲次丁未七月乙酉朔十五日巳亥在潭州寶雲道場譯了翻語沙門羅睺曇捷執筆弟子姜遁恪證義大德智晞法紘慧全寶證道義然未詳虛實或恐前已曾譯但緣不得奏聞故滯於南方不入此中藏内不然者即是詐謬也十別解文義中疏二一此下下科判二初總科一經然三分之義不異常談疏序中下二牒釋序分二初合明二序然諸經中多具二序謂證信序（亦云通序諸經通故）發起序（亦云別序諸經各別故）如淨名寶盖法華毫光之類今此經文合而不分故云便是也謂佛入下顯具二序行相疏然證下二別明證信言阿難請問者智論第二云佛涅槃時於拘夷那竭國娑羅雙樹林中北首而臥一心欲入涅槃阿難親

愛未除未離欲故心沒憂海不能自出爾時長老阿泥樓豆語阿難言汝是守佛法藏人不應如凡人自沒憂海一切有爲法是無常相汝莫愁悶又佛首付汝法汝今愁悶失所付事故當問佛佛涅槃後我等依何修道以誰爲師惡口車匿云何共住一切經首當安何語如是種種未來之事應當問佛阿難聞是事已心悶少醒得念道力以是問佛佛告阿難取意撮畧說之我滅度後汝等當依四念處住觀身不淨觀受是苦觀心無常觀法無我以戒爲師黙擯惡性比丘結集經教最初皆云如是我聞一時佛在某國城山林與若干衆等故云佛令置之若要廣釋即檢大鈔疏亦爲斷疑下明佛置立此言之意也意有三焉一斷疑者謂結集時阿難升座欲宣法藏忽然相好如佛衆起三

疑一疑佛重起說法二疑他方佛來三疑阿難轉身成佛纔唱如是我聞等言三疑頓斷既云從佛聞即自非佛明矣真諦三藏引律云爾此通如是我聞也二息諍故智論云若不推從佛聞言自製作即諍論起故今廢我從聞聞從佛来故經傳歷代妙軌不輟此局我聞三異邪故外道經初皆立阿憂爲吉此局如是疏然雖下二銷文謂前釋二序義通諸經今云銷文者唯釋當經三分之中今初序分文二初叙意分科言今隨文便等者據六成就合爲六段緣初四成就經文太少不成全句不可分爲四唱故均融廣畧總分爲三故云文便也云成就者以六緣不具教則不興必須具六方得教起故云成就二正釋經信聞時主中疏四一釋如是二一且兼下連下合釋二初直銷文謂標

指此圓覺道理是我親從佛聞疏佛地下二引論釋義三初引論疏釋曰下二畧釋疏又纂下三引纂靈記結成（然集法傳云阿難有三一阿難此云歡喜持聲聞藏二阿難跋陀此云喜賢持獨覺藏三阿難伽羅此云喜海持菩薩藏但是一人隨德名別）疏離釋下二離釋本文初句牒科餘文二一約信順合釋二字引智論者彼論具云佛法大海信為能入智為能度如是者即是信也若人心中有信清淨是人能入佛法若無信是人不入佛法不信者言是事不如是是不信相故信者言是事如是是信相也疏故肇公者此下肇公但用智論意非是別理是以疏言肇公云也疏信則所下復於肇上加云信為入法之初基智為究竟之玄術信則所言之理順順則師資之道成由信故所說之法皆可順從由順故說聽二途師資建立者此亦後人傍智論肇公後加也言則雖多亦非異理疏又聖下二約法體離釋二字二一通約諸經釋二一自狹之寬三一但約理此一最局但約理釋唯取如故則劉虬注無量義經云爾疏又真下二兼理事若取敵對阿憂應如此釋今當廣之外道謂阿之言無憂之言有萬法雖衆不出有無此則斷常之計今如即真空是即妙有既無俗外之真故空而非斷（破阿）無真外之俗故有而非常（破憂）即對破邪宗以彰中道一代時教不出於斯故云如是言敵對阿憂者百論外道立阿憂為吉智論說梵王昔有七十二字以訓於世教化衆生後時衆生轉薄梵王因茲吞噉在口兩角各有一字是其阿憂亦云阿嘔但梵語輕重耳疏又如下三通教義以義中又含

於事理故轉寬也理者道理非爲真如故是通也即生公釋法華經云爾遠公亦云說理如理說事如事說因如因說果如果如法之言是當道理故曰如是良以乖法之言名爲非故如法之言得稱爲是此則能詮之教稱於理事也其言雖多但當理言耳不異生公疏又有下二合於寬狹釋此約所詮理事無二疏若唯下二唯就當經釋謂不異是相似義故名如也方離過非下則反顯於是義故名是也此雖約當經然亦大同有無不二爲如如非有無爲是矣於中言唯此因果者還源觀云非真流之行無以契真何有飾真之行不從真起故不異圓覺方是離過之因也果例此知應隨教門差別已顯如是不同如大鈔說二解我聞疏初句牒章餘文三一通大小乘法相釋二一正釋二一釋我四一約假名直指謂淨土所說之經故結集兼於菩薩疏云何下二以妨難徵起意云一切佛教詮於無我阿難是入理聖人那同凡夫而言我聞疏我有下三總列邪正於中凡夫外道等如下所辨三通大小賢聖四唯明菩薩又若約本而言阿難亦通法身我也亦如下說疏今是下四以正揀邪謂法雖無我隨世流布假說故無我法中有真我真我即法身如涅槃經說疏聞謂下二釋聞然大小乘各有三說或云唯耳根聞或云唯耳識聞或云根識和合方有所聞廣如大鈔所說根識俱取是其正義故今云耳根發識也然具四緣八緣亦如大鈔廣釋疏雖因下二通妨謂有問言既是耳聞何言我聞故爲此通明我爲總該眼

耳等諸根故即佛地論文非邪慢者智論云世間語言有三根本一邪二慢三名字凡夫具三見道學人具於後二聖人唯一謂隨世間但是名字故云非慢心也疏若無下二約空宗等釋等於三教謂始教頓教實教故云等也雖含三教無相宗義強故偏標也謂若但云我既無我聞亦無聞即空宗意若云能所雙寂無聞不聞無我不我離念而顯即頓教意其從緣空故文含兩勢一釋成上二句無我所以二者連下不壞假名即不聞聞耳爲實教意謂事理無礙故聞與不聞無二義故故智論云非耳根能聞亦非耳識非意識是聞聲事從多因緣和合得聞不得言一法能聞聲何以故耳根無覺故不應聞聲識亦無色無對無處故亦不應聞聲聲無覺亦無根故不能知聲釋曰此上皆明離此衆緣不能聞也下云爾時耳根不壞等和合能聞今明和合而聞聞即無聞皆實教意若劉公注法華云陰入非主爲我聽受非情曰聞深照緣起悟解法空若斯人也顧命之所因然後傳而無執物我同致釋曰此初亦始教意從深照緣起下即實教意然皆屬無相宗攝又言不聞聞者即涅槃第十九說也疏若約下三唯約實教釋亦含圓教中意言以我無我等者含兩經意一者淨名云於我無我而不二是無我義二者涅槃云無我法中有真我是故敬禮無上尊正當今意則口順世間心造真境是自在我疏根境非一異者以根與境共爲緣起因根說境因境說根互相融即故曰非異兩相歷然故曰非一斯爲妙耳何

所不聞問阿難是佛得道夜生年滿二十方始出家年至三十如来方命爲侍者自二十年前如来所說阿難不聞何以經初皆言我聞答報恩經說佛初命阿難爲侍者阿難請如来重說金華經又云阿難得深三昧自通涅槃經亦云阿難多聞士若在若不在自然能解了常與無常義法華亦云世尊甚希有令我念過去無量諸佛法如今日所聞若推本而言即阿難是大權菩薩何所不了如不思議境界經說况同文殊結集何滯迹而疑焉三辨一時疏初句牒章餘文二一隨相釋三一正釋言師資合會者生公云機敎一時謂上言如是言雖當理若不會時亦爲虛唱今明物機感聖聖能垂應凡聖道交不失良機故云一時肇公云即法王啓運嘉會之時者意亦可知謂開大運演說真乘即嘉善之會也疏說聽究竟者先應難云一會說有多多字句句字有多多剎那如何言一佛地論云此就剎那相續不斷說聽究竟總言一時此中不定約剎那亦不定約四時十二時亦不約成道已後年數時節名爲一時但是聽者根熟感佛爲說說者慈悲應機爲演說聽事訖總言一時由能說者得陀羅尼說一字義一切皆了或能聽者得淨耳意聞一字義一切皆解或說者時少聽者時多或說者時多聽者時少故不定說一念多劫之時節也由於一會聽者之機有利有鈍如来神力或延短念爲長劫或促多劫爲短念亦不定故但約說聽究竟名爲一時更無異義上所釋者多約佛地論也疏時者下二出體時無定體約色心分位

以明故云假也疏如涅槃者具云我於一時在迦尸國我於一時在恒河岸我於一時在尸首林等疏又諸下三通妨又字是連前釋一時義之文勢也諸方下正是通妨謂有難云何不別說四時六時十二時定是何時但云一邪故爲此釋言諸方者豎謂上下橫謂四方言延促者人間五十年四天王一晝夜等言不定者有二意一即指上延促云不定也二謂四洲晝夜不同故云不定謂北洲夜半南洲日午東洲日沒西洲日出等如來說經被於上界諸方流通若說四時等即諸方不徧故不別說疏若約下二據實釋然此二法皆從緣無性但是一心故須融泯然心境通於徧計故須泯之理智唯悟悟即不壞能所故但融之融之即自他不異故云凡聖如也本即本覺始即始覺始覺合本無別始本之異名究竟覺故云會也佛說之時心心若此而機感相契亦然故云一也淨名楷疏亦作隨相就實二釋隨相大同於前就實釋云說聽雖別原其本性真體不殊一味如如故名爲一即就此一以辨其時故云一時此乃以說聽不二而爲一也四明說主疏初句牒章餘文三初正釋此文二初約涅槃經翻釋斷德者佛有三德法身斷德（由斷煩惱方顯出故）報身智德（轉識成智乃名正覺故）化身恩德（多劫化生利他行滿方能現化所化緣熟方感佛身故）言法報不分者諸處以遮那爲法身以舍那爲報身若華嚴宗祖相承古德翻譯即遮那舍那但梵音小異此翻爲光明徧照或爲廣大生息是理智不分之真身也此經是淨土說故化主是真身是以經云娑

伽婆也疏故佛下二引佛地經例證謂彼經亦淨土說故彼論所說化主亦云次顯說佛異餘大師（異餘經所說佛）故說世尊殊勝功德云薄伽梵釋曰婆伽婆但梵音之小異具足六義已在序中釋了最清淨等四句是真身殊勝功德盡虛空者橫也窮未來者豎也疏若約諸下二會餘經二初標舉翻譯釋中言心體離念等者通釋覺者之義此是起信論文謂由心離念方能覺了性相覺了性相之者是為覺者凡夫雖有心體只緣妄念不得名覺者故彼論又云一切眾生不名爲覺以從無始已来念念相續未曾離念故疏覺具三義下別釋覺者之義若以常途所釋但云自覺揀異凡夫覺他異二乘覺滿異菩薩更不委明行相今釋云自覺者覺知自心本無生滅

（早以異於二乘及權教菩薩）覺他者覺一切法無不是如覺一切眾生皆同是佛覺滿者覺自他無異理事無礙心境交徹一一徧滿法界如下文云一切障礙即究竟覺等疏若約下二廣顯行相二初約論顯即彼論第一云謂具一切智（根本）一切種智（後得）離煩惱障及所知障於一切法（真諦）一切種相（俗諦）能自開覺亦能開覺一切有情如睡夢覺如蓮華開故名爲佛釋曰十義者能斷二智所斷二障所覺二諦所得二利結二覺相是爲十也配文可知若各就當類說者謂以一切智斷煩惱障證真諦名自覺如夢覺也以種智斷所知障達俗諦能覺他如蓮華開也疏若依下二約經顯十佛者離世間品列也成正覺佛者果位妄盡智顯故願佛者願力周法界轉法輪度眾生故

業報佛者萬行功圓相好福德具足故住持佛者自受用身安住自受用土盡未來際而不失故涅槃佛者生死永寂故法界佛者若心若境若性若相無非佛故心佛者萬法雖衆不出一心唯心知覺故三昧佛者雖心境皆佛妄想取着即乖正覺唯平等持心方相應故本性佛者將心息妄亦乖本性性本自寂性本自知方名真佛故隨樂佛者如理觀察隨心所見無非是佛故初五及十局於果位餘該凡聖於中八揀散心九揀虛妄六七俱攝也疏若出下三總出體若心若境若聖若凡攝歸圓覺故總爲諸門佛義之體也經說處依真疏二說下初句牒章餘文二初通疑難二初總標宗意以釋科文華嚴亦云普賢身相如虛空依真而住非國土疏然諸下二引經論顯淨土說經行相大疏於此先通疑難今但潛通伏難而無難辭大疏難曰外道言教首建阿憂孔老篇章不標處所佛經異此故必以序分爲初章說處則山城有依明說人則主伴無雜六種成就千代楷模邪正區分實由斯矣今云入光明藏三昧正受現諸淨土與諸菩薩同入等者但是真智所造之境非化身形相之依既不言佛在何山城國邑則說經主處文不顯彰幸爲釋通冀無所惑荅曰夫三身一體四土一性聖言三四者立教有權實對機有隱顯劣機隱淨說穢勝機隱穢說淨若揀邪教定釋宗則唯標變化身土說大小乘法相大乘破相及顯性等經若除細惑彰妙境則直顯受用自他圓覺密嚴之類十有餘本然此了教委窮識智之體備搜性相之源深究無明之根圓彰無漏之界經宗既詮實境教主須明真

佛故受用身居受用土爲諸大士説圓覺經餘文大同今疏文二初具列十本淨土經以爲類例意恐愚者疑此經既無人間説處經從何来憑何傳持故引同例通之謂若以不標人間之處便疑則此下所引之經總應疑也以皆無人間説處故同是淨土説故文二初且總列九經名題今隨所列便指其文深密解脱經序品第一總五卷如是我聞一時婆伽婆住法界殿如来境界處衆寶赫炎一切莊嚴第一之處徧至無量諸世界處放大光明普照之處即大光明藏也又有重譯之本題云解深密經序品第一亦五卷如是我聞一時薄伽梵此是同本重譯即知薄伽婆伽義無二也住最勝光曜七寶莊嚴放大光明普照一切無邊世界無量方所妙飾間列周圓無際其量難測超過三界所行之處法集經八卷如是我聞一時婆伽婆在虚空界法界無差別住處不二隨順普皆嚴潔清淨無垢諸佛如来福智莊嚴一切如来光嚴住持如意所化超於三界有爲數行過一切譬喻不可思議乃至與菩薩摩訶薩衆皆悉清淨得無常三昧境界與諸菩薩平等法會稱讚大乘功德經一卷如是我聞一時薄伽梵住法界藏諸佛所行大功德嚴大乘密嚴經會品第一三卷如是我聞一時佛住出過欲色無色無想一切法自在無礙神足力通密嚴之國神通大光明藏非諸外道二乘行處與諸隣極修觀行者十億佛土微塵數菩薩摩訶薩俱皆超三界心識意境智意生身轉於所依成就如幻首楞嚴法雲三昧處皆入三昧乃至爾時如来應正等覺從證自智境現法樂住神通辯才現衆色

像三昧而起出虹電光妙莊嚴殿與諸菩薩入於無垢月藏殿中廾密嚴道場師子之座諸菩薩衆亦皆隨坐(云云即是於不二境現諸淨土)此密嚴中諸佛菩薩并餘國土来此會者皆如涅槃虚空及非擇滅(同住如来平等法會)乃至去来今佛一切悉等爲一切法身一切諸佛行皆平等(一切)(如来光嚴住持)神通之力無所罣礙慧體究竟無相法度無極遊于法界無有二行(不二隨順)諸菩薩等猶如塵數一切悉是一生補處各各在於異佛世界志願無極奉諸慧行各各入於無所破壞平等法界(平等法會)乃至衆菩薩身無所動揺(皆入三昧)大毗盧遮那成佛神變加持經第一如是我聞一時薄伽梵住如来加持廣大金剛法界宮殿進力入印法門經卷第一如是我聞一時婆伽婆住如来住持境界之處去寂滅道場不遠普光法殿福徳善根所成之處平等普徧無可嫌處(云云)金剛堅固所成之處不可壞地安固之處婆伽婆善清淨智慧得成究竟無二之行(不二隨順)得至諸法無相彼岸(云云一紙半)皆是智境方等王經虚空藏所問第一(十卷)如是我聞一時婆伽婆遊於如来行處乃至入無礙智行處二引佛地經顯淨土相(偏引此一經者後有論釋之)彼經云如是我聞一時薄伽梵住最勝光曜七寶莊嚴放大光明普照一切無邊世界無量方所妙飾間列周圓無際渺然難測超過三界所行之處勝出世間善根所起最極自在淨識爲相如来所覩諸大菩薩衆所雲集大鈔中更列四本在淨土説經兼圓覺都十五本今但列十者取其大數又有經在淨居天説或在欲色二界中

說故知說處各隨見聞不應局執疏彼論下二約佛地論徵釋正破疑情大疏先標云然淨土說經如上所列儀式稍異不標人間山城國邑等故廣數佛法報德故學識淺者只加承上釋云說主處者異邪教者故不同外道經書不標處所等故前已標說也或謗或疑麤心者謗細意者疑故佛地論中具有通釋但曉此論自反三隅目十經文故載其文大疏次第錄此一段論文今疏取意略引以遮未有的疑謗者但是預遮愚謗者惑疑者意云但遮愚者惑者不遮智者信者也聖言定量不假餘辭自有大菩薩論釋不假疏家自釋也文二初且直明正義三初立宗因論中於此文前假為問曰受用變化二佛土中今此淨土何土所攝說此經佛說佛地經之佛為是何身論次此自答有其三段一不正義二正義三如實和會今文但取後二也初不正義云有義此土變化土攝說此經佛是變化身恐外難云既爾何故經云住最勝超過三界之處宣是穢土如此邪為遮此難故論次云佛為地前等令其欣樂

脩因故蹔化作淨土妙身神力加衆令蹔得見意云佛攝神力則皆不見有義此下王當今疏也但文闕少故鈔備之可對疏詳之此土受用土攝他受用也即是報身說此經佛是受用身立義宗也次說所因云此淨土量無邊際故如本經說也此正是今疏所引也次難破初義云若蹔加衆令見應如餘經分明顯說如法華三變淨土淨名足指按地經文皆云佛神力等故云分明顯說經不說故經不云佛力云何言蹔化作是受用身土結成也此下假為前難在今疏中也難云疏若爾下二假為前難亦全論文緣在疏中故鈔不引意云地前乃至二乘凡夫悉不見淨土報身何得人間有此經本邪疏論自下三釋成正義初二句疏取意標引本文云傳法菩薩為示現一切智者及所居處超過世界如是示現文有五句初句標結集人次句報佛也次句淨土次句超化身穢土後句正結說法言示現者謂顯示也皆由文隱故疏取意標引令五句成兩句又易會矣論次此下更有文云為生廣大勝解有情頓機衆生及諸菩薩漸機成熟者即三賢之末勝歡喜故稱根宜也結集流布故受用身居受用土為初地

上菩薩說此上皆疏中略論中具也令傳法者結集流通
在疏中也此後二句文易故疏依本結集者是菩薩也義如前釋疏又云下
二會通權實前宗雖正且義理未盡故此了之矣論中先假設
外難云若爾何故不但說彼所說法邪何不且以
化身標山城等處然後但就經內讚說真身淨土勝妙等法如無量壽觀經等邪下又反
出不標說處之過云若不說處及能說者若不說有形相名字化身
如釋迦在祇園等也不知此法何處在何處說誰說是何人說一
切生疑由無主處闕六成就故也故須具說結也後窮盡道理和會釋
云如實義者釋迦牟尼佛不妨還是釋迦也已上疏畧却已下
疏中具有說此經時地前大衆云云乃至淨土爲其說
法故有雙標淨穢者如等自菩薩所問三昧經云聞如是一時世尊遊於摩竭境界法
靜道場釋曰是不壞境界隨識所見故但云遊不云住也次云初始得佛光熔明耀宣真
諦藏演如來慧暢三世要布無星礙道寶之定佛時以此普智無極確然正受其定恬怕
忽無形像亦無中外靜無見聞所居正受乃大曠蕩汪洋無極難遇難聞億世之過時此
佛定無量無不炳徹釋曰上皆隨所見淨土相也正同佛地諭說地前見穢也上見淨也

此下疏文亦不全足但依次第錄論令相對連合疏文也雖俱歡喜信受
奉行各信所見身土所聞之法解有淺深所行各異各隨所見
所解而脩其行而傳法者為令衆生聞勝希願勤脩
彼因當生淨土證佛功德故就勝者所見結
集言婆伽梵住最勝等出結集菩薩隱化身穢土位號名相但彰
真身淨土境界之意也餘諸經教例亦如然由隨機益故但各就本經意趣隱真身淨土
顯化身穢土等也故前云對機有隱顯大疏次此下印定論文
所釋及轉問答妨難并總結等初印論云論釋分
明不假別議驗前經等類例昭然然前所列
之經十經兼圓覺皆詮殊勝之事境深細之理趣
至於領受結集瓶注不遺者非登地菩薩則
不堪任故淨土宣揚唯大士親受展轉流布
則羣類普霑此下轉問答通妨難問華嚴大經宗趣圓
博佛土是華藏世界佛身是毘盧遮那尚標
穢境之中人天七處初會摩竭國三及七八普光殿三忉利天四夜

摩五兜率六他化九祇園並不離欲界故佛地經等何不然耶答大聖設教權實多門總一切經不出三意謂諸餘經等欲令隨識者趣入故唯舉化身穢土佛地經等欲令隨智者領受故偏舉真身淨土華嚴則識智融通淨穢交徹法界圓攝稱性而談不逐機宜屈曲故即釋迦全是毘盧不壞娑婆而見華藏是以標舉給孤九會摩竭初會同於濁世四處在欲天皆是五濁境矣閻浮三處在天竺也釋相則金地經說摩竭云其地堅固金剛所成也蓮臺經云見佛坐蓮華藏師子之座十佛刹微塵數菩薩圍遶一一塵中亦復如是也一一普周法界佛身一一肢節一一毛端佛土一一微塵皆徧法界三類各有宗趣何執一而難乎次下總結云然佛化儀隱顯殊迹一身異應一音異聞故教海無邊權實叵測且天竺小乘宗人尚有總不信大乘經典況時澆佛滅度後百年毱多持律不如佛在六羣乳味不如佛在水味況今向二千年邪處

異震旦國與天竺隔遠詎免疑流今以聖言分明顯示庶祛其惑直入眞乗上来總是通疑難竟䟽文中下二正釋文二初開章如䟽所科二正釋經智用中䟽二一藏即下釋入於等文三一且釋藏法界藏者寶性論此下但無名者即鈔也佛性論勝鬘經皆有諸藏或四種或五種其文小異其義不殊今就五種言之一如来藏在纏含果法故二自性清淨藏在纏不染故三法身藏果位爲功德所依故四出世間上上藏出纏超過二乗菩薩故初二就凡位說次三就聖位說次五法界藏謂通因果外持一切染淨有爲故名法界內含一切恒沙性德故名爲藏此義寛通今此大光明藏既聖凡同體故當此也故華嚴經歎普賢等海會菩薩亦云入法界藏智無差別彼䟽判之亦同此也

至下如来藏章更當廣釋疏起信心真如者彼論雖於一心說二門然心真如是總相門非別相門然亦該收別盡故論云心真如者即是一法界即無二真心爲一法界此非筭數之一謂如理虛融平等不二故稱爲一依生聖法故云法界此下經云不二隨順亦是一義大總相法門體所謂心性不生不滅釋曰既是總相法門即塵沙無漏因果德用之本上引二論皆是出大光明藏之體疏諸佛衆生本源者後叚經文即說疏法性土者即唯識說四土之一也餘三者謂自他受用及變化土次下淨土章當廣分別疏常寂光土者即天台約智論所說四土之一也餘者凡聖雜居土方便有餘土實報無礙土也已如懸談第三門中廣釋要具說者即再檢之疏息諸下二釋入字疏然諸下三釋通光言常光者此復有二一

如諸教說項佩圓光長一尋二即光明徧照法界疏放光者此即羣機有見不見對機而說有放不放如法華經從眉間白毫相中放光照東方萬八千世界靡不周徧然通與光數皆無量華嚴經不思議品云一切諸佛有無邉際無礙解脫示現無量大神通力又如来現相品云世尊知諸菩薩心之所念即於面門衆齒之間放佛刹微塵數光列十名云云一一復有佛刹微塵數光明以爲眷屬如是等文徧於一部若取類收束通即或六通大小乘或十唯華嚴一乘光則身光智光疏唐梵下二釋定相此云正思等者海東元曉法師造論釋金剛三昧經初釋題目中云三昧此云正思謂在定時於所緣境審正思察故名正思如瑜伽言三摩地者謂於所緣審正觀察心一境性

故問定應是靜靜住一境云何乃言審正思察思察之用應是尋伺云何說定爲思察邪答若守一境即爲定者惛沈住境應即是定若正思察名尋伺者邪慧推求應非尋伺當知思察有其二種若通邪正意言分別名思察者即是尋伺直是分別若唯審正明了緣境名正思察是名定用而非尋伺定通分別及無分別故以審正揀彼尋伺又住一境亦有二種若住一境惛迷暗昧不能審察即是惛沈若住一境不沈不浮審正思察是名爲定故以思察別彼惛沈是故當知不以住移揀別定散差別之相何以故捷疾之辯雖速移轉而有定故遲鈍之念雖久住境而是散故金剛三昧名爲正思察者無正不正亡思非思但爲別於分別邪念又不同於虛空無

思所以強號爲正思耳三昧之名略釋如是經同體中疏二初二明下疏總釋言無漏無明等者無漏則一切稱性清淨也謂出世三乘因果等若人若法此屬聖也無明則一切顛倒染法謂三界六道惑業苦等此屬凡也論既云皆同真如性相即知凡聖同體故引論釋也然迷悟染淨等法本末分析有同有異今即同也至下文中廣令遠離虛幻境界及滅影像堅持禁戒住定脩慧隨順覺心脩習三觀乃至三期道場禮懺等即約異也故論具云復次覺與不覺有二種相云何爲二一者同相二者異相同相者（牒名也染淨二法同以真如爲性真如以此二法爲相）譬如種種瓦器（喻染淨法）皆同微塵性相（器以塵爲性塵以器爲相）如是無漏（始本二覺）無明（本末二不覺也）種種業幻（此二皆有業用顯現而非實有故云幻此等合種種器也）皆

同真如性相以動真如門作此生滅門中染淨二法更無別體故云性也真如亦以此二法爲相淨相可知其染相者下文云但以無明而熏習故即有染相是故脩多羅中依於此義說一切衆生本来常住入於涅槃依此同相門如上本末二不覺本來即真如故說一切衆生自性涅槃不更滅度故淨名經云一切衆生即涅槃相不復更滅菩提之法此同相門如上始本二覺即真如故諸佛菩提非脩等也又前約不覺即如故衆生舊来入涅槃今約覺智即真故諸佛菩提無新得也非可脩相望前涅槃非是了因所顯非可作相望前菩提非是生因所作畢竟無得此之二果性淨本有疑云若衆生巳入涅槃更無新滅者即巳同諸佛何故不能現報化等色身故下釋云亦無色相可見法性自體本無色相可見如何使現色等邪又疑云若以法性非是色相可見法故不現色者而諸佛何故現報化等種種色邪故下釋云有見色相者唯是隨染業幻所作非是智色不空之性彼見諸佛種種色等者並是隨衆生染幻心中變異顯現屬後異相門非此同相門中本覺智內有此色等不空之性也又亦可本覺不空恒沙德中亦無此色故也問何以得知彼法體中無色相邪下荅云以智相無可見故以本覺智非是可見之法故也異相者牒名如種種瓦器各各不同喻也下合云如是無漏無明總指隨染幻差別別明無漏法也性染幻差別故是無明法也以彼無明迷平等性是故其性自是差別故下文云但是無明自性差別故也諸無漏法順平等性直論其性則無差別但隨染法差別相故說無漏法有差別耳如下文中對業識等差別染法故說本覺恒沙性德又由對治彼染法差別故成始覺萬德差別也如是染淨皆是真如隨緣顯現似有而無體故通名幻也

圓覺經畧疏之鈔卷第九

圓覺經畧疏之鈔卷第十

圭峯蘭若沙門宗密　於大鈔畧出

疏華嚴亦云心佛等者此是夜摩偈讚品覺林菩薩所説之偈此但標下半也其上半云如心佛亦爾如佛衆生然便接此所引明具(具真妄識)分(唯生滅識)唯識也此是晉譯之文若取唐譯即下半云應知佛與心體性皆無盡(上半同也)今略示之謂次前偈云心(總相心也)如工畫師(總相喻也下別明染性云)能畫諸世間五蘊悉從生無法而不造便次此偈彼疏釋云以心例佛也謂如世五蘊從心而造諸佛五蘊亦然如佛五蘊餘一切衆生亦然皆從心造然心是總相悟之名佛成淨緣起迷作衆生成染緣起緣起雖有染淨心體不殊佛果契心同真無盡妄法有極故不言之若依舊譯云心佛與衆生是三無差別(此疏引晉譯經者要證佛與衆生皆同生心無別也)此則三皆無盡無盡即是無別之相應云心佛與衆生體性皆無盡以妄體本真故亦無盡是以如来不斷性惡亦猶闡提不斷性善又上三各有二義總心二者一染二淨佛二義者一應機隨染二平等違染衆生二者一隨流背佛二機熟感佛各以初義成順流無差各以後義爲反流無差則無差之言含盡無盡又二中二義各全體相收此三無差別成一緣起上約横論若約一人心即總相佛即本覺衆生即不覺不覺乃本覺隨緣而成此二爲生滅門二體性無盡即真如門隨緣不失自性故次後一偈云若人知心行普造諸世間是人則見佛了佛真實性(謂妄取諸法則不知心行若知心行普造世間則無虛妄便了真實也)故月上經云我亦當知

十方佛皆共同體覺一法真如體性無有二無量衆生同實際二經別釋文二初明聖同中疏言本覺名如等者依藏和尚論疏約理智釋也若廣釋者復有五義一就理顯謂法性名如出障名来二唯就行瑜伽云言無虚妄故名如来涅槃第三十亦同此説（即樹提長者父之知識讃佛云如来世尊於一切法知見無礙故名爲佛發言無二故名如来斷煩惱故名阿羅訶世尊所説終無有二）三理智合説轉法輪論云第一義諦名如正覺名来正覺第一義諦故名如来此與成實大同（彼論云乘如實道来成正覺以如實道亦通萬行故言大同即非全同也）四離相説般若云如来者無所從来亦無所去故名如來五融攝（説謂）一如無二如若理（第一解）若智（當第二義）若開若合（合即第三義開即四義各説）無不皆如故名爲如如外無法来亦即如如是来者是真如来二明凡同中疏本

覺心地者本覺之心地也如疏序中科云覺之心體心之覺相覺相即本覺也心體即心地也心有生成住持之義故諭地也故禪宗云心地法門然地合法有三一無明住地二佛菩薩住地三平等心地心地是總餘二是染淨之別若會相歸性則三皆平等故前引華嚴云是三無差別疏妄不能染者即勝鬘經説自性清淨心不染而染染而不染等文也疏論云一切等者即前總釋中鈔已具引彼論中同相之文以釋此凡聖同義訖若不記得即再檢之疏凡不知同者即但住夢染之境云何住持光明藏中然聖智見他皆同此體故指此體是諸等也如夢者覺者在一堂中半睡半覺睡者夢在諸處覺者見在堂中不妨見堂亦是睡者之堂也法合可知經

稱體中疏二一凡聖下且銷文言凡聖身心者以第二段中與凡聖同體故此總收二類身心皆寂滅也以圓覺爲本際者流出真如菩提涅槃等故種種幻化皆從其中生故隨體圓滿者下云覺性徧滿圓無際故當知六根徧滿法界故慈云首楞歎虛空之小圓覺嗟法性之寬比之常談海形牛跡疏西域語倒者鍾打飯喫酒飲經讀之類也皆先舉所依法體後始明義用故此先舉所隨順不二然後舉能順之心故譯經者先翻出梵語後迴文令順此方如云打鍾喫飯等故應云隨順不二也言不盡者下文頻有此例華嚴等經亦頻有之若總不迴文即一部經一一倒也下同此者皆倣此說疏生死涅槃等者準淨名經不二法門品皆約二法說不二也疏

又依下二別釋義如文可知若更廣之謂於一切法體則有無不二於義則常無常不二於行則苦樂不二於教則世出世不二於諦則真俗不二於道則邪正不二於位則權實不二然大疏次此別釋平等云然凡聖平等復有多義謂衆生及佛悉皆平等且依佛說佛佛平等法身智身無增減故若依衆生生生平等煩惱業苦有支皆等若生佛相望者凡夫現在等佛過去進脩得果等佛現在成佛究竟等佛常住此約三世互望若約煩惱佛則本有今無衆生則本無今有菩提則衆生本有今無諸佛則本無今有約迷悟異則說今本涅槃之性非三世攝故知三世有法無有是處若以性淨而說則佛與衆生現今平等不妨迷悟之殊是故三乘亦有差別亦

無差別衆生寂滅即是法身法身隨緣即是衆生故寂滅非無之衆生恒不異真而成立隨緣非有之法身恒不異事而顯現是故染淨三世一切諸法無不平等況稱性互收如是解者名爲善住平等心地經現土中疏三一佛無下釋文言淨土者離染皎潔曰淨凡聖可居曰土瓔珞經云土名賢聖所居之處故一切衆生一切賢聖各有自居果報之土若凡夫住五陰中爲正報土山林大地爲依報土初地聖人亦有二土一實智二變化餘文可知疏然土下二釋義大疏於此開爲四門一釋義相畧如今疏二三土等二出體性小乘入微權教唯心實教融攝也三嚴之方便皆由佛應統之故若就行則唯淨淨有二世出世故出世復二謂二乘菩薩菩薩又二真極未極故四身土一異文二一權二實實中又二法身十種二二亦隨身顯五重大疏有四紙大鈔八紙今且畧用初門若要備知須更聽大疏今文有二初列多種言不出其三者依三身故報有自他故爲四身四身還依四土言法性土者佛地論云唯以清淨法界而爲法身亦以法性而爲其土性雖一味隨身土相而分二別唯識亦云謂自性身依法性土雖此身土體無差別而屬佛身也法土也性相異故慈恩釋云法性屬佛爲法性身法性屬法爲法性土性隨相異故云爾也此公意云屬佛是相屬法是性清凉大師據實教宗釋云佛有覺義名爲佛土無覺義但持自性故名爲法亦如智論云在有情中名佛性在非情中名法性也言性相異者身土約相則有二別約所依性則無差別今以無差別之性隨差別之相故云性隨相異也前引佛地論正同此也論次云此佛身土俱非色攝雖不可說形量大小然隨事相其量無邊三身三土事既無邊相之與性豈有邊邪譬如虛空徧一切處既如虛空則徧至色非色處也亦同華嚴云普賢身相如虛空依真而住非國土也疏

二受用土者此受用身土復有二一自受用身還依自受用土成唯識云謂圓鏡智相應淨識由昔所脩自利無漏純淨佛土因緣成就從初成佛盡未來際相續變爲純淨佛土周圓無際衆寶莊嚴自受用身常依而住如淨土量身量亦爾諸根相好一一無邊無限善根所引生故功德智慧既非色法雖不可說形量大小而依所證及所依身亦可說言徧一切處他受用身亦依自土謂平等智大慈悲力由昔所脩利他無漏純淨佛土因緣成就隨住十地菩薩所宜十地經說十地各有分量大小廣如彼說初地唯見百葉華佛見百二千大千世界也變爲淨土或小或大或劣或勝前後改轉他受用身依之而住能依身量亦無定限若變化身依變化土謂成事智大慈悲力由昔所脩利他無漏淨穢佛土因緣成就以化土中有淨有穢非他受用土故言淨穢他受用法樂增故同自受用化土雖復說法神通增故立變化名此如佛地論廣說也隨末登地有情所宜化爲佛土或淨或穢或大或小前後改轉佛變化身依之而住能依身量亦無定限疏若開等者開三爲四義如上疏大鈔統唯二者又束四爲二也諸經論中皆有於兩種之二先攝上四爲淨穢者乃有多義一前三皆淨四中有淨有穢則三類半爲淨半類爲穢二前三爲淨以他受用分斷二障分證真如故得名淨變化土皆穢設有七珍穢衆生住故亦非淨土三後二皆穢仁王經云三賢十聖住果報唯佛一人居淨土而生公說有形皆穢無形爲淨則唯法性爲淨若爾自受用土豈稱穢邪此以冥同真性不可說其形量大小則同淨攝二攝前四爲性相

者畧有二門一法性爲性餘三皆相二自受用土寘同真性亦可名性餘二唯相大疏次此云融而爲一有異餘宗者則淨穢性相二土三土四土無不融攝即華嚴等及此經意故云異餘宗也疏然此下二融上多種不一不異也因上開合無定故爲此融（土引大疏云融而爲一即一也前列多種即異也今即不一不異）然東安莊公本有三句無有質不成句清涼加此句以成二對謂淨穢域絶不可言一理唯一味不可言異寘同性空不可言有隨緣成立不可言無然一爲遣異無爲遣有然其釋中一亦約理實則一義有其二種一約理一二約事一如自受用十方如来同有淨土不可言無而得稱一故疏形奪下然上畧舉四句一向遮過實則即異即同即有即無若互相形奪則一異兩亡有無雙寂若圓融無礙則即一即多即無即有有是無有無是有無多是即一之多一是即多之一有無即事理無礙一多兼事事無礙由此重重故大經華藏刹海一一塵中皆具法界疏前凡下三連合前後如文易解經同體法衆中初總標云菩薩者具云菩提薩埵此翻菩提云覺薩埵云有情此有三釋一約境釋即悲智所緣之境也謂脩智求菩提運悲化衆生也二約心釋言有了悟之覺者謂初心有頓悟地前有比觀登地有現觀雖云了悟之覺非依主釋以了悟即是覺故而言之者爲揀佛果故下云之情亦然餘緣慮者地前雖悟解而未證故登地出觀散心是情慮故八地已上三細未除習氣流注故三約能所釋然上約所求所化皆是所對非

已當體故云境令約自䏻所釋謂大菩提是所求自己心是䏻求疏大法等者法華云必説大法又云演大法義下文云末世衆生將發大心求善知識等脩大行者二利行故證大道者真如覺性也若約位説者信即十信解即十住發即十迴向大願之心證即見道行即脩道趣即八地已上無功用自然流入薩婆若海經別列中疏夫聖人無名爲物立稱者莊子云志人無己神人無功聖人無名今約利生無名而強立名耳多依行德者多是不唯之義謂亦有因姓如慈氏等亦有因所求神如世親等亦有因父母如聲聞中鶖子等然依行德立名者偏多矣問既依行德而諸菩薩行德皆俱何以成別故次云隨宜別標也機宜不同所表各異故云千差等也

如觀其音聲皆得解脫名觀世音悲愍衆生名爲常慘手中雨華便名華手等又如經偈無厭大悲未曾捨即金剛愛菩薩見行小善便稱美即金剛善哉菩薩無住檀施等虛空即金剛實菩薩之類是也此十二大士是十萬中標領表十二段法如次各於一門而爲請問之主良以初心識昧未解諮求故菩薩慈悲騰疑爲請(此明解而復問之意)疏令各以所詮下顯別釋之義言穿鑿者孔安國注論語云孔子在陳思歸欲去故曰吾黨(鄉黨)之小子狂者進取於大道妄作穿鑿以成文章不知所以裁製我當歸以裁之耳疏妙首等者然文殊師利梵語訛正云曼殊室利此云妙首等也準華嚴宗此菩薩表三法門謂一名妙首表䏻信之心故華嚴十信會中十菩薩皆同名

首謂覺首等故文殊即妙首也觀察諸法三昧經云普首阿目佉經云濡首無量門微密經云敬首皆有首字者信是萬行萬德之頭首也二名妙吉祥者佛地經云一切世間親近供養咸稱讚故名妙吉祥真諦云以恒寂靜於怨親中平等利益不爲損惱名妙吉祥上生經疏引也三聖觀說表能起行願之解次下即釋三名妙德表能證真理之大智諸經多云法王子者如王太子無等雙故今經文畧義廣但一處說文殊已含三義故故言表信解智及證智等如三聖觀說文殊表能起行願之解故今云妙吉祥吉祥是即解之行三聖觀文次下即釋疏文中說本起下會通此經表法之義也然首楞嚴經說文殊是過去龍種上尊王佛央掘經說是現在北方常喜世界歡喜藏摩尼寶積佛慈恩上生疏引經云未来成佛名爲普現大經云常爲無量百千萬億那由他諸佛之母放鉢經云是釋迦師大經又云爾時一切處文殊而說偈言況能禮妙慧勸善財荅光明於涅槃印無言於不二至德若此故云妙德廣釋如大疏大鈔疏是爲三聖者即清涼大師所製華嚴三聖圓融觀中先明二聖三對表法後融而不二便是遮那初三對表法者一普賢即所信如来藏理趣般若云一切衆生皆如来藏普賢菩薩自體徧故初會即入如来藏身三昧故也文殊即能信之心佛名經說一切諸佛皆因文殊而發心故善財始見發大心故二普賢表所起萬行上下經文皆云普賢行故文殊表能起之解慈氏云汝先得見諸善知識聞菩薩行入解脫門皆文殊力也三普賢表所證出纏法界經云身相如虛空故善財入其身故善財見之即得智波羅密者依體起用故也文殊表能證大智

今所事佛名不動智故常為諸佛母故再見文殊一見普賢者顯其有智方證理故故古德名後文殊為智照無二相也然此二聖各相融攝謂依體起行行能顯理故三普賢而是一體信若無解信是無明解若無信解是邪見信解真正方了本源成其極智極智返照不異初心故三文殊亦是一體又二聖亦互相融二而不二沒同果海即是毘盧遮那是為三聖故此二菩薩常為一對故前說究真妄以成正解當於文殊今此徵幻法而明正行當於普賢良由此經亦是稱性真身說圓滿覺性故人法儀式懸符華嚴疏慈是其姓者過去遇大慈如来願得此號由此得慈心三昧又由母懷時便有慈心故以慈為氏族疏過患未盡者明須說四相也義意未圓者明須說四病也收機未普者明須說道場加行也此十二中餘不釋者但尋前後經文疏鈔自見各以法門為名各各昭著經總歎者夫大士必崇德廣業虛心外身崇德故進齊佛果廣業故行彌法界虛心故智周萬行而不為外身故功流來際而非己今此但歎主伴入定同佛會之德者發揚正宗融攝一切為圓滿覺之由致也諸經歎德皆亦各隨所宜疏自他融攝者華嚴宗也若約諸教即如法華或領大衆或十或五乃至三二一或單己者為母等者具云智度菩薩母方便以為父善心誠實男慈悲心為女法喜以為妻等疏得住佛境者不同前之諸佛但云住持不云入定疏法性會者一一皆是法界緣起之衆也釋序分中疏文竟

圓覺經畧疏之鈔卷第十

圓覺經畧疏之鈔卷第十一

圭峯蘭若沙門（宗密）於大鈔畧出

第二正宗分疏二一自下下總科束之為二者頓悟漸修也夫欲運心修行先須信解真正以為其本解若不正所修一切皆邪縱使精勤徒為勞苦權宗多云先且漸修功成後自頓悟若華嚴此經教相儀式先須頓同佛解方能修證故彼經十信位滿便成正覺然說三賢十聖歷位修行（通妨云云）故此文殊段中頓彰信解之境後普賢等十菩薩節級顯示總別觀行（普賢最初問云聞此圓覺境界云何修行等）疏初者下二別釋經信解真正中疏四初釋科文方名真正信解者華嚴三聖觀云有信無解增長無明有解無信增長邪見信解圓通方為行本真者揀妄則不同迷倒凡夫但將妄念修行正者揀邪則不同執見異宗及諸外道三聖觀又云信若不信法界信則是邪疏不認妄念者離愛（鈍使）不執異見者離見（利使）一切煩惱不出愛見故涅槃說愛見令人破戒如羅剎乞浮囊疏最初下如下銷文處廣釋疏然頓下二釋義類然此經說因地其意甚深其文甚略若不會通諸教顯其義類以爲例證則管窺之者信解難生（異於權漸之教故難信也）今於文前懸爲開示根尋本末總有三重（如疏所列）初謂四大非我五蘊皆空空病亦空了然自覺聖凡相異異則不真生佛體同同豈增滅依此悟解終始無殊然堪發心學菩薩行見聞影響何實何虛雖應形聲誰主誰宰不依此悟所作非真自謂修行元是結業疏若不下引二文證謂華嚴云不能了自心云何知正道彼

由顛倒慧增長一切惡故須先了悟也又云設有菩薩無量百千億那由他劫具行六波羅蜜修習種種菩提分法若未聞此不思議大威德法門或時聞已不信不順不悟不入不得名爲真實菩薩若聞此法信解悟入當知此人生如来家具菩薩法離世間法深入如来境界䟽次不發下第二重也既了圓覺則堪發大心爲萬行本故華嚴二千行法最初以菩提心爲所依（普賢說二千行法第一句云以菩提心爲依恒不妄失故）然有心體心相心德言心體者大悲大智大願三種心是大願是總悲智是別願者樂欲樂欲何事唯發心願樂通達諸法救度衆生故成悲智是故論云信成就發心者略說三種一者直心正念真如法故（即是大智無所執著）二者深心樂修一切諸善行故（即是大願謂四弘等）三者大悲心救護一切苦衆生故心相者所發之心要無分齊謂約悲願則盡度衆生盡修諸行約念真如則上無菩提可求下無衆生可度中無萬行可修故無分齊心德者若依上發心一念之德過於虚空故華嚴以一百大喻校量菩提心功德不及少分是以彌勒二百二十二喻廣顯功能懇勸善財再親妙德此上二門正是本起因也至文當配䟽故善財下兩句當第三重修菩薩行也然其文勢是證二三兩重別也謂既已發心應修諸行故善財所見諸善知識一一云我已先發阿耨菩提心而未知云何學菩薩行修菩薩道既云先已發菩提心而未知菩薩行等足明發心與修行別也菩薩行者廣有萬行（六度十度等也）統之三學（十波羅蜜中施忍助戒進助定後四皆助慧也）要唯

定慧（又略戒者戒是防非制業若但定慧等修何有內非外業故持護之迹絕稱性真修便是助道之行助定慧故）車輪鳥翼互闕無能以是菩薩所依賴故天台宗於止觀意在斯焉此第三門即普眼章已下皆是疏論中亦下引起信論證有三重之因也二覺者始覺本覺也論先總標示云所言覺義者謂心體離念等次下寄對反流生住異滅四位廣說始覺後約智相及不思議業相并四鏡喻廣說本覺其次後兼說根本不覺枝末不覺者翻妄顯真以成覺義故疏但云二覺疏三心者如上所引一者直心等疏五行者於六度中合定慧二度通為止觀一門故但有五疏今本下三出其體謂了覺發心即是本起因地至文者銷經文疏文也然諸權教多只說六度等便為其因少說初二故今時傳習人及學修

道者全迷初二設知有發心為先亦不先務叅問求了自心但謂言將凡心於法座下胡跪隨師口唱四弘願便是發菩提心不知欲發心人必須先頓悟自已心性了了分明的不錯認然始誓發心止息一切唯修本性唯欲度生方名發心故此經頓窮修斷本源徹至初二名本起因也疏文中下四開章釋文二一開章二釋文經進問中疏次下者次從在大眾中已下直至而白佛言也疏皆諮等者通釋此一科已竟也文下又別有疏釋者別以表法之義重釋也疏一體三寶者謂性本知覺為佛性本寂滅為法性上本有河沙功德妙用與性一一相應和合無異為僧疏三身等者下三觀門後疏中具釋可撿而用之經問本起中疏三一諮求下且隨文銷釋

云徧舉大悲者疏中已釋正是本意然更有一意謂增一阿含經說六種力謂小兒以啼爲力女人以瞋爲力沙門婆羅門以忍辱爲力國王以憍慠爲力阿羅漢以精進爲力諸佛以大悲爲力疏六波羅密等者上来但釋徧舉大悲之所以猶未釋何名大悲故此引經正釋言重擔者二障也此是毁責之辭謂有四義故如重擔一者如金剛難可斷故二者擔此難越生死海故三壓溺有情處四生故四墜墮有情没三界故住法性者超生死涅槃等諸對待法於一切都無所住方住法性正當此經中所說此二義皆明悲之大也疏第十號者謂一切佛皆有十號即是如来應供正徧等乃至佛世尊也疏大集經者取意略引今依本經具之經云爾時世尊觀四

衆已告憍陳如比丘言一切大衆甚樂聞法無量世界無量衆生悉爲法故来集於此咸皆欲知法行方便成大智慧遠離貪欲一切煩惱時憍陳如白佛言善哉世尊誠如聖教世尊四方世界無量菩薩悉持四弘所與欲来弁欲啓受虚空目法行今正是時唯垂憐愍爲衆生故而宣說之世尊所言法行法行比丘云何名爲法行比丘惟願世尊分别演說佛言憍陳如至心諦聽當爲汝說若有比丘讀誦如来十二部經是名樂讀不名法行復有比丘讀誦如来十二部經樂爲四衆敷揚廣說是名樂說不名法行復有比丘讀誦如来十二部經能廣宣說思惟其義是名思惟不名法行復有比丘受持讀誦如来十二部經演說思惟觀察義理是名樂觀不名法

行憍陳如若有比丘能觀身心心不貪著外一切相謙虛下意不生憍慢不以愛水溉灌業田亦不於中植諸種子滅覺觀心境界都息永離煩惱其心寂靜如是比丘我則說之名爲法行如是比丘若願獲聲聞菩提緣覺菩提如來菩提即能得之憍陳如如工陶師埏埴調泥置之輪上隨意成器法行比丘亦復如是評曰彼經之意令修練身心即名法行揀於筌蹄及事相造作之行非頓指圓通覺性今所引者但用揀事之文不取所行之行跡然菩薩下二明請說之意文顯可解疏下文下三指佛荅處疏即前下結指前文前云至文當示即是此也經問離病中疏直心正念者三心菩提中即大智也此經宗於會相歸性廻顯真覺故偏舉大智爲本以攝大悲大願疏既爲所攝者爲猶被也疏中間者先曾發也彼者魔也疏不發一切心者潛引大品經也彼云不發一切心名真發心經遠被中疏金剛三昧者具云解脫菩薩白佛言尊者若佛滅後正法去世於末劫中五濁衆生多諸惡業輪廻三界無有出時願佛慈悲爲後衆生宣說一味決定真實令彼衆生等同一味引此經者以證頓爲末世凡夫便說究竟深法不同漸教事須先小次權後方說實故諸宗多云凡夫不合便悟佛地之法良由執漸迷頓不知頓宗皆令凡夫便悟佛境故彼經前段又云可化衆生頓機皆說一味本覺真性海東釋云說一味者令入一覺味故即是一乘欲明一切衆生本來一覺但由無明隨夢流轉皆從如來一味之說無不終歸一心

之源疏恣心五欲等者先揀不求大乘之人不足論也故云置之言外疏縱有下於此類中尚須聞此法門信解隨順若不聞亦墮邪見亦者以不求大乘之者本末皆是邪見發心求之離於凡小即合免墮良由未聞此法未了自心故亦同不求大乘之者墮邪故云亦也疏離本下彰邪見行相故三聖觀云不信自心是如来藏非菩薩故即爲邪見也不必六師故華嚴說　切凡夫皆墮邪見經展虔誠中疏正語而禮非儀者明待語已方禮也疏不唯拜手者孔安國注尚書云拜手謂首至手稽首謂首至地令明至地也疏禮煩即亂者禮記文也疏佛雖下通妨難也難云心真不真佛自照知何必彰此三請之相故此通云爲後學之軌範也經讚許中疏久默斯要者語是法華而文同義異謂法華以四十年前未說爲久默此經既是淨土所說之經不必拘於一代化儀年月但以未說之時爲久不以要須經四十年也疏嘉會者平等法會也疏起予者予我也起謂發起此敘佛意云我意欲說假人請問發起汝今所請實是發起我教門也此又用論語中事彼中子夏問曰巧笑倩兮笑貌美目盼兮動目之貌素以爲絢兮文美貌此上皆是毛詩文何謂也子夏不曉故問孔子子曰繪事後素鄭玄注云繪畫文也凡繪畫先布衆色然後以素分布其間以成其文喻女雖有倩盼美質亦須禮以成之曰子夏對也禮後乎孔安國注云孔子言繪事後素子夏聞而解之知以素喻禮故曰禮後乎子曰起予者商也子夏姓卜名商字子夏始可與言詩已矣包氏云予我也孔子言子夏能發明我意可與共言詩也今以子夏喻文殊孔子喻世尊故云實謂起予經佇聽中疏願樂欲聞者金剛文也既虔心三請必是樂聞十地經說樂聞之喻如渴思冷水

求聞慧也聞即受持如水但飲不嚼如饑思美食求思慧也嚼所聞法助成智力如得食但嚼以資身力也如病思良藥求修慧也修慧去惑如藥去病如衆蜂依蜜求證智也即上聞思修三慧之果我等亦如是願聞甘露法法合能求一向是法其所求中猶通法喻以一甘露總合四喻甘露有四能故一除渴二除饑三愈病四安樂疏皆同此釋者意明下十一段更不重釋也經正說中疏二一四正下開章二正釋經示本體中疏四一佛也下釋初四字二一正釋疏然雖下二通妨云塵經者塵中經卷之喻也序中已釋寶藏者涅槃經如来藏經及諸經等皆說亦如序釋宛受貧苦者大富長者之窮子也如法華經說疏當體下二釋陀羅尼四一直釋疏然總下二辨類出體謂揀去前二但指無字是此之體無字即無邊際故云大也釋經大字言多字者謂一切真言隨求大佛頂之類是祕蜜藏

含無邊威德神用又諸修多羅能持無盡之義亦名總持一字者如唵字等即一字真言也啷啉是助聲故但是一字或如字母之類也疏故大下三引經證言攝諸善巧即總持義言無有少法所得皆歸於空即無字義疏若據下四引例釋成疏出入下三釋門字四一正釋三一通相釋次文云者證出淨法即次後叚經文也下說等者證出染法即普賢章云種種幻化皆生如来圓覺妙心偈云無始幻無明皆從諸如来圓覺心建立生及建立皆是出義疏又從下二約本末釋疏又迷下三約迷悟釋疏此中下二揀濫顯體謂揀門庭門戶之門顯是根本之門矣文二一直顯而揀疏故寶下二引證本門證有根本之門異門戶之門也連前次者前引寶積之文也連之應

云此是諸菩薩等入陀羅尼門（前文末也次今文初云）由是門故出生廣大等云無門者揀也之門者顯也又云形相門者揀也所言門者下皆顯既言一切依於虛空豈非根本疏又荷下三引例令勸學禪之流欲見祖師心印但依上所釋而解了之即悟此兩句是總持之門若不爾者豈可知之一字却是淺近門戶從此方入衆妙深奧堂室乎請修止觀者細而詳之疏皆說下四總結疏上但下四釋圓覺如文經彰德用中疏六一非別下釋流出清淨言諸門功德者雖染淨諸法皆從圓覺流出然此云流出但說出諸淨法故云功德也故論云若心有動者論中次前文云以一切法本來唯心實無於念（舉所迷理）而有妄心不覺起念見諸境界故說無明（依真起妄謂細麤染心本末不覺也）

（將欲釋淨先舉其染對以顯之下諸句例然云何顯者下云）心性不起即是大智慧光明義故（既起念即是不覺無明故不起即是本覺智明）若心起見則有不見之相（妄見不周）心性離見即是徧照法界義故（真照圓明）若心有動非真識知（反之即顯真如無動）無有自性（明妄染無體反之即顯自性淨心）非常非樂非我非淨（明妄四倒反之即顯真如四德）熱惱（諸惑燒心是極熱惱故說真如是清涼也）衰變（妄染遷故反顯真如不衰變也）則不自在（業果繫縛故則顯真如自在上云清涼不變自在義故）乃至具有過恒沙等妄染之義對此義故心性無動則有過恒沙等諸淨功德相義示現（一一對翻故染淨皆過恒沙）若心有起更見前法可念者則有所少（妄心外念求之不足）如是淨法無量功德即是一心更無所念是故滿足（淨德性滿無假外求）名爲法身如來之藏釋曰既心動則河沙妄染不動則恒沙功德又云如是功德即是一心故知非別有法流

出於外疏有漏者諸論皆云煩惱現行令心連注流散不絶名之爲漏如漏器漏舍深可厭惡損汙處廣毀責過失立以漏名然有三種謂欲漏（欲界煩惱）有漏（上二界煩惱更無所緣故取本名也）無明漏（不以餘法彰自行體名無明漏）若法性宗則根本不覺及三細六麤是有漏法不分三界之異及種現之殊以迷則全染悟之全淨無體性故然經云一切清淨者淨法之數過於恒沙今且略舉真如等四例於餘也謂真如是總相根本餘三是別於中菩提涅槃是果波羅蜜是因攝於淨法無所遺也故唯舉此大疏於此四法別開章門每法皆四謂一釋名二出體三種類四業用今略不開然亦含之但數或減耳疏圓覺下二釋真如三一釋名二一略釋言圓覺等者即以經意直指言真謂等者復

以唯識文釋文在彼論第九卷中本頌云此諸法勝義亦即是真如常如其性故即唯識實性長行具釋今但略引長行七句初二句揀有漏（亦云偏計）虛妄是有漏法故次二句揀有爲（亦曰依他）變易（生住異滅）是有爲法故後三句釋彼頌中第四句也言於一切位者有漏有爲四相三世等也常如性不變也故者結也彼論具云常如其性故曰真如（今從簡略但有一故字耳）疏又真下二細釋言僞是下且釋不真不如（下云今皆離此等反之即是真如也）鍮如等者鍮有其體不是虛妄但以非金故名僞也影應質相不是詐僞緣無實體故名妄也横説各殊者謂色塵殊聲香等色蘊殊受想等貪等殊信等地獄鬼畜殊人天等娑婆殊於極樂等聲聞心境殊菩薩心境等乃至如大般若八十餘科皆約同

時而異也豎云變易者如云鏡裏今年老如去年等如九相觀云云夏異於春等得新忘舊等因苦果樂等疏今皆下無如上四過釋成真如義也謂此實體者真實心體前約唯識但言謂此真實但是不虛妄之辭仍未出體今指此體真實故科云細釋也意云心體是有法定真實是宗法若但云真實即無前陳若云真如是有法爲前陳者即但是重言以真如亦但是不變不妄義與真實之言何殊又分此橫豎各有二義一一各別理無窮義無盡故云細也於未来等者今日虛空如昨日虛空也於色中等者厨裏虛空如廳裏虛空也真實相如非爲妄似者正結真如之名也謂如者是相似義相同義意云此彼相如者唯有此心性也謂善人佛性的似惡人佛性如今佛性的不殊無始来佛性乃至凡夫佛性的同二乘佛性人天菩薩皆類此說唯此可得真實相如分毫不殊故此真實得名爲如也此外更無可相似相如法也設有人親兄弟相似然子細論之還不得的似會有分毫之長短大小殊也若不然者豈可自巳妻子而錯認乎乃至世間物色一一類之皆不免有微塵分毫之輕重大小好惡終無有全似故知皆是妄似妄如不得真如也古来相承解如字但言是湛寂不動之義不曾指的釋名如字是此國之字未審說文爾雅玉篇切韻之屬何處訓如字爲湛寂不動等耶故知只緣靈覺心性於凡中全如聖中於因中全如果中橫豎皆然即是湛然不動之義非的訓也問荷澤大師云諸人皆以兩物相似爲如我則以無物相似爲如今以的似以釋真如豈不建此說耶荅正與此同故上云此外更無相似相如之法既云無物相似即知唯鬼獄等

佛性與人畜等佛性真實相如也大師揀諸人云兩物相似曰如者亦同上說親兄弟相似者終不得分毫全似也智者細詳之上來釋名竟疏論云下二出體若約法數即是百法中六無爲今依起信以一心爲體此一段論懸談第四門已釋於中乃至已下略中間謂次文云一切諸法唯依妄念而有差別若離心念則無一切境界之相是故一切法從本已來離言說相離名字相離心緣相畢竟平等無有變異不可破壞疏云竟無變壞攝得此上三句也唯是一心故名真如疏又云下三辨業用然大疏此前復有辨種類一門文云或唯一今恐繁多又不盡觀智故略之也然於諸類中今但是一心其餘種類但約別法說此一故若以法別便列多種真如者法有河沙之數真如

亦應有河沙數邪何必更立七種十種故知諸餘法門皆以義別故隨義收束立多少名今真如義亦無二不應別說今言又云者亦是起信文文相次故不更標之然文相稍易今但總而釋曰依真如故發智斷惑證體起用若不依之則取我我所相無由修證故知萬德萬行皆是真如用也疏此翻下三釋菩提三一釋名可見疏二三下二出體便當種類以覺智之義多種不同故知諸種類皆是體若剋實而言據此經及起信即始本不二究竟覺也如上釋名中即是其禮今言二三等者二謂法相中多約根本後得空宗中多約二斷謂了煩惱所知二障本空即名二斷斷即菩提無別菩提故經云煩惱即菩提不變異故攝論二智二斷爲菩提體者雙取相

宗空宗也智論云菩提菩提斷俱名爲菩提者合取上二宗也法性宗如理如量智跡三者約三乘人各有其智又起信本覺始覺及究竟覺跡四者涅槃經說下中上及上上四品智慧觀十二因緣如次得聲聞緣覺菩薩佛等菩提及大圓等四智菩提（四智如淨土章中已釋）跡及發心等者智度論第五十八云一發心菩提於無量死生中發阿耨多羅三藐三菩提心故名爲菩提因中說果二伏心菩提斷諸煩惱降伏其心行諸波羅蜜三明心菩提觀三世諸佛法本末總別相分別諸法實相謂般若波羅蜜四出到菩提般若中得方便力故不著般若見一切十方佛得無生法忍出三界到薩婆若五無上菩提坐道場斷習氣得阿耨多羅三藐三菩提若准華嚴即具十種如第五十一及五十九卷中說恐繁不敘跡皆此攝者總結種類以爲體也跡因圓下三明業用言無邊者能斷二障證二空即羣機（華嚴出現品說普徧諸心如塵中經卷又云菩提普印諸心行是故正覺名無量）現萬像（能現能生身土智影等）該動寂通因果等跡

此方下四釋涅槃四一釋名云寂滅者彼論云（涅槃論也肇公作）秦言無爲亦名滅度無爲者取平虛無寂寞妙絕於有爲滅度者言其大患永滅超度四流斯蓋是鏡像之所歸絕稱謂之幽宅也今云寂滅者寂即唐三藏滅即羅什三藏故肇公云泥洹盡諦者旨眞結盡而已則生死永寂滅故謂之盡矣法華金剛中皆云滅度生肇遠公皆正翻爲滅又四諦中目爲滅諦故今略取滅也跡多名者亦生遠等釋或云不生或云不作或不起或無相或

不殘或寂靜疏總翻圓寂者唐三藏翻也在義周圓故云總矣疏謂覺下釋上周圓之義便當第二出體也謂剋實乃覺性即寂是體總收即三德爲體三德爲圓覺性爲寂故云圓寂三德者摩訶般若解脫法身謂即寂之照爲般若即照之寂爲解脫寂照之體爲法身此三不縱不橫不並不別如梵伊字爲大涅槃廣如彼經說涅槃經也所以三者由翻三雜染得名也翻煩惱爲般若煩惱即菩提故翻結業爲解脫翻苦依身即是法身心體離念本法身故故三雜染即性淨三德但迷悟似異故說相翻若約法相六無爲中真如即下性淨擇滅擇謂揀擇滅謂斷染謂無漏智起斷諸障染所顯真理名擇滅也即下方便淨也疏二三下三辨種類二者性淨性本淨故方便淨從方便修之所顯故三者一自性涅槃通染淨也即上性淨二真涅槃即上方便淨也方便

修成證本性淨是爲真也三應涅槃證真已後隨機利物示現入滅即應此乃證真應物皆是方便淨也四者一自性清淨真如自性也通一切凡聖二有餘依即真如出煩惱障三無餘依即真如出生死苦上二通三乘四無住處真如出所知障悲智輔翼不住生死涅槃故云無住處唯佛自具之故唯識云一切有情皆有初一二乘無學容有前三唯佛世尊可言具四疏亦皆此攝結也疏故彼下四明業用二初指涅槃通明言故者證成前皆攝之言躡勢便明用也巧令文勢血脉連故疏又華下二引華嚴別辨疏令取意略引文有二用分二一顯真涅槃實益之用其文具云佛子如來不爲菩薩說諸如來究竟涅槃不爲說永滅爲二乘也亦不爲彼示現其事迹盡雙林爲凡小此名揀永斷也何以故爲欲令見一切如來常住其前令稱實見自受用身同法身常住其前也於一念中見過去未來一切諸佛色身圓滿皆如現在令見三際應用亦即是巾故如現在評曰以見

常住涅槃故見如來常住圓滿此即是涅槃之實用也疏但爲下二顯應涅槃權益之用然華嚴說涅槃有十門上所引者即第二德用圓備門今即第三出入常湛門具云佛子諸佛如來爲令衆生生欣樂故出現於世欲令衆生生戀慕故示現涅槃而實如來無有出世亦無涅槃何以故如來常住清淨法界隨衆生心示現涅槃釋曰明涅槃無爲無不爲也無不爲故能建大事不礙出現顯迹爲生息迹爲滅以無爲故體常湛然顯迹即有餘息迹即無餘故餘無餘乃應物之假號豈以見聞滯殊應之迹疏佛日下即義引彼第四虧盈不遷門也彼經具云佛子譬如日出普照世間於一切淨水器中影無不現普徧衆處而無來往或一器破便不現影佛子於汝意云何彼影不現爲日咎不答言不也但由器壞非日有咎佛子如來智日亦復如是普現法界無前無後一切衆生淨心器中佛無不現心器常淨常見佛身若心濁器破則不得見釋曰像非我有自彼器之虧盈心非我生豈普現之前後持戒器破定水何依菩提器破智水寧止無戒定智何由是佛疏此云下五釋波羅密疏但有通別釋名別釋名中便含餘體用種類等三門也文二一通釋名二一正釋其文易了疏然一下二通伏難難云準了義大乘教據實理說衆生即寂滅元是涅槃不復更滅今何得言離此到彼豈不同小乘有欣厭之過耶故今會之約迷悟故說到彼岸疏且約下二別釋名別有六度五度十度八萬四千度此之多數不同皆爲

種類也餘體用即各隨文釋分四初六度二一以慧爲末言六蔽六種者文皆在疏即是起信之文但取意略引耳具云於真如法中深解現前解也所修離相行也以知法性體無慳貪故解也隨順修行檀波羅密行也下五皆爾以知法性無染離五欲過故隨順修行尸波羅密以知法性無苦離瞋惱故隨順修行羼提波羅密以知法性無身心相離懈怠故隨順修行毗梨耶波羅密以知法性常定體無亂故隨順修行禪波羅密以知法性體明離無明故隨順修行般若波羅密然此六種疏但列名今一一釋謂輟已惠人名施防非止惡爲戒堪受諸法未能忘懷爲忍鍊心於法爲精精心務達爲進心慮寂靜爲禪推求揀擇爲慧餘體用二門者謂既言性無慳貪等爲施等

即性爲體由順性故修六皆成到彼岸即順性爲用疏菩提下二以慧爲初菩薩諸佛母者偏讚慧也淨名云智度菩薩母般若論等皆云佛母是覺初資糧者覺是菩提六度是菩提資糧般若爲初也此五者施等也之餘者十度中後四也方便願力智皆由智度等者由智慧故十皆波羅密攝故彼論長行釋云何以故般若爲初以最勝故如諸身根中眼根最勝諸身分中頭爲最勝諸波羅密中般若波羅密爲最勝故亦復如是以般若波羅密最勝故爲初資糧云云又是諸波羅密三輪淨因體故不念自身不念受者不念施果皆由慧故乃至不與二乘共故於上更無所應知故此智到一切彼岸故云云其文甚廣不可具引含餘門者由慧成五即慧是用五皆助慧即慧是體疏起信下二五度但合定

慧爲一止觀門餘如上辨可知疏唯識下三
十度但於六後加四謂第七方便(方法便宜)八願
(希求樂欲)九力(不可屈伏)十智(如實決斷)疏十障十如者如
常所釋後亦有之此十波羅密通者以大菩
提心而爲其體助治障助證如即爲其用別
者如法相宗釋各有體用文繁不叙疏若總
下四八萬四千度迷爲八萬四千塵勞悟爲
八萬四千波羅密矣相翻之義如上引起信
釋流出一切清淨等中説體用者總以覺悟
爲體各以能翻染法爲用疏義如下者普眼
章中也疏顯上下六釋總顯業用言諸佛師
法者涅槃經云諸佛所師所謂法也以法常
故諸佛亦常上来總釋圓覺所流四門淨法
竟餘諸無漏等法皆例此知謂圓覺本無繫
縛即名解脫本無三毒即三善根本無疑濁

即淨信等乃至本無八萬塵勞即八萬波羅
密也故下文云乃至八萬四千陀羅尼門一
切清淨經悟則成佛中疏二一後明下顯意
二正釋二一釋圓照淨覺三一牒其下約能
所釋疏亦可下二直就法體釋言圓照清淨
者圓照即清淨也不同上以圓照照於清淨
故云非關能所疏此正下三引例釋相字初
見文殊即福城東古佛塔廟在第六十一卷
中後不見文殊即第七十九卷中經説善財
依彌勒教求見文殊文殊遥伸右手過一百
一十城摩善財頂示教利喜(不見具身但聞法也)古德
判云智照無二相(無能所之二也)疏本覺下二釋斷
障成道以此爲因者謂如是依圓照本淨了
無明本空是爲成佛正因也必若心存妄念
帶此妄念修行多劫虚事劬勞畢竟不成佛

果如前所引積行菩薩經推妄宰中疏二一第二下科分述意二依科隨釋經徵中疏二一徵釋下釋文疏二謂下二顯意二初明其過其八萬塵勞十二因緣至下當釋疏非想等者佛名經說佛語舍利弗言汝師欝頭藍弗得非想定八萬四千劫滿命終之後不免還作飛狸之身緣修此定時林間被鵶鳥喧噪近水被魚等聲亂心生瞋恚願入水飛空噉之定力既盡便受此報待檢經文委細示之疏無為坑中者即華嚴出現品云如雪山頂有藥王樹名無盡根云云若生根時令閻浮提一切樹根生莖枝葉華果皆爾也唯於二處不能為作生長利益所謂地獄深坑及水輪中然亦於彼初無厭捨如來智慧大藥王樹亦復如是云云其根生時令一切菩薩生不捨眾生大慈悲根深心莖波羅蜜枝淨戒頭陀葉相好莊嚴華佛灌頂忍果唯於二處不能為作生

長利益所謂二乘墮於無為廣大深坑及壞善根非器眾生溺大邪見貪愛之水然亦於彼曾無厭捨釋曰疏家用此無為坑之文也顯二乘雖諸漏已盡而未斷此根本無明疏病行者即涅槃經疏今欲下二正顯意文易可知經釋中疏二一二釋下釋義三一釋得名二一釋本名此依法性宗釋也若法相宗即云明是擇法慧也無彼明故名為無明彼宗以無明眾生為無始根本故須修習得擇法之慧方始為明故指為彼明乃非已是於彼故卻取眾生為自已今云無他智明者他亦彼也然所對不同由此宗必須先頓悟覺性為本是即真我迷此性故即曰無明悟此性故方名智明智明是始始非於本故亦云他前對眾生自已故以慧為彼今對本覺自已故以始覺為他故云所對不同所言雖者無通伏難應

云一切衆生皆有本覺本覺即明云何言無明故此答云無始覺照了也意云如鏡體雖本明且塵埃染時名爲不明磨塵顯出方名明鏡又禪家返照者即是以他始覺照我本覺故云返也此義極顯智者詳之始本二覺前後頻釋故此不觧

圓覺經畧疏之鈔卷第十一

圓覺經畧疏之鈔卷第十二

圭峯蘭若沙門宗密於大鈔畧出

疏論名下二釋別名如前喻塵埃之鏡名曰不明也不者是無覺即是明故云但文異耳疏亦名迷及顛倒者散在諸大乘經釋禪家即多云迷疏論云下二顯體相引論亦略故有等字等於下文也具云不如實知真如法一一真如即是自已真我也故不覺心起而有其念念無自相不離本覺猶如迷人依方故迷迷東為西若離於方則無有迷離真實之正東則無虛妄之邪西衆生亦爾依覺真東故迷迷之為西若離覺性則無不覺合喻可知疏妄認等者至文當釋互舉云迷自認他即迷真執妄自他者如前引論舉迷自者擬迷方之喻已具認他之義謂迷東東即是真為西西即妄也此是執妄妄即是他也從此已下初講者不須用之上来但依本宗顯無明體相了若約大小乘法相宗說與此稍殊俱舍頌曰明所治無明明有實體謂此無明不了四諦明所對治故名無明與明相違方是無明非是離明之外皆是無明亦非明無之處名無明也如非親實等長行意云如諸怨敵名非親友非異親友外皆名非親友諦語名實謂虛妄之語名為非實非異於實語亦非實語無便名非實也等者等於非法非義云云云何知然說行緣故云云然無明體是不了知三寶四諦善惡業果即是了知所治別法法救師云此無明體是諸有情恃我類性唯識中說覆蔽真實迷於理事覆真實者意取第七識中恒行無明也彼論第七心所中云我癡者謂無明愚於我相迷無我理故名我癡迷理事者意取第六識中根本六煩惱中癡也彼文云云何為癡於諸理事迷闇為性彼疏釋云謂獨頭無明迷理相應

等亦迷事也若取發業即行蘊中迷理起者有支本故故慈恩釋無明支云以行蘊中無明爲體不取餘法又引諸論云正發業者唯是無明餘者是助故不取也此等出體比起信論未徹其源何者起信依無明爲因方生阿賴耶識此等所說乃是六七心所彼說第八無覆第六七識方有無明況迷自認他之行相似有本空之根元既無的示之文豈盡無明體性闕迷自者彼云迷無我理及云迷於理事但是所迷之境不言自有法身真我迷之故妄執無我爲邪慢之我闕即空者瑜伽第五十五明煩惱假實之中言五見是假無明爲實故又五十六及緣起經皆廣問答揀諸餘法故名無明也疏其業下三明業用二一引二文言能生三細者懸談第四門及前後頻釋言由此等者至文當釋疏然一下二通一切言無不是此者此無明也疏文中下二釋文三一分科疏今初下二顯意按定其

非者謂此但標衆生云皆顛倒未顯顛倒之相如泛指某甲云是罪人未出罪名所作何事故言按定其非三正釋經按定中疏除了圓覺下謂除上機遇圓頓教者漸機登地者方免此倒矣言餘悉該者凡夫外道可知二乘聖人有無我等四種倒也執權菩薩以染淨相爲有以真性爲空也悉不免也如華嚴說上德聲聞積行菩薩悉不能入入難凡夫有宿種者即入經釋相中疏二初二正下叙意言正釋其相者顛倒相也如迷其甲云有如是過作如是事今則迷自云云在疏二一正釋經法中疏二初認爲下釋本文二一釋迷身疏此有下二釋迷心二初貼文釋二初釋文疏故唯下二引證佛頂經云者彼經說阿難先被佛推徵心性在内在外皆成過失最後乃云世尊今徵我心我能推求

者是為心不咄我阿難此非汝心此是前塵分別相想惑汝真性乃至若分別心離塵無體斯則前塵分別影事塵非常住若變滅時此心則同龜毛兎角其誰修證無生法忍釋曰既離塵無體即知是前塵分別影事也既是前塵之影塵變滅時心即變滅滅時既無心如龜毛等誰修法忍據此衆多過失是明阿難所認未是真心矣故今引之以證妄認緣慮心也疏二者下二迴文釋餘同前解者如引佛頂唯識證分別心想空無之義皆同用也疏前標下二釋前文二一約諸教我法各有種種相轉者我謂主宰如國之主有自在故及如宰輔能割斷故主是我體宰是我用主是俱生無分別故宰是分別有割斷故於中復有世間聖教二我世我謂有情者意

生乃至作受知見者聖教謂預流等法者軌持亦有二法世間法者謂所執根身塵境定性之法聖教法謂蘊處界緣諦乘等如是多類不同故云各有種種相也轉者生起義並如下二空觀初引唯識論具釋疏及凡夫下已如疏序之初引涅槃經釋常樂我淨文中廣釋訖疏若尅下二約本經文理甚顯然須是智眼開者方見之昭然若眼盲者更釋亦無益矣疏一三我執者迷身心也二四法執者迷有無也經直喻中疏二一翳眼下且顯喻相疏空華下二以之合法二一通二一順合迷順喻文勢故應云法身實無四大真心實無緣慮迷者妄執疏若悟下二返合悟二一正返合返者與喻文勢相翻故疏故首下二引經證聞復者返聞聞自性也疏亦可下二別二一合身

心二一正合疏然月下二補闕疏又爲下二合見相二一正合疏世親下二通妨難云魏朝譯金剛經末偈云一切有爲法如星翳燈幻露泡夢電雲應作如是觀論標釋云星喻見分翳喻相分燈喻識體今以翳喻見分豈不違彼論文故此通云據釋處等也謂論牒釋云如目有翳則見毛輪等色觀有爲法亦爾以顛倒見故大雲釋云此喻執若在意見實我法此翳配在第七識以恒得故評曰既在第七即知是見分毛輪喻我法我法即第七家相分是第八也毛輪即此空華故知取所見之華也又義淨三藏頌此喻云但由翳眼力遂使見空華即知華喻相分翳喻見分經倒見中疏三一牒前下釋喻言非謂真實之華者闇斥謬釋謂有人釋云實華者謂樹

上之華此釋實可悲哉疏若具下二法合疏此乃下三顯意經出過患疏既由此者此妄執身心也塵劫等者此妄執所起之過患也疏地獄鬼畜者三途也八苦人中也謂生老病死愛别怨憎求不得及五盛陰五衰者欲天也謂華萎汗出身光滅眷屬離及不樂本座經標定中疏三一言無下正釋疏故論下二引證既離本覺無自相即是空無也疏了斯下三例釋餘義二一略顯大乘涅槃涅槃經夜义爲雪山童子所說之偈也疏是知下二備顯諸乘涅槃謂逆順觀十二支滅處即緣覺涅槃也故肇公云緣覺覺緣離以即真聲聞涅槃是滅諦滅諦亦同十二支滅盡之義故此科云諸乘經喻釋中疏二一前說下正釋二一釋正喻疏意云下二釋轉喻疏故

首下二引證經斷疑中疏二一後斷下先敘疑疏無明下二正釋經經釋成因地中疏二一第三下敘意標文二正釋經依真中疏故金剛下引經證一切衆生本無所有亦是通妨難云既無輪轉之法又無受輪轉之人諸佛菩薩何故出世出世教化誰人爲誰說法故此引經通云化無所化曉公論釋云初句牒能化最後一句歎化大中間二句明正觀相無生於化者初修觀時破諸有相於幻化相滅其生心故不生無化者復遣於空於無化空亦不生心故如金剛四生九類皆令涅槃實無衆生得滅度者亦如淨名觀衆生如第六陰等爲一切衆生說如斯法名爲真實慈也經拂迹中疏拂有四重者一中經云彼者指前文也謂彼前段所知無輪轉之智亦

如空無有四中既不言有無即無念矣疏羅什云者即什公所製悟玄序也首云夫嘉運難可再逢云云乃至夫玄道不可以設功得聖智不可以有心知真諦不可以存我會至功不可以營事爲唯忘功者可以道合虛懷者可以理通冥心者可以真一遺智者可以聖同雖云道合無心於合合者合焉雖云聖同不求於同同者同焉疏聚沙等者即法華經會權歸實明一切行無非佛道謂過去無數佛皆說一乘法云云更以異方便助顯第一義若有衆生類值諸過去佛若聞法布施或持戒忍辱精進禪智等如是諸人等皆已成佛道云皆已者引昔例也云云已成乃至若於曠野中積土成佛廟乃至童子戲聚沙爲佛塔云云或以指爪甲畫地作佛像云云或有人禮拜或復但合掌乃

至舉一手或復小低頭云云乃至皆已成佛道云云乃至未来諸世尊其數無有量是諸如来等亦方便說法云云度脱諸衆生入佛無漏智云云乃至無數諸法門其實爲一乘釋曰詳之是三世佛雖種種說法皆爲一乘畢竟皆合成佛之意也經徵拂中疏二初身心下釋具徵疏次釋下二釋其釋二初標意疏一切下二釋文二初釋前二句明諸法以空義不生滅義釋上句以寂義無去来義釋下句随其義類各相應故疏云相因諸相者謂前展轉拂迹能所之相也非謂青黄等色相疏非已等下引中論三時門中所釋也淨名梵行亦有斯文疏法句云者取意略引也具云諸法從本来無是亦無非是非性寂滅本来無所動一切諸衆生實無有生滅生滅即涅槃本来無所動一切諸法性從緣無起作起作性相如本来無所動一切諸文字無實無所依俱同一寂滅本来無所動此四偈中初及第四皆末云寂滅本来無所動今疏所引但除本来二字緣上句已云本来意啚文字簡略也但用兩句之文攝取八偈之義此前更有四偈亦皆說諸法本来無所動故疏法華亦云者具云是故舍利弗我爲設方便說諸盡苦道示之以涅槃我雖說涅槃是亦非真滅諸法從本来常自寂滅相然上約不生滅不去来釋二句者亦同華嚴說大自在天王得知一切法不生不滅同此上句不来不去同此下句無功用同上非作故無等也解脱門同此淨覺随順淨覺是解脱随順是門也疏上二下二釋後六句顯一心二一釋如来藏二一結前由前但隨經文注釋不用科叚故此須

對後結示疏此下下二正釋六一出體初句總指六句經也顯一心者六句皆如来藏心故論指下約教而示一心顯真如生滅二門前已其釋楞伽文顯圓覺者至本文 釋佛性者義亦甚彰此等皆約有情門中説也疏今此下二科經疏通云下三釋名三一總標疏一隱下二別釋三初釋隱覆二一直釋疏故理下二教證三一引理趣般若言理趣等者次云普賢菩薩自體徧故謂華嚴説普賢是毗盧遮那藏身藏身既徧一切衆生中而隱覆不現故衆生即是如来藏也藏有如来故名如来藏（有財釋也）非謂藏即如來如櫃中有金名曰金櫃非櫃即金櫃乃是木如藏是衆生疏勝鬘下二引勝鬘義全同上其文即殊此是兩段文初云生死等者經文具云世尊生

死者依如來藏故説本際不可知世尊有如来藏故説生死是名善説世尊生死者諸受根沒次第諸受根起是名生死世尊生死者此二法是如来藏世間言説故有死有生死者諸根壞生者新諸根起非如來藏有生有死如来藏離有爲相常住不變是故名如来藏是依是持（云云次文如下所引然此文中云生死是如来藏又云非如来藏有生死者作看似相違細詳之乃是相成意云以生死即空無故是如来藏如来藏空無生死故云非也）疏如来法身下此却是向前之文讃無作四聖諦之次也具云世尊非壞法故名爲苦滅所言苦滅者名無始無作無起無盡離盡常住自性清淨離一切煩惱藏世尊過於恒沙不離不脫不異不思議佛法成就如来法身世尊是如來法身不離煩惱藏名如来藏又佛性論云一切衆生爲如来藏能

藏如来不得顯現疏如來下三引如來藏此經唯一卷佛成道十年時便説此是表詮真實宗中之根本不同五時教中十年猶説小乘有教十二年方説大乘空教文二一通顯言一切衆生至如我無異者經初發起序云爾時世尊於旃檀重閣正坐三昧而現神變云云下取意引有無量蓮華未開華内皆有化佛亦空彌覆世界一一蓮華放光同時舒榮須臾萎變華内化佛趺坐放光衆怪而疑佛言恣問金剛慧菩薩問何故諸佛變現如是次正宗初佛荅云如佛所化無數蓮華云云如上也此下全引我以佛眼觀一切衆生貪欲恚癡諸煩惱中有如來身如来身結加趺坐儼然不動善男子一切衆生雖在諸趣煩惱身中有如来藏常無染汙德相備足如我無異令疏所引是在後文

文又闕略故此備之勘則見也疏便以下二別顯寶性論釋云佛性亦釋此經令叅而用之自此巳下依無始世來煩惱藏所纏説無始世來自性清淨心具足法身以九種譬喻華蜂等諸喻明衆生身中無始世界来有諸煩惱垢佛蜜等諸喻明衆生身中無始来具足自性無垢體又復略説此如来藏修多羅中明衆生界從無始世界来客塵煩惱染心從無始世界淨妙法身如来藏不相捨離是故經言依自虛妄染心衆生染依自性清淨心衆生淨云何自心染依自心染有九種喻謂萎華等如疏所配後生起云於真如佛性客塵何等以爲九種煩惱經中萎華等九種喻皆喻煩惱而不別標名論欲各以煩惱各合之故徵起也下列九名如次合上九喻但一一對而詳之即見如第一貪使

合第一萎華餘八倣此佛性論以九煩惱一一合喻義則全同名則小異兩論皆不能一一別叙恐文繁難見今通二論取意詳之謂初三如次是三毒種子四是三毒現行(上皆凡夫)五無學所攝(羅漢)六見道所斷(初地)七修道所斷(二至地滿)八不淨地所攝(就修道前七地)九淨地所攝(八九十地上所注配皆是能攝者不說已斷者)次論中合佛身等九喻者一佛身喻法身體二蜜喻說一味法三粳米喻說種種法(上三通名真法界身)四真金喻真如不變五寶藏喻法身佛性六內實喻報化身佛性七金像喻法身八輪王喻報身九鑄像喻化身今且配列義隨文釋論總標指云其佛身渟㝉乃至鑄像總喻三種體偈云法身(初三)及真如(次一)如来性(後五)實體(總指也皆是性功德故佛性等三種真金一種寶藏等五種是能是法身真如如来性是所示前三就染位通相後五淨位通

相中剋體不垢不淨然皆衆生具有下當委釋)上来且配屬能藏所藏法喻大意了次下正釋其文經及論文皆廣合並撮略引用疏一萎華(貪使)佛身(法身體)者經云如天眼人觀未敷華內有佛身趺坐除華即現佛見衆生有如来藏爲說經法滅除煩惱顯現佛性諸佛出世若不出世一切衆生如来藏常住不變但煩惱覆故佛爲說法(釋曰上配萎華喻貪者論偈曰)如華初榮(初時)悴(後萎變也)有愛(愛初榮也)有不愛(不愛萎悴)貪煩惱亦爾初樂(如華榮也)後不樂(如華悴也文意甚顯佛性論云如蓮初開人甚愛樂後時萎悴人厭惡之貪使亦爾)(上配初三喻喻佛法界身者如次喻體相用三大也故論偈云)法身有二種清淨真法界(一也)及依彼習氣以深淺義說(二種也配在二三兩喻)長行釋初一云一者寂靜法界身以無分別智境故如是諸佛法身唯自內身能證故言清淨具法界經云佛出不出此常

住不變正當體大義也餘二在下疏二叢蜂瞋使淳蜜說一味法者經云譬如淳蜜在巖樹中無數羣蜂圍遶守護時有一人巧智方便先除彼蜂乃取其蜜隨意食用惠及遠近如是善男子一切衆生有如來藏如彼淳蜜在於巖樹爲諸煩惱之所覆蔽亦如彼蜜羣蜂守護我以佛眼如實觀之以善方便隨宜說法滅除煩惱開佛知見普爲世間施作佛事蜂喻瞋者詳曰蜂護蜜故瞋蠆一切人畜等也如諸衆生迷如來藏爲我護我故瞋矣即第七識中恒行我癡是也論偈云瞋恚心起時生種種苦惱者如執我故起惑造業受六道生死苦惱然此偈前半云羣蜂爲成蜜瞋心齧諸華者譯人誤也以蜂齧華但爲成蜜豈是爲瞋瞋者但爲護蜜故蠆人耳故佛性論云如蜂若爲他所觸放毒蠆人不爲齧華如迷護我故瞋矣蜜喻說一味法者論前偈云及依彼彼法身即第一中身習氣以深一味也是此門淺種種也即後門義說長行云依真如法身有彼說法名爲習氣彼說法者復二一細一味二麁種種細者所謂諸菩薩摩訶薩演說甚深祕密法藏以依第一義諦說故此明真法界身本有常說稱性之德廣如華嚴經說故以淳蜜喻之蜜唯淳甜一味無種種也種種是麁在後門配疏三穅稽癡使粳米說種種法者經云譬如粳米未離皮稽貧愚輕賤謂爲可棄除蕩既精常爲御用如是善男子我以佛眼觀諸衆生煩惱糠稽覆蔽如來無量知見故以方便如應說法令除煩惱淨一切智穅喻癡者偈云稻等內堅實外爲皮穅覆如是癡心纒不見內堅實此以穅稽不同華之榮萎可貪可厭癡於心境無變改之相唯能障覆爾論前段總釋上三云世間貪等衆生身中所攝煩

惱能作不動地業行緣成就色無色界果報出世間智能斷名爲貪瞋癡使煩惱米喻說種種法者論次前云麤者所謂種種修多羅列祇夜等此下須再詳略之名字章句種種差別以依世諦說故故偈又云如美密一味微細法亦爾却指前門修多羅等說如種種異味此以粳米可作種種般數飲食蒸假諸味資助有生有熟初則香美停久則臭爛或增病除病或益身損身雖資益根大而速飢速飽非長久堅實不同淳蜜和補藥丸固濟形命延年等故有一味種種味之言也然權教無別體性亦但是衆生心真如之用大故前偈說但是法身習氣深淺之說亦即華嚴衆生本來八相成道之意䟽四糞穢增上貪等真金真如不變者經云譬如真金墮不淨處論云糞穢義亦同矣隱沒不現經歷年載真金不壞而莫能知有天眼者語衆人言此不淨中有真金寶汝等出之隨意受用如是善男子不淨處者無量煩惱是真金寶者如來藏是有天眼者諸如來是

是故如來廣爲說法令諸衆生除滅煩惱悉成正覺論云糞穢喻增上貪等者論釋云又增上貪瞋癡衆生身中所攝煩惱能作福業罪業行緣但能成就欲界果報唯有不淨觀智能斷名爲增上對詳佛性論者上三種子今明麤顯現行發身口意造一切業故云增上亦同起信中取著轉深增長見愛等言不淨觀者不淨是所觀之身故如糞穢不言觀智是不淨矣佛性論云淨潔金寶爲糞所塗違逆人心離欲人亦爾爲上心煩惱爲逆其意故偈云猶如臭穢糞智觀貪亦爾起欲心諸相結使如穢糞真金喻真如者偈云以性不改變即相上法身及說法之性在染在淨常不變也體本來清淨如真金不變故說真金喻長行云明彼真如如來藏之性乃至邪聚衆生身中自性清淨心無異無別光明照了以離客塵諸煩惱故後時說言如來法身如是以真金喻故經云如來以依自身根本清淨智故知諸

衆生有佛性中引地論云宅下寶亦云譬如彼地種種珍寶藏也清淨身與如来無二無差别故經偈云善逝眼如是也疏五貧家根木無明寶藏法身佛性者經云譬如貧家有珎寶藏寶不能言我在於此既不自知又無語者不能開發此珎寶藏一切衆生亦復如是如来知見力無所畏大法寶藏在其身中不聞不知耽惑五欲輪轉生死受苦無量是故諸佛出興于世爲開身内如来法藏彼即信受淨一切智普爲衆生開如来藏無礙辯才爲大施主如是善男子我以佛眼觀諸衆生有如來藏故爲諸菩薩而説此法貧家喻根本無明者論釋云又阿羅漢身中所攝煩惱能作無漏諸業行縁能生無垢意生身果報凡夫亦同但麁重所遍此相不顯故就羅漢顯之云貧家者二乘之人但免麁重熱惱等而都未得諸佛菩薩無量福智功德寶藏如世人清貧無事爲樂不得名爲國王大臣長者然雖未得寶藏寶藏已有不離身中故云爾也然剋體辨能藏寶藏者乃是地也故論上下之文但皆云地藏不云貧家然根本無明三細之惑無覆無記未有能所愛惡之相故如地也不同華蜂之類有愛憎等故以此喻配無住地無明矣此下五喻喻法身佛性等者論於次同一科預釋以義勢聯綿故今留待第九喻都釋已具見經論之文説則易解故疏六菴羅見惑内實二身佛性者經云譬如菴羅果内實不毁壞種之於地成大樹王如是善男子我以佛眼觀諸衆生如来寶藏在無明㲉猶如果種在於梜内善男子彼如来藏清凉無熱大智慧聚妙寂常恒名爲如来應供覺善男子如来如是觀衆生已爲菩薩摩訶薩淨佛智故顯此義菴羅喻見惑者論云凡夫身中所攝煩惱初出世間法智能斷名爲見道所斷煩惱故偈云如子離皮稽次第生芽等見道斷煩惱次第生諸地此喻

意者見道第凡成聖聖智生成住持一切功德如菴羅皮謝實生芽莖枝葉華果故內
實喻二身佛性者已如上說餘亦皆爾疏七
弊物修惑金像法身者經云譬如有人持真金像
行詣他國經遊險路懼遭劫奪裹以弊物令
無識者此人於道忽便命終於是金像棄捐
曠野行人踐蹈咸謂不淨得天眼者見弊物
中有真金像即為出之一切禮敬如是善男
子我見眾生種種煩惱長夜流轉生死無量
如來妙藏在其身內儼然清淨如我無異是
故佛為眾生說法斷除煩惱淨如來智轉復
化導一切眾生弊物喻修惑者復云聖人身
中所攝煩惱如出世間法修道智能斷故故
偈云以害身見等攝取妙聖道修道斷煩惱
故說弊壞衣疏八貧女不淨地垢輪王報身者經云
譬如女人貧賤醜陋眾人所惡而懷貴子當

為聖王王四天下此人不知經歷時節常作
下賤子想如是善男子如來觀察一切眾生
輪轉生死受諸苦毒其身皆有如來寶藏如
彼女人而不覺知是故如來普為說法言善
男子莫自輕鄙汝等自身皆有佛性若勤精
進滅眾過惡則受菩薩及佛尊號化導濟度
無量眾生貧女喻不淨地垢者論云從初地
至七地所攝煩惱也入地已上住地中修道
智能斷偈云七地中諸垢猶如胎所纏遠離
胎藏智無分別淳熟疏九焦模淨地諸垢鑄像化身
者經云譬如鑄師鑄真金像既鑄成已列置
於地外現焦黑內像不變開模出像金色晃
耀如是善男子如來觀察一切眾生佛藏在
身眾相具足如是觀已廣為顯說彼諸眾生
得息清涼以金剛慧摧破煩惱開淨佛身焦

模喻淨地垢者復云八地已上菩薩身中所攝煩惱金剛三昧智能斷故偈云三地中諸垢如泥模所塑大智諸菩薩金剛定智斷此後五喻上來但以法合貧家等未合寶藏等今當合之論偈云佛性有二種一者如地藏即此第五喻也二者如樹果第六無始世界在前來自性清淨心修行無上道通明萬行本具即中本覺內熏之義論依二種佛性五六之所喻也得出三種身七八九之所喻依初譬喻故寶藏知有出法身萬德所依如寶藏是衣食身名家產萬事之所依也依第二譬喻菴羅知有二佛身果生熟斷次等也如下說真佛法身淨猶如真金像第七喻出纏法身也即五喻能成因性此喻所成果相故如金已成之像也以性不改變攝功德實體釋上證大法王位如轉輪聖王身第八喻報身也即六喻能成二身因性八九喻所成報化身相也依止鑄像體有化佛像現即第九法喻也長行云餘五喻示現生彼三佛

法身以依自體性如來之性諸眾生藏是故說一切眾生有如來藏以諸佛如來有三種身得名義故此五種喻能作三種佛法身因以是義故說如來性因此中明性義以為因義以是義故經中偈言無始世來性云云下各引此一段文以具釋疏二含下二釋含攝二一體含用謂體性含於相用然此含者謂即體之用依於即用之體即用之體持於即體之用非如櫃等盛貯餘物此乃如金含器之喻謂絕一之金含於萬器緣會即顯亦如華嚴金師子章中之意亦如明鏡含於萬像故唯識說大圓鏡智相應心品能現能生身土智影等疏又亦下二聖含凡此是佛性論如來藏品中文也具云所言藏者一切眾生悉在如來智內故名為藏以如如智稱如如境故一切眾生

決定無有出如如境者普爲如來之所攝持故名所藏衆生爲如來藏復有一義兼疏中成三義謂因含果謂因地已攝果地一切功德故佛性論云藏者一切過恒沙數功德住如來應得性時攝之已盡故若至果時方言得性者此性便是無常何以故非所得故故知本有是故言常疏三出下三釋出生了達證入即能出生者諸教皆約登地證契法身方能修成種種報化功德妙用疏十地論者彼論釋地義云能生能持又釋十地會主金剛藏云藏即名堅其猶樹藏謂如樹心堅密能生長枝葉華實也地智亦爾能生無漏云云疏此三下三配屬於中云剋體者謂法身本無煩惱無能隱覆本具德用不待出生故云剋體已上三段皆釋名竟疏然約下四明行相二一總疏然真

下二別三一真妄開合謂真與妄各有開合具如起信論疏疏初真下二唯性經論各有其二釋義亦在起信疏中疏後生下三唯相於中初開一爲二次開二爲四也無爲在生滅門者準論生滅門中亦有真如猶如濕中不必波動波動中則必有濕故知不動亦在動中然無爲法唯是無漏不善之法唯是有漏善及有爲進漏無漏又無爲不善一向相非善及有爲互通是非疏此等下五明業用二一標疏初真下二釋二一不變疏後生下二隨緣二一別二一染緣起疏二能下二淨緣起疏由後下二總二一以論引經即阿毘達摩經也疏長行下二以經勝鬘釋經阿毘達摩云性者如來藏者具云所言性者如勝鬘經言世尊如來說如來藏者是法界出世間法身

藏出世間上上藏自性清淨法身藏自性清淨如来藏故疏是依下彼論具引云世尊是故如来藏是依是持是建立世尊不離不離智不斷不脫不異無爲不思議佛法世尊亦有斷脫異外離離智有爲法亦依亦持亦建立依如来藏故疏諸道者生死六道也證涅槃者三乘道也各依疏中引經配也經文具云依如来藏故有生死依如来藏故證涅槃世尊若無如来藏者不得厭苦樂求涅槃不欲涅槃不願涅槃故此明何義明如来藏究竟如来法身不差别真如體相畢竟空佛性體於一切時一切衆生身處中皆無餘盡應知此云何知依法相知是故經言善男子此法性法體性自性常住如来出世若不出自性清淨本来常住一切衆生有如来藏此明何義依法性依法體依法相應依法方便爲如是爲不如是不可思議一切處依法依法量依法信得心定彼不可分别爲實爲不實唯依如来信故偈言唯依如来信信於第一義如無眼目者不得見日輪疏既諸下六勸信六一明應信言先須信解者實性論中問曰真如佛性如来藏義住無障礙究竟地菩薩第一聖人亦非境界以是一切智者境界故何故乃爲愚癡顛倒凡夫人說答曰以是義故略說四偈云處處經中說内外一切空有爲法如雲及如夢幻等此中何故說一切諸衆生皆有如来性而不說空寂釋曰此上猶是假立助成問意也下方正答云以有怯弱心輕慢諸衆生執著虚妄法謗真如佛性計身有我人爲令如是等遠離五種過故說有佛性此四偈以十一

偈略釋略引八偈以衆生不聞不發菩提心或有怯弱者欺自身諸過未發菩提心生起欺慢意見發菩提心我勝彼菩薩如是憍慢人不起正智心是虛妄分別不知如實法妄取衆生過不知客染心實無彼諸過自性淨功德以取虛妄過不知實功德是故不得生自他平等慈聞彼真如性起大勇猛力及恭敬世尊智慧及大悲生增長五法不退轉平等無一切諸過唯有諸功德取一切衆生如我身無異速疾得成就無上佛菩提疏離此者三聖觀中說也疏故蜜下二證不信之損疏故勝下三證信順之益此同淨名觀身實相觀佛亦然也據此文意反明若於在纏疑惑則於出纏諸佛法身功德亦疑惑也疏華嚴下四證諸行之本然華嚴九會初會是總是本餘會是別是末故此三昧是法根本以三昧體是如來藏故彼經云爾時普賢菩薩摩訶薩於如來前常對佛故坐蓮華藏師子之座表所入定自性無染含果法故承佛神力入于三昧心境冥故名一切諸佛毗盧遮那如來藏身光明徧照即能觀大智如來藏身即所觀深理凡雖等有佛智方照又大智亦通本有本有真實識知徧照法界義故顯於依正離如來藏無別自體故入此也復有釋言廣大生息謂慈悲無邊爲廣智慧無上爲大生相已盡爲生息萬德含攝是謂藏身即出纏法身也約本性者凡聖俱成藏識包含種子建立趣生爲廣本覺理量等佛名大新新起故名生染淨不能動爲息在纏法身名藏此下明體相用有其六對也普入一切佛平等性即是如來藏故入藏身即是已入佛平等性也疏然雖下五明難信之所以如聞皇后懷帝王之胎即無所疑聞說貧醜女子懷轉輪王之孕即前九喻中第八喻則不肯信又如愚癡孩稚見不對雜穢色相之摩尼即信淨明見現此等影像之時即不肯信疏願諸

下六正勸令信謂勸諸初心上根人也若下根即勸從小入大如法華窮子等諭待根熟方勸也應捨難捨之妄心難捨者即五欲境此對凡夫上根也若漸機即二乘涅槃為難捨也求見難見之妙理自心中一切功德妙義妙用等也故勝鬘云有一法難可了知謂自性清淨心彼心為煩惱所染釋曰自心及煩惱為二也此二皆難矣上来釋如来藏義巳竟然此經中標舉意者約藏自性離有為相常住不變以釋拂迹之由即二種行相中真如門也言如来藏總標次二句空藏後三句不空藏也此下隨難消釋疏釋上下二釋餘句二一釋空藏釋上彼知覺者對上所知生死此名能知之智能執者計有生死也能知者達無生死也疏不可智知兼上無起滅等正同華嚴偈云能見此云無知見也及上云彼知覺者猶如虛空也及所見此云無起滅故上云知是空華見者上云知虛空者悉除遣總結上文不壞於真法是名真見者同下如法界性等三句也

疏識智俱如下情盡理現也俱如即無念無念自體本来自知不同分别故云真實也識者白淨真識非賴耶等光明者知體顯現離於癡暗也照者即此知見無邊際無處所故徧也從自體下皆是起信正文疏家躡上兩句釋空義次便指不空之體生起下三句之義勢故云為下不空等也疏法界下二釋不空藏佛性法性者彼論云在有情數中名為佛性在非情數中名為法性佛性即如来藏故引此證疏如云能造等者楞伽起信實性等説如来藏義皆有此文大同小異疏二義者如来藏法界性也别如疏釋也一體之同者經云如来法界性也如即同義疏豈須等者滅舊滅惑結拂所知生死空也添新生智結上拂能知等也經標舉中疏三一然偈下

翻梵文疏或爲下二釋重頌意此通諸經今經雖無鈍根而流傳末世不妨有也意令總覽長行偈頌方解義理然後隨力而唯誦偈諷之文有記得長行之義疏增明前說者文相自顯若通論諸經更有六義兼上成八復有四義十義皆如大疏所說疏然凡下三長偈相對經正陳中疏文叙意節經如文可解

圓覺經略疏之鈔卷第十二

圓覺經略疏之鈔卷第十三

圭峯蘭若沙門宗密於大鈔略出

大文第二令依解修證疏三一自下下標大意創因者初聞前章頓指心地也法鏡照心者法謂教法鏡即是喻如人有眼耳無由親自見之若以鏡照之即見衆生自性亦爾無由自見因聞聖教依教反照方見矣故清涼云以聖教爲明鏡照見自心以自心爲智燈照經幽旨荷澤亦云爾障者正取業及煩惱兼於報障（道場中禮懺等除報障故）根利鈍者即前所明障之深淺也習氣者此論凡夫習氣不是斷二障種現後所餘微細習氣也凡夫習氣者如論中染淨相資熏習處說及唯識諸業二取等習氣中說下文當釋依違者依教違教也如華嚴問明品如貧數他寶等疏故須下正明經意處處等言用法華文勢彼云衆生處處著引之令得出疏然其下二釋科文三一正釋疏前則下二總判疏故華下三引例云亦唯此四者信解行證也信者初會六品十一卷舉依正二果勸大衆信樂也解者二修因契果生其智解謂第二會十信三會十住四會十行五會十迴向六會十地七會等妙二覺行者託前信解之法進修令成正行也即第八會證者第九會初佛入師子頻申三昧海會頓證法界善財徧親善友歷位漸證也此乃文雖廣（八十卷）略（一卷）妙軌攸同綸緒始終唯斯二典疏文中下三銷文二一開章述意二牒釋經文經徵釋中疏二一令初下會科段二正釋經進問中疏不離此者此普賢行體也經就當根中云修大乘聞圓覺者

揀所爲機不修大乘者灼然非領受行門之器設有修行大乘者若未聞圓覺亦非器也如前引華嚴多刼修行六度非菩薩等故今標舉具此二類之者疏達天真者前章說覺性天然本淨生死等非作故無經幻幻問中疏二一行也下總釋一科此問等者前云空華即是虚幻又偈云衆幻滅無處故疏幻者下二别釋幻義二一舉大意云難曉者此方無故疏今依下二開數釋謂法性如巾真心如師分别識如術法術法有種種差别幻師是一分别識亦種種差别而真心唯一喻中既但馬是無不妨有幻師作法法合中亦但我法是無不妨真心爲識分别種種然迷執實馬者是傍人非幻師自執法合中執我法者是六七心所當起信中智相相續相非本

淨心及黎耶三細唯識之說賴耶無覆無記若欲取真妄同一心無别外執者或如幻師久習幻法幻法既熟等開即作作法已成之次忽然心狂迷惑自謂所幻之物爲真雖忽心狂由幻法熟故在運持之而所幻之物未滅如狗吠井中影乃至投井而死經斷滅問中疏二一此問下正釋疏金剛下二引證經遮不修中疏不觀力用者但念性淨也經請修中疏論云下正是上不觀力用之意也論云如是衆生真如之法體性空淨而有無量煩惱垢染若人雖念真如乃至以垢無量徧一切法故修一切善行以爲對治若人修行一切善法自然歸順真如法故疏入風者利衰毁譽稱譏苦樂窮子者如疏序捨父文中已釋電光者智論說初心聞法作解如闇夜電光作見山川

人物頊爾還闇然亦因此已辨得前境思想之而行也不記其文但取意引別處亦說有電光定疏應添等者應云願爲末世一切衆生分別演說作何方便漸次修習意即顯矣等者或云開示分別或云分別宣說皆得經讚許中疏非受者影空無可受故非拒者對鏡之時影不在鏡外全體冥合故正受者是翻三昧之唐言經長行中疏三一正說下總分經文疏今初下二別釋科意故論云自性等者此是隨染本覺中文具云智淨相者謂依法力熏習如實修行滿足方便故破和合識相由前方便能破和合識內生滅之相顯不生滅之性此根本無明故心無所合即顯法身本覺義也盡滅相續心相顯現法身智淳淨故即於此時能滅染心之中業相等相續之相不滅相續心體故令隨染本覺之心遂即還源成淳淨圓智成於應身始覺義也然此始覺無別始起即是本覺隨染作也今染緣既息始還同本故云淳淨此義

云何問意云如上所說動彼靜心成於起滅今既盡於生滅應滅靜心以一切心識之相皆是無明意云業等染心名諸識相此等皆是不覺之相非約心體說轉難云既言識相皆是無明故說滅者皆應別有體性離於真如即真妄別體難也故下答云無明之相不離覺性如此諸識不覺之相不離隨染本覺之性非可壞非不可壞此無明之相與彼本覺之性非一非異非異故非可壞非一故非不可壞若依非異非可壞義說無明即明故涅槃經云明與無明其性無二無二之性即是實性若就非一非不可壞義說無無明有可滅故涅槃云因滅無明得菩提燈無明滅覺性不壞滅惑之義準此知之如大海水因風波動水相風相不相捨離而水非動性若風止滅動相則滅濕性不壞如是衆生自性清淨心因無明風動心與無明俱無形相不相捨離而心非動性若無明滅相續則滅智性不壞故三隨文銷釋經標幻中疏二一有漏下銷經文蘊處界義至普眼章當釋等者等於三界九地十二因緣二十五有一切有

漏法數引下偈者證成有漏也中實者中是最當中義蔵和尚般若心經疏作所詮義釋心字意云般若之心是萬法之體故云心也亦作能詮教釋意云此半紙經是六百卷之中也今取前義實者堅實今言中實者其猶樹木其心當中最堅實故能生長枝葉華果如十地論釋神解者海東起信疏中釋也然汎論心者有其四種一華嚴鈔云梵語紇利陀耶謂肉團心即五蔵中心蔵也二緣慮名心謂八識俱能緣慮自分境故三質多謂集起心即第八識集諸種子起現行故四楞伽經注翻乾栗馱此云堅實心堅實心者即此所辨今詳此三梵語紇利字質字乾栗字聲勢全別應是肉團集起堅實等義別也云陀多馱三字聲勢甚似應是五天梵語稱殊或

前後譯人小有訛誤理應同是心字智者詳之勝鬘云自性清淨心不染而染染而不染亦此心也故此云不同緣慮集起之義(肉團麁淺不必揀之故疏不言)疏言皆下二廣釋義二一用當宗經論釋義三一正釋二一用論釋言心體爲因者論中本覺心即是此經圓覺妙心也論中不覺即此偈云無始幻無明也據論中說依本覺故而有不覺(文云依覺故迷若離覺性即無有迷以合依方故迷之喻即是此依圓覺妙心而有無始幻無明)依不覺故生三種相(即是此種種幻化也)今配云因緣者謂由無明風力動彼靜心至此最微名爲生相乃至轉現此三之體是本淨心親故云因(故經云法身流轉五道等)但由無明動之無明疎故云緣如水爲波水是波體但由風從外入而動之即是其緣若别約一義說者據三細六麁總是無明之相真

心畢竟清淨不增減不變異但是無明託之而現生滅染相即無明却似因淨心却似緣如諸業雖因煩惱而起約果報說却以業爲因煩惱爲緣等亦如洪波徹天水性不動但是風託水而現動相動相是風相非水相矣約此說者亦有其義但今據本末爲親疎故且依前義耳疏業識爲因等者根本無明與真心合名爲業識此識有動作及爲因之義故云業也此識對自所現境界便生智相相續等六麁也如夢心自現境界境界對心之時便生執著謂爲真實執著者還是夢心然但因夢境對之方生執著故云緣也論中但云以有境界緣故復生六種相不言業識爲因者且約九相如次相生此中文少若具說之各有二因二因正是此所立兩重因緣緣

亦通名因也疏故楞下二約經釋謂無明是能熏通上緣也如風是能吹真如是所熏熏故即變是上因也如水是所吹吹即動爲三細也經中舉麁顯細舉著顯微故且言現識然實具三細不思議熏者謂無明能熏真如不可熏處而熏故名不思議熏又熏即不熏不熏之熏名不思議熏不思議變者謂真如心受無明熏不可變異而變異故云不思議變又變即不變不變之變名不思議變勝鬘說不染而染等即此熏變也難可了知即此不思議也不思議是難了之義取種種塵者是上境界爲緣即此七現識所現種種境界還能熏動心海起諸事識之浪即六麁也及無始妄想熏是上業識之因即彼和合真妄心海之中妄念習氣無始已來熏習不斷以未曾離念謂六麁三細皆展轉有相因之始唯此業識無始此塵及念熏動心海種種

識生以妄念及塵麁而且顯故所起分別事識行相麁顯然經中欲明現識依不思議熏故得生依不思議變故得住事識依境界故得生依心海故得住若論中則但辨生緣不論依住是故於細中唯說無明熏麁中唯說境界緣也然成唯識論且約法相權教說熏習義未盡其源故遮真如不變不熏（下明染淨熏習中更當料揀）今約楞伽勝鬘起信等法性實教故有不思議熏變等義方契斯經矣疏是知下二重顯幻義配前五法者覺心即巾無明業識即幻師術法種種境界是馬次云猶如空華是馬有即無分別事識如癡執實相上引諸教述染法生起行相以釋經文幻從覺生之義訖然此經但云從覺生不釋生起行相處却是文殊章中云由此無明故輪轉生死是標根本至彌勒章中具說枝末云欲因愛生命因欲有乃至展轉起諸違順造種種業生地獄鬼畜人天上界增上善果等是也疏問既下三通妨結成此問從前心體爲因生三細等文而來難意云真心既生三細即應是三細之根源便是無明之體何故前文殊章中云此無明者非實有體等答文甚顯意云妄託真心而起之時但是妄起真元不起不起故豈是妄之根源故更以本月二月之喻通之理無不盡矣然云現且迷真者意云若就妄說則見妄之時更無別真說何爲源若就真說即元來無妄與誰爲源如夢蝴蝶之時但見蝶身無別莊周之身若就莊周說即元無蝶身與誰爲源故云現且迷真也意云迷真之時現且無真若見有真即不成迷

言且者且就迷情說也不言真無踪故經說下正是結指經文以成真不生妄之義此義是佛法中妨難大節復禮法師有偈問天下學士亦是此義偈云真法性本淨妄念何由起意云本淨如空即妄根本何當起也從真有妄生此妄安可止若真能生妄即除真方得妄除真既不可除妄何可斷無初即無末有終應有始立此理者擬將難法相宗煩惱有終無始無始而有終正述法相宗所說長懷憒茲理結成疑念願爲開祕密祈之出生死利涉大法師荅云真法性本淨妄復何當起妄不從真生無妄何可止既許無初末寧容責終始無始亦無終誰當憒茲理胡不趣無生乃云祈之出生死此荅都不識問意復禮豈不知真性本無生滅邪意問緣生染法從何而起起既無始斷何有終懷暉禪師荅云法性非垢淨真妄非如理但問妄之所生誰問如理去妄欲求真茲妄安可止無物本自無

強無無不已無始見有終見終非無始此卻是助成難意不成荅難諸法無自性無性無生死此亦全不識問目清涼大師荅之方釋所問也荅曰迷真妄念生悟真妄則止能迷非所迷安得全相似不一不異故如論中海水風波之喻由来未曾悟故說妄無始知妄本自真方是恒常理分別心未亡何由出生死意以一念不生前後際斷不應以念而起於念念無窮也踪然諸下二會通他宗經論之文六一總標大意萬法一心者意說法性宗染淨諸法唯真心現如起信等說三界唯識即性相二宗皆有此義性宗亦有妄識變境之義性兼真妄之心相宗即唯妄識宗途者宗旨途轍也就佛則權實有異就人則情尚有異罕者希也隨學一宗則謂爲了更不知餘聞所未聞翻疑彼錯既聞所說違於已解則拒而不受理須會通備述諸宗義

意令其圓悟若不爾者何能窮究旨歸疏令約下二別明諸教愚法者不了法空也即是法執假說者謂不了唯識計有外境但云由心造別業故感得自身由心造共業故感外山河器界一切善惡悉由心成故云假說疏異熟賴耶者第八識也此是諸識本故異熟是善惡業果從無始来至於等覺因位最寛故取之也賴耶是執藏義過患最重故亦取之並如下說疏遮無境者正出彼一心義也謂若一分是境一分是心即不成一今以境唯心變亦但是心故唯一也問雖皆是心心有八種及諸心所相分見分各各不同云何言一答但心外更無別法即是一義如一株松雖根幹各別枝葉衆多但皆是松即名一株松也於中曲有三義一相見俱存此通八識及諸心所弁所變相分（難陀二分陳那三分護法四分皆同）此也（如大鈔說）二攝相歸見但通王所謂所變相無別種生但是識生帶彼影起（安慧一分義也）如虛空中本無華種但眼翳時帶彼相起翳則不妨名有（如心見分）華則全無（如相分也）三攝所歸王（但通八心王也）以心所亦無自體但依心王所變故莊嚴論云（無著菩薩造）能取及所取（能貪妄心所貪財色瞋等例知能信善心所信三寶進等例知）此二唯心光（上貪等信等是心所法唯是心王之光影無別心所）貪光（舉一例瞋癡慢疑不正見及隨煩惱）及信光（例餘十爲善十一）二光無二法（正結成無心所）疏理無二故者謂如来藏舉體隨緣成辦諸事而其自性本不生滅是故一心二門皆無障礙謂性淨隨染舉體成俗即生滅門染性常淨即真如門二門唯是一心故也良由心相雖似種種而相皆虛妄故但是心心方實故故唯一也如多

影是鏡相一明是鏡性多影皆虚故唯一明也此後三門皆得真成一心之義疏泯絶染淨者謂清淨本心元無染淨對妄想垢假説名淨妄既本空淨亦相盡唯本覺心清淨顯現爲破諸數假言一也故此文云種種生於圓覺妙心楞伽亦云不壞相有八識無相亦無相其文非一破諸數者通伏難也難意云一是數法數是有爲今絶染淨離於名數何復言一答表非二三乃至百千之數故云一也法句經云一亦不爲一爲欲破諸數疏總該萬有即是一心者謂未知心絶諸相令悟相盡爲心然見觸事皆心方了究竟心性如華嚴説良由皆即真心故成三義一融事相入義謂一切事法既全是真心而現故全心之一事隨心徧一切中全心之一切隨心入一事中隨心迴轉相入無礙二融事相即義謂以一事即真心故心即一切時此一事隨心亦一即一切一切即一亦然三重重無盡義謂一切全是心故能含一切所含一切亦唯心故復含一切無盡無盡也皆一一全具真心隨心無礙故前即泯之相盡但是性之一心今則一一諸相當體便是一心不須更泯以本是心不應泯故故云即是不云攝歸由此具前無礙三義也然此亦一心與上第三四門異者三是攝事歸理會末同本四則泯事泯末唯理唯本今全事即理即末全本故云理事本末無别異也疏此上下三總結諸教疏然皆下四釋執宗所以應先問云據上所説唯頓教圓教是如實了義何得諸經諸論復有如前異説故此釋云蓋以經隨機

說也隨機者如下逆順中約能詮文逆法從一至四展轉等疏文鈔文之意可取意對此說之問經文既是佛當時逐差別之機權說者何故佛滅度後諸菩薩造論建立宗旨或釋經文亦有差別故次云論逐經通謂非唯佛在時有差別之機佛涅槃後乃至如今亦如此故菩薩造論亦隨經宗旨通釋佛意造宗論各符一類經各應一類機造釋論各釋一經亦隨何經宗各隨順其旨且如天親菩薩造小乘論即順阿含等深淨定別造攝論等即相數確然注百論釋金剛明空蕩相造佛性等論則說衆生是法身如来藏造華嚴十地論則六相圓融故知各隨經宗何有執定之滯人隨論執等者過歸後輩傳習之者良由孤陋寡聞不能博學隨遇一教便謂圓通闇說者違於已解即拒而不受却言差錯故云固守淺權淺權者前前淺於後後也今具料揀其在茲焉疏令本下五順逆會通二一舉意疏初約下二正會三一逆詮順法逆次者逆前五門次第也順法者順諸衆生迷真起妄從本起末心數次第也如一樹木從根有樹樹上生枝枝上生華葉從四頓教至一聲聞教者緣第五是本末融通故且說前四也一法界心者頓教也如来藏下實教也復由下權教也執取下聲聞教也疏二約下二順詮逆法順文者文是能詮教如前所列從末至本逆法者法是衆生心法相生次第從本起末文二一正顯言乃至者備如上說疏皆由下二結意如文疏三能下三皆無障礙即圓教者本末無礙亦如上說疏唯心下六都

結得失如人面向墻立即於百萬種差別物色都無所見臨鏡即物物無遺餘文可解經幻盡中疏三一對前釋義三一此下下指經雙標其染緣起如上諸門其淨緣者即頓教中泯絕染淨是其源也今云幻盡者正是泯絕染淨之義覺滿者有二意一者既諸法俱泯則唯一覺心等虛空界故名滿也二者此覺體中既無垢染即現一切淨妙諸法與此覺體非一非異融攝無礙如普眼章中六根徧滿等名滿也前是頓教中意此是圓教中意然一真覺心體非染淨迷則一切皆染悟則一切皆淨但淨順覺體故名覺滿染違於覺是埋覆義不名覺滿迷起染義如前段說悟起淨義如正宗說三重因及所成果是也問然上三細六麁之染三因及果之淨有何所以如此展轉反覆生起生起行相如何答如下所引論釋疏故論下二以論雙標謂染淨之法只由此四法反覆熏習故不斷也四法者論具云一者淨法名爲真如二者一切染因名爲無明三者妄心名爲業識四者妄境界所謂六塵釋曰後三皆是染法由此染法自性差別依托因緣故具說三種其真如淨法對染雖成熏義然其體性竟未曾別故但明一種又染法違理差別性多淨法順真唯一味也言熏習者論次文云熏習義者如世間衣服實無於香若人以香而熏習故則有香氣泛論熏習各二種一習熏謂心體成染淨等二資熏謂現行心境及諸惑相資等此亦如是真如淨法實無於染但以無明而熏習故則有染相故經說如來藏爲惡習所熏無明染法實無淨業但以真如而熏習故則有淨用此是生滅門中本覺真如故有熏義由本覺內熏不覺令成厭求故經云由有如來藏故能厭生死苦樂求涅槃前迷現染是故云相今此順真故云用良以一識含二義故更相熏徧疏染淨起不絕者由此染淨相資故得起不

斷絕疏染法下三依論別釋二一染二一釋令文取意引之論具云云何熏習起染法不斷所謂以依真如法故有於無明舉能熏所熏之法體也亦可此中但舉能熏無明然必依真故約本舉以有無明染法因故即熏真如根本無明熏習義也以熏習故則有妄心依無明熏動真如有業識心也然妄心亦通事識今據其本故云業識以有妄心即熏習無明不了真如法故不覺念起現妄境界以此妄心還資熏無明增其不了令其轉成轉識及現識以有妄境界染法緣故即熏習妄心令其念著造種種業受於一切身心等苦以此境界還熏動心海起諸識浪緣念彼境即起事識也上六麁中初二名念中二名著後二名同此也謂依惑造業依業受報然妄境妄心無明等三種熏習之義復各有二種廣如論說疏故勝下二引證引於三經皆如文可見云畫師等者次云能畫諸世間五蘊悉從生無法而不造疏淨緣下二淨亦取意引論文具云云何熏習起淨法不斷所謂以有真如法故能熏習無明以熏習因緣力故則令妄心厭生死苦樂求涅槃以此妄心有厭求因緣故即熏習真如先明真如內熏無明令成淨業後即此淨用反熏真如增其勢力前即本熏後即新熏也自信已性十信位中信也下即三賢位中修解也知心妄動無前境界修遠離法依解成行謂尋伺等觀唯識無塵等行也以如實知無前境界故初地見道證唯識理異前比觀故云如實也下明十地修道位中廣修萬行以顯真如云種種方便起隨順行不取所取無相不念能念不生乃至久遠熏習力故三祇熏故無明則滅根本以無明滅故心無有起妄心盡也以無起故境界隨滅妄境滅也此上皆滅惑也即翻前三種染下明證理成德云以因無明緣妄境界俱滅故心相染心皆盡名得涅槃此並滅故心體轉依名得涅槃成自然業起不思議之業用也故法華云佛種從緣起華嚴云若人欲了知三世一切佛應觀法界性一切唯心造唯心者唯

清淨心也所以知者次云於心佛亦爾如佛衆生然心佛及衆生是三無差別然衆生雖等有真如等皆熏習而有信無信不能等修方便入涅槃者以諸佛法有因有緣因緣具足乃得成辦衆生雖有正因熏習之力若不遇諸佛菩薩善知識等以之爲緣能自斷煩惱入涅槃者則無是處若雖有外緣之力而內淨法未有熏習力者亦不能究竟厭生死苦樂求涅槃謂無明厚重之流雖本覺內熏然未有力故雖遇善友外緣之力亦不能令其得道若因緣具足者所謂自有熏習之力又爲諸佛菩薩等慈悲願護故具因緣也下明熏益云能起厭苦之心信有涅槃修習善根自分也下明勝進云以修善根成熟力故則值諸佛菩薩示示義教教行利喜得義利具解行故成喜也乃能進趣向涅槃道然據法相宗所說真如一向凝然不變則無熏習之義故成唯識論云依何等義立熏習名能熏所熏各具四義令種生長故名熏習廣如大鈔引彼論說疏然淨下二攝成此門攝釋染淨成此幻盡覺滿也亦是釋成論中淨法不斷之義謂由迷倒妄染故有佛教依教悟修故得淨法對待從緣故無自性言俱融者迷真起妄悟真翻妄離自真性無別染淨故染與淨即體同真故云合法界性故論云無別始覺之異也起唯性起者即華嚴宗中性起門謂法界性法爾全體起爲一切諸法也法相宗說真如一向凝然不變故無性起義此宗所說真性洞照靈明全體即用故法爾常爲萬法法爾常自寂然是全萬法之寂然故不同虛空頑凝而已萬法是全寂然之萬法故不同偏計倒見定相之物擁隔質礙既世出世間一切諸法全是性起

則性外更無別法故彼經說諸佛與衆生交徹淨土與穢土融通法法皆彼此該收塵塵悉包含世界相即相入無礙圓融具十玄門重重無盡良由全是性起也此但釋幻妄盡時覺性圓滿不斷不盡之理以答普賢斷滅之問其正說悟修之相文在前後悟相在前文殊章修行始終方便行相在後普眼章分析四大觀察身心乃至垢盡明現及後諸章等疏文中下三依文銷釋二初分科言該釋者正喻幻盡覺滿兼該前種種幻化生於覺心故云該也二正釋經法合中科唯譚者但合後幻華雖滅空性不壞不合華從空有故云唯也以華從空有即是前幻生於覺心之文故不重合此是經家巧令文略略者但以一喻訣得前後經兼拂中疏此意者作俱無之見也勢極三重者初一重拂對待後兩重拂有無則自然絕起念之門也但上智者從此便契覺心中下之流縱不契合亦但茫然不知終始惶悚失其所守從茫然下皆是見非見俱非之義文是佛頂經也因佛推徵諸物大衆茫然云云此所引文是也無跡可執故云極三重矣經令離幻中疏二一三令下會通前後二正釋經文經展轉離幻中疏離諸幻境者一切幻化之法若心若境盡名幻境不唯外境皆是所覺故下重釋中初句但云離妄疏揀非幻心者經既云如幻者亦復遠離即明非幻之者不可離也故清涼云棄之而不離下經云幻滅滅故非幻不滅問既揀非幻之心未審何者是此所離之幻心此幻心與初句何別上釋初句云若心若境盡名幻境何故此復別舉幻心荅前說無始已來內外情塵皆是

幻化故下云身心幻垢此句即是幻智是能離能修之心也故下重釋次句云離覺又上云不妨以幻修幻疏三遣等者初句只能離於幻妄次句但能離於幻智俱未離於能離之離故此離之經云遠離爲幻者(爲猶是也)非唯幻妄幻智兩種是幻即此能離兩種幻者亦是幻也故云亦復遠離故下重釋第三句云遣離疏四遣等者前二句但遣所離第三句方遣能離雖能所俱泯終屬拂泯之科未得存泯無跡故此都結表無遺離之迹以絶生心動念(法界觀云不可亦不可此語亦不受迴絶無寄非解所到是爲行境以生心動念即乖法體失正念故)以遮無窮之失經云離遠離幻者意云能離遠離之離亦是幻也疏亦可下重釋四句此但是文簡義顯亦不異前但緣前文要須委曲周細分析行相故文句似

涉重疊各隨當句雖皆可解若四句一時歷觀即難見節級之殊故此復撮略(指之令總觀顯現矣)疏皆言遠下通釋遠離也言止離等者約止觀顯遠離之相引知幻即離者偏證觀離也略而言之(又釋止觀行相)不繫之爲止(不將心繫滯之即休心息意也)不計之爲觀(不將心計度分別起見也)俱以止觀離之則定慧平等經密顯真覺乃至偈終疏皆易解故不假釋經廣明行相疏二一自下下開章言通明觀行者大乘學人盡須聞此觀行故云通明然得益則有深淺故修證者唯指上根上根者但約能入之人非配法門局定不同三乘之法於三根各被一也謂但是一法巧被三根耳如法華第一周說聞則普聞悟唯鶖子疏一開示等者若約大疏又更以四分科之謂從徵釋用心兼此四段總當其

解雖有觀成斷愛修證之相但爲成其圓解正同華嚴修因契果生解分也二正釋經舉法請中疏二一標請下釋標請云恒作是念等者謂普觀身心根境一一推窮既見塵淨智圓即見衆生皆佛盡此一章總名觀行成就菩薩發起意在茲焉故慇疏云大士張教綺互相承若一人請周餘當杜述疏此下下二釋別列此同法華等者以例釋也謂華嚴中有一解脫門名開悟一切衆生智彼疏亦指同法華今云開悟故亦指也諸佛唯爲此一大事出世更不爲餘故開示悟入四字之義具如大疏今此但略配屬嘉祥疏意矣初二句配攝以四句雖殊不出能化所化故此二字便攝彼四後二句正配能所全是彼之疏文謂大開之與曲示始悟之與終入此二句亦是彼疏意云但說有性名爲大開言此是正因性此是緣因性此是了因性善戒亦云菩薩有本性客性本性是法性自爾客性是六波羅密也此是因性果性凡性聖性此是體是用是理是行即名曲示豁然明了名悟修行契證爲入若約法華論釋即開者無上義謂除一切智知也根本智見也後得更無餘事無餘故云無上即雙開菩提知見相也涅槃知見性也衆生本有障翳不見佛爲開除即本智顯現故示者同義別示性成涅槃三乘同法身故悟者不知義別示相成菩提不知唯一事實今令知報身菩提故入者令證不退轉地故即是因義大鈔備依性相二宗廣釋要則檢之經返顯請中疏如幻三昧者普眼恐末世衆生聞前知幻即離等言迷悶不能悟入圓覺故請開悟之方便迷則不悟悶則不入經結牒請中疏修習方便

者大品經修諸行門皆以無所得而爲方便華嚴十迴向品徧修一切時施有六十段文餘諸行一一皆各有衆多一一以離相爲方便金剛經以無住爲方便禪門以無念爲方便此經以正念離幻爲方便至文自釋意皆不別經起行方便中疏四一指前下釋離幻疏正念下二釋正念疏然正下三明上二互資疏由此下四結成方便經戒定中疏二一奢摩下釋前四句止是定義者修時曰止成就曰定由止息諸縁故得心定標如来者修雖凡修定是佛定也一向絶縁者誓心如草繫鵝珠梵網經菩薩心地法門品云若佛子持佛禁戒者作是願言寧以此身投熾然猛火大坑刀山終不毀犯三世諸佛經律與一切女人作不淨行復作是願寧以熱鐵羅網千重周匝纏身終不以破

戒之身受信心檀越一切衣服復作是願寧以此口吞熱鐵丸及大流猛火經百千刼終不以破戒之口食信心檀越百味飲食復作是願寧以此身卧大猛火熱鐵地上終不以破戒之身受信心檀越百種牀座復作是願寧以此身受三百矛刺身經百千刼終不以破戒之身受信心檀越百味醫藥復作是願寧以此身投熱鐵鑊經百千刼終不以破戒之身受信心檀越千種房舍屋宅園林田地復作是願寧以鐵搥打碎此身從頭至足令如微塵終不以破戒之身受信心檀越恭敬禮拜復作是願寧以百千熱鐵刀矛挑其兩目終不以破戒之心視他好色復作是願寧以百千鐵錐劖刺耳根經一刼二刼終不以破戒之心聽好音聲復作是願寧以百千刃

刀割去其鼻終不以破戒之心貪嗅諸香復作是願寧以百千刃刀割斷其舌終不以破戒之心食人百味淨食復作是願寧以利斧斬破其身終不以破戒之心貪著好觸復作是願願一切衆生悉得成佛而菩薩若不發是願者犯輕垢罪疏根門者眼等六種善念惡念造罪修福出入之門根義如後文說誡約身口者然大乘須制意地何以但言身口答經上句云先依奢摩他行即是制意也又上云一向堅持皆是制意地義又戒是防禁外非之義身口義相麄顯故且略言耳其實必三業清淨攝律儀等者然三聚戒具止作二持自他二利初一是止持後二是作持初二是自利後一是利他今意說律儀者堅持之言制止義勝又爲觀行之前導故爲止惡息緣之意義通餘二者次文安處徒衆是進業(攝善法也)攝徒(攝衆生也)之意也十無盡者菩薩十重也一乃至有命者不得故殺二乃至鬼神有主劫賊物一針一草不得故盜三一切女人乃至畜生諸天鬼神女及非道不得故淫四不妄語五不沽酒六不說在家出家菩薩罪過七不自讚毀他八不慳九不瞋十不謗三寶(一一有因緣法業四句又一一制自及教人也)然此十戒亦兼攝善攝生一云是菩薩應起慈悲救護衆生等二應助一切人生福生樂等三應淨法與人等四常生正語等五應生一切衆生明達之慧等六常應教化是惡人輩等七應代一切受加毀辱等八見一切貧窮人来乞應隨所須一切給與等九應生一切衆生善根無諍之事等十見外道惡人一言謗佛如三百

矛刺心等十十如次是前十戒中文皆云等者或等取文前或等取文後具如戒本疏取要唯四重者殺盜淫妄也雖十戒皆是業道就障聖道此四偏增故出家戒偏制之也今欲修無漏觀智以戒定爲前導故疏重指出四戒然據小乘四中制三爲分限謂唯制殺人盜滿五錢妄言證聖令則全制也枝葉不生者聲聞戒中餘四篇六聚皆爲防護此四故深遠止之今但如上說一向絕心誓志的不擬犯此四者舉心運意所作所爲自然一切清淨故云爾也故佛頂經第六云取意用之佛告阿難汝常聞我毗奈耶中宣說修行三決定義所謂攝心爲戒因戒生定因定發慧云云若諸衆生其心不淫則不隨其生死相續汝修三昧本出塵勞淫心不除塵不可出縱有多智禪定現前如不斷淫必落魔道殺墮神道偷墮邪道彼等諸魔殺云鬼神偷云羣邪亦有徒衆各各自謂成無上道我滅度後末法之中多此魔民殺云鬼神偷云妖邪熾盛世間廣行貪淫殺云食肉爲善知識令諸衆生落愛見坑失菩提路汝教世人修三摩地先斷淫心是名如来第一殺云第二偷云第三妄云第四決定清淨明誨若不斷淫修禪定者如蒸沙石欲成其飯經百千劫只名熱沙殺云如自塞其耳高聲大叫求人不聞欲隱彌露偷云如水灌漏卮大妄語云如刻人糞爲旃檀形欲求香氣無有是處汝以淫身求佛妙果縱得妙悟皆是淫根根本成淫輪轉三塗必不能出殺云相食未已云何是人得出三界如来涅槃何路修證殺云服其身分皆爲彼緣如食地中百穀足不離地必使淫機身心俱斷斷性亦無於佛菩提斯可希冀殺云身心二途不服不食我說是人真解脫者如我此說名爲佛說不如此說即波旬說釋曰四戒文相多同故例記之而已

有不同處已側注訖疏同行同見者或同學同業或弟子徒屬故寶積下引例以顯處徒衆中互相迭共之行相也平等法者染淨諸法皆空故皆稱真性皆即真性故正同文殊章中本無生死覺智亦泯如法界性究竟圓滿徧十方也聞已應發等者同此章應當正念遠離等也依城邑等者不同二乘事須避境故文殊師利說三十二難中云作禪觀行不爲難對境不動是爲難具四部處正同此安處徒衆更互已下證疏中互相雕琢迭共商量等也解一切法無有自性者正同下二空觀成身心空寂等也煩惱漸除是彼觀益彼觀益之文務於此矣疏宴黙下釋後一句三初消此句經文文易可知疏靜室下二對前句通難問荅可見於中引淨名者即淨名訶舍利弗林間宴坐之文也云不必者意令心不起不必行住卧等聞思修者三慧備也論語云學而不思則罔（如有聞慧無思慧也）思而不學則殆（如強自思惟推不肯聽學）豈但申申夭夭者揀異孔子宴坐也論語云子之燕居申申如也夭夭如也（彼注云申申夭夭和舒之貌）今意云須分明觀照洞達理事豈同孔子但和悅舒暢而已既不同彼即須處衆徵論增智慧也疏此依下三指荅處戒定靜坐處衆是住持相也經觀慧中疏二一二觀下分科二隨釋經二空觀疏二一初二下標大意講時且分明顯生起鈎鎖次第之意令人會解然後消二障等文二障體義下八識章中當釋今且消疏云衆生曠劫漂沉者是煩惱障之過患此障涅槃或墮邪小者墮小乘不成種智是所知障之過

患此障菩提故云不成種智二執者我法也我謂主宰如國之主有自在故及如宰輔能割斷故主是我體宰是我用又主是俱生宰是分別所謂有情者意生者摩納縛迦者數取趣者命者生者士夫者作受知見者依蘊計此名爲我執於中有即蘊（通論一切異生）離蘊（三宗外道）非即非離（小乘中犢子部）等別廣如大鈔法謂執持即諸凡夫外道小乘所執離心有定實法謂一切三世十方染淨心境一一皆是然云我法者有云人法慈恩云人不該餘趣故改云生法余謂濫於無情無情亦生故又濫於法法亦生故故今只言我法唯識鈔云我濫於法迷執者亦計諸法有我故今謂不然我是主宰有割斷義計法云我但計諸法各有自性豈計諸法皆能造業受報等邪故我法

二相各殊不相濫也唯識演祕破云法亦有我我字寬通不應云我今謂不然我是主宰有宰割義其所計法我但是計有諸法勝性豈有能造業受報等邪不應言寬通大鈔中廣救慈恩所破人法却反破彼生法又例破演祕亦有寬通之失兼圓收我法人法生法隨言皆得各有其意然我字最親故今云我法要廣解者即檢大疏大鈔疏二空者情執爲有智照爲空空即彼無無別體也智緣空起爲所遊門（言我空者但依識所變故實我不可得故即蘊離蘊非即非離實有我者皆非理故並如大疏大鈔一一備經）顯二真如名二空理體雖是有相即是空非性是空說爲二空從能顯說梵云瞬若多此云空性即是二空所顯實性空者從勝能說二空之性名二空性依士釋也言真如空未盡理故疏執亡下有

二意一同諸宗歷諸位地因圓果滿十障已盡證十真如名聖性現前煩惱已盡習亦除時成等正覺梵釋龍神咸恭敬應用塵沙名爲佛也三約此宗觀行成就頓同佛境執亡性現即二空觀成所顯真如應用下即法界觀成名之爲佛疏文中下二開章釋二一開章言破執者我法也顯理者真如也能破能顯即二空智品然據破執顯真兩對能所合有四法緣能破能顯皆是其智故但三法若約迷悟一一對之應云昔是能執所執今是能破所破昔是能迷所迷今是能顯所顯二隨釋經觀身中疏二一夫計下開其總別若約身爲總下迴互爲總别也謂以通伏難難曰夫言身者已具五蘊如何身外復說觀心故此通之此有兩對總别前對縱後對奪既互爲總别皆有通理不應責也疏今初下二牒釋經文三一敘意身爲諸愛根本者義在彌勒章深究輪迴之因令斷貪愛等處所釋淨名下引四處教文證身之過患矣淨名經方便品說(取意引明)維摩居士方便現身有疾故王臣長者居士婆羅門王子官屬無數千人皆往問疾其往者維摩詰因以身疾廣爲說法諸仁者(此下正說無常苦空無我等四觀故疏引之)是身無常無力無堅速朽之法不可信也(此即第一無常觀)爲苦爲惱衆病所集諸仁者如此身明智者所不怙(第二苦觀)是身如聚沫不可撮摩如燄從渴愛生如幻從顛倒起如夢爲虛妄見(第三空觀)次說身如四大無主(地)無我(火)無壽(風)無人(水)又云無知如草木瓦礫(上皆第四無我觀)乃至結云諸仁者此可患厭當樂佛身(淨名文了)涅槃文廣

待檢敘之背恩者金光明經云我從久来持此身臭穢膿流不可愛供給敷具并衣食象馬車乘及珍財變壞之法體無常恒求難滿難保守雖常供養懐恣害終歸棄我不知恩智論云審諦觀此身必歸於死處難御無返復背恩如小兒涅槃亦三（疏外添此成背恩之義）不修身者不能觀身及觀色相於非身中而生身相貪著我身乃至而常是恣如所事火如所養蛇遇緣滅壞都不憶念往日供給衣食之恩疏文中下二分科三隨釋經尋伺觀中疏歌羅邏者此云薄酪謂初在胎時受父母精血七日已前如薄酪也疏菴提遮經言不自得者性空無所得也疏四我者且約四大云四我若據一地大骨之一分已應有三百六十箇我筋肉一一皆然正法念經説一一支

節筋脉間各各有風名字水火亦例知各各不相是若一一皆我我乃無量經如實觀中疏夜見一鬼等者可檢論文敘之又只緣等者意云即自已身本亦是他由執計爲我故謂之有自既計爲自即以餘身及餘諸法爲他既計自他便成前文之難矣經觀心中疏二一後觀下敘意狂性自歇等者如序中引二正釋經尋伺觀中云四緣者如前引菴提經也疏四大和合者前引寶積經釋竟成於一色等者俱舍偈云最初羯剌藍（即前歌羅邏也梵語前後異故此云薄酪亦云凝蘇言最初者謂七日滿）次生頞部曇（此云皰也）從此生閉尸（此云耎肉）閉尸生健南（此云堅肉）次鉢羅奢佉（此云肢節）後髮毛爪等及色根形相漸次而轉增（餘教云六七六情開即是此也）疏六根爲外者以四大是當體體質故云内根是竅穴門户故云外

以對當體四大質故若對六塵即六根爲内六識爲中間今緣經云六根四大中外合成合成身也故爲此釋金剛三昧經云令彼衆生皆離心我一切心我本来空寂今此說心爲我義與彼同經法空中疏非色滅空者淨名文也然法空義是大乘初門有數宗義謂唯識所變故空情有理無故空於理無中析色以明空體色以明空空中無色故空因緣無性故空外道小乘所執非實故空儒道二教所計虛謬故空並如大鈔一一引據解釋經題理疏二一大文下總敘言非謂無雲下乃至見真理矣破謬解也有以我法二空便是真如無別真如之體故前引唯識疏已辨空及理不同謂梵云舜若此云空空無之空梵云舜若多此云空性即是空所顯性性即此宗覺性故次

疏云對前妄盡故釋云真如等法界觀中此科甚要可明示之要意甚多謂不執我法一毫之相方堪修法界等云云又法相宗以此二空觀為宗極令乃以之為前方便即深淺可知也故前云權教之中無實果且法界觀尚無說處況有佛果邪經法界觀疏二一自下下科分二隨釋經標中疏我空法寂者依蘊即離所計之我一向是無但倒情橫計故直云空蘊界處及餘一切諸法雖無其執不壞其相故但云寂故法華云諸法從本来常自寂滅相寂滅相故一切融通根識塵大清淨徧滿矣經喻中疏三一謂摩下略標喻相摩尼此云如意得此珠者如意中所欲無不遂故青黃等者五方正色故經云隨方各現疏然此下二以之合法二一標疏言印下二釋二一釋印前二一直釋言五色喻五道者此有二釋一直依本配之黑喻地獄由黑業故青喻餓鬼鬼多

面青故餓瘦帶青色故赤喻畜生天台止觀云血塗之道故黃喻人道黃是中方之色（易云黃裳取其中也）人道不在天上之樂不在三塗之苦處其中故白是天道純善白業所感故二約正法念經於白色中開出白白以配六道彼經云心如畫師手出五彩黑青赤黃白及白白清凉大師如次配地獄鬼畜修羅人天三塗同前餘黃配修羅修羅非天非人處中間故白配於人多善業故白白配天因果俱善故（華嚴三地中亦說）故華嚴下證於見色迷珠之喻但以經合之意即顯矣謂經初句中諸法合青黃凡夫見合愚人次兩句合但見全是青黃後句合則不見珠體疏若以下二配三性言前所顯者二空所顯真如也前幻者文云幻滅亦滅等前塵垢者文云垢盡明現又云

當知身心皆為幻垢垢相永滅十方清淨身心等相者從我今此身四大和合已來盡二空觀矣疏言顯下二釋顯後於中初且結印前之意以起後圓淨之義勢次但無計下正明此門之義然此印前顯後一段之意結攝至此美而復妙文勢亦甚易見可在意以前後經文乃至一切清淨徧滿等而發揚之疏然前下三揀二喻別相對說之亦甚易甚妙必須再三分明顯此深意此經宗要文相於是乎大彰經法中疏論云一切等者是本覺體相之文同顯覺性圓淨之義故以彼證此言不能染者以性淨故雖現染法染法所不能汙非直現染染不能汙亦乃由現染故反顯本淨如鏡現穢物反顯鏡淨豈汙鏡也正同此疏云顯圓覺雖現非其定實故也智體

不動者以本無染令無始淨是故本覺之智未曾移動又雖現染不被所染即不動之義具足無漏等者此本覺中恒沙性德無所少也又與衆生作内熏之因令起厭求等故經拂迹中科云拂迹入玄者爲欲入生佛平等稱性圓淨究竟之法故宜拂前垢淨迷悟始終分限之迹也此一段疏文甚深甚妙甚顯甚易可發揚其美疏二一此上下釋文但一一以疏屬當經文文自顯矣然其迹下疏中各隨經文間而釋之今先總顯所拂之迹相躡起滅之相令昭然在懷方始說釋即有味也謂本以衆生妄執幻化故說幻垢衆生依教離垢故復說名菩薩幻垢既如珠中之色當知本無故云垢盡所離之垢既無對離之智何立故云對除既無對治之智何有起智之人故云即無對垢者深淺之執本無何有說教之者故云即無說名者詳之見其意已即就經及疏依此意勢說之疏言對垢者者字貫於此也故疏皆云者疏然上下二配對言各三者人是三能法是三所言三對者一衆生是能執垢是所執二菩薩是能離垢是所離三佛是能說執離垢淨人法等名數皆是所說六隻單數可知並是經文非別建立

圓覺經略疏之鈔卷第十三

圓覺經畧疏之鈔卷第十四

圭峯蘭若沙門宗密於大鈔略出

經圓彰法界疏云第三下分科叙意然此迴異諸宗非二三八諦五法三性所能配屬然強以三諦配者一真是中道第一義諦未明理事空有者真俗二諦境界難齊故云強也謂此一真融下三重法界歸於此一豈此一外更有三重三重尚不出一真豈況更有真俗二諦與此相對而說乎故云迴異諸宗也問天台說一境三諦空假皆中豈異此耶荅三諦融攝方成下三重中第二理事無礙觀也事事無礙重重無盡尚未顯著問此云未明理事豈揔攝耶荅正由合為此一而未開顯故云爾二舉經釋經一真中疏二一標告下釋初七句外見東西者肇公寶藏論云夫約天地為上下約日月為東西約身為彼此約心為是非今取意隨便用之謂若不約身以對日月日月何準彼舉四事故得相對今單取身對方以釋無我即無方故宜云爾疏然虛下二釋後二句二一破空二初直斷可知問今現見虛空徧一切處如生滅變異又諸經亦說有虛空如何破之荅唯識中說虛空畧有二種一依識變假施設有謂曾聞說虛空等名隨分別者有虛空相聞佛菩薩說名隨分別心有虛空相以為緣力數習力故心等生時似虛空現此所現相前後相似無有變易假說為常所顯空相前後相似無有變易唯有一類豁虛之相故假說之為常及無為等如極微等定無本質唯心所變二依法性假施設有謂空無我所顯真如有無俱非心言路絕與一切法非一非異等此上揔顯法性之體是法真理故名法性上皆顯所依詮離諸障礙故名虛空此顯能依也即此真如離諸障礙故名虛空疏故首下二引證據文似但證無空若以義求亦證識現言發真者真發也謂真性開發

正同此覺所顯發歸源者始覺合本覺也然
佛有覺照二義上覺此照矣殞者滅也虛空
既從心識分別熏習相現今破和合識相顯
發真淨覺智故所變空相殞滅矣即起信中
心滅種種法滅之義也問若一人還源十方
空滅今何皆見空相邪答上豈不云自識變
邪何不自覺分別之念却嫌空相在邪疏謂
迷下二顯覺三一破計執之空故覺顯覺處
見空者如人有摩尼寶珠置於琉璃幢上當
其所坐之前焚香啓願珠出萬般珍寶徧於
一堂保惜之甚自守護之忽然睡眠夢見珠
及所現寶等并已堂屋庫藏及城郭一切空
無所有夢中意云曾經失火焚燒千萬人家
故四面瞻顧坦然露地無一礙物蕩蕩虛豁
唯一段空識現之空正同夢所現也心生苦惱歎憶寶等

及乎寤來此空都無但見幢上如意寶珠堂
屋城郭千家萬家連簷接宇法合可知故有
人云魚不見水人不見風迷不見性悟不見
空顯謂下二句上句慧解脫下句心解脫故
覺現心開非重言也問經說所泯之空無邊
邪爲說所顯之覺無邊邪故疏答翻覆俱無
邊矣謂無邊之空既亡無邊之覺即顯疏首
楞下二含依他相空故覺顯上云滅影像故其文即
文殊奉佛勑判二十五賢聖各陳證入二十
四人皆不圓通唯觀音從耳門中反聞於性
而不循聲故得圓通其文稍繁今畧撮引云
聞非自然生因聲有名字旋聞與聲脫能脫
欲誰名一根既返源六根成解脫一旋聞普脫此雖非
所引要之生起文意見聞如幻翳三界若空華聞復翳
根除即疏中是也次下云云次五句兼此一句摩登伽在夢誰

能留汝形二了喻超塵此下亦非所引本義以其文要因便書之
如世巧幻師幻作諸男女雖見諸根動要以
一機抽息機歸寂然諸幻成無性六根亦如
是元依一精明分成六和合一處成休復六
用皆不成塵垢應念消成圓明淨妙三比幻圓消此
復頓顯圓通亦非所要釋曰今疏所引六句正釋空消
覺顯取前文聞非自然生等及後元依一精
明分成六和合等文兼證破能變空相之識
亦皆空也心境皆空方顯真實圓明覺性非
空非有絶待中也緣經文繁廣義勢連環故
但引中間意在牽連前後豈非穩便疏是知
下三尅體指覺便是結上絶待之文經三重
法界疏云後三下釋科文言三重者即四法
界中之三也初即理法界後即事事無礙法
界二則名同其事法界即經中根識塵大世

出世間一切法數乃至八萬四千是也經依
此等說三重義理名三法界也事如前陳有法三重如後
說宗法謂眼根等是有法定皆清淨絶相是宗法等疏全同華嚴等者
題云修止觀熏習造詣大方廣佛華嚴所依經也法界經所
詮法也是華嚴所說之法界非餘經所說之法界也觀泯情照彼法界也是華嚴法界
之觀非數息等觀也門門即教也是所製述七八紙已来文書名句文也故法華亦指
教云其智慧門有三重如上列京終南山釋杜順作姓杜
名法順是華嚴宗源之師即文殊化身也瑞德甚多具在傳記其所居處今見置華嚴寺
寺有和尚塔廟今此一段經意正令諸菩薩及末世
衆生修習此觀故與彼同但文句之異耳今
但取意撮畧而用不引本文疏今初下二牒
經釋三初畧示觀門言真空者即靈妙心源
但約不虛妄故言真非色相故言空上二等
者謂此二中復各有四段文皆初三揀情後
一顯解初會色歸空中揀情三者一揀斷空

謂色不即是斷空舉體即是真空故下句雖亦顯理而意皆在揀情他皆倣此二揀實色謂青等非是真空之理無體莫不皆空故三揀影像謂空中必無色故會色必無體故三中各有二句之文是大疏撮畧觀文令少而易見後一顯解云凡是色法必不異真空以必無性故謂一切法本無自性元是真空但以情執於實故前揀云即不即等今揀情既盡即非滅色離色不即不離故色即空也如色空既爾一切法皆然根識塵大三世十方染淨諸法乃至八萬四千次明空即色中揀情三者一揀斷空云斷空不即色真空即色故二揀實色云空理非青等非青等之真空必不異青等故上二敵體翻前更無別義三揀影像云空是所依不即色必作所依即色故此門文異於前前云空中必無色若敵對翻之應云色中必無空今不云爾者不應理故謂空中無色有理真空絕相故水中現火相時水中必無故有文經云是故空中

無色無受想行識無眼界等色中無空文理俱絕未曾見有此經文故真空體徧法界不應有一法中無真空故故不翻前而乃約能依所依揀也謂真空隨緣現色時色依於空故空名所依所依非能依故不即色又非別有色自體來向空中而現但是真空全體而現故即色詳之可見故觀門云是所依故不即色是所依故即色因同而宗異此義實為玄也照之有味然此文亦兼反顯不應翻對云色中無空之意謂真空隨緣現色時全體不變故前云空中必無色以若有色即是此空變為色故豈若不變如水現火時水中必無火以現火時水全不變故必無火據此後意則雖文勢非翻對之例而亦當揀影像之義矣可去情思之後一顯解云空即是色以是法無我理非斷滅故非斷滅者二意一以色非自體之色

但是真空之色故不斷滅二以真空不守自性故雖不變故能即色云非斷滅也疏三空色無礙觀者謂色舉體全是盡色之空故無分毫是有也則色盡而空現三界十方更無一物蕩蕩無邊非心色境空舉體不異全盡空之色故則空即色而空不隱當知看色無不見空觀空莫非見色無障無礙為一味法也解終趣行者謂前二門各四前三揀情第四顯解即正解已成也若存此解無由成行行無念故故此不存解相意令入行矣四泯絕無寄觀者謂此所觀真空不可言即色不即色即空不即空一切法皆不可不可亦不可此語亦不受迥絕無寄非言所及非解所到是為行境何以故以生心動念即乖法體失正念故行起解絕者解若不絕長滯解了之心即行不起也是故行由解成行起解絕疏令經下二對釋經

義皆言清淨下謂二空觀乃至垢盡明現摩尼清淨為遠方便拂迹文云垢盡對除即無對垢及說名者滅影文云證得諸幻滅影像故此等為近方便故同觀門解絕也虛空覺所顯發者行起也故云泯絕無寄故智論云下此中意言人乍聞空畏其斷滅故餘處說云清淨如大般若一切皆云清淨即難信解品云善現色清淨故般若波羅蜜多清淨般若波羅蜜多清淨故一切智智清淨若色清淨若般若波羅蜜多一切智智清淨無二無二分無別無斷故如是歷受想行識十二處十八界乃至無上正等菩提八十餘科世出世間一切諸法悉同此例也大品即直云空但改清淨云空其所歷諸法即無差別也空與清淨皆絕相義故此所科七段之經云空淨矣雙牧也揀非斷滅之空又非有為無漏差別淨相也若就心說等者謂若心顛倒妄想即七段所歷根識塵大一切諸法皆是定有有則不淨但心無妄計則此諸法皆無所

有故清淨也故論云心生則種種法生心滅則種種法滅謂由我幻垢已盡能觀之智又亡既合覺心皆清淨矣故智度云菩薩於色等法中觀行斷故得如是清淨故名色清淨能破一切法中戲論等三正釋經根識中疏二一躡前下釋初句通明清淨因清淨因者揔屬七段七段清淨皆以覺圓明故疏比迷下二釋後文正顯清淨三一通釋清淨唯此清淨二字義通體別義通者心及下根識等法皆由覺圓明故得清淨也體別者唯此云心清淨異餘根識等法根識等法以空無體性故名清淨如鏡中青黄等色若實有體即汙於鏡汙於鏡故此青黄等即名不淨之物今以青等但是影像都無分毫之體故一一清淨如前引智論及大般若大品等說今云心淨異於此者如鏡明體於中若有塵垢非唯塵垢不淨即此明鏡自體亦名不淨故疏云比迷覺心心中執法若無塵垢但是影像非唯影淨即故疏云今見法性法即皆空等此明鏡之體亦自得名清淨是知鏡淨是有體說此體清淨影是無體無體方名清淨豈不異乎七段等者例下也但例義通不例體別善自詳而說之疏然展下二說釋儀式謂且置展轉之勢先釋所歷之法是儀式也言今且下標其所釋七段之名數非謂唯此初章疏心者下三別釋此章此章謂根識矣謂以通名牒起經文含揔別故揔即本心別即賴耶文二一隨文釋根識三一含釋七八二識二一含第八以釋心字五一約染時出體言揔相者染淨和合故約帶染說即當第八約淨體說即上鏡明之喻疏

成唯下二就通相指名四種名者彼文具云然第八識雖諸有情皆悉成就而隨義別立種種名於有情有成就此名有不成就此名故也謂或名心由種種法熏習種子所積集故梵云質多此名心也攝論云由種種法積集種子等積集義是心能集生多種子故或能熏習於此識中既積集諸法故說此識名為心義心意識中之心也何以得知心是此識攝論等云心體第三離阿賴耶識不可得故對法第二亦有心義與此不同彼攝法異據一邊說也或名阿陀那梵語執持唐言種子及諸色根令不壞故此通凡聖攝論云為取所依唯在凡夫一染義說非通諸聖然此亦能持根依今但云根據勝說也或名所知依能與染淨所知諸法為依止故所知者即三性與彼為依名所知依即攝論第一所知依品是此所知阿賴耶之別名也故中邊云虛妄分別有於此二都無此中唯有空於彼亦有此是故三性法皆依此識有或名種子識能徧任持世出世間諸種子故即與諸法為種子義前第一名心是積集種子在其中義今此取能生諸法義故二差別攝論無此一名雜集瑜伽皆有此名此等諸名通一切位此通有漏無漏若凡若聖名一切位就三位中即是相續執持位也上所引釋已銷疏竟然彼論次云或名阿賴耶識攝藏一切雜染品法令不失故我見愛等執藏以為自內我故此名唯在異生有學非無學位不退菩薩有雜染法執藏義故義如次下說或名異熟識能引生死善不善業異熟果故此意是顯引果義故有漏無記名為異熟與因異故從異熟因所生起故無漏是善非名異熟非與因異及異熟因生故此名唯在異生二乘有學無學諸菩薩位第十地已還問金剛心菩薩如何有此名答若已捨何不名佛非如來地猶有異熟是無記故純無漏善疏迷時下三釋轉名所以由執藏等者成唯識云初能變識大小乘教名阿賴耶此云藏也此識具有能藏所藏執藏義故攝論云謂與染法互為緣故為染末那所緣義故謂與雜染互為緣故有情執為自內我故能持染種名所藏此識是能藏是雜染法所熏所依處故染法名能藏此識為所藏攝論云為染第七等之所執藏以為內我

名執藏識即此與雜染互為緣者解能所藏也諸有漏法皆名雜染法有情等者解執藏義唯煩惱障義非所知障義不爾無學應有此名此不別執為其我所及與他我名自內我此即正解阿賴耶義義雖具三正以執藏為名不爾二乘無學八地菩薩應有此名三闕即不得此名若爾七地已前二乘有學八無漏心我愛不執應捨此名如彼後文所辨

此即顯示初能變識所有自相自體相也但言藏識即持業釋問言與雜染互為緣者說為能藏即是因義亦為所藏即是果義因果之外豈更別有自體相邪故荅云攝持因果為自相故自相是揔因果是別攝持別相為自體故攝是包含義持是依持義問若爾自相應是假有荅不然謂若絛然因果兩相合之為自相自相可成假既離自相無別因果相因果相即自體之上別說故非假也問前說此識有三位何故於三能變中舉異熟於此釋中及舉藏之名邪故次云疏

今觀智下若據法相宗即大小二乘阿羅漢位方捨此名大乘八地是阿羅漢位小乘可知若約終教初發心住即捨若約圓宗本無此名但虛妄顛倒故今此頓宗不立地位但觀行成就即全同佛故但是覺智相應心品不云賴耶故云

没賴耶名也没名者明非没其體也唯識亦云然阿羅漢斷此識中煩惱麁重究竟盡故不復執藏阿賴耶識為自內我由斯永失阿賴耶名說之為捨非捨一切第八識體釋曰彼以煩惱究竟盡故故云永盡今但取觀成在觀不執故但云没名不云永也疏心既下四結同佛位謂有漏名賴耶通名為心無漏名無垢識也故彼論次云或名無垢識最極清淨諸無漏法所依止故唯無漏依體性無垢故此名唯在如來地有菩薩二乘及異生位持有漏種可受熏習未得善淨第八識故如契經說如來無垢識是淨無漏界解脫一切障圓鏡智相應此即如來功德莊嚴經頌疏故此下五指下文證亦是通難難云無垢識是佛位如何同之故引證通云此頓宗中觀行成就時全同佛也

故下科云頓同佛境彼有六門成佛之義皆有教據至文當見又若約自性清淨名無垢者亦通凡聖故密嚴經云心有八識或復有九又下卷云如来清淨藏亦名無垢智常住無始終離四句言說又決定藏論九識品云第九阿摩羅識真諦三藏釋云亦是此三藏譯也此有二種一者所緣即是真如二者本覺即真如智能緣即不空藏所緣即空藏二皆如来藏楞伽中真識即無垢識如下引釋又古師亦立第九識慈恩破云非也兼會釋云然楞伽有九種識彼說真如為第九名無垢識今更會之設是真如亦不乖古師所立由真如是生滅門中本覺又論以一心為真如又云真如自體有真實識知義故餘如上別真諦所釋正是真如良由慈恩不了生滅門中真如故偏以一家之義

而破之疏下聞下二合第七以釋見塵五一例指餘五疏謂由下二正辨若約唯識中說第七一向內緣則不執我所以彼說八識各別出體今據起信前七但第八差別功能如普賢章八門唯心中王說故此經無正第七但帶第八第六而說也起信說第六云分別六塵名為意識經約分離義故取見聞等名也今云我心計執者能執之體見一切色相者我所也連帶所執而論即見等是塵正出體也疏不單下三遮局不局之義甚顯尋經可知疏尋此下四以體釋名還是我執之心者含我我所別立名者見塵也據立名意即約我所疏又亦下五收別為揔如五蘊等者引例釋成蘊中之我通於假者及凡夫所執也餘義至下更釋疏但牒下二正釋六根六皆名根下釋名六者眼耳等廣如大鈔引瑜

伽釋皆名根者如疏文顯所依能發皆是根義前五下出體言從自種者眼從自眼種子生現行眼根乃至身從自身種子生現行身根他四大等者謂能造之四大(地等)所造之四塵(色香味觸)合此二種總有八法為五根體言淨色者有對不可見也揀浮根四塵亦有論云眼如蒲桃朶耳如捲樺皮鼻如雙爪甲(經云雙垂爪)舌如偃月刀身如珠寶光(佛頂經云身如腰鼓顙意如幽室見)未詳是否意根下後一也言由此者正釋根義準前楞伽起信等意即於末那緣內義邊是第七識(意即識故)攀外境時名第六識(意之識故)疏下餘下三正釋六識初句標例餘文二一隨末二一揔對根境初云隨六等者是揔標六識隨根隨境而立名也以所依根及所緣境各有六別名種類異識隨彼異故非多少

亦非定別又明此識既隨根境有六數定明得名時非唯據一即於根境二處得名大論亦說隨根名識隨境名識乃至名青等(基釋云爾)疏由具下二唯依於根應先問云既辨識得名實通根境何為諸論依根得名謂名眼識乃至意識故此荅云由具等也勝於境故偏從根稱言五義者論但列云五謂依發屬助如根而無解釋今據對法論釋之謂依於根根之所發屬於彼根助於彼根如於根故(根字貫於五也)對法第二卷說若了別色故名為識何故但名眼等識不名色等識耶以於眼等五種解釋非色等有此五種此中第一依根之識彼有二義且如眼識眼中之識故名眼識依眼處所識得有故(此第七轉)及由有眼識得有故(此第三轉)且如意識如何意中隨七無色處所

而意亦依彼同無色所依在無色所依中也入由有第七故得有意識非是境色得識住中不由有色識定生故且據鹿相以盲冥者不能見故雖知有色識不必生第二根所發者彼云眼所發之識故名眼識由眼變異識必變異如迦末羅病損眼故所見青色皆以為黃非色壞時而識亦壞第七如何謂由有此第七識故第六相縛不得解脫即其事也復由七若無漏六必無漏故（然七無漏時必由第六斷惑引起）第三屬於根者彼云屬眼之識故名眼識由識種子隨逐於根而得生故此謂生依非染汙依及根本依引發依也由此故知七於六有勢力謂六種子隨七種子七種子生現行時六方得起與彼力故不爾必不生非色種子識種隨之此如何等問此色有時必識

所變如有識時必根所生何得識種不隨色起答色是外法根是內法根恒相續色即不然不可為例第四助於根者彼云助眼之識故名眼識由根合識有所領受令根損益非於境界故謂由根合識令根有損益非由色合識令色有損益離識之色識雖無損益色有損益故如第六識俱無漏故第七損有漏成無漏故第五如於根者彼云如眼之識故名眼識眼識二法俱有情數非彼色法定是有情六七亦爾唯內攝故隨根五義從勝多說依根得名疏若依下二就本二一指論標舉六識依意而起即彼之識雖意不即是識然是意家所發之識故皆名意識疏故彼下二約七八釋六識雖帶七八而釋本意唯釋前六五意者論中標即云意牒釋即一一言

識顯意與識非別體由此故異相宗有不覺
義故者五意起之因也今取下牒釋之名一
一注之謂不覺而起（業識）能見（轉識）能現（現識）能取
境界（智識）起念相續（相續識）此五前三合八後二
合六（是六之體故）故知此意離八及六無別體也
（體不孤生故）即此相續識者此生起識麤細雖殊
同是一識更無別體故即指於第五識也計
我我所者非直心外計境為塵亦復於身計
我於塵計所種種妄執者計我之相即蘊離
蘊等也分別六塵者即此一識以分別六塵
故諸家名為六識也名為意識者結上所標
也分離識者依於六根別別取六塵故故經
云一根既返源六根成解脫（此文是判觀音菩薩反聞於性）
（餘即皆通故得圓通如上所引）聞復翳根除塵消覺圓淨（云云）
如世巧幻師幻作諸男女雖見諸根動要以
一機抽（即論中一識應六根也）息機歸寂然諸幻成無
性六根亦如是元依一精明分成六和合一
處成休復六用皆不成塵垢應念消成圓明
淨妙據上等文皆是一體成多用故云分離
識也分別事識者又能分別過現未來種種
事相故經云識清淨故乃至身意亦復如是
者經以聞塵耳根耳識各例於餘四以同上
見塵眼根眼識清淨等故云亦是也若疏家
即攢就上一處一時釋義故此云上皆釋竟
疏然八下二通妨釋第七謂更委細重顯見
聞等塵合當第七識之義也然前消文已畧
含釋緣義意未盡故此委論令據前後具釋
此義揔有其五於中一門合外以出體已在
前銷文中釋了今餘四者文四一合本以出
體先舉疑而指體也義當下出體以七下合

本故瑜伽下引證由二必相應故舉八已自含七是以此中無別七也疏又七下二合末以出體三一正釋謂六是七之末故言必內依末那等者末那梵云訖利瑟吒耶末那此云染汙意謂與四惑俱名為染汙我癡我見我慢我愛恒審思量名之為意思慮第八度量為我法也八恒非審六審非恒前五俱非故唯第七佛世末那名假施設也疏故上下二出經意

疏故論下三引例謂起信亦於說棃耶次便說意識無別第七矣論中說棃耶三細已便云以有境界緣故復生六種相一者智相依於境界心起分別愛與不愛等餘五云云分別愛不愛等非末那之行相又云以依心意意識轉故等相是六塵也上所引五意如楞伽者彼經略說有三種識謂真識約不與妄合如來藏心為真識也即自性清淨心現識第八也故彼經云如鏡現物現識亦復如是即三細中第三也舉麁顯細俱攝三分

分別事識餘前七也據此亦無別第七之體上皆清涼所釋若藏和尚即云分別事識不就體局第七清涼約別義含於七故故此二釋意亦不違故前云合轉相為見塵含六含七為見塵正緣義勢含隱之故不指的別配又彼經自釋云攀外境界名為事識不言起事識然後攀外即知事識不是末那前但約能攀能起義邊以釋見聞等塵同清涼也今但說所起事識非末那同藏和尚也良由六七非即非離故前後說相望小差耳

疏皆由下三揔結內外問圓覺楞伽及起信論何意皆不別出末那故疏荅云皆由第七等也此是藏和尚起信疏釋爾計外我所者起信云意識者標前六也即此相續識五末那中之第五也即者非別體也依諸凡夫取著轉深乃至隨事攀緣分別六塵名為意識即此一識約相續不斷但名為意約分別六塵即名意識也廣如前已引釋訖法相宗但云內緣者唯取合八義一然此亦不乖法相宗中以思量為第七行相也以合內合外皆亦是思量之義故由上等義不別說第七之體然復有二意故不說

一者前既説棃耶即末那必執相應故不別説（如前引瑜伽必二識相應）又如前云由第六緣外時必内依第七爲染汙根故又説六麁必内依七故二者以義不便故謂無明動真心成棃耶外境牽心起執染淨第七俱無此義故不別説䟽若不下四顯經文勢謂成唯識但排頭各各分析八箇心識行相故別出第七今此經論等本不是欲解釋謂但欲顯觀行成時覺既圓明心即清淨展轉相躡顯心皆清淨之義故須連前帶後而躡起也經六塵中䟽二一六皆下釋名於中初通名通名塵名境如䟽可知又名六衰（衰善法也）及六無義（無善義也）此亦約凡夫説䟽言色等下釋別名眼所取者應謂眼所取名色耳所取名聲乃至意所取名法也故名色等六塵也對根明境名色等

故䟽中但有一故字者意在略矣䟽色有下二辨種類通則五根六塵摠名爲色如百法論中所列別唯眼所取方是六塵之色塵也有見等者色之麁細又有其三一有見有對色即眼所見也二無見有對色五根四塵（聲香味觸皆不可見然有對礙）三無見無對色唯法處所攝色也此三色中唯眼所見最顯餘二麁細如次可知就此唯眼所取麁顯色中復有三種謂顯色（青黃赤白光影明暗等）形色（方圓麁細高下正不正等）表色等（行住坐卧屈伸取捨等）䟽聲等者等於香味觸也可知者例眼所取色等也然聲復有因執受（因賴耶執受内四大種所發之聲）因不執受（外大種即風鈴鐸等）因俱執受（即内外兩具四大所發之聲即擊皷吹唄等）可意（情所樂欲）不可意（反上）俱相違（反二）邪（外道立言教）正教（成立教理引發）聖言量（見言見等）非聖言量等（反上）香有好惡平等俱

生(沈等與質俱生)和合(衆成)變易等(熟了始香)味有苦醋甘辛鹹淡俱生(甘草等)和合(飲食等)變易(瓜果等)可意不可意等觸有四大(依此有下冷等)冷煖澀滑及饑飽等疏唯意所取乃至法處所攝色者謂意知境皆名法處且如一百法中除十色八識餘八十二皆是法處今又除八十一唯取法處所攝色也餘之名體易見又非塵境之義故不取也此法處色中復有極略(總析衆色至極少處)(即為此體)極迥(離碍方立故即明暗光影析至極微)受所引(因教因師領受)(引發律儀非律儀等)徧計所起(三性意識能徧計度境從此生名彼所起)及定所生(色從彼起故)若出體六塵各自為體(色為色體)(故)如前釋六根之例(眼即是體等)此義易見故疏不言耳經四大中疏二初即於下出體不取等者謂不取發識故不名根但名內四大不取牽心故不名塵境但名外四大故云直取

四大體也疏寶積下二釋相經說四大各二者取意撮略引用之本文具云大王(佛為淨飯王說)(之)地界有二種有內有外何者內地界謂身內有得(受也)有取(執也執受四大以為自體同安危故)堅者強者(強者意取得義地以堅得為性故)所謂髮毛爪齒皮肉筋骨(云云)是等名為身內地界謂諸身外所有不得不取(不執受也)堅者是名身外地界(餘三大文勢一一例此令)(但云堅者累也諸教皆云堅濕煖動是四大之相)言身外體等者具云風體風名速疾體速疾名此是外風界餘皆易見經世間法中疏三一六根下釋處生門義者生義即上句云是生識處門義者是心識起滅出入之門也疏一根下二釋界三一正釋界義各有分界等者眼根與識為界識與色為界等因義者識因六根而發因六境牽生根境又因識所變起也種族者如山

中虎鹿諸獸種數各殊海中魚鼈之流族類各別此十八種法亦爾故云種族疏前為下二對說三科前為六二每一門中根塵相入也以迷界義故識與之混合不分故但成二矣二十唯識論中亦云六二法也解者息業者悟解此法根塵各殊心法又別意識明了不與相入無我無主即不起業便得解脫治我執者五停心觀各治一病於中文云為著我衆生說界分別觀也但悟根塵識界分別各殊都無主宰即無我可執矣五蘊者變礙為色領納為受取像為想遷流為行了別為識積聚為蘊義疏前說下三通伏難難云世間諸法合有三科何得此經唯別於二故為此通疏四洲下三釋諸有二初直釋四趣者三塗修羅餘者皆在彌勒章備釋此皆是有

下釋有字義也疏然梵下二通難難云上列四禪已收無想天淨居天大梵天何得重列故疏牒起難辭云然梵王等也梵王有見者計刦初時都無衆生唯有我天後見欲界已下漸有衆生便計云是我能生於彼故有見也外道無想者六欲四禪皆有想心唯此無想故別列之第四禪中第四天分為二路一凡二聖聖則五淨居也多是阿那含人居亦有諸聖後言異餘天故者正是結成別舉之理經出世法中疏二一然如下隨文釋二一諸佛果法四一釋十力三一通釋可知然十力名諸經諸論名小不同次第亦異今若一一和會繁碎難知若要廣解即檢大鈔緣不和會不能全依一家恐所習異者見名次不同即成惑亂故疏但直下出其行相更不標

名再牒見其體相自然解名也今鈔者且依
華嚴梵行品各為出名令講者有所標指

圓覺經畧疏之鈔卷第十四

圓覺經畧疏之鈔卷第十五

圭峯蘭若沙門 宗密 於大鈔畧出

疏一知下二別釋是處非處智處是建立義是依義然建立果(善惡報也)與果為依能起果法故云處也智度云(然此所釋依智度論不能一一標名)是處不是處知實知一力也釋曰處者因果相當如殺等墮地獄戒等生人天非處者反上謂殺等生天戒墮地獄等若知此者無有是處故言非也總知下論云此力是總餘九是別故一切諸法等者正是總攝義也諸法不出因緣果報故處非處成就正見破於倒見無不具也故論釋是處非處不必定言因果然亦不出因果故論云女身作輪王無是處二輪王出世無是處惡行生天無是處乃至佛有過失諸賢聖求外道為師諸賢聖自言是佛諸賢聖墮惡道皆無是處故知總論一切矣降伏下力之業用破非處也即無因惡因為非處知之故能破之知人等者論云既徧知已可度者度之不可者為作得度因緣如醫知病可治不可疏二知下即過現未来業報智論云佛知是衆生業煩惱因緣故縛(指此門)淨禪定三昧解脫因緣故解(指第三門)是一切衆生三世三種諸業諸煩惱輕重深淺麁細佛悉徧知故名是力(却指此門)又云知衆生過去未来現在諸業知造諸業處知因緣知果報二力也據論所釋諸業與報相對有單有複論云業報智力者據論所說三性心中互受三性業報論云復次善心中受善不善無記業報不善心無記心亦如是(應云不善心中受善不善無記報無記心中受善不善無記報)及順現等者論云現報業因緣

故受現報生報業因緣故受生報後報業因緣故受後報不淨業因緣故受苦惱報淨業因緣故受無惱報雜業因緣故受雜業報然報與時互有定不定受其文甚廣如大鈔具有引釋知所度下業用下皆例此可知至文更不指也問此與前力何別荅前知所造此知能造又前是總相此是别相疏三知下諸禪解脫三昧智也即前總中開此淨業對第二所知且總名淨不論云禪名四禪佛知是禪佐助道法名相義分次第熏修有漏學無漏學淨垢三昧深淺分別等八解脫如禪中分別相說禪攝一切色界定諸解脫攝一切禪定波羅蜜即是諸解脫禪定解脫三昧皆名為定定名為止不散亂也垢名愛見慢等諸煩惱淨名真禪定而離愛見慢等煩惱如真金分別名諸定中有一心行不一心行常行不常行難入易入難出易出別取相總取相轉治不轉治如婬欲中慈心瞋人不淨觀愚癡人思惟邊無邊掉戲心中用智慧分別諸法散心中欲攝一心若不爾者名不轉治及知等者生色界無色界果及出世三乘聖果前知能修此知依所修現神通疏四知下諸根勝劣智也謂信進念定慧此五通生出世間法故名根也由前修念處正勤神足等二位故不可拔故前三至此總得名根於此五中復各有上中下品佛用此智知是根今世但能得初果不能得餘但能得初禪乃至能得聲聞中第一辟支中第一或是具足六度能得阿耨菩提如是知已或為畧說或廣說或善輭語或苦切語各隨宜得度故云知信等也云云大鈔廣引緣起具釋疏五知

下即種種觧智觧即欲也論云欲名信喜好樂佛知衆生二種欲作上下根因緣二種欲善惡種種別異謂好五欲如孫陀羅難陀等好名聞如提婆達多等好世間財利如須那刹多羅等好出家如耶舍等好頭陀如迦葉等好多聞如阿難等云云諸弟子如是佛弟子各各有所好凡夫人亦各各有所好或喜淫欲瞋恚令捨不淨增淨者既知好樂有染淨不同理宜令捨染增淨也前云根者知宿惑多少此知好樂不同又前唯信等入道利鈍之根此兼染淨之好疏六知下種種界智界即性也謂知諸衆生宿有一乘根性或三乘出世性或五乘世出世種性上皆習佛教成性也多貪多瞋多癡等分性乃至八萬四千上皆煩惱相續隨無明遇因緣成種種性論云性名積習問此與前欲樂何異

答性則種子欲則現行從性生欲習欲成性問若習欲成性與前第四力知五根何異答性通善惡根唯信等入道之根也知即時等者論云知衆生如是性如是欲從是處來可度不可度必不必行何行生何處在何地云云令世可度後世可度即時可度異時可度異時可度之人佛能度是人聲聞能度是人必可度一一云是人必不可度畧說可度一一云可度廣說讚歎折伏將迎棄捨細法麁法苦切輭語云云疏七知下一切至處道智也今言一切道者善惡不動等三行及無漏行也至處者五道是有漏行所至處涅槃是無漏行所至處故論云一切善道一切惡道一切聖道各各知諸道至處佛悉徧知名第七力疏八知下即彼第九宿命無礙智今宿住者過去本生

本事住宿世故名為宿住經名宿命者謂宿一期住壽本生本事也論云宿命有三有通有明有力凡夫人但有通聲聞人亦通亦明佛亦通亦明亦力所以者何凡夫人（得五通者）但知宿命所經不知業因緣相續是故凡夫人但有通無明聲聞人知集諦故了了知業因緣相續生以是故聲聞人亦有通亦有明若佛弟子先凡夫人時得宿命智入見諦道中知集因緣第八無漏心得斷見故通變為明所以者何明名見根本若佛弟子先得聖道後宿命智生亦知集因緣力故通變為明佛用是明知巳身及衆生無量無邉世中宿命因緣所更種種悉徧知為力問此與前至處智何異荅前知前際隨念趣因此知前際名姓苦樂等事疏九知下即彼經第八天眼無礙智佛眼淨過諸天眼見衆生死此生彼時端正醜陋若大若小若墮善道若墮惡道如是業因緣受報皆能正知故名此力依天眼發是故此智名天眼智（十中獨此從所依得名餘皆從所知）此智能知生死名生死智（此約所知境也）論云佛用天眼見衆生生死處凡夫人用是天眼極多見四天下聲聞人極多傍見小千世界上下亦徧見問曰大梵王亦能見千世界有何等異荅大梵王自於千世界中立則徧見若在邉立則不見餘處聲聞人則不爾在所住處常見千世界辟支佛見百千世界諸佛見無量無邉諸世界凡夫人天眼智是通而非明亦如是但見所有事不能見隨業因緣受生如宿命中說復次聲聞人用所住三昧心中入餘三昧天眼則滅佛則不爾心雖入餘三昧

天眼不滅疏十知下永斷習氣智也佛以世智知自知他漏盡解脫知自者論云諸漏盡故無漏心及智慧解脫現在法中自識知我已盡等知他者論云聲聞但知自盡漏諸佛亦盡他人漏（上來別釋竟）疏然佛下三總相料揀論云問曰佛有無量力何以故但說十力荅度人因緣故但說十力足辨其事謂以是處不是處智力分別籌量衆生是可度是不可度以業報智力分別籌量是人業障報障是無障（此下撮畧引之）三知禪味著不味著四知根勝劣五知所樂六知所趣七籌量解脫門八知先所從來九知生處好醜十知漏盡涅槃佛用十力度脫衆生審諦不錯皆得具足論又云初力為總總攝九力為度衆生故於中分別有九力（云云大鈔一一列釋）疏一正下二釋無所畏

經云四無所畏者誠實論云一切智一切漏盡能說障道及盡苦道若有人來如法問難我無所畏初一是前九智力第二是漏盡智力後二令他具足疏一正知下此第一正是薩婆若（此云一切種智）即無上菩提（二則涅槃三四則利他）由知一切法故名一切智佛心豈有他正覺覺世間謂佛下論中先顯其相後方結云一無畏等論初便云佛作誠言我是一切正智人若有沙門婆羅門（云云）下當具引若論文則每一無畏之初皆有此言（講者便應一一懸引或任就疏總結處備之亦得）問佛何以一切人天之類不可壞得無畏荅誠實論云佛說二諦故不可壞凡夫無智亦不與諍又佛不與世間諍世間謂有佛亦說有世間謂無佛亦說無以其無諍故不可壞又真實論故不可壞不但隨語皆自心

知故不可壞釋曰論指五義故言無畏五者一不住真俗故若住著即可破二善巧隨機應之言無違諍故不可壞三不與世諍等者世間言有佛以即真之俗而應之世間謂無佛以即俗之真而應之然離真之俗是妄心所執故推徵其理必虧於即真之俗故所說不可破也四但據實理非勝負心只由心無所得故發言不失五世人言論皆是强作道理佛所說者如人見青黃說青黃見長短說長短故定不謬如何可壞論結云故佛告比丘汝等莫但信我語當自知見自身證行又言汝求諸無諂曲者若我晨說夕得夕說晨得疏二盡一切漏及習者論云佛作誠言一切漏盡若有沙門等三說一切下文勢準上誠實論云不善及有漏善障解脫故然障聖道有其二種謂若執相不求真理則善與不善俱障若於教理信解真正依解修行之人則一切善法悉為助道惡不善法方為障道若就小乘聖道即唯欲為障說欲障道方為無畏四說出苦下論云誠哉我所說聖道能出世間隨是行能盡諸苦若有沙門（云云）佛作誠言下四段皆云佛作誠言我是一切正智人若有（注釋此者皆依論文）沙門（出家人）婆羅門（在家有智人）若天（地天空天）若魔（六欲）若梵（梵王及一切色界）若復餘衆（除此所餘）如實言（若以現事若以因緣難）是法不知（與佛論何等法）（有人言不說外道經書有言論須彌斤兩等有人言佛但涅槃一種道因緣是異法種種因緣佛或不知此後說者多是小乘外道有此疑者）乃至不見是微畏相（相名因緣我不見小小因緣如法能来破我者以不見故諸天外道有此疑者）以是故我得安隱得無所畏安住聖主處如牛王在大衆中師子吼轉妙梵輪諸沙門婆羅

門若天若魔若梵若復餘衆實不能轉一無畏等(備引一無畏以例三也故云我是一切智及是法不知餘三中此二句則別各如本文餘皆同矣)說此下二句是疏家撮畧大意而結也問何故說四無畏荅有人言若一切衆生共知一切事尚難況佛一人而有一切智(此疑初無畏也餘三例此各隨義說疑情)欲斷此疑難故佛自說無畏問何名無畏荅得無所疑無所忌難智慧不却不沒衣毛不豎在在法中如法即作是無畏相此四中初二顯自功德後二利益衆生又一三說智二四說斷又如初示藥草二示病滅三知禁忌四示應食問此是智何異十力荅廣(十力)畧(無畏)說故又能有所作(力)無所疑難(無畏)自有智慧(力)無能破壞故(無畏)皆上句十力下句無畏故誠實論云或性怯弱難知不善說等故說無畏(詳有智是力能說是辯合之以為無畏也)

疏智縁下三釋無礙智二一依智度論雖全依論而初二與華嚴及諸論名有先後論則先義後法華嚴則先法後義今引經列名依十地論及清涼疏釋相論云義無礙智法無礙智辭無礙智樂說無礙智義無礙智者用名字言語所說事各各諸法相所謂地堅相此中地堅相是義地名字是法以言品說地是辭於三種智中樂說自在是樂說於此四事中通達無滯是名無礙智濕相水熱相火動相風心相思五陰無常相五受陰無常苦空相一切法無我相以是等總相別相分別諸法亦如是是名義無礙智法無礙智者知是義名字堅相名為地如是等一切名字分別中無滯是名法無礙智所以者何離義名字不可得知名必由於義以是故次義有法

問曰義之與名為合邪為離邪若合召火時應燒口若離說火時應得水荅曰亦不合亦不離古人假為立名以名諸法後人因是名字識是事如是各各有名字是為法是名字及義云何令衆生得解當以言辭分別莊嚴能令人解通達無滯是名辭無礙智說有道理開演無盡亦於禪定中得自在無滯是名樂說無礙智釋曰論以義為體相以法為名字故先義後法今疏意順諸論及華嚴經名是標舉義是顯示夫欲解義先須釋名名如前陳義當後說故法先義後餘義則全依論疏若約下二約華嚴經即第九地經其文有十種四無礙今畧用五（側注者皆是釋義）五中一者自相約總別以分法義經具云此菩薩以法無礙智知諸法自相（色變礙為自相等）義無礙智知

諸法別相（如色有十一種相等）又一知下二同相約性相以分法義經云以法無礙智知諸法自性（理同也同歸於性）義無礙智知諸法生滅相（事同也同生滅）（故此下不具引經文但直釋疏中取意用者）又一法下三行相經云法無礙智知現在差別以義無礙智知過去未來法差別約三世以明法義是則當世而知名法智即法無礙也逆見過未能知現在名比智（比量智也）即是義無礙也又一知一相下四無我慢相約真俗以分法義經云法無礙智知諸法一相不壞（第一義諦無我故云一相言不壞者不壞無我故若言我知無我我證無我則壞無我以有能所故也）義無礙智知蘊處界諦緣起善巧（世諦見我故）又知一乘下五一乘諸乘相約權實以分法義經云法無礙智知一乘平等性（觀不異也唯此一事實故）義無礙智知諸乘差別性（就彼根性有三乘五乘故）今且畧舉十相中

五一二三六七以爲例也觀其文相皆法智知法體義智知義用故與智論名次不同後二則同者此四無礙雖皆智所緣境然約法義全是所知之境境義增勝由境差別衆多故十中皆別後辭無礙但是以言辭說前二說二時樂說不滯無別義體以目何行相故經文雖一一各列四智之別後二義相皆同故今疏云辭則說於等也又亦辭則當法無礙樂說乃當義無礙也法有名數不可改張宣名數者則當辭句義義是義理義意由人巧說無定名句故智慧善巧妙辯機變之徒好樂說之隨意而無礙也智論問力無所畏無礙皆智慧內有力外無所畏即具足何以復說無礙荅力無畏已分別有人雖無所畏在大衆中說法而有可礙以是故說四無礙智得

是無礙智莊嚴四無所畏四無所畏莊嚴十力疏力等下四釋不共法二一正釋言力等者釋不共之義智論問曰是三十六法皆是佛法何故獨以十八爲不共荅謂二乘分有十力四無畏故如舍利弗演法無礙佛讚善法性又那律天眼又佛說弟子中能師子吼等三等應言一諸佛身無失二諸佛口無失多劫戒定慧大悲成就故拔諸罪因緣及習故三諸佛念無失四念處心長夜修故心無得失故今意在文畧都以無失結三業也四者佛於衆生無貴賤敬慢怨親等異故常觀誰可度故觀彼本來清淨故五者定名一心不亂亂心中不能得見實事如水波蕩不得見面如風中燈不得好照佛心如澄渟水如無風燈故無不定心問佛若常定云何遊行說法荅佛於諸法實相中定不退失故欲界有定入定可說法故六者衆生

鈍根多覺苦受樂受於捨受中不覺不知而
有捨心是爲愚使所使佛於不苦不樂受中
知生住滅時故念念心中麁細深淺無不悉
知知已而捨或捨衆入禪有人疑佛佛言我
種種因緣知而故捨七者從此已下至第十
二一一皆有無減字今疏畧之最後都云無
減者貫通前也初欲無減者欲謂樂欲佛知
善法恩常欲集諸善法故修習心無厭足故
故涅槃云一切善法欲爲其本論中又說老
比丘目暗自縫僧伽梨針衽脫語諸人言誰
欲福德爲我衽針佛現其前我欲福德無厭
足人汝持針來比丘識是佛聲白佛言佛無
量功德海盡其邊底云何無厭足佛言無有
如我知恩分者我本以欲無厭故成佛是故
今猶不息八者如欲中說欲爲初行增長名
進欲唯意業進通三業又欲如人渴得飲精
進如因緣方便求飲欲爲內精進爲外又佛
說法背痛小息令阿難說法至精進覺支佛
驚起坐三問阿難汝讚精進義邪阿難言讚
如是至三佛言善哉善哉善修精進乃至得
阿耨菩提何況餘道又佛種種度生遇諸惡
緣不生懈怠九者於三世諸佛一切智慧相
應故論問曰先說念無失今復說念無減與
此何別荅失名錯誤減名不及故異於前十
者三世一切智慧力無畏無礙成就故慧無
減如酥油豐饒燈炷清淨光明亦盛佛亦如
是禪定如油念如燈炷故慧光無減又世世
聞法讀誦思修問難故十一者無漏智慧相
應故有爲解脫一切煩惱習盡故無爲解脫
十二者於解脫中智慧無量無邊清淨故言

知見者論問曰但言知何復言見荅言知言見事將堅固如世有知非見有見非知故具言即無疑譬如繩二合一則牢無減者此二字貫通上六如前巳說論問曰佛一切法中無減何故但六事中無減荅一切自利利他中四事能具足欲求一切善法之根本精進能行念能守護如守門人善者聽入惡者遮止慧照一切煩惱用是四法事得成辦是四法果報有二種一者觧脫二者觧脫知見觧脫義如先說觧脫知見者用是觧脫知見知是二種觧脫相有爲無爲觧脫知諸觧脫相所謂時觧脫不時觧脫慧觧脫俱觧脫壞觧脫不壞觧脫八觧脫不可思議觧脫無礙觧脫等十三四五者應云十三佛身業隨智慧行十四佛口業十五佛意業亦如是論云佛一切身口意業先知後隨智慧行佛三業無不利益衆生故如經說諸佛乃至出入息利益衆生何況三業諸惡衆生聞佛出入息氣香皆得信心清淨愛樂於佛諸天聞香亦捨五欲修善故言隨智慧行二乘無此事如憍梵波頭得羅漢自食吐而更食人如波頭摩波斯吒跳上梁枰畢陵伽罵河神等皆身口不隨智慧問佛曽入外道衆中說法都無信受者又曽在衆中現肖腹又曽現舌相馬陰藏相又罵諸弟子汝狂愚人汝死人食唾人又結戒不許比丘畜八種鉢唯聽畜瓦鉢鐵鉢而自用石鉢有時外道難問而不荅又處處說有我又說無我說諸法有又說無如是等似身口不隨智慧行身口不離意業意業亦應爾荅曰不然於是諸事皆先有智慧

謂入外道以種後世大因緣故止外道謗言佛自高慢故現腹者薩遮尼揵自言無人敵得我難而不流汗者来至佛所佛質問之皆不能荅流汗淹地佛告尼揵汝試觀我流汗不佛脫鬱多羅是其身因是外道大得信向有人疑佛舌相故不得道故佛出舌覆面還入口中見者斷疑得道有人疑佛馬陰藏相不現佛化作馬示之言陰藏不現正如是也見者斷疑能集善根發菩提心如是等因緣故非戲論非無羞義佛罵比丘者有人宜以苦切語有宜輭語皆得道故如駛馬見鞭影即去鈍驢得痛手乃行亦如有瘡濡藥唾塗即差有破出惡肉塗惡藥乃愈又佛言狂愚人是輭語實語所以者何三毒發即是狂愚故問前說三業無失與此何異荅前不說因緣今廣說因緣故謂由先以智慧起身口意故得成前三業無失（前果此因）又佛成就三種淨業三寂淨業三不護業有人疑佛何因緣成就如是故佛言我以智慧然後三業隨智慧故（此上猶撮畧引若要始終具見即覽大鈔）十六七八等者由此知三世故得三業隨智慧行（以此釋前段也）問過未無體現在不住云何能知三世荅若無過未但有現在一念頃者佛亦不得成就無量功德又一心中亦不得有十力智等難曰若三世皆有者何等是無常等相無常名生滅敗壞故若三世皆有便墮常見何以故是法未来中定有轉来現在從現在轉入過去如人從一房入一房不名失人如是即無罪福無生死有無量過咎荅三世各各有相非過未有現在相又若無過未亦無出家律儀亦無

無五逆諸罪無死入地獄未來無業故無報是為邪見又我不說過未如現在相我說過去雖滅可生憶想能生心心數法如昨日明日火今日可生憶想現在心雖無作住相續生故能知諸法疏問無下二通妨頂相等者等於足下柔輭如是甚多皆非智慧法不應在十八不共中又如佛身力如十萬白香象力及神通力等皆不說釋曰說智慧者稱性合體有理有義滅惑生解泯情入證其自然果報法但可欣樂而已不知其知故不說也上從力等下指所用文言全依者謂不雜餘論於中用華嚴一抖及或引餘教皆自有科段指之若不言者即皆智論非論次第備寫名曰全依於中或全寫三五行或一紙半紙餘多闕畧其文但取要者或但意用之義雖全是文或前却上來諸佛果法竟疏助謂下二三乘因法二一釋助道二一總釋疏三十

下二別釋三一牒經列數可知疏然但下二類攝出體言各八者精進中四勤為四更添進根進力精進覺支正精進故為八也定中四神足及根力覺支正道各有一定為八慧中四念處此慧體隣此名念及根等各一慧為八言念四者根等各一念也戒三者正業語命也信二者根力各一也輕安下各不言可知疏初四下三牒文別釋七一釋念處四念處者謂身受心法等四是念慧所觀之處亦名念住佛令明記此身等四有不淨等四之過念於此住名四念住又由此四得念慧住釋之文二一通大小乘言種子者有漏業因及父母精血住處者生藏下熟藏上自相者九孔常流自性者三十六物究竟者膖脹爛壞三受皆苦者為衆生不了此身不淨貪著生愛

計之爲樂觀其三苦謂苦受苦苦樂受壞苦捨受行苦心無常者謂受樂故須觀心念念生滅何暇受樂法無我者即五蘊皆不自在何有我乎治凡夫四倒者疏序已釋疏又觀下二唯大乘觀是諸法無行經文其義破相亦可詳觧治心乘者亦如前說疏四正下二釋正勤四念處下明来意也精進下蹑出體之勢便釋名也異外下釋正字雖是下釋四行相謂未生之惡誓令永不復生已生之惡皆不忍受斷滅除遣未生之善發起猛利希願獲得已生之善不失不退數更修習成滿究竟疏四神下三釋神足初列別名次牒釋之樂欲者純生樂欲於不善因緣對治於善因緣功德出離皆正審思察住一境念由此多修習故觸一境性能害現行故名欲定無間者策勵以斷二惡修二善無休息故心謂等者由專心守護故得心一境性故名定也觀名慧者由先聞正法故於定時内自揀擇故名慧也以勤過下已識別名方明来意勤過者四勤也智火者念處也神即下釋總名譬如有足者能往還能得能證出世勝法名神以世間勝法喻出世勝法故名爲神將彼到此故名足彼謂欲等此謂神通然神足自體即是等持欲等四法皆是助伴疏五根下四釋五根言五根者根所緣境即四聖諦信者忍可諦理而爲上首能起餘四進者於前所信諦理策勤而行四勤念者明記諦理不忘四念定者於諦理繫縁一境四足慧者於諦理揀擇是非此五下釋根義由前下通難難云始入佛法即有信心云何至此方明信邪荅初雖有信未

有定慧不得名根故云由前三科此(此五)不可拔又進等前未成熟亦未名根故云前三至此等疏五力下五釋五力即前等者力有二義一不為他動即上句也二能伏於他即下句也障即是他內則損障外則伏魔梵等疏七覺下六釋覺支七者一念二擇法三精進四喜五輕安六定七捨文二一正釋疏文隨列便釋依雜集論五支釋之言所依支者餘六皆依明記之念而得起故自體支者擇法是覺義故出離者由勤無間得出離故利益者由心喜得身安樂故不染汙者皆離過義故次下四句如次釋輕安定捨麁重散亂貪憂(皆是)染汙義故麁重謂欲塵麁障轉依謂心在定則轉與神通等為所依故行捨者揀捨受也此行捨是善十一中之一矣疏雖一下

二通妨謂此覺支成就在於見道見道迅速故剎那俱起恐疑云既一念起何得說七故此通云雖一剎等意云功能不同不可言一如七味香擣篩和合焚如麻子七香齊發所言功能不同者謂念除妄念擇法除不正知餘如次除懈怠惛沈麁重散亂掉舉疏八正下七釋正道八正道者離於八邪開通涅槃故(此在修道位)文二一正釋此文疏中列而便釋言分別支者此能辨明除七是非取捨等也誨示者發語示教利喜故令他信者若語不契實或身無戒行不稱所說非法貪求經營活命豈可令他信受行用今由此三皆正故云是令他信支言見清淨者現量親證或比量親解非傳他語而為說也戒淨者上明解此明行也行解二法先須明信命者有漏之

身理須資給但依教隨日乞食隨破乞帛等不為衣食故生心經營求得而守護繫於身心即名淨命清淨活命故具說淨命之相即次下依聖種等也聖種有四一常行乞食二著糞掃衣三石窟塚間樹下隨便而住四有病以腐爛藥而治之亦名四依依此修行得成聖道故復名聖種五邪者一為利養詐現異相奇特二為利養自說功德三占相吉凶四高聲現威令人畏敬五者稱說所得利養以動人心將此五種以求活命故名邪命又有四邪一下口食合藥種樹二仰口食觀視星宿三方口食曲媚權豪四維口食呪術卜筭皆如大小乘諸律論備說問離身語二業無別正命如何建立三種荅婆沙云瞋癡所起身業語業名邪業邪語貪心所起二業即

名邪命疏淨煩惱者義同精進覺支中說正止舉相者一掉舉二惛沉故下句云不容沉掉若失正念即掉即沉沉掉是隨煩惱今正念能淨之最勝等者此勝功德等由心攀緣散動故障之不發今以正定止之故云能淨若能如上分別見也誨示思惟等等於餘也即是道支之果疏上之下二總明次第有法喻對釋詳之可解婆沙智論皆有此文並以樹況道品故名道樹疏超越下二解餘文三身等者身謂法報化智謂大圓鏡等如文殊章說眼謂肉眼天眼慧眼法眼佛眼通謂如意天眼天耳他心宿住漏盡地謂十地度謂十度六度果向謂須陀洹等各四緣謂十二緣諦謂四諦處即十徧處定即八定九次第定等者等於餘所不說一切無漏功德疏塵勞有八萬

四千者釋所治也古来釋云衆生煩惱根本有十然一惑力復各有十即爲百計應分爲九品但上品重故開爲三品中下輕故各爲一品合爲五百復於内外境起謂自五塵爲内以他五塵爲外一一各五百即爲五千别迷四諦則成二萬并本一千則有一萬一千依三毒等分成八萬四千(更有二說不能繁叙)一一對翻下釋成所治謂本由迷真淨故成妄染今悟染本淨故無加減故清涼云過三毒而三德圓入一塵而一心淨又有云六賊翻作六神通等餘如疏引起信論證疏問世下二總料揀三一問荅料揀二一問可知疏荅前下二荅二一結前標後疏謂若下二以義正釋五一法說疏如有下二喻明疏觀智下三法合疏故下下四指文疏秖縁下五以理結定

文並可知疏然上下二明染淨相由二一指配科段疏五段下二正彰染淨由不覺者對上覺圓明故名賴耶者對上顯心清淨乃至處界諸有一一翻對本經言對治此等者正判此經稱性真實翻染行相疏然無下三通伏難難云經中先說諸佛力無畏等後說道品因等文豈非倒故荅云若約人等也據法本末者據真實法理本来是佛(此是常住之果故名本也)(果也)然多劫迷之故成垢染須修習萬行翻於漏染(漸修故云末也因也)疏亦如下引證言根本等者論云若因滅(論以根本無明為因生業相轉相境界相故)則縁滅(縁則境界相與後六麁為生起之縁故彼疏云無明為因生三細境界為縁生六麁今言因滅則縁滅者彼疏釋云得對治無明滅時無明所起現識境界亦隨滅)因滅故不相應心(三細也細故無心心所相應麁顯之相)滅(親依無明因生故無明滅時亦隨滅)縁滅故相應心(六麁前四也其相麁顯是)

心心所相應也滅以四麁親依境界緣生故境界滅時亦隨滅也今引此以
證果先因後者以根本無明滅時佛果則顯
今既先由無明滅方得境界等枝末不覺展
轉而滅則果先因後對治展轉枝末是萬行
因法故經自也正報云一切實相者既歷法
已盡故但通相躡之義如疏釋思之可見疏
二一然凡下正釋義疏此乃下二通妨難難
意云修觀行者一身覺性淨故得十方衆生
覺性淨者應可一人修道多人成佛故疏通
云此乃一人悟性知一切衆生本性等經依
報中疏二一國土下別釋此文皆由自心者
淨名云隨其心淨則佛土淨衆生劫燒等者
法華經云衆生見劫盡大火所燒時火災壞器時也
事在賢劫章中我此土安隱天人常充滿螺髻等者
淨名經中螺髻梵王云我見釋迦牟尼佛土
清淨譬如自在天宮隨天業識所見舍利弗言即鶖子
我見此土丘陵坑坎荆棘沙礫土石諸山穢
惡充滿隨人業識所見於是佛以足指按地即時三
千世界若干百千珍寶嚴飾譬如寶莊嚴土
一切大衆歎未曾有而皆自見坐寶蓮華況
乃下道理轉諦的也且如上說心隨染淨之
緣尚能於染見淨況心冥真性染淨俱清淨
邪身土依真者如前引華嚴云普賢身相如
虛空依真而住非國土上来正釋此段經文
訖疏然上下二總明相躡翻對未覺之時妄
法生起次第釋成覺了還相躡為次第矣經
空色同如中疏二一第二下叙科意此當泯
絶等者即真空觀中有四句前七段即諸法
即空淨不待除却諸法故當第三句空色無
礙觀今空色俱如同於覺性稱性不動故當

第四泯絶無寄觀䟽躡前下二正銷文二一釋前四句三一正釋於中有法説喻明䟽故法下二引證並如文詳之䟽然諸下三釋疑疑云諸法即事覺性即理今既二法平等便當理事無礙何得科判在真空觀中故此牒疑辭便釋云夫理事等也䟽還如下二釋後諸句還如前七段等者釋結例之文也

圓覺經畧䟽之鈔卷第十五

圓覺經略疏之鈔卷第十六

圭峯蘭若沙門宗密於大鈔畧出

經理事無礙觀疏二一據法下略示觀門然觀門須親從口决聽受難可以文字釋之釋之即甚繁廣難爲節略故但與連續本文而巳下亦準之一理徧事者觀文具釋云謂能徧之理性無分限所徧之事分位差別一一事中理皆全徧非是分徧何以故以彼真理不可分故是故一一纖塵皆攝無邊真理無不圓足二事徧理者謂（能徧之事是有分限所徧之理要無分限）此有分限之事於無分限之理全同非分同何以故以事無體還如理故是故一塵不壞而徧法界也如一塵既爾一切法亦然思之此全徧門超情離見非世喻能況（此下又以喻釋之）如全一大海在一波中而海非小如一小波帀於大海而波非大同時全徧於諸波而海非異俱時各帀於大海而波非一又大海全徧一波時不妨舉體全徧於諸波一波全帀大海時諸波亦各全帀互不相礙思之釋曰上以海喻理以波喻事顯其徧義如全一大海在一波中況無邊真理全在一塵中如一小波帀於大海況一微塵徧無邊真理其非小大明各不壞相又同時全徧諸波海非異者喻真理全徧諸法中而理非多俱時各帀於大海波非一者況事徧理而事非一故法喻相對道理極明況觀門中此後更有兩重問答亦是躡此海喻而起可以文詳說不能引之或但用前喻足銷疏矣三依理成事者文云謂事無別體要因真理而得成立以諸緣起皆無自性故由無性理事方成故四事

能顯理者謂由事攬理故則事虛而理實以事虛故全事中之理挺然露現五以理奪事者謂事既攬理成遂令事相皆盡唯一真理平等顯現以離真理外無片事可得故六事能隱理者謂真理隨緣成諸事法然此事法既違於理遂令事顯理不現也經云法身流轉五道名曰衆生故令衆生現時法身不現七真理即事者謂凡是真理必非事外以是法無我理故事必依理虛無體故是故此理舉體皆事方爲真理八事法即理者謂緣起事法必無自性無自性故舉體即真故說衆生即如不待滅也九真理非事者謂即事之理而非是事以真妄異故實非虛故所依非能依故十事法非理者謂全理之事事恒非理性相異故能依非所依故是故舉體全理

而事相宛然（下亦觀文）此上十門同一緣起（前前必具後後後後亦具前前方成無礙義矣）約理望事有成（二依理成事門）有壞（五理奪事門）有即（七理即事門）有離（九理非事門）事望於理有隱（六事隱理門）有顯（四事顯理門）有一（八事即理門）有異（十事非理門）逆順自在無礙同時深思令觀明現疏今言下二配釋經義但約觀門義而詳之即見文二一配觀門疏言覺下二釋經義經周徧含容觀疏二一第三下略釋觀名準法界觀此亦有十門疏既不敘亦不能繁引但略釋觀門名其辨事法無礙重重如要廣文即檢大疏大鈔言舉一塵徧一切法中者釋周徧義含一切法在自塵中者釋含容義一塵既爾下例明諸法故云周徧等結指觀名然雖略釋理猶未明今更以喻顯譬如虛空有其二義一周徧義謂此虛空普徧一切

色非色處故二含容義謂十方法界情器等諸法不出虛空中故如空既有此二義塵等諸界亦然以諸事法皆同真性而容徧故釋其所以次下即明有云須彌元不有芥子本來空將空納不有何處不相容此釋乃都不曉此理須彌既不有芥子又空二事總無將何容納將空納空無此理也智者詳之疏舉所下二正釋經義二一釋法疏如一下二釋喻三一正釋喻相疏室中下二配法釋義疏所以下三釋其所以問有何所以得令諸法如是融通無礙故疏荅云唯是真心等也然法相宗唯心之義但唯有為生滅八識此宗究實唯是真如之心如起信備說此亦前後頻明就中普賢章約五教說唯心最廣今此意者諸事與真理既但是一真心源即此一心畢竟無生滅變異離一切相即名真理即此一心如明珠能現諸相即名為事故論開一心二門真理周徧含容時事豈獨不偏不容邪疏皆如幻夢者猶如幻師能幻一物以為種種幻種種物以為一物等華嚴云或現須臾作百年等一切諸法業幻所作故一異無礙言如夢現者如夢中所見廣大未移枕上歷時久遠未經斯須故論云處夢謂經年覺乃須臾頃故時雖無量攝在一剎那如影像者一切萬法略有二義一皆如明鏡含明了性一心所成故二分別所現如影像故由初義故為能現由後義故為所現故一切法互為鏡像如鏡互照而不壞本相華嚴又云遠物近物雖皆影現影不隨物而有遠近疏與所依性非一異者如大疏第二第三門釋然亦是法性融通之義謂事與理若但非一便成理外之事即

互相礙不可相徧相容若但非異便成唯理又無事法可說說何徧與不徧理唯一味亦無可徧可容今則理事融通故得具斯無礙今且偏約不異義言之（其中常含不一義）謂不異理之一事具攝理性時令彼不異理之多事隨所依理皆於一中現（此是與理不之一也）一若一中攝理不盡則真理有分限失若一中攝理盡多事不隨現則事在理外失今既一事之中全攝理多事豈不於中現故華嚴序云理隨事變一多緣起之無邊事得理融千差涉入而無礙故此次云故得徧多等也然準華嚴䟽述事事融通所因具有十義一唯心所現故二法無定相故三緣起相由故四法性融通故五如幻夢故六如影像故七因無限故八佛證窮故九深定用故十神通解脫故十中隨舉一義即見諸法融通無礙十中前六通約性爲德相因法爾如是七約修因八約果德九十通於因果今用四門即第一第四及五六也經頓同佛境䟽二一大文下科分二隨釋經法中䟽總指圓彰等者經文從諸得諸幻滅影像故已來終於無壞無雜皆覺成之相也䟽三念境者諸大乘說佛於三種人邊心無有三一惡心以刀割佛左膊二敬心以香塗於右肩三無敬無惡不割不塗佛於割者不以爲恨塗者不以爲恩不塗不割者亦無分別今觀行成就之人只於觀行中時用心全同佛也佛說三境今說八境但文廣略無別義類若約能對之心行人即出觀時未除分別佛則究竟如然經云不與者不許可也故孔子數云吾不與也意是不許矣餘

不求不厭等皆可知疏舉八境下乃至引證皆釋成此科的是用一同佛之義意未說境恐見八境謂是通論故揀之也次所引文即其次兩唱經文便是經喻中疏無別分析者意明眼識但有自性分別無計度等分別雜集論云分別有三一自性分別二隨念分別三計度分別今八識中第八識及前五識皆爲現量現量所得（自然於境顯也）即自性分別也任運自然分別不待起心籌量比度故如法華等者前二十五有文中巳說梵王計衆生爲子衆生計梵王爲父諸經論皆判爲邪見西域一切衆生從古來相傳有此妄計佛於法華經中乃自云譬如梵王是衆生父豈佛亦邪見邪但且隨俗易信易領之處而爲喻也今舉目瞳爲能見之眼光非佛不解但隨俗可見之邊喻之令解問此經淨土所說何有凡俗荅經文每段皆云爲末世衆生豈只爲諸菩薩邪若只爲諸菩薩菩薩皆是極位豈不解此中諸法而要佛說邪故知但以被於羣情故說經也況下流通分中即八部等皆具經見境同中疏二一近結下釋行成見境言尚見持毀者前但云不敬持戒不憎毀禁不言亦不分別是持是毀若見持毀等八境差別豈同佛見故先泯之云無修無成等也疏冥一如下二句是華嚴序文謂冥契本源而無能契於事於理無分別心亦非無記但不計有與不有空與不空故千萬紛動之法自然不動不動即無二相故云寂滅無二疏即於下二釋見境無差二一釋依報平等二釋前諸句二一正釋法喻華嚴十大數者彼

經僧祇品說也言十者下應云一阿僧祇二無量乃至十不可說不可說等疏恐文繁故不列一二三等字疏亦如善財等者善財南遊歷諸善友總五十五人古德攝爲五相第一有四十一人寄位修行相（初見文殊一人寄十信餘四十人如次寄三賢十地）二見摩耶夫人等十一人會緣入實相三見彌勒攝德成因相四再見文殊智照無二相五見普賢顯因廣大相今則第二相也摩耶是佛母能生化身之佛表此等覺之位會前差別地位事相因緣入於一實同於妙覺諸佛故名等覺等覺之智親生妙覺法報真佛故以佛母寄於此位也得願智幻等者經云摩耶告善財言我以成就菩薩大願（願爲一切佛母故）智（權實二智也權智能起大願能成幻事實智即般若生佛真身）幻（幻有二義一願智體虛當相名幻二即智所作生佛等事皆是幻也）解脫

門是故常爲諸菩薩母（託胎生時未名佛也）如我淨飯王家右脇而生悉達太子現不思議神變乃至盡此世界海所有毗盧遮那如來皆入我身示現誕生見一切世界等者此位有十一善友今是最後德生童子有德童女得菩薩幻住解脫故見一切世界皆如幻住幻境自性（即所入之實也）不可思議（上皆經文）評曰既於此位中始終皆幻由觀諸法如幻故得入於一實等於諸佛名等覺位正與此一科經同今科此云同佛同即等也佛即覺也今經云諸佛世界如空華者幻與空華義無異也疏染汙衆生等者彼經云有世界海微塵數劫轉變差別所謂法如是故世界海無量成壞劫轉變（世界海下皆例有）染汙衆生住故成染汙（法界品云大王未出時泉池皆枯涸等）大福衆生住故成染淨（人天福命多染少淨）

故先云染法界品又云大王今出世粳米自然生等信解菩薩住故成淨染地前未斷障故非純淨淨多染少故先云淨也等者等餘七句經有十句疏中用三謂衆生發菩提心住故世界純淨乃至十也三成壞相者然世界成住壞空皆二十增減住滿二十劫即到壞也劫欲壞時十九劫中壞有情類唯一劫中壞器世間壞有情者初阿鼻獄等次鬼畜四洲六欲皆怖火災不造欲界善惡等業皆習二禪死即上生更不生鬼獄人天等十九劫中有情已盡次壞器界初日光四倍熱次生三日乃至四五後七日並現大洞然起氣衝初禪亦上生去世界既空又經二十劫復又劫成初大風持界從二禪天雲布三千界雨如車軸風遏不流結氷作金輪次水輪先成梵王下界次漸成風鼓清水成須彌七金等山隨成有情

住滓濁爲四洲乃至地獄鹹海外圍方名器界立二禪福盡下生閻浮初有身光及餐地餅林藤自然粳米後因漸惡光及地餅等滅即有日月及耕種等以漸惡故生三塗等怖罪修善生三洲六欲乃至梵世乃名成劫疏增減者人壽上從八萬歲百年減一年乃至十歲又却壽增每生男女壽即倍父如是漸增還至八萬故名增減也續紛者撩亂之狀也疏問然下二通妨引證其兩重並如文可見疏明此下二釋後二句如文疏始知下二釋正報平等二一總銷經文疏然說下二別釋生佛三一叙意標門疏一者下二依門別釋二一略辨前五有部者薩婆多宗也經部即不爲此計唯悉達者餘諸有情皆無佛性終無成佛之分三無數等者此教意明從初

發意六度修行三無數劫五位伏斷十地滿足四智圓明於色究竟天受佛智職名成正覺相盡性顯者謂此教說一切衆生本覺真心本來離念不如實知忽然念起生住異滅念無自相不離本覺内外熏力始斷滅相終至生相一念相應得見心性心即常住名成正覺華嚴說十信等者經文云若與如是觀行相應於諸法中不生二解一切佛法疾得現前初發心時即得阿耨多羅三藐三菩提知一切法即心自性成就慧身不由他悟故彼疏釋云佛智何深情迷謂遠情忘智現則一體非遥既言一切法即心自性今理現自心即心之性已備無邊之德矣覺心別理現理現則智圓若鏡淨明生非前非後非新非故不由他悟是自覺知一切法是覺他成就慧身爲覺滿見夫心性豈有自他寂而能知名爲正覺一念悟時名爲佛者謂無始迷倒妄認衆生一念悟時全體是佛如夢身相夢時非無悟即自身豈待長養故論云亦無始覺之異華嚴云若離妄想一切自然無礙等智即得現前如塵破經出又廣博嚴淨經云有三男子詣佛禮足作如是言世尊我等今於此法能信解不生疑惑第一男子白佛言若作是說我是如來此言便是正說所以者何我於此法不生疑惑第二男子云是世尊第三云佛其辭皆同爾時會中百千衆生心皆擾動不安本座皆作是念無有二佛並出世間今此男子何故發如是言阿難騰大衆意問佛佛說偈印許偈云能知過去如亦知未來如見一切法如是故名如來不畏於生死正住生死中化度

諸衆生是故名世尊覺無明無知其性無所有已得於明智是故名爲佛菩薩處胎經云或有衆生朝發道心即得成佛諸大乘經其文非一達磨禪宗即心即佛是斯意也疏六者下二具釋第六二一正釋本來成佛者論云四相俱時皆無自立本來平等同一覺故涅槃論解微密義云身外有佛亦不密身內有佛亦非密非有非無亦非密衆生是佛故微密疏故華下二引證文有兩節可如理詳之彼疏問云此中之成爲理爲事若是事成云何皆同一性無性若是理成云何八相疏自荅云此是華嚴大節若不對諸宗難以取解今約五乘五教而辨然諸衆生若於人天教中觀之具足人法二我若於小乘教中觀之但是五蘊實法本來無我若大乘始教法相宗即說唯識所現無相宗即說幻有即空人法俱遣若大乘終教唯如來藏具恒沙性德故衆生即在纏法身法身衆生義一名異猶據理說若大乘頓教則相本自盡性本自現不可說言成佛不成佛等若依此宗華嚴宗也舊來成竟亦涅槃竟非約同體此成即是彼成難曰若爾何以現有衆生非即佛邪荅若就衆生位看尚不見唯心即空安見圓教中事如迷東謂西正執西故若諸情頓破則法界圓現無不已成猶彼悟人西處全東也若爾諸佛何以更化荅衆生不如是知所以須化如是化者是究竟化如是化者無不化時然上六門初門衆生無成佛義次門五分中唯許一分半衆生定待三祇功滿成佛後四門一切衆生皆許成佛於中三四妄盡覺顯是爲

成佛五頓悟無妄即名爲佛六本無迷悟元來是佛又中間四門次次相望前延後促又前二事成次二事同理成五唯理成六皆無礙疏令經下三指經對示如文經稱實同中疏二一躡前下釋前二句言能依之夢者喻取相之心見生死涅槃可厭可求釋經生涅如夢之言必有所依之人者喻圓覺妙心也即此所稱之實平等不壞之性故科云稱實同也神遊者漢武帝故事中說武帝欲驗占夢者真虛乃召之假爲問曰朕夢見殿上二瓦化爲一雙鴛鴦飛去是何祥也占者對曰主宮中有暴死者語訖監司奏宮人相殺帝驚異謂占者曰朕之戲言何以成驗對曰夢是人之神遊陛下欲言即是夢也亦見聞氣分者智論說有五夢一熱氣多二冷氣多三風氣多四見聞多五天神與廣如彼說今說第四耳謂晝未睡時見聞事境多種故睡時雖六識昧略無所分辨而見聞氣分任運所緣由帶睡故虛妄顛倒名爲夢也但了夢體等者然餘諭皆帶自他唯夢喻剋體故大瓔珞經說過去有佛欲說法時令大衆眠夢中說法令增善根覺得道果亦表萬法皆夢夫夢之境必有大覺之明矣疏當知下二釋後四科四段經文如疏所列經偈諷中疏略於第一起行者釋長行四段偈頌唯 三之義也

上來釋普眼章已竟經慶所悟中疏一切行位根本者萬行皆依信解真正故經云如来圓覺已下皆所依也漸次方便者能依也舉所依以貫能依揀無解之行顯是頓悟中之漸修故普賢用心之門猶通萬行況圓信頓

解邪跡後必躡前者大科云前前不叙後後後後必躡前前經難所疑中跡躡前段者由前普眼章云衆生本成佛道約文叙起疑之所以疑有三句一謂先真後妄二謂説妄爲真三牒而縱之責無窮過三句並如注配跡此上三難下釋成難意言成佛義等者天真成佛無所不成非除却妄染塵勞添益真淨功德不增不減故衆生本來成佛亦然故云等也故前云如来藏中無起滅故無知見故究竟圓滿徧十方故生否應齊者謂生與不生也跡文務簡故只著一否字衆生及如来俱無生故皆應不生煩惱若云無中不妨生者皆應生也因違現事者因位凡夫之流現見貪瞋熾盛惑病昭然如何言無故云違也進退下二句顯剛藏所述疑情也進者凡同佛退者佛同凡皆有上失故不可也有斯云者正指問目然佛頂經富樓那亦有斯難彼云若此妙覺本妙覺明（此云本成佛道）與如来心不增不減無狀忽生山河大地諸有爲相（此云後起）（無明）如来今得妙空明覺（此云一切如来）山河大地有爲習漏何當復生（此云何時復生一切煩惱）將彼對此昭然可解經結請中跡二一據此下通釋前文諸典無文者但指古今所流傳當代之經論宗教衆皆傳習者悉無此文非謂都無佛頂經中亦有此問故如小堤堰中水少磧磓停廉亦名無水非全無水故跡序云了義匿於龍藏是以佛説權教云衆生無佛智慧亦據隱匿云無覆相者謂佛説法或隨自意或隨他意權實難測此義廣如懸談中辨跡開密藏者涅槃説具縛凡夫能知如來祕密之藏

疏由此標目者指經題也只由決了此疑故名了義經矣疏通論下二別解疑悔二一釋疑言疑者是根本也文二一叙四一通釋於諸下二句出體相能障下二句辨業用能障信心者信清疑濁故障善品者一切福利功德善法品類猶如寶山人若無手即取寶不得到即空迴信如有手疑如無手故不能取功德善法之寶是爲障也皆是唯識論文疏別顯下二別釋天台依智論說矣五蓋者一貪欲二瞋恚三睡眠惽沈四掉舉惡作五疑也疑自者我是凡夫根鈍障重如何入得聖道疑師者彼人三業四儀如是豈能利我或疑云雖悟解精通豈能盡心教我疑法者依此而修豈定得解脫一切苦惱邪疏如有下三喻釋醫前師藥喻法疏今三下四會此經云已起者現疑也已現於心識故未起者謂鈍根人乍聞但隨語領解信受不解生疑已後遇人難之或自思惟覺理似乖又不解通決便生疑心聖人預防此事種種屈曲預爲舉起可疑之處而通釋之金剛經節節斷疑乃至經終二十七段亦是此意故天親論云自此已下一切修多羅示現斷生疑心（示現者顯示也）偈云及斷種種疑亦防生成心今皆含者剛藏所問本爲衆生衆生聞說本来成佛之言利根便生此疑（是已起也）鈍根者當時但且領受（是未起也）他日思惟或可始疑或因人將此難之或来世等方始起疑故云皆含也疏然斷下二斷知境從心起即悟非定有了萬法皆無所得即知唯有真如是諸法之性餘皆倒知者若疑無因果令觀十二因緣若疑自性

無恒沙功德妙用令觀恒沙煩惱一一空無自然翻染顯真皆成功德如論中說跡悔是下二釋悔言不定法者六位心所中不定有四謂悔眠尋伺也唯識云於善染等皆不定故悔謂惡作惡所作業追悔爲性障止爲業今據五蓋亦是定障而因掉後生悔掉有三業謂身好遊走雜戲坐不蹔安口好吟詠無益戲論心情放縱攀緣世藝諸惡覺觀然掉戲時未在緣中後欲入定時方始悔前所作憂惱覆心故名爲蓋蓋者如作大重罪常懷思悔悔箭入心後墜惡道若人罪能悔悔已莫復憂如是心安樂不應常念著反自疑悔者有二意一者不知自身心本空元是佛體心外求佛取相積功勤苦多時後悟佛在自心悔前妄苦轉乖真理如志公云得理反觀於行始知枉致功夫二者頓悟心同佛心是我真體四大緣慮皆同客塵遂委身棄命不顧榮樂或捨名譽或捨資財及聲色等心心趣佛念念還源如是多時但喜棄妄同真不久具佛功用後忽被人依剛藏問目難破或因自思惟覺此妨難通決不得却自疑悔悔前枉捨却衆多榮利等事未必即成佛道經讚許中跡如来之密藏者依士釋也如来是人密藏是法依人顯法故下荅者經云生死涅槃同於起滅妙覺圓照離於華翳如是顯示秘藏即開剛藏所問本求此荅三業者動身發語之思及思當體也業具者身口意也非色現色等皆如華嚴廣明也跡前頓同等者準論中信根成就是初發心住初發心住即成正覺故普眼章末觀成同佛義當此矣信根者信

若決定即名爲根根有二義一持自體二能生長經長行中疏二一第四下科分言正説者若但看經文直是剛藏騰前章經文而難如來通釋而已若始終詳究更有甚深意趣謂從經初乃至普眼章末以悟解力慧已清淨未修習故心未清淨故剛藏知機爲發此問佛責分别流轉之見及未斷輪迴之過令覺末了章末又再勸云是故我説永斷無始輪迴根本至彌勒問輪迴根本佛令斷愛方是淨心之門慧淨心淨方成定慧之力方得二皆解脱是故經文顯示修行之妙門也反覆起疑本者然荅此問目可以神會難以言宣故先反覆令離名言相離心緣相悟其意深矣二正釋經總指輪迴中疏四蘊爲世界者金剛經云如来説微塵非微塵是名微塵

如来説世界非世界是名世界無著判爲色及衆生身摶取中觀破相應行住十八住中第十住也色是色蘊及衆生身是四蘊經云微塵者析破麤麤色至於極微故經云世界者以不念方便破四蘊也析破麤色義法空章已釋彼經至下又云所説三千世界則非世界等無著還釋云此破名身世界世界者衆生世界故評曰然彼云世界一向約情今此經中云世界則兼情與非情故上云總標情器謂有情世界及器世界也器爲世界人盡不疑衆生爲世界學寡者即疑故引無著論唯證情界問何妨彼經云世界則唯約情如何定知此文兼情故疏下句荅云若不約情何成輪迴況經文明言念念相續種種取捨皆是輪迴未出輪迴而辨圓覺彼圓覺性即同流轉譬如

動目等乃至法合末云何況生死垢心等豈可但名非情又且諸經論皆說有情世間器世間世間世界但名小異何信二種世間不信二種世界又世界亦名國土國以人爲本故人皆逃亡破散便云國破豈是山川土地崩陷名國破邪故知世界兼人矣況經昭然疏次六對中創變者一念業相轉成能見故變爲境界相也極證者地位滿足捨異熟識也問證極則出輪迴何以結云皆是輪迴荅此六對法皆是所計之境約能計之心是輪迴故所計之境亦流轉今計度云世界最初從心變起直至成佛方得終盡即此計度是輪迴之見也權教學人計有染淨故云初變終證此宗不然本無世界可除亦無法界可證本亦非染今亦非淨故下經云本無菩提及與涅槃亦無成佛及不成佛無妄輪迴及非輪迴據此道理何有創變之始極證之終故實教宗中指權教云但有教文而無實果疏住劫等者成住壞空義如前釋現行等者就情說也現行者能計心境相應時也調伏者息伏其心令不起念念不起時境不獨立故皆指也如無想定或無想天或四空定之類也然前六對初二對通於情器次三對唯約器此一對唯約情也疏惑業襲習等者此中有三重展轉以明流轉之相三重者即當惑業苦三道也謂惑是煩惱道即貪瞋癡等根隨煩惱業即業道謂善惡不動等報應即苦道謂三界所受身也此中猶約展轉枝末若就根本而論即由無明迷真執妄起惑造業輪迴受生此義廣如金剛鈔辨言襲習者

襲謂承襲即相續義習謂熏習即習學義謂後念習前念相承襲續展轉無窮綸輪者皆約喻以明報應無盡義如車輪轉疏文或可但云淪輪亦得淪者沉没義没而復出無窮無盡故云淪輪若依此文即不取淪字也然襲習綸輪即成唯識中十二因緣前前爲因後後爲果之義於生老病死身復起無明故輪迴無有窮盡言無明無因老死無果者且約一周義說非不終而復始故唯識頌云由諸業習氣二取習氣俱前異熟既盡復生餘異熟二取惑也餘可配知惑業皆是習氣故此總云襲習劫波者此云時分大劫小劫長時短時下至刹那皆名時分衆生從無始来經歷碎世界爲微塵數劫及河沙數之劫輪迴受苦相續無窮不可止遏惑業令休息滅

絕生死令窮盡莫者無也不也疏我我所者我是有情我所是器界苦所依者是四大身餘文可解經法中疏夢見實物者假如有人在書窻下作夢還見卧書窻下雖身處皆實然現見者元是夢也經喻中譬如動目等者喻文有四對也初喻中疏言由目數動水成波者如人動轉眼睛或手研捏眼角眼即所見或傾倒轉動或一物成二種種迴轉一切皆然今但云水者由水或時有不因目動自有別緣而動揺爲波則動目者疑其自爾不知因眼餘物不然故唯水喻次眼識鈍者釋定眼也意取鈍滯不能迅速趣及乃見火旋成於輪相故云定眼非謂凝然堅固永不移動方名爲定如有人取一杖枝火燒頭邉半寸已来炎赤便以手搓旋之即見赤輪之相

杖枝若長而稍曲輪相即轉轉寬大據其所見可若三尺二尺圜豈有半寸之火忽然寬展故知但是眼識鈍滯不迅速趂他火輪不及便似周圍皆是火也經但云眼者說時隨世泛言疏兼云識者釋義須剋取親能見者然水波火輪但是眼之動定喻於圓覺中見凡見聖但是流轉妄心岸移月運但是雲駛舟行亦同此也駛者奔流急走之相經結指前疑中疏未是荅難者有人造疏云從世界生滅至此是荅初難空華喻荅第二難金鑛喻荅第三難故此潛揀之不能形於名字矣次從然雖非正荅下亦是通難恐有難云前若未是荅難佛所說者其意在何故次通云已是標舉建立等經喻釋現起疑中疏二一二喻下科分二正釋經翳差華亡中疏喻釋佛者佛地論云如睡夢覺如蓮華開等十義序分鈔中已釋疏一空者華也一有者翳也法合云縱使心迷者如翳有也生死亦寂如空華也經法合中疏此疑過深者非但疑於法之文義兼墮謗佛之科云佛煩惱此過非輕經金鑛喻中疏二一金在下釋喻文銷鑛石等者應設關並云鑛中本無金銷鑛金即出碩中石無金銷鍊金應生此是例破他也又云鍊石金不出既由石裏無鍊鑛得真金即知鑛中有此是反例成已義也故知真金但因銷鑛而顯不因銷鑛而有

圓覺經畧疏之鈔卷第十六

音釋

觳 苦角切卵也　豸 直尔切無足曰豸　鞅 於兩切對心也

駮 爲角切獸似馬食虎

圓覺經略疏之鈔卷第十七

圭峯蘭若沙門宗密 於大鈔略出

疏法合下二釋法合二一正配合疏然此下二會通二喻二一且會通四一出二喻相疏意云下 二釋二喻意疏若但下三明偏取之失疏道理下四結雙取所以疏是知下二正結揀文並可知經所造離念中疏先標覺心等者諸教每雙遮對待云非真非妄等句皆不顯言是何法非真妄等但有遮而無表故中下之人因此墮於斷滅之見今直顯言妙圓覺心無菩提等實可謂爲之了義疏轉依者謂菩提涅槃是二轉依果還由轉生死得涅槃轉煩惱得菩提故此義至下地位中當更釋言體雖即真者問即圓覺體是涅槃用是菩提此真實體用即是圓覺何得言無故

疏荅云體雖即真等也此體字都指菩提涅槃二法自體不說對用之體智者審之經能造滯情中疏二一二能下科分二隨釋經凡心真覺中疏小聖真智者生空智也生空即是我空人空小聖理者即生空真如謂於我人空處證真實滅諦之理不但空無而已故云真如經科無實體者謂此心本自空無名爲無體非但對用論體而云無體經結問中疏二一乍看下揀濫疏問前下二通妨此一段疏文理顯妙不假釋之講者必須發揚疏旨經偈諷中疏互有互無者長行無依解起行而有結問不當理偈中無結問不當理而有依解起行經深究輪迴之因疏二一第三下明科意二釋經文經慶前中疏五眼者一肉眼謂肉團中有清淨色能見障內色二天

眼於肉眼邊引淨天眼見障外色三慧眼以根本智照見真理四法眼以後得智說法度人五佛眼前四在佛皆名佛眼又見性圓極名爲佛眼故古德云天眼通非礙肉眼礙非通法眼唯觀俗慧眼直緣空佛眼如千日照異體還同餘義在別卷疏妙信者準大品中意不信一切名妙信也妙信是能信之智常住是所信之法今經云於大涅槃生決定信故引妙信常住以證（常住是大涅槃）亦可此妙信之心但能常住不退不失即妄想滅盡二意皆通疏不執月運等者雖舉其喻意在其法法者即一切世界始終生滅等也然會中人雖領悟佛說不妨還見世界生滅等相但了之從心所轉轉相即空不執認之爲實故經云無復重隨非謂眼下都不見之經問斷輪迴

中云欲遊寂滅等者不住涅槃故云遊也經問修悲智中疏法門無邊等者配四弘誓中之二也菩薩初發心時必具此四今依願修道豈得離之前問斷輪迴已當煩惱無邊誓願斷今問修菩提正是無上佛道誓願成欲成種智必廣學法門故於此問中便攝此願入塵度生其文自顯四弘備矣疏少湯添氷者湯如智慧氷如煩惱少智入塵化生不覺自成塵念如將少湯銷氷湯亦成凍余昔在京城擬入山時曾有偈云投湯銷池氷氷堅湯亦凝將氷投釜裏針芥自相應說此偈已入山于今矣愛見大悲者淨名云彼有疾菩薩應復作如是念我此病非真非有衆生病亦非真非有作此觀時於諸衆生若起愛見大悲即應捨離所以者何菩薩斷除客塵煩

惱而起大悲愛見悲者則於生死有疲厭心若能離此無有疲厭在在所生不爲愛見之所覆也乃至無方便慧縛有方便慧解經結益中疏心如淨明鏡者一切衆生自心本似淨明之鏡不似塵染之鏡但六祖能和尚慧目肅清能照耀之愚夫迷倒不能照之故六祖可傳心印非六祖心獨如淨鏡也若約緣起門中漸斷習氣隨俗說之方如拂拭塵盡心鏡方明然述此偈之由已在懸談第八修證階差門鈔中具述訖疏即同法華者彼經云欲令衆生開佛知見天親論判云開者無上義即雙開菩提涅槃二無上也謂除一切智智更無餘事故云無上今經云無上知見正當此義故云即同經讚許中疏本清淨之輪迴等者若於塵染中而說輪迴及差別中

而談種類即爲淺近蓋是常情之事今乃三章經文已顯無明非實有體本無身心生死根塵內外無不清淨圓覺普照寂滅無二乃至一切衆生本來成佛重重開顯理智昭然今乃於此清淨之中問荅輪迴之法又於無二之中問荅差別種類之數故爲深奧祕密微妙之義也經無生忍者疏釋可見然法既無生即無有滅故華嚴云不見有少法生滅何以故若無生則無滅故又云一切法無生一切法無滅若能如是解諸佛常現前故信力入印經中亦有無滅忍更有餘義具如大疏大鈔經長行中疏二一次下下科分言推本末令斷者本即貪愛末即五道也此荅前第一問二明種性者新熏五性也存愛修習遇諸教門熏成差別種性說令知者意在莫

隨多種須契自心但以菩提心爲本莫將愛爲本也此答前第二問二正釋經約貪欲標指中疏二一謂對下釋貪欲三一直指愛是輪迴本言所貪五欲者五欲即色聲香味觸也問欲應是心何言色等荅瑜伽云欲有二種一煩惱欲二事欲事即五塵今謂心起合塵塵即名欲故下云由於欲境起諸違順又無常經云常求諸欲境等疏中雖舉所貪五欲意指能貪之愛是輪迴根本指能貪愛者愛細貪麤以貪顯愛疏首楞下二引三經證成謂證貪愛是輪迴之本流愛者謂無始愛之習氣任運流注相續不斷爲種者如女人欲受胎時必藉男子之種胤納想者前是分別之愛此即俱生之愛俱生之愛方能助潤於業受生故也如俱舍說男胎於母如妻想而忌於父女胎於父如夫想而忌於母遘者遇也交遘是種子現行互相資熏和合之義吸引者因緣相牽如磁石吸針同業者宿所造之業成熟今爲若人若畜等也故云以是因緣有生死矣餘涅槃佛名文皆可見疏先令下三舉喻明其斷意意明貪愛既是輪迴之本欲免輪迴先斷貪愛如樹除根即枝條自然枯朽如有偈云伐樹不盡根數數更生樹斷愛不盡本數數復生苦即斯意也疏言種下二銷釋餘文二一雜釋二一正釋天屬之恩者父子之道天性也謂天生自然相屬親愛非由強結情愛也劉向云不緣生得天屬親肯向仇讎結方寸餘文皆可知矣六親者父母男女夫婦然人間亦有六親不得任運相愛者今從多而說矣因敬者如敬佛法

深心之人見三寶和尚闍棃諸善知識本因爲法敬重漸成深心情愛請益雖足亦不忍去雖餘文可解恩非愛等者此四句中一恩非愛如人曾得他種種重恩前人但是機心結託施恩本亦不因情愛此受恩人他日或失權位或漸貧窮其施恩人又更窮乏之甚遠来相投此人此人忽見心大生惱將何以報何有愛邪故云恩非愛二愛非恩如多欲人遇端正可意之女憐愛雖甚何有恩邪二亦恩亦愛如得朋友情人重恩或得情深女人重恩每相聚會難忍別離四非恩非愛即是尋常外人乃至怨家也貪與愛四句者一貪非愛如人貪忙不是愛忙又如買苦口治病之藥秤兩不免貪多何曾愛之二愛非貪如人愛看相殺相打何肯貪求之又如見他外人可意孩子或猫狗等亦何必貪求縱與之即未必肯受三亦貪亦愛即名利財色之類四非貪非愛即一切違情境及平平境疏若對下二料揀謂約治無始惡習揀所愛之境有順道乖道也如聞善淨真法流注於心得其滋潤愛之不已是順道也愛父母孝也伯叔義也兄弟悌也亦然若愛名利女色等是乖道也約妄揀心者據不違理但隨迷妄之情即起心動念即是乖道至於厭生死愛涅槃亦尒問瑜伽云菩薩厭患生死過聲聞百千倍如何今云愛涅槃厭生死皆爲過患荅明言約妄情誰論菩薩菩薩但是悲智心中所爲一切非此所揀疏又唯下二次釋其中指所愛境亦不出前然此中意有二别一前就句數雜雜備而列之此就損益輕重倫次言之

二前或説愛之因由或説愛境違順或説愛心迷悟今則直論愛之體事若善若惡言禽荒等者尚書説太康失邦因由云外作禽荒遊獵等内作色荒淫亂等此三重愛初一有苦報之損後二有樂報之益益中善愛劣法愛勝又初二順有漏之損有漏施戒第三生慾後一順無漏之益損中惡愛重善愛輕且據漸次誘引作如是説若就前約安棟心及下所引經文則三皆是障若將此三對所引經文成一對損益謂前三乗性之損後之法愛不存心稱性之益經約受生中科約受生以結定者既世界四生皆因淫欲方得受生即決定知愛是生死之本以淫欲必是愛故也疏三一卵等下釋此四爲受生緣受生差別者卵等四異故云差別皆是衆生所託受生之處故思業爲因等者動身之思發語之思及思當體是行業也此爲衆生善惡親因託鷇等爲緣故得生也鷇等爲緣故得生也鷇是卵鷇胎謂胎藏濕生者不因父母但託濕氣而生如微細蟲豸等染者是化生化生無別所託但依染心及業受生也故俱舍頌云倒心趣欲境濕化染香處疏若以下二以四配六道鬼子者是鬼子母兒謂母從子稱兒約母名諸家疏論皆如此標號余意謂不必如此重疊故但言鬼子而已既有母子即是胎生也故有鬼母白目連曰我晝夜各生五百子隨生自食雖盡不飽地行羅刹者揀飛空羅刹即非胎生三十二子者或云五百然三十二多定又鹿母夫人生大肉顆棄於池中開成五百肉卵各生一子亦近此類柰女者有説從枯

老柰樹中濕處而生或云菴羅女即是菴羅樹也或西國此一果二名或前後翻譯不同未詳本末若此方者有人云王梵志從王家庭前林檎樹中生未詳虛實劫初者成劫之初一增減劫中世界成已未有人物二禪天福盡者下生人間是化也畜具四者正法念經云化生金翅鳥能食四生龍如次濕胎卵生金翅鳥能食三生（濕胎卵）二生（胎卵）一生（唯卵）等龍謂劣生者即不能食勝生者據此即知金翅及龍皆具四生餘獸皆胎等者然諸餘水陸禽畜之類或亦更有具四生者亦應甚多未見佛說不能具悉以此且據常人所見極多者指配云皆胎皆卵故次云然著地飛空乃至不可具分品類問何以卵劣在初化勝居後荅有二釋一約境具緣多者爲首謂卵必具四胎三濕二化不兼餘故居後二約心從本至末爲次謂無明是卵即本識三細中最初業相能所未分混沌如卵既是根本故首明之無明發業蘊在藏識爲胎愛水潤之方能受生爲濕化生即從無忽有爲化故此次之跡皆因下三釋餘文結愛爲本謂初受胎時妬忌父母父母亦皆生愛方得受身即當識等支也如俱舍說亦依業染者佛地論但云業染即俱舍世間品意偈云倒心趣欲境濕化染香處六受欲等者忉利天但相交而已都無遺洩夜摩相抱欲情即足兜率執手化樂戲笑他化相視而已故云輕重也最後淫字貫通於上謂交淫抱淫乃至視淫餘諸異類者大海四洲異生也淫欲之相各不同也心涂氣傳者如鵶以觜傳鵲以枝傳乃

至雞鴨之類受性禀命等者釋經中因淫而正性命此中性字不是真靈之性意說人中性命也既性命由淫下正是結愛爲本便是釋經中當知下二句經欲助中疏愛種子者愛心對境發現行時必親依種子亦可愛性者是愛之自體故佛說心境如黑白二牛非黑牛縛白牛亦非白牛繫黑牛乃是犁具羈鞅縛二牛令捨離不得羈鞅如貪愛也經更依中疏欲謂貪淫者問前云欲是五塵此復云貪何也答欲者非定屬心非偏是境或是塵欲或是貪欲或是淫欲或是善欲今經云欲因愛生通於貪淫二也詳之可解經科起諸業報者業有二義一動作義即是行支二爲因義即是有支報是苦果是酬因義即生死二支也別釋中善惡不動三種業者即大經六地中罪等三行也彼經云凡夫執著常求有無不正思惟起於妄行謂罪行福行不動行釋曰罪福二行即此善惡二業不動名同謂由迷異熟因果違正信解起感三塗總報惡業及人天別報苦業皆名罪行由迷真實義故不知三界皆苦妄謂爲樂起欲界人天善業名福行四禪八定靜業名不動行經科惡業苦報者以三塗惡果是不可樂故名苦酬前惡業故名報此通依正二報下隨類別指經云境背等者如舉不及第選被駮放瞋恨侍郎況所求欲遂被人障隔破敗等如此等類人間約百千萬般不可具載既殺害逼惱種種之相即怨怨相報無有斷期此皆從瞋起惡業也亦可下從貪起於惡業也文易可知前則殺生兩舌惡口等三不善業偏

增後則淫盜綺語三不善業徧增妄語通二成七支業其貪瞋癡即能起也故都名十惡又逼惱陵辱飲噉皆入輕收非十惡數若約犯十重戒即應加酤酒慳自讃入於貪中其瞋及説過謗佛入於瞋中癡通二毒故不別説又因貪瞋破戒皆名愛羅刹因癡破戒名見羅刹癡者別生異見言無罪等非如牛羊之類其所作罪相亦不離殺盜等故不別説又癡人亦有平平不能作善作惡同於無記故此不説不説無記之報但言善惡之報亦此意也細窮亦有其相隱劣故不説矣

圓覺經略疏之鈔卷第十七

音釋

膊普各切去衣磔之也　滓壯里切澱也　暴音暴卒也

覈胡革切丨考實也　襲似力切重衣也

圓覺經畧疏之鈔卷第十八

圭峯蘭若沙門宗密於大鈔畧出

疏故華嚴下證的有三惡報非唯地獄餓鬼也經善業樂報中疏二一知愛下畧銷經文疏判云下二通釋妨難二一會苦樂相違妨者夫未出三界無非苦果况此具有八苦五衰斫截殘害等而輙判為樂其故何耶荅此實是苦今且就前三惡道苦苦之報而判為樂也故疏云麤相言之八苦者謂生苦老苦病苦死苦愛別離苦怨憎會苦求不得苦五盛陰苦五衰者如經中說有諸天子將欲沒時五相先現一衣垢染現二華鬘萎頓三兩腋汗流四體便臭穢五不樂本座時彼天子寢卧林間所有婇女與餘天子共爲遊戲彼見此已生大憂苦復受陵蔑悚慄之苦由有廣大福聚成就及廣大五欲天子生時所餘薄福諸舊天子見已惶怖受大憂苦此上所說通六欲天其下二天又受斫截破壊駈擯殘害之苦由與修羅共戰諍時天與脩羅互相違拒即執四兵仗謂金銀頗胝琉璃共相戰闘爾時諸天及與脩羅或斷肢節或破其身或復致死若傷身斷節續還如故若斷其首即便殞歿天與脩羅互有他勝然天多勝力勢強故然其彼天若爲他勝即退入自宫巳諸同類更不慰問有此因縁便懐憂慼若天得勝便入脩羅宫中爲奪其女便起違諍若脩羅得勝即入天宫爲求四種蘇陀味故共相戰諍復有強力天子纔一發憤諸劣天子便被驅擯出其自宫是故諸天受三種苦謂死墮苦陵蔑苦斫截殘害驅擯苦疏若於

下二通五六有異謂脩羅於諸經論中或有別開爲一道即有六道或有便於天鬼畜中攝者即唯五道也經科不動業報者四禪八定業成色無色界等報因果俱有不動義故疏二一知其下釋禪定禪定者總相言之即曰八定皆同以善等持爲自性故若就別言色界即曰禪無色但曰定以具支不具支止觀均不均有差別故又大小乘聖凡所修大同小異凡夫即苟且欣上殊勝厭下苦等而修入二乘爲厭生死欣上上地斷下下地惑求出三界修禪定也若諸菩薩但爲隨順法性化生降外道引小乘示現修習而入禪定（廣如別卷）故凡夫修感報不越有頂二乘修此永出三界菩薩示入神通自在廣爲利益及其所修體相名字欣趣證入即大同小異今經即唯是凡夫所修也然大疏中於此具有釋名出體辨相一一委明此疏既略之今亦但撮略大意銷文而已疏四禪者梵音禪那此云靜慮謂於一所緣繫念寂靜而審慮故四無色定有靜無慮欲界等持有慮無靜唯色界四得受斯名四但依次不別立稱若分別者一尋伺二喜三樂四捨定者心一境性四無色界皆唯定也言無色者超過違害有色法故前三從加行得名有頂昧劣當體受稱謂以六行（厭下苦麤障欣上淨妙離）伏下地惑展轉得上地定謂離欲惡不善法有尋有伺離生喜樂住初禪滅尋伺內淨一心定生喜樂住二禪離喜住捨有念正知身受樂住三禪斷樂先除苦喜憂滅不苦不樂捨念清淨住四禪四無色者超一切色想（過眼識想）滅有對想（次四識和合想）

滅也不念種種想不念意識和合想然唯就緣色而言入無邊虛空住無邊虛空處超空入無邊識處住心緣內識作無邊行相故以爲名超識入無所有處住內外皆無也何故須超事念麤故心於所緣捨諸所有寂然而住也超此住非想無下七地明了之想非非想有昧劣想處此中不出三界者由緣無想境即是細想外道不了謂爲涅槃若知此患更求上進求上進時上無所緣竟無所得故滅而不轉則得滅受想定若未得此定厭想爲先後想不行則入無想疏上二下二釋受報經云便現等者正明受報也即前禪定所感色無色界之報也據色有無以得名界者分齊欲界雖亦有色約麤重立名揀於色界耳餘文詳之可知經總結中疏前指無明者即文殊章中以無明是生死根本此標貪愛者即此彌勒章以貪愛是輪迴本發潤者發業潤業也謂無明能發業愛取能潤業據諸敎中多說無明發業愛取潤業之義此經亦具之故云備矣然十惡等者明斷不斷意一向須除者如普賢行願經中但懺惡業也但除病者十善八定雖不悔除能發此業之無明能潤此業之貪愛即須改悔行心用意不得依前經正勸中疏先斷此二者貪欲約對外塵愛渴約內心相續故云二也事起者造業事也心者發心也即無明貪愛次句可解自報以觀事等者以果驗因自然怖苦息惡欣樂與善故云可變變惡爲善舉事下以造業過患訶責欲造業之心如何隨逐無明用爲郎主承事貪愛以作魔王心即悟其下劣自墜自損故能反也經通妨中疏二一二通下敘難意疏菩薩下二釋經文云同事者同其所作之事而益物也則四攝法中之一餘三即布施愛語利行也衆生病則菩薩病者即彼

經問疾品文殊問言居士是疾何所因起其生久如當云何滅維摩詰言從癡有愛則我病生以一切衆生病是故我病若一切衆生得不病者則我病滅所以者何菩薩爲衆生故入生死有生死則有病若衆生得離病者則菩薩無復病譬如長者唯有一子其子得病父母亦病若子病愈父母亦愈菩薩如是於諸衆生愛之若子衆生病則菩薩病衆生病愈菩薩亦愈又言是病何所因起菩薩病者以大悲起等經顯益中疏三一先能下正釋疏故首下二引證疏問從下三問荅通妨並如文詳之經明種性令知疏二一二明下總明大意由前說等者指前金剛藏章中文也前已釋云但住有爲即屬輪迴心也經初列輪迴之相云始終生滅有無起止往復取捨等雖有衆多不離動靜皆上字是動義下字是靜義約世間說動是欲界靜是上界若約佛法中說動是三界靜是二乘或動是菩薩靜是聲聞下經云動念息念皆歸迷悶若釋始終云證得菩提涅槃爲始斷盡煩惱爲終正是五性修斷行相故皆屬輪迴心矣又云以輪迴心生輪迴見入於如来大寂滅海終不能至是故我說一切菩薩及末世衆生先斷無始輪迴根本是故者由是用輪迴心之故也上下文連故知菩薩若未了圓覺雖欲除二障而修六度求無上道亦屬輪迴心也根本者愛也先令斷愛則異於五性用本貪欲思度佛境者非唯攀緣世間至於思佛亦輪迴心彼一章經旨趣皆爾若但取文用即思者文云用此思惟辨於佛境猶如空華復結空果度者文云以思惟心測度如来圓覺境界如取螢火燒須彌山終不能著皆輪迴者

輪迴心也故彌勒問下意云佛比説諸大小乗只言起惑造業是輪迴心今乃觀佛求證亦屬輪迴心行不知輪迴都有幾種而令麁細心智皆不得免由本貪等者義如下釋可引來成此一段意二別釋經文經標因依中疏猒惡樂善等者釋經由本貪欲發揮無明顯出五性差別不等之意也然五性學人皆發出離之心皆修定慧之行但緣不了本覺自見定是衆生遂欲斷障求真猒凡貪聖貪聖之念還是本貪所貪三乗既殊能貪隨教亦異故疏次云積習既深遂成別性復有三皆不定復有錯入邪塗由是激發無明遂成五性差別經言發揮者發揚分布令顯彰也御注孝經序云今存于疏用廣發揮是此意也然根本無明但迷真而已本無差別由貪欲不同故熏發之令成五別疏楞伽下引證經依二障現深淺者既由不了本覺則唯將二障爲本故依伏斷現深淺也頓宗了衆生本有覺性則以覺性爲本故論云依覺故而有不覺今五性學人既不了之故唯以二障爲本也依伏斷者經中所云依二種障而現深淺是故或伏或斷或半或全深淺等差因成五種不約障體説深淺也疏若遇菩薩等者遇菩薩説大乗遇佛説最上一乗人既轉勝法又轉深故障轉淺言相望者以遇二乗其障猶深遇菩薩漸淺以菩薩望佛遇菩薩猶名爲深遇佛轉轉極淺餘前兩重文顯不釋可詳而説之經科所依二障者然此二障有體有義義同唯識煩惱所知謂事是煩惱煩惱即障又能續生死故理是所知所知非障是障障於所知理故體即起信根本無明及六染心染心各一分義六中各二義一不覺義二相生義今取相生也疏依起信釋者

緣此經中立二障名與諸處稍別故標依論釋亦復不同廣有會通具如大疏大鈔今但銷釋本義而已疏根本無明者出理障體也不達下正明障義此中所障之法須識其體經中所言理障但是標名礙正知見正出體相此宗以知見為理故經與論每拂病窮法皆歸覺心不以空寂虛無便為真極真如是流出涅槃如昨夢圓頓宗教顯體皆然故華嚴亦以真智為所迷法文云無一衆生而不具有如來智慧但以妄想執著而不證得智本有而未證即知不以斷證方為智也若離妄想一切智無師智不因學得自然智不因修得無礙智徧聖徧凡即得現前故知智慧知見是所障理根本無明以為能障然此無明即依真心而起覩迷真心勝鬘經中名為無始住地無明故論中有根本枝末二種不覺

此根本當體有不覺義復有能染義能生義九相六染及染中枝末不覺皆從此生故論五意後結云當知世間一切境界皆依衆生無明妄心而得住持故云不達等也然法界總具三諦真心即第一義諦性字即真諦相字即俗諦此三諦理既由根本無明不能了達故名障耳疏故彼論下引論釋也所引論文但取義勢相當之句不具引文若欲具者文云是心從本已來自性清淨而有無明為無明所染有其染心雖有染心而常恒不變是故此義唯佛能知所謂心性常無念故名為不變以不達一法界故心不相應忽然念起名為無明染心者有六種次下便列六名也言不達一法界者通論理事即具真俗等三諦法義也心不相應者未有能所王數之

别此顯無明始起極甚微細夫心數之法麁者有能緣所緣行相顯著故所緣境與能緣心相對相應今此雖一念動未有心境之别故云不相應也忽然者無所從来亦無所因由不覺起處故曰忽然佛頂云昔本無迷似有迷覺更無染法能與此爲本故云忽然跡六染心者出事障體也三細乃至續生死故是釋六染心當事障之意準論枝末不覺中復有九相謂三細六麁今云六染即是三細四麁約生起云相須具說九約伏斷云染唯取前七合爲六染染著淨心唯是此故具九相中三細四麁故論次下以依染心一念動也此是初細能見二細能現三細妄取境界初麁餘在論之前文六染者一執相應染三四兩麁二不斷相應染第二麁三分別智相應染第一麁四現色不相應染三境界相五能見心不相應染二能見相六根本業不相應染第一業相第三第四兩麁合爲第一染餘三細二麁從麁展轉向細逆次配五染染即順次麁細即逆次也染是障義約伏斷位以明之故從麁至細九相約從本至末約生起次第故從細至麁今由就六染次第故成逆也然染是惑障非業非報故不配五六兩麁又六染心各取一分義謂六中各二義一不覺義二相生義今取相生也即此事障染汙淨心展轉相生乃至執取計名能起諸業皆是連續生死義故各餘一分不覺義也及根本無明皆前理障覆翳法界真心不覺妄心生起不達諸法性相是礙正知見義若準依法相宗說則二障數同用別跡故彼下引論釋也爲無明所染有其染心者論前文云依不覺故無明生三種相六染中後三也前三即是

（四麁）故彼疏云無明爲因生三細境界爲緣生六麁染心義者下明障之行相亦名障之業用彼論云礙但名異也彼云煩惱此云續生死義是一也煩惱體是貪瞋等能續生死正是此法故前云欲脫生死免諸輪迴先斷貪欲等言等者等於餘文論具云染心義者名煩惱礙能障真如根本智故（即寂之照如理智也故下說真如自體本有真實識知大智慧等即經中知字染心喧動違此寂靜故云障也）無明義者名爲智礙能障世間自然業智故（如量智也言自然者如月無心頓應千水即經中見字又知見俱通前是知見之性此是知見之相無明昬昬無所分別違此智用名爲智礙經雖但云理障而實通於理事論局於事智礙理障皆從所障得名）問準論配經障真如智全合取爲理障世間智全合取爲事障如何上配以此叅差荅上已明言此障有義有體體在此論須如上配義同唯識與此相違（此論藏疏亦云今此二障約本末相依門以明不約人法二執故與唯識義意稍殊）然通釋理事二障就障理智令不明顯俱名無明就障心行令不解脫俱名煩惱經以宗於理智故總取論中二障合爲理障（真如世間是理二智是正知見皆所障也無明及染中一分爲能障即前上對）唯取染中生起一分爲事障此但約過患以爲障義無所障法若欲立之即解脫是生死相續不解脫故（所障是解脫能障是煩惱即前下對）以解脫無體攝歸真理故含其義不立其名論則但約相違爲障故六染却障真如智無明却障世間智因此涉於相反故論自徵云此義云何（徵能所障不相應之意也）釋云以依染心能見能現妄取境界違平等性（染心展轉生起差別真如平等故相違也成前上句）以一切法常靜無有起故無明不覺妄與法違故不能得隨順世間種種智故（無明冥然世智種種故相違也成前下句）廣如彼說者具釋此

義廣如彼論文疏文經徵中疏大同小異者法則四同（聲聞緣覺菩薩及不定性）一異（第五性者彼云無性此云外道性也）又彼開二乘各說今合而辨之又法同文異經科熏成五性者此五性經中文意甚不易識但是傍說有五類人於五性教或宿熏種子成熟或今生禀教作如是發心如是見解意擬如是修希望如是證即是如是類人非佛教示令如是如是修證也佛示修證在末後文此簡略之經必不於一科中更重說也大抵是說他見解心意非佛自道令如此也但作此意詳經即不迷謬不者甚難疏合辨二者二乘合爲一處說故據五性合有五段以二乘合爲一科故唯四也若直合二乘爲一性却取次前一唱經爲無性五段經文還成五性者應云一無性二二乘性三菩薩性四不定性五外道性緣諸經諸論並以二乘爲二性合外道性同一無性故依諸文又無性非新熏之義故不取也經二乘性中疏故云除事等者事既是六染疏中雖云未除三細猶據根本若尅體而論二乘只斷得第一執相應染也但約親能起業續分段生死義其五染不障出離三界故聲聞未斷疏雖至長者下法華中窮子之事序中已引經菩薩性中疏以辨其相者欲說菩薩性人或過去宿習發現或今聞教生解等所見之法義所創修習之心意故約地前登地相以顯之也經中所言先當者似令修證不似分別五性此則譯人訛　也應云唯先發願又應改悟

爲順義則明矣則唯改兩字但借本文讀之勿治經卷中字讀云唯先發願勤斷二障二

障已伏即能順入菩薩境界此中亦只先願
斷障不先了心故未免輪廻心矣既未覺了
真性二障又已伏之不行故心行自然潛同
菩薩故云順入經不定性中疏以已證知一
切等者例如前一身清淨多身清淨也經言
逢善知識者三乘之師因地法行標心創意
根本心也文殊章初三重因中前證衆生皆
有圓覺義當第一了達覺性此當第二發菩
提心但以所好不同遇教各别故疏云欣趣
有異謂欣出離趣解脫欣佛果趣行位等疏
遇於勝教皆成者自能圓信復遇圓宗故不
揀大乘小乘之 根皆成佛果此釋頓也反明
等者雖是圓信若志趣狹劣不遇圓頓勝緣
則熏其根性成二乘等此明漸也由此義故
名不定性云丈無者明經文闕略也故上標

頓漸者意明此一𠷔經合頓漸義若不爾者
何以前標中則云修習便有頓漸後至釋處
而乃唯釋頓邪智者詳耳經外道性中疏二
一內心下銷此文言亦例此知等者應云遇
權教者未得頓悟是則名爲二乘等性彼師
偏局非衆生咎疏然餘下二會諸教經荅修
悲智疏二一二荅下躡前顯意二正釋經文
經悲中疏如觀音三十二類者法華普門品
廣說觀音功德已無盡意菩薩又問佛觀音
云何遊此娑婆云何爲衆生說法方便之力
其事云何佛言若有國土衆生應以佛身得度
者即現佛身而爲說法辟支聲聞梵王帝釋自在天大自在天天
大將軍毗沙門小王長者居士宰官婆羅門比丘比丘尼優婆塞優婆夷諸婦女童男童
女天龍夜叉乾闥婆阿修羅迦樓羅緊那羅摩候羅伽人非人執金剛神一一例初佛身
之文是觀世音成就如是功德以種種形遊諸

國土度脫衆生跡或爲眷屬親友者順境也引之以入怨家者逆境也怖之令入又華嚴經中說善財所遇善知識婆須蜜女及無厭足王即斯類也疏必發度生願者悲智願三是菩提心之體故最初發菩提心者必須具之如金剛最初便說四生九類皆令入涅槃憶昔願者昔發心時與佛齊功云何今日心行如此試校量道理昔發心願是邪如今心行是邪自然覺悟今時卻不如初發心時即驚怖慚愧自策自勵而求常住所爲所作不是隨情情者愛則度之憎則捨之故下我相中文云若復有人讚歎彼法即生歡喜便欲濟度若復誹謗所得者便生瞋恨今但依願力而行不隨念力而動矣經智中疏隨五性者亦是隨情之義謂宿世熏習何法而成其性今生便隨所熏法任運好樂今言不隨者習此宗人必先已推察道理揀擇師友教理真正方發大心故云於大圓覺起增上心故長時但稱本所發願力而行忽因見諸宗諸乘或人或教或技著宿習便欲改志就彼故云不隨五性五性是揔指之辭其實但不得隨二乘外道等二種性也如悲中說者意義雖同行相稍殊前於怨親之境逢則普度此於苦樂之行遇則皆爲也疏理雖等者佛頂云理即頓悟乘悟併銷事非頓除因次第盡經云清淨法殿者殿是王者常所居處今借用之法王宮殿有二若受法樂即涅槃宮殿若令他同已即處慈悲宮殿障盡常在解脫故喻如殿也華嚴第一卷初亦以宮殿喻於涅槃涅槃即解脫也莊嚴者比來未證諸法諸法但空但

假其圓覺超絕空假逈然獨立不名莊嚴今頫滿全證一境三諦一心三觀觀諦無二故諸法一一融同圓覺圓覺具此無量無數一切諸法是莊嚴之義也疏疆域者如國界王都三京文物五陵煙月觸目皆是圓覺疆界境域然法殿嚴域亦可各通喻解脫圓覺二法但以解脫是一向超絕之義非莊嚴之流類圓覺與諸法本末融攝離於諸法無別所在無可住處故與宮殿亦非流類以此經文各喻一法也經偈諷中疏示所斷長離等者長行中分根本枝末各別說之今此偈但云貪欲生死不一一說欲助成因展轉更依起諸業報故故合而略疏勸令等者離合可知次後七句諷悲智於中初三句悲後四句智釋彌勒章竟

圓覺經略疏之鈔卷第十八

音釋

萎（於危切草也）　頽（疾醉切顛丨也）　蔑（莫結切輕茂棄也）

圓覺經略疏之鈔卷第十九

圭峯蘭若沙門宗密於大鈔略出

經略分脩證之位疏三一此下下躡前顯後疏言略下二解科意三正開釋經慶前中疏未曾聞見者問說此經時在法華先爲復在後若先則是權教被法華破若後則法華已說此何未曾荅序及懸談已明言此是別教一乘非法華通教一乘之說不必相例此頓教不屬三時五時之數況淨土中說何定先後各隨勝劣之機見聞不同廣如前辨此對十萬大士特留末世頓教言未曾見者但以遇立相破相得聞者多此教難聞希聞故爲末世當機示現留此言迹耳經長行中疏二一正說下科分二隨釋經徵釋中疏然前輪廻等者問輪廻脩證倒正懸殊顛倒妄執任許空無順理脩行云何亦爾荅覺性不生不動不變何有初後倒正之殊即知對待得名二俱無性然倒似岸移隱於住相脩如現像不翳鏡明又岸雖似轉理實不移鏡像雖空理實現像像有假相轉相全無由是倒正懸殊空理有異以喻對法道理昭然智者審之令斯明現經喻中疏又如眼光等者前云眼光得無憎愛中已釋此義但約等者既無分別憎愛偏頗此多彼少之義故云平等不是有人心平智巧能均攤分布令不偏頗名平等也故云無能作者經功用中疏前三等者如信位覺業不起爲滅不覺惑爲未滅賢位覺異相不覺住相聖位覺住相不覺生相皆以覺爲滅不覺爲未也若約此經本文則信位勞慮滅淨解未滅賢位淨解滅見覺未滅

聖位見覺相滅照寂不滅疏夢渡河者（未檢）圓
明證悟等者八地即是故無相無功用也問
後有三重細障未盡何得圓明荅此地是圓
證之初自後稱性之智任運流轉細惑任運
自盡都不更加功用故說圓明其實佛地方
爲究竟圓明也此猶約行布門說若圓融門
初住即是故志公云大道不由行得說行只
爲凡愚（地前之人及地地出觀散心者皆屬凡愚故所斷之障名二十二愚）得
理反觀於行始知枉致工夫（初即入地究竟即佛然亦不在）
（智者詳之）經功極中疏非謂起心等者問既云順
如来寂滅豈不是別求邪荅自心寂滅即是
如来寂滅非別求他釋迦彌陀心外無別如
来故經證位階差疏二一二證下科分云證
位階差者然脩證地位五教不同一小乘果
別非此所明二大乘始教定有地位自爲三

說一依唯識五位一資糧位從初發心乃至
未起順決擇識爲趣正覺爲度有情脩習福
智順解脫分二加行位爲入見道復脩煖（依明
得定發下尋伺創觀無所取法）頂（依明增定發上尋伺重觀無所取法）忍（依印順定發下如實智印無所取順無能取故）世第一（依無間定發上如實智印無二取）
伏除二取順決擇分三通達位亦名見道謂
初入地無分別智實證真如四脩習位始從
初地住心乃至金剛無間爲斷除障證二轉
依復數脩習無分別智五究竟位金剛心後
解脫道中初得二果利樂有情窮未来際二
者攝論說有四地一勝解行地餘三即見脩
無學三瑜伽等說有七地一種性二勝解行
（三賢）三淨勝意樂（初地）四行正行（二至七地）五決定（八地）
六決定行（九地）七到究竟（十地如来雜立爲地）三終教假
說位地亦有其三一仁王五忍謂伏忍信忍

順忍無生忍各上中下寂滅忍上下二瓔珞六種性一習二性三道四聖皆云種性五等覺性六妙覺性三天台六即謂理即及名字觀行相似分真究竟等即四頓教無位之位即此經及起信論翻妄四位言無位者論結四位云而實無有始覺之異本來平等同一覺故經即就實言無證得約妄說別也如下所明五圓教融通位地即華嚴經略有七位第二會說十信第三會說十住四說十行五說十向六說十地第七會初六品說等覺次三品說妙覺然後有差別平等兩重因果上皆差別也後兩品說平等因果廣有五十二位謂前五各十等妙各一諸教說十信等覺或開或合華嚴俱開故五十二也然因該果海果徹因源行布圓融二無礙故具釋此等諸位行相廣如大鈔所明二隨釋經依位漸證疏六一初中下列四位一信位者然約圓頓之宗此位是萬行萬德根本

初心同佛方名信故不信自心是如來藏非菩薩故發心畢竟二不別如是二心先心難故故華嚴特開一會六品說之此經起信皆開為一位權漸教中多不開者彼但信教便名為信未必悟解故如道上輕毛隨風不定故十千劫脩方入初發心住二賢位者合資糧加行也就中取加行行相約觀智故三聖位者親證真如故名聖也合見脩二道為此一位於中偏取見道行相以證真行相通十地故四果位者唯妙覺也即究竟位疏此四下二配四相言逆次者一斷於滅相二斷異相三斷住相四斷生相逆於生起之次故也以生起即從細轉至麤除即從麤至細細難斷故疏然心下三舉意總釋良由無明熏真如義如普賢章中故涅槃經云佛性隨流成

種種味等本論云自性清淨心因無明風動等先際最微等者佛性論云一切有爲法約前際與生相相應約後際與滅相相應約中際與住異相相應初者謂由無明不覺心動轉彼淨心名爲生相二者謂此無明與前生相和合轉彼淨心能見能現分別相續行相猶細法執堅住名爲住相三者謂此無明與住相合轉彼淨心乃至此位行相稍麁執取計名發動身口令其造業名爲異相四者謂此無明與異相合轉彼淨心至此後際不了業報廣對諸緣造集諸業滅前異心令墮諸趣行相最麁極至於此周盡之終名爲滅相是故三界四相唯一夢心皆因根本無明之力疏令因下四翻之以成四位謂本因不覺之力起生相等種種夢念動其心源長眠三界流轉六道故令因內外熏力益本智損倒情乃至心源遂成四位階級非圓覺性有斯行位之別疏令以下五標示釋儀問若造論疏即釋論令造經疏但釋經何以將論叅之令難解邪荅令意在解心破倒正等法爲解不以解文爲解若不對論文却難徹見脩斷心相令以論釋意在明顯云何却言難邪且佛說經意趣難解當時機勝對面不妨有悟人佛滅度後時移代變人機轉劣何由解了故諸菩薩慈悲造論解釋指示或取諸經中法義都作義門一時解釋名爲宗論或各就一經一部隨文解釋名爲釋論準龍樹菩薩摩訶衍論中說馬鳴菩薩約一百本了義大乘經造此起信論即知此論通釋百本經中義也此經亦是其數但彼論立名小殊若不

憑菩薩開示之文如何疑情決了故須以論
爲釋義之定量也前後有廣用諸論處其意
皆然又論但約覺染麁細經約悟淨勝劣今
用論者分齊一也又因互顯兩義俱通六正
釋經文經信位中疏二一初信下叙論二釋
文經標凡夫中疏此句我見者是第七識中
四惑文一數謂執我者是第七識此識中有
此四惑故又亦可將此四惑通配二句經文
謂妄想我即我癡我見及愛我者即我愛我
慢言下自有文者淨業菩薩章四相門中釋
也其執我過患又已在二空門中釋了經聞
法悟中疏即内熏者意云本覺内熏爲因前
遇善友聞熏爲緣由内外熏力心起厭求因
緣既備則心性朗然廣明熏習如論所說疏
寤時覺夢者此意雖易不照心者難見謂夢

之有無反覆二說一約虛妄之相言之眠時
無夢（但見是覺故故前云曾不自知念念生滅）覺時有夢（方見一夜來正
夢之心境故）二若約真實之性言之即眠時有夢
（正作夢故）覺時無夢（所觀之心境一一空故）迷悟之見一一
對喻可知今云發者如覺時夢境現也明者
知其是夢知其皆空也空不壞所觀之相故次
云即知勞慮等故禪家有日光隙塵之喻
經息妄中疏絕求作者不造諸業雖隨順法
性脩助道法而於心行無求無作故言絕也
經賢位中疏二一二賢下叙論覺於念異者
論具云如初發意菩薩等覺於念異（念異者計我我
所貪瞋見愛等）念無異相以捨麁分別（貪等）執著相故
（著違順境）名相似覺（猶夢住相故）言念異者即上所說
迷前違順等法更起貪瞋人我愛見執相計
名發動身口等也前引論文依諸凡夫取著

轉深等念無異相者心念未除但覺此念無異相也疏見前下二釋文見前等者謂淨解之念亦是麁分別等如論中說能知名義亦是無明厭苦欣樂是妄心也正當此位者即此覺異念之覺是經中所住之見覺此覺非真故配爲論中相似覺疏結地前證覺者佛頂經云(是彼四善根中頂地之文亦是地前行相故取爲證)如登高山身入虛空下有微礙名爲頂地此亦如是諸礙既盡如身處空見覺猶存如彼微礙(彼說地前頂位)又唯識論加行偈云現前立少物謂是唯識性以有所得故非實住唯識意亦同此經聖位中疏二一三聖下敘論文云覺於等者論具云如法身菩薩等(九地皆同)覺於念住(四種相也)念無住相(知法唯識不起麁執)以離分別(異前人執乃著外境故今約心但云分別)麁念相故(又異生相故云麁念)名隨分覺(細念既在)

(覺道未圓)二釋文經悟前非中疏即論中覺於念住者經下文云常覺不住良由覺住故不住也經明證相疏二一二明下總敘義準大疏有其二意一者果海離於說相以不可言障而不證斷而證故故十地但說一分故下文雖寄對強說而但言障礙即覺等無別顯相二者因門可寄言說又有二門一證理法界二證餘法界理中有五一能所歷然謂以無分別智證無差別理心與境冥智與神會如日合空雖不可分而日非空空非日光(始教)二能所無二以即體之智還照心體舉理收智照體即寂舉智收理寂而常照如一明珠珠自有光還照珠矣(終教)三能所俱泯謂由智即理故非智理即智故非理同時互即故互奪也又直顯本覺心體非能所故故此文云常

覺不住不住即離能所矣頓教四存泯無礙以前三門說有前後體無二故謂必因能證方悟心體本絕能所故喻先因斷頭方無能斷五舉一全收上列四門欲彰義異理既融攝開合寧殊次證餘法界者謂以無障礙智證無障礙境境智難思復有三義一開能所二合能所三攝開合三義具如大疏所辨今此經文當前證理疏言如日合空者喻顯相宗證道理智體殊即五門中當第一門也如珠自照者即況性宗證道理智不殊即後四門之意非如外智能證於如亦無智外如爲智所證故疏次出所以云但是本覺顯現非能所故其無礙境智寄在後果位中說之二別解文經法中云常覺不住者念念知無所得故照與照者等疏四一能所下略釋可知疏

故唯下二廣釋三一引偈疏智無下二以偈釋經取彼長行釋偈義意開而用之以釋經文今具引彼文照之自見疏意文云若時菩薩於所緣境無分別智都無所得不取種種戲論相故爾時乃名實住唯識真勝義性即證真如智與真如平等平等俱離能取所取相故心能所取俱是分別有所得心戲論現故此但徧遮有漏然後得智亦有戲論之相今亦離彼相也疏彼文下三通妨難曰此偈是初地入心見道位中之偈今經此位者通於十地兼脩習位合爲一位如何偏以此偈釋經故荅云彼文雖局見道等也前已頻言此經宗於觀智其每地之中種種行相此不備列法爾自具又地者喻智不喻位中別行故華嚴十地品正說地體有十二行經唯論證智餘之行相並名寄位說

行不名爲地故知地地皆證眞如證相無別即明見道義通十地文局初地但所斷之障麄細不同所證眞如隨地義別非證理時別有行相故諸經皆無加行及見道位者由每地皆有加行根本後得三種智也今世親菩薩通取十地證理行相以此地創證創斷義相顯著故故云證理之義十地無殊疏亦可下三揀前重釋疏此則下四結指本論文並可知經喻中疏自斷頭者此喻未證眞時即無能證之義眞若已證眞外復無別能證之智異於眞也若斷障及遣前諸礙而說則應云若未斷礙即無能斷之義礙若已除復無能除之智若存能除之智即是有障礙而可除斷深垂性宗之見故云爾也經不住教疏二一二不下總叙意不住名眞解者即無說

無示無聞無得爲眞說聽也故王縉相公述法華天長小疏序云於文字不著乃能解古駭反經故華嚴等者彼文具云爲欲救護衆生轉更推求世出世間諸利益事而無疲厭故即成就無疲厭心成就無疲厭心已於一切經論心無怯弱無怯弱故即得成就一切經論智獲是智已善能籌量應作不應作於上中下一切衆生隨應隨力如是而行二別科釋經標喻釋中疏夫設言象等者即周易以忘筌蹄得魚兔以此忘言象而得意已如序中具釋雖云忘也必須假之故云設也然言是語言宣說此即可知象者何也象者象也似也謂取似象之法爲象令見眞理周易有大象小象以顯易道即其事也六龍象於陽德變化無方等佛說圓極之理言之不及多以喻況皆此

類也若更深而論之則名言所顯之義亦皆是象不論譬喻以理畢竟言不及故謂聞教生解義相生時亦是變影起故無言象而倒惑者出取捨之過也若衆生不遇善友不聞聖教曠劫長守倒見終無自悟之期故經偈云譬如闇中寶無燈不可見佛法無人説雖慧不能了執言象而迷真者謂但守教不求旨歸是執言也縱求義理但隨文生解便爲真實不能以教而爲明鏡照見自心不能以自心爲智燈照經幽旨是執象也故經說云不了自心何知正道等文十地論云隨聲取義有五過失如覽鏡時本爲見面便執見者爲實豈不轉更成迷故云執言象而迷真也標月之指等者標指(音誌)標舉亦是指示之義即標指天月之手指故云標月之指謂以手指標舉指云月輪矣餘文可知證實忘標者傍文照理勿照於文傍指看月勿看於指正見舉指便勿看指不是且看後始棄之如正聞法時正看經時便勿滯情於文字不是先看後捨此意隱密講聽二士細意審之故佛頂云如人以指指月是人應當看月不應看指若復看指非唯忘失月輪抑亦忘指經果位中疏二一四果下叙論言滿足方便者是方便道一念相應是無間道從最後一念相應更不間隔便是佛果從覺心下乃至細念故即解脱道也覺心初起心無初相者根本無明依覺故迷動彼淨心令起微念今乃覺知離覺無別不覺即動心本寂如迷東爲西悟時即西是東更無西相故云無初相也前三位中雖各有所覺以其動念未盡故但言

念無異相念無住相今此究竟位中動念都盡唯一心在故直云心無初相上皆藏疏今更評曰此有二意一者覺是能覺之智心初起是所覺之業相覺此業相本空名無初相也心字是本通於真妄即此心起便是業相即此心本無初起之相便是心性二者兩句都說始覺創滿之相初者始也此覺心證極出夢初始起時元無初始之相以即同本覺故如本心識從睡覺時似初起然更無別心識新得即是昨日前日今日識故以遠離微細念者業識動念念中最細也即是生相今由覺此永無故上云心無初相得見心性者微細念相盡故真性顯現也前三位中相未盡故不云見性心即常住者前三位覺未至源猶有業識起滅不云常住今生相夢盡無明風息心海浪歇湛然常住究竟覺者前未至源夢念未盡求滅此動望到彼岸今覺本不流轉亦非始靜常自一心平等平等始不異本名究竟覺乃至四相俱時而有皆無自立本來平等同一覺故二釋文經明境中疏二一總標下通釋總標三一述大意疏即論下二配論見性常住者是究竟義故經及論皆云究竟覺也疏又若下三銷經二一直銷經文障礙即覺方究竟者即是論中四相本來同一覺也又究竟覺經論文同然此一句藥病俱亡謂無障可斷障即覺故無真可證障體即覺無別真故無斷證智但是覺故然無障可斷無是實無無真可證即不是無故十對文雖皆無二義唯真妄俱真並無真妄俱妄真妄是十對都名真謂得念成法等妄謂失念破法等俱真者解脫涅槃等解脫涅槃等還是偏同得念成法等義無乖失破等義故云俱真不云俱妄

也䟽障礙下二以總配別每對中上句者謂得念失念成法破法乃至一切煩惱其失念破法愚癡外道無明淫怒等類皆是染法是麁障也得念成法智慧菩提真如戒定等類皆是淨法若滯此相是細障也麁細雖殊屬於對待皆障礙也故前經云覺礙爲礙故以障礙之言總標十對中染淨之相即標下句者謂無非解脫皆名涅槃般若菩提梵行法性等也以得失成破等皆同一覺性之體故無非解脫等䟽一識下二別釋十對其十對名並隨經所列一中云無念則得者論中之意離念即覺念即不覺覺即是智故云正念是智也念即不覺不覺即名失念矣故次引論成之二中緣會者唯說淨緣起也本覺內熏教法外熏或信解爲因發願爲緣等總爲緣會緣會故成就止觀乃至菩提涅槃緣離者或離師無教或心退或邪信異見忽起失於信解皆名緣離緣離故失定忘慧破前功行矣餘皆可見三中寶積經但云無差不偏同一邊然據理而言必同歸佛性故無差矣四中可知五中涅槃又云明與無明凡夫爲二智者了達其性無二無二之性即是實性又下引古德偈釋成經中無異境之義六中可知七中首楞亦云覺海性澄圓圓澄覺元妙（經中法性）元明照生所所立照性亡迷妄有虛空依空立世界想澄成國土知覺乃衆生（今經亦云衆生國土）釋曰衆生國土既本從覺海中起即知全同覺海覺海即法性也八中非唯天獄者天是天宮獄是地獄九中三乘性者此含定性不定性俱屬三乘三乘之言具四性也

并無性爲五五性皆成佛也十中雖是別釋之數便是都結故無對待但云一切煩惱即解脫例同障礙即覺云佛頂等者未檢餘文易會詳而說之經明心中疏理量者如理智如量智也齊鑒者理見即空量見即假空假同時故云齊也無倒者有非定有空非斷無也如空者疏有二意一由分別下是所照相空二又能照下是能照慧空同淨名者引證也上来皆是等者滿足相應故稱法界成法界慧覺心初起故照諸相心無初相故如虛空經忘心頓證疏三一二忘下對前釋意二一就機釋前由普示等者謂通論諸佛觀諸衆生傍斷發心趣向如来無上圓覺者從凡至聖任運有斯等級隨順行相遂與始終說之令知不是令他故作此解行若此後段即教示

令如此安心用意不是傍說已歷之事故經云但諸等也意云但依此用心莫計前差等此意極要曉之可稍留心疏前是下二稱法釋隨相者約任運心行不妨階級離相者約故意加行心中必須忘相又空即假故隨也假即空故離也疏亦如下二引例指同此行位之初已具引說亦是成就教理始終圓滿離過之意此中意趣下正是指同三正釋經文經安心中疏四節者此是直下教示學人朝暮安心用心方便若欲消經經文自顯若欲更廣顯方便意度勢乃無窮直在知真識妄善巧之人臨時對機種種顯示今不可預書得也二中勞形等者心本無念動念則乖將心止心止亦是妄以動念故如避影之人走急影亦急終不可免却得不如處陰影滅

亦如揚聲訶叱谷中令勿作聲響訶聲唯頻谷中轉鬧不如自默谷則寂然故論云亦不得隨心外念境界後以心除心三中云現量者無分別之照也迷者分別所照之念謂言別有故次後云如鏡照物謂明鏡自現諸像一一自照其所現者無別分量但是自現之量其所照者無別所照但是本明當現物時即名爲照鏡都不言我今照物若言我照便如鏡外有物令鏡比度知之便成比量自心如鏡心知是明諸妄想境如像了知如照一一對翫其意可知然云現量者現是現在約時不待他時現前約處不在別處量是決定之量如秤斗等佛頂云自心取自心非幻成幻法起信云是故三界虛僞唯心所作離心則無六塵境界此意云何以一切法皆從心起妄念而生一切分別即分別自心心不見心無相可得次云但不生情等者生情即乖於鏡便成比量也且心體下如鏡對物豈添照了之用然非不照心對鏡時不加覺知之智然非不知經頓入中疏亦同金剛者文云若復有人得聞是經不驚不怖不畏當知是人甚爲希有世親菩薩釋曰驚者謂非處生懼將謂非處其心必驚如非道處行故怖者不能斷疑心故於非道處不能斷疑畏者一向怖故其心畢竟墮驚怖故必謂非處故畏畏心起已畢竟墮落無復脩行此意如人欲避惡害苦難行於道路欲往親厚知友快樂國土處所其路是正然中間忽見乍似隔阻山險淵深不妨其中元來通徹其人忽然疑起乍驚更看之猶疑轉怖周迴觀瞻未覺通處的謂已錯不達前程其心便畏一向憂苦不能前進因此却被諸惡賊

害之難起反致身命不全今聞經者免同此類故皆云不也經驗果中疏曩者昔也若但就下即非慈公語也已是積習者據此三世推尋都無別頓悟種性皆因熏故金剛亦云者彼說佛滅後有人於此章句能生信心以此爲實當知是人不於一佛二佛三四五佛而種善根已於無量千萬佛所種諸善根經即成中疏一切種智者是佛果位之智同此安心者此云不加了知不辨真實皆是不生二解之義同此種智但名言之異也經別明觀行疏二一次四下解釋科段二一觀別不必修此者上上機也二祖三祖六祖之迹即當其人志公傅大士作歌偈等亦對此機故牛頭融大師有絶觀論疏其所下二障別非唯觀行門戶不同其障觀行之病亦有差別

或三二一者但有三者已除我相但有二相者已除我人但有一者唯有壽命一相未覺次第的爾必不參差以此四相約智證深淺重重豎說不同金剛等說四無深淺也定不兼餘者有作病者必不肯止止者不作任者必不止不作滅者必不任等顒滯一中心無兩用故故此兩四下亦對前說別也然通別觀等者亦是通妨難之意恐有難云後二章說惑障不是觀行何乃四章同科都云別明觀行邪故疏通云由是障觀行之惑等疏文二下二開章釋文二一開章二釋文經正理中疏前說觀行者普眼章及彌勒斷愛文也請更投機者今被多人差別根性不但爲一類人矣故云四門隨方來者非止一路經稱性標本中疏證義如前者前雖四位優劣有

殊皆明證相非唯佛果方名證也直從信位皆是趣證行相但心機勝劣任運成差經隨機舉數中疏利鈍等者有人聰利煩惱貪瞋却厚有人根鈍貪等又薄交絡四句復有貪不瞋等四句對惛沈掉舉亦有句數然大抵利根及貪求者多掉舉鈍根及瞋癡者多惛沈爲有如是衆多根性故佛設教對之便成其數無量美光瑶和尚云莫怪醫王多處方只爲病子無頭數引楞伽可見經正示觀門疏二一二正下標列泯相者經云身心客塵從此永滅等澄神者取靜澄念也觀者心冥所觀之境更不異緣起幻消塵者經文甚顯絕待靈心者非關真妄不對有空直照靈知而爲觀行文云不取幻化及諸靜相又云超過礙無礙境又云煩惱涅槃不相留礙皆絕待義也言無知覺明即靈心也疏然禪下二正示二一釋意二一正釋已具懸談者第八備證階差門也此彼異者彼令總解諸家頓漸及諸經論所說禪宗義理此直令依此三門便證不必辨他諸餘宗教又前多說禪宗所顯示真心法體此但說起行趣入之門疏展轉殊塗者有二意一佛教隨機故已殊塗二由教多門故習者展轉差錯皆以之教人人又殊塗如今此界數十家禪邪多正少根本從達磨宗出故智論云諸宗外道皆是古昔佛教之遺餘也邪正等者諸經論所說備有如是衆多今人間流行者或錯或是亦不是離諸教所說但名言不同難爲通會今且約諸教已自有差別若總攝之不離邪定正定正中復有三界內凡夫禪定復有出離趣

入無漏之定故名聖也就出離中復有小乘大乘外道凡夫小乘三類人同脩四禪八定但是用心不同大乘即兼有諸家不必唯八定也就大乘中復有權教所說禪定有慧之定無慧之定就實教中復有理定事定頓脩之定共者四禪八定通於凡聖大小權實不共者用心門户謂外道不共佛教等又實教悟理而脩不共二乘今此下正明不共權小也託法者揀空習行門圓者揀於權小二教頓者正揀四禪八定事理等者復揀頓中局理者漸中局事者故總結云俱無礙也疏與論下二會論亦是引例證於約理及頓其真如三昧懸談十因緣中已引大同者彼依真如此令悟淨圓覺圓覺真如一也小異如文二釋文經標本中疏本即解者即前普眼已下四章經文之意膏即油之屬明是燈中火

燄相續膏喻行明喻解也目喻解足喻行也眼目見道路夷險坑平通塞足則依之前進若跛而有目雖見難前盲而有足動落坑塹故須相資矣經起行中疏二一約其下釋前二句一一明脩意經云取靜者或云至靜極靜故下諸輪每指此觀皆云至靜道場加行中亦云先取至靜不起思念靜極便覺釋曰言至靜極靜皆是揀權小凡夫等行謂凡夫取靜但無心於萬物萬物未曾無故亦得神靜二乘了達我空生空故心不起亦得住靜權教大乘但悟心境皆空順此安心亦得住靜此以無故靜無諸法也如但無波即名爲前矣此宗悟淨本覺真心不生於法方爲至靜此以有故靜有真心故如見濕體此體不被風動之即此濕爲靜體疏論云下二引論廣釋不依氣息者數息觀境形則骨鎖等色即青黄赤白

見聞覺知即識也通前是十徧處觀如智論說謂青黃赤白地水火風空識等十如作青觀時徧一切處盡是青色更無餘色黃等亦爾此是權漸之教所脩之行故脩真如三昧悉不依之今此經亦不依之也乃至者略中間其次文云一切諸想隨念皆除亦遣除想以一切法本来無想念念不生念念不滅亦不得隨心外念境界後以心除心心若馳散即當攝来還住正念正念者當知唯心云云在疏等者又等後文後文次云念念不可得若從坐起去来進止有所施作於一切時常念方便隨順觀察久習淳熟其心得住以心住故漸漸猛利隨順得入真如三昧深伏煩惱信心增長速成不退唯除疑惑不信誹謗重罪業障我慢懈怠如是等人不能悟入疏由前

下二釋後二句如文經功成中疏客非下二句釋客塵義客者非本性故本性是主妄念是客也塵者汙染自體如鏡中塵也經感應中云由寂靜故等者初句躡前功用餘正明感應於中先法後喻法中諸如来心者真淨心也亦即法身故論中說色性即智性智性即色性於中顯現者如疏所明如鏡中像者後喻也疏二一衆生下釋法疏如諸下二釋喻四一直釋可知疏故論下二引例論中有兩重問荅初因說菩薩位滿成佛自然有不思議業能現十方利益衆生遂有問曰虛空世界衆生心行一一無邊佛如何徧知荅曰一切境界本来一心離於想念以衆生妄見境界心有分齊佛離見相無所不徧心真實故即是自體顯照一切妄法有大智用無量

方便隨諸衆生所應得解皆能開示種種法義是故得名一切種智因此又再問曰即是疏文上所引及疏中引皆撮略要文不備寫也多不能見者次云一切衆生若見其身若現神變若聞其説無不得益云何世間多不能見荅文可解

圓覺經略疏之鈔卷第十九

音釋

攤奴旦切按也　隙丘戟切壁孔也

圓覺經略疏之鈔卷第二十

圭峯蘭若沙門宗密於大鈔略出

疏經云下三會通兩文身心一者義如前科也皆據能現者遮疑情也緣海東曉法師釋彼論此科法合鏡喻之意云法身似質化身似影恐有曾見彼疏者疑云既云現於衆生心中即合是應化之身云何言法身及真心邪故此通云據能現之本等也疏此約下四別釋現義謂正當知佛心亦如此之時佛心是所知所知之境的從自淨心顯現如變影緣真如也即真如非影不妨變影緣如即知佛心亦爾經結名中疏翻云止者止於萬緣方得寂靜寂靜是顯相止是釋名於染等者雙成止義及寂靜義問既此三法皆名觀云何此門脩止荅前標意此宗必具理事定慧皆無障礙故觀觀皆止止於餘觀非論妄緣故下文云若他觀者名爲邪觀止止皆觀念念心心若一間斷即無明故故前云恒作是念然每觀爲門不同立意各別此約止門而脩止觀也由此義故於涅槃起信及天台等所說三門皆大同也如下三觀終處具說若準涅槃下引經釋也然彼經中此一段文義廣辯三相同此三觀具有標意別釋總釋至下具引以會此中三觀今且直配此觀一門然亦不具錄其文但列名而已今爲具引對詳可解文云奢摩他者名為能滅能滅一切煩惱結故（此前亦云身心客塵從此永滅）又奢摩他者名爲能調能調諸根惡不善故（此前云內發輕安輕安是善法攝故）又奢摩他者名曰寂靜能令三業成寂靜故（此文全同）又奢摩他者名爲遠離能令衆生離五

欲故又奢摩他者名曰能清能清貪欲瞋恚愚癡三濁法故以是義故故名定相經起行中疏心性是識者是心識自性也非所依真性真性依士釋此則持業釋疏能幻之者如普賢章備釋法喻各有五門撿而示之依如幻始覺等者具如普眼章中二空觀也然彼與此有三意異彼明稱理圓觀以成圓頓悟解此明剋體進脩堅持不捨以彰觀行又彼是總相觀行普被諸根此是別相方便別對一類彼上根入此中根入疏隨機應化等者此約在觀行中習學化行釋也謂變起種種方便說法開示衆生或想種種現神通事攝化之方等或坐時習此方便或餘時正觀機說法皆是學習化行之義但以決定志願大悲之力念念如此即是脩習行化故經次云內 發大悲輕

安若觀心釋下約脩治心行釋也謂染淨皆空心變即有妄識既已變起塵境難可頓除故今以悟解方便變化引起一切情塵以爲所緣之境然後以種種對治幻智一一翻之即同淨名云八萬四千塵勞皆吾侍者降伏煩惱滅勇健無能勝如有經說火與薪戰薪多火盛今變起幻者意在翻破也故云變化不單云變單云變者一向是妄識所變今云化者表是幻智自在之力知是虛偽故故名變化非障非蔽者且如慳蔽施惡蔽於戒瞋蔽於忍等六度既云六蔽八萬四千例之今觀之即淨故知非也且約翻爲六度者如法句經說又若對上二句即起諸幻以除幻者有四對別謂自行化行除障起行止持作持除徧計執翻染成淨一一配之可知經功成中疏根塵

既銷者躡上除幻之句亦可取前奢摩他之文彼身心客塵從此永滅故自他無二者正觀成就内發者心行自然如此也即情發於中而形於顔矣同體大悲者由將幻智觀察自他自他皆同圓覺淨性自已既悟身心喜樂傷他未覺枉受苦惱故悲愍之如富貴勢要之人眼下見他貧苦傭作或爲奴僕若謂他實是下舍貧賤或是奴僕即心裹平平若聞道是三公貴族子孫家破貧苦或因餘事没落爲奴即愴然哀傷便擬救援濟惠今菩薩了悟淨覺觀行又成觀諸衆生貧窮無福慧入生死險道又觀他皆同覺性迷故枉受輪轉是以内發大悲心也法喻對之可知疏輕安者上釋大悲已含此意釋訖又於前觀門中釋體用訖今但略示此門行相也經結通中疏從此觀門等者含二利行也謂明菩薩從此二利觀門方能對機起於二行或宴坐靜室或於餘威儀中剋志加行專注觀門今得觀行成就方堪於一切時中脩六度萬行也乃至佛果者略於中間謂成時當十住初心從此漸次增進念念不退自然歷於二住三住乃至十住十行十向十地等煩惱習盡行位圓滿即佛果也經科揀濫者恐聞能治所治皆是幻化謂言幻智亦同凡識故初二句揀之意云觀幻之智故名幻智智體非是幻故前云知幻即離又恐聞能觀非幻便計有能觀之相故後二句又揀此濫謂若能正觀幻時便了所觀無體可離即爲真理能觀無別能離即是本智則自然觀時便不同凡迷幻境若見所觀是幻是可離法我能觀

智不同彼幻不得離之我能如此諸迷者不能若有如上等心則兼此智亦爲幻也以取能觀之相故經科總結者總結功成已來文也於中文有法喻法中但依上解了夢喻即永離幻相也經云是諸等者如是觀行功成拂迹遠離諸病便是菩薩究竟圓妙之行從今乃至佛果念念如此用心更無別意設使脩六度萬行三十七品一切助道之法乃至捨頭目等時一一只依上來用心即此差別諸行皆成菩薩妙行若失此意設能捨身亦不成無漏之因也如有比丘自害佛種種訶責之例疏如種穀等者等一切麥豆之類覺心者了悟圓覺之心也即上所標悟淨圓覺以淨覺心等是謂以淨覺心等者種依土以生苗悟約幻而成智智則親從悟覺而起不從幻法苗亦親從種子而生不從水土餘意可見經結名中疏亦名等者梵語雖異所目無殊餘義如文上來釋起幻觀竟經起行中疏二一躡其下釋明所離經云以淨覺心不取幻化等者文有兩節初明所離於中初一句躡所依次不取下二句明所離配離前二觀可知後了知等二句釋離所以謂見身心即著我相著即起過故前靜之次又觀之今了是礙故皆不取疏此下下二釋明所用二一標指疏即上下二正釋三一釋法二一釋正顯體二一釋所遮經云無知覺明者無知覺之明依士釋也無知覺是遮詮明是表詮遮非知覺情識表是靈明真性疏所了身心者此觀所造異於前觀前觀以了知身心爲境故無知者異於心無覺者異於身故次云身觸心緣等然

身觸者含於鼻舌身等三根以皆與根合而了别故根則屬身故心緣者意在眼耳意等三識以離中而了别故由此分别者總指諸識障正知見者即靈妙心體名正知見由前云理障礙正知見又云圓悟無上知見後云當求正知見人故此正標知見爲所障兼指其體是無知覺之明也又緣此云無知覺明恐疑真知亦是麤淺總須泯之故偏標美若云無知便是真知亦無既云無覺覺應亦爾云何當部唯宗於覺講者至此必請明示學徒疏正顯下二釋所表四一直指正顯等者正是此觀所宗道理體故廣顯其相也其文雖易其法甚深但在説時分明顯示不可具以文字轉轉釋之可盡但隨文隱略指而已疏然此下二明無比二一就當體明無比上下可知傍者四方中者當處無在處者顯無中也夫言中者皆約當身正住處爲中以分東西上下今既不取身心之相故無中邊上下也疏欲言下二對諸法明無比不從緣起者彼法緣會即起緣離即滅靈心不然故不從也餘皆易會其語但恐不見其法善思念之疏故諸下三辨説儀訶爲邪小者若一向但言空寂者以外道不識執宴性實約小乘妄計三四皆實無爲清辯猶迷一向著於空義故故諸經論訶爲邪小也諸經皆説耽空滯寂是二乘行華嚴説二乘人墮無爲坑又有經云乍可墮有如須彌不可墮空如芥子瓔珞云樂行寂靜緣覺行肇公不眞空論中破本無宗云本無者情尚於無多觸言而賓無故非有有即無非無無即無尋夫立文之

旨尋經文本意也直以非有非真有非無非真無何
必非有無此有非無無彼無此直好無之談
豈曰順通事實即物之情哉於知見等者是
以法華華嚴約即體之照用呼爲如來知見
楞嚴經内名爲妙明本明圓明今此經文及
諸論皆名爲覺或約體或從用各是一義安
立名相不同於此言具遮表揀法彰名不名
之名強安名字疏今此下四結示經意文顯
可知疏諸礙下二釋離所依迴殊對待者即
身心真妄因果染淨凡聖等如二乘人超三
界便有三界内外爲對菩薩超二乘便有大
小爲對諸佛超菩薩便有因果爲對乃至有
漏無漏有爲無爲悉皆如此今冥合靈心並
不如是謂不劣於佛不勝於凡不出世間不
屬三界云云衆多之例且如無漏聖人爲無礙有漏

凡夫爲有礙今既永超礙無礙境豈同如上
對待法邪經礙無礙境者疏中含三意釋礙
無礙一超初取靜及次起幻兩門起幻緣境
爲礙靜無所緣爲無礙故上文云不取幻化
及諸靜相二超煩惱涅槃煩惱繫縛爲礙涅
槃解脫爲無礙故下文云煩惱涅槃不相留
礙三者身心塵域等總名爲礙若以心離之
名爲無礙今皆不爾故皆離之故云超過也
合起幻及煩惱爲一義合取靜及涅槃爲一
義以爲一對即上句中涉字下句中同字是
其意也合上句者謂起幻智除幻者又欲變
諸幻開幻衆衆多心數一一作意運動勞擾
心慮雖是觀智涉於煩惱同是擾亂之行故
此意即以起幻爲煩惱之礙不別說貪瞋等
煩惱也合下句者謂一向取靜同於二乘厭

生死愛涅槃耽空滯寂涅槃即是無礙之法今取靜行相屬於此科故云同也此意即以取靜爲涅槃之相不別說擇滅無爲灰身滅智等涅槃也故此一對異前各說以爲第三意也疏屬已者謂自已所有受用因緣資具乃至屋宅田地園林臺觀或爲王官所統部邑皆名屬已受用之具此門觀行成就心合靈源之時此等宛然仍舊然都無取捨計度有無等分別之念疏共居國邑者瑜伽等論說此三千世界是衆生共業所感貴賤人畜種種有情同共依之而住名爲依報自身則各隨已業貴賤苦樂不同飛走類別名爲別業正報今意在凡常人易見故直云共居國邑謂或一閻浮提或瞿耶尼或一大唐或一土藩等或寬或狹或通或局同一水土所宜

風俗所爲山川所出王法所化皆得名世界不必事須三千大千以脩觀行人心之境量不必偏於大千界故疏還有見聞者略舉二識以例餘識且舉心王以例心所此等情慮皆不異尋常未脩觀時但必無心計度耳經塵域者比來情塵之疆域也疏靈照者心靈自體有大智慧光明徧照法界義故毘盧遮那是法界身此國翻云光明徧照餘不釋者皆可意求疏鍠字下二釋喻三一釋喻依言喻所依物也物非能喻法非所喻此二全殊故也但物上有義與法上義相似此二義方是能喻所喻也如將金剛喻般若者若取二法即無交涉謂金剛有形相般若無形相般若是決擇之慧金剛何能擇法般若萬德乃至恒沙妙用金剛悉無今取爲喻者但說堅

利義金剛者萬物不能壞之堅也而能碎壞萬物利也行深般若波羅蜜者天魔外道煩惱無明一切障等不能動轉堅也能斷煩惱照五蘊空利也但取二法之上各有堅利之義即便成喻喻者曉喻以相似義曉喻令解令有欲徧看聖教或講義聽義參學禪慧微論道理者必須明解法喻比對之意故經云智者以譬喻得解不言愚者疏鍠字不定者推求訓釋此字非聲義故又不全非取意用之亦可通故但以義疑故三釋存焉金石等者等於銅鐵之屬或玉石中有清遠聲也聲相者聲之相貌清濁高低像似之謂也鍠鍠然者但想取擊鐘磬聲勢即可會也巴南風俗亦呼驢鳴爲鍠鍠之聲但彼重濁不同鍾磬清遠廻潤拙者譯經時天竺僧宣梵文解兩方語者翻出爲唐言書出名爲筆受以天竺語與此倒次須廻文又彼語朴次須潤文也今云拙者以聲是體鍠是相先合云聲也即大鍾者切韻中釋也亦與鏞同訓問若爾即鐄是物質何不云鐄中聲乃云器中鐄耶故次答此意云是諸器等也謂諸器中有一金器（或銅鐵等）名之爲鐄擊此鐄時聲出于外文甚順故故云準此則順本文等也但筆受等者良以黄皇二音全同二字又皆從金鐄鍠二字又亦音同故易錯也笙簧者四（其狀如此）笙有十七管管管置一簧長短有異吹之乃中間扇動而有其聲聲若不品扇上有微錫如麩糠許大移之上下取其聲韻名曰調請（請字疑是清字）管籥之屬者慈恩唯識疏云以内有風起聲等故又老子道經云天地之間其猶橐

籥乎虛而不屈動而愈出河上公注云橐籥中空虛故能出聲氣無有屈竭時揺動益出王弼注云橐籥守中則無窮盡棄已任物物莫不理若橐籥有意於聲則不足以供吹者之求彼說二事今唯取籥以是出聲物故橐是囊橐韛袋之類非出聲物此等管籥簫笛之類與經所喻之義相順也云俱錯者以簧字爲鍠字以黃音爲橫音疏後正下二正釋喻三雖異者鍠鐄簧也皆通者三物及身心皆不能拘於所出聲與靈明又不離已中已又不能及之故法喻皆相當矣

圓覺經畧疏之鈔卷第二十

音釋

薔音旛草也　橐古刀切弓衣也　籥以灼切樂器也

圓覺經畧疏之鈔卷第二十一

圭峯蘭若沙門宗密於大鈔畧出

疏慇云下三引他釋鈞者三十斤也鏞者大鐘也星樓者鄰星月之高樓寰區者寰宇區分之國邑都取聲聞四遠八方不必徧於寰宇自體者鏞也他者樓也未免懷疑者標釋唯言擊鏞至却牒反釋之處又加於管即知又疑鏞不是鍠故又羅之以管又縱不知譯經差互據現經文所釋亦虧謂經既云如器中鍠聲出於外此即器不是鍠是器中之鍠鍠不是聲是鍠能出聲豈不居然三重各別今釋云萬鈞之鏞此是器也便云聲振寰區豈不漏他鍠字欠一重邪不能決通等者又不的斷譯經訓釋參差又不的云鍠訓何物爲當是鏞爲當是管又不言俱是二物又不言俱是二物之聲爲當偏是鏞聲豈非媕音奄娿音阿邈略言之乎媕娿者莽鹵合其大意之謂也切韻釋云不決也既無決斷之文若有人據上來節目一一徵之何辭以對若遇講彼疏者慈心爲具分析然慇疏主禀性俊快亦薄有僧家辭理直筆科判經文實亦可賞至於經論深義殊不屆懷故所隨文銷釋處處脫略門門踈闕亦不尋究經文前之與後始終連帶之意就中釋此一科猶校分明開示餘更闕略但各三句兩句都邈而已余前後所引彼文但揀理纔通者即引之務在證同共爲理性宗之黨援兼不欲遺人之片善然未曾添得一義此意神理可知焉意亦同前者由前具指譯經錯誤自取意用之然後觀慇和尚此文却成相順也仍法合等者因

䟽中爲他配合法喻故得如此若據彼鈔釋及講傳者亦無此言䟽如畧下三釋合經功成中䟽不取幻化等者幻化雖空不壞虛相但不取著本自無生起之自體故云即寂然但不作意執取亦不妨任運目覩歷然故但云寂不云滅靜者本不是相由心取之爲所緣境便有靜相當情但虛心忘照不取爲所緣此相即滅不同幻相任運歷然滅者但滅此所緣之相非有靜可滅靜是心息之義非所緣境故又但是下剋體釋之然真心之上有塵沙道理然皆是隨緣相用唯寂滅是剋體真實道理故云實理上説幻靜二法寂滅是遮詮中道令説一心寂滅是表詮中道謂此真心當體元來寂滅非約動轉無體名寂生已却無名滅故前云圓覺普照寂滅無二

亦同楞伽一心也故云内發者結歸經意皆無心於彼彼自寂滅不同上故寂之滅之故云内發内發之言功成自然之義經自他等者䟽有兩重配自他一以餘人爲他以已之情識爲自二以情識爲他假籍外緣方起故覺悟爲自但是本覺發顯故唯獨自等者是法華文彼説意根清淨此説觀智成就亦分位相當䟽但想所持者如夢中身心根識但是夢想所持都無自體違續法合可解䟽中意在目覩易見之像故舉空雲之喻若論事理親切本末相當不及夢喻經結名中䟽二一此云下釋此所結二一正翻釋靜慮者如前四禪中釋也非無記者意顯不是一向趣寂沈空無所鑒辨故非無記不同三性之中無記也定慧平等者大小乘經論皆説欲界慧多四空定多唯有

四禪定慧平等禪必兼定定不兼禪故定有八禪則唯四疏問即下二問荅會通直造心源者非定非慧也由雙非故相即也義甚明者不取幻靜是絕待超礙無礙是絕待煩惱涅槃不相留礙是絕待指脩行者直令如此用心也忘情者都不作意言定言慧即是雙非亦不言真假起止即是絕待約義結者是佛印此悟淨圓覺忘情之人云如是方名定慧平等故云禪那非此人自云我定慧等亦如金剛云即非三十二相是名三十二相非具足色身是名具足色身皆即非是心智契合是名即是義結也乍看似即非與是名相違達之乃全相合此中亦如此也疏三觀下二總判三門二一配前經言標悟者若諸菩薩悟淨圓覺心也文殊中者彼說四大緣慮如空華二月無明如夢中人非實有體生死輪迴身心等相非作故無本性無故能知覺此者亦空華相乃至常不動故如來藏中無起滅知見故即知今還見有種種者但是動念之過故脩靜觀止緣澄念令證彼也脩普賢等者彼說以幻脩幻幻盡覺滿衆生幻心還依幻滅普眼前半分析四大根識塵境乃至幻身滅故幻心幻塵幻滅亦滅垢盡明現故脩幻觀以除幻者普眼後半等者彼說摩尼珠喻現色無色垢盡對除即無對垢及說名者滅影像故無方清淨無邊虛空覺所顯發身心根塵四大三界本淨不動乃至一切覺故本成佛故剛藏中種種差別皆不預圓覺乃至生死涅槃起滅覺照離於華翳皆明諸法斷滅靈覺逈超對待故當絕待靈心各依

此配一一相當故知此行脩彼解也但以頓悟漸脩故前通此別上根者直稱所悟故不分別中下力難赴心故佛各隨機便開成三也至下除我等四相及憎愛等方得入覺即脩前中彌勤斷輪廻根本也依師除病不作如是脩習等念方得從凡至聖一一隨順覺性也由離四病方得不起妄念不滅妄心不了妄境不辯真實等故知普覺中則是脩清淨慧中解矣疏然此下二會異說二一會涅槃三相言三相者彼經云（即彼第三十及三十一中文也）無十相故（色聲香味觸生住壞男女）名大涅槃若有比丘數數脩習定慧捨相（即三相也）則斷十相定名三昧若取色相不能觀色常無常相是名三昧若能觀色常無常相是名慧相三昧慧等（駕駟遲疾）觀一切法是名捨相（二乘定多菩薩慧多世尊等故明見佛性見佛性者名為捨相）奢摩他者名為能滅（云云如上所引）故名定相毗鉢舍那名為正見（徧見次第見別相見）是名為慧憂畢叉者名曰平等（不諍不觀不行）是名為捨菩薩善知定時（生大憍慢非脩慧時）慧時（精勤未益故悔心非脩定時也）捨時（定慧不等不宜脩捨等則脩之）及知非時（各如上注）是名行菩提道大同者此初名止取靜澄神定相增勝後絕待雙融即全同彼云平等名捨相也（彼云但不取色相此云取靜為行皆定境也又彼次後文云脩習定者能見五陰生滅之相此云由澄諸念覺識煩動）次了根塵起幻除幻慧相增（等即雙融捨即絕待）小異者彼則初定次慧後等此則三門皆含定慧然彼雖殊初定次慧亦從增勝說豈實教中有偏定偏慧邪疏與天下二會天台三觀此依瓔珞經所立文云從假入空名二諦觀從空出假名平等觀是二觀為方便道因是二空觀得入中道第一義觀三

觀現前即入初地天台撮略云一者從假入空觀二者從空出假觀三中道正觀此三行相懸談已釋約心成行者緣前六章經文已備顯覺性推破妄執究諸法性相辯心境染淨乃至從凡入聖障治通塞斷惑深淺證智勝劣等訖此但一向令忘情絶慮泯相冥真所以不立所觀境也約義生解者彼但以止觀爲宗初勸欣求佛果厭離生死便讃止觀是出離門是入道門顯觀行相即是此三觀也惟尋諸法真妄性相以顯空假等義以開斷證門户故須立所觀三諦境智相對義相方明經校量中疏五戒十戒者在家五戒一不得殺二不得盗三不邪淫四不妄語五不飲酒食肉八戒加不得香油塗身故往觀看上高廣大床十戒沙彌戒加不得捉生金銀

財物不得過中食也六通者如序分中說八解者八解脫也取文相對便宜故略一字謂一内有色觀外諸色不淨解脫二内無色觀外諸色不淨解脫三内無色觀外諸色以爲淨解脫身作證具足住四空無邊處解脫五識無邊處六無所有處七非想非非想處解脫八淨解脫身作證具足住也十纏者俱舍云纏八無慚愧嫉慳并悔眠掉舉與惛沈或十加忿覆聞慧等者緣三界從凡入聖必須具之故此配也經問所脩中疏爲後一人等者據下經文此等皆有謂初三輪則三人各一最後一輪即一一具三中間交絡者或前後文云先脩中脩後脩等或同時經云齊脩等亦有依次先脩奢摩他中脩三摩鉢提後脩禪那即是也或超次先脩奢摩他次脩禪那等經長行中疏二一正說下科分二隨釋經標數

中疏義同前段者三觀文初也欲分觀爲輪
故却牒起也輪者二義一摧輾義二動轉義
更有圓滿義無始終義等廣在大疏經觀網
交羅疏二一二觀下分科敘古懿疏等者然
此觀名亦未能顯發經意亦未能引人心入
於觀行但緣文辭美暢多有愛者故存之矣
今全用者依之管經兼能釋觀名以將配合
經意二正釋經文經科澄渾者約喻說也謂
水有塵泥須澄令清心有煩惱攀緣垢濁亦
爾息用者非唯不緣諸境亦不起用觀察幻
與不幻等也故懿疏云且水性清潤溉灌呈
功投于外塵汨[音骨]然將濁棄之則亡其所用
留之則濟飲不堪在器安澄隨流分異去泥
純水則永斷無明明相精純斯何不證疏法
空座者經云諸法空爲座座是安居之處菩

薩常居諸法空境入寂滅者無住究竟涅槃
也據寂滅理合是中觀由此菩薩利根心靜
功成於法空處便證中道不待空病亦空方
至中道以此菩薩入空本無住空之病故據
後文例斷煩惱入寂皆是絶待觀中行相故
須作此釋也經庖丁恣刃觀云以佛力等者
前開幻衆及內發大悲此以佛力即當大智
變世界者如前變化諸幻也種種作用含於
逆順自他之利備行等句則唯順行於陀羅
尼下總明動而常寂寂念靜慧即定慧也經
呈音出礙觀疏二一三呈下解科名取前鍠
聲出外作此觀名謂音是鍠等之聲呈是遠
聞礙是鍾體及樓出是不能拘局疏器質等
者器是鍾等質是質礙融是通流扣是杵擊
若據彼疏即云隨擊應響今云扣者意在順

本喻意疏以諸下二釋經義無邊等者有二意一此幻境是世俗人間古今差別利害之事及三世因緣染淨差別等事廣多無邊不可推窮今悉會盡營之無有了期受之無有足日故不如絕念滅迹一切都休二幻體是空都無邊底而可窮究故達者絕心不預名為滅也作用等者如前章起幻變化而開幻衆及此前科種種作用等今皆不取也不可得者是前空義無所觀者證絕觀義絕觀義者不取前靜境幻境也經交絡三觀疏五一後交下配結輪數疏然每下二顯示交絡兩段二二共合者如以靜觀為首即第一初靜後幻第二初靜後寂（各兼其一）三行次第者一初靜次幻後寂二初靜次寂後幻（次兼餘二）先一後齊者初靜後齊幻寂（齊兼餘二）先齊後一者一初齊靜幻後單寂二初齊靜寂後單幻今以靜觀為首既如此餘二為首一一例之疏今每下三用科儀式二一正明長科七者若據上所科判即合且每觀分為四段然後於一二四中每段復各分二今恐節級碎分展轉惑於觀照之意故但長科七也一一須牒者緣觀名各有四字若二觀為一輪即有八字三觀為一輪即有十二字二十一輪相計盧書二百餘字又文句重疊紛起難尋次緒故須略之後寂者經中一一云寂滅也疏寂與下二辯異寂是中道故影法師中論序云寂此諸邊名之為中故與靜異前威德章此觀已廣分析疏文中下四總別科分五隨文銷釋經初七輪一中疏二一一運下解科名脩定者即取至靜也緣對經云以靜慧心故直言

定律宗以戒爲船筏禪門以定爲舟航矣言運舟者運通二意一自運故云出塵二運他即是兼濟若無二意何名爲兼如船師渡人豈自住此岸邪若住者但名借船不名度人也細詳舟體正是靜觀餘文易見疏標靜下二節經義經二中疏二一二湛下解科名湛海澄空者如海波浪不生湛然不動（靜觀成也）空無雲霧廓爾清虛海無邊涯連天一色空徹海底海含空相故云澄也（脩寂觀也）故云波瀾不動等大波曰瀾反生死流如波不起故水即清明如靜觀功成靈心寂照即是性也故云顯性疏寂也下二節經義躡靜脩寂者如水因不動即清明清明即可澄空也餘文可了經三中疏二一三首下解科名首羅者大自在天三目如涅槃經說以喻涅槃三德今三觀理亦昭然疏靜也下二節經義經四中疏二一四三下解科名三點者亦是涅槃三德之喻懸意等者觀名齊脩經云先後故爲彼出其意耳若約伊字三點小如此經云不縱不横今此三觀有先中後即是其縱且約大綱細詳不切若無損益不能改也疏靜下二節經義經五中疏二一五品下解科名疏靜（下二）節經義經六中疏二一六獨下解科名此一兼前品字皆全似也疏齊標下二節經義經七中疏二一七果下解科名靜定之樹等者離念靜心爲道之本如樹寂滅是極證之法故如果雖頓契證寂滅隨俗漸脩自利利他然亦不失寂念故如果落還依樹開華也此亦且取大意不得始終的切疏齊滅下二節經義經次七輪一中疏二一令初下解科

名武王等者尚書說武王以順天應人故救天下生靈塗炭不得已而伐紂既克遂歸馬於華山之陽放牛於桃林之野鑄干戈爲農器表示天下不復再用偃武脩文以理天下以養兆人故喻此先動用後息靜疏標幻下二節經義經二中疏二一二功下解科名功成者此門與前雖法體無別先動後靜之喻亦無別意盡此幻觀爲首已來喻皆同一類例亦是不得委細也疏幻下二節經義經三中疏二一三幻下解科名疏幻下二節經義經四中疏二一四神下解科名疏幻下二節經義經五中疏二一五龍下解科名龍樹者初在外道中善於幻術後入佛法乃至證於初也具彰諸論記傳疏幻下二節經義經六中疏二一六商下解科名商那者具如懸談鈔引付法藏經備說疏齊靜下二節經義經七中疏二一七大下解科名大通如来者法華經說此佛受諸梵天王及十六王子請即轉十二因緣法輪千萬恒河沙那由他衆生皆得解脫王子等出家諸根通利大衆請佛說法華經衆皆信解佛說是經於八千劫六曾休廢說此經已即入靜室住於禪定八萬四千劫故云爾也疏齊寂下二節經義經後七輪一中

圓覺經畧疏之鈔卷第二十一

音釋

鏞餘封切大鍾也音容　媕烏歛切女有心丨丨也　要烏合切媕丨也

圓覺經略䟽之鈔卷第二十二

圭峯蘭若沙門宗密於大鈔畧出

䟽二一此初下解科名寶明者寶有光明數數舒光而却入海餘文自顯䟽寂下二節經義經二中䟽二一二虛下解科名䟽寂下二節經義經三中䟽二一三舜下解科名舜若空神者舜若此云空也以虛空皆有主空之神如華嚴說每因日光即略現於身即依空現有之義可詳同於䟽䟽寂下二節經義經四中䟽二一四飲下解科名飲光者迦葉身光吞飲日月之光歸定住雞足山也䟽寂下二節經義經五中䟽二一五多下解科名多寶塔者說處甚多䟽寂下二節經義經六中䟽二一六下下解科名法華菩薩六萬等者經說他方諸來菩薩八萬恒河沙數白佛願於佛滅後於此世界弘是經典佛止云不須汝等護持是經我娑婆界自有六萬恒河沙菩薩一一有六萬恒河沙眷屬於我滅後廣說此經說是語時三千世界地皆震裂此菩薩等於中同時涌出身皆金色先在此世界下虛空中住故喻先空後假餘文可見䟽齊靜下二節經義經七中䟽二一七帝下解科名䟽齊幻下二節經義經圓修三觀䟽二一後有下釋科名䟽稱圓下二解經義經偈諷䟽無能所修等者緣此偈與長行文異意同恐不解配合故此釋之長行云圓覺清淨本無修習及修習者即是無能所也三觀之初又云於諸修行實無有二悉不言禪定今偈中孤然云依禪定生即知心冥無修之理即是禪定此乃長行標文偈中顯意亦可長行

舉法偈中釋義妙在此也疏加之繩索等者即淨名經中優波離與二比丘依法懺罪維摩詰訶云無重增此二比丘罪當直除滅勿擾其心所以者何彼罪性不在內不在外不在中間如佛所說心垢故衆生垢心淨故衆生淨心亦不在內不在外不在中間如其心然罪垢亦然諸法亦然不出於如等今云加繩索者即重增之意傷乎無瘡者即是前富樓那在一樹下爲諸新學比丘說法維摩詰又訶云唯富樓那先當入定觀此人心然後說法無以穢食置於寶器當知是比丘心之所念無以琉璃同彼水精汝不能知衆生根源無得發起以小乘法彼自無瘡勿傷之也欲行大道莫示小徑乃至我觀小乘智慧微淺猶如盲人不能分別一切衆生根之利鈍等釋曰維摩意以爲新學說小乘法是傷乎無瘡意顯以大乘法說今此疏意明圓頓悟解之人稱真覺性不假道場探結等若令探結即是傷乎無瘡耳經兩重除障疏二一次後下標意故同大科者大科云次四問荅別明觀行今乃於中有二問荅是除我離病似非觀行恐有不細詳者生疑故此云是觀行中障也約修證帶我不同全執我相者故障別門觀行如前通明觀行中亦有彌勒一章斷除貪愛貪愛是六道根本亦障通門觀故二釋文經除我入覺疏二一初中下揔明科意二別釋經文經慶前中疏如琉璃等者內外明淨透徹故號喻一念多芥子喻多刼萬行經正問中疏何法染汙者初悟同佛妄起還凡故志公偈云佛從魔境出煩惱中悟解菩提如淤泥

中蓮華魔從佛境生悟解同佛遇違順境只於悟中還起妄念二頭
不相辨渾雜國王城喻覺經長行中疏二一正
說下科分二隨釋經過患本起中疏兩論所
說者天親論云見五陰一一陰是我相見我
命斷滅復生六道爲人相見我身相續不斷
爲衆生相即盛衰苦樂衆多變異也計我一報命根不斷
而住爲壽者相無著論云取自體相續爲我
想我所度爲衆生想餘二意同但無著云想
天親云相令忝而用之我全用無著壽全用
天親餘二展演其文令人易解肇注淨名云
縱任自由謂之我常存不變謂之壽貴於萬
物而始終不改謂之人衆生大同此皆情識
所計故云迷識境也經說者約證悟覺性而
帶能所從麁至細展轉遣之四相遣盡方始
無遺故云迷智境也疏妄我本空等者淨名

云法無有我離我垢故法無有人前後際斷
故法無衆生離衆生垢故法無壽命離生死
故懿云心自取心自成心病演若愛影背本
瞋頭從此妄滋莫能蠲拂經過患滋多疏二
一二明下科判二一揔科疏令初下二別判
二隨釋經展轉中疏二一謂由下銷經可知
疏然上下二配四諦云二乘者雖通大乘大
乘以爲虛妄本空之義但宗無生等也故般
若心經云無苦集滅道生滅者準天台教權
實通論揔有四重四諦實當一生滅逼迫名苦即有漏色
心增長名集即業煩惱寂靜爲滅謂即涅槃出離道謂止觀等也二無生三
無量四無作如次是彼四教所詮法矣今此
文中約其過患故當生滅後三重四諦廣如
大疏大鈔所明此但略引之意用前生滅以
銷疏文不能繁叙初六句等者依數句次第

配經文相甚明各須一一配釋以示聽徒經直釋中疏最初根本者論中根本不覺也本源者性淨真心也依本覺而有不覺等疏由将無始等者滕鬘說五住地也經轉釋中疏二一二轉下明科意疏未曾下二釋經文二一釋法經云身心無明者論云以依不覺故心動動則有苦(苦是生死之身)果(苦也)不離因(無明)又都結三細六麁云一切染法皆是不覺相故疏由愛下二釋喻三一隨相說不斷如人萬萬資財一一慳惜若遇喪命因緣情須揔棄以求活命疏又有下二稱性說親斷由前但云不能自斷仍有可斷之我故云隨相今明執時尚不覺有所執之我是其過患憑何說斷縱欲斷之亦是妄想想盡之時但是真我真我無患憑何欲斷今但以覺無名斷故云親

斷也疏如夢下三轉以喻釋夢喻二說終不肯斷已上喻隨相必須已下喻稱性覺来者覺字去聲呼之經結成中疏種子現行者義如前說引寶積者舉愛例憎墮惡趣者非唯不成佛果仍更墮於惡趣此有二意一如第三生之說二既是存愛迷心愛為六道之本善惡反覆苦樂循環畫於未来卒未脫免三塗等苦如云忍不落惡趣亦由忍可無我之理及愛為苦本之義隨順修之故必不落經別釋四相疏二一二別下叙意科分殊常者如前說迷識境之四相也初果除者小乘見道位證我空真如也羅漢夫曉者此四相障於圓覺羅漢若曉即應悟淨圓覺故天台說三界之外有塵沙無明此執即是其數也合云阿羅漢今文中且貪字數相對簡略而言

矣約事驗我者事即我所我所者我所有一切事境通於有情事皆可見可知我則不能反見故約事境反驗於我乃覺他皆非我便知我非他也二隨釋經約事驗我疏二一初謂下叙科意二正釋經徵起中疏覺有心者知一切事境非我也即此名我經喻釋中疏燕居者燕字音宴依論語中燕居之字經結指中疏覺體者空寂是體是涅槃知是用是覺即體之用涅槃即覺即用之體覺即涅槃既體用相即故非別有可證之體也即當前五門證道中第三能所俱泯矣即是我相者即妄見有涅槃所證所證者即我也我是自體義故且實證真體既是法身真我今謬證妄體即是無明妄我也類例甚明經悟 我成人疏二一二悟下叙科意二正釋經麁相中疏

者字正名人者諸家疏論每出人字之體或能證人或能執人乃至說人聽人若真若妄皆云者也如梵語佛陀此云覺者即指於人若言菩提此但言覺即指於法類例如此慱學者自當知矣經細相中疏無非不盡者無有過非而泯之不盡謂一切過非皆已盡也經了跡跡生疏二一三了下叙科意了跡跡生者既展轉相生跡跡不盡即是衆多生起不斷絕義亦是衆生義也緣次下疏文自釋云衆生者不定執一之謂也故此云又亦等也二正釋經徵起中疏展轉無窮皆成能所者問前人相中已云不取能所如何至此却云展轉皆成能所邪答皆成能所者是此人所了之過非非此人認之為是前人相中覺我相是能所之過者但覺一重能所不知此

智又復名能令此轉深故覺展轉無窮皆是能所豈不甚超於前故經云悟所不及（及即成所故）科云了跡跡生釋云了此無定故離前非又云不定執一皆甚明矣經舉喻中疏於自於彼等者結成所釋經中標云非我非彼之句謂俱非此二也縁此中經文稍隱亦須在意分析經潛續如命疏二一四潛下叙科意二正釋經徵起中疏即心之照者心是自已本心前三門中由別有能證能悟能了等相故不言心今諸跡已盡故言心也如論中異相住相之文但云覺於念異念無異相覺於念住念無住相至最初生相已盡細念亦無直言覺心初起心無初相意全同此此中甚妙宜細審之清淨者亦由離前證悟了等三相直是心自照故自覺者自心能覺非謂覺

自然經云照令乃云覺者且順常塗疏論多云自覺覺他也疏證悟等者等於了字謂我相名證人相名悟衆生云了此中揔盡故徹真源更無別能證等也疏擬将此智者此照智也又業是業用一切作用之智名為業智但覺潛續之心同於幻化一念不生即是論中世間自然業智及不思議相等疏雖能除妄者前三也不自除者以此爲是故成潛認而不斷絶如命根矣此一門除久修觀行用心細者方知雖此再三顯示亦無由了之經正釋中疏前三相者覺是心心所之揔名若別説三名即一證二悟三了若統言之即但云覺也疏心未忘故者正釋心照名塵垢之義即知若心忘此彼（彼三此照）即心照便是自然業智經喻返釋中疏我智俱盡者我等四相

及智慧俱盡也我智者是我及智非謂是我之智照體獨立者是生公語清涼大師心要亦云一念不生前後際斷照體獨立物我皆如將此四句對詳前文始終相當故略取一句若據文字初後敵對即合云水凍成氷氷銷水在心迷成我我盡心存今緣心水二字皆是通名濕況照體獨立也問彼云照體是離念無相之妙慧經云心照是壽命相之細病如何用彼以當此邪荅但動於濕即名波浪波浪盡而濕性元真但起於照即名壽者壽者盡而照體本妙起於照者見一切覺也況所引之文但證本末法喻非直以之釋經經中本無水濕之言亦無真心之語喻中但云氷湯法中但云一切覺氷湯必依水水之濕性必無變滅即知照覺必依真心心之照體亦無變滅經摠標中疏多刧六度者懸談具引可檢示之經展轉廣釋疏二一後展下摠別科分二隨釋經喻中疏知賊者涅槃云如人覺知是賊賊無能爲藏識者含藏一切染淨種子即阿賴耶識也自體即如來藏如来藏則唯含無量無邊恒河沙滕妙功德皆如前辨然此二名義別者權實之教不同故密嚴經云如来清淨藏世間阿賴耶如金與指環展轉無差別又說惡慧不能知藏即賴耶識貧窮等者法華云貧窮無福慧入生死險道今取意勢用之經妨道徵中疏縱使認我者意云涅槃是萬行之真性即我體性亦是涅槃縱認我證亦何所乖亦何妨道經非脫釋中疏還是本愛者所愛之境即別五欲及涅槃能愛之心不異謂即昔時愛五欲之

心如今復将愛涅槃故憎亦例知本習者無始刼来熏習成熟故疏愛是生死根者彌勒章巳說苗者造業受報也經非脫徵云法不解脫者由前徵釋我不解脫云由謬證涅槃故故今又徵云何知所證涅槃之法是謬是愛是生死根而云不解脫邪經驗我釋疏二一六讃下叙意謂實證者疏中順明也今則逆推以明非實謂既驗出瞋喜即知有我有我即知未證未證言證即知非實驗處在文二正釋經驗知中疏我執猶堅者唯識說此第八識云執受根身為自内我微細不可知外執器界亦不可知潜藏者與雜染法互為能所藏也相續者標釋經中曾不斷也慧軍數舉者止觀為将助道萬行為兵即前曾聞普眼及三觀利根者已入鈍根者亦有聞思

二慧被四相障之修慧未發故此段經上文云雖經多刼勤苦修道等魔衆頻摧者伏得麁淺惑止得諸惡業故有聞思之慧阿賴耶者此云執藏皆已如前本章中釋訖城者根身種子器界爲境也即是相分主宰者我相也即是見分難攻者行相微細不可知故三乘聖者至無學位斷此識中煩惱麁重究竟盡時不復執藏頼耶為我方能永失阿賴耶名非捨識體如國强臣不賔皇化即呼為賊後天兵頻討多時方降皇帝許雪存其性命還委州郡之權即呼為卿為臣圓覺帝主亦復如是配合可知（此上皆是釋文中堅固執持潜伏藏識）末那常侍者亦可云内侍一向内縁恒執第八見分為我依彼生起常緣於彼故言常侍常具我癡愛見慢等四種功用故云防護防護我

也牢強者滅盡定(有學位中亦得)及出世道(初果)雖暫
伏滅而未永斷直至三乘無學果位方永斷
滅故故成唯識說此染汙意相應煩惱是俱
生故非見所斷意識者第六也能執一切法
能造三界業故云謀臣徧緣內外及三世三
性五十一心所故云經營又徧五識之中五
識率爾纔起此意即同緣故云傍監五將兼
於自位故云六門賊主者六賊之主也我是
主故由有六根門戶故能通而遊戲也(此釋遊戲
諸根)偷號者即次前但言爲法瞋彼度此不知
此心元是我相即知被他偷於為法之號如
貪號慈悲瞋號降魔謂貪愛城郭統眾王(去聲)
化貴賤道俗歸臻恭敬供養自謂為慈悲愍
念眾生說法度脫不知都是貪愛潛流改變
名號相貌或內心瞋彼因以凶惡之言種種

訶叱或打棒或驅出自謂為法降魔懲惡勸
善不知又是瞋恚嫉恨憎嫌等念潛改首換
面也故志公云二頭不相辨混雜國王城如
此種種變號故令我說法化主不覺是賊認
為功能渾未解脫越於苦海而乃安然不驚
不懼仍以自縛欲解他縛故云惑我法王也
侵疆者若論法身疆界徧法界盡十方乃至
情界器界皆同真淨之境盡是無漏之界染
淨元無二體今但以迷色等六境為心外定
有六塵即無明我主之界悟六塵等色即是
空色不異空但自心變起盡是全空之色餘
聲香等亦復如是便是色等三昧名六妙境
即般若法身之界今我已悟此境屬我不覺
妄起潛執為有潛生愛著還成塵界故云往
往侵也由此觀之難明住之難　定故云擾我

觀境也觀即觀智（解也慧也）觀行（行也定也）境即不出六境及真如境隨所觀時即為其境外怯者以有悟心常欲覺察故妄念似劣不敢故意生情貪瞋造業專伺候觀照明顯如晝日時即潛伏故令推察身心道理者但見自巳是悟解分明人不愛名利人為法為師人都無過失人故云晝伏及乎親對違順之境乖於情念極不稱意之時迷習覆翳對面不覺之時惛黒如暗夜恣行計校種種生情或擬退屈或擬違背人法或擬別為調致或思量道理擬雪身歸過於前人種種生起不可覺非故云夜行而內挾者挾字之意如史記中說曹操未登九五時號曹公挾天子以令諸侯今借此一字為語勢無明等者謂六識之境如上或覺或妄或伏或行若藏識中三細及五末那俱生我相等種即與無始住地根本常不捨離縱使行人覺察觀照之時此亦潛續故云晝夜不斷此正釋經曾不間斷之句也故唯識云此識無始時来一類相續常無間斷是界趣生施設本故性堅執持令不失故乃至與內習氣外觸等法恒相隨轉然此中所用具足八識之義具如本章故此不釋經覆推疏二一一覆下叙意疏恐聞下二釋經故推徵云者然經文於毀者反明於說者順明若疏則皆反順具明若經文亦名反順具明者應云若知我空無毀我者有毀我者我未空故若知我空無我說法有我說法我未斷故餘文可解經決斷中疏各唯增益者水土資於甘草甘味增益資於黃蘗苦味增長故知由種不由水土以喻萬行資於我相

即是魔業資於覺智即是佛因故知由心不由萬行此意極要可明示之經抑聖中疏了義等者次自釋云心境本空等即釋題中廣引經文配了義之句全同此意言心境空者如心經云無色無受想行識無眼界乃至無意識界或云能見及所見見者悉除遣或云心滅則種種法滅等惑業者惑即煩惱謂貪瞋癡等業即善惡不動等本淨者皆空之義凡聖不異者凡夫彌勒皆同一如諸佛衆生同一法界故不異也因果皆圓者因該果海果徹因源故皆圓也就佛見之者上皆釋經中如来解也且衆生迷倒下正顯行人以如来解及所行處為自修行之意種習者種子習氣也根深者明此倒情種子眠伏藏識之中雖復覺悟亦難了知故云深也縱解法門

現用隨念者明行與解違不稱所悟之處無礙言教者雖說無作無受而且善惡因果不忘或說無證無修不礙斷惑求證或說因該果海不妨歷位而修或說佛不度生而又應機說法如此之意徧諸大乘故言無礙也亦只如然者將佛所證同自心量也不覺念者如眼不自見指不自觸也不知冥通等者揀於真證不同未證之心隨相信者未能稱實信故大品云不信一切法是信般若等平等之談者即前心境本空等意不能斷惑等者由迷此平等之談便不復進求今時叅學之流多迷此意如聞說衆生本来涅槃無漏智性本自具足不得此意便云性本具足無可添補煩惱本空無可除斷由作此見便信任身心不覺施為元是隨情逐念兼云稱性脫體

全真認妄為真惑之甚矣此義廣如懸談初教起因緣決擇悟理應修門中已具分析數他寶者具云如貧數他寶自無半錢分於法不修行多聞亦如是經騁已齊聖疏二一二騁下顯科意抑高者謂言佛解處行處只似伊心行境界故云就下騁已者馳騁自已謂言已證菩提已得涅槃成佛已訖二正釋經認聖智中疏理者涅槃也智者證也證理故直云智身身者體也即智自體便名為證如諸識中自證分也根本戒者比丘四重尼有八重大妄語者僧尼皆同謂自言我得過人法乃至而言我知我見虛誑妄語除增上慢此是彼之所除故云非此文意彼犯重此無犯此累悟解彼無所累經驗凡情中疏或即證悟者縱得他已無二隨喜他勝他善尚自

不定或是證悟之力或亦不關證悟如壯鬱丹越心行無我豈是證邪上界豈有現行嫉妬等邪故知自驗心迹順於道行仍未的定若驗心迹有嫉妬瞋恨等事即定知非道除大菩薩迹行之迹然約心之本迹以對順道乖道有四句一唯順菩薩隨喜他善及行施等二唯乖凡愚嫉妬及行殺等三亦順亦乖菩薩殺等心順迹乖凡愚施等心乖迹順四不乖不順謂佛染淨無礙都無心故及羅漢關大悲智故不順惑業苦盡故不乖也若但約心順為定不定四句者一定順道二定乖道如前中初二句三乖順俱定謂菩薩自知四乖順俱不定謂初心行施等自不能辨及觀他施等亦然經結成障覺云是故不能入清淨覺者從前數節一一結云不入覺者大而言之皆為我愛斯為根本

然若具明入覺須得其門華嚴玄義章十五門亦藏和尚所述第十明入道方便門有三一揀心二揀境三造修勝行別卷具引經趣果中疏唯宗名數者且據法相宗中人也以經云唯益多聞意順此故若破相宗中之人即唯宗道理雖亦不尚名數皆不務自照已心此類之人名為慧學非多聞之相故略不言之解義我見唯長者縱使實得廣解名數問即皆知或善於立破破諸言論亦轉增我相欺慢餘人故有云經論衆生出世因解来翻更長貪瞋若約任運我慢貢高即破相法相兩宗人同若據分別心中定認凡夫未除我執者即偏是法相宗人我見增長破相宗人無故意定斷以不立法故問解法輕人許云我相增長其所執之見已定何言增長答亦有增義謂不習教人但任運執若聞解者言有言無或言同佛異佛皆不定信不信若習法相之人定不信凡夫無我故知執見轉堅故云增也不能了自心者次云云何知正道彼由顛倒慧增長一切惡一切惡者我見亦在其中既增惡由不了心即正同增我由不求悟即知求悟是令了心故引為證又既由不了心成顛倒即知定須先了心也據此所證文義四句揔要緣前已頻引聞者必熟故摽初後二句等取中間兩句也又智論者彼有三偈故此云等餘者今取意說謂有慧無聞如闇中有目亦不知實相此如南宗禪學實了心者未達諸法性相又不學之無聞無慧如人中牛灼然不知唯去二種方知實相即前悟淨圓覺以淨覺等也經科斷惑且當下成因佛說下者由前數段經文說修行中有多過患皆

結云不入淨覺故此勸誡令離過用心方成正因也經順釋中疏根本等者百法標云根本唯識頌但云煩惱揔說六種頌曰煩惱謂貪瞋癡慢疑惡見長行釋云性是根本煩惱攝故得煩惱名謂貪等六事是隨煩惱之根本故今經云貪瞋愛慢者彼論愛非其數以無別性貪所攝故此唯三法是彼論也貪者於有有具染著為性能障無貪生苦為業謂由愛力取蘊生故瞋者於苦苦具憎恚為性能障無瞋不安惡行所依為業謂瞋必令身心熱惱起諸惡業不善性故慢者恃已於他高舉為性能障不慢生苦為業謂若有慢於勝德法及有德者心不謙下由此生死輪轉無窮受諸苦故此慢差別有七九種廣如大疏疏小隨者隨煩惱二十中有三類初十小隨次二中隨後八大隨具如大疏八識章中釋也今諂曲等名小隨者各別起故名小但是貪等分位差別等流性故名隨諂者為罔冒他故矯設異儀險曲為性能障不諂教誨為業貪癡一分為體嫉者徇自名利不耐他榮妬忌為性能障不嫉憂慼為業瞋一分為體然根本六中今闕癡疑及惡見者癡在偈故三番徵釋已決疑故偈云我身即是身見身見斷則餘見自除故（餘謂邊邪二取此等皆依身見起故）疏重舉等者意云謂上已明貪瞋愛慢今又重言恩愛故次釋云生死根等其斷惑行相具如大疏所明餘文可見經偈諷（中如次前便用）長行四門大科以科之經云悟剎者正顯剎無體約迷悟以分疆也前云分疆用此意矣如入唐下喻明故知下法合乃至釋法愛及我身

文皆顯著經依師離病疏二一自下下明科意二釋經文經長行中疏二一正說下開章叙意有少相濫者待至本文疏自標指若便懸說初學難領二別釋經文經令識中疏三一箇餘下釋標指最初因緣者其次文云是故於此勿生疲厭善財白言云何學菩薩行等乃至善哉汝已發阿耨菩提心復能求菩薩行善男子若有衆生能發阿耨菩提心者是事為難能發心已求菩薩行倍更為難善男子若欲成就一切智智應決定求真善知識勿生疲懈見善知識勿生厭足所有教誨皆應隨順於善知識善巧方便勿見過失（亦同此中意也）疏法句經者文具云尒時寶明菩薩白佛言世尊云何是善知識佛言善知識者便是疏中所引直至住於實際皆真如不變義

也同此不住相從畢竟空中下即真如隨縁意也同此現塵勞讃梵行華手經者彼云云何名為真善知識彼云若有具足四種法者名善知識云何為四一者善知教化之法二者善知修道之人三善知教化之過四善知修道之過是名四法也疏離凡下二釋示相經中有順行逆行疏自指配經云不住者若有少法當情皆名住相乃至菩提涅槃尚不取著何况世間夢幻境界疏不應住色等者此審用金剛經經次文云不應住聲香味觸法生心應無所住而生其心得無住心即契圓覺經云塵勞者塵是六塵勞謂勞倦由塵成勞故名塵勞又染心勤苦亦是塵勞即疏中指貪等為塵勞之意也疏梵行等者即淨名居士現毗耶城俗姓雷氏於提婆城娶妻

曰金姫男名善思女名月上示跡同凡化在
家衆故名梵行疏同事攝者四攝之一也巳
如彌勒章說心既相親者如法華中長者後
園種種方便慰喻窮子亦如杜順和尚初食
肉復食臭屍又如志公食魚鱠訖吐之水盆
魚皆跳躑示欲之過等者經云示有妻子常
修梵行現有眷屬常樂遠離乃至入諸淫舍
示欲之過入諸酒肆能立其志等亦同華嚴
者即善財所遇婆須蜜女示行貪行善財遇
巳得菩薩離欲際解脫門住第五無盡功德
藏迴向等無厭足王示行瞋行得如幻解脫
門勝熱波羅門示行癡行得般若波羅蜜解
脫門也疏說非梵行者今時此事甚衆宜審
詳之壞見等者忘却此論題目待檢之疏結
成下三釋結益經正舉中疏如雪山捨身者

即涅槃經第十一彼云我於過去身為童了
於雪山修行求道時聞羅剎於大林中宣說
半偈我當詰彼作如是言善哉聖者何處得
此半如意珠乃至為我宣說四句云諸行無
常是生滅法生滅滅巳寂滅為樂我以身施
羅剎如故現帝釋形等香城敲骨者即大品
般若經彼云時法勇菩薩於尋香城宣說般
若波羅蜜多經有無量百千億人天大衆所
共圍繞尒時常啼菩薩求聞是經等云云儒典
尚令等者論語云事父能竭其力事君能致
其身慈疏云然因法出塵法為舟筏由師遇
法師是船師無師船且不行無船渡無憑託
船依師運敬法須以敬師故觀音慶巳超聞
勸凡同仰是以全身報法賷髓酬恩割肉聞
經焚身謝德嗚呼未學盜法非師情希鳳鶴

之姿豈覺鏡梟之醜此乃將興盖滅求悟翻迷破法傷師報如形影經遮疑中疏二一指前下正釋在文易見但要善巧顯示學人疏然為下二別議師資然準此盡心事師實亦難得如此弟子及如此求道之人復不易得如此真正師友以當事之故中論偈云真法(所宗)傳及說者(真善知識)聽者(弟子及諸志求道人)難得故(通指上三種也)是故說生死非有邊(以難得三種故生死非有邊畔盡時)無邊(非無邊也非字通二處讀之謂所言難得非的定永不得得即生死必盡然非長無邊際故云非無邊)此偈因長行有問此生死法為有邊際為無邊際故偈荅之云尒然此為徒等言借論語文勢彼云如知為君之難為臣不易故云尒勿因此誡者先勸弟子也世有非法之人假為菩薩之行誑惑愚夫還說空無相之言不拘齋戒以麤行為大乘以真修為小教愚人不曉此意却敬彼人不知弟子有擇師之分故今勸示且須聽受他說法自覺心中的有覺悟仍須勘以聖教合與所禀宗中相應經教相合佛言相契若與合者名為正觀若不合者名為邪觀又須與師同處日久諮叅徧問真俗知他心在佛道大悲利生既識得此師心源即須忘情絕慮没命歸依縱見他接物化緣種種方便如前所說不得生疑又此藥下勸師也佛語種種各有對治如誡俗徒云剃頭著袈裟持戒及毀戒天人常供養當令無所乏如是供養彼名為供養我(我即佛自稱也)又云破戒惡行諸比丘猶勝精進諸外道及乎誡僧又云破戒之人五千大鬼常遮其前掃其脚迹破戒人不得於國王地上行不得飲國王水又云寧以鐵槌碎身

如塵熱鐵纏身種種極苦不得破戒身口等受信心檀越衣服飲食卧具種種物俗人合服前藥僧即合服此藥不宜互錯必受其殃今勸為師之人必須量心道力勿等閑認他上人此藥本治弟子不為師主師主服之即重增病苦以至於死方藥各有對治不得錯服服之增病等者夫求方藥不離一藏經律經律中言大底有二一說解則空而無過行則逆順皆通二說解則因果歷然行則止惡修善服此藥人若遇後教即云彼誡迷人初心人小乘人我是悟人久學人無我人作此意度則後藥無施也若遇前教又增惡習縱任情意自陷陷他故言無藥可治也以縛等者即淨名云若自有縛能解他縛無有是處若自無縛能解他縛斯有是處又云自疾不能救焉能救諸疾人斯之謂矣經外易中疏摶食等者譯者朴拙準經意的說財食也食有四種此當段食食揔段别以段揀餘古譯經論訛云摶食今此三藏承古訛音遂作摶字又不分揔别謂摶即食仍略食字故云摶財也經顯瑩中疏憍慢若起等者夫人心若愛敬於他所作皆是若輕慢於彼則見彼所作皆非世俗傳云憎人嫌醜待人嫌久又云愛忘其惡等也又史書中有寵臣獻奇果於君初功後過之義也然慢念惡念亦互通先後或因起惡念即慢他或因慢他即惡念起言惡念者非謂擬損害意中以他菩薩慈悲利物之行呼為求名求利或疑中私染淨不分等便為惡念也障覆自心者既疑他意唯見他懇切勸人謂言他有所求進退皆疑言

教何入經分別四病令除疏二一二分下會通科意荅第二問者依何等法據此科云分別四病令除即當荅除去何病之問詳其義意乃是荅第二問此義如何疏次自釋云標以妙法等釋意甚明問若尒者何故文云應離四病荅疏自釋云此法離於四病方可依故疏中二故字皆是釋此段合當荅前依何法問之所以也除病之問等者意明其荅除去何病之問下自有文彼一段文令怨親平等用心以去無始自他種子結云即除諸病若將荅所依法更不相當文亦不次又問曰若尒如何判決問荅相應之科段荅曰問雖次第列名佛荅亦通亦別此有深意可細詳之文似濫者以此段中分別四病令除似荅除去何病之問不似荅依何法之問故云濫

也由此相濫故云含而科之二正釋經文經別釋行相疏二一二別下示文繩墨者契經有五義此當一也謂楷定正邪意言者意中言也時俗人語因責人非豈不亦云汝意裏道什麼語又云我意直道汝如是如是亦即意言分別二別釋經生心造作疏二一釋標名辨相二一辨相下正辨行相思惟揣度(入聲)等者此諸行相是多種人心意不定主一人或如此或如彼不可一一著尒許多或字故但列之由是行多相反如宴坐施為止山遊世等須吾自分析隨執其一者但說同一類行於一類中不妨亦有作兩般三般者如修造供養是一類或作僧俗講或經咒或宴坐止山及觀空有等於諸類中復有別類亦有一人揔修者或有相違必不俱者如講者不

妨持念及遊世界勤衣食等持念者不妨止山相違者止山遊世也勤衣食故飢寒也端坐施爲也施爲通修造供養講說等愛身厭身也疏此病下二明病起因起行起用者文云即起諸幻以除幻者又云變化世界種種作用又云照諸幻者便於是中起菩薩行又云復現智力種種變化度諸衆生又云復起菩薩清淨妙行度諸衆生又云復起作用變化境界失彼文意者迷彼皆以悟淨覺心於覲行中作如是等行令乃但見度生等言便務僧講俗講但聞起行之言便欲修造供養持經咒等但聞起作之言便欲種種施爲遊世界等聞照幻之言便欲深山宴坐觀空有等聞除幻言便欲厭身故受飢寒等也但憑此行欲契圓覺故云成病疏指體下二釋指體結名積土聚沙者即法華方便品偈會權歸實萬善悉趣菩提之意也文云聲聞若菩薩聞我所說法乃至於一偈皆成佛無疑云云皆取意引若以小乘化我即墮慳貪此事爲不可我本立誓願欲令一切衆如我等無異化無量衆生令入於佛道若於曠野中積土成佛廟乃至童子戲聚沙爲佛塔如是諸人等皆已成佛道或有人禮拜或復但合掌乃至舉一手或復小低頭乃至供養像一稱南無佛皆已成佛道歌即菩提者是佛頂文具云狂性自歇歇即菩提勝淨明心不從人得其本末緣起前已引說經任意浮沈

圓覺經畧疏之鈔卷第二十二

音釋

懲 直陵切 止也

騁 丑領切 直驅也

鱠 古外切 魚｜也

圓覺經畧疏之鈔卷第二十三

圭峯蘭若沙門 宗密 於大鈔畧出

疏二一釋標名辨相二一意云下正辨行相無起滅念者以不厭故無滅生死之念以不欣故無起涅槃之念疏差別性者明非實性熱濕等者舉喻以明類例也意如莊子逍遥篇齊物篇等各隨他性各得其志何用改張傷他自然愛僧者僧愛俗者俗樂動者動樂止者止齋與不齋乃至禪律講說一切如此作亦得不作亦得等疏此病下二明病起因言無修習等者次疏可引便云尒時便有二十五輪三觀之初又云如城四門隨方来者非止一路又云於諸修行實無有一失彼文意者迷彼無修之言是乎以淨覺心之意意令悟此天真本具無修之淨覺以對自己心行不稱覺者對治令稱又常見覺體無妄而妄故須無修而修妄既無妄而妄修亦即修無修既迷此意乃自謂無妄何用更修不覺無身心中現見身心無憎愛中現行憎愛但自云我本不出覺城何用從門而入等故成此任病疏前則下二釋指體結名無記性者不記別為善為惡也七賢者謂伯夷叔齊虞仲夷逸朱張少連柳下恵也四皓者即終南山四皓避秦歸漢綺理夏黄緑生周角經止息妄情疏二一釋標名辨相二一生心下正辨行相生心恐非者故不作種種行隨情慮失者故不縱任自在波息水即清明塵盡鏡即朗照未磨未澄照之何益令妄念既未止息何用推察真性功用故云何須別照疏息念等者相從念起息念故相不當情覺此無

諸起滅空靜之性故云得也非即覺性者一則闕於靈照二是色滅之空故疏此病下二明病起因從前靜觀等者倣前辨其迷錯之意即可知也經云彼圓覺性非止合者破也疏覺本下二釋指體結名二一破其無觀謂例其無止而止而不能無觀而觀於中初四句以例立理夫無而見有有而見無皆是顛倒今且念是無照是有今既迷背二理故揔為乖失後四句正例破也破其偏治無而見有不治有而見無有而見無是隱義也疏又真下二破其存止四句例破既起止皆違何存止而去起次故言下結歸經文正拂存止也若將對前意者拂偏止也所以者何以止若即觀止即非止今既一向是止即知闕觀令拂一向之止故云非也後故前下引證不應存止經滅除心境疏二一釋標名辨相二一前但下正辨行相釋以身空者文具身心根塵已頻標示故但舉一以例之疏身等者亦等於煩惱身心根塵也疏此病下二明病起因皆云寂滅等者此文甚多此寂觀中輪輪如此看經即見不待引也迷彼成此者彼是絕待靈心之觀此是滅病由迷彼意故成此病又寂滅斷惑等言是靈心中之絕待故經云無知覺明不依諸礙今但空諸法絕於身心等相堅持空寂豈得意邪故下破云非寂相故非寂者不言不寂但以闕於照故若見寂即照故非寂照即寂故非照非照非寂寂照雙彰即契圓覺餘意亦同上三迷前之意也疏夫覺下二釋指體結名言似者寂滅之言斷煩惱之語全同前觀也理踈者如上

說之經結明中疏二一將前下釋離病清淨二一直銷文疏然上下二通釋意二一揔標徵起疏一者下二別釋行相二一皆無觀慧然觀慧有二一稱體觀照起信中真如三昧及前三觀中悟淨圓覺以淨覺心是也今四病中全無此故二觀諸法空有等義今四中唯滅病云身心畢竟空無所有作看似法空義然亦非觀慧但是作此解數謂是達空以不言了知等故任病中云於生死涅槃無起滅念亦是說此人心無此意念不言達之舉要而言四病皆云作如是言正是起計之辭起計之心名為執見不名觀慧既一一是生心作意而為非病云何三觀何曾有作如是言之文諸經勸讚亦何曾有此文故知只由修時都無觀慧故皆成病如荷澤大師教人

云妄起即覺妄滅覺滅豈不過然異於四病邪疏二者下二偏行一行二一明局故皆非疏若能下二明通故皆是作種種行者初病中法也任運閑者二中也習起息滅者三四也常冥覺體者有稱體觀慧也不得取四者一一遣作如是言之計也休作等者通明離病也疏即上下二釋結定邪正三一正銷經懼落四中等者有人懼落初病不敢興起利益行懼落二病不敢泯絕無寄修無住法懼落三病不敢修無念宗懼落四病不敢觀空斷惑由此遲疑之故不敢決定發願剋志擔心修菩提道既無決志大願即一切不成斯為大大之病疏問為下二問荅通疑二一問詳之可解疏荅二下二荅若縱志別求者有人遇着良師審知有道如前所揀真正又離

四病然或因接引乖踈或因其中別有情恨之人不頟同住或自然性不相入便不能師事修習方為縱志更有餘事故縱志別求如何別求如次所引文也疏故善下三引證釋意經辨事師之心疏二一三辨下辨科段但令親近等者下銷經文其間意旨曰以行因教教籍明師但逢離過明師必示出塵之行故不別明也疏如善下二正釋文三一釋揔示普賢西遊者即法華經說普賢菩薩在東方寶威德上王佛國遥聞此娑婆世界說法華經與無量菩薩衆俱到娑婆世界亦是親近供養之意涅槃經說者以彼經迦葉菩薩云善知識是趣菩提者具足因緣是故名為半梵行者尒時佛告迦葉菩薩言我說名為全梵行者法句經者文云善知識者是汝父

母養育汝等菩提身故善知識者是汝眼目示導汝等菩提路故初六字後一字喻喻全用令略可但具讀之脚足荷負汝等離生死梯凳扶持汝等至彼岸飲食能使汝等增長法身寶衣覆盖汝等功德身橋梁運載汝等度有海財寶救攝汝等離貧苦日月照曜汝等離黒暗身命護惜汝等無有時鎧仗降伏諸魔得無畏絙繩挽拔汝等離地獄妙藥療治汝等煩惱病利刀割斷汝等諸愛網時雨潤漬汝等菩提芽下取意略引明燈照破五盖善友教示正道薪火成熟涅槃食弓箭能射煩惱賊勇將能破生死軍如来破煩惱至涅槃已上所引疏文略列十喻文稍不次但簡而用恐人難記持但令取意說也疏從此後亦取意引用結一二文令具録之善男子善知識者有如是無量功德是故我今教汝親近此經但令親近供事不說所以故引彼經說親近所以以釋之於是

寶明菩薩與諸大衆聞佛說此妙法及善知識甚深法要舉聲號哭淚下如雨悲啼懊惱不能自裁自念我身從曠劫已來為善知識之所守護是故今日值於如來得聞深法如是遇者善知識力非我力能自念我等從本已来未曾報恩方便親近說是語已重復舉聲等䟽夫善下二釋别顯相親近者親之與近有四句一親而不近同心意者各住一方二近而不親或工商同行或官司同仕互相憎嫉爭權爭利等三亦親亦近仁慈父母孝順男女恩愛夫婦道合師資無離别之緣等四不親不近即陌路人等䟽百萬障者彼文云若諸菩薩於餘菩薩起一念瞋心者當知是菩薩百萬障門皆悉開故所謂不欲趣菩提障不欲化度衆生障乃至廣說也論語云

者意㝡事師求法者當須虗心求解降志依人而不能勠力自持容易同女子之志䟽故勝鬘等者以菩薩化生審知物性柔弱者可以將護以陵之必退剛强者可以折伏縱之犯人文武之道也經云如虗空者虗空與法同喻甚多餘處多以喻法無生滅周徧含攝或喻佛無心等今但喻心無改易不喻無心謂常須恭敬供養承順顔色記受言教豈得無心乎䟽薩埵者此云有情即衆生也䟽結因下三釋結益經云方入圓覺者反明若不如是盡命事師即不得入圓覺也經所治中䟽生心作意等者並是四病行相後云即除諸病者亦四病不一故云諸也經觀人中䟽七品行慈者瑜伽論說習學慈心之者不可頓成須作方便漸引凡心令慈行成就方得

怨親平等既慈能與樂與樂亦須平等言七品者上中下親三不怨不親下中上怨等也謂遇於上親令與上樂灼然稱可其心謂竭力供事父母甘脆或與妻子兄弟上妙之物其心皆能中親下親如次降殺所奉之物不怨不親任運不能與物次中親與上樂雖校一等亦可就之即下親中樂非怨非親下樂得此心熟又令下親與上樂乃至下怨與下樂乃至下怨與下樂更一轉即不怨不親與上樂如次下怨中樂中怨上樂如此漸漸引至上怨與上樂即能為之便成怨親無二同佛慈也經科等心觀法者前標妙法結以正觀似答所依之法其中又離四病此中標不解脫結以除病似答除去何病其中又令觀法故不妨除病依法叅而用之經發心深廣

疏二一五顯下會科段荅第五者前四皆前後挾帶叅而荅之令義勢相涉意思連續唯此一向荅發心也二正解文經揔標發心中云作如是言者言亦意也疏因地等者華嚴一部多明此相就中初發心功德品始末唯顯此發心行相一一校量功德略如文殊章初菩提心體相功德處引說若無心願者夫願是擔心剋志情中願樂的欲作如是如是之事情發於中而形於言哀見今時淺識之流但以言辭及紙上文字而發願都不反驗自意如何故言心願也策引者策勸引導天台令憶本初發心者是願力也行不成者夫願者主心行者是迹所作之行若無宗趣名為率尒之心無記之性寧契菩提況無願力則心勇即進心倦即退何能始終不易剋獲

勝果乎經別明心相疏二一二別下釋科文
同金剛者如次下所引若約天親所判是荅
云何住問令住四心也若約無著所判十八
住中即當第一初發心住今此還當發心之
文彌勒頌者本因無著菩薩入日光定上昇
兠率請問彌勒菩薩金剛經義彌勒爲說八
十行頌以釋一卷經文無著傳於天親天親
造長行三卷以釋此頌故疏引本頌半偈列
四心矣後半云利益深心住此乘功德滿利
益心是普度證果義深心是稱理無度無證
無始終義住字正荅所問故前大科潛用此
意云顯發心深廣廣是普益深字又同四中
一廣大心者三界普度故二第一心者令得
最上極果故三常心者衆生本寂常住不變
無始終故四不顛倒心者無能度我相無所

度衆生相故若有我人等相即非菩薩二正
釋經廣大第一中疏四生者胎卵濕化也已
如彌勒章釋九類者四上更加五也若有色
五也即是四禪若無色六也即是四空若有相七也除無想天及無所有
處餘皆有想若無想八也功德施論云就四空中有想是空識二處無想是無
所有處也若非有想非無想九也則有頂天疏無餘涅槃
者非四涅槃中之第三彼同二乘故乃是無
住大般涅槃也不餘二乘菩薩變易生死及
諸細障故云無餘故法華云若得作佛時具
三十二相爾時乃可謂永盡滅無餘涅槃者
秦譯爲滅度故次經云而滅度之若以新翻
即云圓寂廣如前涅槃章說虛空衆生等者
通顯發心行相故華嚴十種行願一一結云
虛空界盡衆生界盡衆生業盡衆生煩惱盡
我禮乃盡彼第一是禮佛行願也餘稱讚供養乃至第十迴向一一同此以

虛空界乃至煩惱無有盡故我此禮敬無有窮盡念念相續無有間斷身語意業無有疲厭故此云虛空衆生無有邊際等衆生之言含於業煩惱也悲頌亦復如然者正同彼云我此等也由發此頌等者若以即時之心猶是宿習之性豈肯忘已濟他但心心策發以此頌境而為觀智熏習日久自然成性乃至得證菩提無心而化其化大焉經常不顛倒中疏我入覺者必不別有覺為可入也如前四相章初所說亦如前湯銷氷喻我既如此衆生亦然故天親論具云菩薩取一切衆生猶如我身自身滅度無異衆生滅度如是取衆生如我身常不捨離是名常心利益據此即知自他平等方是常心常心者無始已來本無我及衆生等相但是圓覺無增減無始終無生可度無真可證本來如此方為常心經云除彼等者然自及他約虛妄之想者各具我人衆生壽者等四今就文勢語便且以我為能度以衆生配當所度不妨所度衆生亦自有我能度之我亦有衆生詳之可見矣疏故天親等者遠離是智依止已下是所離障於中依止是摠餘則是別謂身見是我相即能度也衆生是他即所度也故結云等相無著云者已斷我見等是離我想故信解下是離衆生想摠是彼經下指配彼此文同其不顛倒心彼經及明此經順顯詳文可知經偈諷中疏長行達已同凡者文云了知身心畢竟平等與諸衆生同體無異如是修行方入圓覺敬師如佛者前約達理此約起行又達已同凡喪其我慢仰師如佛增其恭敬敵

體相對以成至行若普觀衆生而恭敬及一切普化自他相對應有四句一約理觀他是佛約情觀已是凡以成恭敬之行二約情計觀他是凡愚苦身約悟解知我同佛智可救以成大悲之行三俱約事相觀佛勝已以增自利之行觀衆生劣我以增利他之行四俱約理性以成無我平等究竟解行疏但諷能治者長行即先叙所治由有無始憎愛種子故未解脱也犯戒因者前彌勒章中叙惡業云境背愛心而生憎嫉造種種業生鬼獄故四相文初亦從憎愛展轉乃至業流轉等不能繫引違戒德者戒是波羅提木叉此云別解脱故遺教經云戒是順解脱故能治敵體相反故成治義上来依師離病文竟

圓覺經畧疏之鈔卷第二十三

音釋

絙胡官切一緩也　勗呼玉切勉也　剹音六併也

圓覺經畧疏之鈔卷第二十四

圭峯蘭若沙門宗密於大鈔畧出

經道場加行疏三一後一下釋科文得道之處名曰道場者此含理事事者如佛於摩竭提國界大樹之下坐禪而得菩提其樹亦號菩提樹理如淨名經說萬行皆是道場謂直心等又華嚴讃佛身恒徧坐一切道場言一切者謂智身徧坐法性道場法身非坐而坐道場色相報身安萬行道場化身安水月道場噵重者釋加行也心淨者釋道場也疏問此下二問答料揀文相可知三開章釋經進問中疏義如前釋者前問法菩薩名皆不再指令此指者意令再釋令再釋者正宗經終結歸宗本最須常要知故因此總敘一經血脉連帶故此菩薩名是經題故前釋者即序分中疏云然此正宗中諸菩薩等與佛問荅本意欲顯圓覺但緣節節過患未盡義意未圓收機未普故表法菩薩未標圓覺之名今有三意得名圓覺一前雖病盡理圓仍恐下根難入此又曲開方便三期道場即上中下機普歸圓覺二由前節級行解已圓至此名爲證極證極之境更無别體唯是圓覺三最初標圓覺爲陀羅尼者從本起末今顯義已周還至圓覺者攝末歸本表此三意故圓覺菩薩當此門問經請後中疏躡慶前者敘大智疏舉所爲者敘大悲如世慈父得樂即思其子菩薩心行悲智常行經結前中疏正法像法者年數前已敘之此二俱從佛滅後方說住世年載若佛在日即是法主更不在言之緣文中但言末法故以佛滅後當其正像

矣疏永揀餘性者彼說五皆定性皆是本有本有二乘無種性者則永揀之唯收大乘性者故敘五位之初文云謂具大乘二性者略於五位漸次悟入一本性住種性謂無始來依附本識法爾所得無漏法因二習所成種性謂聞法界等流法已聞所成等熏習所成要具大乘此二種性方能漸次悟入唯識彼五性宗有本不具大乘性者故云要具慈恩釋云但言大乘者揀彼定性二乘及無種性即知餘二乘無性及不定中一半是不具者永無具義據此即如今學唯識論人五性之中必皆是具者應合有多分人枉功修學必無解行悟入之義故若此宗中盡合習之未曾熏習無種之者熏成種故來生乃至幾生再遇緣必發生故然合剋志道場且被已有種者故云具大乘性以未有宿種者終不肯入道場故疏聞慧開者當三重因中第一重也疏菩提心者第二重因義如文殊章初已釋經期限中疏如法華中官事者文云譬如有人至親友家醉酒而卧是時親友官事當行以無價寶珠繫其衣裏與之而去等菩薩以度生為公家之事以自利行為私己之事如同國家賢良大臣以利濟蒼生為公事以自己家産為私事疏王賊命者三種皆有難字謂王難賊難命難三者總名梵行難也水火等緣亦屬命也不同律中一一別開或國王不信佛教禁斷法緣或賊徒草擾難為安住或種種障礙涉於愛性命之緣皆為他事他者總自不由己之義也故知雖有此等礙緣尚須隨分思察若無此等便合加行全功

今有人都無此等障礙又無度生之緣尚未能思察況更道場加行邪仍安然不驚悠悠而過大奇大奇量剋三期無別義者有人育臆說三期日數之義大是僻局必不得爾天台曾立志加功百日搘求證悟便得旋陀羅尼及乎習法華禮懺道場唯製三七般舟道場復製百日方等經中道場法式又云當以七日為期多則無妨少不可減諸教之中說道場之文甚多不可備引皆日數不同儀式亦異豈可一一別有義邪長期下根者障重難盡故中下如次可知反於此者長期上根謂能精進堪任勤苦多時不退故下期下根謂性懈怠不能久受艱勞易即能行難即便退聞道日久即不肯修故佛俯就接引八十日亦許中期中根進怠處中量力而製也若約利鈍而配即兩勢俱通且就利根者謂聰利懈怠者下期怠故不肯久利故障易盡利而精進者上期鈍而怠者下期義意例上可知其中期者一切皆取處中性也佛意多含且就大綱而製然眾生根性欲樂種種不同臨時製宜不可判定但量自他之力或上中下疏事理稱可者有人但言心淨即得何必嚴淨外相道場心不攀緣即得何必局居一處猶如囚繫此乃但約道理而言不細察自心難淨易淨難安易安且染心生起必假染緣如何淨心成就不假淨緣邪問其中忽有上上利根一悟之後常與道俱易淨易安何妨他有此言邪荅若是上上利根人必悲智具足能護眾生心行方便勸製的不作此言作此言者終非此類問何妨他還遇上上根

人作此言邪答此則屬前通別觀行誰抑他入此道場邪然亦須安處徒衆宴坐靜室若通若局終須令緣起心行與所悟理相應故云事理稱可謂内外俱淨身心總安矣經隨相用心中疏三一對當下釋想其勝緣當知唯心等者此兩句全是論文彼標云正念者當知唯心等正思正念義同故以彼釋此又唯心之義與此意同爲佛滅後設像而觀即是帶境佛在世時根緣俱勝不假外境直觀心佛故言唯心言根緣勝者論云如來在世時勝衆生利根根勝能說之入色心業勝緣勝圓音一演顯緣勝相異類等解顯根勝相疏不覩真儀等者且佛在日暫因昇忉利天爲母摩耶三月說法優填王憶戀情切猶使刻旃檀木爲世尊像禮拜供養況佛滅後不覩金容而不能施

設形像而觀瞻邪豈道心不如丁蘭之孝心邪況假之引心入法乎引心者因見丹青形像便想得世尊化現生身之像眼目精靈身手動轉慈顔喜色言語靜默處大衆中巍巍堂堂猶如目前雖目覩丹青而心注佛相次因此相的知化現如鏡中像像者必依於淨明佛相者必依於寂照喻中既目覩影像心全見於淨明法中即目覩化相心全見於法報法報既爾我心亦然心同佛心融心爲佛從此修於三觀是何魔等敢惑亂邪何空華之煩惱能障蔽於心邪故次云相即無相即見如來金剛結示其在茲矣亦可下重釋還同如來二句也前釋者以心注化現生身之相昭昭如在目前爲同在世之日此則以在日一期之化爲常住也今解者則直以世尊

理智真身爲常住也故云亦可就中意在報身報身眼耳等一一廓周法界有身可說不滅故可仰慕故經云懸諸幡華等者明助緣也本意敬佛設像因此莊嚴道場誓期日數也如方等者至下事懺中當略引說也疏去其下二釋禮懺儀式三釋經三七日去其久近等者此意如上三期之說疏次下下二釋稽首諸佛名字三懸敘三一備列八種禮佛法經者說禮佛方法也經既顯標禮佛禮佛即是所宗餘七皆是禮佛由緣謂供讚是禮佛流類懺勸喜是禮佛之意由欲懺等故禮敬以申懇志七是都迴禮等功德向於三處八申陳意所希望彼既顯以禮佛餘是方法今經次云稽首十方諸佛名字即正舉所宗懺者總舉所申禮敬之意理合具諸方法矣

然此八種通說其益則俱能遠離垢障速證佛果若別說者供養除慳貪障感大財富讚佛除惡口障得無礙辯禮佛除我慢障得尊貴身懺悔除三四障得依正具足勸請除謗法障得多聞智慧隨喜除嫉妬障得大眷屬迴向除狹劣障成廣大善發願除退屈障總持諸行初供養者尋常文云嚴持香華如法供養等然供養有三謂財法及觀行等具如大疏所明二讚佛者即尋常梵音文也是勝鬘夫人歎佛之文又上座別讚云佛真法身猶若虛空等諸經讚辭甚多不可繁引三禮佛者則七佛十方佛三十五佛五十三佛賢劫千佛乃至佛名經隨意廣略一一有經讚其功能四五已下皆如尋常依時禮懺所唱亦或廣或略唯晨朝禮最備四懺悔者偈云

十方無量佛所知無不盡等五勸請者凡小自度但懺而已菩薩愍衆故須勸請此有二種一請轉法輪偈云十方諸如来現身成道者我請轉法輪等二請佛住世偈云十方一切佛若欲捨壽命我今頭面禮勸請令久住等六隨喜者偈云所有布施福等隨所見他善事而生歡喜又隨順歡喜由昔不喜故今隨喜心而慶悅彼以除之也七廻向者偈云我所作福業一切皆和合等謂廻已修善向於三處謂實際菩提衆生（展碍成廣如 廻聲八角）所以要此三者其必相資一即具三方成一故八發願者偈云願諸衆生等速發菩提心等謂策勵運意爲發希求樂欲爲願即四弘誓或五願也彌綸諸行直至菩提菩提心戒以之爲體然上八種生起有緒謂發心香華供養

口讚身禮次洗滌法器欣求法雨攝他同已廻向三處願皆成佛然行願雖云十種但於勸請廻向中開爲別義也疏今略下二配指此經可知疏論中下三引文例證論即起信華嚴即普賢行願經引此二文例證皆亦有此八種之意也疏禮佛下二正釋三一略釋禮名可知疏準勒下二引文廣釋二一總釋七禮言勒那三藏者華嚴纂靈記云三藏是天竺人也既至此土華音又通講華嚴經道俗雲集講次忽有一人執笏形如大官云天帝令請和尚講華嚴經都講維那梵唄法事所須咸須備具講席衆僧皆悉同見言訖便隱三藏及都講維那當時奄然卒於法座優劣有七者然於中兼含是非非中有二即第一二也此 向劣仍是過患餘五則前前劣

後後優也我慢禮者身依次立心無恭敬高尊自得耻於下問如碓上下唱和禮者徒肅形儀心無淨想高聲喧雜辭句渾亂此二非儀也問既知非儀何必敘列同作觀門荅舉過以訶說非令止以就觀行也敬從心發等者情發於中而形於言讚詠之不足故懇到而禮拜之也運身禮拜運口稱名五輪者手足及頭著地者經中令一一發願云我今五輪於佛作禮爲斷五道離五盖令衆生常安住五通具足五眼願我右膝著地之時令諸衆生得正覺道（右是順義故成正覺）願我左膝著地之時令諸衆生於外道法不起邪見（左是違逆故表邪見）願我右手著地之時猶如世尊坐金剛座右手指地震動現瑞證大菩提願我左手著地之時於諸外道以四攝法而攝取之令入正道（左右表邪正如上）願我頭頂著地之時令諸衆生離憍慢心悉得成就無見頂相（皆發等流願也）無相禮者自此已下皆述身口恭敬禮時作此觀智非謂身口都不禮敬但將無相等以當禮佛善須思之若以觀智便名禮佛不須身禮即第三中亦應但以恭敬便爲禮拜不合運於身口義例如此豈不誤焉問大乘宗於意地意起名犯即名破戒何妨例此心禮即成功德荅彼起意作念的擬運身口行殺盗等心念成就竟無悔意故今但的擬運身業禮口業讚等心志決定竟無猶豫縱未遂嚴淨道場作禮之間灼然已生功德若無意擬運身口元無功德如本無意擬殺等亦無罪也然觀智既成觀境常現行住坐卧禮不間斷但觀心不退自然流注如受惡律儀之人（屠獵）

劫賊等業之類殺等之心念念流注不必正殺正盜也深入等者能所俱寂也蕩蕩無礙是離能所合法性之相也起用禮者問能所皆如影像如何得禮敬義成答謂先觀己身心是無明勢分從染緣起今以正智觀之無性即是一真法界然後觀此法界不守自性常能隨緣而起遂禮拜恭敬一心歸投托諸佛淨緣引起身心隨此淨緣而起名淨緣起如影從鏡現不妨運行歷位漸漸增進行位而行位皆然無有一法不依法界托緣而起故皆如影既身心無性合於法界法界無所不徧故我身心隨所依法界亦無所不徧無所不禮也故云徧禮一切身内佛者如塵中大千經卷如弊布囊真金如焦模中佛像如器中之鍠音等不緣他佛者不取相也若外有可觀

邪人行徑若能反照解脫有期見佛可禮者雙遮外境佛及身内佛身内佛者同中論說如来在五陰中破云如来應小五陰應大故偈云此彼不相在亦邪見者中論宗正破二乘邪也亦可即金剛是人行邪道此雙遮内外佛故觀身下二句淨名經也名平等禮者結歸所標實相也文殊云者入佛境界經中文也問古德集此名無相禮何不於第四門引之答古德揀取著事相通名無相無相之言通此四門或古人唯知有法相無相二宗不開此等權實今既開之則此偈當此門以無相正是所觀之理不得無所觀故等者餘九偈一一皆云敬禮無所觀也然上七種禮三通人天二乘及六度菩薩宗教中禮四即始教中空宗禮空是大乘初門故五即經教

中從體起用六即終教中顯實宗也不計空色直見本覺真性七即頓教禮也並如文思之疏然後下二别釋後四疏文約三觀三諦配釋義相可知疏今經下三結配此經疏具云下三釋求哀懺悔四一釋懺悔名此云悔過者此釋則翻懺為悔但是一義也别説者即懺悔兩字各是一義懺名陳露者義翻懺字如佛名經云懺是懺謝之名悔以悔責為義西塔律疏云興善伐惡為懺追變往愆為悔意亦大同餘如别卷疏其所下二明所懺障惑業報者惑即煩惱謂貪瞋癡等根隨煩惱業即善惡不動等報即果報謂苦果也三障者如佛名經説然其罪相雖復無量大而為論不出其三一者煩惱二者是業三者果報此三種法能障聖道及以人天勝妙好事是故經中目之為障所以諸佛菩薩教作懺悔此三滅者八萬塵勞皆悉清淨疏今欲下三明障起所由不覺者根本迷也故佛名經云獨頭無明為煩惱種今雖已覺倒習猶行亦長須悔恨起貪瞋癡者然煩惱雖有其十猛利發起是此三也故此三為業之因發身口意者能發是身業所發是身具所造是善惡不動業也受諸苦報者受有順現順生順後等三報也佛名經又云此三障者更相由藉由煩惱故以起惡業惡業因緣故得苦果此中有三重展轉以三障之名配屬文相可知更不繁敘疏懺有下四正明懺法二一總云責心者悔恨無始已來不早親近善友發菩提心而乃執認身心我相縱恣貪瞋嫉妬分别見慢造種種業如蠶作繭自纏自縛苦

苦壞苦行苦無有出期三障俱懺者準佛名經先懺煩惱云是故今日先懺煩惱諸佛菩薩入理聖人種種訶責名此煩惱以為怨家何以故能斷衆生慧命根故亦名此煩惱以為然賊能劫衆生諸善法故亦名此煩惱以為瀑河能漂衆生入生死海故亦名此煩惱以為羇鎖能繫衆生於生死獄故所以六道牵連四生不絶當知皆是煩惱過患次懺業障由業巧作六道令各不同懺有三種一伏二轉三滅也然小乘唯時定報不定者方除大乘則一切皆滅也後懺報障佛名經云非空非海中非入山石間無有地方所脫之不受報唯有懺悔力乃能得除滅等疏若就下二別善惡不動三種業中唯別懺惡業也善及不動但以迷心取相求有故成過患若離其病不除其法故此不懺若惡業背理招苦一向須斷故此懺令滅也遮罪者因佛遮制違制成罪性罪者法爾犯之有罪則十惡是也準小乘宗四重八重不通懺悔僧殘已下四篇方許餘如別卷作法者小乘懺要請大比丘為證對大僧具五法一袒右肩二右膝著地三合掌四說罪名種（罪名謂僧殘波逸提種是種類如於僧殘中自弄媒嫁等十三）五禮足若對小夏臘無禮足但行四法若僧殘罪須請二十清淨僧令六夜行摩那埵供給承事也七日滿僧為羯磨除罪還成令淨如本所受尼則集當衆四十清淨大德若輕罪則一日承事不必集也大乘亦有作法次下引方等經中是疏即須起行等者於作法懺中兼即起行也事如方等者明事懺也謂彼經令先嚴淨道場香泥塗地

及室內作圓壇彩畫懸五色幡燒海岸香點燈敷高座請二十四尊像多亦無妨設餚饍盡心力新淨衣服鞋履無新洗故出入著脫令無參雜七日長齋日三時洗浴初日供養僧起意多少別請一明了內外律者為師受二十四戒及陀羅尼對師說罪要月八日十五日當以七日為期此不可減若能更進隨意堪任十人已還不得出此俗人亦得須辦單縫三衣備佛法式旋繞一百二十帀却坐思惟等廣如經說佛名經者方等多明作法兼起行佛名多明起行少說作法又兼理也文云夫欲懺悔必須先敬三寶所以然者三寶即是衆生良友福田若能歸敬滅無量罪長無量福能令行者離生死苦得解脫樂先當與七種心以為方便一者慚愧二者恐怖三者厭離四者發菩提心五者怨親平等六者念佛報恩七者觀罪性空生如是七種心已緣想十方諸佛賢聖擎拳合掌披陳至到慚愧改革等理行如淨名下明理懺也即優波離為二犯律比丘懺悔維摩詰訶云無重增此二比丘罪當直除滅勿擾其心所以者何彼罪性不在內不在外不在中間如佛所說心垢故衆生垢心淨故衆生淨心亦不在內云云如其心然罪垢亦然諸法亦然不出於如如優波離以心相得解脫時寧有垢不我言不也維摩詰言一切衆生心相無垢亦復如是唯優波離妄想是垢無妄想是淨顛倒取我例知諸法皆妄見如夢如燄如水中月如鏡中像以妄想生其知此者是名奉律乃至時二比丘疑悔即除發阿耨菩提心餘如別卷具

引釋也難曰觀罪性空罪即滅者觀福性空福亦應滅荅曰不也以罪違性福順性故真性望罪是能治能治顯時所治之罪即滅望福是能生能生顯時所生之福無盡故金剛經云無住相布施福德如虛空等又普賢觀經及華嚴隨好品亦具二種懺觀經明晝夜精勤禮佛即是事懺觀心無心從顛倒起若欲懺悔者端坐念實相即是理懺隨好品中等衆生界善身語意業悔除諸障即是事懺觀諸業性非十方来止住於心從顛倒生無有住處等 即是理懺事懺除末理懺除根又事懺除罪理懺除疑餘義具如大疏疏感應下三釋感應獲益或見等者所見無準或佛摩頂或種種華光説法等 故言或也見者或於定中心忘身處之想而忽見之或於觀中

見眞性隨緣成如此相據義雖成一切不唯此相然且當正與此相相應或眠夢中見如是等總名遇善境也不作聖心者佛頂經中説諸勝相皆結云不作聖心等今用此語若天台等者即彼止觀第九門中明善根發相有其真僞僞者隨因所修數息等禪（彼先説五停心觀發相後始明此真僞故）所發之法身手紛動或重或輕或寒或熱或念散善或起惡覺乃至憂喜驚樂此名邪定若人念著多好失心或鬼神知之則加勢力令發諸定智辯神通感動世人謂得道果乃至命終隨鬼神道若因此行惡即墮地獄若能知之正心不著即當謝滅真者無有如上之法一一禪發即與信等相應（與信進念定慧五根相應等者等餘四故）分明清淨内心悦樂智鑒分明身意柔輭徹妙虛寂厭患世間唯欣

出離若見此善根發時應隨所宜或止或觀修令增長今經云遇善境界即信等相應經離相用心中

圓覺經畧疏之鈔卷第二十四

音釋

笏呼骨切斑也　鍠胡觥切聲也

圓覺經畧疏之鈔卷第二十五

圭峯蘭若沙門宗密於大鈔略出

疏二一亦名下正釋可知疏然論下二會通除惑等者惑業在心如塵泥在水令𢡟除之如水去泥滓攝動者謂雖除惑業不貯心中掉舉浮散任運流動或種種思慮修習何成如四病云作如是言豈是貪嗔豈便結業又前云虚妄浮心多諸巧見皆同此說故須攝念澄心如水清而澄渟也空者由除惑業故寂者由攝馳散故方能等者如水現像經標異中疏毗尼經等者今取意撮略引之證二戒不同非證道場之事彼經云聲聞乘人雖淨持戒於菩薩乘不名淨戒菩薩乘人雖淨持戒於聲聞人不名淨戒優波離聲聞人不應乃至起於一念欲更受身則名淨戒於菩薩乘最大破戒菩薩乘人於無量刼堪忍受身不生猒患名清淨戒於聲聞乘最大破戒又菩薩不盡護戒聲聞盡護菩薩持開通戒聲聞持不開通戒更有要文别卷具引疏六和者梵語僧伽正翻云衆義兼和合若但言衆何異鄽肆多人聚集或軍營羣吏皆長同一處互相侵謀争名競利若唯云和合何方二人同心或共謀惡或夫妻之類故須具云衆和合也和合有六謂身口意戒見利身和共住口和無諍意和無違戒和同修見和同解利和同均經正陳中疏怖魔者初出家時魔宫振動比丘是能怖魔是所怖非謂怕魔謂令魔驚怖名怖魔如云驚軍動衆乃是軍衆驚動也乞士者上從善知識乞法以鍊神下從檀越乞衣食以資身淨戒者有表而受

無表而持緣具心真故名淨也有人加淨命破惡以爲五義今以乞士是乞衣乞食正命離邪如法而活即是淨命也淨戒不犯即破惡也故不別列經云優婆塞夷者優婆此云近事塞夷則是男及女聲四分律又云婆私皆梵音小異耳經云修寂滅行者理實而言既修三觀即有至静起幻寂滅等三行今通言寂滅者正是中道圓覺迥異二乘兼含揀權教菩薩故疏八識等者本章已釋四智者菩提章中已釋其銷經義意可見但逐難略指疏五識取塵等者率爾眼識同時意識等也疏小大安居等者料揀大小也八對皆上小下大務其文略不能一一指之然所對小乘之行皆約結大界内衆和合安居依法之行其中或有難緣或別事故獨居者或二三人居者此不對之以事希故非佛教本意故是别行法故言所依者若據嚴淨道場亦是所依緣經云以大圓覺爲我伽藍故取圓覺也又道場日滿夏日未滿不妨東西故不取道場又修觀之時忘於身及處所之相故也大中示現安居及實相住持自稱名等皆是經文示現者陳辭句及標心也其中小乘定實事相對首如常可悉然心不起念念起皆本不間斷覺無上菩提等該不安居道場觀門本亦如此今取以爲安居相者有二意一明言示現安居二因說安居便形對小乘說故問大小二藍何寛何狹荅若以成相即大寛小狹界内及圓覺故若以破相即小寛大狹身出界及當處念起故經誡取中疏二一總標下定所證境是加行中之說證也故云

總標等謂加行克脩三觀雖在後段說之此是道場中修證儀式故總標舉誡修三觀之人若證見境界非先所聞不得取著也疏謂信下二正解釋然斯文甚要餘處所無至於天台辨禪門修證最備亦無此誡若得此意天台覺魔事一門及邪禪善根發相一段都無所用若失此意則縱全用彼二處之文亦說邪魔之相未盡矣別異境相有何窮盡故唯除實相餘皆魔事故有證有得皆名邪故願諸學者諦思念之元來不異者明證與信始終不異也謂信若不信圓覺餘信皆邪如三聖圓融觀說由此義故經云發心畢竟二不別及初發心時即成阿耨菩提又云因該果海古今傳云初發心時與佛齊功皆斯意也若不解此義如何會如上等文文中易見

隨難釋耳經荅加行中疏二一二荅下科分二隨釋經正觀中疏前威德段中圓說者具二利也餘文詳之可見經觀成中疏二一此有下釋標釋二一釋標文治諸覺觀者據五停心觀對治之中藥病如此不取餘四者悟淨覺人全無愚癡亦不著我貪瞋麁重已能覺之伏之故不作餘四觀唯思覺微細非所執法任運而起最難制止正障禪觀故此先取數門以治之也入妙境者寂滅中道是此觀中所觀境故然修下釋修息也修出入息者非唯繫心不散抑亦易悟無常以喘息出入是壽命生死之所依故又萬物皆因此息而有今覺此氣息都無根源雖云氣海何有深廣之實由此觀之易悟諸法空故今此標列但依出入息道有六門方便修之此是內

行根源三乘要道故瑞應經說世尊初詣道樹加趺坐草欲習佛法内思安那般那梵語此云出息入息一數二隨乃至六淨萬行開發降魔成道佛為物軌示迹若斯三乘正士豈不遵稟又提婆菩薩破外道已亦勸修此門然此六中準大疏釋各有二相一修二證數中修者調和氣息不澁不滑安詳徐數從一至十想心在數不令馳散證者覺心任運住於息緣即捨數修隨下皆說捨前修後之意隨中修者隨息出入想心緣息無分聲意證者覺息長短徧身入出心息任運相依緜緜若存恬然凝靜止中修者不念前二凝寂其心證者覺身心泯然不見内外觀中修者定中觀於微細出入息想身心不實剎那不住定何所依證者覺出入息徧諸毛孔心眼開明徹見三十六物得四念處破四顛倒還中修者反觀觀心無所從生何有觀境境智雙亡道源之要證者心眼開發不加功力任運破析返本還源淨中修者知五蘊空故不起妄想心本淨故證者如是修時豁然開發三昧正受心無依倚或證五方便或無漏慧發等或依次下明修之儀式然天古總列十門今此略用兩門之意謂一次第相生二隨便宜也言依次者即次第修此六門如上引釋或隨便宜者謂於六中調試其心各經數日即知便宜隨便而用心若安隱必有所證證者謂種種禪定廣如疏釋者大疏具用五門初二如上三對治四旋轉五觀心一一列釋故云廣也疏由前下二釋釋文二一正釋由前至心淨者釋經先取數門一句躡前因息數而入心數或不

由息但入心數故了知心中等言故了知者總含兩般之意但修成皆能知也問經云心中了知何得此云了知心中豈不倒邪答二義皆具謂只是我自己心中了知非別有能知之慧又還只了知我心中生滅等念非了知心外實有定法故應如此釋之豈是倒邪麤細者約論中生住異滅開為三細五麤除業果故唯五以辨麤細如次下疏中自配麤者五麤細者三細又麤中之麤異滅二相細中之細唯是生相細中之麤住相中前二麤中之細住相中之後二妄念者總指也本中三細末者五麤又住等三相皆末生相為本又生等四相皆末根本無明為本分齊者生相及住相中前二在本識中餘皆在事識中又前麤細各有本末各有部分限齊故論云生滅相有二種一者麤與心相應故心所與心王相應或境與心相應二者細與心不相應故以無心王心所之相而可相應又麤中之麤凡夫境界麤中之細細中之麤菩薩境界細中之細是佛境界界即分齊之義也頭緒數量者總結上也謂四相猶如首領一一相中各有衆多生滅等法展轉因依生起皆有綸緒不相雜亂乃至八萬四千不離四相故云頭緒數量也生中一者業相也滅中一者起業相也住四者轉相現相智相相續相異二者執取相計名字相皆如前文頻有引釋訖疏據論下二證同二一正指同三一敘義凡夫覺滅等者前淨慧章中已具辨訖疏故論下二引文言乃至者次云以無念等故而實無有始覺之異以四相俱時而有皆無自立本來平等同一覺故前文已引故

此略之疏釋曰下三釋意正釋成論意與此同矣疏問文下二通妨難應具問云此觀文首便云先取數門都無無念之言何得云正當此門應具答云人難解經良在於此且三觀體用法義分齊在威德菩薩所問章中至二十五輪再說者猶且明修三種時或單或複或具不具相兼定慧修之分齊謂至靜動用寂滅等各別今此門中直明趣入方便且令數門調心息於攀緣覺觀諸念自寂即入妙境但是修習彼之三觀元無兩種三觀故辨音問云此諸方便有幾修習此段菩薩問云三種淨觀以何爲首皆舉前法以問修之儀式今云論中無念同此者此觀根本文云不取幻化及諸静相等三種絕於對待之念結成寂滅之行至諸輪中一一皆云寂滅具

如彼中已釋夫寂滅者生滅滅已方名寂滅故科云絕待靈心觀絕待者無念也靈心者一覺也以此云同何所疑邪今云寂觀但取文少非謂捨於前名故次云正當絕待意在此矣縱就數門而論亦本爲對思覺等念念已止息方見生住等念故前云由澄諸念覺識煩動夫有念者必不見無念之理前已頻有徵釋善思念之然疏中云文在前章者有二意一若約法義體用即唯前威德一章若兼諸輪一一標顯至靜寂滅等各有分齊即總指二章也今此但明已下皆已釋了疏初則下二釋結成相經功用中疏淨心是圓覺等者淨者心本空寂爲靜故是體也心本能知爲覺即當用也心通二言矣萬物皆然者若云不知萬物是何因緣偏知兩滴一色邪

定不如此但此經宗貴文句簡略故但舉兩滴問從前既云衆生本具圓覺淨心如何不得知一切耶故次荅云凡夫之類等經徧修中疏三一如來下略銷文二一約所感勝緣佛出釋萬行已圓者說修行文云方便隨順其數無量圓攝所歸當有三種據此即三觀便攝萬行故就此觀成之人便是親見如來應身也以見佛之益亦只是意在行圓故疏又即下二約自心本覺佛出釋離念者靜觀成離麤重攀緣之念幻觀成離沈空滯寂及執著定相之念中觀成離對待分別之念唯除本覺真佛更無餘念而可隱翳故云出現於世疏然前下二廣釋義三一指經總標般涅槃者般者入也涅槃者寂滅也（翻文釋義已在本章）疏實義下二正釋義三約實義言實義者成佛及入涅槃各有實義成佛者大經云應知如來成等正覺於一切義無所觀察又云譬如虛空一切世界若成若壞常無增減諸佛菩提亦復如是若成正覺不成正覺亦無增滅涅槃者大經又云欲知如來大涅槃者當須了知根本自性如真如涅槃如來涅槃亦如是（實際法界虛空一一例真如說）又云如來不為菩薩說諸如來究竟涅槃亦不為彼示現其事何以故欲令見一切如來常住其前於一念中見過去未來一切諸佛色相圓滿皆如現在亦不起二不二想釋真俗二諦皆以緣起之言標指者為揀權教中一向凝寂空無之真一向生滅動作之俗謂此真是法性緣起之真此俗是法性緣起之俗也言大經者華嚴也前後皆然無有少許處空無佛者非唯諸法

中下至極微塵皆全有佛而十方虛空一一可容一塵之處亦皆全有圓滿具足之身相也即生即滅者楞伽云初生即有滅不爲愚者說四相同時即是論文前已引釋常住世常涅槃者此與前異前云念念是剎那生滅義但以相續不斷故云常有佛成正覺涅槃令是凝然常住永離生滅之相故全異也言住世者此常住覺照不離生滅法中也常涅槃者不同諸法滅也疏對機下二約對機戀慕故等者文云譬如日出普照世間於一切淨水器中影無不現普偏衆處而無来往或一器破便不現影如前引釋疏對令下三結會此經三觀成就離三種麤細之念故見佛現如水離渾濁波騰等相故見日現疏然此下三釋成圓意各有證相者並如經所明偏修方契者及顯不偏修即不契證也故前云此三皆是圓覺親近若得圓證即成圓覺如前文者諸輪末文云若諸菩薩以圓覺慧圓合一切於諸性相無離覺性名爲圓修三種自性自性者稱體本來具也經隨便互修中疏文有四句一藉假入空二藉空入假三藉空假以成中四藉中以成空假此有二對其中義意扶持相成直見心源者空觀前對云諸法即性故空後對云無別所現故空既無別法所現方知即性既云即性當知無別故扶成也假觀前對云不壞相故假後對云但從性現故假此亦相成可知經偈諷中二初諷道場中初一偈期限次三句行相後二句誡邪後諷加行中初一偈別修次二句偏修後五句互修並如文可知第三流通分疏一

一大文下總明来意於中從謂正宗下至有此分是躡前起後從都無人傳至不擁不塞是解科名相文顯疏文五下二科釋經文二一科分此章既無偈諷但長科五叚耳二隨釋經問能詮中疏事須持教者故律中世尊說過去六代如來中有四佛結集經教故佛法久住於世二佛不結集經教故佛法速滅貫穿者以經教貫穿法義義則不遺巳如懸談引佛地論釋詮疏先須識名者如論語云名不正則言不順言不順則事不成事不成則禮樂不興禮樂不興則刑罰不中疏十法行者具如大疏道場禮懺門中法供養處釋今此疏文略義具謂寫是書寫施是轉施等也餘謂聽聞受持披讀諷誦思惟修習其說釋即是前云開示也此十法行皆流布之相故結云如是分布等經標說護中

疏一說即是多說者如說華嚴時具十種縁謂一依時從無始際盡未来際念念常說無間斷故二依處徧法界中所有世界彼無量世界一一塵中皆有毗盧遮那說華嚴故三依主如前十方一一世界一切諸佛皆同說故故彼諸會每說巳皆結通十方一切世界故十方佛来　證皆云我等亦如是說餘七不能具述然雖一一徧一切時一切處佛佛同說皆徧法界爲門不同亦無雜亂廣如別卷疏諸佛護持者只如諸部般若多是天帝守護法華是菩薩守護華嚴及此經是諸佛自護良由根本法是佛師故疏諸教煥然者諸教所說一切染淨諸法皆是圓覺妙心之中派流生起故達此法則諸法皆通若不了下即取意用大經之文文云不能了自心云何

知正道也故云眼目者都結上義以歸經文經答名字中疏非器不聞者非揀之不爾自是彼堅執不悟不悟則但聞聲音語言不聞法也如日月不隔於盲人雷霆不隔於聾者等疏極證之處者如懸談初泯絶果相成圓門中廣説此義疏隨緣起妄者既是在纏淨隱染顯故（唯云妄也）空不空等亦如前説此但列之以釋經中差別之言耳慇疏總科五名云初圓照總持二契經宗訣三三昧根本四寂滅真常（佛常以寂滅爲所依境界）五真妄含分疏依此名而持者如云大方廣便須心冥體性普觀德相善巧起用餘例此知又華嚴祖師藏和尚所製受持大乘經教儀式有五門每門五義在別卷中若以義求等者觀彼處疏文即明經標行中疏前云等者皆是難辭謂既亦是

衆生覺地何唯佛境無明等法豈是佛境界今云下牒起難辭也決下釋此意云雖説無明衆生等法一一皆空空故徹其覺地不同法相宗教説爲定有有則與佛永殊故此名爲顯如來境也華嚴信位等者即第二會十信法門中問明品説所信之境有十門甚深第一緣起甚深問答心性是一云何見有種種差別等乃至第十佛境甚深問答佛境界智佛境界知等十義謂智是諸佛智用知即衆生心體故此云智與知殊皆佛境界前已具釋既於信位明之即知緣起十門之法本來甚深皆是佛之境界況此經所説染淨之法皆依圓覺現起豈非唯顯如來境界邪經依修中疏十法行者謂修行之言通於總別別者是十中修習一行總者書寫讀誦等總

是修行故此當總也疏必至佛地者至所顯之處也經法中疏宗是頓者始終依圓覺故具漸門者二執二空五道五性四位三觀四相四病三期三七禮懺安居等也遲速皆益者謂已悟者文性離而持法未悟者無離文而持義是奉持之相也分上中下者上謂通明觀行中則别明三觀諸輪下則道場加行故云頓漸俱收經喻中疏漸教乖頓者就彼宗中若云初心即是佛者以爲驚異初十信人尚不得錯呼爲十住况云佛耶諸皆類此故云乖也頓門必具漸者雖云輪迴等非作故無本性元無而乃説貪愛是輪迴根本備述過患勸令除斷雖云衆生本来成佛而乃廣説發心發願勤修觀行等故云必具大經亦云初發心時便成正覺然後具説十住十

行次第修習乃至妙覺經答功德疏二一四答下科分叙意聞經配福度人配智者疏各隨科便自釋然訖二中從又聞者下重釋兩段前福後智之義也後宿因中雙明福智者經自明言種諸福慧慧即智也二依科隨釋經顯勝中疏如金剛者彼云若人滿三千大千世界七寳以用布施乃至若復有人於此經中受持乃至四句偈等爲他人説其福勝彼然文例雖同優劣又異彼須受持方勝此但聞名已勝又彼兼為人説方勝此自信已勝問約彼經初校量之文即如上所説然彼向後復以多恒河中沙以計三千世界滿爾許世界七寳布施尚不及持説又以河沙身命布施亦不如持説豈不超過此一世界七寳所校量邪答彼經次第斷二十七疑故義理

境界轉轉增勝上所引難之文是已斷至第七重受得報身有取之疑已悟報身無取故功德超過多界七寶及身命之施今此但校量聞名及一句義都未校量證悟深妙之境以深妙境無有世法可校量故故知所問全非類也盈剎者滿世界也為漏果之資者與有漏六道報應之果而作資緣致令三界生死不絕仍招第三生之重苦故云爾也懿本文云能招漏果之資文意不切謂世珍是能招漏果是所招句已圓矣今更云之資乃成資是所招義勢渾倒今謂資是資緣資助資助貪愛施心招於漏果即知資是能招故改云能為漏果之資義意極相順也經度人校量疏二一二以下顯意二釋文經舉劣中疏積德者且如勸得一人斷酒肉或持五戒福

德尚多況八戒十戒乃至出家受具足戒其功已難可說況一百箇恒河一一河中所有沙沙細如麪以一沙計一人令爾許人皆得阿羅漢此之功德唯佛能筭誰測邊際故云可知可知至極之多非謂知其數量經顯勝中疏空體不空者靈鑒不昧此則以空如來藏為半偈二種皆具為全偈也或無常真常者悟一切法皆悉苦空無常為半偈於空無常處見常住真樂本覺法身方為全也故涅槃經羅剎說半偈云諸行無常是生滅法後更說云生滅滅已寂滅為樂方為全也又能覩身不淨等四念處為半法身常樂為全若約當經則幻身滅故幻心亦滅幻心滅故幻塵亦滅幻塵滅故幻滅亦滅總為半偈也幻滅滅故非幻不滅譬如磨鏡垢盡明現為全

偈也問若爾則此云分別半偈同於小乘或同大乘權教如何功德如是難量荅由先標圓覺爲宗已破無明爲夢中人於此性淨圓覺之中方說無常等法故先悟如來圓覺無垢然後說無始無明種種幻化皆生如來圓覺妙心顯性之宗例皆如此論中亦云依覺故迷故雖半偈已迥超諸教之全由斯功德難可筭計經宿因返驗中疏二一三以下顯意二釋文經順明中疏亦如金剛文勢者彼經云如來滅後後五百歲有持戒修福者於此章句能生信心以此爲實當知是人不於一佛二佛三四五佛而種善根反顯以無量千萬佛所種諸善根順明經荅護持中疏故經說者淨名經也樂生死躭著富樂自恃強盛常樂勝他是生死業也著諸見者是邪智也故

引爲證瓔珞經云樂行勝負天魔行樂見是非外道行經天王衆中疏爲請主者如懸談初門引法華說經鬼王衆中疏一由旬者舊譯云四十里新譯云十六里疏自惟下大文第三慶讚迴向三一慶二一傷昔言迷者無明也心海者心是法海是喻對下句中生死波生死是法波是喻謂風吹海而成波無明迷心而成生死故論云如大海水因風波動水相風相不相捨離而水非動性若風止滅動相則滅濕性不壞如是衆生自性清淨心因無明風動心與無明俱無形相不相捨離而心非動性若無明滅相續則滅智性不壞故若約楞伽經即以風喻境界文云藏識海常住境界風所動洪波鼓溟壑無有斷絕期論云無明約因也經云境界約緣也因緣具

足故令淨心動成生死波浪也漂沈者人天爲漂三塗爲沈如人墮落漩渦水中一沒至底暫時漂至水面而出水不得又却沈下一一配合可知塵沙佛出者從無始來諸佛慈悲傷愍衆生迷倒墮落出現人間相計其數如抹世界爲塵之數亦如恒河中所有沙有如是等恒河一一恒河所有細沙之數恨我與佛無縁佛出此世界我生彼世界佛出諸世界我則生此世界或佛出時我在三塗或北洲等一切難處我暫得人身則佛及教法已滅該法未滅亦不聞不信不能發心猶如盲龜墮在海中求出不得海有浮木木中有孔可容龜身龜若得入其中漂至海岸即得出海然百千箇盲龜浮木無由相偶我如盲龜佛如浮木孔以不相遇于今凡夫法華涅槃皆有此喻所言佛出人中者病重之處則偏憂也六道之報多從閻浮人身造得發心修習三乘無漏之業亦在人身由人中分別強盛多思議故六天苦少八難縁隔堪受化者唯是人中疏何幸下二慶今若據所逢了教華嚴及諸圓頓顯性經論數部然今且正慶此經也千重疑者余先於大小乘法相教中發心習學數年無量疑情求決不得後遇南宗禪門真善知識於始終根本迷悟昇沉之道已絕其疑至於諸差別門心境本末修證行位無量義門及權實教猶未通決每因思惟觀照或因披尋諸經律論至相違之文屈曲之意迷疑之處智則結滯如水流之次風凍結氷則不能通流心情鬱快亦如此也自習此教一一泮釋如氷在日中亦如湯沃

霜雪故云類氷消也尋思等者反驗宿因若非累世遇諸善知識聞了義教熏習藏識豈得如今覩此妙典便能悟解邪豈一生二生三四五生聞信便能悟入如此性相無礙真妄融通凡聖交徹本末自在無雜無亂千門萬義一一成就無疑滯邪當知已於累世積集聞熏已於多生遇善知識方能通達如此甚深至教文乖意通等義門也實曾頻頻尋思此意或靜夜通宵或宴居終日或獨行盡於一程想像于懷感荷多生諸善知識開誘勸示而至於此又委細想得數生已前初遇善友之時必難信向種種堅執作種種非理之語騁能騁辯務在抵拒賴善友慈念覺悟恐涉毀教恐轉墜墮乃盡心竭力方便救濟如此數生方肯信受雖能信順又未悟解復煩善友種種方便譬喻教令通會又經數生如此然雖隨言即解過後依前因循而已仍未解生難遭之想念念求學常只是費善友心力長時勸策方能漸進又經數生空好習學言教道理不能對境檢心不能覺察妄想折伏情念每聞善友說甚深意即歡喜聽受亦聞指著用心乖道處即不歡喜反疑善友或不憐念信任人言或有餘意如此種種障道門户從初發心乃至今世委曲思唯想其流類種數千千萬萬事須一一蒙善友悲憐不捨百計千校漸漸誘引方得今生能超過尒許多障道關節數曾閑暇之時幽靜之處因反思多生之事淚流至項心咽至胷往往微聲啼泣恨不便見多生善知識一一託得懇到禮謝種種報効因此便念念發願願來生

一一刦得相逢兼得宿命智一一醒得一一竭盡身心供養報恩懇情如此不知所爲因略書示同流令知我前車已翻諸人後車當改轍耳疏上七下二讚哀末世者十二菩薩一一問中皆云願爲菩薩及末世衆生也始終者始謂文殊問本起因地終謂圓覺菩薩問三觀修證若對一類上根初一周說則淨慧章說凡聖因果之人隨順覺性之相便爲終也次第者謂於了教發心直趣大乘之人且合問最初依何法發心以何爲本因故文殊依此而問故佛爲說圓覺淨心本有總持染淨諸法是一切法之源由無明故妄認此身心爲我故有輪轉又無明本無亦無達悟之者歸如来藏究竟圓滿次既悟此境法尓合知依悟處修行之理然淨覺本具無增無減無明本無無可除斷即不合修若不修行又常居幻化修不修義言反意合固宜了之故普賢依此而問佛說身心及修行智雖皆如幻不妨以幻智修幻身心身心盡時幻智亦滅覺性圓滿無生無滅次既悟此理法尓須知修之方便如何創意如何運心而得觀行成就故普眼承此而問佛說以正念離幻爲前方便止息諸緣奢摩他此云止堅持禁戒安處徒衆宴坐靜室恒常思惟一一推斥四大根識塵境於中我執法執皆無所有即達二空所顯真性又泯修悟之相影像亦滅覺心清淨一切皆然無自無他平等不動徧滿法界於諸二境無愛無憎乃至衆生本成佛道次聞此說已根稍劣者法尓合疑本来成道何得現與佛殊優劣天隔故金剛藏菩薩知機

依此而問佛說良由衆生輪迴之心而觀圓覺似有流轉其實覺元不動如舟行故見兩岸移其實岸本不移既通此疑方知由輪迴之心故見圓覺流轉法尒合斷此心次然此輪迴心及輪迴相任運流注蓋不由已不知何法是輪迴根本得如此不斷不絕故彌勒依此而問佛說貪愛爲本故造業受報相續無窮設使依三乘教熏若不除根本無明終難入覺次即知斷除貪愛起增上心發清淨願住佛圓覺求善知識即不墮邪見則修真止妄理意周圓法尒要知依此而修既從初心至於佛果常依圓覺所作所爲常須相應隨順圓覺既無別異凡聖復有階差如何差別位地皆順無差之覺故淨慧依此而問佛說十信三賢十地佛果隨順覺性各有行相是則一期法義終始周圓但衆生根性種種不同或上中下或起動止息或宜任運而合道或宜拘繫專注而證理如一城四門隨方各入如何方便徧被諸機故威德菩薩依此而問佛說於諸修行實無有二隨順方便其數無量圓攝所歸循性差別當有三種謂奢摩他等也次既聞三觀是別對根宜趣入之門法爾要知爲一人總修三種或三人各修一般或二或三或單或複故辯音起問佛為說二十五輪一切皆許次既知所修觀行門户法爾有人自覺依法修之心念不息觀行不成自疑覺性本淨此由迷倒故不相應今已頓悟又依趣入門户修之如何不能證入故淨業起問佛說由無始我人衆生壽命等執習氣相續故不入覺非覺違拒諸能入者

次既知我相潛伏難辨難除須依善友積習妙門發心勤斷法爾要知何等人是真正善友堪可依止又法爾合有一類人以發心勤修勤斷故或便種種造作務圖早證或怕生心為失一向任運或但止息妄念或欲滅除根境故普覺菩薩知之起問佛說依於明師除微細病之方法也次中根之類法門已周更有一類至下根人復有大志決欲求證之者須有事法拘制方能克志成功故圓覺菩薩依此意問佛說三期道場加功用行之法及於三觀或別修或偏修或更互試修修之不得又教禮懺等也次正宗三類一切圓足法爾須知護持修習此言教之方法令此教流通不絕故賢善首起問佛答經名及說經護經之佛校量持教功德乃至諸天神擁衛

大衆奉行故云次第也諮詢者即佛讃文殊云乃能為諸菩薩諮詢如來因地法行等也能仁者梵語釋迦此云能仁也應感者菩薩衆請問是能感佛是所感佛是能應諸菩薩是所應稱心源者圓覺妙心是諸法之源也心即是源名為心源亦可心是能斷所斷染淨之心源即覺性真心此則是心之源名為心源前持業釋後依主釋二意皆通此經從首至末所說一切種種差別法義一一依於圓覺淨心而辨故云稱也本末無遮者諸大乘或唯一向說空寂之理真如寂滅無修無證無能無所不可智知識識言語道斷心行處滅是唯說本而遮末也或一向說一切衆生無始已来皆依八識展轉熏習變起染淨一切諸法有情無情無明故起惑造業受報

無窮若不遇佛定是凡夫無由成等正覺若遇佛教發心生信修六度萬行或二乘行展轉趣入各依自乘經三生六十劫等或三祇劫方始成佛此唯說末而遮本也今經具足明了顯示本末無上法王有大圓覺又無明本無又知無者亦如空華如來藏中無起滅知見乃至妙圓覺心本無菩提及與涅槃亦無成佛及不成佛無妄輪迴及非輪迴如是類例不可具陳皆是本也又種種迷倒行相種種修行行相位地階級觀行差別道場法則如是類例亦難具引皆是末也所說末皆是即本之末未曾遮本說本皆是即末之本未曾遮末故云本末無遮無遮之言是金剛藏請云惟願不捨無遮大慈爲諸菩薩開秘密藏如設大齋遠近僧尼來即供養更無遮障乃至行者童子貧病之人一切不障名無遮齋今經亦爾諸大菩薩地上地前乃至末世或初心門户或修之意旨深淺皆被如大海水不讓小流修羅蚊䖟飲皆充滿故曰無遮也頓者是化儀之頓也謂若且說泯迹離相亦不名頓故法鼓經云一切空經是有餘說說理未盡故又中論云空是大乘之初門故若且說事相行位亦非爲頓未窮真源故今經本末俱說相即無礙故云頓演說也疏已採下三迴向羣詮者諸經律諸論疏諸雜要妙祕訣等也扣真寂者反自觀心照理依於悟處見處而述此疏此中有二意一以採羣詮故不同一類禪宗但約心迷理不勘契聖教爲定量二以扣寂故不同一類聽學文疏之人但慱附舊語抄集疏論改頭易尾便

稱我製造章疏令乃以聖教爲明鏡照見自心以自心爲智燈照經幽旨故云採詮扣寂等也扣寂之言即子書云扣寂寞以求意也隨應聖旨者雖徧覽羣教而不盡用亦不揀自巳熟處即用但以聖人説此經時意旨相應即用故云隨應聖旨也斯文者此經也迴功德向衆生者然所迴向處具有其三謂衆生菩提實際今以經意門門皆在末世衆生故順經標生也又修大乘人有大悲增者有大智增者餘以情性鈍弱多愍下流故迴功德向衆生同入光藏光藏即實際也唯闕菩提之言含在入字中能入是智故當菩提矣

圓覺經略疏之鈔卷第二十五

大方廣圓覺經大疏

唐終南山草堂寺沙門宗密述

清刻龍藏佛說法變相圖

大方廣圓覺經疏序

唐江西道觀察使洪州刺史兼御史大夫裴休述

夫血氣之屬必有知凡有知者必同體所謂眞淨明妙虛徹靈通卓然而獨存者也是衆生之本源故曰心地是諸佛之所得故曰菩提交徹融攝故曰法界寂靜常樂故曰涅槃不濁不漏故曰清淨不妄不變故曰眞如離過絕非故曰佛性護善遮惡故曰總持隱覆含攝故曰如來藏超越玄閟故曰密嚴國統衆德而大備爍羣昏而獨照故曰圓覺其實皆一心也背之則凡順之則聖迷之則生死始悟之則輪迴息親而求之則止觀定慧推而廣之則六度萬行引而爲智然後爲正智依而爲因然後爲正因其實皆一法也終日

圓覺而未嘗圓覺者凡夫也欲證圓覺而未極圓覺者菩薩也具足圓覺而住持圓覺者如來也離圓覺無六道捨圓覺無三乘非圓覺無如來泯圓覺無眞法其實皆一道也三世諸佛之所證蓋證此也如來爲一大事出現蓋爲此也三藏十二部一切修多羅蓋詮此也然如來垂教指法有顯密立義有廣略乘時有先後當機有深淺非上根圓智其孰能大通之故如來於光明藏與十二大士密說而顯演潛通而廣被以印定其法爲一切經之宗也圭峯禪師得法於荷澤嫡孫南印上足道圓和尚一日隨衆僧齋于州民任灌家居下位以次受經遇圓覺了義卷未終軸感悟流涕歸以所悟告其師師撫之曰汝當大弘圓頓之教此經諸佛授汝耳禪師既佩南宗密印受圓覺懸記於是閱大藏經律通唯識起信等論然後頓轡於華嚴法界宴坐於圓覺妙場究一雨之所霑窮五教之殊致乃爲之疏解凡大疏三卷大鈔十三卷畧疏兩卷小鈔六卷道場修證儀一十八卷並行於世其敘教也圓其見法也徹其釋義也端如析薪其入觀也明若秉燭其辭也極於理而已不虛騁其文也扶於教而已不苟飾不以其所長病人故無排斥之說不以其未至蓋人故無胸臆之論蕩蕩然實十二部經之眼目三十五祖之骨髓生靈之大本三世之達道後世雖有作者不能過矣其四依之一乎或淨土之親聞乎何盡其義味如此也或曰道無形視者莫能覩道無方行者莫能至況文字乎在性之而已豈區區數萬言而可

詮之哉對曰噫是不足以語道也前不云乎統衆德而大備爍羣昏而獨照者圓覺也盖圓覺能出一切法一切法未嘗離圓覺今夫經律論三藏之文傳于中國者五千餘卷其所詮者何也戒定慧而已修戒定慧而求者何也圓覺而已圓覺一法也張萬行而求之者何衆生之根器異也然則大藏皆圓覺之經此疏乃大藏之疏也羅五千軸之文而以數卷之疏通之豈不至簡哉何言其繁也及其斷言語之道息思想之心忘能所滅影像然後爲得也固不在詮表耳嗚呼生靈之所以往來者六道也鬼神沉幽愁之苦鳥獸懷猵狘之悲脩羅方瞋諸天正樂可以整心慮趣菩提唯人道爲能耳人而不爲吾末如之何也已矣休常遊禪師之閫域受禪師之顯訣無以自効輙直讚其法而普告大衆耳其他備乎本序云

大方廣圓覺經大疏本序

唐終南山草堂寺沙門宗密述

元亨利貞乾之德也始於一氣常樂我淨佛之德也本乎一心專一氣而致柔修一心而成道心也者中虛妙粹炳煥靈明無去無來冥通三際非中非外洞徹十方不滅不生豈四山之可害離性離相奚五色之能盲處生死流驪珠獨耀於滄海踞涅槃岸桂輪孤朗於碧天大矣哉萬法資始也萬法虛僞緣會而生生法本無一切唯識識如幻夢但是一心心寂而知目之圓覺彌滿清淨中不容他故德用無邊皆同一性性起爲相境智歷然相得性融身心廓爾方之海印越彼太虛恢恢焉晃晃焉逈出思議之表也我佛證此憫物迷之再歎奇哉三思大事既全十力能摧樹下魔軍爰起四心欲示宅中寶藏然迷頭捨父悟有易難故僊苑覺場教興頓漸漸設五時之異空有迭彰頓無二諦之殊幽靈絕待今此經者頓之類歟故如來入寂光土凡聖一源現受用身主伴同會曼殊大士創問本起之因薄伽至尊首提究竟之果照斯眞體滅彼夢形知無我人誰受輪轉種種幻化生於覺心幻盡覺圓心通法徧心本是佛由念起而漂沉岸實不移因舟行而鶩驟頓除妄宰空不生華漸竭愛源金無重鑛理絕修證智似階差覺前前非名後後位況妄忘起滅德等圓明者焉然出廐良駒已搖鞭影蘊塵大寶須設治方故三觀澄明眞假俱入諸輪綺互單複圓修四相潛神非覺遣拒四病出體心華發明復令長中下期克念攝念而

加行別徧互習業障惑障而銷亡成就慧身靜極覺徧百千世界佛境現前是以聞五種名超刹寶施福說半偈義勝河沙小乘實由無法不持無機不被者也噫巴歌和衆似量騰於猿心雪曲應稀了義匿於龍藏宗密髫專魯誥冠討竺墳俱溺筌罤唯味糟粕幸於涪上鍼芥相投禪遇南宗教逢斯典一言之下心地開通一軸之中義天朗耀頃以道非常道諸行無常今知心是佛心定當作佛然佛稱種智修假多聞故復行詣百城坐探羣籍講雖濫泰學且師安叨沐猶吾之納謬當真子之印再逢親友彌感佛恩乆慨孤貧將陳法施採集般若綸貫華嚴提挈毗尼發明唯識然醫方萬品宜選對治海寶千般先求如意觀夫文富義博誠讓雜華指體投機無偕圓覺故參詳諸論反復百家以利其器方爲疏解冥心聖旨極思研精義備性相禪兼頓漸使游刃之士無假傍求反照之徒不看他面斯其志矣大者絕諸邊量方廣正而含容圓者德無不周覺者靈源不昧修多羅總指諸部了義者別歎斯文經者貫穿義華以之攝化羣品故云大方廣圓覺修多羅了義經也

大方廣圓覺經大疏目録

大方廣圓覺經大疏目録終

大方廣圓覺經大疏上卷之一

終南山草堂寺沙門宗密述

歸命妙色身　無礙辯才智　所位清淨覺
所流修證門　妙德普賢尊　十二百千衆
我發深弘誓　莊嚴要畧經　願三寶慈哀
冥資方便慧　一切法門海　潛流入我心
心通義相生　風畫空中現　文文符聖意
句句合羣機　身心入覺城　同受無爲樂

將釋此經十門分別一敎起因緣二藏乘分攝三權實對辯四分齊幽深五所被機宜六能詮體性七宗趣通別八修證階差九叙昔翻傳十別解文義初中二一總二別總者酬因酬請顯理度生一代敎興皆由是矣若原佛本意則唯爲一大事因緣故出現於世欲令衆生開佛知見使得清淨等雖說三乘所證之法及調伏事是法皆爲一佛乘故別者有十所爲故說此經一顯示因行有本故謂文殊問本起因地佛說一切如來皆依圓照淨覺了無明空因此發清淨心方可修波羅蜜等二泯絶果相成圓故謂泯絶菩提涅槃二轉依故唯是清淨覺性方爲無始無終不增不減究竟之果故說涅槃昨夢佛國空華等三決擇悟理應修故謂普賢問意云覺性本圓一切如幻幻空無體誰曰修行如其不修何因證覺佛說因起幻智以除諸幻幻盡智泯覺心圓明然今唯說空幻者溺於無修修習之徒縛於有得良由悟修之意似反而符故最難明理須決擇四窮盡甚深疑念故謂菩薩難意云衆生本佛今既無明

十方如來後應煩惱佛答意云卽此分別便是無明故見圓覺亦同流轉如雲駛月運等但一念不生則前後際斷如翳差華亡等衆生卽佛人罕能知知而寡信信而鮮解解亦難臻此境今經決了實謂窮源苟能精通羣疑自釋五斷除輪廻根本故謂發業成種無明爲根潤業受生貪愛爲本若不識其相賊卽能爲若不達其空永不可斷故答文殊彌勒究了盡其根源六搜索菩提隱障故謂我人衆生壽命等四相雖名同諸敎而行相深密從麤至細展轉難除其猶眼睫非朗鏡而不照我亦如是非了敎而不明故淨業一章重重搜索七少文能攝多義故如論中說（凡引論不出名題者皆起信也）或有衆生廣聞而取解或少聞而多解或樂總持少文而攝多義能取解者此之三類初或文廣義略如大般若等或文義俱廣如華嚴等二文義俱略如般若心等三文略義廣卽彼論此經謂一軸之文二十八紙義具終敎頓敎（此二正是所宗之旨）空宗（普眼文中修二空觀及顯塵識界一一清淨如大般若）相宗（五性差別修證地位）亦該小乘（分析四大界分別觀及不淨觀）兼含圓別（歷根識塵大三界二科一一云三等不動周徧法界無壞無雜如一室千燈等又三觀別修及依一法性黜戒定慧等）通決悟修義意（一一法門皆入了悟托法而修故觀門之首一一云悟淨圓覺以淨覺心方云修如是如是等）具足頓漸禪門龍藏徧探無備於此八一法巧被三根故謂普眼觀門被上根也三觀諸輪被中根也三期道場被下根也（二皆漸也）言一法者一一文中無不標依圓覺結入圓覺九令修稱性深禪故然諸家禪定之門

不出色四空四唯起信直修真如三昧此經便入圓覺觀門雖三根漸頓之殊所入無非圓覺十勸事離相明師故然諸隨相之教所說修行有軌可則有跡可依故未必長隨善友師傳此經說惑元無復云除斷說佛本是復曰勤修一切儀式類皆如此末世後學難可依從必須離相明師觸向曉喻故令親近盡命亡軀四儀之中無執其相勿恨彼去勿慢彼來如是承事歸依方能悟入圓覺是以善財童子初遇文殊既與開發覺心便教親近善友亦由法界宗旨隱顯難明故以事師爲後之軌二藏乘分攝者三法卽爲三門初藏次乘後分藏謂三藏二藏通稱藏者以含攝故初三藏者一修多羅古譯爲契經契謂契理契機經謂貫穿攝化卽契理合機之經（依主）契經卽藏（持業）正翻爲線線能貫華經能持緯此方不貴線稱故存於經然天竺呼線席經井索聖教皆曰修多羅故梁攝論譯爲聖教古德見此儒墨皆稱爲經遂借彼席經以目聖教則雙含二義俱順兩方借義助名更加契字揀異席經甚爲允當然其義相卽佛地論有二一貫二攝故彼論云能貫能攝故名爲經以佛聖教貫穿攝持所應說義所化生故雜心有五一涌泉（注而無竭）二出生（展轉滋多）三顯示（示理事等）四繩墨（楷定邪正）五結鬘（線能貫華結鬘故然西域四物雖殊義意相似故同一修多羅之目而聖教多含自具其四將此五義對詳可見已下更說）二毘柰耶此云調伏謂調練三業制伏過非調練通於止作制伏唯明止惡就所詮之行彰名

調伏之藏亦名毘尼此翻云滅滅有三義一滅業非二滅煩惱三得滅果或名尸羅此云清涼離熱惱因得清涼果故亦名波羅提木叉此云别解脱三業七支各各防非故（就因）亦翻爲隨順解脱（據果）三阿毘達磨此云對法法有二種一勝義法謂卽涅槃是善是常故二法相法通四聖諦（相者性也狀也）對亦二義一者對向向前涅槃二者對觀觀前四諦其能對者皆無漏慧及相應心品言對法者法之對故故對法藏特明慧論世親攝論說有四義謂對故數故伏故通故對義同前數者於一一法數數宣說訓釋言詞自共相等無量差别故伏者能勝伏他論故通者此能通釋契經義故亦名優波提舍此云論議亦名磨怛理迦此云本母（教爲義本如母）然此三藏約其所詮畧有二門一則經詮三學律唯戒定二學論唯慧學二則三藏之中經正詮定毘尼詮戒論詮於慧兼各通三第二明二藏者一聲聞藏二菩薩藏卽由前三藏詮示聲聞理行果故名聲聞藏詮示菩薩理行果故名菩薩藏三乘唯二藏者由縁覺多不籍教出無佛世故若出佛世攝屬聲聞理果同故若約教行别者卽開三乘以爲三藏如普超大悲等經入大乘論說然此經三藏之中契經藏攝二藏之内菩薩藏收若此攝彼卽兼該三二二空觀前先令持戒三期修中說安居故剛藏菩薩徵難佛故深必該淺故（上來藏攝竟）次乘攝者畧有六重初謂一乘十方佛土中無二亦無三也次謂

二乘卽前二藏所詮也三卽三乘開加緣覺也四者四乘加最上乘亦名佛乘故梁攝論成立正法具有四乘四品觀緣起成四種菩提亦可配此梁朝光宅法師約法華經亦立四乘謂臨門三車卽是權敎三乘四衢等賜大白牛車卽是實敎大乘以臨門牛車亦同羊鹿俱不得故並無體故諸子皆索故經文不言求牛車人出門卽得又不言索車唯是二乘但云三車俱索明知三乘皆是方便然約權實相對故爲四乘權既無體卽爲一也謂約敎則發三立一約理則開三顯一約行卽攝三爲一約果則會三歸一又廢立局敎餘三通三華嚴敎義分齊亦料揀一乘大乘有十義別一權實別義在四乘中二敎義別臨門三車但有其名以望一乘但是敎故故經云以佛敎門出三界苦亦不可云以佛敎言但約二乘以經不揀故彼求牛車之人尋敎至義亦同羊鹿俱不得故三所期別以白牛車非是宅內所許三車是故界外四衢道中授諸子時皆云非本所望亦不可云但約二乘經不揀故四德

量別宅內但云牛車不言餘德而露地所授乃七寶大車寶網寶鈴等無量衆寶莊嚴此卽體具過恒沙德也又彼但云牛不言餘相此云白牛肥壯多力其疾如風等用殊勝也又云多諸儐從而侍衛等行眷屬也又云我有如是七寶大車其數無量此顯一乘主伴具足敎義無量也五寄位別本業仁王等經梁攝十地等論皆以初二三地寄在世間四至七地寄出世間八地已上寄世出世間於出世間中四地五地寄聲聞法六地寄緣覺法七地寄菩薩法此如三乘八地已去寄一乘法六付囑別法華經云於未來世若有信如來智慧者當爲演說此法華經令得佛慧故若有不信受者當於如來餘深法中示敎利喜汝等若能如是則爲已報諸佛之恩解云餘深法者卽大乘也非一乘故云餘非小乘故云深也法華別意止在一乘故作此囑也七根緣別華嚴性起品云佛子菩薩摩訶薩無量億那由他劫行六波羅蜜修習道品善根若小聞此經或聞不信受隨順是等猶爲假名不得名爲眞實菩薩釋曰此多劫修菩薩行又不聞不信此一乘經若非三乘權敎菩薩是何人也當知正是法華經內餘深法中示敎利喜者八信順別華嚴賢首品云一切世界羣生類鮮有欲求聲聞乘求緣覺者轉復少求大乘者甚希有求大乘者猶爲易信解此法甚爲難釋曰此品正明信位及成

佛等事既越三乘恐難信受故舉三乘對此決之九顯示別華嚴第九地偈云若衆生下劣示以聲聞道若復根少利爲說辟支佛若有根明利有大慈悲心饒益諸衆生爲說菩薩道若有無上心決定樂大事爲示於佛乘說無盡佛法十本末別大乘同性經云所有聲聞法辟支佛法菩薩法諸佛法皆悉流入毘盧遮那一智藏大海此文約本末分與仍會末歸本明一乘三乘差別耳此上十證足爲龜鏡而守株之者聞說駭神慄可悲矣故經云所未聞經聞之不疑爲希有也五謂五乘除一乘加人乘天乘也六謂無量乘華嚴經云或有國土說一乘或二或三或四五如是乃至無有量今此經文初及四中唯一乘攝二三五中唯大乘攝無量乘中有其二意若以隨機設教多門名無量則於無量乘中唯實教攝若以彼宗一切諸法一一皆能顯義益物一一無不該攝名爲無量者則全能攝若約此經攝彼乘等則除無量乘中一一圓融之義

及一乘中主伴無盡之義餘皆攝也流通文云亦攝漸修一切羣品譬如大海不讓小流等故上來乘攝竟後分攝者謂十二分教也舊云十二部經恐濫部袟改名分教十二中各有二相如注配一契經一總相涅槃云始從如是我聞終至歡喜奉行皆修多羅二別相雜集云謂長行綴緝略說所應說義又有異名謂法本直說聖教或但名經二應頌一與長行相應之頌由長行說未盡故二爲後來應更頌故三授記一記弟子生死因果二記菩薩當成佛事四諷誦謂孤起偈一爲易誦持故二爲樂偈者故五因緣一因請方說爲重法故二因事方說知本末故六自說一爲令知而請法故二爲令所化法慇重故念佛慈悲爲不請友七本事一說佛往事二說弟子往事八本生說昔受身一說如來二說餘者九方廣一廣大利樂二廣陳正法十未曾有一德業殊異二法體希奇故十一譬喻一爲深智說似令解眞故二爲淺識就彼取類誘令信故十二論議一以理深故論二以義不了故論並循環研覈或佛自論或菩薩相論然此十二於大小乘

有說六通六局者（因緣譬喻論議局小故涅槃云護大乘者受持九部授記自說方廣局大法華云我此九部法隨順衆生說餘六皆通也）且約一相（喻大缺三者但約因緣中因事制戒譬喻中誘引論議中非了小缺三者但約授記中記成佛自說中不請友方廣中廣大利樂）然實大小皆具十二（大三小三各取餘之一義）深密中菩薩依十二分教修奢摩他瑜伽云佛爲聲聞一一具演十二分教然此經者十二分中唯二所攝謂修多羅方廣若此攝彼卽攝九分貫攝之義通故正宗一一重頌故記安心人成就佛智故因請方說故說佛因地法行故六度非因涅槃非果故題云方廣故二十七喻故普賢有徵剛藏有難故唯不攝伽陀自說本生等三也（藏乘分攝竟）三權實對辯者然西域此方古今諸德立宗判教離合有殊或一味不分或開宗料揀今將略叙

且啓二門初則不分後明分教不分之意其有五焉一理本一味殊途同歸故二一音普應一雨普滋故三原佛本意爲一事故四隨一一文衆解不同故五多種說法成枝派故故不可分卽後魏流支姚秦羅什立一音教是此意也其分教者有其八意（初五翻前後三別說）一理雖一味詮有淺深故二約佛音雖一教隨機異故三本意未申隨他意語故四言有通別就顯說故五由辯權實不住枝流故六王之密語語同事別故七不識佛意以深爲淺失於大利以淺爲深虛其功故八諸佛菩薩亦自分故以斯等意開則得多失少合則得少失多但能虛巳求宗分亦何爭大旨今明分教復有四重（從二至五）第一立二種教自有兩家謂

西秦識三藏半字滿字(卽前二藏)唐初印法師江南屈曲(謂釋迦經逐機說故如涅槃等)平道(謂舍那經逐法性自在說故卽華嚴經)前且對小顯大後則約佛化儀但滿及屈曲皆闕分於權實餘亦有理第二立三種敎自有二門初叙此方後明西域初謂南中諸師同立三敎一頓敎謂華嚴經初成佛頓說故二漸敎始自鹿苑終於鶴林從小之大故(齊隱士劉虬立二敎全同上二)三不定敎(劉公無此)謂別有一經雖非最初頓說而明佛性常住圓頓之理(勝鬘等也)又亦有大先於小之經(央掘等也)故云不定就漸敎中約時開合諸師不同初但分二先半後滿或分爲三(虎邱山岌法師)一有相敎(十二年前)二無相敎(齊至法華)三常住敎(最後涅槃此與唐三藏三敎大同至叙西域中說)或分爲四(宋朝岌法師)卽於無相之後常住之前指法華經爲同歸敎或開爲五(卽前劉公)於有相敎之初取提胃經爲人天敎上來諸師皆於漸中約時開異若不加不定則招難尤多以初有大故雖加不定猶有妨難以十二年前亦說二空(成實阿含智度有文)十二年後方制廣戒第三時同歸敎中亦云世間相常住常住敎中亦有小乘見佛涅槃之相提胃經中亦有三乘得道故知約時尅定則有所乖揀去不定從多分說亦有理在(叙此方竟)二西域者卽今性相二宗元出彼方故云西域唐初中天竺日照三藏云近代天竺那爛陀寺同時有二大德論師一曰戒賢二曰智光並神解超倫聲高五印六師稽顙異部歸誠大乘學人仰之如日月獨步天竺各一人而已然所承宗異立敎互

違謂戒賢則遠承彌勒無著近踵護法難陀依深密等經瑜伽等論立三種教以法相大乘爲了義卽唐三藏所宗謂佛初於鹿苑轉四諦法輪說諸有爲法緣生(破外道自性因等)無我(翻外計我)然猶未說法無我理卽阿含等是第二時中雖依徧計所執說諸法空(翻破小乘)然依他圓成猶未說有卽諸部般若第三時中具說三性三無性等方盡大乘正理卽解深密等(初有次空故非了義後說中道方爲了義)(此依深密經所判)二智光論師遠承文殊龍樹近稟青目清辯依般若等經中觀等論亦立三種教以無相大乘爲眞了義謂佛初鹿苑說小乘明心境俱有(破外同前)次說法相大乘境空心有(漸破小乘故由彼怖空且存假名接引)後爲上根說無相大乘心境俱空平等一味方爲了義(此三次第如般若燈論釋中引大乘妙智經說)問此二所說既各聖教互爲矛盾可和會不答有二義一約祖宗天親龍樹之流則不假和會得佛意故二約末學護法清辯之類則可和會立宗諍故三約此方轉承末計則須料揀時澆處異執轉堅故初中既並聖言各有旨趣逐機利益隨病對治何須強會卽智論四悉檀中各各爲人悉檀(一世界二爲人三對治四第一義)亦是攝論四意趣中衆生樂欲意趣(一平等二別時三別義四樂欲)於一法中或讚或毀是故二說不假和會二者見趣漸起一味漸分各立宗源黨巳斥彼致令傳授之輩或廢或興修習之徒住空住相故令和會所冀如初於中二初會所立三時教二會所宗空有義初者然二三時所明了義不了

義各有其意法相宗約攝生寬狹言教具缺明了不了法性宗約益物漸次顯理增微明了不了初中又二先約攝生寬狹者依深密經初時唯爲發趣聲聞乘者說二時唯爲發趣修大乘者說此二各唯攝一類機攝機狹故皆非了義第三時中普爲發趣一切乘者說普該三乘攝機周盡方爲了義二約言教具缺者初時唯說小乘二時唯說大乘互皆有缺教既不具各非了義第三時者通說三乘教既具足方爲了義戒賢所立依此門判後法性者亦二初約益物漸次者謂初時所說唯令衆生得小乘益益未究竟故非了義第二時中雖益通大小然不能令趣寂二乘俱得大益是故此說亦非盡理第三時中普皆令得大乘之益縱入寂者亦令回向無上菩提唯此一事實故方爲了義二約顯理增微者初說緣生實有次說緣生假有後說緣生性空前二顯理未窮會緣未盡故非了義後一顯理至空會緣相盡方爲了義初唯中小二乘次添大乘以成三乘後唯一乘智光所立依此門判由有如此二種門故是以聖教各依一勢明了不了互不相違後會所宗空有義者於中又二先叙異說後會無違異說中二一有二空一者說此緣生決定不空以有因緣之所生故猶如幻事不可言無若言空者應非緣生如兎角等若爾則便斷滅因果破壞二諦以若無心心所法何斷何證何修何益故論云若一切空何有智者爲除幻敵求石女兒以爲軍旅如是設有處說緣生

空者應知此就徧計所執說緣生法無二我故容意言空非謂彼法舉體全無若此無者則是斷無惡取空見甚爲可畏經云寧起有見如須彌山不起空見如芥子許論云若復見於空諸佛所不化如是空見既是深過明知緣生決定不無瑜伽深密決定說有不可違故二者言此緣生法決定是空以從緣生必無自性故猶如幻事不可言有設有處說從緣生法體是有者應知但是隨俗假說非謂彼法體實不空以若有體則不從緣不從緣故則無見斷證修是壞二諦大品云若諸法不空則無道無果中論云若一切法不空則無三寶四諦成大邪見智論云觀一切法從因緣生從因緣生則無自性無自性故畢竟皆空又若言此幻事不空者今且問汝幻巾爲兎兎爲在巾內爲在巾外爲卽是巾爲離巾有爲有皮毛爲有骨肉既並絕無依何執有當知此兎不待滅而自亡本不生而虛現是故要由性空得存二諦又汝以我宗爲空見者此過屬汝何者若汝立有則不籍緣不籍緣故則斷因果豈非空見橫執有法豈非有見有無二見雙負汝宗何不生畏我所說空離有無見汝自空見非關我宗又汝云何有智者爲除幻敵等者諸大乘經何處不說諸法如幻如化菩薩修幻智斷幻惑成幻行得幻果等於如是教豈不違害何不生怖又汝宗主無著菩薩順中論內遵承龍樹稱阿闍梨既師其說釋彼餘論況汝後流而輒毀謗入楞伽中佛

說龍樹住初歡喜地能破有無見往生安樂國既云破有無見何曾是空此既佛所讃歎餘生毀謗與佛違諍非釋種矣第二會無違者諸緣起法未嘗有體未曾損壞無體無壞無二無礙爲緣起法是故龍樹等雖說盡有之空而不滅有有既不損則是不違有之空則離有離空之眞空也無著等雖說盡空之有而不損空空既不損卽是不違空之有是故亦離空離有之幻有也當知二說全體相與際限無遺雖各述一義而舉體圓具故無違也如其不爾恐墮空無勵意立有不違此有是不異空之有是故不受彼空反失自有失自有者良由取有又若恐墮有所得故猛勵立空不違此空是不異有之空是故不受彼有反失自空失自空者良由取空是故舉體全空之有無著等說舉體全有之空龍樹等說非直二說互不相違亦乃二義相由全攝故無二也問若爾何故清辯護法後代論師互相破耶答此乃相成非是相破何者爲末代有情根器漸鈍聞說幻有謂爲定有故清辯等破有令盡至畢竟空方乃得彼緣起幻有若不至畢竟性空則不成彼緣起幻有是故爲成有故破於有也又彼聞說緣生性空者謂爲斷無故護法等破空存有幻有存故方乃得彼無性眞空若不全體至此幻有則不是彼眞性之空是故爲成空故破於空也若無如此後代論師以二理交徹全體相奪無由得徹緣起甚深是故相破反是相成由幻有眞

空有二義故一極相順謂冥合一相舉體全攝二極相違謂各互相害全奪永盡若不相奪永盡無以舉體全收故極違方極順也龍樹無著等就極順門故不相破清辯護法據極違門故須相破違順無礙方是緣起是故前後皆不相違餘準上思之諸法無不和會耳三約此土承襲者良以去聖時遥源流益別況方域隔遠風俗攸殊翻譯流通三難五失相承傳襲各黨其宗然晉魏已來猶崇理觀譯經貴意傳敎宗心是以大德架肩高僧繼踵爰及貞觀名相繁興展轉澆訛以權爲實致使眞趣屈於異端雖餘乳色渾無乳味法藥流布惑病唯增既性敎箴然故道流闃爾若不料揀何指所歸然大乘敎總有三宗謂法相破相法性如下宗趣中說護法清辯各立互破但是前二而傳襲者皆認法性之經成立自宗之義今將法性對二宗料揀卽爲二門一對法相二對破相初中二先辯異後會通辯異者謂性相二宗有多差別今隨類束略叙十條一一乘三乘別二一性五性別三唯心眞妄別四眞如隨緣凝然別五三性空有卽離別六生佛不增不減別七二諦空有卽離別八四相一時前後別九能所斷證卽離別十佛身有爲無爲別初二相對釋後八相躡釋且初二義者由性有五一不同故令乘有三一權實如法相宗意以一乘爲權三乘爲實故深密三時敎中初皆不成次一向成是爲若過若不及皆非了義第三時中有性者成無性

不成方爲了義故云普爲發趣一切乘者又云一乘是密意說明知是權皆以性定五故故楞伽中佛告大慧有五種種性一聲聞乘性二辟支佛乘性三如來乘性四不定乘性五者無性無性之人無種性故雖復勤行精進終不能證無上菩提但以人天善根而成熟之般若深密莊嚴瑜伽亦如上說若法性宗意則以三乘是權一乘爲實法華經云十方佛土中唯有一乘法無二亦無三除佛方便說以性無二故乘唯一故法華云知法常無性等涅槃云佛性者名爲一乘師子吼者名決定說決定宣說一切衆生皆有佛性凡是有心定當作佛又法華第三說趣寂聲聞云我於餘國唯以佛乘而得滅度智論亦同法華論中亦云根未熟故菩薩與記作是言我不輕汝汝等皆當作佛意欲方便令發心也（彼以未宇不順已宗判爲論錯）楞伽勝鬘密嚴皆說二乘必無永滅明知趣寂決定囘心涅槃第九廣破闡提斷善不能發心當文即云彼一闡提雖有佛性而爲無量罪垢所纏即知無有無佛性人況前引楞伽五性自迷其文且彼經釋第五性云大悲菩薩常不入涅槃非焚燒善根者則明闡提後必入矣是知前來所引經論皆是未說法華涅槃之前就其長時權說定性無性矣妙智經梁攝論成立正法中皆以一乘居三乘後明知深密三時不能定斷一切聖教以非後故（後勅破前）法華涅槃方能決了皆以一乘一性破三五矣然破三顯一法華爲先

故最難信解佛現在世猶多怨嫉況滅度後今果有保執三五不信一者經文驗矣（初二義竟）餘八相躡釋者初法相宗說有八識從業惑生一期報盡便歸壞滅以其識種引起後識依生滅識種建立生死及涅槃因故所立眞如常恒不變不許隨緣依他是有非卽眞空經說空義但約所執一分衆生定不成佛名生界不滅眞俗二諦迢然不同（謂遍計是俗此俗卽空依他是俗此俗不空圓成爲眞一回不空空有既異二諦體殊眞俗四重皆不相雜也）因滅非常果生非斷同時四相滅表後無根本後得緣境斷惑義說雙觀決定別照以有爲智證無爲理義說不異而實非一既世出世智依生滅識種故四智心品爲相所遷佛果報身有爲無漏以生法必滅一向說故如是義類

廣有衆多具如瑜伽雜集等說法性宗者所立八識通如來藏但是眞如隨緣成立故說眞如具不變隨緣二義依他無性卽是圓成一理齊平故說生界佛界不增不滅第一義空該通眞妄（涅槃云唯一仁王云無二）故雖空不斷雖有不常四相同時體性卽滅故滅與生而得同時（淨名楞伽起信）照惑無本卽是智體照體無自卽是證如既世出世智依如來藏始覺同本則有爲無爲非一非異故佛化身卽常卽法不墮諸數況於報體卽體之智非相所遷涅槃云若言如來同有爲者死入地獄如是義類亦有衆多次第對上如楞伽等經起信等論後會無違者然二宗各執所據則互相乖反若得意會釋亦不相違謂就機則三（三草）約法則一

一雨新熏則五本有無二若入理雙拂則三一俱亡今約佛化儀判教故能三能一是故競執是非達無違諍二對破相者亦二

初辯異者略有五別一無性本性別二眞智眞知別三二諦三諦別四三性空有別五佛德空有別謂無相宗說一切法皆無自性卽是眞如能了此者卽名眞智未了無性者無眞智也所詮法義不出二諦有謂依計空謂圓成雖說佛身五求不得得卽虛妄無得乃眞離一切相名佛功德若法性宗則明自性清淨常住眞心方是實理故論出眞如體云唯是一心一心眞實本自能知通於理智徹於染淨華嚴問明品說佛境智佛境知問答皆別所詮法義具足三諦色等卽空爲眞諦鏡影卽空空卽色等爲俗諦空不壞影一眞心性非空非色能空能色爲第一義諦鏡中之明徧計情有理無依他相有性無圓成情無理有相無性有一切諸佛自體皆具常樂我淨十身十智眞實功德相好通光一一無盡性自本有不待機緣略辯此五餘可例知後會通者謂一切法既皆眞心緣起會緣無性還卽眞心始不異本知外無智餘諦性等例之可明但教有終始之殊法無淺深之異此方西域立三教竟第三陳隋二代天台智者禪師立四種教一三藏教下根之人始終隨教故明因緣生滅四眞諦理正教小乘傍化菩薩二通教三乘同稟故明因緣卽空無生四眞諦理是大乘初門正爲菩薩傍通二乘大品云欲得聲聞乘當學般若等三別教不共二乘人說故此教正明因緣假名無量四眞諦理的

化菩薩不涉二乘不名不共而云別者兼欲揀非圓故以一因迴出一果不融歷別而修故不得因果圓融四圓教正明不思議因緣二諦中道事理具足不偏不別但化最上利根之人故名爲圓（教理智斷行位因果等皆別皆圓）然此四教由三觀起從假入空析體異故有初二教從空入假從假入中有別教起三觀一心中得有圓教起又此四教不局定一部一部之中容有多故又更以四種化儀收之謂頓漸（同前劉公）不定（互知）祕密（互不知）初對外道戒定慧故立此三事迢然不同故智論詺爲三藏成實亦然通教意融三故別教依一法性而顯三故圓教三一無障礙故此師立義理致圓備但掛華嚴兼別法華唯圓有小失也第四華嚴宗主賢首大師立五種教廣有別章大同天台但加頓教其五者何一小乘教二大乘始教三終教四頓教五圓教初卽天台藏教以隨機故隨他語故說諸法數一向差別以其揀邪正辯凡聖分析厭明因果然其所說法數有七十五但說人空不明法空（雖阿含云無是老死亦不明顯）唯依六識三毒建立染淨根本未盡法源故多諍論（就佛意卽通就言教卽隱故宗習之者隨言執理隨相執體造論弘傳相承不絕廣如宗趣所辯）二始教者亦名分教以深密第二第三時教（定有三隱一極）同許定性無性俱不成佛故今合之總爲一教此既未盡大乘法理故立爲始有不成佛故名爲分廣說法相削繁錄數猶有一百少說法性所說法性卽法相數決擇分明故少諍論三終教者亦名實教

定性二乘無性闡提悉當成佛方盡大乘至極之說故立爲終以稱實理故名爲實少說法相多說法性所說法相亦會歸性故無諍論上二教並依地位漸次修成總名爲漸四頓教者但一念不生卽名爲佛不依地位漸次而說故立爲頓思益云得諸法正性者不從一地至於一地楞伽云初地卽爲八乃至無所有何次總不說法相唯辯眞性一切所有唯是妄想一切法界唯是絕言五法三自性皆空八識二無我都遣呵教勸離毀相泯心生心卽妄不生卽佛亦無佛無不佛無生無不生如淨名默住是其意也問此若是教更何是理答頓詮此理故名頓教別爲一類離念機故亦可對治滯相空有人故卽順禪宗五圓教者明一位卽一切位一切位卽一位是故十信滿心卽攝五位成正覺等主伴具足故名圓教卽華嚴經也所說唯是無盡法界性海圓融緣起無礙如帝網珠重重無盡然此所判理盡義周故清涼大師用爲準的今亦依之然更從支什一音至天台四教如次配攝以顯周盡初總爲一謂圓教攝於前四一一同圓海中百川無非海也唯是如來一大善巧一音所演二者初一是半後四皆滿前四屈曲後一平道三者初三是漸於中如次是智光三時前二是戒賢三時也四是不定第五爲頓慈恩劉公皆判華嚴爲頓故四者初是藏教二中空是通教相及三四皆是別教第五名圓已知五教貫於羣詮未審此經與彼何攝今顯此義分作三門一彼全攝此此分攝彼謂圓教也諸佛依正二果自在無礙塵沙大用及一切諸法法

爾互相卽入重重融攝等義此經不說若但約直顯一眞法界之體及觀中一多無礙等義此經卽同二此分攝彼彼不攝此謂初二也文中斷我除愛修二空觀又云亦攝漸修一切羣品故能攝彼也然皆約圓明覺心假設方便修習始終無體一但是覺明故非彼等所攝也三彼此尅體全相攝屬卽終頓也此經亦依如來藏故文云知幻卽離等及云名爲頓教大乘故權實對辯訖

大方廣圓覺經大疏上卷之一

章門有九一淨土章二眞如章三菩提章四涅槃章五波羅蜜章六無明章七如來藏章八五教唯心章九染淨熏習章除釋本經外旁通餘義三十有六三藏二藏諸乘十二分佛教一異唐竺立教會兩宗立三時教會空有佛教權實十別佛教遺顯五別天台四教康藏五教教義各本末五重根教相契教體四重經論五教性教五重宗趣歷代傳法師資七宗禪門頓漸悟修十二對諸經得名法義相對判了義不了義經結集因緣說經身土生佛平等八對性教三重因三業歸敬本起因地法行總持法義門義身心倒正四對并喻偈頌四義八義十義悟修大意幻喻法合心名義右附錄上

音釋

獝狘（獝休必切音矞烏驚飛也狘許月切音颰獸驚走也）詺（眉病切名去聲目諸物也）

大方廣圓覺經大疏上卷之二

唐終南山草堂寺沙門宗密述

第四分齊幽深者已知此經唯屬實敎如前說體未知所詮義理分齊如何今約論明染淨諸法從本至末略有五重以顯諸宗分齊淺深初唯一心爲本源是心則攝世出世間法等即此圓覺妙心也經標圓覺爲宗本故又説染淨皆從覺心所現起故華嚴即一眞法界與一切諸法爲體性故然華嚴雖有四種法界而彼疏云統唯一眞法界總該萬有即是一心體絶有無等論中欲究妄本故約凡標心此經意顯淨源故約佛標覺華嚴稱性不逐機宜對待故立顯一眞法界至於能起染淨一切諸法則三義皆同三法體一也二依一心開二門一者心眞如門即是一法界大總相法門體所謂心性不生不滅一切諸法唯依妄念而有差別若離心念則無一切境界之相乃至唯是一心故名眞如知是空華即無輪轉乃至如法界性等二者心生滅門謂依如來藏故有生滅心所謂不生不滅與生滅和合非一非異名阿梨耶識經五名中一名如來藏自性差別及云種種生於覺心等三依後門明二義一者覺義謂心體離念離念相者等虛空界無所不徧法界一相即是如來平等法身依此法身説名本覺乃至始覺覺圓明故顯心清淨乃至衆生本來成佛二者不覺義謂不如實知眞如法一故不覺心起而有其念猶如迷人依方故迷衆生顛倒如迷方易處等念無自相不離本覺此無明者非實有體等自此之前正是此經宗旨始末所詮之義分齊四依後義生三細一者業相以依不覺故心動説名爲業覺則不動二者能見相以依動故能見不動則無見三

者境界相以依能見故境界妄現離見則無境界（由有無始本起無明是故動念息念皆歸迷悶等）唯識宗教唯齊此門以爲諸法生起之本此三正是梨耶體故（初即自體分二即見分三即相分）故彼論引阿毘達磨經偈云無始時來界一切法等依由此有諸趣及涅槃證得以彼宗未顯此識與眞如同以一心爲源又不言依如來藏說爲此識故所詮分齊不到前之三重問彼說賴耶既不約如來藏則與此異何得云是彼分齊耶答由此論後段亦云以依阿梨耶識說有無明不覺而起能見能現則同彼故問此論前說依無明有阿賴耶後云依梨耶有無明豈不二文自相矛盾答有三釋一由此梨耶有二義故謂由依眞心有不覺動彼本覺心體起滅方名梨耶三相又即此梨耶還却與無明爲依故論云三相與不覺相應不離何者謂前義依迷（不覺）起似（梨耶）即不覺眞心成藏識後迷似爲實即依此識有無明二云梨耶有二義謂覺不覺前別就本說故云依覺有不覺今就都位論故云依梨耶有無明此即二義中不覺之義正在梨耶中故得說依也三云此中正意唯取眞心隨緣之義此隨緣義難名目故或就未起說依眞如有無明或約成就起已說依梨耶有無明然此二名方盡其義是故文中前後綺互言耳唯識於三釋二義中各唯約後義以說無明今亦唯指後義爲彼分齊問中間一釋云梨耶是都位俱覺（不生滅）不覺（生滅）二義唯識中賴耶但是生滅豈同此耶答

約此所通不約彼執故五依最後生六麤彌勒章初明輪迴本末謂一者智相依於境界心起分別愛與不愛故法執俱生二者相續相依於智相故生其苦樂覺心起念相應不斷故法執分別三者執取相依於相續緣念境界住持苦樂心起著故我見俱生四者計名字相依於妄執分別假名言相故我見分別上四皆惑五業六苦即三道矣五者起業相依於名字尋名取著造種種業故六者業繫苦相以依業受報不自在故然小乘宗教所詮分齊唯後四麤人乘天乘唯齊五六諸教分齊深淺歷然淺不至深深必該淺是知圓覺極盡五重然五重中曲論有十三法人乘天乘唯詮末二小乘有四唯識具九起信十三標云幽深良在斯矣五所被機宜者此經所詮境界既說如上幽深未委何等根機而

能信解修證然約即時悟入各隨宿種不同若就畢竟而論一切無非所被且約即時料揀者又二初揀信解之器後揀修證之器初謂樂著名相以文爲解者繫滯行位高推聖境者情尚於空觸言而實無者自恃天眞輕厭進習者固執先聞擔麻棄金者如上皆非其器反上即皆是器非器之中堅持不捨者障於信欲罷不能者障於解又依名求利不淨心說亦障實解如次反上即能信解名爲器也後揀修證者二初明非器即經中我人衆生壽命等四相體相微細故唯障證入不障信解也文云一切衆生認四顛倒爲實我體由此不能入清淨覺動念息念皆歸迷悶乃至雖經多劫勤苦修道但名有爲終不能成一切聖果後明是器經云當求正知

見人心遠二乘法離四病者應當供養不惜身命見其清淨乃至過患不起惡念即能究竟成就正覺（亦如善財童子樂親善友故得一生圓普賢行也）統而言之非其種者證小果入劫位亦不能入當其器者居凡劣處末世亦能入也（如華嚴說二乘六度不及八難）後明畢竟普收者一切衆生皆有佛性但得聞之無不獲益謂宿機深者悟入淺者信解都無宿種者亦皆熏成圓頓種性如華嚴經食金剛喻若約五性配者正被菩薩及不定性令修觀行證入兼爲餘性作遠因緣故經文一一科段皆云爲諸菩薩及末世衆生等三聚中則爲正定令增妙行爲不定聚令修信心爲邪定聚作遠因緣故下文云能令未來末世衆生不墮邪見（新熏本有之義前已辯之）所被機

竟六能詮體性者畧作四門一隨相門於中有五（五中前三通大小乘取捨不同各爲一說）一音聲爲體諸佛唱（唱號）詞（言詞）評（評量）論（論說）語音（宮商等）語路（語所行處）語業（語用）語表（令他生解）是謂佛教其名句文但顯佛教作用非佛教體離聲無別名等攝假從實故二名句文謂次第行列次第安布次第聯合能詮諸法自性差別二所依故聲是所依非正教體但展轉因故謂語起（名等名等）方能顯義此三離聲雖無別體而假實異亦不即聲今以體從用故取名等三雙取爲體由前二說皆有教理爲定量故俱舍云牟尼說法蘊數有八十千彼體語或名此色行蘊攝即雙存也故十地經有空中風畫之喻本論釋云風喻言音畫喻文字清涼云以余之意亦應雙取

若就前二有去取者寧依名等良以音聲正就佛說容爲教體流傳後代書之竹帛曾何有聲豈無教體書是色法亦與名等爲所依故色聲俱是色法皆實也四徧於六塵一切所知境界總有生解之義悉爲教體如淨名光明塵勞楞伽動身直視等五通攝所詮體瑜伽云諸契經體畧有二種一文二義文是所依義是能依此明教義相成若不詮義文非教非二唯識門謂總收前五並不離心唯識等云一切所有唯識現故然通就諸教本影相對以成四句一唯本無影謂即小乘不知唯識故二亦本亦影即大乘始教謂佛自宣說若文若義皆是妙觀察智相應淨識之所顯現名本質教佛地云聞者善根本願增上緣力如來識上文義相生此文義相是佛利他善根所起名爲佛說若聞者識上所變文義名影像教佛地云如來慈悲本願增上緣力衆生識上文義相生此雖親依自善根起而就強緣名爲佛說故一十唯識云展轉增上力二十識成決定護法論師等皆立此義三唯影無本謂大乘實教離衆生心佛果無有色聲功德唯有如如及如如智獨存大悲大智爲增上緣令彼所化根熟衆生心中現佛色聲說法是故聖教唯是衆生心中影像華嚴偈云諸佛無有法佛於何有說但隨其自心謂說如是法也龍軍堅慧論師等並立此義四非本非影如頓教說非直心外無佛色聲衆生心內影像亦空性本離故止言絕慮即無教之教耳佛言我從得道來不說一字汝亦不聞此前四說皆有其益自淺之深攝衆生故三歸性門文二一正攝歸性二說聽全收初謂此識無體唯是眞如故論云是故一切

法從本巳來離言說相離名字相離心緣相乃至唯是一心故名眞如即前之心境同入一實諸聖教從眞流故不異於眞故攝論中名爲眞如所流十二分教唯識釋勝流眞如云謂此眞如所流教法於餘教法最爲勝故是知如來言說皆順於如金剛三昧云義語非文仁王說十二部皆如二說聽全收者又有四句一佛眞心外無別衆生以衆生眞心即佛眞心故則唯說無聽故所說教唯佛所現二衆生心外更無別佛以佛眞心即衆生眞心則唯聽無說故所說教即衆生自現三佛眞心現時不礙衆生眞心現故說聽雙存二教齊立四佛即衆生故非佛衆生即佛故非衆生互奪雙亡即說聽斯寂淨名云無說無聞四無礙門謂前三門心境理事同一緣起混融無礙交徹相攝以爲教體以一心法有眞如生滅二門故二皆各攝一切法故教體竟七宗趣通別者當部所崇曰宗宗之所歸曰趣通別即二初通者統論佛教因緣爲宗謂古來諸德皆判儒宗五常道宗自然釋宗因緣因緣有二一内二外外謂轂子水土人時而芽得生泥團輪繩陶師而器得成内謂十二因緣外由内變本末相收爲一緣起故佛教從淺至深說一切法不出因緣二字然有四重一因緣故生死成壞涅槃云我觀諸行生滅無常云何知耶以因緣故二因緣故即空謂不自他共生等故無生也三因緣故即假如鏡像水月之流緣會不得不現四因緣故即中若言不從因緣即是定有定

無斷常二過故中論云因緣所生法我說即是空亦謂是假名亦是中道義四句如次配前四重涅槃亦說聲聞等四品菩提皆由觀之而得故佛教之宗因緣收盡然約佛涅槃後賢聖弟子相承傳習通大小乘宗途有五一隨相法執宗即小乘諸師依阿含等經所立以造諸論於中又三一我法俱有宗犢子部等立五法藏謂三世無爲及我餘部呼爲附佛法外道二無我因緣宗除一及三所論諸部一切諸法不離色心生滅從緣本無有我於中或立三世無爲或分五類或無過未唯有現在或現在中在蘊爲實在處界假或世俗是假出世爲實然皆離我及邪因無因故異外道三因緣但名宗一說部等立一切我法但有假名由從緣故無定實體

如鐵之剛遇火即鎔如水之柔遇寒即堅明知從緣則無定性此乃出世亦假名耳二眞空無相宗即龍樹提婆依般若等經所立以造中觀等論三唯識法相宗即無著天親依解深密等經所立以造唯識等論四如來藏緣起宗即馬鳴堅慧依楞伽等經所立以造起信等論於中復有二義初衆生相盡唯是法身良以情識本空名相已盡未嘗見一衆生流轉生死衆生寂滅即法身故淨名云一切衆生即寂滅相又云皆如也涅槃云十二因緣即是佛性論云離念相者即是平等法身等此與前宗異者云云可知後法身緣起全是衆生謂衆生及佛皆是生滅有無善惡境界良以情識不破識所現佛同衆生故楞伽云如來藏是善不善因能徧興造一切趣生涅槃云佛性隨流成別味不增不減經云法身流轉五道名曰衆生良由如來藏

是法身在纏之稱故約在纏及法身反覆
互奪曲成此二雖有二義必互相知若亾不知便同無相及法相宗
也但由於中崇尚各異故說二矣此經宗於前門良由染相本寂
故得覺性本圓義如別宗說兼之後義五圓融具德宗
謂事事無礙主伴具足重重無盡即華嚴
經然此五宗對前五教互有寬狹謂一宗
容有多教一教容具多宗故又教約佛意
權實有殊宗就人心所尚差別故宗與教
其旨不同後別明此經者又有總別總以
心境空寂覺性圓滿凡聖平等爲宗令修
行者忘情等佛觀行速成爲趣謂倒心妄
境如杌鬼繩蛇元自空無不待除滅文云非作
故無等依他水月鏡像全體即是圓成四大不動
故覺性不動等故凡聖靈覺眞心本來清淨圓滿
覺圓明故乃至根塵四大偏滿法界等行者如斯了悟自然

喪巳知是空華即無輪轉等又幻身滅故幻心亦滅忘情即縛脫等入不
情忘即等佛心等佛爲眞觀行即普眼觀成同佛
亦可鉤鏁前文成三重宗趣謂如上爲宗
令修行者忘情等佛爲趣又忘情等佛爲
宗令觀行速成爲趣又前趣爲宗令惑業
消滅身心客塵從此永滅等永絕輪迴知彼如空華即能免流轉
等起大神用初淨一身至一世界覺亦如是等安樂便能內發
寂滅輕安等又云三事圓證故名究竟涅槃也自在永得超過礙無礙境煩惱
涅槃不相留礙爲趣上所注引皆觀成功用等文別者有五對
一教義對教說爲宗義意爲趣二事理對
舉事爲宗顯理爲趣三境行對理境爲宗
觀行爲趣四行寂對觀行爲宗絕觀爲趣
五寂用對絕觀心寂爲宗起大神用爲趣
此五亦是從前起後漸漸相由矣入修證
階差者謂若但約教文唯生義解忘詮修

證復有其門故以心傳心歷代不絶自佛囑迦葉展轉於今燈燈相承明明無盡然初五師兼之三藏毱多之後律教别行罽賔已來唯傳心地黄梅門下南北又分雖繼之一人而屢有傍出致令一味隨計多宗今畧叙之但叙隨機可用者不叙邪僻之流也會通圓覺由此經首末偏明修證故叙諸禪宗以會之有拂塵看淨方便通經有三句用心謂戒定慧有教行不拘而滅識有觸類是道而任心有本無事而忘情有籍傳香而存佛有寂知指體無念爲宗徧離前非統收俱是象體上之諸宗不出定慧悟修頓漸無定無慧是狂是愚偏修一門無明邪見此二雙運成兩足尊故天台修行宗於止觀其頓漸悟修者頓悟日出孩生漸修霜消孩長爲解悟漸修頓悟伐木入都頓修漸悟磨鏡學射漸修漸悟如登九層之臺足履漸高所鑒漸遠並爲證悟若云頓悟頓修漸染綟絲則通三義謂先悟豁然頓了後修不著不證曠然合道爲解悟先修服藥後悟病除爲證悟修無心忘照悟任運寂知一時即通解證若云本具一切佛德爲悟如飲大海一念萬行爲修得百川味亦通解證若約楞伽地前信住行向四漸菴羅熟陶器成大地生習藝就聖位初地八地報身法身四頓明鏡現物日月照色藏識知境佛光照曜則修行爲漸證理名頓此圓覺經備前諸説謂文殊一章是頓解悟普眼觀成是頓證悟三觀本威德章末辨音章是漸證悟又普眼觀通於解證又三觀一一首標悟淨圓覺次明行相後顯成功初中爲對是頓悟漸修中後爲對是漸修頓悟又普眼觀示漸修頓悟三期道場是漸修漸悟普賢後段是頓悟頓修又清淨慧

章有忘心頓證更有餘文不能繁述此等頓漸皆語用心不同前門但是判教苟得其意皆成定慧如其失旨不成妄想即墮無記冀諸學者審而修之九叙昔翻傳者開元釋教目錄云沙門佛陀多羅唐言覺救北印度罽賓人也於東都白馬寺譯不載年月續古今譯經圖記亦同此文北都藏海寺道詮法師疏又云羯濕彌羅三藏法師佛陀多羅長壽二年龍集癸巳持於梵本方至神都於白馬寺翻譯四月八日畢其度語筆受證義諸德具如別録不知此說本約何文素承此人學廣道高不合孟浪或應國名無別但梵音之殊待更根尋續當記載然入藏諸經或失譯主或無年代者亦多古來諸德皆但以所詮義宗定其眞僞矣前後造疏解者京報國寺惟慤法師先天寺悟實禪師薦福寺堅志法師并北京詮法師總有其四皆曾備計各有其長慤遯經文簡而可覽實述理性顯而有宗詮多專於他詞志可利於羣俗然圓頓經宗未見開析性相諸論迢然不關故今所爲俱不依也其所依者巳伸於序末十隨文解釋於中二初解題目後釋本文題中文三一總辯名二配法義三具解釋初中三一叙立名二顯得名三明取捨初者

大方廣圓覺修多羅了義經

然諸經教或佛說時便自立名如法華金剛之類或佛滅後結集者立如阿彌陀入楞伽之類今此經目是佛自立五種名也流通分中文云此經名大方廣圓覺陀羅

尼亦名修多羅了義亦名祕密王三昧亦名如來決定境界亦名如來藏自性差別二者諸經得名有其多種或以人爲目或以法爲名人有請說等殊法有法喻等別或體或用或果或因或能詮所詮或眞妄境智乍單乍複其類不同今經五名已含多種大者是體方廣是用圓覺是果祕密王三昧是因又王是喻三昧是法修多羅了義是歎能詮餘皆所詮如來是能證人即當其智決定境界是境兼餘皆法如來藏是在纏之名即眞妄和合斯則人法總彰法喻皆舉具體具用有果有因詮旨雙題眞妄俱顯方諸經目莫備於斯了義之名昭然義現其每字別釋得名如下所辯三明取捨者文中雖五首題唯二良以宗本體用是法義之宏綱詮旨功能是言象之皎鏡事周理盡須建五名簡要標題且存兩號二配法義者凡欲解了義經論先須明識法義依法解義義即分明以義照法法即顯著故論中欲顯大乘深隱性相道理先開此二論云摩訶衍者畧有二種一者法二者義法指一心義開三大正同此也心是如來藏心即圓覺在纏之名義謂體相用即如次是大方廣論文爲欲發起衆生大乘信根故就凡夫位中目此圓覺爲衆生心也今經題目十一字中圓覺兩字正是其法大方廣三字是圓覺體用之義經之一字正是能詮教法修多羅了義五字歎教法勝能之義故正宗之初佛自標本唯立圓覺中間處處牒前起後標

結指陳一一只言圓覺不言大方廣也或唯覺之一字是法餘四皆義故文中或但云覺或淨覺大覺妙覺覺性覺心覺相等能詮法義配此可知是則上五字總屬所詮下六字總屬能詮矣三具解釋者於中分二初釋所詮後釋能詮且初所詮五字畧爲二釋一以三字對兩字二以四字對一字前對中三字者如次是圓覺體性德相業用三大然各二義大者當體得名常徧爲義當體者不同法相宗揀小之大大外有小可揀猶是分限豈爲至大今以圓覺體無邊涯絶諸分量強名大也慈云大者叙心靈之絶量常徧者常則竪通三世徧則橫該十方竪者過去無始未來無終無有一法先之唯此先於諸法故名大也涅槃經云所言大者名之爲常橫者十方窮之無有涯畔涅槃又云所言大者其性廣博猶如虛空方者就法得名方是法也軌持爲義軌生物解任持自性持自性者一切衆生皆有本覺雖流浪六道受種種身而此覺性不曾失滅生解者衆生悟入知見雖因善友開示然其智解從覺性生如水土之潤生穀等芽芽從種生不從水土故文云圓覺流出菩提涅槃及波羅蜜教授菩薩廣者從用得名廣多廣博爲義廣多者此圓覺性本有過塵沙之妙用潛興密應無有休息無有窮盡廣博者此無盡之用一一同於覺性無有邊際無有分限故文云覺性徧滿圓無際故當知六根徧滿法界如是乃至八萬四千陀羅尼門徧滿法界問華嚴經

題亦云大方廣與此同異答配屬三大則同釋義隨宗則異華嚴疏釋大云一切相用皆同眞性而常徧故持則雙持性相具十玄門軌則一切諸法一一皆能生解如觀一切見百門義等廣則能包能徧相即相入重重無盡一一對此同異可知圓覺者直指法體若不尅體標指則不知向來說何法大說何法廣圓者滿足周備此外更無一法覺者虛明靈照無諸分別念想故論云所言覺義者謂心體離念離念相者等虛空界等此是釋如來藏心生滅門中本覺之文故知此覺非離凡局聖非離境局心心境凡聖本空唯是靈覺故言圓也故下文說涅槃昨夢世界空華衆生本成佛道又云一切覺故又云幻滅覺圓滿

然此圓覺於諸經中隨宗名別涅槃經但約凡夫身中本有此性悟之決定成佛故名佛性法華約稱讚唯此一法運載衆生至於寶所餘乘不能餘法皆劣故名一乘妙法淨名但約住此性者神變難量非口可議非心可思故名不可思議解脫金剛但約此性顯發能破煩惱故名般若餘類可知皆是圓覺門中差別之義良由未決定的顯無明本無衆生本佛故雖神用繁廣勝德無邊不得標題直名圓覺禪門離念無念亦是此中拂迹遮過之意然以心傳心密意指授非今簡牘所論且約形言對此辯矣後四字對一字釋者唯覺之一字指法餘四盡是釋義意言此覺有廣大義有方圓義以廣對大以方對圓謂體大

而用廣理方而義圓方是正直不偏揀小不邪揀外圓是滿足無虧無缺揀諸菩薩亦可大方是體六方無隅廣圓是用懸云廣越塵沙圓無間缺謂體大而方正不偏用廣而圓滿無缺故復以方連大以圓連廣又四字中上三字是別圓字是總意明此覺具足三大之德故名圓也是則總別之德具彰法義之門雙指故名大方廣圓覺後能銓六字者於中先配後釋配者修多羅三字總指諸經了義兩字歎此一卷此一卷是諸經決了之義也故下文云是十二部經清淨眼目經之一字正是此圓覺能詮之體後釋者修多羅之義已如前釋了義者決擇究竟顯了之說非覆相密意含隱之談然諸經中何者了義何者不了義清涼答順宗皇帝所問諸經了義云佛一代教若約本爲一事則八萬度門莫非了義若圓器受法無法不圓得之由人亦皆了義此二不足揀別今約開方便門示眞實相則有了不了故淨名涅槃寶積等經皆云依了義經不依不了義經不了義經者謂小乘教了義經者謂大乘教大乘教復有了不了謂有大乘雖六度悲智兼修而定說三乘不一亦非了義若有會歸一極以立鑪陶於羣像智海總乎萬流無二無三無不成佛中道理觀不共二乘方爲了義又大寶積經云舍利弗問佛何等經中名爲了義何等經中名不了義佛告舍利弗若諸經中宣說世俗名不了義小乘一藏唯說俗諦雖云四眞諦望於眞如還成世俗法相一宗經論亦多說世俗少說勝義宣說勝義名爲了義的指勝義方是唯眞不俗即圓覺也下文

云圓覺出一切清淨眞如涅槃故所流出者亦是安立眞如對此還成世俗若諸經中宣說作業煩惱名不了義業煩惱等相教廣明說眞性處百分無一從多而說屬不了義宣說煩惱業盡名爲了義下文云永斷無明又云此無明者非實有體又云知是空華即無輪轉亦無身心受彼生死若諸經中宣說厭離生死趣求涅槃名不了義宣說生死涅槃無二無別名爲了義涅槃及種種幻化既出於覺心即二法同源正是無二也又云生死涅槃如夢及不厭愛等若諸經中宣說種種文句差別名不了義法相宗漏無漏爲無爲一切定別宣說甚深難見難覺差別即無差別名爲了義下云有思惟心測度圓覺如取螢火燒須彌山終不能著釋曰據上說了義行相皆與圓覺相當佛自料揀固應無惑雖諸經中亦有了義之説然非句句始終故各隨別義標題唯此圓覺首末顯了直破差別之相五性斷證總屬輪迴全成了義

宗旨故特標了義如法華一部獨受妙名經者契經亦如上釋逐便從簡又畧契字問修多羅與經但唐梵文異今雙置題目豈非繁重答上則總指諸部此則唯目當經對總歎別故非重也亦如大方等修多羅王經豈不亦修多羅王四字是總指諸部以歎其經耶又如法華歎云諸經之王若存梵語兼稱歎之文標題目者應云妙法蓮華諸修多羅王經即與此無異彼不兼之此乃兼者各是譯人之意耳上來總釋首題中二名竟餘祕密王等三號在流通分中至文當解二釋本文者一卷總分三分第一序分第二正宗分第三流通分以三分之興彌天高判冥符西域今古同遵所以三者夫聖人設教必有其漸將示

徵言先叙由致故初有序分由致既彰當根受法故次演正宗正宗既陳務於展轉利濟非但益於當會復令末世流傳永耀法燈明明無盡故結以流通今初序分中諸經多有二序一證信序如是之法我從佛聞標記說時說處分明大衆同聞非謬以爲證據令物信受經無豐約非信不階田是經初必須證信故智論云說時方人令生信故二發起序發明生起正宗之法如淨名寶蓋法華毫光之類然證信亦云通序諸經皆同故亦云經後序佛說法時未有故發起亦云別序諸經各別故亦云經前序佛先自發起方說正宗故今此經文即前序中便是發起謂佛入大光明藏與一切佛同住衆生清淨覺地現諸淨土

菩薩主伴皆入三昧同一佛境以表因果無異凡聖同源顯發此經旨趣如是故無別發起序也將解證信總序三門一述建立之由二明建立之意三則正釋經文初者則佛臨滅度阿難請問四事佛一一答我滅度後汝等當依四念處住一以戒爲師二默擯惡性比丘三一切經初皆云如是我聞一時佛在某處與某衆若干人等四四念處者一觀身不淨有五一種子二住處三自體四自相五究竟二觀受是苦受與苦各三一苦受苦苦二樂受壞苦三捨受行苦三觀心無常四觀法無我餘三文易故不牒釋二明建立之意者意有三焉一斷疑故謂結集時阿難昇座欲宣法藏忽然自身相好如佛衆起三疑一疑佛重起說法二疑他方佛來三疑阿難轉身成佛

故說此如是我聞等言三疑頓斷既言我從佛聞即自非佛明矣（眞諦三藏引律云爾此通如是我聞）二息諍故智論云若不推從佛聞言自製作則諍論起令廢我從聞聞從佛來故經傳歷代妙軌不輟（此局我聞）三異邪故外道經初皆立阿優爲吉（此局如是）三釋文者然證信序具六成就謂信聞時主處衆六緣不具教則不興必須具六故云成就今隨文便均於廣畧總分三段一信聞時主二說處依眞三同體法衆今初

如是我聞一時婆伽婆

解曰此文已具四種成就餘二成就後二各一先且合釋如是我聞者指法之詞也如是之法我從佛聞佛地論云謂結集時諸菩薩衆咸共請言如汝所聞當如是說傳法菩薩便許可彼言如是當說如我所聞釋曰宣法藏者不云阿難乃言菩薩者以佛地經在淨土說故論釋結集者云是菩薩不指聲聞今圓覺經亦淨土說正同彼論矣華嚴疏引纂靈記云摩訶衍藏是文殊師利與阿難海於鐵圍山間結集故與畢鉢羅窟不同集法傳云阿難有三一阿難此云歡喜持聲聞藏二阿難跋陀此云喜賢持獨覺藏三阿難伽羅此云喜海持菩薩藏但是一人隨德名别大法念經亦說三種但喜賢却是其初第二復云喜持三則同也上合釋竟此下離釋如是者信成就也智論云佛法大海信爲能入智爲能度信者言是事如是不信者言是事不如是故肇公云信順之辭也信則所言

之理順順則師資之道成又聖人說法但爲顯如唯如爲是故稱如是（劉虬釋也此唯約所詮理）又眞不違俗故名如俗順於眞爲是（眞諦三藏釋也約所詮理事）又如者當理之言（言理相順謂之如也）是者無非之稱（生公釋也此同遠公說事如事說理如理能詮之教稱於理事也）又有無不二爲如如非有無爲是（此約所詮理事無二）若惟就當經釋者凡聖因果不異圓覺名如唯此因果方離過非爲是（華嚴疏云無障無礙法界曰如唯此無非爲是應隨教門深淺以顯如是不同）我聞者聞成就也我即文殊及阿難海五蘊假者云何稱我我有四種一凡夫徧計二外道宗計三諸聖隨世假分賓主（大小乘法相）四法身眞我（法性）今是後二非邪慢心而有所說故無過也聞謂耳根發識大小乘宗各有三說或耳或識或俱俱者爲正然或具四

緣八緣雖因耳處廢別從總故稱我聞若無相宗我既無我聞亦無聞從緣空故不壞假名即不聞聞耳若約法性此經旨趣傳法菩薩以我無我不二之眞我根境非一異之妙耳聞眞俗無礙之法門也然阿難所不聞之經有云如來重說有云得深三昧自通若推本而言即阿難是大權菩薩何所不了如不思議境界經說況同文殊結集何滯迹而疑焉一時者時成就也師資合會說聽究竟總言一時揀異餘時也謂如來說經時有無量不能別擧一言畧周故（但云一時）如涅槃云一時佛在恒河岸等又諸方時分延促不定故但言一時若約當宗即說聽之時心境泯理智融凡聖如本始會此諸二法皆一之時然一與時

皆無自體但隨世假立婆伽婆者主成就也涅槃云能破煩惱名婆伽婆三德之中即當斷德斷德即顯法身也此宗法報不分淨土說經非應化矣故佛地經云是薄伽梵六義最清淨覺極於法界盡虛空窮未來際彼論云次顯諸佛異餘大師異說餘經之佛故說世尊功德又爲其餘生淨信故況彌勒般若頌云應化非眞佛亦非說法者耶若約諸經多是佛字具云佛陀此云覺者謂覺了眞妄性相之者據大雲金剛疏引論中心體離念以釋佛字則知有念終不能覺故論又云一切衆生不名爲覺以從無始來念念相續未曾離念故又云若有衆生能觀無念者則爲向佛智故然覺有三義一自覺覺知自心本無生滅若以常釋此唯揀凡今則從此便異於二乘及權教菩薩二覺他覺一切法無不是如三覺滿二覺理圓稱之爲滿若約佛地論即具十義智障諦覺喻各二若依華嚴即說十佛成正覺願業報住持涅槃法界心三昧本性隨樂若出其體即圓覺也四成就竟二說處依眞者處成就也謂佛入法性源現無邊無礙刹土亦不定分自他受用故曰依眞亦如華嚴云普賢身相如虛空依眞而住非國土釋此一門疏文有二初通疑難後正釋文初中或問曰外道言教首建阿優孔者篇章不標處所佛經異此故必以序分爲初彰說處則山城有依明說人則主伴無雜六種成就千代楷模邪正區分實由斯矣今云入光明藏三昧正受現諸淨土與諸菩薩同入等者但是眞智所造之境非化身形相

之依既不言佛在何山城國邑則說經主處文不顯彰幸爲釋通覿無所惑答曰夫三身一體四土一性聖言三四者立教有權實對機有隱顯劣機隱淨現穢勝機隱穢現淨若揀邪教定釋宗則唯標變化身土說大小乘法相及大乘破相顯性等經若除細惑彰妙境則眞顯受用自他圓覺密嚴之類十有餘本然此了教委窮識智之體備搜性相之源深究無明之根圓彰無漏之界經宗既詮實境教主須明眞佛故受用身居受用土爲諸大士說圓覺經然諸大乘經同是淨土說者即深密解脫經如是我聞一時婆伽婆住法界殿如來境界放大光明普照之處法集經婆伽婆在虛空法界無差別住處稱讚大乘經婆伽梵住法界藏密嚴經住出過三界密嚴之國諸佛心印經住如來境界衆寶道場興顯經在如來建立之土大毘盧經住如來加持廣大金剛法界宮入印法門經住如來住持境界方等王虛空藏經遊如來無礙智智行處佛地經住最勝光曜放大光明普照無邊世界周圓無際超過三界所行之處然如是我聞等言一一皆準深密讀之畧舉十經是此類也然淨土說經儀式稍異學識淺者或謗或疑故佛地論中具有徵釋但解此論自反三隅十經之意例此皆解故載其文次第錄此一段以遮愚惑聖言定量不假餘詞

論曰受用變化二佛土中今此佛土何土所攝說此經佛是爲何身此下有四初謬次正三徵責四圓了初云有義此土變化土攝說此經佛是變化身外難云既爾何故經云住最勝超過三界所行處豈是穢土耶下答云佛爲化地前等令其欣樂修因故暫化作淨土妙身神力加衆令暫得見次云有義此土受用土攝說此經佛是受用身此淨土量無邊際故難初義云若暫化作加衆令見應

如餘經分明顯說[法華三變淨土淨名足指按地經文皆云佛神力等]經不說故[佛地不然]是受用身土[結成]若爾此是地上菩薩所應見聞何故於此化佛土中結集流布[假設]傳法菩薩爲欲示現一切智者[法報佛身]及所居處[淨土]超過世間[化身穢土]如是示現[此下說現勝之意有四焉一云]欲令所化生欣樂故[二云]爲令發願當生如是淨土見如是佛聞如是法修彼因故[三云]爲生廣大勝解有情及諸菩薩勝歡喜故結集流布[結上三也][四云]又是勝法於此宜聞然處若非勝化身相麤不可宣說[下結]故受用身居受用土爲初地上諸菩薩說令傳法者結集流通[總結][成正義次下又假設外難云]若爾何故不但說彼所說法耶[何不但以化身標住山城等處然後但就經內讚說眞身淨土勝妙等法如無量壽觀經等耶下又出不標說處之過云]若不說處及能說者[若不說有形相名字化身如釋迦在祇園等也]不知此法何處[在何處說]誰說[是何人說]一切生疑[由無主處缺六成就故]故須具說[結也後窮盡道理和會釋云]如實義者釋迦牟尼說此經時[不妨還是釋迦世尊]地前大衆見佛化身居此穢土爲其說法地上大衆見受用身居佛淨土爲其說法[故亦有雙標淨穢者如等日王三昧經等]所聞雖同[同聞正宗法義]所見各別[有見在舍衞國摩竭者闍祇園之類身長丈六三十二相八十種好有見在光明無邊清淨國土盧舍那身徧法界有八萬四千相好等有一見毘盧遮那在華藏世界及無邊世界一一塵中身具不可說佛刹微塵數相好等]雖俱歡喜信受奉行[各信所見身土所聞之法]解有深淺所行各異[各隨所見所解而修其行]而傳法者爲令衆生聞勝希願勤修彼因當生淨土證佛功德故就勝者所見結集言婆伽婆住最勝等[出結集菩薩隱化身穢土位號名相但彰眞身淨土境界之意也諸餘經教例亦如然由隨機益故但各就本經意]

趣隱眞身淨土顯化身穢土等也故前云對機有隱顯也釋曰論釋分明不假別議驗前經等類例昭然然前所列之經十經兼圓覺皆詮殊勝之事境深細之理趣至於領受結集瓶注不遺者非登地菩薩則不堪任故淨土宣揚唯大士親受展轉流布則羣類普霑問華嚴大經宗趣圓博佛土是華藏世界佛身毘盧遮那尚標穢境之中人天七處初會摩竭提國二三忉利天四夜摩五兜率六及七八普光明殿他化九祇園並不離欲界故佛地經等何不然耶答大聖設教權實多門總一切經不出三意謂諸餘經等欲令隨識者趣入故唯舉化身穢土佛地等經欲令隨智者領受故偏舉眞身淨土華嚴則識智融通淨穢交徹法界圓攝稱性而談不逐機宜屈曲故即釋迦全是毘盧不壞娑婆而見華藏是以標舉則給孤九會摩竭初會同於濁世四處在欲天皆是五濁境閻浮三處在天竺釋相則金地經說摩竭云其地堅固金剛所成蓮臺經云見佛坐蓮華藏師子之座十佛刹微塵數菩薩圍繞一一塵中亦復如是一一普周法界佛身一一肢節一一毛端佛土一一微塵皆徧法界三類各有宗趣何執一而難乎然佛化儀隱顯殊迹一身異應一音異聞故教海無邊權實叵測且天竺小乘宗人尚有總不信大乘經典況時流佛滅度百年[illegible]多持律不如佛在六羣乳味不如佛在水味況今向二千年耶處異震旦與天竺隔遠詎免疑流今以聖言分明顯示庶祛其惑宜入眞乘然一部經入由證信故須通決勿猒文繁上來通釋疑難竟

大方廣圓覺經大疏上卷之二

音釋

杌五忽切音兀木無枝也　綟力霽切音麗染色也　罽居例切音計魚網

鑪音盧火牀也　覬音冀希望也

大方廣圓覺經大疏上卷之三

唐終南山草堂寺沙門宗密述

此下正釋本文文分兩段初攝相歸眞後稱眞現土初中三一標入智用之源二明與凡聖同體三總彰稱體圓徧今初

入於神通大光明藏三昧正受

解曰藏即寶性法界藏起信心眞如是諸佛衆生之本源神（妙用自在難測無壅）通光明之性體塵沙德用並蘊其中百千通光皆從斯起故云藏也亦名法性土亦名常寂光土息諸分別智與理冥名爲入矣然諸佛有常光放光若約常光光即是藏謂心性本明迷之似暗妄想既盡顯煥無涯故論云心性不起即是大智慧光明徧照法界若約所放光及所起通即神通光明之藏（持業依主配之可知）然通與光數皆無量若取類說者通即或六或十光則身光智光三昧正受者唐梵雙彰安住藏中不受諸受名爲正受（又三昧此云正思謂在定時於所緣境審正思察故正揀尋伺思揀昏沉如曉公說）二明與凡聖同體者既入其源即同其體故論云無漏無明種種業幻皆同眞如性相華嚴亦云如心佛亦爾如佛衆生然心佛及衆生是三無差別又月上經云我亦當知十方佛皆悉同體覺一法眞如體性無有二無量衆生同實際文中二初明聖同

一切如來光嚴住持

解曰一切即十方三世故華嚴云十方諸如來同共一法身一心一智慧力無畏亦然本覺眞理名如能證始覺之智名來始

本不二名曰如來是則衆生有本無始是如不來光嚴者重重交光照曜炳著住謂安住永絶攀緣持謂任持不失不壞後明凡同

是諸衆生清淨覺地

解曰迷真起妄妄見衆生妄體元空全是本覺心地（論云一切衆生本來常住入於涅槃）妄不能染故云清淨（勝鬘經云染而不染）然聖證此境直曰住持凡不知同但指覺地三總明稱體圓徧

身心寂滅平等本際圓滿十方不二隨順

解曰凡聖身心取相似異相皆虛妄當體寂滅寂滅故平等皆同一際即圓覺本際也既與覺體無異故隨體圓滿周徧法界慤云首楞歎虛空之小圓覺嗟法性之寬比之常談海形牛跡不二隨順者隨順不二也西國語倒譯者迴文不盡故也生死涅槃爲二凡夫順生死二乘趣涅槃今皆不住故云隨順又依報則淨穢不二正報則生佛不二就體則身心不二通該則自他不二與此相應是隨順矣然凡聖平等復有多義且依佛說佛佛平等法身智身無增減故若依衆生生生平等煩惱業苦有支皆等若生佛相望者凡夫現在等佛過去進修得果等佛現在成佛究竟等佛常住此約三世互望煩惱佛即本有今無衆生即本無今有菩提即衆生本有今無諸佛即本無今有約迷悟異則說今本涅槃之性非三世攝故知三世有法無有是處若以性淨而說則佛與衆生現今平等不妨迷悟之殊是故三乘亦有差别亦無

差别衆生寂滅即是法身法身隨緣即是衆生故寂滅非無之衆生恒不異眞而成立隨緣非有之法身恒不異事而顯現又如前引華嚴心佛衆生三無差别亦是平等是故染淨三世一切諸法無不平等況稱性互收如是解者名爲善住平等心地二稱眞現土

於不二境現諸淨土

解曰先釋義後銷文初中淨土之義四門分别一釋其義相二出其體性三嚴之方便四身土一異初中然土雖多種不出其三一法性土二受用土三變化土若開受用有自有他則成四土統唯二種謂淨及穢或性及相融而爲一有異餘宗又一質不成淨穢虧盈異質不成一理齊平有質不成搜源則冥無質不成緣起萬形故形奪圓融無有障礙次出體者小乘八微權教唯心實教法性又四土各别出體分性相者爲權融攝者爲實三方便者若經本起皆如來神力故法性如是故衆生行業故此通淨穢然隨宜攝物佛應統之故皆稱佛土若就行致唯淨非穢然淨有二種一世間淨離欲穢故以六行爲方便上二界爲淨土二出世間淨此復二種一者出世所謂二乘以緣諦爲方便權教説之無别淨土約實言者出三界外别有淨土二乘所居智論有文二出世間上上淨此謂菩薩即以勝解萬行而爲方便以實報七珍無量莊嚴而爲其土此復有二一者眞極佛自受用相累兼忘而爲方便二者未

極等覺已還故仁王云三賢十聖住果報唯佛一人居淨土未極之中復有二種一八地已上一向清淨以永絶色累照體獨立神無方所故其淨土色相難明二七地已還未出三界無漏觀智有間斷故非一向淨若依瑜伽入初地去方爲淨土三賢所居皆稱非淨此分受用變化別故然約圓教十信菩薩即有淨土後身土一異者又二初且約權教略配後據實義廣釋初中謂自性身依法性土餘之三身皆依自土境智淨識由昔所修因緣成熟從初成佛盡未來際相續變爲純淨佛土周圓無際衆寶莊嚴自受用身常依而住平智慈力由昔所修隨十地菩薩變爲淨土小大劣勝前後改轉他受用身依之而住成智慈力由昔所修隨未登地有情所宜化爲佛土淨穢小大前後改轉佛變化身依之而住後廣釋者問法性身土爲別不別別則不名法性性無二故不別則無能依所依答經論異說總收法身略有十種土隨身顯乃有五重一依佛地論唯以清淨法界而爲法身亦以法性而爲其土性雖一味隨身土相而分二別智論云在有情數中名爲佛性在非情數中名爲法性假說能所而實無差唯識亦云雖此身土體無差別而屬佛法性相異故謂法性屬佛爲法性身法性屬法爲法性土性隨相異故云爾也又云此佛身土俱非色攝雖不可說形量大小然隨事相其量無邊譬如虛空徧一切處故華嚴云普賢依眞住等一

切如來皆同所證故上文云一切如來光嚴住持身心寂滅平等本際圓滿十方不二隨順二唯以大智而爲法身所證眞如爲法性土故無性攝論云無垢無罣礙智爲法身故三亦智亦如而爲法身梁攝論中及金光明皆云唯如如及如如智獨存名法身故此則身舍如智土則唯如四境智雙泯而爲法身經云如來法身非心非境土亦隨爾依於此義諸契經中皆說如來身土無二五此上四句合爲一無礙法身隨說皆得土亦如之六此上總別五句相融形奪泯玆五說逈然無寄以爲法身土亦如也此上單就境智以辯七通攝五分及悲智願等所修恒沙功德無不皆是此法身收以修生功德必證理故融攝無礙即此所證眞如體大爲法性土依於此義身土逈異八通報化色相功德無不皆是此法身收故攝論中三十二相等皆法身攝然有三義一相即如故歸理法身二智所現故屬智法身三智相並是功德法故名爲法身其所依土則通性相淨穢無礙我此土淨而汝不見衆生見燒淨土不毀色即是如相即非相身土事理交互依持通有四句謂色身法身各依色相土及法性土故(單雙互望)此上通諸大乘教九通攝三種世間皆爲一大法身如華嚴說具十佛故其三身等並是此中智正覺攝故土亦如之十上分權實唯以第九屬於圓教若據融攝總前九義爲一總句是謂如來無礙身土義隨隱顯不可壘安是故此經

即於不二之境現諸淨土達者尋文無生局見上言土有五重者一唯法性屬前三身二者雙泯屬於第四三具性相五六七八之所依故四融三世間屬於第九五總前諸義即第十依釋義門竟次銷本文言於不二境者佛無現土之念如明鏡無心現諸淨土者無念而應緣如鏡無心而現像故肇公云淨土穢土蓋隨衆生之所宜淨者示之以寶玉穢者示之以瓦礫美惡自彼於我無定無定之土乃名淨土隨類普應故云諸也前凡聖一體即從自受用入法性土也此應諸菩薩即從法性現他受用故次云與大菩薩乃至同住如來平等法會第三同體法衆文三一總標

與大菩薩摩訶薩十萬人俱

解曰先標類具云菩提薩埵摩訶薩埵此飜菩提云覺則所求佛果薩埵云有情則所化衆生此約境釋又此人有了悟之覺餘緣慮之情此約心釋又此是求菩提之有情此約能所釋摩訶大也信大法解大義發大心證大道行大行趣大果故華嚴地前即云摩訶薩也然今列者但是地上後十萬人標數也二別列

其名曰文殊師利菩薩普賢菩薩普眼菩薩金剛藏菩薩彌勒菩薩清淨慧菩薩威德自在菩薩辯音菩薩淨諸業障菩薩普覺菩薩圓覺菩薩賢善首菩薩等而爲上首

解曰夫聖人無名爲物立稱多依行德隨宜別標標立千差皆有所表此等是十萬中標領表十二段法門如次各於一門而

爲請問之主良以初心識昧未解諮求故菩薩慈悲騰疑爲請今各以所詮法義對釋其名文理昭然非强穿鑿智者詳焉文殊師利者梵語訛也正云曼殊室利此云妙德即智德深妙謂道成先劫已稱龍種尊王現證菩提復曰摩尼寶積實爲三世佛母豈獨釋迦之師影響華嚴一切咸見是以禮妙慧而不忘敬本勸善財而增長發心印無言於不二之門答光明於三點之會談般若互致屢質本師說權實雙行頻驚小聖至德若此非妙云何普賢者略有三釋一約自體體性周徧曰普隨緣成德曰賢二約諸位曲濟無遺曰普隣極亞聖曰賢三約當位（等覺）德無不周曰普調柔善順曰賢準華嚴三聖圓融觀文殊表解普賢表行行解同體即是毗盧遮那是爲三聖故此菩薩常爲一對今第一究眞妄以成正解故當文殊第二徵幻法而明正行故當普賢良由此經是稱性眞身說圓滿覺性故人法儀式懸符華嚴三普眼者由此法門令觀身心無體根識塵境世及出世自身他身一切清淨徧滿法界一切衆生普同諸佛觀行成就頓見如此境界是眞普眼也此含悲智謂普見諸法清淨是大智普眼普見衆生成佛是大悲普眼四金剛藏者從喻爲名金剛堅而復利堅則無物可壞利則能壞一切此菩薩智亦爾煩惱不能侵外魔不能動堅也能破諸障斷人疑惑利也故起三重甚深之難以消末世之疑疑心既無即具無盡功德故

復云藏五彌勒者此云慈氏慈是其姓過去遇大慈如來願得斯號由此得慈心三昧又由母懷時便有慈心故以慈爲氏族字阿逸多此云無勝勝德過人故今以姓而呼但云彌勒由此門深究愛根蕩除細惑所以五性修證皆屬輪回彌勒是等覺菩薩一生補處表除微細惑習即得正覺圓明也六清淨慧者表在此門修證地位因果相中而智慧不住不著虛心忘相不爲行位差別之相所染（若慧不清淨即落地位滯因果乖覺性）七威德自在者三觀成就功用猛利邪魔不能嬈妄惑不能侵故八辯音者佛以一音逗於萬類雖此門統明三觀而隨機單複不同故二十五輪各皆證入此菩薩善能辯別隨類圓音故當其問九淨諸業障者一切業障盡依四相而生此門問答除之諸業自然清淨十普覺者從前諸過已離四相又除然於用意行心仍餘作止任滅之病覺猶未普至此決擇四病覺性無瑕普覺諸病故當此矣若具指者普覺本末普覺麤細普覺深淺十一圓覺者然此正宗中諸菩薩等與佛問答發揚本意欲顯圓覺但緣節節過患未盡義意未圓收機未普故表法菩薩未標圓覺之名今有三意得名圓覺一前雖病盡理圓仍恐下根難入又此曲開方便三期道場即上中下機普歸圓覺二由前節級行解已圓至此名爲證極證極之境更無別體唯是圓覺三最初標指圓覺爲陀羅尼門者從本起末今顯義已周還至圓覺者攝末歸

本表此三意故當此門十二賢善首者謂柔善順曰賢賢之與善義意無別賢謂亞聖善則順理首是頭首欲使萬善齊興俱順眞理成正因位亞次聖果者必藉經教經教流通是賢善之首故流通分中當此

菩薩三總歎

與諸眷屬皆入三昧同住如來平等法會

解曰然夫大士必崇德廣業虛心外身崇德故進齊佛果廣業故行彌法界虛心故智周萬物而不爲外身故功流來際而非已今此但歎主伴入定同佛會之德者發揚正宗融攝一切爲圓滿覺之由致也諸經歎德皆亦各隨所宜言與眷屬者稱性之衆必具主伴(如華嚴經)故此十萬各有眷屬(外徒衆內法行)由入定故同住佛境(不同前之諸佛但云住持不云入定)當爾之時凡聖體同因果一相故云平等法性之會名法會也上來三段不同總明證信六成就竟然此序既含發起(義前如科)此經又越餘詮欲顯迥超應云六種殊勝謂所聞圓覺是性相源(如是)能聞結集是文殊等(我聞)說經之主是佛法身(婆伽婆)說聽會時心境融合(一時)說經之處淨土眞源聽衆同體皆入三昧故也序分竟

自下大文第二正宗分中有十一菩薩相次請問法門節節佛答總十一段束之爲二初一問答令信解眞正成本起因後十問答令依解修行隨根證入此乃前頓信解後漸修證也亦可初一信次五解次四行後一證(至下更辨今且依前)夫欲運心修行先須信解眞正以爲其本本若不正所修一切

皆邪縱使精勤徒爲勞苦權宗多云先且漸修功成後自頓悟若華嚴此經教相儀式皆先頓同佛解方能修證故彼經十信位滿便成正覺然說三賢十聖歷位修行通妨云云故此文殊段中頓彰信解之境後普賢等十菩薩節級顯示總別觀行普賢最初問云聞此圓覺境界云何修行等令初言信解眞正者華嚴三聖觀云有信無解增長無明有解無信增長邪見信解圓通方爲行本今則頓信本有圓覺本無無明頓出生死名爲眞正眞者揀妄則不同迷倒凡夫但將妄念修行正者揀邪則不同執見異宗及諸外道三聖觀又云信若不信法界信則是邪復云成本起因者最初發起之因也然此經說因意深文略若不會通諸教管窺者信

解難生今於文前懸爲開示根尋本末總有三重初了圓覺性次發菩提心後修菩薩行了覺性者四大非我五蘊皆空空病亦空了然自覺聖凡相異異則不眞生佛體同同豈增減依此悟解終始無殊然堪發心學菩薩行見聞影響何實何虛雖應形聲誰主誰宰不依此悟所作非眞自謂修行元是結業故華嚴云不能了自心云何知正道彼由顛倒慧增長一切惡又云設有菩薩無量百千億那由他劫具行六波羅蜜修習種種菩提分法若未聞此不思議大威德法門或聞不信順悟入不得名爲眞實菩薩若聞此法信解悟入當知此人生如來家具菩薩法離世間法深入如來境界故論中亦先開示二覺次令發

三心後方修五行如次配此三重然就初門中引者初門之意最難信用故顯著若是幸不踟躕二發菩提心者既悟圓覺則堪發大心爲萬行本故華嚴一千行法最初以菩提心爲所依然有心體心相心德言心體者大悲大智大願三種心是大願是總悲智是別願者樂欲樂欲何事唯發心願樂通達諸法救度衆生故成悲智是故論云信成就發心者略說三種一者直心正念眞如法故即是大智無所執著二者深心樂修一切諸善行故即是大願謂四弘等對四諦故三者大悲心救護一切苦衆生故心相者所發之心要無分齊謂約悲願則大悲盡度衆生大願盡修諸行約大智念眞如則上無菩提可求下無衆生可度中無萬行可修故淨名云當令此諸天子捨於分別菩提之見皆爲無分齊也心功德者若依上發心一念之德過於虛空諸佛同讚多劫不盡故善友瀰禮童子羅漢推敬沙彌雖始終不殊而先心難矣是以彌勒二百二十二喻廣顯功能

種子生佛法　良田長白法
大地持世間　淨水洗煩惱
大風吹無礙　盛火燒見薪
淨日照世間　盛月法圓滿
明燈放法光　淨目見安危
大道入智城　慈父訓菩薩
慈母生菩薩　導師知要道
帝王願自在　鉗拔身見刺
命持大悲身　甘露不死界
淨璃性明潔　鼓覺煩惱睡
無畏毘笈珊吔　無生念力
住水日精　璃寶宅迎王子

懇勸善財再親妙德此上二門正是本起因也至文當配三修菩薩行者既已發心當修諸行故善財所見諸善知識一一云

我已先發阿耨菩提心而未知云何學菩
薩行修菩薩道然對上了悟即是依理而
修對上發心即是以行酬願難思佛法即
之於心非向外求非數他寶廣有萬行統
之三學要唯定慧車輪鳥翼互闕無能以
是菩薩所依賴故天台宗於止觀意在斯
焉此第三門即普眼章已下皆是上三重
因兼果成四故我清涼大師答順宗皇帝
所問諸經了義綸貫始終亦如次全同此
四謂一明識不思議境使信解居懷二真
正發菩提心令棲志高尚三巧安止觀萬
行助修四迴向菩提因果圓滿今本起因
即彼一二隨根修證即彼三四是知顯示
從凡至聖始終炳著者莫尚斯焉若約從
本起末攝末歸本論因果者復成四句一

所從之本是因因（本起因也）二起末正是其因
（六度萬行）三攝末正是其果（菩提涅槃二轉依果）四所歸
之本是果果（生佛同成正覺）然一與四但是覺性
故華嚴所宗性因性果是以因該果海果
徹因源初心即得菩提果後猶稱菩薩善
財初後俱託文殊智身位地始終同會普
光明殿皆斯義矣（彼疏云契文殊之妙智究是初心入普賢之玄
門會無別體）然本起之義泛釋難明故此一章
拔茅連茹實藉因果相照教理相符文雖
稍繁爲後綱領傍論已竟次釋本文文中
有四一伸請二讚許三佇聽四正說（下十初科
皆同此四）初中三初進問威儀次正陳詞句後
三展虔誠（後亦皆同）今初
於是文殊師利菩薩在大衆中即從座起頂
禮佛足右繞三帀長跪叉手而白佛言

解曰文殊表法已具上文餘皆諮求法要恭敬之儀也在大衆中從座起者亦表與一切凡聖同住法性從法空之體起悲濟之用頂禮佛足者以已最尊之頂禮佛最卑之足敬之至矣敬是意業意業無狀但以身口表之下標歎大悲世尊在發問之首即口業矣由隨文便故科之在後然汎論三業歸敬者欲顯諸聖有天眼天耳他心故淨三業故成就三輪因故或在明而遠在闇而近在闇而復遠故身語意如次伸敬令文殊等但是請問之軌俱非上說右遶者隨順之義表順覺性三帀者顯佛一體三寶三身三德表自願滅三道等故諸有三數表義例知長跪者表安危不易叉手者表信解合體心境交叅理智冥符定慧無二次正陳詞句文三初問本起之心

大悲世尊願爲此會諸來法衆說於如來本起清淨因地法行

解曰即前第一重也詳佛答處文相皎然諮求法要本爲衆生故偏舉大悲之德又阿含經說六種力中如來唯以大悲爲力六波羅蜜經云云何大悲能除重擔示勝義故成就有情住法性故諸來法衆者從法性起皆稱法性之衆也說於者但是請說而非問也如來下正是所請請意云夫求果者必觀於因因若非眞果還是妄如造眞金佛像先須辦得眞金成像之時體無增減故首楞嚴經云若以生滅心爲本修因欲求如來不生滅果無有是處又云

汝觀因地心與果地覺爲同爲異同則剋證異則不成言如來本起者佛昔本因所起最初之心也如上廣釋清淨者圓照本體元無煩惱因地者因行所依之地法行者稱法性之行下文佛答圓照淨覺本無無明等爲因體也又大集經憍陳如問佛云何名爲法行法行比丘佛言若有比丘讀誦如來十二部經樂爲四衆敷揚廣説思惟其義是名樂讀乃至是名思惟不名法行若有比丘能觀身心心不貪著外一切相謙虚下意不生憍慢不以愛水溉灌業田亦不於中植諸種子滅覺觀心境界都息永離煩惱其心寂靜如是比丘我則説之名爲法行如是比丘若願獲聲聞菩提縁覺菩提如來菩提即能得之憍陳如如工陶師埏埴調泥置之輪上隨意成器法行比丘亦復如是下文佛答圓照淨覺本無無明等爲本起初因也占察經亦云善男子若有衆生欲向大乘者應當先知最初所行根本之業最初根本業者所謂依止一實境界以修信解因信解力增長故疾入菩薩種性（信成就入初住也）所言一實境界者謂衆生心體從本已來不生不滅自性清淨無障無礙平等普徧無所不至圓滿十方究竟一相以一切衆生心一切聲聞辟支佛心一切菩薩心一切諸佛心皆同不生不滅無染寂靜眞如相故所以者何一切有心起分别者猶如幻化無有定實釋曰以信解一實爲最初業全同今經也配釋可知佛頂經亦然二問發心離病

及説菩薩於大乘中發清淨心遠離諸病

解曰即前第二發菩提心也故偈直云菩提心矣華嚴云忘失菩提心而修諸善根魔所攝持既爲魔攝即過患衆多故請説發心因緣令得永離且中間忘失善根猶被攝持況都未發心修行豈離魔業言及説者揀此非前大乘中者揀宗非小清淨心者菩提心中大智心也直心正念眞如故清淨矣離諸病者一發之後永無忘失無忘失故魔惑不嬈下佛答有無俱離覺照亦泯能所絶等此即不發一切心名眞發清淨心也若遠而論之至於輪迴根本四相四病亦答此意雖下文節節自有別問然此一段之問是諸問根本後爲欲備收中下之機故諸門展轉問答以盡此中之理亦如華嚴初會發四十問近則當會答盡遠則九會方終三遠被當來

能使未來末世衆生求大乘者不墮邪見

解曰末世者佛滅度後正法像法各一千年末法一萬年末法即爲末世去聖遥遠深可懸憂故顯益中偏垂結指又初標此會後結當來影略而言現未俱益金剛三昧經中解脱菩薩亦爲末刦中五濁衆生請宣一味決定眞實令等同解脱（曉公因此四句判教）求大乘者不墮邪見者謂末法中正解難得其有或縱心五欲或宗習異道或執滯二乘者置之言外縱有發意唯求大乘若不聞此法門亦墮邪見離本心外別有所求見妄見眞並爲邪見不必六師（義如前説）故華嚴云一切衆生皆墮邪見後三展虔

誡

作是語已五體投地如是三請終而復始

解曰五體者四肢及頭一請者若唯一二未展虔誠若過於三禮煩則亂故三周終始顯示眞心佛雖已知垂範應爾若約所表如三帀說二讚許

爾時世尊告文殊師利菩薩言善哉善哉善男子汝等乃能爲諸菩薩咨詢如來因地法行及爲末世一切衆生求大乘者得正住持不墮邪見汝今諦聽當爲汝說

解曰先讚後許善哉善哉者智論釋云再言之者善之至也大乘了義理合宣揚針芥未投久默斯要既當嘉會根熟咸臻將演妙門必資發問今之所請實謂起予利樂實多再三歎善善男子者順理剛斷乃能下牒所問詞正述善之所以得住持者安心覺海永絕攀緣任持萬行無漏無失汝今下許也誡令審諦勿雜餘緣無以生滅心行聽實相法智論偈云聽者端視如渴飲一心入於語義中踴躍聞法心悲喜如是之人可爲說三佇聽

時文殊師利菩薩奉教歡喜及諸大衆默然而聽

解曰歡喜者默聽也即是願樂欲聞十地經云如渴思冷水如饑思美食如病思良藥如衆蜂依蜜我等亦如是願聞甘露法四正說文二初長行後偈頌（下皆同此）初中四一標示眞宗二推窮妄宰三釋成因地四結牒問詞一中復二初明本有覺心後明悟則成佛初中又二一示本體

善男子無上法王有大陀羅尼門名爲圓覺解曰無上法王即是佛也於法自在更無有上然雖無一衆生而不具有圓覺且塵經未出寶藏猶埋既不自知寃受貧苦唯佛全得其用故但標大覺有之大陀羅尼者此云總持圓覺體中塵沙德用從本已來持之不失故有以攝散釋總持義義與此殊然陀羅尼有三謂多字一字無字今即無字無字即無邊際故言大也故大寶積經陀羅尼品云如來之智攝諸善巧所有宣說無不清淨無有少法所得皆歸於空乃至此是諸菩薩等入陀羅尼門問文字既非眞實何用傳經答大品般若云總持非文字文字顯總持由般若大悲離言以言說若據智論即云陀憐尼梵音小異耳論自翻爲能

持亦云能遮謂種種善法持令不失惡不善心遮令不生既言持善遮惡即是萬行之本故此標之矣門者是出入義出者一切染淨諸法皆從圓覺流出出淨如次文出染如下文入者若悟圓覺則百千萬法悉皆悟入故下文云圓覺明故顯心清淨乃至徧滿等是知欲了萬法須從圓覺中入又從本起末爲出攝末歸本爲入迷之則出悟之則入有出入義故名爲門此中門者是根本義不同世法門淺室深故寶積經連次前云由是門故出生廣大差別覺慧此則無門之門門清淨故形相門者則爲非門所言門者猶如虛空一切諸法依於虛空而有生滅又荷澤云知之一字衆妙之門皆說根本矣名爲圓覺者正指其所屬當本

體也義具題中二彰德用
流出一切清淨眞如菩提涅槃及波羅蜜教
授菩薩
解曰流出者非別有法從中流出於外但依覺性顯示諸門功德無有窮盡應用無有疲猒名爲流出故論云若心有動則有過恒沙等妄染之義對此義故心性無動則有過恒沙等諸淨功德相義示現言一切者總標清淨者揀諸有漏有漏之法皆眞理故性本無故眞如等者略舉其四以例百千將欲釋之二門分別初開章解義後依義釋經初中四法各爲四別一釋名二出體三辯種類四明業用初眞如中一釋名者眞謂眞實顯非虛妄如謂如常表無變易謂此眞實於一切位常如其性故又眞者體非僞妄如者性無改異僞是詐僞鍮如眞金妄是虛妄影如本質異就橫說多物同時而各殊改約竪論一體先後而變易今皆離此故曰眞如謂此實體於未來際常如過去（竪釋）於色中常如受中（橫釋）眞實相如非爲妄似二出體者若約法數即眞如無爲今依起信以一心爲體論云心眞如者即是一法界大總相法門體所謂心性不生不滅乃至竟無變壞唯是一心故名眞如等三辯種類者或唯一如體中說或二安立非安立故依言離言故或說有七顯於染淨中常如其性故或立十種對十重障辯其德故四明業用者論云眞如用者諸佛因地攝化衆生不取相者以如實知衆生及與已身眞如平等無別

異故以有如是大方便智除滅無明見本法身自然而有不思議業種種之用即與眞如等徧一切處釋曰依眞如故發智斷惑證體起用若不依之則取我我所相無由修證故知萬德萬行皆是眞如用也菩提四者一中梵語菩提此翻云覺（若云佛陀即是覺者）義見題中二中約心數即別境中慧若取圓倫即攝論云二智二斷爲菩提體智論云菩提菩提斷俱名爲菩提依今經者即是始覺合本三中或說唯一理智合故即寂之照故或開爲二大品明有性淨菩提修成菩提或分爲三約三乘故如十地論又起信本覺始覺究竟覺或開爲四涅槃經說四品智慧觀十二緣得聲聞緣覺菩薩佛等菩提又大圓等四智菩提或分爲五如大品智論說發心等（等於伏明出到無上）四中謂緣二諦斷二障證二空現萬象印群機該動寂通因果因圓果滿無不由之業用無邊不可具載涅槃者蓋衆聖歸宗冥會之所寂寥無爲而廣大悉備形名絶朕識智難收今以無名之名亦爲四別一中涅槃正名寂滅取其義類乃有多名總以義翻稱爲圓寂以義充法界德備塵沙曰圓體窮眞性妙絶相累爲寂二中據六無爲即眞如擇滅論其圓寂即摩訶般若解脫法身爲體所以三者翻三雜染故能證大智冥所證理相累永寂故然此三德不離一如如一明淨圓珠明即般若淨即解脫圓體法身故此三法不縱不橫不並不別如天之目如世之伊名秘密藏爲大涅

槃三中或説唯一即大涅槃或二性淨方便淨或三謂自性眞應(又約三乘)或四一自性清淨(通凡)二有餘依三無餘依(通二乘)四無住處(唯佛)四中囊包終古導達群方靡不度生靡不成就故彼經云能建大義又華嚴云不爲菩薩示現涅槃欲令常見佛圓滿故但爲令衆生生欣樂戀慕故現出現没佛日常現淨心器中心濁器破則不得見波羅蜜四者一中復二初通後別通者具云波羅蜜多波羅此云彼岸蜜多云到迴文順此應云到彼岸也謂離生死此岸度煩惱中流到涅槃彼岸然一切衆生即寂滅相不復更滅但以迷倒妄見生死名爲此岸若悟生死本來空寂名到彼岸若就修習分位説者要七最勝之所攝授諸有所修名波羅蜜七謂安住(菩薩性)依止(菩提心)意樂(悲愍有情)事業(一切)巧便(無相智攝)回向(無上菩提)清淨(不爲二障雜)若七隨缺非波羅蜜故諸度等各具四句(一施非度等)然五位通修佛方究竟別者又二初舉數謂對六蔽漸修佛法成熟有情故但説六止觀相由定慧相即故唯説五對治十障證十眞如故有其十若總翻諸染即有八萬四千(義如下釋)後正釋但釋十名已兼六矣謂輟己惠人名施防非止惡爲戒堪受諸法未能忘懷爲忍鍊心於法爲精精心務達爲進心處寂靜爲禪推求揀擇爲慧方法便宜故名方便希求樂欲爲願不可屈伏名力如實決斷爲智二中亦有通別通則大菩提心而爲體性別者復有相性二宗相者施戒忍進如次以

無貪受學無瞋懃等各及所起三業爲體禪則等持餘五擇法性者皆從眞如性功德起三中通則如釋名中舉數别則有三一者前六各三後四各二一施三者財法無畏二律儀攝善饒益三耐怨害安受苦諦察法四被甲攝善利樂五安住引發辦事六生發俱空無分别慧七回向拔濟八求菩提利樂他九思擇修習十受用法樂成熟有情（前前麁後後細易難修習故次第如此）二者觀心（華嚴疏說）三者空心（金剛三昧經說）四中相無相别（二宗）相宗者謂六中前三增上生道感大財體及眷屬故後三決定勝道能伏煩惱成熟有情及佛法故其後四者助六令圓滿故謂七助前三餘八九十次助後三如深密說又由前前引發後後復由後後持淨前前又此十中一一相攝互相順故若但說六六攝後四若開爲十第六唯攝無分别智後四皆是後得智攝無相宗者准菩提資粮論以般若爲初餘五依次般若成五五助般若論偈云既爲菩薩母亦爲諸佛母般若波羅蜜是覺初資粮施戒忍進定及此五之餘（餘四）皆由智度故波羅蜜所攝

上來解義竟從此依義釋文謂圓覺自性本無僞妄變異即是眞如無法不知本無煩惱無法不寂本無生死即是菩提涅槃無慳貪毀禁嗔恚懈怠動亂愚癡即是六波羅蜜餘諸無量無漏等法皆例此知問云准此菩提涅槃各唯一義如何上說無邊德耶答全體即圓覺故别中皆具總故揀之則幻化昨夢收之則一一圓通思之

中間云及者有其二義一揀前義顯因果義別二合集義非但流出理果亦及因也教授菩薩者顯上所流眞如等法之業用也謂約其情執即似都無妄盡功圓元非新得頓悟理者依之修行能生物解名爲教授故論云順本性故修檀波羅蜜等涅槃亦云諸佛師法後明悟則成佛

一切如來本起因地皆依圓照清淨覺相永斷無明方成佛道

解曰上且標指宗源未曰酬其問目今顯悟之成佛方名本起之因一切等者叙其所問皆依者無佛不然圓照者顯能悟之心圓通照了離於偏局清淨覺相者明所悟也寂寥虛廓了無情塵此中相即是性非爲相貌但以初悟之時見有所悟之覺能所未忘故云相也此正同善財初遇文殊表信智見其身相後遇文殊表證智不見身相永斷等者本覺既顯無明本無畢竟不生名爲永斷(涅槃云云)塵沙諸佛以此爲因如是用心方成佛道必若心存妄念帶此妄念修行多劫虛事劬勞畢竟不成佛果(如前所引積行菩薩)

大方廣圓覺經大疏上卷之三

音釋

嬈(乃了切音裊擾弄也)埏埴(埏尸連切音羶水和土也埴音寔黏土也)

大方廣圓覺經大疏上卷之四

唐終南山草堂寺沙門宗密述

大文第二推窮妄宰於中二先示其相後顯本空智論云佛有二種說法先分別諸法後說畢竟空正是此也初中三謂徵釋結今初

云何無明

解曰徵此無明作何行相從何表顯知是無明然此徵釋無明者有其二意一由前云永斷無明恐謂定有可斷欲待斷盡方成佛道故今徵釋顯其本空二謂此無明是八萬塵勞之根十二因緣之首河沙煩惱由此而生塵劫輪迴以之不絕非想定後還作狸身無為坑中猶名病行今欲明清淨覺性顯示圓頓妙門不先推破無明所作盡扶顛倒故決真心本有便推妄性元無依此了悟分明始得名為因地二釋者釋此無明五門分別一顯得名二釋體相三辯種類四明業用五正釋文初中明者擇法無彼明故名為無明又雖有本覺之明而無始覺之照論名不覺不者是無覺者是明但文異耳亦名為癡（唯識百法）迷（諸經）亦名為顛倒（此經）二出體相者華嚴云於第一義諦不了名曰無明者此明迷自此經云認四大等者即明認他理實而言但迷自必認他認他必迷自二文互舉也論云不覺者謂不如實知真如法一故不覺心起而有其念念無自相不離本覺猶如迷人依方故迷眾生亦爾依覺故迷若離覺性則無不覺釋曰此雖出體便顯體空正

當此經兩段文矣俱舍中說明所治者是無明體唯識中說覆蔽眞實迷於理事然有共不共若取發業卽行蘊中迷理起者此等出體比起信論未徹其源何者起信依無明爲因方生賴耶識此等所說乃是六七心所況迷自認他之行相似有本空之根源旣無的示之文豈盡無明體性三種類者謂根本枝末共與不共相應不相應迷理迷事獨頭行俱覆業發業種現宿惑四業用者準論所說能生三細依華嚴卽二種業一令衆生迷於所緣二與行作生起因今經云由此故有輪轉生死統而言之一切有漏之法無不皆是無明之所任持無有不是無明發起故論云當知世間一切境界皆依無明而得住持又下文云身心等相皆是無明餘如徵中五釋文者文分爲三一按定其非二正釋其相三出其過患今初

善男子一切衆生從無始來種種顚倒猶如迷人四方易處

解曰謂此但標衆生云皆顚倒未顯顚倒之相如泛指甲乙云是罪人未出罪名所作何事故言按定其非文中先法後喻法中一切衆生者除圓了覺性其餘悉該言種種顚倒者心識狂亂爲顚背覺合塵爲倒倒有所執顚但荒狂（或顚者頂也倒者頂下足上也）其相不一故云種種種種之相如下所明喻中如人乍至川原或入聚落忽然心惑以東爲西旣一方迷餘三俱轉故云易處此喻四倒及下四雙然正迷之時方亦不轉

忽然醒悟還是舊方反推此迷了無蹤跡無本來處無今去處第二正釋其相文二一法

妄認四大爲自身相六塵緣影爲自心相

解曰正釋顛倒之相也如述某甲有如是過作如是事今則迷自法身認他四大迷自眞智認他緣念是其相也故肇公云法身影於形㲲之中眞智隱於緣慮之内正當此段文中先明認身後明認心所言認者執爲我也認身者然四大從緣假和合有無我無主畢竟是空故淨名云是身如影從業緣現是身不實四大爲家是身如空離我我所又如下文皮肉筋骨皆歸於地等然凡夫種種造業長劫輪迴只由迷自法身執此四大爲我認心者略爲二釋一者六塵是境識體是心心對根塵有緣慮相慮相如影舉體全無自心靈明本非緣慮今認緣慮謂是自心念念隨之飄沉苦海如珠明徹本非青黄對青等時卽有影像愚執其色謂是其珠如迷自心認緣影也故唯識云諸心心所依他起故亦如幻事非眞實有乃至亦是法執首楞嚴云若分别心離塵無體斯則前塵分别影事塵非常住若塵滅時此心卽同龜毛兎角其誰修證無生法忍故知緣影決定是空若清淨眞心本無緣慮靈知不昧無住無依今認緣心誠爲妄矣二者此一句經譯者迴文不盡應云緣六塵影六塵影是所緣妄識是能緣六塵無實猶如影像從識所變舉體卽空故此緣心亦無體也餘同

前解前標顛倒云種種者通論卽我法二執於中各有種種相轉（下二空觀初當具叙破也）及凡夫二乘同有三倒各有四倒（下四念處觀中當釋）若尅就此文卽上迷身迷心總有四對顛倒謂四大非我認爲我法身眞我而不認是第一對四大如幻本無而見有法身眞實本有而見無是第二對緣念生滅非心認爲心眞心了然而不自認是第三對緣念如珠中黑色全空而執有眞心如珠中明相實有而見無是第四對一三我執二四法執如斯等見不因師宗但是凡愚任運如此旣四對八隻不同故云種種二喻文

二初直喻前文

譬彼病目見空中華及第二月善男子空實無華病者妄執

解曰瞖眼觀空裏無華妄見華揑目望月輪月邊別見月空華幻月皆喻妄見衆生一念迷心瞖自圓明覺性而於圓明體上妄見生滅身心故云空實無華病者妄執妄執之言正對前妄認之語若悟眞如無相但是一心如空本無華天唯一月故首楞云見聞如幻瞖三界若空華聞復瞖根除塵銷覺圓淨又云汝身汝心外洎山河虛空大地咸是眞精妙心中所現物亦可別配二喻謂華喻認身月喻認心身則但因心迷當體妄認如空華但因目瞖外無別依心則內根外塵相依而起如幻月下因揑目上因本月相依而生故配身心昭然義現然月喻側華亦應云月實無二揑者妄執經文影略故不具之又爲一解瞖

揑皆喻見分空華二月皆喻相分眼喻智慧空及本月喻真理世親般若論以瞖喻相分者據釋處之意取所見之華也後展轉倒見

由妄執故非唯惑此虛空自性亦復迷彼實華生處

解曰由妄執故牒前生起轉計所以非唯下帖義牒前成其轉倒惑空性者虛空自性清淨無物今執華生空處即似空變成華妄見虛空無生而生無物成物是迷惑虛空之性也亦復迷彼等者既執華從空而生即不知從瞖而起瞖則實是華之生處非謂真實之華若具法合應云非唯惑此真空自性亦復迷彼身心生處此乃但怪空裏有華不覺眼中有瞖外嫌身心苦惱不知內蓄迷情三出其過患

由此妄有輪轉生死

解曰妄執身心若無過患任其固執不必化之既由此執塵數劫中輪迴不絕地獄鬼畜八苦五衰爲害之深故須開示由此者因前妄認身心相也生死不實故稱妄有三結

故名無明

第二顯本空文三初標定

善男子此無明者非實有體

解曰言無體等者但是假名內外求之了不可得推其本際元是妙明故論云念無自相不離本覺又云依覺故迷若離覺性則無不覺了斯無體諸行不生不生故無滅生滅滅已寂滅爲樂是知十一支法皆

有所因惟此無明橫從空起今悟無明滅則行滅行滅則識滅乃至老死滅也次喻釋

如夢中人夢時非無及至於醒了無所得如衆空華滅於虛空不可說言有定滅處何以故無生處故

解曰前說種種過患皆歸無明今云無體道理難見言語路絕故約喻釋謂睡時夢物直見是有故前種種說其行相寤欲求之終不可得故此顯示云無體也問求不得者何處滅去故經答云如衆空華滅於空時不可說言有定滅處問若無滅處即應還在以何義故言空無也經又答云無生處故見幻華時若實是有今不見時即說滅處見時本無生處不見何尋滅處問前云實華生處此復何通答約前妄執之時而言有也悟了始知有時元無以法合之昭然可見故首楞云此迷無本性畢竟空昔本無迷似有迷覺覺迷迷滅覺不生迷此正是無生之理若決定忍可於心名無生忍華嚴云一切法無滅若能如是解諸佛常現前後斷疑

一切衆生於無生中妄見生滅是故說名輪轉生死

解曰恐有疑云前說生死輪迴只由無明妄執無明既若無體生死復何所依必若生死亦無云何前說生死故此釋云無明及與生死本末一切俱無但以衆生於此無中迷情橫見生死故云於無生中妄見生滅前就橫見故說有此就實論故說無

言是故等者指前文説處也大文第三釋成因地上來所説妄空眞有者有佛無佛性相本然今明依此通達心意寘符方成本起因地故此釋成正答所問文中三初依眞悟妄頓出生死

善男子如來因地修圓覺者知是空華卽無輪轉亦無身心受彼生死非作故無本性無故

解曰如來等者牒前所標卽依眞也知空華下正釋卽悟妄等也旣知萬法如空華豈更見有輪轉還丹一粒點鐵成金眞理一言點凡成聖亦釋因不異果如斯因地方爲眞修上皆悟妄此下頓出生死也亦無等者非唯無輪轉之法亦無受輪轉之人我我所亡方成解脱卽是照見五蘊皆空度一切苦厄意令修道者外遺世界內脱身心不計身身同虛空不起心心同法界非作等者非我造作觀行故使身心空無本性空寂元來無故故金剛三昧經云若化衆生不生於化不生無化其化大焉次展轉拂迹釋成正因

彼知覺者猶如虛空知虛空者卽空華相亦不可説無知覺性有無俱遣是則名爲淨覺隨順

解曰於中初拂迹拂有四重一拂覺妄之智二又泯其拂心三遣其斷滅但不起心分別空有不是無心四總結離過是眞無念拂迹之由下自徵釋後成因是則等者有無旣不當情斯卽心言路絶清淨覺體從此顯彰但不背之合塵卽名隨順亦非別有能順

故羅什云無心於合合者合焉隨順淨覺故言淨覺隨順如是執盡病除然後興心運行則聚沙畫地合掌低頭皆成佛道如斯修習可謂正因後徵拂所由釋歸圓實

何以故虛空性故常不動故如來藏中無起滅故無知見故如法界性究竟圓滿徧十方故

解曰先徵意云身心幻妄許可全空知覺稱理因何又拂有無俱絕約何修行釋意云相因相待皆是從緣從緣之法豈實有體生心動念卽乖本性失正念故圓覺性體俱無如是等故於中曲分兩節初明諸法（二句）後顯一心（六句）虛空性者一切法空不生滅也謂如上相因諸相猶若虛空本自不生今無可滅非謂拂之方令空也故佛藏經云一切法空無毫末相等（等取諸文非一）常不動者一切法如（淨名）不來去也爲非已去非未來非現起故故法句云諸法從本來寂滅無所動法華亦云常自寂滅相又華嚴有大自在天王得知一切法不生不滅（上句）不來不去（下句）無功用（非作故無等）解脫門（淨覺隨順）次如來藏下顯一心也略啟二門初唯釋如來藏後總釋經意初中六門分別（此是經題義含全部故備釋也）一釋名二出體三種類四行相五業用六勸信今初由三義故得名爲藏一隱覆義二含攝義三出生義（佛性論亦有三義一所攝藏二隱覆藏三能攝藏然局於此至文當示也）隱覆者復有二義一者藏如來故名如來藏謂衆生心具諸佛德但以迷倒都不覺知故名藏也（藏有如來有財釋也）理趣般若云一切衆生皆如來

藏勝鬘云生死二法是如來藏如來法身不離煩惱藏名如來藏如來藏經云一切衆生貪恚癡諸煩惱中有如來身乃至常無染汚德相備足如我無異便以九喩喩之一萎華貪使佛身眞法界身二巖蜂嗔使淳蜜說一味法三糠糩癡使粳米說種種法四糞穢增上貪等眞金眞如不變五貧家根本無明寶藏法身佛性六菴羅見惑內實二身佛性七弊衣修惑金像法身八貧女不淨地垢輪王報身九燋模淨地諸垢鑄像化身二者佛性論如來藏品云如來自隱不現故名爲藏隱覆中文含攝者有其三一體含用謂如來法身含攝身相國土神通大用無量功德而爲彼等之所依止故名爲藏金器二聖含凡佛性論云一切衆生皆在如來智內故名如來藏所攝中文上二皆持業釋三因含果謂因地已攝果

地一切功德亦如佛性論說能攝中文出生者論三義中無此謂此法身既含衆德了達證入卽能出生故十地證眞能成佛果是以十地論釋地義云能生能持又釋金剛藏云藏卽名堅其猶樹藏謂如樹心堅密能生長枝葉華實地智亦爾能生無漏因果亦能生成人天道行此以理智合爲如來亦持業釋此三義者初約迷時後約悟時中間尅體二出體者卽論中一心也論又依此顯二門故楞伽云寂滅者名爲一心一心者名爲來藏十地經云云勝鬘名爲自性清淨心此下經云如來圓覺妙心涅槃卽名佛性唯識但就染相名爲藏識故密嚴云佛說如來藏以爲阿賴耶等楞伽亦云如來藏藏識三種類者佛性論云如來藏有五種一如來藏自性

二正法藏（因也如前出生義也）三法身藏（至德）四出世
藏（眞實）五自性清淨藏（秘密）勝鬘經云如來藏
者是法界藏（卽論中初二華嚴亦云入法界藏智無差別也）法身
藏出世間上上藏自性清淨藏此之四名
初總相次尅體三已證四約迷時客塵不
染故次文云此自性清淨如來藏縱爲客
塵煩惱所染猶是不思議如來境界（縱爲猶是
四字此本缺也流志譯者具矣）四行相者然此如來藏心
約眞妄和合總有二種行相謂此經下云
如來藏自性差別論云眞如生滅然眞妄
各有二義眞謂不變隨緣妄謂體空成事
眞中不變妄中體空卽眞如自性也（勝鬘云如
來藏離有爲相常住不變）眞中隨緣妄中成事卽生滅
差別也眞如性中復有二種勝鬘云有二
種如來藏空智所謂空如來藏若脫若離

一切煩惱藏不空如來藏具過河沙不思
議佛法論中亦云如實空如實不空義全
同此後釋生滅亦有二相謂漏無漏無漏
復二有爲無爲（無爲亦在生滅門者具如論疏辨也）有漏亦
二謂善不善五業用者前二行相皆有業
用之義初眞性者有其二業一能持自體
河沙功德從本已來不失不壞二能禦客
塵河沙煩惱無始時來不染不汚後生滅
亦有二業一能起惑造業曠劫長受六趣
生死故楞伽云如來藏者是善不善因能
徧興造一切趣生乃至若生若滅二能知
眞達妄發心修行證三乘果如前所引十
地論等由後二業故寶性論引經偈云無
始時來性作諸法依止依性有諸道及證
涅槃果長行引勝鬘釋云性者如來藏（唯識）

釋云界以因義釋隨自宗故依止者如來藏是依是持是建立諸道者有如來藏故說生死是名善說證涅槃者若無如來藏者不得厭苦樂求涅槃六勸信者既諸佛因果終始依之故入道行人先須信解寶性云是一切智者境界何故乃爲愚倒凡夫說耶偈答以有怯弱心等云云離此別信信則墮邪故密嚴經呵爲惡慧必須了之方知正道故勝鬘云若於無量煩惱所纏如來藏不疑惑者於出纏無量煩惱藏法身亦無疑惑華嚴初會普賢即入如來藏身三昧意在此也然雖此心凡聖等有但果顯易信因隱難明故淺識之流輕因重果願諸道者深信自心應捨難捨之妄緣求見難見之妙理妙理者即自心也故勝鬘經云有二法難可了知謂自性清淨心也一彼心爲煩惱所染也二若料揀信解之器者是非各三非器三者一身見執蘊爲我二四倒無常苦無我不淨三失空離空如來藏義修空者三類云云具如寶性論說是器三者一自成就甚深法智二成就隨順法智三於諸深法不自了知仰推世尊非我境界如勝鬘說又反三非三是復成三是三非可以意得上來釋義竟釋經意者今此文中約藏自性離有爲相常住不變以釋上拂迹之由即二種行相中眞如門也言如來藏者總標次二句空藏後三句不空藏無起滅者釋上所知生死等無知見者釋上彼知覺等謂對生死起者即云執情見生死滅者即云知覺今以如來藏中既無可起可滅何有能執能知又迷時生死非起淨心非滅故無迷也悟

時淨心非起生死非滅故無悟也無悟故無知見矣此乃非唯不可識識抑亦不可智知識智俱如方爲自體眞實識知光明徧照爲下三句不空藏矣如法界性者界性與藏心體同義别别有其二一者在有情數中名如來藏在非情數中名法界性如智論明佛性法性之異二者謂法界則情器交徹心境不分如來藏則但語諸佛衆生清淨本源心體如云能造善惡能起厭求就法界言則無斯義據此則藏心尅就根源界性混其本末混則普該之義易信尅則徧周之理難明故指藏心如法界性亦乃攝其二義之别歸於一體之同方顯覺妄因依誠非究竟圓實究竟者竪窮三際始終常然圓者體徧十方滿者衆德具足良由如來藏性本自如斯豈須滅舊添新滅惑生智是以三重泯絶冥合覺心將此爲本修行始得正名因地第四結牒問詞

是則名爲因地法行菩薩因此於大乘中發清淨心末世衆生依此修行不墮邪見

解曰但結前文更無别義此下大文第二偈頌文二一標舉

爾時世尊欲重宣此義而說偈言

解曰汎論偈頌總有四種一名阿耨窣覩婆頌此不問長行與偈但數字滿三十二卽爲一偈二名伽陀頌此云諷頌或名直頌謂以偈說法非頌長行三名祇夜頌此云應頌四名蘊馱南頌此云集施頌謂以少言攝集多義施他誦持故爲何意故經

多立頌略有八義一少字攝多義故二諸讃歎者多以偈頌故三爲鈍根重説故四爲後來之徒故五隨意樂故六易受持故七增明前説故八長行未説故今此經十一段偈於前四中皆是祇夜於後八中正唯三七義兼一五六全非二四八又慈恩説十謂利鈍前後曲直難易眞俗取捨標釋智辯解持説行對會可知然長行偈頌相望有五對之例謂有無廣略離合先後隱顯今經問目皆長有偈無答皆長廣偈略餘隨相當對文當指今此段中五偈重諷長行更無別義故如次依前四段科之但經文有少增減故科段名亦少殊二正陳文四初一偈諷了悟本覺

文殊汝當知　一切諸如來　從於本因地

皆以智慧覺

二五句諷推破無明

了達於無明　知彼如空華　卽能免流轉

又如夢中人　醒時不可得

上二段皆長離偈合三七句諷拂迹成因

覺者如虛空　平等不動轉　覺徧十方界

卽得成佛道　衆幻滅無處　成道亦無得

本性圓滿故

幻滅無處及成佛道等言長先偈後四一偈諷結牒問目

菩薩於此中　能發菩提心　末世諸衆生

修此免邪見

菩提心者長隱偈顯下諸偈頌例此唱經自下大段第二令依解修行隨根證入謂創因法鏡照心頓能信解至於長久修證

則節級不同良以障有淺深根有利鈍習氣厚薄心行依違故須處處隨根引令得出然其修證階降雖殊必籍本因故云依解前則信解此則行證故華嚴八十卷文亦唯四字攝盡所謂信(初會)解(其次六會)行(第八一會)證(第九一會)此乃文雖廣略妙軌攸同綸緒始終唯斯二典文中二初徵釋用心後廣明行相所以然者以悟修之理一異難明意實相符言而似反故須徵釋令解用心然後隨住隨緣廣為明其行相初徵釋文中大科四段不異初門伸請中三亦同前例

今初進問威儀

於是普賢菩薩在大衆中卽從座起頂禮佛足右繞三帀長跪叉手而白佛言

解曰普賢是行中之體故標居首為下所依總別觀門不離此故二聖表法已具前文次正陳中文四一就當根徵起

大悲世尊願為此會諸菩薩衆及為末世一切衆生修大乘者聞此圓覺清淨境界云何修行

解曰信解圓覺卽是當根雖達天真未明緣起(下云曾不了知如幻境界)大士悲愍接下垂方反覆徵問用心解行如何契合二問解行相違於中復二一幻幻何修問(難以幻修幻也)

世尊若彼衆生知如幻者身心亦幻云何以幻還修於幻

解曰初二句解後二句行謂一切如幻正解方成幻法非真復何修習故解與行進退相違徵釋用心實由斯矣此問從前知是空華卽無輪轉等文而來意云身心既

如幻能知亦是幻將幻還除幻幻幻何窮盡幻者謂世有幻法依草木等幻作人畜宛似往來動作之相須臾法謝還成草木然諸經教幻喻偏多良以五天此術頗衆見聞既審法理易明及傳此方翻成難曉今依古師解華嚴如幻之文法喻各開五法喻中五者如結一巾幻作一馬一所依巾二幻師術法三所幻馬四馬有卽無五癡執爲馬法中五者一眞性二心識三依他起法四我法卽空五迷執我法下諸幻喻皆倣此知二斷滅誰修問

若諸幻性一切盡滅則無有心誰爲修行云何復說修行如幻

解曰此問亦從前拂迹中來謂若以幻故一切皆空能所總無遺誰修習云何復說修行如幻金剛三昧經亦云衆生之心性本空寂空寂之心體無色相云何修習得本空心三遮不修之失

若諸衆生本不修行於生死中常居幻化曾不了知如幻境界令妄想心云何解脫

解曰意恐惑者又云一切如幻無不是覺覺性無生本來清淨知之卽已何有修行故此遮云本空本不修多生生死苦今空今不修云何得脫苦不了如幻境界者未達緣起事相也從來不達事妄想不解脫今還不了知如何得解脫溺斯意者近代尤多但恃眞如不覩力用四請修之方便

願爲末世一切衆生作何方便漸次修習令諸衆生永離諸幻

解曰上遮不修之失已知決定應修故問

對治之門如何永離諸幻論云若人唯念
眞如不以方便種種熏修終無得淨首楞
云理則頓悟承悟併消事非頓除因次第
盡對於蹔離故言永離謂初觀一體雖覺
全眞後遇八風紛然起妄行如窮子解似
電光何法修治永除病本然經云一切衆
生作何方便兩句之間文意斷絶譯之太
略應添分別演說等言意則連續達者詳
焉後亦頻爾正陳詞句竟後三展虔誠
作是語已五體投地如是三請終而復始
二讚許
爾時世尊告普賢菩薩言善哉善哉善男子
汝等乃能爲諸菩薩及末世衆生修習菩薩
如幻三昧方便漸次令諸衆生得離諸幻汝
今諦聽當爲汝說
解曰如幻三昧者由達身心如幻則寘本
覺眞如鏡受影非受非拒故名正受
三佇聽
時普賢菩薩奉教歡喜及諸大衆默然而聽
四正說二初長行四一標幻從覺生以爲
義本二明幻盡覺滿以釋前疑三令離幻
顯正示用心四辯幻覺不俱結酬其請今
初
善男子一切衆生種種幻化皆生如來圓覺
妙心
解曰云義本者以普賢但徵修幻不問幻
之所生佛說生於覺心未爲正答所問且
要標之爲本憑之顯幻盡覺圓故得修幻
義成幻盡元非斷滅故論云自性清淨心
因無明風動乃至無明滅智性不壞如風

止動滅溼性不壞等文中言種種幻化者有漏心心所法蘊處界等故偈云無始幻無明皆從諸如來圓覺心建立如來圓覺妙心者卽性淨眞心離相故圓非空故覺染而不染故妙中實名心（如勝鬘子）或名一心（如華嚴起信也）汎言心者總有四種梵語各異翻譯亦殊一紇栗陀謂肉團心二緣慮名心謂八識俱能緣慮自分境故（或名爲意等無間故或名爲識能了別故）三質多謂集起心卽第八識集諸種子起現行故（故楞伽云藏識說名心也）四乾栗馱謂堅實心堅實心者卽此所辯雖凡聖同依唯佛圓證故標如來皆生者謂本覺心體爲因根本不覺爲緣生三細業識爲因境界爲緣生六麤故楞伽云大慧不思議熏（無明）不思議變（眞如）是現識因取種種塵及無

始妄想熏是分別事識因是知此無明等皆無自體無自體故必假所依依圓覺心而生起也如幻馬無體必依於巾巾喻眞心馬卽蘊界配前五法本末應知問眞能生妄眞是妄源何故前云無明無體答妄託眞起說眞爲源現且迷眞眞本無妄如第二月託本月而起說本月爲起二之依本月實無二輪卽是二無其體故經說種種生於覺心不是心生種種然諸經論俱說萬法一心三界唯識宗途有異學者罕知違於已解則拒而不受若無備述曷究指歸今約五教對彰權實皎然斯得第一愚法聲聞教假說一心謂實有外境但由心造諸業之所感招故曰唯心不卽是心此卽有宗依十二處教執心境俱有故唯

識破云復有迷謬唯識理者或執外境如識非無第二大乘權教明異熟賴耶名爲一心（揀無外境故唯心心所別相見不同但皆是心即名一義）於中曲分三門一相見俱存以說一心此通八識及諸心所并所變相分本影具足由有支等熏習力故變起三界依正等報如成唯識說二攝相歸見故說一心亦通王所（即安慧所立也）但所變相無別種生能見識生帶彼影起故二十唯識論云唯識無境界以無塵妄見如人目有瞖見毛月等事（解深密經亦作是說）三攝所歸王故說一心唯通八識以彼心所依王無體亦心變故大乘莊嚴論云能取及所取此二唯心光貪光及信光二光無二法第三大乘實教明如來藏藏識（入楞伽文）唯是一心（理無二體）於中二門一攝前七

識歸於藏識故說一心謂七轉識皆是本識差別功能無有別體故楞伽云藏識海常住境界風所動種種諸識浪騰躍而轉生又云譬如巨海浪無有若干相諸識心如是異亦不可得（然此上二門既是經文及無著論雖義當護法所破豈遵枝末而背本耶故列爲其次轉深也）二總攝染淨歸如來藏故說一心謂如來藏舉體隨緣成辦諸事而其自性本不生滅是故一心二門皆無障礙故密嚴云佛說如來藏以爲阿賴耶此明性淨隨染舉體成俗即生滅門染性常淨即眞如門二門唯一心也第四大乘頓教泯絕染淨故說一心謂清淨本心元無染淨對妄想垢假說名淨妄既本空淨亦相盡唯本覺心清淨顯現爲破諸數假言一也故此文云種種生於圓覺妙

心楞伽亦云不壞相有八識無相亦無相其文非一第五一乘圓教總該萬有卽是一心謂未知心絶諸相令悟相盡唯心然見觸事皆心方了究竟心性如華嚴說良由皆卽眞心故成三義一融事相入義謂一切事法既全是眞心而現故全心之一事隨心徧一切中全心之一切隨心入一事中隨心迴轉相入無礙二融事相卽義謂以一事卽眞心故心卽一切時此一事隨心亦一卽一切一切卽一亦然三重重無盡義謂一切全是心故能含一切所含一切亦唯心故復含一切無盡無盡也皆由一一全具眞心隨心無礙故此上五教總有八門後後轉深門門義別前不攝後後必收前覽者細詳令分敍參然皆說一心有斯異者蓋以經隨機說論逐經通人隨論執致令末代固守淺權今本末會通令八門皆顯詮旨相對復爲三門初約所詮逆次順法從七至一展轉起末謂本唯非染非淨一法界心七也由不覺之名如來藏六也與生滅合成阿黎耶識五也復由執此爲我法故轉起餘七成八種識四也各由識體起能見分三也由能見故似外境現二也執取此境爲定實故造種種別業共業故內感自身外感器界一切諸法一也二約能詮順文逆法從一至七展轉窮本謂佛對下劣根性未能頓達所起根本者且言從業所感此則初聲聞教一也次爲機稍勝者說能所感一切唯識二三四也展轉乃至五六唯一眞心名頓教七也等備如上說皆由根有勝劣故

令說有淺深若執前前卽迷後後始終通會方盡其源三能詮所詮逆順本末皆無障礙由稱法性直談不逐機宜異說故八也亦如上說唯心之義經論所宗迷之則觸向面墻解之則萬法臨鏡況此標爲義本如何不盡源流達者審之勿嫌繁廣此下第二明幻盡覺滿以釋前疑前疑幻盡斷滅然上說幻從覺生染緣起也此明幻盡覺滿淨緣起也故論云有四種法一眞如二無明三妄心四妄境界也熏習義故染法淨法起不斷絕云染法者以依眞如法故有於無明無明熏習眞如故則有妄心妄心熏習無明不了眞如法故不覺念起現妄境界妄境界染法緣故卽熏習妄心令其念著造種種業能造有三謂身口意所造亦三善惡不動受於一切身心等苦謂三途四洲六欲三界也故勝鬘云不染而染法身不增不減經云法身流轉五道名曰衆生華嚴云心如工畫師等淨緣起者論云以有眞如法故熏習無明則令妄心厭生死苦樂求涅槃以厭求故卽熏習眞如自信己性知心妄動無前境界修遠離法種種方便起隨順行順本性故修檀度等不取不念乃至久遠熏習力故無明卽滅無明滅故心無有起境界隨滅心相皆盡名得涅槃成自然業衆生雖等有眞如而未有熏習力者因緣缺故然淨緣起據諸教說有分有圓分淨者謂二乘教於二執等各唯說一權教大乘則竪論往昔橫說餘凡及娑婆等皆云非淨故名分也言圓淨者謂有宿機聞佛圓教悟自身心本來常樂我淨故不執有五蘊之我貪嗔漸息業報隨亡

稱性修行顯發性上過於河沙功德妙用盡未來際無有斷盡不同染法成佛則斷以眞如法常熏習故成唯識論能所熏中皆揀眞如者約一類教且說一分可思議義今此論者約楞伽等實教具不變隨緣二義如前所引不思議熏變等然淨緣起翻前染緣緣無自性染淨俱融合法界性起唯性起故無斷盡如華嚴說依此方名幻盡覺滿悟修行相如普眼章文中分三一舉喻該釋前文該前義本二法合唯談本義答難釋疑即本義也三兼拂同幻之覺今初

猶如空華從空而有幻華雖滅空性不壞

解曰前兩句喻前義本謂空中畢竟實無起滅但以眼瞖空裏見華既瞖眝華依空現故言從空而有如圓覺妙性畢竟無生但以心迷性中現妄既迷時妄依覺現故言生於覺也後兩句正喻此段釋疑之文謂瞖差則見華滅於空中華雖滅而空常在然華生時不生滅時不滅有瞖有差見生見滅二法合唯談本義

衆生幻心還依幻滅諸幻盡滅覺心不動

解曰幻心因幻滅者謂此幻心由智了達方得除滅所了是幻能了亦幻則前疑云幻幻何修今答意云不妨以幻除幻前疑幻盡斷滅今答意云能所雙亡即契圓覺故云諸幻盡滅覺心不動其猶波因水起波滅水存幻從覺生幻滅覺滿三兼拂同幻之覺

依幻說覺亦名爲幻若說有覺猶未離幻說無覺者亦復如是是故幻滅名爲不動

解曰有三重拂一拂覺妄之覺對緣而起故亦是幻二恐云對妄之覺是幻不對妄者本有之覺卽應非幻若起此心起卽如幻三若云覺妄之覺本有之覺總無卽名爲眞者此意亦如幻也舉要而言起心動念云妄云眞無非幻也相躡起念勢極三重矣幻滅名不動者若依泯絶無寄分别不生圓覺眞心自然顯現元無幻化故言不動三令離幻顯覺正示用心卽正答前請問修習之意也前不疑合修不修但於修中疑用心違妨一向但請如何修行離幻兼已自遮不修之失故前段釋疑了此段正示用心後段卽會通方便漸次之語旣令離幻修行便已通得不修之失疑也故無别答之文文中三謂法喻合法中二

初展轉離幻

善男子一切菩薩及末世衆生應當遠離一切幻化虛妄境界猶堅執持遠離心故心如幻者亦復遠離遠離爲幻亦復遠離離遠離幻亦復遠離

解曰此之展轉有其四重一離諸幻境二離離幻之心言如幻者揀非幻心三遣離幻之離四遣離離之離亦可一離妄二離覺三遣離四遣遣皆言遠離者有二一止二觀止離者休心息意永不追攀如人遇怨不應共處觀離者虛妄之法體性皆空如夢枷鎖寤則已離故下文云知幻卽離又入佛境界經云諸法猶如幻如幻不可得離諸幻法故略而言之不繫之爲止不計之爲觀俱以止觀離之則定慧平等後

密顯眞覺文無覺字

得無所離卽除諸幻

解曰夢中見夢轉轉覺於前非直到寤時所見方實故云得無所離卽除諸幻無所離者有其二意一則冥於眞覺眞覺則不可離二則到眞覺之中自然無如上節節之幻可離故故荷澤云妄起卽覺妄滅覺滅覺妄俱滅卽是眞如二喻

譬如鑽火兩木相因火出木盡灰飛烟滅

解曰如有一段乾木以一木燧鑽之火出還將却燒二木木火旣盡烟自然滅旣成灰燼任運飛散不同二木形質爲礙如次四節以配於法木段喻所修幻妄木燧喻能修幻智烟喻離灰喻遣經文先云灰飛譯之倒也定合是烟先滅餘灰飛散喻中鈌於顯覺盖文略也前法後合悉皆具有若欲具之應以地喻圓覺由前木等本從地出燒滅總盡唯有地存如種種幻化生於圓覺妙心幻化數重遣盡圓覺元來不動三合

以幻修幻亦復如是諸幻雖盡不入斷滅

解曰上三句正合喻之現文下一句兼前密顯眞覺第四辯幻覺不俱結酬其請

善男子知幻卽離不作方便離幻卽覺亦無漸次一切菩薩及末世衆生依此修行如是乃能永離諸幻

解曰前云作何方便漸次修習令諸衆生永離諸幻故佛示用心竟結答不作方便亦無漸次如是乃能永離諸幻會通問中之文也但能知之是幻已名爲離但得離

幻卽元是覺更無階級漸變爲覺如人夢見身病問醫求藥痞來旣知是夢更欲作何方便若待方便修之漸離卽是實法何名幻化若執實有還是徧計何名修行故云爾也一切菩薩下結成眞離亦是通結前用心之文第二偈諷亦爲四段初五句諷幻從覺生

爾時世尊欲重宣此義而說偈言

普賢汝當知　一切諸衆生　無始幻無明
皆從諸如來　圓覺心建立

標指生無明之言長無偈有次七句諷幻盡覺滿

猶如虛空華　依空而有相　空花若復滅
虛空本不動　幻從諸覺生　幻滅覺圓滿
覺心不動故

展轉拂迹長有偈無次一偈半諷展轉離幻

若彼諸菩薩　及末世衆生　常應遠離幻
諸幻悉皆離　如木中生火　木盡火還滅

長離偈合又法及密顯眞覺長有偈無後半偈諷幻覺不俱

覺則無漸次　方便亦如是

其結酬之文長有偈無徵釋用心竟

大方廣圓覺經大疏上卷之四

音釋

㲉　克角切音搉卵孚也　糩　苦會切音麤糠也　窣　蘇骨切音捽

大方廣圓覺經大疏中卷之一

唐終南山草堂寺沙門宗密述

自下大文第二廣明行相有九問答類束爲三初四問答通明觀行上根修證次四問答別明觀行中根修證後一問答道場加行下根修證然此三門前前不假後後後後必躡前前初門者大乘學人盡須聞此觀行故云通明然得益則有深淺故修證者唯指上根上根者但約能入之人非配法門局定如法華第一周聞則普聞悟唯鶖子文中四一開示觀門同佛二徵釋迷悟始終三深究輪迴之根四略分修證之位若約四分科經則從徵釋用心兼此四段總當其解雖有觀成愛斷修證之相但爲成其圓解正同華嚴修因契果生解分也然且依前初中開示身心無性二空理顯根塵諸法普淨普徧見境用心頓同諸佛故文四文三皆如前也今初之初

於是普眼菩薩在大衆中卽從座起頂禮佛足右繞三帀長跪叉手而白佛言

解同前也次陳詞句中三一舉法請

大悲世尊願爲此會諸菩薩衆及爲末世一切衆生演說菩薩修行漸次云何思惟云何住持衆生未悟作何方便普令開悟

解曰標請修行漸次者由普賢所問幽深如來稱理而答先欲消除心病然後萬行俱修或有聞前說云知幻卽離不作方便亦無漸次謂言知之卽已都不假修普眼智輔如來悲接羣品欲使教法圓足請問起行之門如來大悲示其普觀身心根境

一一推窮旣見塵淨智圓觸向恒作是念習氣損之又損覺智百鍊百精若能如是思修尅取因圓果滿菩薩發起意在茲焉故懿云大士張教綺互相承若一人請周餘當杜述云何下别列於中先智後悲大乘之人必須具二無悲之智卽墮二乘初中思惟者觀察眞妄卽思慧也住持者悟得妙境安住其中持之不失卽修慧也下佇聽佛說生聞慧也從凡入聖必假三慧故普眼爲衆諮求衆生未悟下問悲也請度生方便云普令開悟者卽同法華欲令衆生開示悟入以開攝示以悟攝入故次下反顯云不能悟入謂大開之與曲示始悟之與終入彼論云開者無上義謂除一切智智更無餘事卽雙開菩提涅槃謂知見之性爲涅槃智見之相爲菩提衆生本有瞖障不見佛爲開除卽本智顯現故示者同義三乘同法身故悟者不知義不知唯一事實令令知報身菩提故入者令證不退轉地故卽是因義謂證初地已上爲菩提涅槃因故此後佛答全用先所顯示如來淨圓覺心爲本以觀人法二空及滅影像無邊虛空覺所顯發覺圓明故顯心清淨乃至等同諸佛卽普令開悟也二反顯請

世尊若彼衆生無正方便及正思惟聞佛如來說此三昧心生迷悶卽於圓覺不能悟入

解曰言無方便思惟則迷悶者意是反明得聞佛說方便思惟卽開悟也言聞此三昧者是前離幻法門也故佛歎普賢汝能爲諸衆生修習菩薩如幻三昧普眼恐末

世衆生聞前知幻卽離等言迷悶不能悟入圓覺故請開悟之方便也迷則不悟悶則不入三結牒請

願與慈悲爲我等輩及末世衆生假說方便

解曰假說方便者若以實理而言覺性本來圓滿幻妄本來空無但以不知則謂言定有知之卽離離幻卽覺實無所修然衆生煩惱習重難可頓除雖知本空未免繫縛是以普眼請佛於無修之中强說修習故云假也然大品經修諸行門皆以無所得而爲方便今卽以離幻爲方便後三展處誠

作是語已五體投地如是三請終而復始

二讚許

爾時世尊告普眼菩薩言善哉善哉善男子汝等乃能爲諸菩薩及末世衆生問於如來修行漸次思惟住持乃至假說種種方便汝今諦聽當爲汝說

三佇聽

時普眼菩薩奉敎歡喜及諸大衆默然而聽

如前可知第四正說長行中四一起行方便二觀行成就三頓同佛境四結牒問詞今初

善男子彼新學菩薩及末世衆生欲求如來淨圓覺心應當正念遠離諸幻

解曰謂卽指前段中徵釋離幻用心以爲起行之本若執法定實則觀行不成故須躡前爲方便矣言正念者則無念也故智論云有念是魔業無念是法印論云離念相者等虛空界又云一切衆生不名爲覺

以從本已來念念相續未曾離念故知無念是正念也然正念與離幻反覆相成由離幻故正念正念故離幻何以故外存有法則內起緣念內有緣念則外見有法心生法生等云云由此雙指在諸行初第二觀行成

就文二初戒定

先依如來奢摩他行堅持禁戒安處徒衆宴坐靜室

解曰奢摩他此云止止是定義下文釋云至靜爲行定有深淺故標如來揀非麄淺邪小之定若亂心持戒不堪入此觀門故先定後戒亦可文雖先後修無先後堅持禁戒者一向絕緣的不擬犯名曰堅持防禁根門誡約身口故名禁戒戒品雖多統爲三聚一攝律儀二攝善法三攝衆生今意說律儀義通餘二律儀戒者謂十無盡取要而言卽唯四重此四清淨則一切枝葉不生佛頂云若不斷婬及與殺等出三界者無有是處安處徒衆者卽同行同見人也行業既同互相雕琢迭共商量爲長道緣故須安處故寶積經七十二云得人身者彼應依善知識聽三世佛平等法聞已應發勤精進依城邑聚落與大衆共居具四部處更互相與論量佛法學問難答三世佛法平等得現在前解一切法無有自性修此解故煩惱漸除宴坐靜室者宴默也安也坐爲攝身身住則心安心閑境寂欲住身心故須靜室靜室處衆豈不相違此有二釋一根性不同故或多昏沉藉衆策發或多掉舉宜自息緣非爲一人而

行二事二定慧等學故謂圓通觀行要止觀相資須依善友或同見同行終日議論法門無令用心差錯差之毫釐失之千里故淨名云不必是坐爲宴坐也雖同衆住不妨在自房室初中後夜或除論法轉讀便須靜坐思惟聞思修慧圓明豈但申申夭夭故無違也此依定持戒處衆靜坐答住持問二觀慧文二初明二空觀（始教）後明法界觀（圓教）初者衆生曠劫漂沉或墮邪小不成種智者良由二障二障不斷由於二執欲除二執必假二空故於法界文前先作二空觀智（金剛三昧亦然）執亡障盡卽聖性現前應用塵沙名之爲佛故成唯識叙造論意云爲於我法二空有迷謬者生正解故生解爲斷煩惱所知二重障故斷障爲得

菩提涅槃二勝果故文中二初破執後顯理執卽我法理卽眞如能破能顯卽二空智品初中我謂主宰如國之主有自在故及如輔宰能割斷故主是我體（俱生）宰是我用（分別）所謂有情者意生者摩納縛迦者養育者數取趣者命者生者士夫者作受知見者依蘊計此名爲我執於中三類一卽蘊計我此見差別有二十句（色是我我有色色屬我我在色中受等亦然）六十五句（以色爲我餘四一一是我瓔珞僮僕窟宅受等亦然）復有九種（一通二的三生四不五色六無七想八無九非非）皆分別起此依一切異生而論非依一人具有此計矣二離蘊計我謂西國外道計我體常而量周徧或雖常而量不定或體常細如極微三俱非卽離謂小乘宗犢子部等五種藏中第五不可說藏也法謂執

持能生物解任持自性故謂凡夫及外道小乘皆執離心有定實法通明我法二皆空者但依識所變故變謂識體轉似二分相見俱依自證起故依斯二分施設我法彼二離此無所依故或復內識轉似外境我法分別熏習力故諸識生時變似我法諸有情類無始時來緣此執爲實我實法如幻夢者幻夢力故心似種種外境相現緣此執爲實有外境問云何應知實無外境唯有內識似外境生答實我實法不可得故釋此二空卽分兩段一我空二法空初我空者卽蘊離蘊非卽非離皆非理故卽蘊我者我應如蘊非常一故又內諸色定非實我如外諸色有質礙故心心所法亦非實我不恒相續待衆緣故餘行餘色

亦非實我如虛空等非覺性故離蘊我者應如虛空不隨身作受故應非常住如橐籥風有卷舒故應非常一如旋火輪有往來故俱非我者計依蘊立非卽離蘊應如瓶等非實我故又所執我爲有思慮爲無思慮若有思慮應是無常非一切時有思慮故若無思慮應如虛空不能作受故所執我理俱不成卽我空也今此文中破卽蘊我一切異生多計此故文又分二一觀身無我二觀心無我夫計我者旣皆因五蘊五蘊自相唯身與心今且大段開之然始別別分枇如此馳逐妄計何逊然約我爲總則身心爲別若約身爲總則色心爲別故說蘊者總有其三謂廣中略廣者八蘊謂色四（地水火風）心四（受想行識）中者五蘊略者

二蘊所謂色心故有經云如擎重擔三科開合如下所明今初觀身身爲諸愛根本了之虛妄則一切煩惱自除如其躭著則起無量過患故淨名因疾廣說無常無强力堅等速朽不可信苦謂苦惱病集等智者不怙空如聚沫泡焰蕉幻夢影響雲電無我無主我壽人如地火風水又空無知無作穢滿必滅病惱老逼如毒蛇等勸令患猒涅槃亦云寧丸大地如葶藶子不能具說此身過患又云修身者不能觀身及觀色相於非身中而第三十二因說有智慧者重造輕受廣迷修集身戒心慧名爲有慧反此愚癡不生身相貪著我身不斷我見不能深觀是身無常無主危脆念念滅壞是魔境界不能觀身雖無過咎而常是怨如所事火如所養蛇遇緣滅壞都不憶念往日供給衣食之恩譬如杯鉺如臃未熟金光明亦云我從久遠持此身臭穢膿流不可愛供給敷具并衣食象馬車乘及珍財變壞之法體無常恒求難滿難保守雖常供養懷怨害終歸棄我不知恩智論亦云難御無反復背恩如小兒文中二初尋伺觀從如實觀先因尋求伺察方見如實之理故今初

恒作是念我今此身四大和合所謂髮毛爪齒皮肉筋骨髓腦垢色皆歸於地唾涕膿血津液涎沫痰淚精氣大小便利皆歸於水煖氣歸火動轉歸風四大各離今者妄身當在何處

解曰恒作是念者行住坐臥一切時中常如是觀也我今此身者執受旣堅故徧觀也四大和合者堅濕煖動假合爲身髮毛等者自外之內次第觀也精氣者氣卽是

精故屬水大然氣是四大之本不唯是風故水火中亦云氣也動轉者淨名云是身無作風力所轉謂迷性起心心運風力轉餘三大而有動作作無自性故云無也煖氣可知如是歷觀每大之中又衆多假合卽知無我淨名云四大合故假名爲身四大無主身亦無我又此病起皆由著我旣知病本卽除我想及衆生想今此經文還分四大各歸來處四大皆言歸者此身本合四大成故故寶積經云此身生時與其父母四大種性一類歌羅邏身若唯地大無水界者譬如有人握乾麨灰終不和合若唯水界無地界者譬如油水無有堅實卽便流散若唯地水無火界者譬如夏月陰處肉團無日光照則便爛壞若唯地水

火無風界者則不增長四大各離者正觀之時各有所歸卽名爲離不說命終方名爲離故菴提遮女了義經說生死義云若能明知地水火風四緣畢竟不自得有所和合而能隨其所宜有所說者以爲生義若知地水火風畢竟不自得有所散而能隨其所宜有所說者是爲死義此意正明卽合而散卽散而合故合散之文皆云不自得妄身當在何處者且地有形礙而沉滯風無形礙而輕舉敵體相違水火亦互相凌奪（金光明經亦云地水二蛇性沉下風火二蛇性輕舉）故知四大相違各各差別未審我身屬於何大若總相屬卽是四我若總不屬卽應離四別有我身故云爾也後如實觀

卽知此身畢竟無體和合爲相實同幻化

解曰謂因前尋伺見如實之理定知四大非我但約和合假名爲身亦無實體智論十四問云若自身無我而計我者他身無我亦應執我答此俱有難若於他身計我復當難云何不於自身中生計復次亦有人於他物中計我如外道坐禪入地觀時見地卽是我水火風空亦如是復次有人遠行獨宿空舍夜見一鬼擎一死屍來復有一鬼來諍（云云卽假和合事也）又只緣計我而爲自身卽以餘身爲他故生難也後觀心無我夫心無自相託境方生境性本空由心故現根塵和合似有緣心內外推之何是其體長輪生死由不了心苟能了之圓覺自現故首楞云狂性自歇歇卽菩提勝淨明心不從人得文中二一尋伺觀

四緣假合妄有六根六根四大中外合成妄有緣氣於中積聚似有緣相假名爲心

解曰四緣等者謂四大和合成於一色（初七薄酪）於此色上方有六根（六七六情閒）離此色身根元無體各分四大色尚不存竅穴六根更何依附六根四大中外合成者四大名中六根爲外和合假成此身妄有緣氣等者由依四大六根和合成身卽有六塵妄現也由此內外根塵引起妄心緣慮不絶念念生滅刹那不停緣合卽有緣散卽無推其自體了不可得故曰假名爲心此虛妄心雖假緣生不離眞心氣分故曰緣氣言似有者明非實有緣相者緣慮之相肇公云如有魍魎似有思想鞠兮推兮亦無指掌後如實觀

善男子此虛妄心若無六塵則不能有四大分解無塵可得於中緣塵各歸散滅畢竟無有緣心可見

解曰心託六塵塵依四大四大無體六塵卽空故云緣塵各歸散滅緣卽四緣塵卽六塵緣塵旣滅心體卽空故決判云畢竟無有言緣心者則前緣氣之心也問無塵可得下三句亦說法空何得一向判屬人空答此指緣塵各散正顯心空故結云無心可見身之與心總屬我執金剛三昧亦云令彼衆生皆離心我一切心我本來空寂問實我若無云何得有憶識誦習恩怨等事答諸有情等各有本識一類相續任持種子與一切法更互爲因熏習力故得有如是憶識等事問誰能造業誰受果耶答諸有情等心心所法因緣力故相續無斷造業受果於理無違問誰趣涅槃答修習無我因緣力故相續相滅故名涅槃由此故知定無實我但有諸識無始時來前滅後生因果相續由妄熏習似我相現愚夫於中妄執爲我第二法空者

善男子彼之衆生幻身滅故幻心亦滅幻心滅故幻塵亦滅幻塵滅故幻滅亦滅

解曰前於身心之中推求無我故名我空此則身心及境一一自空故名法空然身等本空非今始滅故經云色卽是空非色滅空但以迷時執有今執盡始無義言滅也幻滅亦滅者情計卽見幻生智觀卽見幻滅滅對於生智對於情對待之法皆屬緣生緣生卽空故皆滅也般若心經云無

眼界乃至無智亦無得楞伽云一切法如幻遠離於心識智不得有三重幻滅無幻滅亦滅而與大悲心然法空義是大乘初門欲使悟之事須委釋所言空者一切凡夫及諸宗計所執外法理非有故凡夫者四生六趣凡厥有情皆爲離心有定實法不由稟學未必師承無始俱生觸境皆執所執之法情有理無由是定知皆不可得情有者唯識云彼依識所變起信云唯依妄念心生滅法生滅二十唯識云唯識無境界以無塵妄見如人目有瞖見毛月等事問若無外塵但妄見者應一切時處皆見有色或皆不見何故於有色時處眼即見色餘無色時處則不見色又多人同處同時皆同有見不見彼論偈答處時等諸事無色等外法如夢及餓鬼依業虛妄見問瞖見毛月夢見諸物皆悉無用淨眼寤時所見物等皆悉有用云何言如瞖夢所見偈答如夢中無女動失身不淨問世夢寤已即無今了色如夢未免見色云何如夢答若得出世對治實智無有分別如實覺知一切世間色等外法皆是虛妄如是義者與夢不異由斯多義故云情有言理無者有三一析色明空謂以假想慧析至極微則色等空又推極微有方分及無方分皆不可得則極微空如唯識論徵釋二體色明空謂緣生無性故謂自他共及無因皆無生理故中論云未曾有一法不從因緣生是故一切法無不是空者三空中必無色故謂虛空無有邊際無壞無雜則空中必無色若有

色體空則壞雜以色必不能壞空雜空故色等皆空也兼上情有有四門空義也故諸凡夫所執實法情雖似有理究則無智者應當違情順理諸宗計者謂外道餘乘及儒教道教也外道小乘所執諸法異心心所非實有性是所取故如心心所能取彼覺亦不緣彼是能取故如緣此覺然西域小乘外道宗計甚多此方既無不煩叙破儒道二教此國攸遵法執異途理宜詳斥雖二宗主設教不同而皆以虛無自然爲三才萬物之本老云有物混成先天地生又云道生一一生二二生三三生萬物又云人法地地法天天法道道法自然易云易有太極是生兩儀兩儀生四象四象生八卦八卦定吉凶吉凶生大業若以自然常徧之道爲因能生萬物此是邪因若法能生必非常故諸非常者必不徧故諸不徧者非眞實故本來既是無異一因由何能生別異多果若能生者應頓徧生若待時及緣方能生者則自違一因或時及緣亦應頓起因常有故若謂萬物自然而生即是無因亦一切時處應常生故若謂一陰一陽之謂道變易能生萬物亦不出邪因無因皆同前破然但破謬執萬物生因不責勤行五常道德由上所計皆無理趣故自心外無法可得諸心心所依他起故亦如幻事非眞實有爲遣執心心所實有外境故說唯有識若執唯識眞實有者如執外境亦是法執故金剛三昧經云一切心相八識并心所本來本無種子本無本處空寂無生若心

無生卽入空寂空寂心地卽次下所顯心眞如卽得心空如上執情旣盡心境皆空名法空也破二執竟大文第二顯理卽二空所顯眞如理也由前執盡故此理現如雲散月出塵盡鏡明非謂無雲便名爲月但於無雲之處而見月矣非謂無幻便是眞如但於無幻之處見眞理矣文中二初法

幻滅滅故非幻不滅

解曰上句躡前下句正顯顯圓覺性本淨圓明獨體全眞不因修得衆幻雖滅自性常存不假緣生故云非幻金剛三昧亦云若得空心心不幻化然對前妄盡釋云眞如若以本宗但名圓覺後喻

譬如磨鏡垢盡明現

解曰雖云磨鏡却是磨塵所言修道只是遣妄夫鏡性本明非從外得塵覆卽隱磨之則顯隱顯雖殊明性不異今謂人執法執是垢尋伺如實是磨眞心本覺是明人法二空是現二空觀竟自下大文第二明法界觀也文三初印前顯後二拂迹入玄三圓彰法界初中謂印前二空顯後圓通法界文中又二初標

善男子當知身心皆爲幻垢垢相永滅十方清淨

解曰上兩句印前下兩句顯後初言幻垢者幻謂虛幻無有實體垢謂塵垢坌汚爲名由迷幻相執取繫著坌汚淨心故云幻垢諸佛菩薩雖有身心由了如幻不取於相無坌汚義故非垢由了幻空故非幻顯後者根塵諸法十方法界普清淨也此由

身心垢瞖妄執自他故成局礙今既我空法寂何所不通後釋文二初喻

善男子譬如清淨摩尼寶珠映於五色隨方各現諸愚癡者見彼摩尼實有五色

解曰由鏡珠二事所喻不同故復標告善男子矣謂摩尼體性瑩淨絶瑕都無色相由性淨故一切衆色對則現中青黄赤白黑五色各各隨方而現然此一喻亦喻印前亦喻顯後言印前者五色喻五道隨方喻隨業愚人不了珠體但見全是青黄既見青黄則不見珠體故華嚴云凡夫見諸法但隨諸相轉不了法無性以是不見佛若以三性配者摩尼喻圓成實性卽前所顯之理也現色喻依他起性卽前幻也愚人見定是青黄喻徧計所執性卽前塵垢也若遠取卽前身心等相以此文印定前文之義故指前也言顯後者然此圓珠由彼愚人執其定色所以破色因配三性以印前文若無計執之人卽此珠種種之色一一清淨一一同體悉是圓珠妙用應現無體可破以喻後文十方法界一切清淨圓滿不動交絲無礙故言顯後然前之鏡喻但一面明又云因磨而現表二空之理破執方顯對執得名今摩尼珠本淨本明十方俱照故以顯後法界之宗也後法

善男子圓覺淨性現於身心隨類各應彼愚癡者説淨圓覺實有如是身心自相亦復如是

解曰愚癡説有實身心者是顯圓覺雖現非其定實故論云一切染法所不能染智

體不動具足無漏熏衆生故餘義喻中巳具對釋詳之可知故云亦復如是第二拂迹入立

由此不能遠於幻化是故我說身心幻垢對離幻垢說名菩薩垢盡對除卽無對垢及說名者

解曰於中曲有二節先說迹之所以後從垢盡對除下正拂其迹今聯綿釋之然其迹也相躡而起亦相躡而拂本以衆生妄執幻化故佛說云幻垢衆生依教離垢故復說名菩薩幻垢既如珠中之色當知本無故云垢盡所離之垢既無對離之智何立故云對除既無對離之智何有起智之人深淺之執本無何有說教之者故云卽無對垢及說名者對垢者菩薩說名者佛對機之佛亦不可得方見法身法身說經義在斯矣然上人法各三三對六隻盡是所拂之迹也謂法有執垢離垢及與名數人有衆生菩薩及佛問曰人自有差法本無異何說三名答尅體雖無義說卽有爲對人法各分能所故也第三圓彰法界文二初一眞法界後三重法界言一眞者未明理事不說有空直指本覺靈源也下對諸法圓泯圓收方說三重等别今初

善男子此菩薩及末世衆生證得諸幻滅影像故爾時便得無方清淨無邊虛空覺所顯發

解曰標告及指當根所證者爲欲進顯不思議境界境界殊前故却躡前功用明其得入所以發起後之文勢言證得者觀行

成就滅影像者依他亦泯無方清淨者約身爲主外見東西(肇公云云)我相既無更何方所虛空覺顯者然虛空離識亦非實有若言有者爲一爲多若體是一徧一切處隨能合法體應成多一所合處餘不合故不爾諸法應互相徧若謂虛空不與法合應非容受又色等中有虛空不有應相雜無應不徧若體是多便有品類應如色等非徧容受故知虛空亦唯識現故首楞云若有一人發眞歸源十方虛空一時消殞謂迷情所覆覺處見空塵影既銷空元是覺(魚人迷悟水風性空)顯謂空銷覺現發謂妄盡心開翻覆觀之俱無邊際故首楞又云聞復翳根除塵銷覺圓淨淨極光通達寂照含虛空却來觀世間由如夢中事(空生覺中云云)是知空有雙絕但是覺心獨鑒明明靈知不昧

後三重法界者一眞空絕相觀二理事無礙觀三周徧含容觀此中義意全同華嚴法界觀門三重行相故依彼科之仍每重先示觀門後釋經義今初第一眞空觀者觀門中有四句(前二各四爲八兼後二爲十)第一會色歸空觀復四一色不卽是斷空舉體卽是眞空故二青等非是眞空之理無體莫不皆空故三色不卽空空中必無色故又卽是空會色無體故(上三句以法揀情)四凡是色法必不異眞空以必無性故(色空旣爾一切皆然)第二明空卽色觀亦四一斷空不卽色眞空卽色故二空理非青等青等之眞空必不異青等故三空是所依不卽色必依所依卽色故(上三句亦以法揀情)四空卽是色以是法無我

理非斷滅故（空色既爾一切皆然）第三空色無礙觀謂色舉體全是眞空則色盡而空現空舉體不異色全是盡空之色而空不隱爲一味法第四泯絶無寄觀謂此所觀眞空不可言卽色不卽色卽空不卽空一切法皆不可不可亦不可此語亦不受逈絶無寄非言所及非解所到是爲行境以生心動念卽乖法體失正念故（初二句入門揀情顯解第三句解終趣行第四句正成行體行由解成行起解絶也）示觀門竟後釋經義者文中二一色相空淨二空色同如一中又七一內身根識二外境六塵三內外四大四世間諸法五出世諸法六自他正報七一多依報然觀門云一切法亦然卽此七叚是也應云根識卽空不卽空等七中初者

覺圓明故顯心清淨心清淨故見塵清淨見清淨故眼根清淨根清淨故眼識清淨識清淨故聞塵清淨聞清淨故耳根清淨根清淨故耳識清淨識清淨故覺塵清淨如是乃至鼻舌身意亦復如是

解曰此下皆云清淨者謂由前二空觀門揀情顯解次拂迹滅影同於行起解絶故皆清淨爲眞空矣故智論云畢竟空卽是畢竟清淨以人畏空故言清淨意言人乍聞空畏其斷滅故餘處說云清淨如大般若一切皆云清淨大品卽直云空空與清淨皆絶相義若就心說卽如淨名經妄想是垢無妄想是淨無妄想卽是空義故此說空云清淨矣由前幻垢已盡能觀之智又亡既合覺心故皆清淨故智論云菩薩

於色等法中觀行斷故得如是清淨故名色清淨是淨能破一切法中戲論等覺圓明故者躡前顯清淨之因也由拂泯等故得圓明顯心清淨等者比迷覺心心中執法今見法性卽法皆空故云清淨如人不識珠體但執青黃若見摩尼卽色清淨七段之中文皆同此也然展轉躡前以顯清淨者義如後釋今且銷釋法數名體心者總相明其我心卽賴耶自體成唯識論說第八識種種別名於中有四種名通一切位心卽一也(餘三卽阿陁那所知依種子識)迷時由執藏及能所藏故名賴耶今觀智成就覺性圓明故但云心沒賴耶名矣心既清淨同無垢識故此下文頓同佛境見塵者由我心計執故見一切色相由執相故卽見聞等

是塵不單說外色名塵亦不獨說根識名塵根塵識三自有文故尋此見塵之體還是我執之心但以就取色等生過之處而別立名又亦不離根境識三而別有體如五蘊之法與蘊中之我非別非同此亦如是若以意義配屬卽賴耶中轉相及第七識合爲此見等瑜伽論云賴耶識起必二識相應故又以六七合爲此見意識緣外境時必內依末那爲染汚根方得生起故(梵云紇利瑟吒耶末那此云染汚意與四惑俱名爲染汚恒審思量名之爲意思量卽意持業釋也)故此所列心法無別末那起信亦於說梨耶次便說意識無別第七楞伽亦爾故彼經云畧說有三種識謂眞識現識分別事識初卽自性清淨心次卽第八現相後卽前六故彼經自釋云攀外境界起

前事識卽知事識不是末耶然此彼經及起信論皆不別出末那體者據賢首說有二意故一如前說六八必俱二謂無明動真心成阿賴耶外境牽心起執染淨第七俱無此義故不別說又說計我則合於轉相計我所合於事識此亦不爭思量行相若不連前帶後則顯示心數相躡生起義不便故眼等根者識所依故能發識故前五各從自種生自現行四大所造淨色爲體意根卽第十識由此攀外起意識故眼等識者隨六根境種類異故由具五義隨根立名一依根之識非由境色識定生故如盲不見等二根所發識由根變異識必變異如眼根損見青爲黃非色壞時而識壞也三屬根之識由識種子隨逐於根而得生故非色種子識種隨也四助根之識由根合識識所領受令根損益非境界也五如根之識根識二法俱有情數非彼色法定是無情根五義勝故說依根雖六識身皆依意轉然隨不共立意識名或名色識乃至法識隨境立名順識義故依末自在位說若依起信皆名意識此六皆依意所起故意之識故故論釋生滅因緣云所謂衆生依心意意識轉故心卽梨耶自體意卽五意以梨耶二義中有不覺義故不覺而起業識能見轉識能現現識能取境界智識起念相續相續識意識者卽此相續識此生起識麤細雖殊同是一識更無別體故卽指前第五識也依諸凡夫取著轉深計我我所非直心外計境爲塵亦復於身計我於塵計所種種妄執計我之相卽蘊離蘊隨事攀緣分別六塵名爲意識亦名分離識

依於六識別別取六塵故故經云分爲六和合又復說名分別事
識又能分別去來現在種種事相釋曰此五前三合八後
二合六由斯前釋體不孤生然八識義相
復有多門今畧指十五一者通論八皆名
心意識別則八心七意前六皆識二者隨
相各以自名爲體三科則識蘊意處七心是體也就實統
歸藏性三者五緣五塵現量是實六緣一切三量
此假實七緣賴耶非量是假八緣根身種子器界
現實四者皆具四三二分五者八遍非計七
計非遍第六俱是前五俱非六者根本煩
惱俱生四鈍二利分別具十第八全無第六皆具
第七俱生四惑前五俱生三毒其所知障
數同用別二障下自有文至彼當釋七業障者第七全
無八有種子餘六現行八者報障則八唯
總報前六別報九者心所恒依心起故與心相應故繫屬

於心故心緣總相心所緣總別如畫師資作模填彩等故第八有五所
謂徧行觸作意受想思七有十八謂五徧四惑癡見
愛慢八隨沉掉懈逸念亂不信不正知并慧第六皆具五
有三十四謂徧別善全根本三惑中無慚無愧
大隨同上十者八七無記六通三性十一者
八皆實有就性皆假十二者眼耳身三二界不全
二地地全鼻舌兩識一界一地六七八識通
徧界地十三者皆通有漏無漏十四者依
因緣增上五依五根及六七八六依七八七八互依及等無間
十五者眼識九緣生空明根境作意根本染淨分別種子耳
識唯從八除明鼻舌身三七除空後三六七八也五
更除染淨分別三更除根境四更除根本却取根境二外境六塵
善男子根清淨故色塵清淨色清淨故聲塵
清淨香味觸法亦復如是
解曰略啓三門初釋名義次辯體性後顯

種類初有通別通卽塵也復更有名所謂六衰及六無義（皆約凡位）亦云六境（此通凡聖）別者眼等所取故名色等對根明境名色等故次出體者如前六根各自爲體後顯類者色有通別（通謂五根五塵及法處色俱名爲色此等皆有質礙義故）今則別也謂唯眼所取名之爲色有見有對質礙之相最麤顯故（法處之色無見無對餘四及根無見有對）略有三種謂顯形表顯謂青黃等（赤白光影明暗煙雲塵霧空）形謂長短等（方圓麁細高下正不正也）表謂行坐等（住卧屈伸取捨）聲謂因執受等及邪正敎并可意等香謂好（約境約心）惡（准上）平等（非上二）俱生（沉等與質俱起）和合（衆成）變易（未熟不香）味謂苦醋甘辛鹹淡及俱生等觸謂地水火風冷熱澁滑痛痒飢飽等法者一百數中唯除五塵（已自標列）餘皆是法也三內外四大

善男子六塵清淨故地大清淨地清淨故水大清淨火大風大亦復如是

解曰卽於根塵不取發識牽心之義直取四大之體也寶積經說四大各二謂內及外（皆無所從來亦無所去也）地界二者內謂自他身內所有堅者强者所謂髮毛爪齒等外謂身外所有堅者强者所謂土石草木等水界二者身內潤性淚汗等身外潤性雨露等火界二者身內熱體熱相能消飲食等身外熱體熱相能成熟等風界二者身內風風體風名速疾住四支等身外體等而此四大從本已來生時住時體性俱空體性自離滅性亦離釋曰彼云皆空此云清淨蓋一義耳然內外四大雖各有種外起現行必由內變四世間諸法

善男子四大清淨故十二處十八界二十五有清淨

解曰十二處者六根六塵是生識處處是生門義故亦名爲入意識常昏根塵相入故或唯六數相對說故十八界者一根門中根識塵三各有界分故(眼與識爲界識與色爲界等故)亦是因義種族義故前爲六二解者息於業因此是六三觀之治於我執兼之五蘊卽具三科大小乘宗無不約此以明諸義前說妄認四大身心及云中外合成等卽五蘊義故此略之然此三科非各別體開合說者有其三解一根有三品謂上中下或下中上二樂有三品略及中廣三迷有三類一迷心所不迷心色故說五蘊二迷色法不迷心心所法故說十二處三迷色心不迷心所說十八界然將此三科攝百法者蘊則色攝十一受想各一行七十三識有其八唯六無爲非蘊所攝處則五根五塵各一意當八識法八十二界者五根五塵六識各一意攝二識法八十二二十五有者四洲四趣四禪四空無想淨居梵王六欲爲二十五此皆是有各約實報非正智攝故然梵王在初禪無想淨居在第四禪四禪位中別舉此者梵王有見外道無想淨居唯聖異餘天故

大方廣圓覺經大疏中卷之一

章門二十有四我空章法空章法界章八識章色章三科章十力章四無畏章四辯章不共法章三十七品章成佛章四果章不生滅章緣生章業報章三途章人天章四禪八定章上二界章二障章地位章四相章證道章除釋本經外旁通餘義二十有四開示悟入義定慧等學四大成身覺二執過患識變義識

三義遣顯法喻摩尼五道佛三寶破空藏識夢義恩愛義染淨平等八萬四千義恒沙義三覺義五品修十善義不思議義四生義三報義五道實義智無所得義設象指月義右附録中

音釋

槖籥槖音托籥音藥葶藶葶音亭藶音歷草名臃臃音邕臃腫也邏郎佐切羅去聲巡也魍魎魍音罔魎音兩木石之怪也

大方廣圓覺經大疏中卷之二

唐終南山草堂寺沙門宗密述

五出世諸法

彼清淨故十力四無所畏四無礙智佛十八不共法三十七助道品清淨如是乃至八萬四千陀羅尼門一切清淨

解曰問世間之法從妄情所變妄盡許萬法全空出世間法眞實如何亦言空耶答若凡聖對待卽勝劣全殊若稱法界而觀一種總是幻化皆從緣起無自體故如有一鏡現種種雜穢瓦礫復有一鏡現種種勝妙珍寶癡孩不了貴賤懸殊智者達之一無差異觀智圓明心識淨者亦復如是見世出世若聖若凡一切皆空全是覺體故下文云見佛世界如空華等秪緣稱理平等所以名曰聖人如其重聖輕凡欣眞猒妄縱令修習豈證眞源文中三節一諸佛果法二三乘因法三總結初十力者然如來唯一諸法實相智力此力有十種用故說爲十總名力者能摧怨敵故不可屈伏故一總知一切諸法因緣果報是處因果相當非處反上謂女輪王二王惡業樂報五蓋修七覺佛過聖斷結生云云則降伏無因惡因知人可度說法不可作緣二知過現未來過去業報在過現未單複云云現未亦爾善等三種業三性心中互受三性業報及順現等三報報與時互有定不定知所度有障無障前明所造業處業非處今約能造人受報唯明是處又前總此別也三知諸禪解脫三昧垢愛見慢等淨不雜愛等及知依此所得諸果前遍定散唯有漏此唯定無漏四知信等五根上中下今世但得初二三四果及禪定后至無上菩提爲畧廣出苦說等五知種種欲樂難陀五欲提婆

名聞迦葉頭陀阿難多聞等凡聖名別云云令捨不淨增淨前知宿或名少此知現起好樂六知一三五乘貪瞋癡等種種性欲性即種子欲即現行從性生欲習欲成性性通善惡根唯信等知即時異時誰可度不等必示畧廣讚所迎棄云云七知一切道善惡無漏等行至處五道涅槃八知宿住過去本生本事住宿世故凡但有通聲聞亦明佛即兼力百千世劫悉遍知故前知前際名隨念趣因此知前際名性苦樂等九知死此生彼即天眼智也獨此從所依得名通名力例上說十知自解脫無疑亦知衆生漏盡涅槃然佛力無量今約度人因緣故但說十足辦其事初知可度不可二知有障無障三知著味不著四知勝劣五知所樂六知所趣七知解脫門八知先所從來九知生處好醜十知得涅槃又初力總攝爲度生故於中分別九力四無畏者正一知一切法謂佛誠言我是一切正智人等誠實云說二諦故不與世諦故眞實論故皆心知故故不可壞二盡諸漏及習言我

漏盡等三說一切障道法誠實云不善及漏善障解脫故四說出苦道聖道能出世間能盡諸苦佛作誠言說此四法決定無畏若有沙婆魔梵若復餘衆如實言不爾乃至不見是微畏相故我安隱得無所畏初二顯自功德後二利益衆生又一三說智二四說斷又初示藥法二示病滅三知禁忌四示應食也此望十力廣畧說故又能有所作無所疑難自有智慧無能壞者智慧猛利堪受問難等故皆上句十力下句無畏四無礙智者智緣四境無拘礙故一法即眞之俗如說地水火風等是名字也二義眞諦之境如堅濕煖動等正顯地等三詞謂得彼方言以說地等四於三種智中樂說然華嚴九地初地分得此地任運經云無暫捨離佛地究竟說有十種自相同相行相說相智相無我相乘相因相果相住持相皆前二境別一中法者知諸法自相謂色變礙等義者知諸法別相色十一等二中法知自性義知生滅三中行相現在差別過未差別四中教本解釋五現一知不異比知如實六眞俗無我相七乘相一乘諸乘入因相智法

隨證分位差別九佛地相法身色身十住持相能說智德所說聲教後二則同皆詞則說於法義樂說乃詞中別義如一中云詞無錯謬說無斷盡二中云詞安立一切法說隨安立不可壞等故佛十八不共法者力等二乘有分此無分故一二三身口多劫戒定妙慧大悲成就故拔諸罪根因緣及習故念四念處心長夜修故心無得失無失通上三業四無異想於衆生無貴賤敬慢怨親等異故常觀誰可度故觀彼本來清淨故入不二法不行諍法故也五無不定心如澄停水如無風燈問佛若常定云何游行說法答佛於諸法實相中定不退失故欲界有定入定可說故也六無不知已捨衆生鈍根多覺苦受樂受於捨受中不覺不知而有捨心是爲愚使所使佛於不苦不樂受中知生住滅時故念念心中麁細淺深無不悉知知已而捨忽捨衆入禪有人疑佛佛言我種種因緣知而故捨七欲佛知善法恩故常欲集諸法故修習心無厭足故也八精進如欲中說欲爲初行增長名進欲爲意業進通三業又佛小息令阿難說法至進覺支佛驚起三問讚善又種種度生遇諸惡緣不生懈怠也九念於三世諸法一切智慧相應故失名錯誤減名不及故異於前十慧三世一切智慧力無畏無

礙成就故故禪油念炷故世世聞法讀誦思修問難十一解脫無漏智慧相應故有爲解脫一切煩惱習盡故無爲解脫十二解脫知見於解脫中智慧無量無邊清淨故言知見者譬如繩二合一則牢也無減貫通上六唯說六事無減者二利中四事卽足欲求進行念守慧照辨此四法有二果報謂解脫解脫知見也十三四五一切身口意業隨智慧行無不利益衆生故異二乘故成就三不護故入外道衆中說法都無信受者及現冒現陰等皆有因由故前三無失不說因緣今說隨智慧行故行不失故異前也十六七八以智慧知過未現在通達無礙由此故上三業隨智慧行問過未無體現在無住云何能知三世答若無過未佛豈成就十力等德問若三世皆有便墮常過卽無罪福生死縛脫有無量咎答三世各各有相非過未有現在相又若無過未亦無出家律儀亦無五逆諸罪以是業等已過去故亦無死入地獄未來無業故無報是爲邪見又我不說過未如現在相我說過去雖滅可生憶想能生心心數法如昨日及明日與今日可生憶想過未亦爾現在心雖無住相續生故能知諸法也問無見頂相等亦無與共云何不說答此十八中但說智慧功德

不說自然果報法力等四科全依智論三十七助道品者畧爲四門一釋名二辯類三出體性四明行相初助謂資助助正道故道卽是因所謂止觀品卽是類正因類故亦云菩提分分亦因義二辯類者有其總別總謂諸經論說大乘道品無量三十七者是其中別義通於大小若准智論但三十七無所不攝如四諦有無量相也別者總有七類謂四念處四正勤四神足五根五力七菩提分八正道分三出體性者但以十法爲體謂信二進八念四戒三定慧各八輕安喜捨思惟各一四明行相者初中四念處者四謂身受心法念謂念慧四是念慧所安住處故亦名念住以慧守境由念得住故必要四者從麤至細對治凡夫四種倒故四卽常樂我淨此卽先重後輕爲次初觀身不淨不淨有五謂種子住處自相自性究竟等二觀受是苦謂此身旣爾衆生貪者以其情塵生諸受故計之爲樂故觀其苦受謂苦樂捨等苦謂苦苦壞苦行苦此配三受三觀心無常謂誰受此樂故須觀心念念生滅四觀法無我卽五蘊法皆不自在又如實觀察對治小乘四種倒故不淨等也無行經云觀身畢竟空觀受內外空觀心無所有觀法但有名然觀不淨等通大小乘智度瑜伽大集般若皆性相雙觀也觀其性空唯是菩薩又但觀法性卽除八倒旣除八倒卽成八行涅槃雙樹四雙八隻四枯四榮正表於此謂法性之色實非是淨凡夫計淨是名顛倒實非不淨小計不淨亦名顛倒今觀色種卽空空中無淨云何染著

則凡淨倒破枯念處成色種是假假智常淨云何滯空而取灰斷言色不淨是名二柬不淨倒破榮念處成觀色本際非空非假非淨不淨乃名中道佛表此理故於中間而般涅槃餘三類此是則法藥有四觀智爲念諦理名處然華嚴經四皆有三一內(自已)二外(非情色)三內外(他有情又俱)謂觀內身循身觀勤勇念知除世間貪憂等然深觀念處即坐道場更不須餘機宜不同故說餘品四正勤者四念處似火若得勤風則無所不燒故次辨之精進爲體故總名勤異外道勤故名爲正雖是一勤隨意分四前二勤斷二惡是止惡行後二勤修二善是作善行二善二惡皆所緣境前中未生之惡遏令不生已生之惡斷令不續後二未生善令生已生令廣四神足者謂欲(猛利樂欲)勤(精進無間)心(專一境性)觀(由先聞教法內自揀擇上定此慧也)以勤過散亂智火微弱故須定制即所欲自在神即是神通足即是定由出世法最勝自在欲等四定能證此故名爲神足亦名如意足所欲如心故神足所緣即種種變事神足自體即三摩地欲勤心觀皆是助伴由欲增上力證心一境性名爲欲定餘三亦然勤觀心性名爲上定皆從加行受名此四加行即華嚴前正勤中云欲生勤精進發心正斷等以發心中持心能生止定持太舉故策心能生觀定策太沈故是以隨一念處有四正勤隨一正勤有四神足五根者信(信爲上首能起餘四謂於諸寶深忍樂故)進(於前所信策勤而行即正勤也)念(念處也明記不忘也)定(繫緣一境即神足也)慧(揀擇

是非此五通生出世間法而爲增上然始入
佛法即有信心未有定慧不得名根今由
前三科則信不可拔前三至此總得名根
若依位者在於見道之前則以速發現觀
而爲其果五力者即前五根增長魔梵惑
等不能屈伏故名爲力又能損滅不信等
障故復名爲力智論云能破煩惱得無生
忍故名爲力七覺者覺謂覺了七謂念所依
支由繫念故令諸善法皆不忘失也擇法自體支覺自相故精進出離
支由此勢力能到所到故喜利益支由心勇悅身調適故也輕安能除麁重
定依此不染污故謂依止定得轉依故捨是不染污故謂行捨平等永除貪憂
不染污位爲自性故上三皆不染污支也若依位說即現觀自
性如實覺慧覺法自性然七皆自體而差
別者覺爲自體餘六皆覺支分總收七覺
不出三品念通定慧次三是慧後三定攝

雖是前三至此增故依位所明能斷見惑
以爲其果又雖一剎那七法俱起而隨行
相各說功能念除忘念擇除不正知餘除
懈怠昏沈麤重散亂掉舉上約通說大乘
七覺不念諸法故決擇不可得故離進怠
相故絕憂喜故除安心緣皆叵得故性定
之中無定亂故亦不見於能所捨故八正
離入邪道開通涅槃者謂正通入見分別支依前所證眞實揀擇故
思惟誨示他支如其所證方便安立思惟名義發語言故語善於所證問答
決擇令他信有見淸淨故業身業進止正行具足令他信有戒淸淨故命如法
乞求依聖種性離五邪命令他信有命淸淨故上三皆令他信支問離身語業無別
正命如何建立三種答婆沙云瞋癡所起身業名邪業語業名邪語貪所起二業即
名邪命邪活命故精進淨煩惱障支由此永斷一切結念淨隨煩惱支由
不忘失正止舉相永不容受沈掉等定能淨最勝功德障支由此引發神遍等無
量勝功德故也若能如上分別誨示等即是道支

之果然其八中語業命三是戒蘊攝念定是定餘三是慧定慧大同諸品但增勝耳上之七類次第者謂聞法已先當念持次即勤修勤故攝心調柔柔故信等成根根增爲力七覺分別八正正行總以喻顯法性如地念處如種子正勤爲種植神足如抽芽五根如生根五力如莖葉增長開七覺華結八正果如是乃至者超越多法謂三身四智五眼六通地度果向緣諦處定等八萬四千陁羅尼門者然法門廣說無量無邊今齊此結數者對治塵勞故然其所治即八萬四千煩惱古來釋云衆生煩惱根本有十然一惑力復各有十即爲百計應分爲九品但上品重故開爲三品中下輕故各爲一品合爲五百復於內外境起謂自五塵爲內他五塵爲外一一各五百即爲五千別迷四諦則成二萬并本一千則有二萬一千依三毒等分成八萬四千（更有二說不能繁敘）一一對翻即皆淨法數無增減故論云不覺念起見諸境界故說無明乃至具有過恒沙等妄染之義對此義故心性無動即有過恒沙等諸淨功德相義示現陁羅尼者得總持菩薩於一一法中持一切法故門者從一法中入一切法故然上從覺圓明故展轉躡前相由以顯世出世間諸法清淨至此五段歷法備周餘六七兩段但是結通他身他界更無別義五段相由者謂心本清淨由不覺故名賴耶識相應於意復曰見塵起於現行有根識境中有能造故說四大由是具足處界

諸有有漏之法對治此等有修有證復成無漏因行果德今既覺了圓明故心意識及所變等展轉清淨皮之不存毛無所附然無漏法若約人修證則先因後果今據法本末故先果後因亦如論中根本滅故麁染隨滅六自他正報

善男子一切實相性清淨故一身清淨一身清淨故多身清淨多身清淨故如是乃至十方衆生圓覺清淨

解曰一切實相者即無相也夫有相者皆歸無常緣生之法性本虛假言實相者即是非相是故如來說名實相無遷無變究竟常住無量義經云如是無相不相不相無相是名實相智論云照色等空即名實相性空實理離於顛倒非虛僞故於空見空亦名顛倒於空無著乃至實法又楞伽經云一切妄息是名如實如實即實相也性清淨者此實相從本已來自性清淨一切妄法所不能染比迷似染今悟本淨名性清淨一身清淨者由前悟得根識塵大世出世間諸法皆歸實相清淨方始成就此人一身清淨故諸段清淨皆牒前文唯此獨指實相以爲淨之所以多身清淨者既於自身證實相理亦見一切衆生同一清淨實相以觀一切衆生不取於相同圓覺性故志公云以我身空諸法空千品萬類悉皆同又下文云圓覺普照寂滅無二始知衆生本來成佛十方衆生圓覺清淨者以般若正智徧觀衆生菩薩涅槃無漏智性本來具足也此乃一人悟性知一切

衆生本性清淨非謂一人修道多人成佛

七一多依報

善男子一世界清淨故多世界清淨多世界清淨故如是乃至盡於虛空圓裹三世一切平等清淨不動

解曰國土淨穢皆由自心衆生刦燒我土安隱螺髻鶖子二相不同按地寶嚴坐蓮無異況乃心冥覺性識智無生身土依眞染淨俱泯廓通法界清淨湛然圓謂圓徧虛空裹謂含裹三世三世者豎極虛空者橫周一切者橫豎總該平等者本末同味清淨者都結七段不動者冥於一如然上七段悟時既相躡清淨迷時亦相躡垢染應云覺不明故令心不淨心不淨故見塵不淨見塵不淨故眼根不淨乃至如是一多世界不淨文勢及義意對經可知第二

空色同如

善男子虛空如是平等不動當知覺性平等不動四大不動故當知覺性平等不動如是乃至八萬四千陁羅尼門平等不動當知覺性平等不動

解曰前之七段即空色無礙此當泯絕無寄彼云動念即乖法體反顯法體本不動也標空爲首者躡前起後由前云盡於虛空平等清淨即知相盡同空空既本無生滅動揺當知諸法亦本不生亦不待滅一一當體如如不動覺性不動者然一切法唯依覺性生滅動轉諸法既盡同於虛空皆不動故則覺性不動也如波不起水則湛然不動理齊故言平等故法華云是法

住法位世間相常住法句經云諸法從本來無是亦無非是非相寂滅本來無所動然諸法與覺性平等未名理事無礙法界者夫理事無礙要須多事全同一理而寂然一理全成多事而遷變即動即靜即靜即動生滅廣狹一切皆爾翻覆無礙今但一向不動但是攝色等事同眞空理故唯名眞空觀也乃至八萬等者還如前七段歷諸法門經恐文繁畧標首末義兼中間故云乃至後段乃至之言亦例此知第二

理事無礙法界

善男子覺性徧滿淸淨不動圓無際故當知六根徧滿法界根徧滿故當知六塵徧滿法界塵徧滿故當知四大徧滿法界如是乃至陀羅尼門徧滿法界

解曰先示觀門者此有十門一理徧於事門謂能徧之理性無分限所遍之事分位差別一一事中理皆全徧非是分徧何以故彼眞理不可分故是故一一纖塵皆攝無邊眞理無不圓足二事徧於理門謂能徧之事是有分限所徧之理要無分限此有分限之事於無分限之理全同非分同何以故以事無體還如理故是故一塵不壞而徧法界也如一塵既爾一切法亦然思之此全徧門超情離見非世喻能況（此二門後有海波喻及兩重問答也）三依理成事四事能顯理五以理奪事六事能隱理七眞理即事八事法即理九眞理非事十事法非理（上十同一緣起約理望事有成壞即離約事望理有隱顯一異逆順自在無礙同時深思令觀明現）今經皆言徧滿法界者正是第二門行

相兼於餘門義理謂此即理之諸法與理不異故一一自徧法界不同前門沒體攝歸理中故此名理事無礙也既徧法界即知動靜無礙一一周徧言覺性圓無際故當知六根徧滿者由前門已顯六根等與覺性平等平等者即無分毫之異也既與覺性不異覺性圓無際故六根亦圓無際故徧滿法界若不徧滿即是有際有際即與覺性成異異則乖於前門故躡前云圓無際故故首楞云性見覺明覺精明見清淨本然周徧法界六塵已下皆例前知第三周徧含容觀

善男子由彼妙覺性徧滿故根性塵性無壞無雜根塵無壞故如是乃至陀羅尼門無壞無雜如百千燈光照一室其光徧滿無壞無雜

解曰先示觀門者亦有十門一理如事門謂事法既虛相無不盡理性眞實無體不現此則事無別事即全理爲事是故菩薩雖復看事即是觀理然說此事爲不即理二事如理門謂諸事法與理非異故事隨理而圓徧遂令一塵普徧法界法界全體徧諸法時此一微塵亦如理性全在一切法中如一微塵一切事法亦爾三事含理事門謂諸事法與理非一故存本一事而能廣容如一微塵其相不大而能容攝無邊法界由刹等諸法既不離法界是故俱在一塵中現如一塵一切法亦爾此理事融通非一非異故總有四句一一中一二一切中一三一中一切四一切中一切各

有所由思之四通局無礙（重釋第二第二但徧徧即通也此兼不徧不徧局也）五廣狹無礙（重釋第三三但包含含即廣也今有不壞不壞狹也）六徧容無礙（此正合前四五兼合二三）七攝入無礙（翻對前門但前一望多故徧容此多望一故攝入也）八交涉無礙（兼前六七）九相在無礙（反對前門）十普容無礙（近收前二遠攝九門）今經雖畧義理全同謂根與塵皆是事法例前七段事事皆然故云乃至陀羅尼門無壞無雜當知種種事法一一交參周徧雖有性字此是各指根性塵性非謂泯根攝塵同於一性言無壞無雜者如一燈光已滿一室更有一燈光亦全滿百千燈光一一如是各不相壞亦不渾雜室中之空喻於法界燈之光相喻以根塵謂一燈光容多光相即一光相徧多光中一一皆然重重無盡含容周徧斯之謂歟所以然者唯是眞心所現皆如幻夢影像故與所依性非一非異故故得徧多入一攝一容多等也大文第三頓同佛境於中三一用心同二見境同三稱實同初有法喻今初

善男子覺成就故當知菩薩不與法縛不求法脫不猒生死不愛涅槃不敬持戒不憎毀禁不重久習不輕初學何以故一切覺故

解曰覺成就故總指圓彰法界已下之文由斯故得同佛境界不與法縛等者於四對法無勝劣心如佛於三念之境故言同也同之所由經自徵釋云由一切覺故論云所言覺義者謂心體離念今則離前與求猒愛敬憎重輕等八念也舉八境者顯於心也（喻云光無憎愛後云修習此心）二喻

譬如眼光曉了前境其光圓滿得無憎愛何以故光體無二無憎愛故

解曰光即眼識現量所得故無憎愛首楞云其目周視但如鏡中無別分析（但有自性分別無計度等）汝識於中次第標指云其目者意取眼識云汝識者即是意識亦可但隨凡俗情見以目瞳爲光如法華云梵王是衆生父二見境同

善男子此菩薩及末世衆生修習此心得成就者於此無修亦無成就圓覺普照寂滅無二於中百千萬億阿僧祇不可說恒河沙諸佛世界猶如空華亂起亂滅不即不離無縛無脱始知衆生本來成佛生死涅槃猶如昨夢

解曰修習此心得成就者近結八境安心遠結觀行成就無修等者泯前心跡起後依正凡聖平等之文若不泯之則雖無憎敬等尚見持毁（餘三例之）故須泯之方同佛見自此已下正顯其同圓覺普照寂滅無二者由自心已空但是覺照寧有凡聖差別之二馬寘一如之無心即萬動之恒寂故普照是用寂滅是體佛心所極極於寂照故瓔珞經説等覺照寂妙覺寂照今云同佛是等覺義故云普照寂滅金光明經攝大乘論皆説佛果無別色聲功德唯如如及如如智獨存三種世間融無礙故世界即器世間衆生即有情世間成佛卽智正覺世間云於中者即於寂照中也圓無際故百千萬億者此方下數阿僧祇者此云無數是華嚴十大數中之首經論多用故

此舉之不可說者大數第九若從一十百千倍倍積之總有一百三十七重數法恒沙者從阿耨池東面流出初出象口周四十里金沙混流沙細如麵今有不可說阿僧祇之數河一一河中一沙爲一界以顯世界如是多矣然此中意者直指盡虛空遍法界所有世界不是筭其數量爲欲引機造無邊境故假增積多數耳諸佛世界皆如空華者緣無自性全體即眞眞性奪之無餘（如前理奪事門）故得相皆虛幻亦如善財求法展轉至摩耶等處會緣入實得願智幻解脫門見一切世界等皆如幻住云佛界者華嚴經說諸佛衆生一切世界有十種起具因緣故世界成就所謂如來神力法應如是衆生行業等亂起亂滅者有三意一者一切世界皆依妄念念既剎那不住世界亦起滅無停二者華嚴云染汙衆生住故世界成染汙大福衆生住故成染淨信解菩薩住故成淨染等三者成壞相也然成住壞空雖各二十增減而世界無量無數故總觀起滅繽紛問然佛化土許可如斯自受用中如何起滅答若依實教所明無形爲淨土生公云佛有形累託土以居佛是常住法身何須國土故華嚴云依眞而住非國土此經云入於大光明藏餘義已如前辯問法華云我此土安隱天人常充滿復云何通答彼據理即事門此約理奪事門二皆無礙不即不離者明此世界不即圓覺亦不離圓覺如華與空如金與器由不離故覺性奪之成空華由不

即故世界不妨有起滅無縛無脱者文通上下上即由世界無淨穢故下以衆生本成佛故始知衆生本來成佛者始知即始覺（觀行成就方能知故）本成即本覺（知與不知本是佛故）佛即究竟覺（始之與本非二覺故）生死涅槃猶如夢者亦無始覺之異四相本來同一覺故又寂滅無二是自覺世界及衆生是覺他成佛二字及生死涅槃如夢是覺滿成就是滿義故動寂雙亡方圓滿故（上所釋文但明能知者成佛共所知衆生如次方釋云）然說生本成佛唯是圓覺華嚴餘成義含不的指注但以語驚凡聽理越常情佛既罕言愚夫多謗若不具彰義類豈曰莊嚴契經故總叙六門顯成佛延促（菩薩處胎經云或有衆生從初發意經歷劫數不得成佛或有次第成或有超越者）亦使下文徵釋躡此易明一者一生成佛謂小乘有部唯悉達太子有大覺性於此生中苦行修道菩提樹下三十四心斷結五分法身初圓名爲成佛二者三祇成佛謂始教說唯具大乘性者從初發意六度修行三無數劫五位伏斷十地滿足四智圓明於色究竟天受佛智職名成正覺三相盡成佛謂終教說一切衆生本覺眞心本來離念不如實知忽然念起生住異滅念無自相不離本覺内外熏力始斷滅相終斷生相一念相應得見心性心即常住名成正覺（前約功圓相滿此約相盡體現又前定待長久劫數此則唯依自心延促無定）四初住成佛爲華嚴說十信位滿於諸法中不生二解一切佛法疾得現前初發心時即得阿耨多羅三藐三菩提知一切法即心自性成就慧身不由他悟故

彼疏釋云佛智何深情迷謂遠情忘智現則一體非遙既言一切法即心自性今理現自心即心之性已備無邊之德矣覺心理現理現則智圓若鏡淨明生非前非後非新非故不由他悟是自覺知一切法是覺他成就慧身爲覺滿見夫心性豈有自他寂而能知名爲正覺五一念成佛謂無始迷倒妄認衆生華嚴緣起一味章云若約衆生門中衆生及佛皆是生滅善惡境界未嘗見有一佛清淨解脫者識倒見佛亦倒故一念悟時全體是佛緣起章又云約佛門中佛及衆生皆本空寂情識已亡同諸佛故未嘗見一衆生流轉者心淨一切皆淨故也如夢身相夢時非無寤即自身豈待長養故論云亦無始覺之異華嚴云若離妄想一切自然無礙等智印得現前如塵破經出廣博嚴淨經云有三男子詣佛禮足作如是言世尊我

今於此法能信能解不生疑惑第一男子白佛言若作是說我是如來此言便是正說所以者何我於此法不生疑惑第二男子云是世尊第三男子云佛其詞皆同爾時會中百千衆生心皆擾動不樂本座皆作是念無有二佛並出世間今此男子何故發如是言阿難膽大衆意問佛佛說偈印許偈云能知過去如亦知未來如見一切法如是故名如來不畏於生死正住生死中化度諸衆生是故名世尊覺無明無知其性無所有已得於明智是故名爲佛菩薩處胎經云或有衆生朝發道心即得成佛諸大乘經其文非一達磨禪宗即心即佛是斯意也六本來成佛論云四相俱時皆無自立本來平等同一覺故涅槃論解微密義云身外有佛

亦非容身內有佛亦非容非有非無亦非容衆生是佛故微容華嚴云如來成正覺時於其身中法界身也普見一切衆生成正覺乃至普見一切衆生入涅槃皆同一性所謂無性又云菩薩摩訶薩應知自心念念常有佛成正覺何以故諸佛如來不離此心成正覺故如自心一切衆生心亦復如是悉有如來成正覺彼疏問云此中之成爲理爲事若是事成云何皆同一性若是理成云何八相疏自答云此是華嚴大節若不對諸宗難以取解今約五乘及五教而辨然諸衆生若於人天教中觀之則具足人法二我若於小乘教中觀之但是五蘊實法本來無我若大乘始教法相宗即說唯識所現無相宗即說幻有即空人法

俱遣若大乘終教唯如來藏具恒沙性德故衆生即在纏法身法身衆生義一名異猶據理說若大乘頓教則相本自盡性本自現不可說言成佛不成佛等若依此宗華嚴宗也舊來成竟亦涅槃竟非約同體此成即是彼成難若爾何以現有衆生非即佛耶答若就衆生位看尚不見唯心即空妄見圓教中事如迷東謂西正執西故若諸情頓破則法界圓現無不已成猶彼悟人西處全東若爾諸佛何以更化答衆生不如是知所以須化如是化者是究竟化如是化者無不化時然上六門初門衆生無成佛義故次門五分中唯許一分半衆生定待三祇功滿成佛後四門一切衆生皆許成佛於中三四妄盡覺顯是爲成佛五頓悟

無妄即名為佛六本無迷悟元來是佛又中間四門次次相望前延後促又前二事成次二事同理成五唯理成六皆無礙今經文者若約觀成方能知之即當四五兩門若約所知衆生本來皆佛即唯第六三稱實同

善男子如昨夢故當知生死及與涅槃無起無滅無來無去其所證者無得無失無取無捨其能證者無作無止無任無滅於此證中無能無所畢竟無證亦無證者一切法性平等不壞

解曰稱法界眞實性故初句躡前由見生涅如夢即稱圓覺實性同佛境也此有二意一但有能依之夢必有所依之人夢是人之神遊亦見聞之氣分無別體故二但了夢體空無即證自身眞實迷自身者由執夢故然餘喻皆帶自他唯夢喻尅體故大瓔珞經說過去有佛欲說法時令大衆睡眠夢中說法令增善根覺得道果（涅槃羅刹云云迦旃延弟子云云）亦表萬法皆夢大夢之境必有大覺之明矣當知下有四節初總明稱實謂迷時生死無起涅槃無滅悟時非滅却生死發起涅槃稱體而觀都無起滅聖法非新來凡心非滅去又直言體無起滅來去不約聖凡其所證下別指能所所證之境非得眞失妄捨麤取妙能證之心都無分別離於四病（病如下文）於此下雙泯能所故故華嚴云若有見正覺解脫離諸漏不著一切世彼非證道眼一切法性下總結稱實故華嚴說衆生成佛次後亦云（同此四節）

如注配之無相性無盡性無生性無滅性總明也
無我性無非我性無衆生性無非衆生性
無所證也無菩提性無能證也無法界性無虛空性
雙泯能所亦復無有成正覺性總結四結牒問詞
善男子彼諸菩薩如是修行如是漸次如是
思惟如是住持如是方便如是開悟求如是
法亦不迷悶
解之可知後偈諷文三畧於起行方便故初諷觀
行成就文二初七句二空觀
爾時世尊欲重宣此義而說偈言
普眼汝當知　一切諸衆生　身心皆如幻
身相屬四大　心性歸六塵　四大體各離
誰爲和合者
後三句法界觀
如是漸修行　一切悉清淨　不動徧法界
長廣偈畧次一偈半頌頓同佛境
無作止任滅　亦無能證者　一切佛世界
猶如虛空華　三世悉平等　畢竟無來去
後一偈頌結牒問詞
初發心菩薩　及末世衆生　欲求入佛道
應如是修習

大方廣圓覺經大疏中卷之二

音釋

謄音騰傳也

大方廣圓覺經大疏中卷之三

唐終南山草堂寺沙門宗密述

第二徵釋迷悟始終文四初三今初

於是金剛藏菩薩在大衆中即從座起頂禮佛足右遶三帀長跪叉手而白佛言

解之可知二正陳詞句中三一慶其所悟

大悲世尊善爲一切諸菩薩衆宣揚如來圓覺清淨大陀羅尼因地法行漸次方便與諸衆生開發蒙昧在會法衆承佛慈誨幻翳朗然慧目清淨

解曰兼指初段中因地法行者是一切行位根本故後必躡前故二難其所疑

世尊若諸衆生本來成佛何故復有一切無明若諸無明衆生本有何因緣故如來復說本來成佛十方異生本成佛道後起無明一切如來何時復生一切煩惱

解曰由前云衆生本成佛道故起此疑疑有三句一謂眞能生妄二謂說妄爲眞三牒而縱之責無窮過意云本來是佛煩惱何生若無生中妄生起者如來成佛同本無生無生之中還應妄起成佛義等生否應齊齊生則果佛何尊齊否則因違現事進退不可故有斯云亦如復禮法師云眞法性本淨妄法何由起（如初句也）妄法從眞生此妄安可止（如第三句）三結請通釋

唯願不捨無遮大慈爲諸菩薩開秘密藏及爲末世一切衆生得聞如是修多羅教了義法門永斷疑悔作是語已五體投地如是三請終而復始

解曰據此三難諸典無文唯佛了知登地

方受今乃請宣成教普示末世凡夫故曰無遮大慈開秘密藏秘謂非器不傳密謂覆相而說或隨自意或隨他意權實難測秘藏如不開櫃密藏則一法含多今請不揀末世則開秘藏顯了而談則開密藏故涅槃云具縛凡夫能知如來秘密之藏了義法門者由此標目永斷疑悔者疑是根本通論疑者於諸諦理猶豫為性能障信心善品為業別顯則五蓋中疑有三一疑自謂已不能入理二疑師謂彼不能善教三疑法謂於所學為令出離為不出離又疑理事空有雙是雙非等如有病人疑自疑醫疑藥病終不愈今三疑中即疑法也此疑復有已起未起如天親判金剛經斷疑之意今皆含之剛藏為他請問令永斷故然斷疑方便者若疑境界令悟唯心若疑法性令觀無得餘皆例知今此斷疑通二方便對文可解悔者通論是不定之法悔善則惡悔惡則善故今請永斷即屬悔惡也亦五蓋數但此不因掉也然入道人若未通決生佛同異則或用功多時反自疑悔後三展虔誠也二讚許

爾時世尊告金剛藏菩薩言善哉善哉善男子汝等乃能為諸菩薩及末世衆生問於如來甚深秘密究竟方便是諸菩薩最上教誨了義大乘能使十方修學菩薩及諸末世一切衆生得決定信永斷疑悔汝今諦聽當為汝說

解曰言如來甚深秘密究竟方便者然汎論如來秘密有其二意一如來之密藏謂一乘如來知見佛於漸教門中久黙斯要

故如前釋也故云究竟方便下答覺照離華瞖等二如來即秘密由證密藏能所無二故三業具皆秘密也謂非色現色摩尼不能踰其多非量現量應持不能窮其頂不分而徧一多不足異其體全法爲身一毛不可窮其際此身密也非近非遠目連尋之無際身子對而不聞非自非他若天鼓之無從猶谷響之緣發無邊法海卷之在一言無内圓音展之該萬類此口密也無心成事等覺尚不能知意密也二義之中經顯所證矣言決定信者前頓同佛境義當信根成就初發心住今但通決疑難以成前義故也三佇聽

時金剛藏菩薩奉教歡喜及諸大衆默然而聽

第四正說長行四一反覈起疑之本二踰釋現起之疑三顯淺難造深四結問不當理初中又三一總指輪迴二真隨妄轉三結指前疑今初

善男子一切世界始終生滅前後有無聚散起止念念相續循環往復種種取捨皆是輪迴

解曰於中初一句總標情器故云一切無著金剛論以四蘊爲世界若不約情何成輪迴又一切者總有十種如華嚴世界成就品說次六對辯其輪迴謂但住有爲即屬輪迴心也始終者若唯約染緣則創變爲始極證爲終或無始有終若染淨對說則證菩提爲始斷盡煩惱爲終若唯約淨緣有始無終如上用心皆屬輪迴之見唯心寘圓覺不

住染淨方得無始無終新新而起曰生表此先非有故念念落謝曰滅表此後是無故過去名前未來名後現在住劫名有空劫名無成劫名聚壞劫名散現行爲起調伏爲止次二句正示輪迴之相念念相續者情界器界皆依妄念既所依不斷故能依亦然循環往復者器界空已復成情界滅已復生惑業襲習報應綸輪塵沙劫波莫之過絕後二句結成輪迴取謂取著執我我所捨謂厭離厭苦所依又於根身則厭苦麤障爲捨忻淨妙離爲取於器界則厭此娑婆爲捨忻彼極樂爲取若取若捨種種不同皆是顛倒妄心變現輪迴之相故論云一切分別即分別自心心不見心無相可得首楞云自心取自心非幻成幻法二眞隨妄轉

文三一法

未出輪迴而辯圓覺彼圓覺性即同流轉若免輪迴無有是處

解曰能觀是輪迴之心故所觀圓覺亦爾如夢見實物物亦是夢故清涼大師答復禮法師云由來未曾悟故說妄無始二喻

譬如動目能搖湛水又如定眼猶迴轉火雲駛月運舟行岸移亦復如是

解曰四對喻中初由目數動湛水如波搖次眼識遲鈍旋火成輪相餘二可見三合

善男子諸旋未息彼物先住尚不可得何況輪轉生死垢心曾未清淨觀佛圓覺而不旋復

解曰諸旋者眼目雲舟喻生死垢心也彼物者水火月岸喻圓覺也何況下正合三

結指前疑

是故汝等便生三惑

解曰三惑者即前三種疑也據此結文的指即知定是先責起疑之本末是答難若是偏答三中之一難即不合總結三惑智者詳焉然雖非是正答已是標舉建立答義之意勢令息如上之念即前疑早合自亡況復空華金鑛分明曉喻二喻釋現起之疑文二初一空中華無起滅喻二金中鑛不重生喻初中三一喻釋二法合三結成今初

善男子譬如幻翳妄見空華幻翳若除不可說言此翳已滅何時更起一切諸翳何以故翳華二法非相待故亦如空華滅於空時不可說言虛空何時更起空華何以故空本無華非起滅故

解曰曲分爲二初翳差華亡喻謂不知華因翳有乃謂從空而生喻不知妄出迷情卻執眞能生妄既得翳差即不見華聞說從翳而生又執何時更翳喻前觀成同佛普淨根塵因知妄染由迷又疑迷心卻起問翳差之者或有他時更生不必的定永無如何以此爲喻答喻者但取當日一席之事不說終身但以愚人晨旦見華食時眼差見華亂生亂滅謂言翳亦速起速停是以經中遮云不可故諸論喻釋佛云如大夢覺豈可難云睡起夢覺何妨明夜更睡還夢若如是難豈解喻焉二法非相待者翳不與華期華不隨翳生但翳故妄見非華實生二法各不相知況復一空一有

故云不相待也縱使心迷生死亦寂但緣迷故妄似生死衆生本自不生幻華畢竟不起莫將翳待莫以迷求剛藏問目正似此也後空不生華喻前已合釋文易可知然佛頂經亦有此法喻文廣義略闕於待翳之文二法合

生死涅槃同於起滅妙覺圓照離於華翳

解曰迷見生死似華起悟得涅槃似華滅言圓覺離華翳則雙拂生死無明虛空非覽有無覺性何關迷悟衆生既如華起約誰更難無明無明生死既空何責本來成佛空華終不再起果位何得還迷由已計度不休見他覺性流轉若如是解頓遺三疑三疑鈎鏁連環不是三科別答下金鑛喻即唯答佛不再迷此疑過深故重喻也

三結成

善男子當知虛空非是覽有亦非覽無況復如來圓覺隨順而爲虛空平等本性

解曰虛空世法尚不同華起滅況如來隨順圓覺湛然眞常是虛空之體性耶覺爲空性者佛頂云空生大覺中又云寂照含虛空復言平等者然圓覺雖是虛空之性而冥合不分周徧法界無分無限無別能依所依故云平等此意云空在覺中空尚常寂況覺爲空性豈增減耶喻猶不及故云況復後金鑛喻

善男子如銷金鑛金非銷有既已成金不重爲鑛經無窮時金性不壞不應說言本非成就如來圓覺亦復如是

解曰曲分爲二先喻此喻唯答佛不再迷

之難前就圓悟之理生佛俱是本眞以成普眼段中衆生本來成佛之義故舉空華元來不起非後始滅法合云生死涅槃同於起滅所以俱通三難今就不壞因果之相故說銷鑛出金華則始終本無鑛則因銷始盡意云圓頓之理雖齊迷悟不妨成異既有多生習障還須背習顯眞眞顯即究竟清淨若但用前喻即撥無迷悟因果之相便成邪見若但用此喻即成衆生覺性本來不淨失眞常理亦成邪見道理微妙一喻難齊故說兩事是知此喻唯答第三難也文中喻意如人鍊金須得其鑛若非金鑛鍊亦無金若因銷有者銷頑石等亦應得金雖假爐冶銷融金性要須本有所以經言金非銷故有故金剛三昧經合金錢喻云昔迷故非無今覺故非入既已成金等者正喻佛不再迷不應說言等者喻佛隱顯無異佛頂亦云昔本無迷似有迷覺覺迷迷滅覺不生迷後法合者金喻法身鍊出喻報身作環釧等百千萬種喻化身鑛中雖有金不銷金不出識中雖有佛不修佛何成三顯淺難造深文二初所造離念

善男子一切如來妙圓覺心本無菩提及與涅槃亦無成佛及不成佛無妄輪迴及非輪迴

解曰前通難了此別顯幽深難見言說不及下智難造以遮展轉無窮疑難先標覺心為宗後方拂迹者明非斷滅但離所拂非無覺心拂有三節初拂轉依之名轉煩

惱生死故曰菩提涅槃體雖即眞名因妄得後兩節皆雙拂對待圓覺性中都無此事若有少見則迷圓覺故華嚴云於法若有見此則未為見若無有見者如是乃見佛二能造滯情文四一舉勝彰劣二舉喻顯情三誡息妄心四重彰妄義今初

善男子但諸聲聞所圓境界身心語言皆悉斷滅終不能至彼之親證所現涅槃何況能以有思惟心測度如來圓覺境界

解曰文中兩對初小聖理智對後何況下凡心眞覺對意云小聖眞智(生空)尚不能親到小聖之理(生空眞如)況凡心劣於前智眞覺又超理轉轉懸隔何能造耶如百寮尚畏宰相百姓豈親天子此正同金剛經四果之人尚無心言我證得四果豈如來有定法得阿耨菩提耶然四向四果斷證行相者謂斷三界見惑有十六心至第十五道類忍時名初果向至第十六心即入修道名須陀洹果以見惑頓斷不同修惑分三界別故欲界修惑分為九品斷至五品是一來向斷六品盡得一來果以九品惑能潤七生為上上品潤兩生次三品各潤一生次二品共潤一生後三品共潤一生六品惑盡已損六生故唯餘一度來生欲界斷惑七八品名第三果向九品全斷盡即得不還果次斷上二界修惑乃至有頂八品惑盡名阿羅漢向三界見修都盡得阿羅漢果成就我生已盡等四即是所圓境界矣言身心語言斷滅者沈空滯寂灰身滅智也彼之親證等者若未入滅即有餘

涅槃若身智滅已即無餘涅槃思惟心者種種計度意云無心近理尚不能造有心轉背豈能測度故法華說大地皆如舍利弗共度不能知新發意及不退等菩薩皆言不測二舉喻顯情

如取螢火燒須彌山終不能著以輪迴心生輪迴見入於如來大寂滅海終不能至

解曰於中初舉喻後顯情即知前舉勝此舉喻並是顯分別心不能證覺客識前三種翻覆疑難前云有思惟心即是此云以輪迴心前云圓覺境界即是此云大寂滅海三誡息妄心

是故我說一切菩薩及末世衆生先斷無始輪迴根本

解曰是故我說者即前未出輪迴而辨圓覺無有是處若遠指即答文殊問先斷無明或指餘經皆如是說四重彰妄義文二一無實體

善男子有作思惟從有心起皆是六塵妄想緣氣非實心體已如空華用此思惟辨於佛境猶如空華復結空果展轉妄想無有是處

解曰從有心起者舉能起之根識（有心者識也起者心所也）六塵緣氣者舉能牽之境已如前釋非實心體者實心無念故已如空華者縱實有思惟有思惟心尚不能證覺何況此心早已如於空華自無其體向上更欲求證何異空華結果故言展轉虛妄此中始末都無故云無體後段秖言浮巧不能成覺不直言無故云無用勿見經有用此思惟之文便謂已屬後段即此思惟之用全

無其體即名無實體也細意詳之二無勝
用
善男子虛妄浮心多諸巧見不能成就圓覺
方便
解曰從第一叚疑之本兼此第三段大意
總是責問者滯情分別過患所以其中此
節最親因前三番之疑便都指是浮心巧
見總不能證覺四結問不當理
如是分別非爲正問
解曰乍看連次之經即似唯結巧見之文
細詳其義乃都結第三一段問前讚善哉
此責非正何也答前讚者美其起教此責
者顯其實理此一段疑最障修證若不徵
起末世長迷徵有斯益故前讚也剛藏所
徵意在佛責故知責此之過始彰徵起有
功乍看似前後乖違細詳乃始終符合可
審翫味妙在斯焉偈頌四初七句頌反叚
疑本
爾時世尊欲重宣此義而說偈言
金剛藏當知　如來寂滅性　未曾有終始
若以輪迴心　思惟即旋復　但至輪迴際
不能入佛海
長行先舉妄想偈文先標實理次六句頌
喻釋現起之疑
譬如銷金鑛　金非銷故有　雖復本來金
終以銷成就　一成眞金體　不復重爲鑛
畧不頌空華影在後段故三五句頌淺難
造深於中二初三句頌所造離念
生死與涅槃　凡夫及諸佛　同爲空華相
良由長行華無起滅喻中結文與此段同

故此亦取空華之喻意該前後也後二句
頌能造滯情
思惟猶幻化　何況詰虛妄
四二句依解起行
若能了此心　然後求圓覺
長偈第四互有互無第三深究輪迴之根
者謂窮其展轉根元推其差別種性故於
中文四初三令初
於是彌勒菩薩在大衆中即從座起頂禮佛
足右繞三帀長跪叉手而白佛言
解如前矣次正陳詞句文二初慶前
大悲世尊廣爲菩薩開秘密藏令諸大衆深
悟輪迴分別邪正能施末世一切衆生無畏
道眼於大涅槃生決定信無復重隨輪轉境
界起循環見

解曰深悟輪迴者因舟行岸移等喻悟得
眞隨妄轉無畏者決定也道眼者五眼之
中即慧眼法眼具眞俗故決定信者永不
信餘首楞云妙信常住一切妄想滅盡無
餘無復重隨等者不執月運岸移等二請
後文二初舉法問二結益請初中二一問
斷輪迴
世尊若諸菩薩及末世衆生欲遊如來大寂
滅海云何當斷輪迴根本於諸輪迴有幾種
性
解曰寂滅海者大涅槃也具足三德能建
大義體深用廣故如海也次二句問目就
下釋之二問修悲智
修佛菩提幾等差別迴入塵勞當設幾種教
化方便度諸衆生

解曰初二句智法門無邊誓願學故後二句悲衆生無邊誓願度故此惑病既多方藥非一若無方便少湯添氷恐落愛見大悲故須問也二結益請

唯願不捨救世大悲令諸修行一切菩薩及末世衆生慧目肅清照曜心鏡圓悟如來無上知見作是語已五體投地如是三請終而復始

解曰慧目等者欲照心源必由淨慧慧目是能照心鏡是所照心淨如鏡故六祖偈云心如淨明鏡肅清者緣塵不雜無上知見者無能無所自在圓明故即同法華雙開菩提涅槃是無上義今即雙悟故同無上展虔同前讃許

爾時世尊告彌勒菩薩言善哉善哉善男子汝等乃能爲諸菩薩及末世衆生請問如來深奥秘密微妙之義令諸菩薩潔清慧目及令一切末世衆生永斷輪迴心悟實相具無生忍汝今諦聽當爲汝說時彌勒菩薩奉教歡喜及諸大衆默然而聽

解云深奥秘密微妙者本清淨之輪迴無差別之種類等故無生忍者眞性無生本來清淨衆生未悟妄心見生生即必滅故是輪迴今悟實相了心眞妄無生心既不生輪迴永絶如是忍可名無生忍法既無生即無有滅故華嚴云不見有少法生滅何以故若無生即無滅故又云一切法無生一切法無滅若能如是解諸佛常現前故信力入印經中亦有無滅忍然不生不滅佛法之體八不之初釋有多門略伸一

二初約境後約行境中略有五義一就徧計由是妄執無法可生滅也又理無故不生情有故不滅不滅即不生是一法矣二就依他謂緣會生即無生緣離滅而不滅又緣起無性故不生無性緣起故不滅中論云以有空義故一切法得成是故不生即不滅不滅即不生爲一物也三約圓成性謂非是有爲故無彼生滅相也又非妄心境故不生聖智所證故不滅不滅即不生爲一物也四通論三性混融於一法上唯就徧計一向生滅就圓成唯不生滅就依他亦生滅亦不生滅就三無性故非生滅非不生滅五然此四句合爲一聚圓融無礙頓思可見後約行者謂妄念斯寂猶若虛空何生何滅又雖起大用見心無生用謝歸寂了心無滅又常稱眞理寂然居境於此心中有何生滅佇聽同上次下正說長行中二一答輪迴中二問二答悲智中二問前中二一推本(貪愛)末(五道)令斷(答第一問)二明種性令知(答第二問)一中又二一示所斷二勸令斷初所斷中二門分別初總釋義後別釋文初中示所斷輪迴本末者文云從無始際愛爲根本欲因愛生命因欲有(貪婬之欲)欲塵助故(五塵之欲)生死相續乃至起諸違順造善惡等業受苦樂等報結云皆輪迴故不成聖道即十二緣生之義也緣生義博略顯八門一總別名體二生起行相三業用差別四能所引生五攝歸一心六二世三世七因果離合八權實具彰初中總名緣起亦名緣生無有主宰作者受者

從因而生託衆緣起本無而有有已散滅能潤所潤墮相續法故名緣生唯依他性蘊處界一分爲體（法相宗也）亦唯妄想（無相宗也）亦唯眞心（法性宗也）十二別者一無明明者擇法所無即明能無即癡也是行蘊中迷理起者二行者造作即身語意起善惡等三識者了別唯阿賴耶親因緣種四名體爲名變礙爲色即是一切有漏五蘊五者六處處是生長門義唯内六處六觸者觸謂第八識相應全及六識中異熟觸七受者領納體同於觸八愛者躭染即是當體九取者追欲即是四取十有者有果謂行種果種已潤十一生者蘊起即異熟五蘊十二老者變異死者滅無亦是前蘊上所出體皆法相宗若約實教依眞而起皆無別體

（一二八九通於種現後二唯現餘唯種子）二生起行相者不了第一義諦執著於我故不正思惟起於妄行行熏於心是識與識（現行）共生（揀現行非種故名色）（與識互依如水與塵）四取蘊（識蘊已屬所依識故）爲名色名色增長爲六處（名增成意處色增成餘五故開顯明盛也）根識既顯則對境爲三和是觸觸必領受於受染著是愛愛增即取取即起於業種（有也）業熟即起漏蘊（生也）蘊熟（老也）則壞（死也老非定有故附死立支也）然惑苦中有開合問答至下當辨三業用差別者此十二支各有二業且各一者一令衆生迷於所緣二則能生未來果報識令諸有相續名色互相助成六處各取自境觸能觸對所緣受能領受愛增等事愛能染着可愛之事取令諸惑相續有能令於餘趣中生生者能起諸蘊老令根變死

壞諸蘊餘各一者無明與行作生起因如次乃至生與老死作生起因死者不覺知故相續不絕四能所引生者一能引支謂無明行能引識等五果種故二所引支謂識等五是前二支所引發故三能生支謂愛取有近生當來生老死故四所生支謂生老死是前三支近所生故五攝歸一心者華嚴六地說也此復二門一推末歸本門經云三界所有唯是一心諸論同引此文證成唯識然隨宗解異總有八重前唯心章已具列釋二本末依持門經云如來於此分別演說十二有支皆依一心如是而立一心頓具非佛不知故特言如來也何以故十二行列前後引生何唯一心下釋意者非唯三世不離真心今乃一念頓具十二彌顯前後不離一心此中亦攝俱舍剎那十二也隨事貪欲貪事非一隨舉一事一念即具

與心共生心是識本是真心以與貪相應分別其事便名識也此中十二或次不次者同一念故事是行貪事即意業之行也於行迷惑是無明不知貪過能招於苦與無明緣也及心因也共生相應四蘊是名名色名色增長譯經誤也應云開顯為六處六處三分合為觸觸共生是受同時必領納故受無厭足是愛沒體相合愛攝不捨是取可知有愛取潤前六支有所起是生生熟為老老壞為死有為剎那生即異滅故故經云初生即有滅不為愚者說彼論總判上二門云餘處求解脫謂觀凡夫愚癡顛倒當於阿賴耶此云藏識如前說及阿陀那此云執持識中持種及色根故上二皆心之別名也求解脫乃於餘處我我所中求解脫故經明唯是一心論主意明心含染淨故雙舉二名釋一心義也則心外無我法當於一心中求求義云何若有我執即一心成賴耶若我執亡即捨此名唯阿陀那持無漏種此則妄心斯滅真心顯也六二

世三世者約教不同故小乘生引俱開前二過去中八現在後二未來唯識即合能所引開能所生前十現在後二未來十因二果定不同世中三前七或異或同前七後二中三各定同世意以一重因果足顯輪廻故斥小乘兩重施設華嚴即開能所引合能所生亦明三世經云無明緣行者是觀過去（觀此二因能招現在識等）識乃至受是觀現在（觀此識等由過去業得復能得來果）愛取有是觀未來（觀此三因決得來果上明一往三世也以無明行爲過去者爲遮前七定同世故復示無明迷本際故以愛取有爲未來者爲遮愛取但是潤故示因招果令厭因故以因屬果故則能所引生及所發潤皆容互有故彼經前文說無明處亦有愛義說中際處亦有無明今此不言生老死者但觀因以知果未有果爲所觀故或得對治即無果故亦以諸宗共許爲果故畧不明經論具有明文若斯勿局二世有云譯經謬者務在順其所宗也）於是已後展轉相續（此明流轉三世也不得對治復有後世後後無窮）七因果離合者此十二支且約一往前前爲因後後爲果無明唯因老死唯果餘望前後亦因亦果若顯循環老死亦因無明亦果餘望前後亦因亦果又無明愛取是本唯因生老死二是末唯果餘通本末亦因亦果又惑因苦果業通因果又惑業皆因唯苦爲果又前十皆因後二爲果（上皆法相）又眞心不覺爲因行等十一皆果（楞伽起信皆以淨心爲因根本無明爲緣生業識等）八權實具彰者問四生六道性類雖殊十二有支等無優劣如何上說或異或同答萬法皆空無非眞性迷眞倒執有十二支支分雖齊悟由根器根器既別設教寧同（涅槃四類人皆觀十二因依所證深淺者由教機俱有深淺故）欲使指南即唯佛性（涅槃文）欲解緣相須窮聖言各執一宗俱成

不了了知權實杖則皆金然約自修深淺咸益准涅槃四類之意准專俱舍義信解修習者即得二乘菩提依唯識者得菩薩菩提依華嚴者即得佛菩提也欲爲師匠必在圓通故淨名經云深入緣起六識八識淺緣起法性隨緣深緣起斷諸邪見上來七段義亦已周緣是諸宗恐疑取捨今但約一教自具淺深文是華嚴大經義是世親釋論貫前諸說仍加數門今但提綱任自叅驗既同論主幸共遵行

謂經說十重緣起已結云如是十種今却注列釋處經各於結文之下逆順所注者前七唯取順文觀諸緣起彼論門門作三觀觀之今且每門畧配其二也所謂有支相續故謂世間受生皆由著我等於第一義不了名無明等其義生起行相中畧說訖論判爲愚癡顛倒觀謂因緣無我而乃著我因緣從實諦起而乃逆諦故也一心所攝故文義俱如上說論判爲餘處求解脫自業差別故前業用門已說訖論判此下四門爲異道求解脫謂但一念不生方得解脫而乃別求故

云異也此顛倒總有四因故以四門正義翻破之此門破寘性謂無明等各二業生彼因緣等事斷前即後絕何關寘性不相捨離故無明乃至生爲緣令行乃至老死不斷故此破自在天爲衆生因今以無明等爲行等因尚不從餘支豈從自在也三道不斷故無明愛取不斷是煩惱道行有不斷是業道餘分不斷是苦道惑業苦三各分二者文含二意謂約三世二世初三世中煩惱二者過去迷本際故現在牽生報果故業二者過去已定當相受名未來未有功能立稱苦二者現定當相受名未來未起從過患立次二世中煩惱二者發潤別故業二者未潤已潤殊故苦二者種現異故言不斷者苦復生惑故如輪轉此破苦行因謂惑業是苦因欲脫苦須斷惑業今別修苦行苦何絕焉觀三世故二世三世門中已說此破無因既初二是次五因次三是後二因何得計無也三苦聚集故前五行苦觸受苦苦餘是壞苦論判此下四門爲求異解脫謂緣性是一真心具於樂常淨我四德是真解脫何得異求故四段經明其但有四妄而無四德此常有苦無樂謂行苦隨逐乃至無色彼計無色爲涅槃是以苦爲樂也因緣生滅故無明爲緣能生諸行無無明諸行亦無餘亦如是此破計非想等爲涅槃因今觀之但是此滅非是常德生滅繫縛故無明緣行是生繫縛

無明滅行滅是滅繫縛餘亦如是爲彼計非想天等爲解脫菩薩觀之是此繫縛不是淨德無所有盡故無明緣行者是無所有無明滅行滅者是盡滅餘亦如是此破計無所有處等爲涅槃以滅盡故無眞我德也此上十中初門觀我執緣相對前所注經文詳之即見餘九亦然次門前半觀第一義諦緣性也見緣性方脫緣縛故也餘半及後八門觀世諦緣相也觀之即眞故於中自有六觀謂上餘半染依止觀因緣有分爲染及染相依止一心故論云二諦差別以純眞不生單妄不成和合方有緣集故也三四兩門染因觀三他因四自因第五門攝過觀觀苦集故謂以三道攝十二支即顯有支但攝苦因苦果過患六護過觀觀三世防護三過一多身齊生二自業無受三失業護者一潤末潤等故二非他身作故三勢力續故也七不猒猒觀苦苦壞苦凡夫不猒行苦二乘不猒菩薩皆猒八九十門深觀四句求緣皆無生無生而生破邪顯理深故也八因緣生故不自他生九但順緣生無知者故不共生十緣生無性無性緣生故非無因也又初門迷眞起妄前半示染淨相次門眞妄依持上餘半幷

此亦染淨依故次五妄法義門三四建立染法謂三因四緣五染過六力無力七慢非慢後三妄緣空幻八九窮之無始第十無而種種上十門經各有逆順即二十重論主各以三觀觀之總成六十重觀緣起也三觀者初相諦差別觀上判前無我二諦是也次大悲隨順觀即前隨經注之是也後一切相智觀上最後料簡眞妄中注配之是也若從染淨無礙交徹則涉入重重若依染淨逆順雙融則眞門寂寂法性緣起甚深甚深即此因緣名因佛性三觀即因因性因因性至果成菩提性因性至果成涅槃性因果無礙是緣起性緣起大義深廣若斯欲辨輪迴理須究了上來總釋義竟次別釋文文中四一指愛爲本二欲助成因三展轉更依四起諸業報此同唯識攝十二支但爲惑業苦也前三皆是惑道第四即是業苦然開之別配

文亦相應至文當指亦可初一答根本餘三答種性其五性文答菩提問下當廣辯今且依前初中二初約貪欲以標指

善男子一切衆生從無始際由有種種恩愛貪欲故有輪迴

解曰愛是愛支云無始際當於宿惑含無明支或無明已在前章此唯說愛貪欲是愛增之相即當取支今約貪欲麤相標指能貪之愛是輪迴之本也首楞云流愛爲種納想爲胎交遘發生吸引同業以是因緣故有生死又涅槃云因愛生憂因憂生怖若離貪愛何憂何怖又佛名經云有愛則生愛盡即滅故知生死貪愛爲本先令斷者如樹除根等欲者五欲即色聲香味觸也由於五欲引起愛心能令衆生生死不絕問欲應是心何言色等答瑜伽云欲有二種一煩惱欲二事欲事即五塵今謂心起合塵塵即名欲故下云由於欲境起諸違順又無常經云常求諸欲境等言種種者或天屬之恩如父母等或感事之恩如得惠賞等或任運生愛即自身及名利色味六親等或因敬成愛因恩成愛或因愛結恩恩之與愛應成四句謂恩非愛等又所貪之境衆多故能貪之愛不一然貪與愛亦應四句謂貪非愛等若對治揀境則有順有乖若約妄揀心則皆爲過患又唯就愛復有其三一惡愛謂禽荒色荒及名利等二善愛謂貪求報行施戒等二法愛謂樂著名義及貪聖果而修行等故下云法愛不存心漸次可成就我身本不有

憎愛何由生後約受生以結定

若諸世界一切種性卵生胎生濕生化生皆因婬欲而正性命當知輪廻愛爲根本

解曰卵等四生則受生差別故瑜伽釋衆生云思業爲因㲉胎濕染爲緣五蘊初起爲生若以四生配六道者天及地獄化生鬼通胎化謂鬼子及地行羅刹是胎餘皆化生人畜各四人具四者毗舍佉母卵生三十二子胎即常人濕則捺女化則劫初畜具四者金翅及龍餘獸皆胎餘鳥皆卵然著地飛空若水若陸微細蠢動或卵胎或濕化不可具分品類問何以卵劣在初化勝居後答有二釋一約境具緣多者爲首謂卵必具四胎三濕二化不兼餘故居其後二約心從本起末爲次謂無明是卵即本識三細中最初業相能所未分混沌如卵既是根本故首明之無明發業蘊在藏識爲胎愛水潤之方能受生爲濕化生即從無而忽有爲化故此次之皆因婬欲正性命者初受胎時姤忌父母父母亦皆生愛方得受身即當識等支也如俱舍說文中婬爲躭染愛著但是情染總得名婬縱使化生亦依業染地論但云業染即俱舍世間品意偈云倒心趣欲境濕化染香處也若但約欲界輕重者俱舍云六受欲交抱執手笑視婬四洲之人同四王界餘諸異類卵濕胎形心染氣傳難具分析受性禀命莫不由之既性命由婬婬復由愛故云愛爲根本二欲助成因

由有諸欲助發愛性是故能令生死相續

解曰諸欲是境愛性是心即愛之種子由

是故下結輪迴由外塵欲牽起愛心亦由愛心貪著於欲貪欲故造業造業故受報由此生死不斷故肇論云衆生所以久流轉者皆由著欲故也若欲止於心則無復生死潛神玄默與虛空合其德是名涅槃

三展轉更依

欲因愛生命因欲有衆生愛命還依欲本愛欲爲因愛命爲果

解曰此當兩重三世門中後流轉三世也彼經云於是已後展轉相續今此文者欲謂貪婬命謂身命無愛欲則不生無欲身則不有當知欲因愛有身因欲生既有此身還生於愛由愛身故還爲欲因復感未來生死果報如是展轉相續無窮四起諸業報業有二義一動作義即是行支二爲因義即是有支報是苦果是酬因義即生老死二支然此業報釋教之宗撥之云無正名邪見（五見中一）不歸佛者皆由惑之内外殊途須知去取今尋本末總啟二門先以理教窮其根元後約本文釋其體相初中二一辨非二顯是初者謂儒道二教（此方無西域宗教故不辨之也）說人畜等類皆是虛無大道生成養育謂道法自然生於元氣元氣生天地天地生人畜萬物故愚智貴賤貧富苦樂皆稟於天由於時命及其死也却歸天地復其虛無今略叙（本末）非之外計曰夫道者虛無非有非物是故杳然冥然視聽不得老云有生於無莊云虛無無爲萬物之本文云實出於虛列云無形而有形生焉此等皆謂恢形詭狀異性殊方覆天載地

行星翔鳥愚智窮通無非虛無之道也非之曰道既是生死之源賢愚之本吉凶之府禍亂之基夫源本基府既其是常則禍亂凶愚不可除也何用老莊之教耶又道育虎狼胎桀紂殀顏冉禍夷齊是長惡棄善之物何名尊乎外計天命者莊云天地萬物之父母合則成體散則成始又曰才之殊者受之於天列曰精神者所受於天骸骨者所禀於地語曰死生有命富貴在天等非之曰若爾則天之賦命奚爲貧多富少賤多貴少（愚賢醜美禍福凶吉善惡一一例之）苟多少之分在天天何不平乎夫無行貴守行賤有德貧無德富仁殀不仁壽義凶不義吉道喪不道興既由乎天天何興不道而喪道耶此乃顛倒冠履尊卑無序天之命也

亦猶無恒之人易所不占何有福善益謙之賞禍淫害盈之罰焉況故生萬物以相殘害（爪牙啄噬之類）豈非無道之極乎易曰天地之大德曰生若生爲大德則死爲大賊今既不問賢愚罪孝皆賊之以死何用生之乎又既禍亂反逆皆由天命則聖人設教責人不責天罪物不罪命是不當也然則詩刺亂政書讚王道禮稱安上樂號移風豈是奉上天之意順造化之心乎外計自然曰道法自然謂烏玄鶴白松堅棘尖麟鳳本仁虎豹性害非爲之所能也非之曰若無因而自然生無緣而自然化則一切無因緣處則應生化謂石應生草草應生人人應生畜等又應生無前後起無早晚神仙不藉丹藥太平不藉賢良仁義不藉

教習老莊周孔何用立教爲軌則乎外計元氣者莊曰人之生氣之聚則爲生散則爲死又曰恍惚之間而有氣氣變而有生又曰萬物一也通天下一氣聖人故貴一又曰天氣爲魂地氣爲魄易曰精氣爲物遊魂爲變非之曰若云氣成人等則欻生之神未曾習慮豈得嬰孩便能愛惡憍恣焉若云欻有便能隨念者則一切所爲悉能隨念不待因緣學習而成也若云初稟氣生其性本靜由感物而易者且嬰兒一月驚畏相生一二三歲貪瞋嬌相如次而生此乃未有師習豈因感物而易乎又鷹犬性能搏噬因其性調之令其擊殺若先無性唯緣現習而能成者何不調鳩羊使搏噬乎又若稟氣而欻有死後氣散而欻無則誰爲鬼神而靈知不斷乎今有鑑達前生追憶往事則知生前相續非稟氣而欻有（鮑靜李家曇諦弘覺羊祜指環）又驗鬼神靈知不斷則知死後相續非氣散而欻無（蔣濟之子託母求官嬖妾之父爲兒結草蘇韶卒後來與姪節問答孔子語子貢云死後將自知之木晚）故祭祀求禱人皆爲之況死而甦者說幽塗事（劉聰云云）或死後感動妻孥求索飲食或酬恩寃及邪病呪禁而愈等耶（答王云云）問若人死爲鬼則古來諸鬼塡塞巷路有其見者如何不爾答人死六道不必皆鬼鬼死復爲人等豈古來積鬼常存耶且天地之氣本無知也無知之氣在人身中安得欻起而有知乎若稟得無知之氣而能知者則草木等既同稟氣皆應知也由是而觀人畜萬物雖附氣而生（氣變爲陰陽陽爲風火陰爲水土四）

大合散以心爲主蓋是無始心神世世傳習續而爲主也旣生死成壞從心所傳則賢愚善惡貧於熏習故仁暴由堯桀而不由天善惡在舜均而不在氣約此道理方有教遵修求之路損益禍福之端賞善罰惡之科避凶就吉之驗矣二顯是者然六道異生皆是如來藏心合於生滅名賴耶識能取境界相續起念計我我所名爲意識造種種別業共業乘業受生禀氣成質其造業者皆因無明所發其受生者皆因貪愛所潤故遠公報應論云夫因緣之所感變化之所生豈不由其道哉無明爲惑網之淵貪愛爲衆累之府二理俱生冥爲神用吉凶悔悋唯此之動無明掩其照故情想凝滯於外物貪愛流其性故四大結而成形形結則彼我有封情滯則善惡有主有封於彼我則私其身而身不忘有主於善惡則戀其生而生不絶文中二一別釋二總結初中三初惡業苦報

由於欲境起諸違順境背愛心而生憎嫉造種種業是故復生地獄餓鬼

解曰起諸違順者謂可意境不可意境境背等者由愛彼境境不順心便生熱惱憎嫉憎嫉故起瞋瞋故殺害逼惱打罵凌辱種種惡業從此便與亦可境稱愛心而生躭著婬盜飲噉侵奪綺妄種種惡業文無者畧也言種種者十不善等生鬼獄者三惡報也無畜生者取其文潤成句以二例知亦可翻譯傳寫脫漏義必合有故華嚴云十不善業道上者地獄因中者畜生因

下者餓鬼因然三惡道五門分別一釋名二出體三種類四身相五壽量初中地獄者梵云捺落迦此云苦器謂是盛貯受苦人之器今云地獄者地下有獄拘繫罪人受種種苦為順此方刑獄之稱故譯云爾餓鬼者雜心云以從他求又常飢虛恐怯多畏故畜生者人之資具人所畜養之生故亦名傍生以傍行故然六趣眾生皆以第八異熟識而為自體無覆無記性所攝故（唯識云云）三種類者地獄三類一根本二近邊三孤獨根本即是八熱八寒八熱處所縱廣皆十千由旬初從此下過三萬二千由旬有等活地獄（多共聚集苦具殘害悶絶躃地空中聲言可還等活欻然復起）等活下四千有黑繩（繩拼剜鑿等）眾合（多人聚集兩鐵羝馬象虎師子等頭山間逼之流血復令和合鐵槽壓鐵山墮亦爾）

號叫（尋捨鐵室火起痛切號叫）大號叫（室宅如胎藏苦過前故大也）燒燃（鐵熬丳棒等燒炙也）極燒燃（三叉鐵丳下貫徹兩膞及頂又鍱裹）鑊煎苦亦過前）無間（略說有六一四方火剌二鐵炭煎簸三鐵山四鐵釘苦五鐵丸六洋銅）等七獄傍相當皆隔二千由旬八寒者亦廣十千（不言上下）初從此下（阿耨達池下）過三萬二千由旬一皰獄與等活齊（廣大寒爾身分）瘡皰下二千由旬有皰裂（如皰潰膿血流出也）嗷哳怗郝郝凡虎虎凡（三皆苦音）青蓮華（身分青瘀皮膚破裂）紅蓮華（紅赤分裂）大紅蓮華（身分極大色亦如上）近邊者八熱四門外各有四獄（計一百二十八所也）一煻煨（煨齊膝也）二尿糞（糞尿為泥求舍陷中）三鋒刃（有三一鋸刃路二劍樹林三鐵刺林）四烈河（沸灰水滿求舍墮中）孤獨者山間曠野樹下空中或一或多受罪之處處所雖小苦具具足復有十八地獄謂鑊湯等然上等獄獄卒無情但隨業自見其琰魔王令

治罰者即是有情畜生亦三謂水陸空本居大海後流餘處或四謂無足二足四足多足更相殘害他所驅役鞭撻等苦餓鬼亦三正法念云此下過五百由旬有琰魔王國後流餘處一由外障礙飲食到水被障或變膿血二由內障礙飲食咽如針如炬或癭三飲食無障礙飲噉燒燃及糞穢或自內縱得飲食亦不能噉又九種鬼謂炬口針咽臭口針毛臭毛大癭得棄得失勢力身相者無間中衆生與獄等量餘皆不定壽量者四天王壽是等活一日夜彼獄壽五百歲次五如次以忉利等例之餘二則極燒燃半中劫無間一中劫八寒相望於此如次近半若近邊孤獨則皆不定畜極一中劫鬼壽五百歲以月爲日

大方廣圓覺經大疏中卷之三

音釋

欻音𩗗忽也　捺乃八切難入聲手按也　拼音怦與抨同彈也　剜烏歡切音豌削也　鍱音葉銅成片也　皰音砲手足皰起也　鐵同鐵　瓶同甁　[口歊]嘶歊同喝嘶知戛切音嘶物之聲响也

大方廣圓覺經大疏中卷之四

唐終南山草堂寺沙門宗密述

二善業樂報

知欲可猒愛猒業道捨惡樂善復現天人

解曰知欲可猒者知愛欲心是惡道因於彼欲境深生猒離愛猒業道者怖彼惡道不造惡因於離惡法門(人天教也)深生愛樂捨惡樂善者此由愛欲故造惡今知欲可猒故捨十惡樂十善也現天人者華嚴云十善業道是人天受生因人天二道亦五門說初釋名中人者涅槃云以多思故雜心云意寂靜故天者地持云所受自然俱舍云光潔自在神用名天出體如上三種類者人有四洲(海中陸地)謂南閻浮提新云贍部俱舍云阿耨達池岸有樹名此因為洲名提則此云洲也東弗婆提此云勝身身勝餘洲也西瞿耶尼此云牛貨以牛貨易故北欝單越此云勝生以定壽千年衣食自然故天謂六欲及上二界今此經文意唯六欲欲者希須之心與五塵合謂婬欲等六受欲者地居相交空居四天則如次相抱執手笑視四身量者人則南洲四肘或三肘半餘東西北如次倍增面相相次如車形半月圓滿正方洲相亦爾天則四王半里餘五次增五壽量者北千西半東又減半此洲不定天者人間五十年下天一晝夜乘斯壽五百上五倍倍增積年為日倍增亦爾判云樂報麁相言之若論人間八苦(生老病死愛怨求盛)天上五衰(華萎汗出光滅衆猒猒座)地居所截殘害驅擯豈能免苦若於天鬼畜

中開出脩羅卽成六道三不動業報
又如諸愛可猒惡故棄愛樂捨還滋愛本便
現有爲增上善果
解曰初畧消文後具釋義初云知愛等者
知其愛惡愛善俱未免苦棄彼愛心樂修
捨法卽四禪八定而不知樂捨之心還同
彼愛故云還滋滋潤愛本增上善果者上二
界殊勝依正二報後釋義者初釋禪定後
釋受報初又四門一釋名二方便三出體
四辨相初中梵音禪那此云靜慮謂於一
所緣繫念寂靜而審慮故四無色定有靜
無慮欲界等持有慮無靜唯色界四得受
斯名四但依次不別立稱若分別者卽一
尋伺二喜三樂四捨定者心一境性四無
色界皆唯定也言無色者超過違害有色

法故前三從加行得名有頂昧劣當體受
稱方便者謂以六行猒下苦麁障欣上淨妙離伏下地
惑展轉得上地定出體者俱舍云是善性
攝心一境性以善等持爲自性故大乘云云辯
相者離欲惡不善法皆離障支有尋有伺此二是修行對治支也離生喜樂修行利益支也慶離欲惡故生喜身心輕安故
樂也住初禪於所緣審正觀察心一境性爲彼對治利益二支之所依止依
止定力尋等轉故下做此之也滅尋伺尋伺發三識亂二禪如淨水波内
淨以捨念正知爲體一心釋於內義唯緣法塵定生喜樂慶覺
觀心息故如鑑淨止水故身心適悅住二禪離喜分別想生如貧得寶
還失莫若憂喜雙絕也住捨於巳生喜不忍可故平等正直無動安住有
念於喜不行中不忘失正知失念喜行卽分別正知而於能捨也身受
樂正對二禪喜心淨動故設是心樂亦名身受初禪之樂如土石山頂有水三純
土山頂有池三如純土山在大池内住三禪斷樂如重病觀音聲先
除苦除二禪喜除三禪憂滅初禪也爲對前樂先言除苦也不

苦不樂捨念清淨不同三禪捨念亦樂受俱住四禪四
無色者超一切色想過眼識相滅有對想次四識和
合相滅也不念種種想不念意識和合想然唯約想色而言入無
邊處空住無邊處空處超空入無邊識處
住心緣內識作無邊行相故以爲名也超識入無所有處住
內外皆無也何故須超事念麤故心於所緣捨諸所有寂然而住也超此住
非想無下七地明了之想非非想有昧劣想處此中不出三界者由
緣無想境成是細想外道不了謂爲涅槃
若知此患更求上進求上進時上無所緣
境無所得故滅而不轉則得滅受想定若
未得此定猒想爲先後想不行則入無想
後受報者由於欲界修得此定各隨其地
而生彼天此上諸天亦五門說初釋名中
復有總別總云色無色者據色有無以得
名界者分齊欲界雖亦有色約麤重立名
以揀於色界其別釋名卽當種類謂色界
四禪總十七天初禪三天謂梵衆梵輔梵

王具云梵摩此云淸潔寂靜謂創離欲染
得根本定故故佛地論云離欲宗寂靜二禪三天智論
云通名光音彼天語時口出光故有云彼
無尋伺亦無言語用光當語故三者謂少
光無量光極淨光約光少多及勝如次立
名三禪三天謂少淨無量淨遍淨通云淨
者此天離喜身心皆淨別則類光而說四
禪八天謂無雲上皆無雲初故得名福生見卽生福廣果
異生福中無過此故無想外道亦居此天及五淨居無煩無熱善現善見
色究竟天前三凡住後五聖住無色四天謂空
處等雖義當最上然亦不離欲色也體性如前身相者梵
衆長半踰善那八里次三增半半次五增倍
倍唯無雲減三百二十五繕那次七還倍倍上四
旣無色蘊卽無分量壽量者色界無晝夜
壽劫等身量空處二萬劫餘三二二增上

來業等無量無邊若令有體相者盡虛空界不能容受然報有遲疾總有其三謂順現順生順後順現報者善惡始於此身即此身受生報者來生便受後報者或二生三生乃至無量生方受受報及時有定不定復有四句謂報定時不定等然上所説三千界內五趣三報定處定時者皆是權小教文隨宜約相若據實教大乘即隨心見異如梵王身子一境四心等若就佛而言皆法界相本非淨穢等二總結

皆輪迴故不成聖道

解曰愛爲根本故皆輪迴不了自心故非聖道前指無明此標貪愛發潤備矣故瓔珞本業經云佛子無明者不了一切法迷法界而起三界業果迷法界中一切色欲心故色欲心所起報故分爲欲界果報迷法界中一切色心故色心所起報分爲色界果報迷法界中一切定心故定心所起報分爲無色界果報是故於法界中有三界報然十惡業一向須除十善八定則但除其病故華嚴二地經說五品心修十善道（一有漏心修是人天乃至有頂因二以智慧修心狹劣故從他解故成聲聞乘三自悟因緣修大悲方便不具足故成獨覺乘四以大悲方便大願修成菩薩廣大行五悟一切種清淨修一切佛法皆得成就也）三地經說爲化衆生修禪定等第二勸斷文三初正勸

是故衆生欲脫生死免諸輪迴先斷貪欲及除愛渴

解曰既知生死皆由貪愛故欲脫生死先斷此二遠公報應論云夫事起必由其心報應必由於事是故自報以觀事而事可

變舉事以責其心而心可反渴者喻其至
切二通妨
善男子菩薩變化示現世間非愛爲本但以
慈悲令彼捨愛假諸貪欲而入生死
解曰因前令斷貪愛恐有難云若爾云何
菩薩亦有貪愛亦有受生故此通云菩薩
示現受生非愛爲本但以大悲益人爲利
欲行教化須現受生示同凡夫同事利物
故淨名云衆生病則菩薩病又云衆生病
從攀緣起菩薩從大悲起示現等者悲深
也非愛者智深也三顯益
若諸末世一切衆生能捨諸欲及除憎愛永
斷輪迴勤求如來圓覺境界於淸淨心便得
開悟
解曰先能除捨方可勤求如出鑛金始堪
爲器問從前但云貪愛何故此云及除憎
愛答由愛身愛境境違於情或身被惱故
生憎也是知憎亦由愛故雖兼憎意但說
愛二明種性令知者亦可前五道業報已
答輪迴種性今此五性差別是答修佛菩
提文中說修證故前問幾等此答五種文
相承故後文不言幾種非答此故有此三
義應答菩提然更細詳復有五義宜却依
前一者彌勒本疑修行者輪迴不疑五道
謂由前說始終動靜乃至思度佛境皆是
輪迴生死涅槃凡夫諸佛悉同起滅故問
輪迴有幾種性比聞餘教秖言五道輪迴
今何得三乘行人亦未能免故佛爲說由
本貪欲發揮無明顯出五性故屬輪轉若
以五道而答何關所疑二者非唯標以貪

欲無明而乃釋以二乘外道不應是此答佛菩提三者結云是名衆生五性不言菩提五等四者彌勒四問中輪迴自有其二初問斷本後問種性佛説愛爲根本生起五道業報令猒五道斷其貪愛至此便答種性次答化生方便最後依覺乃至證覺是答修佛菩提是則經有四門問答一義問答相可文理亦彰若將五性答菩提問則令最後剩一段經答文已終彼何所被然答菩提處不言幾等者如答幾種方便之問亦云唯以大悲方便皆將一道攝於差別悲智倒等此不應疑五者菩薩性及最後文修證雖同根本全别初由貪欲後依覺心若將俱答菩提二文何異經宗簡要豈合繁重然至聖微言實難究了或含兩勢未敢指南今就理長且依前判問五性既屬輪迴可斷不可答可除其病（病謂依本貪等）不可斷法（法謂菩薩性中修證之行）故今科云明種性令知不言斷舉要言之此宗始自信心終於證極一一依淨圓覺性若更有一法别有自性可依彼圓覺性卽同流轉故下諸觀門一一首標悟淨圓覺以淨覺心方説修觀行等又前云如來寂滅性未曾有終始（權宗菩提有始煩惱有終）若以輪迴心（始終之身卽是）思惟則旋復等由此五性差别之心乃是輪迴差别種性故偈云不因差别性皆得成佛道次銷文者分二一總標因依

善男子一切衆生由本貪欲發揮無明顯出五性差别不等依二種障而現深淺

解曰由本貪欲等者然五性學人皆發出

離之心皆修戒定慧行但緣不了本覺自見定是衆生遂欲斷障求眞猒凡貪聖貪聖之念還是本貪所貪三乘旣殊能貪隨教亦異積習旣深遂成別性故楞伽云隨說彼而成皆名教熏起復有三皆不定復有錯入邪途由是激發無明遂成五性差別發揮者發揚分布令顯彰也然根本無明但迷眞而已本無差別由貪欲不同故熏發之令成五別旣不了本覺則唯將二障爲本故依伏斷此二現深淺也若遇邪師教者則於我法轉增堅執故二障轉深若遇二乘則且除我執對前爲淺若遇菩薩及佛相望深淺可知二別釋差等文二一所依二障

云何二障一者理障礙正知見二者事障續諸生死

解曰二門分別初總釋二障後別釋理障初中此二障者有體有義義同唯識煩惱所知謂事是煩惱煩惱卽障又能續生死故理是所知所知非障是障障於所知理故體卽起信根本無明及六染心染心各一分義六中各二義一不覺義二相生義今取相生也卽此事障染汙淨心展轉相生乃至執取計名能起諸業皆是連續生死義故各餘一分不覺義也及根本無明皆此理障覆翳法界眞心不覺妄念生起不違諸法性相是礙正知見義若唯依法相宗說則二障數同但是用別故彼論云是心從本已來自性清淨云云以不達一法界故心不相應未有能所王數之別忽然念起更無染法能爲此本故云忽然名爲無明云云爲無明所染有其染心染心義者名煩惱礙能障眞如根本智故卽寂

之照如理智也故下說眞如自體本有眞實識知大智慧等即經中知字染心喧動違此寂靜故云障也無明義者名爲智礙能障世間自然業智故如量智也言自然者如月無心頓應千水經中見字又知見俱遍前是知見之性此是知見之相無明昏皆無所分別遍此智用名爲智礙經雖但云理障而實通於理事論局於事智礙理障皆從所障得名也問准論配經障眞如智全合取爲理障障世間智合爲事障如何上配與此參差答上已明言此障有體體在此論須如上配義同唯識與此似違此論藏疏亦云今此二障約本末相依門以明不約人法二執故與唯識義意稍殊然通釋理事二障就障理智令不明顯俱名無明就障心行令不解脫俱名煩惱經以宗於理智故總取論中二障合爲理障眞如世間是理二智是正知見皆所障也無明及染中一分爲能障即前上對唯取染中生起一分爲事障此但約過患以爲障義無所障法若欲立之

即解脫是生死相續不解脫故所障是解脫能障是煩惱即前下對以解脫無體攝歸眞理故含其義不立其名論則但約相違爲障故六染却障眞如智無明却障世間智由此涉於相反故論自徵云此義云何徵能所障不相應之意也釋云以依染心能見能現妄取境界違平等性染心展轉生起差別眞如平等故相違也成前上句以一切法常靜無有起相無明不覺妄與法違故不能得隨順世間種種智故無明冥然世智種種故相違也成前下句上來對會經論雖各從一勢理無違故所配釋體義誠非謬矣總釋二障竟次別釋理障者此中所障之法須識其體初云理障但是標名礙知見者正出體相此宗以知見爲理故經與論每拂病窮法皆歸覺心不以空寂虛無便爲眞極眞如是流出涅

槃如昨夢圓頓宗教顯體皆然故華嚴亦以眞知爲所迷法文云無一衆生而不具有如來智慧但以妄想執著而不證得智本有而未證即知不以斷證方爲智也若離妄想一切智無師智不因學得自然智不因修得無礙智徧聖徧凡即得現前二

能依五性文三一徵

云何五性

解曰然此五性皆是新薰不同法相宗中本有之說此宗推其本有之性皆是圓覺故也性相兩宗五性之義巳如懸談中述今此又與彼所引楞伽等文大同小異如文詳之二釋中一總明未薰

善男子若此二障未得斷滅名未成佛

解曰然五性者本以發心修證約斷二障故成五種此都不斷故非五數亦未發心遇教故言未薰若據楞伽之文似當第五無性今不取者據涅槃說無性闡提斷大善根我不能救今此但未成佛必不大惡第五自有外道種性故此非數二薰成五性文中四二乘合爲一處說故一二乘性

若諸衆生永捨貪欲先除事障未斷理障但能悟入聲聞緣覺未能顯住菩薩境界

解曰合辯聲聞緣覺二種性也先除等者知生死苦止息攀緣故云除事尅體而言唯除初染餘但不加取著其實未能覺了故變易生死猶在意責不先悟理但先除事故有先除未斷之言然障有事有理執則有人有法煩惱則有現行習氣生死則有分段變易此四對中二乘唯斷於前未斷於後故云但能等雖至長者之家猶在

門外止宿草庵未敢當堂故言未能顯住

菩薩境界二菩薩性

善男子若諸末世一切衆生欲汎如來大圓覺海先當發願勤斷二障二障已伏卽能悟入菩薩境界若事理障已永斷滅卽入如來微妙圓覺滿足菩提及大涅槃

解曰先約地前以辯其相故言已伏言先當者似令修證不似分別五性譯人訛也應云唯先發願又應改悟爲順後若事理障下約入地乃至果位以辯其相故言永斷及菩提等言卽入等者此中但除其病不除修證行故三不定性

善男子一切衆生皆證圓覺逢善知識依彼所作因地法行爾時修習便有頓漸若遇如來無上菩提正修行路根無大小皆成佛果

解曰言皆證圓覺者自悟本來圓覺證知一切皆然非諸衆生皆已修證經文倒者譯人訛舛應云若善男子證諸衆生皆有圓覺卽顯然矣修習頓漸者證信雖圓忻趣有異遇教不同故有頓漸若遇等者自能圓信復遇圓宗故不揀大乘小乘之根皆成佛果反明雖是圓信若志趣狹劣不遇圓頓殊勝良緣則薰其根性成二乘等由此義故名不定性經文闕者或略或脱若不爾者何以標云修習便有頓漸而乃唯釋頓耶四外道性

若諸衆生雖求善友遇邪見者未得正悟是則名爲外道種性邪師過謬非衆生咎

解曰就中曲分爲二初正明邪種然内心雖勝宿遇邪宗旣薰其心積習成種故於

聖道難起信心後明師過意顯此性定是新薰非自本有故云非衆生咎前諸種性亦例此知但文略也則知衆生本同覺性但遇教成差便有大小有邪有正故知發心之者切須善辯宗途然餘經論目第五性云無性者但明本來不覺染心相續未有邪正師教所薰無三乘種故聞亦不信由此濫於本有今云外道性者決了新薰之義彰矣三結

是名衆生五性差別

解曰若答菩提幾等之文應云是名菩提五性等差別今云衆生五性即知義屬輪迴二答修悲智既識輪迴之病用心免落異宗則須依解修行速求證入然菩薩修行不出悲智二行故須明之前問中先智後悲今答則先悲後智意表即智之悲即悲之智無先無後故互明之文中二初答度衆生方便以成大悲

善男子菩薩唯以大悲方便入諸世間開發未悟乃至示現種種形相逆順境界與其同事化令成佛皆依無始清淨願力

解曰前問云當設幾種教化方便令答意云但以大悲方便示現種種形相順逆隨時無定種數言唯以者雖遇種種之機唯用此二各隨其類而應化也但有大悲必能普化但有方便必稱根宜無其過累開發未悟者令知妄法本空眞法本淨示現種種等者此下明四攝法也四攝者布施愛語利行同事經文但有同事意該餘三言種種形相者即如觀音隨三十二類而

應其身逆順境界者論云或爲眷屬親友或爲怨家能令衆生增長善根若見若聞得利益故又婆須蜜女無厭足王亦斯類也令成佛者不取餘乘故法華云我本立誓願欲令一切衆如我等無異皆依無始清淨願力者菩薩因地之時必發度衆生之願乘此願力所生之處更不退轉心若疲倦卽憶昔願力以自策勵常須怨親普度勿隨憎愛之情故云皆依願力又非希望報恩亦非愛見之悲故言清淨云無始者同體大悲稱性大願性本具足非別新得但由迷悟有發不發發卽無始二答修佛菩提以成大智

若諸末世一切衆生於大圓覺起增上心當發菩薩清淨大願應作是言願我今者住佛圓覺求善知識莫值外道及與二乘依願修行漸斷諸障障盡願滿便登解脫清淨法殿證大圓覺妙莊嚴域

解曰於大圓覺等者正明大智上求菩提對前大悲下化衆生也決定趣向名爲增上發大願者彌綸諸行速至佛果若無願力則多退轉住佛等者決定不趣餘乘不同前隨五性故言莫值等依願修行者依願策勵如前悲中所說願是總相通悲通智故二段中皆說願力具悲智願卽菩提心漸斷諸障者理雖頓悟其空事乃漸除方盡障盡則行住坐卧一切時中觸向無非解脫故以清淨法殿喻之願滿則觸目對境一切諸法無非圓覺故以妙莊嚴域喻之域謂疆域偈讚中二初諷斷輪迴於

中又二初五句示所斷

爾時世尊欲重宣此義而說偈言

彌勒汝當知　一切諸衆生　不得大解脫
皆由貪欲故　墮落於生死

解曰長離而廣此合而略後兩偈勸令斷
及明種性

若能斷憎愛　及與貪瞋癡　不因差別性
皆得成佛道　二障永銷滅　求師得正悟
隨順菩薩願　依止大涅槃

亦長離此合後七句諷修悲智

十方諸菩薩　皆以大悲願　示現入生死
現在修行者　及末世衆生　勤斷諸愛見
便歸大圓覺

上來深究輪迴因竟此下第四略分修證
之位也既顯覺智之源復究輪迴之本已
知圓覺染淨無殊但未辯隨順圓覺之心
從凡至聖如何差別故次明之言略分者
三贒統爲一位十地等覺合之一門修則
修圓覺證則證圓覺圓覺無差約修證以
明位地文四初三之初

於是清淨慧菩薩在大衆中卽從座起頂禮
佛足右繞三帀長跪叉手而白佛言

解之如上次正陳詞句中文二初慶前

大悲世尊爲我等輩廣說如是不思議事本
所不見本所不聞我等今者蒙佛善誘身心
泰然得大饒益

解曰不思議事者有三徵釋謂何名不思
議心言罔及故何法不思議謂前輪迴根
本種性差別卽經中事字何故不思議謂
一味淨覺之中說差別雜染無乖違故謂

若一向說淨一向說染則可思議今於淨中說染種種差殊染中之淨纖毫不雜故不思議故勝鬘說不染而染染而不染皆難可了知本不見聞者立相之教染淨迨然破相之宗染淨俱絕今顯出覺性染淨融通故此之前未曾聞見（問答云云）得大益者蕩除細惑二請後中文二一正問

願爲一切諸來法衆重宣法王圓滿覺性一切衆生及諸菩薩如來世尊所證所得云何差別

解曰於中前是舉所證覺性後一切下問能證位地覺心一味因果階差二義旣乖故須起問二結益

令末世衆生聞此聖教隨順開悟漸次能入

解之可知後三展虔誠

作是語已五體投地如是三請終而復始

二讚許

爾時世尊告清淨慧菩薩言善哉善哉善男子汝等乃能爲諸菩薩及末世衆生請問如來漸次差別汝今諦聽當爲汝說

三佇聽

時清淨慧菩薩奉教歡喜及諸大衆默然而聽

如上正說中長行二一明圓覺無證二明對機說證初中二一法二喻法中二初正明無證後徵釋所以今初

善男子圓覺自性非性性有循諸性起無取無證於實相中實無菩薩及諸衆生

解曰非性者指圓覺自性非前五性及輪迴性性有者前差別性皆有圓覺循者隨

也圓覺不守自性隨緣成諸差別之性諸性起時全覺性起故法身經云法身流轉五道名曰衆生無取證者非當情之境無菩薩衆生者卽下自徵釋所以云二徵釋所以

何以故菩薩衆生皆是幻化幻化滅故無取證者

解曰約有幻垢名曰衆生對離幻垢名爲菩薩二俱假名了不可得然前輪迴及此修證皆云無者其無不同前似繩蛇此如鏡像二喻

譬如眼根不自見眼性自平等無平等者

解曰夫眼能見一切唯不能自見眼根又如眼光照矚物時境則萬差見則是一故云平等但約於境無分別等級之心說平等義亦無能作方便平等之者二對機說證文二一總標大意二證位階差前中二今初功用有殊

衆生迷倒未能除滅一切幻化於滅未滅妄功用中便顯差別

解曰衆生若無迷惑顛倒則無差別之義故先標迷約之以明證覺差別迷倒之體卽根本無明及三細六麤論中亦約翻此以顯始覺階位未能除滅幻化者執之爲實於滅未滅者卽論四位中前三覺前不覺後也妄功用者七地已還皆是夢中修道故華嚴有夢渡大河之喻圓明證悟始知煩惱本無則見能斷智慧功用亦是虛妄如夢中以藥治病得差寤後則藥病俱無故言妄功用也志公云大道不由行得等便顯差別

者正是總標位地二功極不異

若得如來寂滅隨順實無寂滅及寂滅者

解曰寂滅隨順者隨順寂滅也揀異灰滅故言如來隨順者當體相應非謂將心順他寂滅實無等者泯能所也一念不生前後際斷即不見有寂滅之法亦無能寂滅者滅之令寂二證位階差者然修證位地五教不同一小乘果別非所明二大乘始教定有位地自爲三說一依唯識五位一資糧位從初發心乃至未起順決擇識爲趣正覺爲度有情修習福智順解脫分二加行位爲入見道復修煖依明德定發下尋伺創觀無所取法頂依明增定發上尋伺重觀無所取法也忍依印順定發下如實智印無所取順無能取故世第一依無間定發上如實智無二取伏除二取順決擇分三通達位亦名見道謂入初地無分別智實證眞如四修習位始從初地住心乃至金剛無間爲斷餘障證二轉依復數修習無分別智五究竟位金剛心後解脫道中初得一果利樂有情窮未來際二者攝論說有四地一勝解行地餘三即見修無學三瑜伽等說有七地一種性二勝解行三賢三淨勝意樂初地四行正行二至七地五決定八六決定行九七到究竟十地如來雜立爲地三終教假說地位故仁王先觀一切空但法集故有因果方說位地故佛非數瓔珞云乃至三賢十地之名亦無名相但以應化故有十地之名亦有其三一仁王五忍謂伏忍信忍順忍無生忍各上中下寂滅忍上下二瓔珞六種性一習二性三道四聖皆云種性五等覺性六妙覺性三天台六即謂理即及名字觀行相似分眞究竟等即四頓教無位之位即此

經及起信論翻妄四位（言無位者論結四位云而實無有始覺之異本來平等同一覺故經即就實言無證得約妄說別也）如下所明五圓教融通位地即華嚴經畧有七位第二會說十信第三會說十住四說十行五說十向六說十地第七會初六品說等覺次三品說妙覺（然復有差別平等兩重因果上皆差別也後兩品說平等因果）廣有五十二位謂前五各十等妙各一（諸教說十信等覺或開或合華嚴俱開故五十二也）然因該果海果徹因源行布圓融二無礙故今釋本文文分為二一明依位漸證（即上假說）二明忘心頓證（即上無位）初中四一信位二賢位三證位四果位此四即論中四位也論文逆次約息除生住異滅四相麤細寄顯返流四位亦明始覺分齊（約眞心隨薰麤細非約剎那也）然心性離念本無生滅良由無明迷自眞體鼓動起

念能令心體生住異滅從細至麤微著不同先後際異先際最微名為生相中間二三名住異相後際最麤名為滅相初最微者謂由無明不覺心動轉彼淨心名為生相二者謂此無明與前生相和合轉彼淨心能見能現分別相續行相猶細法執堅住名為住相三者謂此無明與住相合轉彼淨心乃至此位行相稍麤執取計名發動身口令其造業名為異相四者謂此無明與異相合轉彼淨心至此後際不了業報廣對諸緣造集諸業滅前異心令墮諸趣行相最麤極至於此周盡之終名為滅相是故三界四相唯一夢心皆因根本無明之力然雖微著階差始終竟無前後總此四相以為一念唯一心故然未窮源者

隨行淺深覺有前後違心源者一心俱時而知謂既因不覺之力起生相等種種夢念今因本覺不思議薰力起猒求心又因眞如所流聞薰教法薰於本覺益性解力損無明能漸向心源始自滅相終息生相朗然大悟覺了心源本無所動今無始靜平等平等無別始覺之異大意如此今以論文對經釋相昭然義現但論約覺染麤細經約悟淨勝劣今用論者分齊一也又因互顯兩義俱通初信位者論寄息於滅相論云如凡夫人（十信）覺知前念起惡（信位能知惡業定招苦報）故能止後念令其不起（止滅相也）雖復名覺（覺業故）卽是不覺（不覺惑故謂不知滅相如夢也）經文分三一標具足凡夫

善男子一切衆生從無始來由妄想我及愛我者曾不自知念念生滅故起憎愛耽著五欲

解曰此初一段未入信位所以有此文者不約凡迷卽無位地故先標此翻之彰信卽論文翻顯四相成四位之謂也由妄想我者我體元無妄想謂有四生九類無不皆然及愛我者執爲我故便生愛著不知念念生滅者我相本無唯心故有心既念念無常我亦念念生滅故淨名云是身如電念念不住故論云一切衆生不名爲覺以從本來念念相續故說無始無明又上句我體卽所執也下句我見卽能執也我見是別境中慧故無著金剛論以爲法執亦可妄想我卽我癡我見及愛我者卽我愛我慢具明我義下自有文二明闇法覺

悟

若遇善友教令開悟淨圓覺性發明起滅即知此生性自勞慮

解曰善友教者即聞薰也淨圓覺性者即內薰也因緣既備（因緣熏義論中廣明）心性朗然起滅妄念如覺夢時故云發明也昔與妄合故不自見今冥眞覺起滅皆知翻前曾不自知念念生滅故禪家說日光隙塵之喻此生性自勞慮者外無實境何憎愛也即此生起念慮當體自爲勞役三明息妄隨眞

若復有人勞慮永斷得法界淨即彼淨解爲自障礙故於圓覺而不自在此名凡夫隨順覺性

解曰勞慮永斷者絕求作心但不隨之非謂都盡若盡何異二乘得法界淨者若理法界則法界體中絕諸勞慮塵境不生名之爲淨若事法界則分別念慮之心差別塵境之法當體不生名之爲淨何者法界淨穢皆由自心心穢則穢心淨則淨於淨起解名淨解繫心在淨故成障礙非外所擾故言自礙故於下結成信中證覺之相作意於覺故不自在此名下結成信位前即知等即論中覺知前念也勞慮永斷等即能止後念等也即彼淨解等即是不覺也唯此信位經論稍殊論唯約位但云覺業經含頓悟故說覺惑二賢位

善男子一切菩薩見解爲礙雖斷解礙由住見覺覺礙爲礙而不自在此名菩薩未入地者隨順覺性

解曰論寄息於異相文云如初發意菩薩等覺於念異（異念者計我我所貪瞋見愛等）念無異相以捨麤分別（貪等）執著相故（著違順境）名相似覺（猶夢住相）今云見解爲礙者見前淨解是礙也卽是覺於念異雖者預顯劣後斷解礙者超前位也卽念無異相等猶住見覺者正當此位是相似覺覺礙下結成地前證覺之相劣於登地所覺是礙故能覺亦礙由存此跡還礙覺心故不自在佛頂經云如登高山身入虛空下有微礙名爲頂地此亦如是諸礙既盡如身處空見心猶存如彼微礙（彼說地前頂位）又唯識論加行偈云現前立少物謂是唯識性以有所得故非實住唯識意亦同此故論但云名相似覺此名下結成賢位懿云見眞凝寂能智方融拂解超凡仍拘見覺三聖位論寄息於住相文云如法身菩薩等（九地皆同）覺於念住（四種相也）念無住相（知法唯識不起麤執）以離分別（異前人執及著外境故今約心但云分別）麤念相故（以異上相故云麤念）名隨分覺（細念旣在覺道未圓）今文分三一悟前非二明證相三結成位今初

善男子有照有覺俱名障礙

解曰有照者信中淨解有覺者賢位中覺礙之覺也俱名障礙者正顯前非則論中覺於念住二明證相畧啓二門初總釋義後別解文初中復二一者果海離於說相以不可言障而不證斷而證故故十地經但說一分故下文雖寄對强說而但言障礙卽覺等無別顯相二者因門可寄言說又有二門一證理法界二證餘法界理中

有五一能所歷然謂以無分別智證無差別理心與境冥智與神會如日合空雖不可分而日非空空非日光始教二能所無二以卽體之智還照心體舉理收智照體卽寂舉智收理寂而常照如一明珠珠自有光還照珠矣終教三能所俱泯謂由智卽理故非智由理卽智故非理同時互卽故互奪也又眞顯本覺心體非能所故故此文云常覺不住不住卽離能所矣頓教四存泯無礙以前三門說有前後體無二故謂必因能證方悟心體本絕能所故喻先因斷頭方無能斷故肇云般若之與眞諦言用卽同而異言寂卽異而同同故無心於彼此異故不失於照功等融會權實也五舉一全收上列四門欲彰義異理既融攝開合寧

殊次證餘者謂以無障礙智證無障礙境境智難思復有三義一開能所謂智無礙故一智卽一切智境無礙故一境卽一切境境智皆有一多無礙相對論之義有四句一一智證一切境無法不通方成一智故二一切智證一境具無量義智方識一塵故故一塵中具百門義三一智證一境不壞相故事法界也四一切智證一切境重重無盡故二合能所謂一切境皆是自心曾無心外境能與心爲緣故心中悟無盡之境境上了難思之心心境重重無礙無盡三攝開合謂舉一全收義准上說上皆圓教今此經文當前證理其無礙境智寄在後果位中說文中二一不住證二不住教前中三謂法喻合今初

是故菩薩常覺不住照與照者同時寂滅

解曰常覺不住者念念知無所得故照與下卽能所契合故唯識見道偈云若時於所緣智都無所得爾時住唯識離二取相故智無所得卽此常覺卽是無分別智不住卽不取種種戲論相故離二取相卽此照與照者寂滅智與眞如平等平等俱離能取所取相故此智見有相無說無所取不取相故雖有見分而無分別說非能取彼文雖局於見道而證理之義十地無殊又常覺是智不住是理(無住為本)常覺卽不住此當能所無二門照等寂滅卽俱泯門亦可不同凡夫故云常覺不同地前故云不住此則念無住相覺住相無故不住矣次喻

譬如有人自斷其首首已斷故無能斷者

解曰如把刀劒自斷其頭頭未落時卽無能斷之義頭若已落復無能斷之人後合則以礙心自滅諸礙礙已斷滅無滅礙者

解曰礙心者覺礙之覺諸礙者所覺之礙二不住教者謂地前未證眞理難忘言教登地證理不住名言不住故名眞解教故華嚴初地文云得經論智又天親論釋初地約教道證道以明行相文中二一標以喻釋

修多羅教如標月指若復見月了知所標畢竟非月

解曰夫設言像在於得意無言象而倒惑執言象而迷眞故以標月之指喻於言教謂見月須藉指端悟心須假佛教因指見

月見月忘指因教詮心悟心忘教存指則失於眞月執教則失於本心意令證實忘標故云畢竟非月故佛頂云如人以指指月是人應當看月不應看指若復看指非唯忘失月輪抑亦忘指二具以法合

一切如來種種言說開示菩薩亦復如是

解曰此明諸佛同以言詮顯理故文殊般若云總持無文字文字顯總持三結成位

此名菩薩巳入地者隨順覺性

解曰論中結覺性隨順可知四果位論寄息於生相文云如菩薩地盡(無間位也)滿足方便一念相應覺心初起心無初相以遠離微細念故(且云心無不同上云念無)得見心性心卽常住名究竟覺乃至以四相俱時而有皆無自立本來平等同一覺故今文分三一明境

善男子一切障礙卽究竟覺得念失念無非解脫成法破法皆名涅槃智慧愚癡通爲般若菩薩外道所成就法同是菩提無明眞如無異境界諸戒定慧及婬怒癡俱是梵行衆生國土同一法性地獄天宮皆爲淨土有性無性齊成佛道一切煩惱畢竟解脫

解曰文有十對統而言之智冥圓覺無分別心故十對法皆同眞實何者夫覺海元眞萬法非有混融一相體用恒如但以迷倒情深強生分別違其正理失本眞常今旣返本歸眞銷迷殄相對治斯遣垢淨雙融剪拔生源成究竟覺故論云見性常住等文中總標言障礙者標每對中上句(對待之法麤細皆礙)究竟覺者卽標下句(皆同一體故解脫等)謂

若見有障礙可斷斷已名覺覺非究竟故障礙卽覺方究竟矣卽是論中四相本來同一覺也又究竟覺經論文同然此二句藥病俱亡謂無障可斷障卽覺故無眞可證障體卽覺無別眞故無斷證智但是覺故然無障可斷無是實無無眞可證卽不是無故十對文雖皆無二義唯眞妄俱眞並無眞妄俱妄後十對別釋一識智對無念卽得其正念是智也有念則爲失念是識也論中說覺則離念念則不覺等今明念本自空元是無念故皆解脫二成破對衆緣相會曰成緣離曰破又進修曰成毀謗爲破緣無自性成破一如故皆涅槃三愚智對大寶積云癡從分別生分別亦非有癡性與佛性平等無差別四邪正對思益云住正道者不分別是邪是正五眞妄對涅槃云無明本際性本解脫古德云迷則眞如是妄想悟則妄想是眞如六染淨對夫戒定慧翻於三毒三毒本空元是梵行諸法無行經云貪欲卽是道恚癡亦復然如是三事中有無量佛道七依正對涅槃云我以佛眼徧觀三界有情無情一切人法悉皆究竟究竟者卽法性也故首楞嚴云覺海性澄圓乃至想澄成國土知覺乃衆生旣本從覺海中起卽知全同覺海覺海卽性也八苦樂對極惡業成天宮卽見地獄極善業熟地獄卽是天宮二業之念由心地獄天宮豈定心則本空一切清淨故寶積經有地獄三昧天宮三昧然諸法皆爾非唯天獄今且約敵體相違之法

以例餘者九有性無性對有性者三乘性也無性者闡提性也執定相者永不許闡提入道永不許定性二乘成佛今則非唯他日迴心現已齊成佛道十縛脫對佛頂云根塵同源縛脫無二識性虛妄猶如空華然煩惱依識識性旣空煩惱何縛上之十對名相雖異其意不殊但緣佛證覺心心無取捨故得諸法普同圓妙故但引例而已不更別釋相卽之由二明心

法界海慧照了諸相猶如虛空

解曰法界深廣故如海也慧卽是用稱法界故無邊名法界慧照了諸相等者理量齊鑒無倒正知由分別心諸相差別今海慧離念故諸法如空又能照之慧離分別念猶如虛空卽同淨名云其無礙慧無若干也如鏡照物鏡自無心上來皆是論中滿足方便一念相應覺心初起心無初相也三結位

此名如來隨順覺性

二忘心頓證由前普示教跡說有淺深今直指當根安心隨順前是隨相此當離相亦如華嚴先說差別位地因果後以平等因果融之卽差別中之平等平等中之差別此中意趣正同彼也文三一忘心入覺二驗果知因三印成佛智初二一指示忘心

善男子但諸菩薩及末世衆生居一切時不起妄念於諸妄心亦不息滅住妄想境不加了知於無了知不辯眞實

解曰除初標舉文有四節每節二句一妄

念者攀緣取著外法也違於覺性故令不起二若求眞棄妄猶避影逃形若滅妄存眞似揚聲止響三境從心現元是自心若加了知卽迷現量故經說非幻成幻論云心不見心但不生情自然如鏡照物且心體本自知覺何必更加了知知上起知名爲加矣四能知既寂卽眞實知眞實卽知誰知眞實如眼不自見眼等二依法頓入

彼諸衆生聞是法門信解受持不生驚畏是則名爲隨順覺性

解曰彼當根衆聞此方便心無疑惑體達分明領受住持坦然合道亦同金剛經中不驚不怖不畏甚爲希有等二驗果知因

善男子汝等當知如是衆生已曾供養百千萬億恒河沙諸佛及大菩薩植衆德本

解曰愍云驗今聞悟頓契佛心方達宿因曩承薰習若但就現世卽是頓機若推其因已是積集金剛亦云不於一佛二佛等

三印成佛智

佛說是人名爲成就一切種智

解曰謂一切種智由此而得因果相攝決定無疑是以如來印言成就又此經宗分同華嚴因該果海果徹因源稱性互收無別先後彼云若諸菩薩能與如是觀行相應於諸法中不生二解卽同此忘心之文卽得阿耨菩提同此一切種智偈讚中三

初一偈圓覺無證

爾時世尊欲重宣此義而說偈言

清淨慧當知　圓滿菩提性　無取亦無證
無菩薩衆生

次就機説證文二初二句總標大意

覺與未覺時　漸次有差别

後證位階差文二初六句漸證四位

衆生爲解礙　菩薩未離覺　入地永寂滅

不住一切相　大覺悉圓滿　名爲徧隨順

後六句頓悟圓滿

末世諸衆生　心不生虚妄　佛説如是人

現世卽菩薩　供養河沙佛　功德巳圓滿

後二句總結

雖有多方便　皆名隨順智

總結頓漸故云多方便也此文長行無也

上來四段通明觀行竟

大方廣圓覺經大疏中卷之四

音釋

隟同隙　慤乞約切音殼謹也

大方廣圓覺經大疏下卷之一

唐終南山草堂寺沙門宗密述

次四問答別明觀行中根修證言別明者有其二意一則由前一類人已依前門證入不必修此故此名別二則此門各各自別如三觀或則一人具三或二或一單複交絡成二十五種人各應一機故云別也其所離障亦各不同且如四相或一人具四或三二一其四病者人各有一定不兼餘以相違故故此兩四皆是別相不同前無明及愛但是凡夫悉有故前通此別矣然通別觀行中皆與惑障同科段者由是障觀行之惑惑除則成觀行故若約四分科經即當第三明行謂從彌勒終於淨慧始終因果理智昭彰即之於心方成眞解華嚴中間六會修因契果五十二位總名爲解依此解力三觀修行故一一標云悟淨圓覺也除障成功正是行也文中二初二問答三觀修行後二問答兩重除障初中二初示三觀行相後明單複修習初中文四初三之初

於是威德自在菩薩在大衆中即從座起頂禮佛足右遶三帀長跪叉手而白佛言

解同上也次陳詞句二一慶前

大悲世尊廣爲我等分別如是隨順覺性令諸菩薩覺心光明承佛圓音不因修習而得善利

解曰分別隨順覺性者領前依位漸證不因修習等者領前忘心頓證亦可通述聞時已益不待修之方得善利非不擬修二請後文二一問所修二明所爲初中二二一

立理

世尊譬如大城外有四門隨方來者非止一路一切菩薩莊嚴佛國及成菩提非一方便

解曰謂前說修行觀行理趣分明今復諮詢恐涉非分故先立理請更投機於中前喻後法喻中大城喻圓覺四門喻行門如從東來不可西入法合可知二正請

唯願世尊廣爲我等宣說一切方便漸次并修行人總有幾種

解曰言方便漸次者所修之行并修等者能修之機二明所爲

令此會菩薩及末世衆生求大乘者速得開悟遊戲如來大寂滅海

後三展虔誠

作是語已五體投地如是三請終而復始

二讚許

爾時世尊告威德自在菩薩言善哉善哉善男子汝等乃能爲諸菩薩及末世衆生問於如來如是方便汝今諦聽當爲汝說

三佇聽

時威德自在菩薩奉教歡喜及諸大衆默然而聽

四正說長行中四一標本舉數二正示觀門三引例彰圓四校量顯勝初二一約稱性之行以標本

善男子無上妙覺徧諸十方出生如來與一切法同體平等於諸修行實無有二

解曰初明所稱之性言出生如來者十方諸佛同證同修證義如前此問修矣與一切法同體平等者色心不二凡聖無差皆

依覺性故云同體平等智論云此眞如者在衆生數中名爲佛性在非衆生數中名爲法性後修行無二者能稱之行即如前二空觀門根塵普淨貪愛俱寂悲智雙行離相離性常無所得一切菩薩無不如斯隨事雖差此意無二故佛頂云十方薄伽梵一路涅槃門二約隨機之行以舉數

方便隨順其數無量圓攝所歸循性差別當有三種

解曰初總顯多門（佛頂又云歸源性無二方便有多門）然衆生根性利鈍不同煩惱厚薄沉掉不等隨其根性設教多端不爾難爲趣入故楞伽云所說非所應於彼爲非說彼彼諸病人良醫爲處方如來爲衆生隨心應量說後圓攝下攝歸三種衆生根性雖有萬差而此三門一切收盡必須三者義如下釋循者隨也性謂根性二正示觀門文三一泯相（身心客塵永滅）澄神（取靜澄念）觀（心冥所觀之境更不異緣）二起幻銷塵觀（經文甚顯）三絕待靈心觀（非關真妄不對有空直照靈知而爲觀行文云不取幻化及諸靜相又云超過礙無礙境又煩惱涅槃不相留礙皆絕待義也言無知覺明即靈心也）然禪觀綱領已具懸談修習菩提非此不證但以教隨機異展轉殊途邪正凡聖小大權實事理漸頓有共不共今此託法進修以成圓頓觀行即事理定慧俱無礙也與論中修習眞如三昧體相大同小異小異者彼不開爲三也今初泯相文自有三一標本

善男子若諸菩薩悟淨圓覺

解曰謂發心修行欲趣佛果先須了悟身中淨圓覺性以爲行本本即解也（即是通明觀行）

依解而修方爲妙行膏明相賴目足更資此金剛觀割煩惱障此牢强足越生死野下標本等皆同此矣若約能修方便准天台止觀總有十門具緣第一謂具五緣一持戒清淨是定因故二衣一如雪山大士隨得一衣蔽形二如迦葉糞掃三衣不畜餘長三多寒國土忍力未成亦許三衣外百一資身說淨知足食一上士絕世食果草等隨得資身二常行頭陀受乞食法能破下仰維方四邪三阿蘭若處檀越送食四僧常食及受請具足三閑居不作衆事靜處離憒鬧故一深山二離聚落三二里三遠白衣舍處清淨伽藍也四息諸緣務一生活二人事三工巧技術四學問讀誦也五近善知識一外護經營供給二同行互相勸發三教授禪定法門也訶欲第二欲謂色如熱金丸等又王入敵國婬房及截仙人手聲如毒塗鼓又仙人聞迦羅女歌失定香如弊龍氣蓮池伸瞋責也味如熱蜜塗刀沙彌駱蟲觸如臥師子騎頸獨角仙人失通爲欲所惱而猶求之得之轉劇如火得薪枯骨風炬夢得假借等棄

蓋第三謂貪內發燒身得怖失惱亦如食吐瞋煞安隱無憂毒根滅善睡抱屍臥偶掉悔掉謂身口心二此由悔故成益悔謂因掉生悔或造罪怖悔也疑疑有種種未必障定障定者有三謂疑師疑自疑法棄之如脫債病差飢食等調和第四謂調食飽則氣急脉塞心悶飢則心懸意慮不固等睡良功心暗當悟無常調之令神清心明不抑不恣也身常須動止詳審出入有度坐不低昂寬急息息有風喘氣息四相風散喘結氣勞息定息者出入綿綿若存若亡不澁不滑心亂心不起浮沉寬急須令得所然身息心三事雖有初後方便不同而乃合用用之則發戒定慧也方便第五謂行五法五法者欲欲離世倒欲得清淨智欲亦名志願樂等佛言一切善法欲爲其本也一精進初中後夜專精不廢如鑽火未出等念念世可賤禪定可貴巧慧籌量世樂禪樂得失輕重一心依止念慧明見可惡可尊故當一心決修止觀心如金剛覺魔事第六謂煩惱陰死及鬼神魔鬼神魔三一精魅十二時獸依本時說其名訶責即滅二塠惕鬼如蟲緣人頭面等閑耶陰罵或誦戒等即去三魔羅多作違虎狼等也順父母男女佛像

等）平平三種五塵境界相來破人善心行者既覺即修止觀却之（止者悉知虛誑不怖不愛不捨不取亦不分別息心寂默觀者反觀能見之心誰愛怖等）智論云除諸法實相餘皆魔事起信亦云現形恐怖（違情）現男女（順情）等（平平）當念唯心境界即滅又云現佛等像說施等法無相等理令知宿命他心辯才無礙能令衆生貪著名利或數瞋喜進怠無準疑慮故業定中得食顏色改變等常應觀察不取不著則能遠離（若見善相以三法驗之一以定研磨二依本修治三智慧觀察如人欲知真金三法試之謂燒打磨）治病第七然諸病者不過四大（腫瘦痰脹熱痛煩嘔）五臟（心寒熱口燥肺支疼鼻塞肝憂愁眼暗脾身痒痛失未腎喉壹耳滿）增損乖攝理故或業招鬼作令明治法不過止觀止者安心病處或臍下足下或了法空不取病相寂然止住故淨名云何爲病本所謂攀緣云何斷攀緣謂心無所得觀者心用六氣謂吹（去寒）呼（去熱）嘻（去風）呵（去煩下氣）噓（去痰）呬（去勞治風）又十二息謂（一一云息）上（沉重）下（虛懸）滿（枯瘦）燋（腫滿）長（羸損）壞（治增）煖（治冷）冷（治熱）衝（壅結）持（戰動）和（通治四大）補（資益四大）善用則治衆患失所則更增諸病又假想觀謂身中火能治冷等又推身心病不可得衆病自除然上所說但具十法無不有益謂信用懃（待汗爲度）住（不與緣也）別病（如上）方便（吐納運想）久行（不計日月）取捨（益用損捨）將護（犯觸）遮障（益不外說損不誹謗）或禁呪修善治鬼業等正修第八即當釋經文也然且先敘彼所修法修有二種一者坐修謂行掉臥沈立又疲倦故坐爲勝初坐時亂心麤故應當修止止有理事事謂繫心一處隨起即制理謂體眞知心本寂止若不除應當修

觀觀亦理事事謂對治助道五停理謂觀法實相正道此有三觀如前已說又修止觀者對治浮沈故隨自便宜故對破定見細心故均齊定慧故二者歷緣對境修歷緣者謂歷行住坐臥作語等六緣皆作是念我今爲何而欲行等對境者即根塵六對謂知色本空乾城水月愛猒不生是名修止了無見相是名修觀聲等例之具如彼說善根發第九證相第十皆如下說二正釋

三一起行

以淨覺心取靜爲行由澄諸念覺識煩動

解曰以淨覺心者約其所悟而起行也以者用也凡夫用妄菩薩用覺迷悟異故愬云標乎創智者即初悟也取靜爲行者雖悟即動即靜爲欲對治動亂之習一向以靜境安心漸漸修行方得成就愬云然覺心初建力尚尫微理宜處靜安詳方能展照問如何得心靜耶答既悟萬法唯識識唯真心真心不生於法斯爲至靜安心住此爲取不取於法名爲取靜論云若修止者住於靜處端坐正意不依氣息數息觀境形骨鎖等也色青黃赤白虛空地水火風見聞知覺識也乃至當知唯心無外境界即復由前是十遍處觀也此心亦無自相等澄念覺動者由前以靜澄心諸念不起心合靜源體非分別故見分別之識煩勞動擾若自是識則不能見識如眼不自見今由念澄智顯故覺識也

二功成

靜慧發生身心客塵從此永滅便能內發寂靜輕安

解曰靜慧發生者由前念澄覺識慧性開明因靜生慧故云靜慧比隱今顯故云發生身心等者由慧發生身心相盡塵妄不起名爲永滅客非本性塵汚自體愨云慧光圓發根識俄消便能等者由離根境内心自閑寂靜清虚輕安調暢喧塵永息麤重長袪輕安者遠離麤重調暢身心堪任爲性對治昏沈轉依爲業三感應

由寂靜故十方世界諸如來心於中顯現如鏡中像

解曰初句躡前功用餘正明感應先法後喻法中如來心者眞淨心也亦即法身故論中說色性即智性智性即色性於中現者衆生圓明心性與佛無殊但以妄情凡聖似隔今身心相盡妄念不生圓覺妙心凡聖交徹理實而言我之身心亦遍現十方佛中今但約入觀者爲主故云諸佛於中顯現後喻如諸鏡入一鏡中諸鏡即成影像故諸佛心入行人觀心如影像也然塵鏡之性本明磨瑩即呈物像衆生自心亦爾心淨即現如來故論問云若諸佛有自然業能現一切處利益衆生者云何世間多不能見答曰諸佛如來法身平等遍一切處無有作意故說自然但依衆生心現衆生心者猶如於鏡鏡若有垢色像不現如是衆生心若有垢法身不現經云佛心論云法身身心一也皆據能現之本若就所現應云應化此乃鏡明則像像歴然智顯則心心交映此約心靜故則知佛心亦然故名爲現非謂佛心有所現也故淨

名云如自觀身實相觀佛亦然三結名
此方便者名奢摩他
解曰此翻云止定之異名寂靜義也謂於
染淨等境心不妄緣故若準涅槃經釋即
名能滅(滅一切煩惱故)能調(調諸根惡不善故)寂靜(能令三業成寂靜故)遠離(能令衆生離五欲故)能清(清貪瞋癡三濁故)結云
以是義故名爲定相二起幻消塵觀文三
初標
善男子若諸菩薩悟淨圓覺
二正釋中五一起行
以淨覺心知覺心性及與根塵皆因幻化即
起諸幻以除幻者變化諸幻而開幻衆
解曰於中初躡前成解心性是識識與根
塵三和合有各無自性但是無明迷真而
起故名幻化後即起下正明起行諸幻即
幻智也幻者即根本無明是能幻之者除
者依如幻始覺力分覺根本不覺始息滅
相終息生相即是除幻具如普眼章中二
空觀也然彼與此有三意異彼明稱理圓
觀以成頓悟此明尅體進修堅持不捨又
彼是總相觀行普被諸根此是別相方便
別對一類彼上根入此中根入變化等者
變起差別幻智遍觀自他八萬塵勞幻衆
一一稱真清淨非障非蔽即爲開也又變
起種種方便應機說法開示如幻衆生又
對上二句有四對別謂自行化他除障起
行止持作持除遍計執翻染成淨一一配
之可知二功成
由起幻故便能內發大悲輕安
解曰根塵既銷自他無二故能內發同體

大悲（知貴種成賤方可慇傷也）又有數意故大悲發謂幻無怨親應等度故傷他執實（不知是幻）枉受苦故我幻身心何所惜故不怖幻生死故不貪幻佛果故輕安者由悲從定起非其愛見故輕安暢適三結通

一切菩薩從此起行漸次增進

解曰謂諸菩薩從此二利觀門方能對境對機起於二行乃至佛果四揀濫

彼觀幻者非同幻故非同幻觀皆是幻故

解曰初二句揀識殊智能所勝劣異故後二句亦拂幻智五總結

幻相永離是諸菩薩所圓妙行如土長苗

解曰初法結成非幻稱眞之行後喻如種穀等依土長苗收子之時苗土俱棄種喻覺心土喻幻法苗喻幻智謂以淨覺心對諸幻法而起智從幻智而忘心入覺入覺則前二皆祛三結名

此方便者名三摩鉢提

解曰亦名三摩鉢底此云等至等持之中能至勝位故又等謂齊等離沉掉故至謂至到到勝定故故前文有如幻三昧涅槃云毗婆舍那名爲正見遍見次第見別相見即是觀也意亦同此三絕待靈心觀文三初標

善男子若諸菩薩悟淨圓覺

二正釋中三一起行

以淨覺心不取幻化及諸靜相了知身心皆爲罣礙無知覺明不依諸礙永得超過礙無礙境受用世界及與身心相在塵域如器中鍠聲出於外煩惱涅槃不相留礙

解曰於中三節初句所依次明所離不取幻化者離第二觀及靜相者離第一觀了知等者釋離所以謂見身心即著我相著我則起過故前靜之次又觀之令了是礙故皆不取又身心是妄無可了知了知是能身心是所託所起能故亦皆礙後明所用於中又三謂法喻合法中無知覺者異乎身心謂身觸爲覺心緣曰知由此分別障正知見正知見是無知覺明明字正顯靈妙之體然此靈心上而無頂下而無底傍無邊際中無在處既無當中何有東西上下欲言空寂不似太虛欲言相用不從緣起欲言知見異於分別欲言頑礙異於木石欲言其覺不同醒悟之初欲言其明不同日月之類故諸經教於寂靜空無訶爲邪小於知見明覺互泯互存各有深意令此欲入觀門恐知字引分別念故宜但云明也諸礙者身心能所不依者直造靈明永得者究竟之詞超過者迥殊對待礙者幻涉煩惱無礙者靜同涅槃（金剛三昧云不動不禪等）受用者屬已資緣世界者共居國邑身者宛然形質心者還有見聞相在者不異尋常塵域者不離舊處比由執認沒體同他今不生情豈拘靈照喻中鍠者分二先釋喻依後正釋喻喻依者鍠字不定恐譯人錯遂爲三釋一依鍠字（音橫）准切韻訓和訓樂不是器中之聲今率愚詳之取其聲勢不取訓字此應是金等器中聲相也今且現聞擊鐘磬之類其聲鍠鍠然即知鍠是此類聲之相狀譯人回潤稍拙應云如

金器聲鍠鍠出外二作鑛字音同即大鐘也是諸器中之一數故云如器中鑛准此即順本經文迴潤非失但筆授或寫録錯誤以鑛爲鍠耳三者作簧音黃即笙簧之類以有簧之器非一故不局云如笙中簧乃云器中簧也亦如管籥之屬皆能發聲出於外故准此則譯人不善此方聲韻文字故字與音俱錯耳後正釋喻者前三雖異合法皆通皆器喻世界身心聲喻靈明觀智謂聲從器出器不能拘故聲聞四遠器局本處以喻觀智約身心修得身心所不能拘觀智廓爾無邊身心不離舊處但約所喻相當何爭喻所依物懸云如萬鈞之鏞星樓受礙搖杵一擊聲振寰區自體兼他不能留礙豈以樓拘鐘相使響不通形礙管聲令音不透觀此文勢未免懷疑復不能決通媕要邀之而已意亦同前仍法合最具謂加樓喻世界餘准上知二功成便能內發寂滅輕安妙覺隨順寂滅境界自他身心所不能及衆生壽命皆爲浮想

解曰寂滅者謂不取幻化幻化即寂不取靜相靜相即滅亦可反此亦可俱通又但是眞心實理非指靜幻故楞伽云寂滅者名爲一心此非息動之寂生已而滅故云內發也輕安同前靜與寂異者靜是二乘境亦是禪定寂滅是佛境亦是涅槃故前數云如來寂滅仁王此忍當其位滿妙覺等者在觀之時用心同佛故云隨順自他等者唯獨自明了餘人所不見故他不及自已心識之量亦不能造如螢燒須彌必

須離情方契故自不及又依體起智爲自根塵發識名他不可識識智知故皆不及衆生等者壽命本無實體但爲浮想任持故華嚴云一切衆生但想所持其猶空雲是空之浮氣了虚空者即知浮雲畢竟非空衆生壽命是真之浮想了真寂者知衆生畢竟非真三結名

此方便者名爲禪那

解曰此云靜慮義如前釋即慮而靜故無散動即當定義即靜而慮故非無記即當慧義故四靜慮定慧平等問既是定慧平等云何科云絶待靈心答正由不滯此二直造心源故定慧等釋相文中絶待之義甚明固無疑矣故涅槃中名爲捨相然釋相中指修行者忘情用心故顯雙非絶待後但約義以結故取雙是齊融齊融絶待雙是雙非皆是中道故釋相與結名互顯三觀文初皆標悟者聞前經故謂初靜觀修文殊中解次幻觀修普賢章全普眼前半之解後寂觀修普眼後半剛藏全章之解對配前經昭然可見然此三觀與涅槃經(三十三　十一)三相大同小異彼經云無十相故(色聲香味觸生住壞男女)名大涅槃若有比丘時時修集定慧捨相(即三相也)則斷十相定名三昧若不取色相不能觀色常無常相是名三昧若能觀色常無常相是名慧相三昧慧等(駑駟遲疾)觀一切法是名捨相(二乘定多菩薩慧多世尊等故明見佛性見佛性者名爲捨相)奢摩他者名爲能滅(云云)(如上所引)故名定相毗鉢舍那名爲正見(徧見次第見別相見)是名爲慧憂畢叉者名曰平等(不靜不觀)

（不行）是名爲捨若菩薩善知定時（生大憍慢非修慧時）慧時（精懃未益故悔心非修定時也）捨時（定慧不等不宜修捨等則修之）及知非時（各如上注）是名行菩提道言小異者彼則初定次慧後等此則三門皆含定慧言大同者此初名止取靜澄神定相增勝（彼云但不取色相此云取靜爲行皆定境也又彼次後文云修集定者能見五陰生滅之相此云由澄諸念覺識煩動也）次了根塵起幻除幻慧相增勝後絕待雙融即全同彼彼云平等名捨相也（等即雙融捨即絕待）彼雖初定次慧亦是從增勝說豈實教中有偏定偏慧耶又此三門與天台三觀（依瓔珞經）義理則同意趣則異同者一泯相即空觀也二起幻即假觀也三絕待即中觀也異者此明行人用心方便彼則推窮諸法性相此多約心成行故不立所觀之境彼多約義生解故對所

觀三諦（真俗及第一義本業經云無諦有諦中道第一義諦亦全同也）又此不立三止者（體真止隨緣止息二邊分別止）一一門中即含止觀故也（論亦先修止次修觀後雙修亦大同小異）然此彼經及天台教數皆三者（論及本業亦應同此標舉）由法性之體本具三大（體用相也）迷起三道（惑業苦）今依三大顯三佛性（了因緣因正因）修三止三觀觀三諦淨三聚戒（攝律儀衆生善法）滅三道囘向三處（實際衆生菩提）成就三智（一切智道種智一切種智）具足三德（斷恩智）得三菩提（實相方便實智）證三涅槃（性淨方便淨圓淨也）安住三種秘密藏故（般若解脫法身）問若爾即應一人具修三觀何故經文單復皆許答約修習門隨宜漸入理實圓證方名究竟故次文云此三法門等三引例顯圓

善男子此三法門皆是圓覺親近隨順十方如來因此成佛十方菩薩種種方便一切同

異皆依如是三種事業若得圓證即成圓覺
解曰此三門皆依悟淨圓覺而起觀行觀行亦皆趣入圓覺始終不離故云親近隨順佛及菩薩同證同修隨機隨事行相各異或多人同修一門（萬行中一）或一人具修多行若三五若百千同之與異隨類難准然必皆依此三種業三種業中或具依三或一或二同時前後單複綺互具如二十五輪所明此是修行人之事業矣證成覺者趣入雖從一門功成則三皆圓證若偏修一行但名親近若三事圓通名證圓覺四校量顯勝

善男子假使有人修於聖道教化成就百千萬億阿羅漢辟支佛果不如有人聞此圓覺無礙法門一刹那頃隨順修習

解曰初舉劣後不如下顯勝且如勸得一人二人持於五戒十戒據諸教說福已甚多況令爾許億人成就辟支羅漢具足六通八解永超三界十纏而乃不如有人暫習圓覺時中極促唯一刹那豈況長時圓修妙觀慇云牛跡巨海何可校量聞此等者聞慧隨順者思慧修習者修慧偈讚中三初七句標舉

爾時世尊欲重宣此義而說偈言

威德汝當知　無上大覺心　本際無二相
隨順諸方便　其數即無量　如來總開示
便有三種類

次六句三觀

寂靜奢摩他　如鏡照諸像　如幻三摩提
如苗漸增長　禪那唯寂滅　如彼器中鍠

後七句引例
三種妙法門　皆是覺隨順　十方諸如來
及諸大菩薩　因此得成道　三事圓證故
名究竟涅槃
餘校量顯勝長有偈無上來三觀竟自下
第二明單複修習文四初三之初
於是辯音菩薩在大衆中即從座起頂禮佛
足右繞三帀長跪叉手而白佛言
解之如上次陳詞句中二初慶前
大悲世尊如是法門甚爲希有
解之可知二請後有　二　問所修
世尊此諸方便一切菩薩於圓覺門有幾修
習
解曰此諸方便者指前三觀圓覺門者指
前所依行本有幾修習者前說三觀雖行
相分明未審諸菩薩所修爲復一人具三
爲三人各一爲前後爲同時爲依次爲超
次二明所爲
願爲大衆及末世衆生方便開示令悟實相
解之可見後三展虔誠
作是語已五體投地如是三請終而復始
二讚許
爾時世尊告辯音菩薩言善哉善哉善男子
汝等乃能爲諸大衆及末世衆生問於如來
如是修習汝今諦聽當爲汝說
三佇聽
時辯音菩薩奉教歡喜及諸大衆默然而聽
四正說長行中四一舉意標數二觀網交
羅三結成正因四總示修習今初
善男子一切如來圓覺清淨本無修習及修

習者一切菩薩及末世衆生依於未覺幻力
修習爾時便有二十五種清淨定輪
解曰於中初舉意後標數初中又二先明所依之本後一切菩薩下正明諸輪大意無修之修義同前段後爾時下舉數輪者摧輾義能摧惑障令正智轉故名爲輪二觀網交羅於中三初有三輪單修三觀次有二十一輪交絡三觀後有一輪圓修三觀慤疏於此二十五觀約喻各立一名除初三輪餘並不釋今全用之兼解其意初中三輪者還是三觀亦不異前但爲分成二十五數故畧明之以顯單複之相言單修者皆標云唯結云單也意顯不兼餘二
三者初澄渾息用觀
若諸菩薩唯取極靜由靜力故永斷煩惱究竟成就不起於座便入涅槃此菩薩者名單修奢摩他
解曰此下二十五輪皆有標列結亦應一一標云悟淨圓覺以爲起行所依爲前有故經恐文繁故畧不載澄渾息用者澄渾濁令清息作用令靜唯取極靜者不兼餘觀次三句者由靜心之力覺身心相空瞥念尚無煩惱何據煩惱不起即是覺心故云究竟成就後兩句不起法空之座便入寂滅涅槃二庖丁恣刃觀
若諸菩薩唯觀如幻以佛力故變化世界種種作用備行菩薩清淨妙行於陀羅尼不失寂念及諸靜慧此菩薩者名單修三摩鉢提
解曰庖丁者是晋時屠子十九年以一刀解牛鋒刃不損喻菩薩利衆生修萬行應

緣入俗自智無傷前開幻衆及内發大悲此以佛力即當大智變化世界者如前變諸幻也種種作用含於逆順自他之行備行等句則唯順行於陀羅尼下總明動而常寂寂念靜慧即定慧也三昱音出礙觀

若諸菩薩唯滅諸幻不取作用獨斷煩惱煩惱斷盡便證實相此菩薩者名單修禪那

解曰取前鍠聲出外作此觀名彼自釋云然器質音融隨犍應響形拘性寂妙用無方智德深妙證道遺骸性光圓照埃氛永寂唯滅等者幻境無邊難可窮究故須直滅滅者絕念作用施爲又妨禪寂故云不取入佛境界經云諸法猶如幻如幻不可得離諸幻法故敬禮無所觀獨斷煩惱者不假諸行獨者正是絕待中道之義斷盡便證者所斷既盡能斷即空便爲證矣然每說此觀行相皆云斷煩惱者寂滅涅槃相故生滅滅已名寂滅故照徹靈心窮惑源故次交絡三觀每以一觀爲頭兼於餘觀交絡成七三七故有二十一輪兼前三單及後一圓足二十五然每一觀爲頭七段之中皆有四節初兩段二二共合各兼其一次兩段三行次第次兼餘次有一段先一後齊齊兼餘二後有兩段先齊後一齊兼一今每觀爲首之中但長科七段又緣每輪辯其先後一一須牒觀名今恐文句太繁每觀但各舉一字號謂初云靜觀次云幻觀後云寂觀寂與靜殊前已具辯文三初七輪靜觀爲首兼於幻寂次七輪幻觀爲首兼於靜寂後七輪寂觀爲首兼於靜幻初中七觀一

運舟兼濟觀

若諸菩薩先取至靜以靜慧心照諸幻者便於是中起菩薩行此菩薩者名先修奢摩佗後修三摩鉢提

解曰菩薩修定以出塵即運舟發慧以化物即兼濟先取至靜者標首以者運也靜慧心者舟也照諸幻者下兼修幻觀照之欲化化即兼濟也若無靜慧則自居幻化何能照幻者而度脫之如舟自沉焉能救溺二湛海澄空觀

若諸菩薩以靜慧故證至靜性便斷煩惱永出生死此菩薩者名先修奢摩他後修禪那

解曰湛海即波瀾不動先靜觀以反流澄空則水性清明後寂觀以顯性以靜慧故者標首證至靜性者躡靜而兼修寂也性即是寂後兩句二觀功用斷煩惱是因亡出生死是果喪三首羅三目觀

若諸菩薩以寂靜慧復現幻力種種變化度諸衆生後斷煩惱而入寂滅此菩薩者名先修奢摩他中修三摩鉢提後修禪那

解曰三觀俱修如摩醯首羅面上三目以寂靜慧標靜也復現下次幻也後斷下寂也四三點齊修觀

若諸菩薩以至靜力斷煩惱已後起菩薩清淨妙行度諸衆生此菩薩者名先修奢摩他中修禪那後修三摩鉢提

解曰三點者梵之伊字慤云意者但一人具修三觀即名爲齊非謂同時以至靜力標也斷煩惱已寂也後起下幻也此舍二利謂淨行度生煩惱既寂愛見已無故所

起行無不淨妙可度衆生五品字單雙觀
若諸菩薩以至靜力心斷煩惱復度衆生建立世界此菩薩者名先修奢摩他齊修三摩鉢提禪那
解曰上單靜觀如上一口後雙明寂幻如下兩口故云單雙以至靜力標也心斷下三句齊兼幻寂初句是寂後二句是幻内除煩惱外度衆生具悲智也故淨名云若自無縛能解他縛斯有是處六獨足雙頭觀
若諸菩薩以至靜力資發變化後斷煩惱此菩薩者名齊修奢摩他三摩鉢提後修禪那
解曰白澤圖中有山精頭如鼓有兩面前後俱見此喻靜幻雙照二利齊運如雙頭也單寂如獨足也此與前異前則上單下雙此則上雙下單初二句齊標靜幻以至靜力資助策發變化之力以度衆生也後句寂兼前二利備故入中道七果落華敷觀
若諸菩薩以至靜力用資寂滅後起作用變化境界此菩薩者名齊修奢摩他禪那後修三摩鉢提
解曰即以靜定之樹結寂滅中道之果後敷華者復以幻觀入有情界度諸衆生同令獲得涅槃之果初齊寂二句後兼幻二句次七輪幻觀爲首一一標幻爲初次兼餘二今初先武後文觀
若諸菩薩以變化力種種隨順而取至靜此菩薩者名先修三摩鉢提後修奢摩他
解曰武王伐紂後鑄戈戟爲農器喻此菩

薩先變化種種已後入靜觀初幻二句後靜一句二功成退職觀

若諸菩薩以變化力種種境界而取寂滅此菩薩者名先修三摩鉢提後修禪那

解曰菩薩發慧利物即是功成習寂內修名爲職退初幻二句後寂一句三幻師解術觀

若諸菩薩以變化力而作佛事安住寂靜而斷煩惱此菩薩者名先修三摩鉢提中修奢摩他後修禪那

解曰先起變化術法後歸空體寂故云解術初幻二句次靜一句後寂一句四神龍隱海觀

若諸菩薩以變化力無礙作用斷煩惱故安住至靜此菩薩者名先修三摩鉢提中修禪那後修奢摩他

解曰起幻化生如神龍布雲雨歸體入靜如隱海也初幻二句次寂一句後靜一句五龍樹通眞觀

若諸菩薩以變化力方便作用至靜寂滅二俱隨順此菩薩者名先修三摩鉢提齊修奢摩他禪那

解曰先起假幻後歸空寂如龍樹初行幻術廣化邪途後習眞乘自階聖果初幻二後齊兼靜寂二六商那示相觀

若諸菩薩以變化力種種起用資於至靜後斷煩惱此菩薩者名齊修三摩鉢提奢摩他後修禪那

解曰商那和修即優波毱多之師也先以神力示相降伏毱多弟子慢心後乃入定歸寂初齊靜三後兼寂一雖化衆生不生於化即是資於至靜七大通宴默觀

若諸菩薩以變化力資於寂滅後住清淨無作靜慮此菩薩者名齊修三摩鉢提禪那後修奢摩他

解曰大通如來先化用利物後歸寂靜初齊寂二後兼靜二後七輪寂觀爲首一一標寂爲初次兼餘二此初寶明空海觀

若諸菩薩以寂滅力而起至靜住於清淨此菩薩者名先修禪那後修奢摩他

解曰佛頂文也寶明是慧空海是定經云同入如來寶明空海令靈心觀即本覺明如寶明也後靜觀如空海也初寂一次兼靜二二虛空妙用觀

若諸菩薩以寂滅力而起作用於一切境寂用隨順此菩薩者名先修禪那後修三摩鉢提

解曰靈心之體如虛空起化即妙用初寂一後兼幻三三舜若呈神觀

若諸菩薩以寂滅力種種自性安於靜慮而起變化此菩薩者名先修禪那中修奢摩他後修三摩鉢提

解曰舜若即虛空神遇日光暎之暫現如此先寂次空後幻初寂次靜一後幻一四歛光歸定觀

若諸菩薩以寂滅力無作自性起於作用清淨境界歸於靜慮此菩薩者名先修禪那中修三摩鉢提後修奢摩他

解曰大迦葉也先證體次起神通後乃歸定初寂二次幻二後靜一五多寶呈通觀

若諸菩薩以寂滅力種種清淨而住靜慮起於變化此菩薩者名先修禪那齊修奢摩他

三摩鉢提

解曰多寳佛先成道證如體後於塔中發起法華如靜幻無礙初寂ニ後齊兼靜幻

ニ六下方騰化觀

若諸菩薩以寂滅力資於至靜而起變化此菩薩者名齊修禪那奢摩他後修三摩鉢提

解曰即法華菩薩六萬恒沙從下方現初齊靜ニ後兼幻一　七帝青含變觀

若諸菩薩以寂滅力資於變化而起至靜清明境慧此菩薩者名齊修禪那三摩鉢提後修奢摩他

解曰帝青之寳含諸物像對則變應應而還空如靈心觀成包含德用應緣起幻而復安靜初齊幻一後兼靜ニ後有一輪如意圓攝圓修三觀

若諸菩薩以圓覺慧圓合一切於諸性相無離覺性此菩薩者名爲圓修三種自性清淨隨順

解曰此名如意圓修觀謂如意寳珠四方俱照大智頓覺三觀齊修圓覺慧者稱圓覺而發慧故圓合一切者圓融和合一切事理性相真妄色空等類舉體相應是爲圓合謂由圓覺合理理即非理故全即事又由此覺合事事即非事故全即理餘性相等皆同此說中道義諦於是現焉非圓非事雙遮顯中即理即事雙照顯中遮照同時是爲圓覺言於諸性相無離覺性者性即靜觀相即幻觀覺性即中道寂滅觀故云圓修三觀矣又以圓覺合一切是從體起用性相無異覺性是會用歸體體用

無礙寂照同時是爲圓滿無上妙覺三結成正因

善男子是名菩薩二十五輪一切菩薩修行如是

解之可見四總示修習

若諸菩薩及末世衆生依此輪者當持梵行寂靜思惟求哀懺悔經三七日於二十五輪各安標記至心求哀隨手結取依結開示便知頓漸一念疑悔即不成就

解曰示修習者修此二十五輪之時於事中威儀法式及用心方便三業事理具足修習之意當持梵行者戒也寂靜者定也思惟者慧也具戒定慧心在觀門如是修行必定成佛懺悔三七日者多生業累恐障淨心懺悔求哀發露先罪日數若少慮不精誠三七日中已彰懇禱懺悔之義下道場加行中當釋各安標記者書此二十五輪名文字句安置道場之中禮念虔誠精祈一行隨手結取者若自的樂一門隨便即習若勝劣難分不能自決即憑聖力以卜應修信手取之不宜揀擇依結等者依所捻結開而視之頓漸自知無貪餘觀一念等者心懷疑阻併失前功縱使再修稍難成就據根驗理必在於茲無得等閑輕於事相偈中亦四初一偈舉意

爾時世尊欲重宣此義而說偈言

辯音汝當知　一切諸菩薩　無礙清淨慧
皆依禪定生

其標數者長有此無言無礙慧依禪定生者令修觀之人先以所依之體爲本而起觀行長行云圓覺清淨無能所修心冥此

理即禪定義二一偈觀網

所謂奢摩他　三摩提禪那　三法頓漸修

有二十五種

長廣此畧三一偈半結因

十方諸如來　三世修行者　無不因此法

而得成菩提　唯除頓覺人　并法不隨順

解曰長畧此廣於中二初一偈正結所爲後二句揀非所爲此文長無偈有今爲二釋一者兩句皆作上根釋謂唯除上根圓頓悟解之人并及於一切定相之法不隨順者大品云不信一切法名信般若則不必具依二十五輪及道場揬結等不隨順法者不取相也既不隨相即隨真覺此乃頓入圓明觸目合道不可加之繩索傷乎無瘡是前知幻即離不作方便等類故除之矣二者下一句作無信下根釋謂都不信者聞之不能隨順依此即上智與下愚不移也前釋不隨不隨倒法此釋不隨不隨正法四一偈半總示

一切諸菩薩　及末世衆生　常當持此輪

隨順勤修習　依佛大悲力　不久證涅槃

可知

大方廣圓覺經大疏下卷之一

章門有四一修止觀章二四諦章三斷惑章四禮懺等章除釋本經外傍通餘義三十有三情無情平等隨根設教解爲行本佛心現於觀心義見幻起悲五意無知覺明鍠宇三解喻依喻體三觀義明三之所以凡不同佛辨法性覺性別兩種四相根本無明生盲喻判潛伏藏識解抑聖同已驗妬辨多聞失釋根本六煩惱七慢九慢城三義現過令他淨不識師過四食事師之心金剛四心大小乘三安居六妙門出世涅槃四對兩種四句信必具解奉行二義右附錄下

音釋

煞音鎩俗鎩字　**掉**杜弔切調去聲搖動也　**追惕**追音堆讁也惕音剔敬懼也追惕鬼名如虫能緣人頭面　**噓呬**噓音虛吹氣也呬虛器切音屓喙息也　**尪**音汪羸弱也　**鏞**音容大鐘也　**婨嫛**婨音詣嫛音阿婨嫛不決也

大方廣圓覺經大疏下卷之二

唐終南山草堂寺沙門宗密述

次後有二問答兩重除障初淨業章除我入覺後普覺章依師離病此皆觀行中障故同大科初中雖約計執淺深說有四相差別然統之唯是我故經文除別列四名之外節節但有我字若除此執便是圓覺故云入覺文四初三之初

於是淨諸業障菩薩在大衆中即從座起頂禮佛足右繞三帀長跪叉手而白佛言

解之同上次陳詞句中二一慶前

大悲世尊爲我等輩廣說如是不思議事一切如來因地行相令諸大衆得未曾有覩見調御歷恒沙劫勤苦境界一切功用猶如一念我等菩薩深自慶慰

解曰不思議事者前總明觀行一向稱理而修猶可領解今於一味之中廣張諸輪屈曲差別差別不乖一味尤爲難見故云不思議一切下遠承所答文殊之問覩見下悟因行也夫果德稱眞約理可照因行治染體解實難今一念備知炳然齊現如瑠璃瓶盛多芥子故深慶矣二問後三一正問

世尊若此覺心本性清淨因何染汚使諸衆生迷悶不入

解曰此中問意不說本來起迷意明已知覺性圓明諸法清淨何得凡心宛在不合覺源所作所爲情猶憎愛自他全別難自渾融比對果人天地之遠覺心本淨悟即應同更有何法染汚令我用心異佛故云

因何迷悶不入二請後

唯願如來廣爲我等開悟法性

解曰法性者諸法之性若亘談本體則名覺性若推窮差別之法皆無自體同於一性即名法性今推破四相豁融諸法令同覺性故云開悟法性從前經文但云覺性唯此段云法性意在此矣三結意

令此大衆及末世衆生作將來眼

可知後三展虔誠

作是語已五體投地如是三請終而復始

二讚許

爾時世尊告淨諸業障菩薩言善哉善哉善男子汝等乃能爲諸大衆及末世衆生諮問如來如是方便汝今諦聽當爲汝說

三佇聽

時淨諸業障菩薩奉教歡喜及諸大衆默然而聽

四正說長行中四一總叙過由二別釋四相三存我失道四斷惑成因初中總叙四相爲過患之因由文二一明過患本起

善男子一切衆生從無始來妄想執有我人衆生及與壽命認四顛倒爲實我體

解曰從無始來者未曾悟故故下有生盲之喻妄想等者無中橫計我等四者統唯我相（廣釋如上）但由展轉約義故有四名四名復有二相一迷識境二迷智境初者謂取自體爲我計我展轉趣於餘趣爲人計我盛衰苦樂種種變異相續爲衆生計我一報命根不斷而住爲壽者如金剛兩論所說迷智境者即此經說至文當知顛倒者

真我本有迷之謂無妄我本空執之爲有四皆横計故云認四顛倒故淨名云法無有我離我垢故法無有人前後際斷故法無衆生離衆生垢故法無壽命離生死故愍云心自取心自成心病演若愛影背本瞋頭從此妄滋莫能觸拂二明過患滋多文四一展轉生妄二違拒覺心三動息俱迷四結成障道今初

由此便生憎愛二境於虚妄體重執虚妄二妄相依生妄業道有妄業故妄見流轉猒流轉者妄見涅槃

解曰文有十句言展轉者初四句由迷起惑次二句由惑造業次二句由業招報後二句反於三道墮於二乗然此十句總當二乘宗中生滅四諦謂初六句集諦次二句苦諦次一句道諦後一句滅諦言生滅者倠天台教權實通論總有四重四諦實審一生滅逼迫名苦即有漏色心增長名集即業煩惱寂靜爲滅謂即涅槃出離名道謂止觀等故二無生涅槃云解苦無苦名苦諦等故三無量涅槃云苦即無量相非謂二乘所知等又云所未說者如林相葉故華嚴一剎已有四百億陰入皆如無苦可捨煩惱十千也四無作即菩提無集可斷生死即涅槃無滅可證邊邪皆中正無道可修理盡於斯方名聖諦矣如次是彼四教所詮法矣如懸談說然彼唯約四諦顯義分齊者具世出世因果故通權實故今此文中約其過患故當生滅初集諦中復有其二謂惑與業且初四句由迷起惑謂由執四相爲實我體所以於自生愛於他生憎順我者愛違我者憎如是愛憎皆由執我故曰由此然四大五蘊迷性妄生衆緣合成已是虚妄更於其上重執我人故云於虚妄等次二句由惑起業

謂由前二妄故生起造作種種妄業業能引至苦樂之果故名爲道疏云然空華一撥美惡情分就妄之中又分諸異言二妄相依者則憎愛二境更相顯對生妄業道者舉心躭染可意業生不可相馳尤增恚恨次苦諦者謂由造業成就則受生死流轉生死流轉即是所至善惡之果疏云言妄業道者一念貪染地獄門開瞥起嗔心刀鋒聳立言妄見流轉者愛色臨終親瞻猛火亡魂飛墜起伏乘煙業本自心心還自見後滅道二諦者疏云猒識流轉伏念澄神趣寂纏空化城非實二違拒覺心

由此不能入清淨覺非覺違拒諸能入者有諸能入非覺入故

解曰此文正是結答前問前問因何迷悶不入今答云由認四相展轉生過縱離六道復墮二乘是故不入次云非覺違拒等者由前問云因何使諸衆生不入故此答云非覺違拒使之不入但由認我故不入也如夢身未忘必不能合於本身非本身違拒有諸等者釋成非覺違拒意云入時若是覺入不入則是覺拒既入者自是能證之智覺體元無出入入與不入何責於覺又解見覺能入覺亦成非故知必在忘情無念方名真入故疏云帶能非證示過彰非三動息俱迷文二一正明

是故動念及與息念皆歸迷悶

解曰動念即前苦集息念即前滅道二徵釋二初徵

何以故

解曰動念任許肯覺息念即合契眞何故動息俱稱迷悶二釋分二一直釋

由有無始本起無明爲已主宰

解曰由將無始住地根本無明以爲我主故動是我動息是我息我相既在動息俱迷然本起無明者最初根本而起又從本源而起經云獨頭無明爲煩惱種亦同此矣不待因境名爲獨頭故前先標我體然後展轉生惑業苦等二轉釋

切衆生生無慧目身心等性皆是無明譬如有人不自斷命

解曰前是對徵之釋此又委細釋於前文本起之義於中二先法說意云衆生無始生來未曾開悟故云生無慧目如人若十歲二十方始眼盲則眼前雖不見青黃等色說之則能了知若胎中無目生來便盲則對色之時種種爲說終無所益則先須金錍抉瞙然後爲說是非故涅槃經說如生盲人不識乳色他人爲說展轉譬喻貝聲（常）米粳（樂）雪冷（淨）鶴動（我）竟不能得識其乳色故云身心等性皆是無明若眞契覺心以覺爲本則一切皆覺故前根塵普淨段中最後結云一切覺故又前得本起因地既所修皆是佛因此用本起無明則一切皆是魔業前如金爲千器器器皆金此如土爲千器器器皆瓦後喻說本因愛故得身若斷身則違愛如人身縱卑陋病苦亦自保命終不能斷斷餘或可自斷誠難認我亦爾斷一切煩惱惡業容有得者欲令斷我其可得乎何以故我終不能還斷我故又

有我故必不覺我如眼不自見故必情忘想盡與覺一體覺是真我則妄我本無方名爲斷如夢身縱令至劣至苦夢時終不肯斷必須覺來合於本身方嫌夢苦復無可斷又此喻亦可喻於後段愛我之言及養育無明之語前段後段血脉連環故此一喻通於前後四結成障道

是故當知有愛我者我與隨順非隨順者便生憎怨爲憎愛心養無明故相續求道皆不成就

解曰是故當知者指前意勢直從我體起憎愛已來乃至不斷命等此都結之以成障道所以次二句對順生愛以明我次二句對違起憎以明我次二句雙指上二唯滋無明故知迷心修道縱令勤苦種種行門但助無明何成佛果後二句正明障道言相續者本從無明而生憎愛憎愛還薰無明種子現行相續不斷將此求道畢竟不成寶積經云於身生寶愛不離於我人彼作是修行由斯墮惡趣二别釋四相然此我等行相殊常常者但約迷執初果已除此乃直就修證羅漢未曉文中即爲四段一約事驗我二悟我成人三了跡跡生四潛續如命初謂驗其任運分自他者是其我相文中二一標釋麤相二結指細相

初中二一徵起標示

善男子云何我相謂諸衆生心所證者

解曰心謂第七識所證者即第八識見分一切衆生任運執爲内我故此相難可自見約事證知但驗自他各殊即證自中有

我設令修道捨妄證眞但覺有心總名我

相二約喻以釋

善男子譬如有人百骸調適忽忘我身四肢弦緩攝養乖方微加針艾則知有我是故證取方現我體

解曰弦緩者緊急緩慢也即肢體不調手足失度之狀也餘皆可知以況道者燕居靜室或隱深山心絕經營境無違順習閑成性蹔得忘情不覺自他謂證無我若違順所逼究有心生心旣未平方知我在故下云若復有人歎謗其法即喜恨等懃云調適即稱理虛凝忽忘則比融眞宰弦緩況違眞負疾乖方明理性違常針艾乃觀照除遣方現表能心卓爾二結指細相

善男子其心乃至證於如來畢竟了知清淨涅槃皆是我相

解曰證於已上是能如來已下是所所中又如來是能涅槃是所謂非但了知二乘涅槃爲我相設使了知如來涅槃亦是我相然涅槃但是覺體非別有可證今既證得涅槃不忘能所即是我相二悟我成人

悟前非者是此相矣文二一麤相

善男子云何人相謂諸衆生心悟證者善男子悟有我者不復認我所悟非我悟亦如是悟已超過一切證者悉爲人相

解曰言心悟證是覺前非者字正明人相不復認者不作證心悟亦如是同前非也

二細相

善男子其心乃至圓悟涅槃俱是我者心存少悟備殫證理皆名人相

解曰不取能所故名圓悟無非不盡故曰備殫殫盡此智不袪爲存悟矣非諸差別故云少也亦如唯識加行偈云現前立少物但彼空此智爲異耳三了跡跡生謂了前二相俱是心跡總不執之故免我人然此了心又亦是跡故云了跡跡生文三一徵起標示

善男子云何衆生相謂諸衆生心自證悟所不及者

解曰覺前能悟悟是所覺悟既成所覺又名能展轉無窮皆成能所能所及處皆是相待了此無定故離前非計所不及謂免諸過不覺此計又是衆生衆生者不定執一之謂也二舉喻徵釋

善男子譬如有人作如是言我是衆生則知彼人說衆生者非我非彼云何非我我是衆生則非是我云何非彼我是衆生非彼我故

解曰借世人語詞以爲義勢顯衆生相言非我者以自是衆生故非彼者以云我是衆生不云彼是衆生故此顯於自於彼不計我人故非彼我後云非彼我者非彼人之我也三指前對辯

善男子但諸衆生了證了悟皆爲我人而我人相所不及者存有所了名衆生相

解曰初指前二相後而我下對之以辯衆生之相了證者空則我不及了悟者空則人不及不執主宰故離我人心又不忘是衆生相四潛續如命謂都無所執但擬修行由不起心免前三過即此無執之業智相續未忘非是故意生心故言潛續文二

一徵起標示

善男子云何壽命相謂諸衆生心照清淨覺所了者一切業智所不自見猶如命根

解曰即心之照故云清淨即自覺也覺前了跡故云所了即覺他也證悟等盡徹於眞源更無別能故直言心照擬將此智修習一切無漏之業故名一切業智又業是業用一切作用之智名爲業智但覺潛續之心故名不自不自同於幻化一念不生即是論中世間自然業智及不思議業相令以雖能除妄而不自除故名所不自見不自見故猶如命根如命根者兼取相續不斷之義二展轉細釋文三一以義正釋

善男子若心照見一切覺者皆爲塵垢覺所覺者不離塵故

解曰心照見是此門之相一切覺總指前三相由將此心見他諸覺故皆塵垢心未忘故故結云覺所覺者不離塵故二以喻返釋

如湯銷氷無別有氷知氷銷者

解曰湯銷氷盡同成一水更無能知盡者反明此業智既照前三相皆盡則是我病未盡如氷若言我盡即此言盡之氷便是不盡若本末配合則水喻眞心氷喻四相湯喻智慧煎水名湯悟心名智故謂水凍成氷還煎氷以銷之氷湯俱盡濕性獨存以喻眞心迷心成我還悟心以銷之我智俱盡照體獨立三以法正合

存我覺我亦復如是

解曰若依喻反合應云無別有我知我盡

者今翻喻勢順前正釋故云正合三存我失道文二一總標失道

善男子末世衆生不了四相雖經多劫勤苦修道但名有爲終不能成一切聖果是故名爲正法末世

解曰但名有爲者由前四相皆有取證既將此心修行則行行皆帶能所故不成聖正同華嚴多劫六度不名菩薩正法末世者正宗佛法之末世夫正法之時修則皆證末世之時人多取相今既取證之相則正法亦同末世若遇此教了達病源則雖末世還同正法後展轉廣釋文四一認我爲眞二説病爲法三將凡濫聖四趣果迷因初中二一徵釋其過二結成障覺初中六一久修如何不證徵二認我取證非眞釋三取證云何妨道徵四愛寂憎喧非脱釋五云何定知非脱徵六讚喜謗瞋驗我釋今初

何以故

解曰劫數既多行又勤苦以何義故不證聖果二認我取證非眞釋二一法

認一切我爲涅槃故有證有悟名成就故

解曰良由認我以爲涅槃故雖多劫勤修終無所益如認夢身以爲自巳慇爲家業種種疲勞終無一事益於資産二喻

譬如有人認賊爲子其家財寶終不成就

解曰賊若在外猶可隄防養之爲兒如何檢愼又知賊是賊無能爲養之爲兒寧無損敗以喻六根取境猶可制御藏識妄我難以辯明故如來藏中功德之寶念念

衰耗由此貧窮難集福慧三取證云何妨
道徵
何以故
解曰前徵何以多劫不證釋云由認我取
證故此又徵云縱使認我取證何以便妨
於道四愛寂憎喧非脱釋
有愛我者亦愛涅槃伏我愛根爲涅槃相有
憎我者亦憎生死不知愛者真生死故别憎
生死名不解脱
解曰夫生死輪迴本由憎愛欲求解脱須
盡二源今愛涅槃還是本愛今憎生死亦
是本憎棄苦欣樂雖殊憎愛元是本習帶
之修道佛果豈成伏我愛根爲涅槃相者
由伏之故不起不起之相似涅槃相以似
爲真故云爾也不知愛等者本愛涅槃擬
除生死愛心既在即生死根愛根憎苗豈
名解脱故曰不知愛等五云何定知非脱
徵
云何當知法不解脱
解曰法者涅槃由前釋云愛涅槃者名不
解脱故此徵云若愛生死許是繫縛今悟
涅槃是寂滅法以何相知還同本愛而不
解脱六讃喜謗瞋驗我釋謂實證者必無
我無我故即無瞋喜今爲法瞋喜即知證
法非真也我未盡故文中二一標我未盡
善男子彼末世衆生習菩提者以已微證爲
自清淨猶未能盡我相根本
解曰微證者外知根塵假合内覺性體寂
然猶未下正標未盡二以境驗知
若復有人讃歎彼法即生歡喜便欲濟度若

復誹謗彼所得者便生瞋恨則知我相堅固執持潛伏藏識遊戲諸根曾不間斷

解曰讃毀等者然世境違順麤重易明唯就法門最難覺察但言爲法瞋彼度此不知此心元是我相則知下因對外境驗得内心我執猶堅潛藏相續雖慧軍數舉（上云多劫勤修文聞前三觀也）魔衆頻摧（上云憎主死伏我愛及微證也）且阿賴耶城難攻主宰（偈云覺城義當翻此城也）末那常侍防護牢强意識謀臣經營内外傍監五識之將以鎮六賊之門由是賊主（我相）頻通遊戲時時偷號（貪號慈悲瞋號降魔）惑我法王（化主）徃徃侵疆（無漏慧也）擾我觀境（學人）雖外怯般若晝伏（觀照時也）夜行（妄起時也）而内挾無明晝夜不斷

（種子）二結成障覺

善男子彼修道者不除我相是故不能入清淨覺

可知二說病爲法文二一正釋其非二結成障覺初中二一覆推

善男子若知我空無毀我者有我說法我未斷故衆生壽命亦復如是

解曰覆推者躡前爲法瞋喜之次推窮以成說病爲法之過恐聞瞋喜是我便擬忍受不瞋用爲無我故推徵云若見彼是毀人我被彼毀而不瞋者此亦是我故云若知我空無毀我者既見有毀我者則未得我空亦應云若知我空無我說法故次云有我說法我未斷故然毀者是彼說者是我經文於毀者言無返明過也於說法言有順明過也餘三相亦爾經畧人字爲成句故翻覆推過者下擬決斷爲病故二決

斷

善男子末世衆生說病爲法是故名爲可憐愍者雖懃精進增益諸病

解曰說病爲法者指前所推之過即是四相四相若存總名爲病衆生不了但謂爲法是故名爲可憐愍者增益諸病者帶病修行故增諸病反此而言則稱實修行唯益實德如藥草等種有甘苦水土所滋各唯增益苦喻我相爲本甘喻淨覺爲本水土則喻萬行二結成障覺

是故不能入清淨覺

可知三將凡濫聖文二一正明相濫二結成障覺初中二一抑聖同已

善男子末世衆生不了四相以如來解及所行處爲自修行終不成就

解曰佛說了義稱理法門皆言心境本空惑業本淨凡聖不異因果圓明就佛見之理實如此且衆生迷倒已久種習根深縱令信解法門現用元來隨念但以分別心識解他無礙言教謂言佛意亦秖如然心既是念故不覺念不知眞通證入異於信解之心認佛平等之談不能斷惑求證故經印言終不成就華嚴亦云如貧數他寶等二騁已齊聖前則抑高就下此乃騁下齊高文二一認其聖智

或有衆生未得謂得未證謂證

解曰得者是理乃至聖人所具功德證即是智則聖人眞證之智身今謂證者增上慢人若自知不證而言證者則根本戒中大妄語戒非此文意二驗出凡情

見勝進者心生嫉妬

解曰然諸聖人形類不定得與不得內證在心何以辯他未得未證故觀徵所見以驗眞虛夫聖人用心他已無二見他勝進或法教流行念念歡喜必能隨順自驗內心如此或即證悟不虛若自覺已衰他盛則嫉已盛他衰則喜縱令深解妙境但是心之所緣勿錯認之謂得謂證二結成障覺

由彼衆生未斷我愛是故不能入淸淨覺

解曰未斷我愛者雙指前兩類之人前段解凡聖平等境界而未許以佛解同已乃云終不成就者以佛無我愛凡有我愛故後段見勝進嫉妬亦由我愛故畢竟不能入淸淨覺四趣果迷因

善男子末世衆生希望成道無令求悟唯益多聞增長我見

解曰希望成道者趣果也次兩句迷因也故經說聲聞唯觀於果不觀於因如狗逐塊不逐於人夫欲修學先須悟心心既洞明然求廣解末世之人多迷此意唯宗名數不務了心心既不通解唯增我故云增長我見華嚴亦說不了自心增長諸惡又智論云多聞無智慧是不知實相譬如大暗中有燈而無目等四斷惑下但當成因下佛說

下由前數段經文說修行中有多過患皆結云不入淨覺故此勸誡令離過用心方成正因文中二一順釋

但當精勤降伏煩惱起大勇猛未得令得未斷令斷貪瞋愛慢諂曲嫉妬對境不生彼我

恩愛一切寂滅佛說是人漸次成就求善知
識不墮邪見
解曰先斷惑中言但當者正標勸誡之詞
精勤及起大勇猛者通於修斷未得令得
者眞實境中一切功德妙用未斷令斷者
顛倒境中一切障礙之法即貪等也然斷
惑之文前後頻有今通收就此略啓三門
一所斷惑障二斷之行相三斷之位次初
所斷者有通有別通謂此經唯識起信各
說二種五性文初已會釋訖別者有其本
末本有二種一是論中根本不覺由此方
成阿黎耶故即文殊章中無明是也二者
彌勤章初廣明愛是輪迴根本各已釋訖
一是所知障本二是煩惱障本末者起信實性二論各說
九種皆如前釋唯識本頌總說六種論第
九約障十地復說十種十種已如前說六
種者頌曰煩惱謂貪瞋癡慢疑惡見長行
釋云性是根本煩惱攝故得煩惱名雖對隨惑
稱本望上迷眞爲末八識章已略辯今更具釋以銷
經文文云貪瞋愛慢者彼論愛非其數以
無別性貪所攝故此唯三法是彼論也貪
者於有有具染著爲性能障無貪生苦爲
業謂由愛力取蘊生故瞋者於苦苦具憎
恚爲性能障無瞋不安惡行所依爲業謂
瞋必令身心熱惱起諸惡業不善性故慢
者恃已於他高舉爲性能障不慢生苦爲
業謂若有慢於勝德法及有德者心不謙
下由此生死輪轉無窮受諸苦故此慢差
別有七九種謂依三品我德處生七謂慢
於劣計已勝於等計已等過慢等計勝勝計等慢過慢於勝計勝我

慢自恃高舉增上慢得少謂多卑慢多勝已少劣邪慢無得謂得九者謂我勝過我等慢我劣卑有勝卑有等慢有劣過無勝慢無等過無劣卑然七寛九狹九唯七中三故慢過慢卑慢各三為九合如註配也諂曲嫉妬即小隨煩惱各別起故名小但是貪等分位差別等流性故名隨諂者為罔冒他故矯設異儀險曲為性能障不諂教誨為業貪癡一分為體嫉者徇自名利不耐他榮妬忌為性能障不嫉憂慼為業瞋一分為體然根本六中今闕癡疑及惡見者癡在偈故三翻徵釋已決疑故偈云我身即是身見身見斷則餘見自除故餘謂邊邪二取此等皆依身見起故又重言彼我愛者愛與我相長相應故此章正為除我別明於已及他相憐愛故故云恩愛生死根本最難拔故念盡即

自他寂故又諸經教煩惱名數增減取捨隨何意趣不可一準且依此開十數見修所斷三界總有一百二十八也二斷之行相者五教不同初小乘者剛藏章中已釋二始教者聖道斷惑不從三世但智起時即無其惑猶明與闇定不俱生如秤兩頭低昂時等故智與障理必不俱三終教者自有二義一約相翻二約相續相翻者意不異前但前義不盡謂無間道正斷惑時為智先起惑後滅耶為惑先滅智後起耶為同時耶此中惑智若先後者各有兩失不成斷義謂若智先起智有自成無漏過不能滅惑過惑有自滅過不障聖道過若惑先滅亦有此四四名亦同但相望時義別總成八過也前說明闇乃是同時正當

中百二論燈不破闇之義謂明於闇到與不到俱不能破以此二相互相無故同時則相乖異時不相預故以法合之不成斷惑涅槃亦以此喻喻毗婆舍那不斷煩惱又秤衡是一低昂同時智惑不然豈離前過若此宗斷惑必須了惑非有非無性相無礙謂若定有則墮於常常不可斷若定無者復無可斷今以真理隨緣故智即無起而起惑則無斷而斷隨緣自性故智起而無起惑斷而無斷言相續者不約惑智相對但就能斷之智自有三時三時有二一約初心究竟通分三時二約無間道中剎那三時今依十地經論並通此二論云此智盡漏爲初智斷爲中爲後答云非初智斷亦非中後偈云（論指經偈）非初中後故若三時無斷云何斷耶論云如燈焰非唯初中後前中後取故此舉喻釋成（大品經亦云譬如燃燈非初焰燃炷亦不離初焰後焰亦爾而炷實燃也）謂實教斷惑必性相雙明經文正顯證智唯據甚深緣性不可說義論主兼明斷惑故性相雙辯非初非中後辯因緣無性是斷之不斷前中後取即不壞緣相是不斷之斷謂若一念能斷何假三心既並取方成明知無性無性故無初中後方成後故初中後斷此則從緣故無性無性故從緣也四頓教者此有三門一唯斷本本斷則末除（本末如上）故上文云永斷無明又云先斷無始輪迴根本二悟其空方名爲斷如夢桎梏寤即解脫故文云此無明者非實有體乃至知是空華則無輪轉等論云覺於念異念無異相

等三見其性非斷非不斷謂此惑性是眞覺故論云依覺故迷若離覺性則無不覺等經云一切障礙即究竟覺又云一切覺故故文殊教衆生發我見心以我見即菩提故不應斷覺故云非斷文云知幻即離不作方便等又云於諸妄心亦不息滅淨名云不斷煩惱等故是眞覺故不應認惑故非不斷文云諸幻盡滅覺心不動又云幻滅滅故非幻不滅又云由澄諸念客塵永滅此意如寤時非除却夢中物故云非斷又非留此物故非不斷非斷非不斷是眞斷惑五圓教者即華嚴宗一切煩惱不可說其體性以所障法必窮三際徹十方一即一切主伴無盡具四法界非唯眞如皆如前釋故能障之惑一障一切障故普賢行品起一念嗔具百萬障門也能斷之智一斷一切斷故隨好品阿鼻獄人頓證十地證於法界一證一切證已如前證位中說也成就佛果一成一切成出現品如來成正覺時普見一切衆生成正覺般涅槃也三斷之次位者小乘如前次始教者

二障各有分別俱生現行種子二分別種見道初斷彼二現行地前已伏煩惱俱生種者初地已去自在能斷留故不斷對法論云菩薩十地唯修所知障對治道不修煩惱障對治道以潤生攝化故不墮二乘故爲斷所知障故爲得大菩提故攝論云留惑待惑盡證佛一切智謂以智御用不起過患而成勝行猶如禁蛇如攝論說直至金剛喻定現在前時一時頓斷其現行者地前漸伏初地已上頓伏八地已上不行所知俱生者種則地地漸斷金剛永盡現則地前乃至十地方永伏盡八地已上六識俱者不行第七俱者猶起前五雖未轉依無漏伏故障不現起終教者二障不分俱生分別但有正使及習氣謂地前伏現行初地斷使種地上除習氣佛地究竟淨然於三

賢中已不墮二乘地故於煩惱自在能斷爲除智障留故不斷梁攝論云十解已去得出世淨心又云得出世名聖人不墮二乘地仁王云地前得人空而不取證起信亦說少分見於法身能現八相等故以此菩薩唯怖智障故修唯識眞如等觀伏斷於彼初地已上斷此一分麤故於煩惱障不復更留故二障不分見修至初地時正使俱盡彌勒問經云菩薩見修道中一切煩惱能障利益衆生行故即見道中一切俱斷故其末那煩惱亦初地斷麤後除習氣攝論云轉染污末那得平等性智初現觀時先已澄得修道位中轉伏清淨此明除習氣也正使先斷故但云轉淨不言斷也寶性論亦說地上依彼二種習氣障又始教中爲引二乘故以上就下說煩惱障同二乘教佛地方盡又以下同上許二乘全斷煩惱分斷所知今就終教實論愚法聲聞無廣大心尚不能究竟拔煩惱障但能折伏何況能斷彼所知

障如彌勒問經釋論及楞伽說頓教者若約悟理合覺誓志背塵則不作漸次文云居一切時不起妄念又云心不生虛妄故信位便云勞慮永斷得法界淨然惑雖虛妄橫執即生不能頓除任運漸盡如風頓止波浪漸停文云於滅未滅妄功用中便顯差別即當論中四重覺妄已如地位中引釋華嚴圓教者五十二位中位位圓斷故位位成佛具有其文略如前明廣如彼說斷惑義竟次釋餘文對境不生及一切寂滅者觀行成就煩惱已伏也然約此宗亦名爲斷初發心住同初地故佛說下四句佛印成因於中云漸次者由前說除我用心當時雖悟仍慮長時難離我習故佛誡云但得頓悟我空勤斷煩惱我見習氣漸盡無上佛果自然漸成求善知識等者商人入海須假

導師學者修行必資善友二反釋
若於所求別生憎愛則不能入清淨覺海
解曰言別生憎愛不入覺者反明不生憎愛則入覺也故云反釋不生憎愛則是斷惑入覺即是成因故就此門曲分此段慇云嗟時行者畜病爲功枉敘虛勞必招沉墜明明佛誡諦審鑒心無使一代空行虛游義海偈讚中四如次頌前初中一偈總敘過由
爾時世尊欲重宣此義而說偈言
淨業汝當知　一切諸衆生　皆由執我愛
無始妄流轉
二中二句別釋四相
未除四種相　不得成菩提
三中一偈存我失道
愛憎生於心　諂曲存諸念　是故多迷悶
不能入覺城
解曰城喻覺者城有三義一防外敵二養人衆三開門引攝今以不入覺城故愛憎諸念侵逼若了心性空則衆惑不入見恒沙功德即萬行匱增道無不通則自他引攝便能契果絕百非以成解脫養衆德以全法身開般若而無不通矣上三段皆長廣偈略四中二偈半斷惑成因
若能歸悟刹　先去貪瞋癡　法愛不存心
漸次可成就　我身本不有　憎愛何由生
此人求善友　終不墮邪見　所求別生心
究竟非成就
解曰悟刹者刹是世界如入唐國率土屬唐蕃境亦爾故知若到悟境即法法屬悟

迷境亦然法愛者憎生死愛涅槃也我身本不有者我身即憎愛之本欲除憎愛莫執妄身所依既空能依何有又愛彼潤身憎彼違我我身不有憎愛無生悟刹我身皆長無偈有

大方廣圓覺經大疏下卷之二

音釋

桎梏 桎音質足械也 梏音鵠手械也

大方廣圓覺經大疏下卷之三

唐終南山草堂寺沙門宗密述

自下依師離病者謂此廣勸依善知識除去四病及諸細惑（問目雖有五句義攝不出此二）經文四

初三之初

於是普覺菩薩在大衆中即從座起頂禮佛足右繞三帀長跪叉手而白佛言

解之可知正陳中二一慶前

大悲世尊快說禪病令諸大衆得未曾有心意蕩然獲大安隱

解曰禪病者四相二請後

世尊末世衆生去佛漸遠賢聖隱伏邪法增熾使諸衆生求何等人依何等法行何等行除去何病云何發心令彼羣盲不墮邪見一

解曰前皆有我相未可施功今既障除方堪修習修習用意復有是非故須依師免溺四病於中三節初明請問之意如人有子病者偏憂菩薩大悲先哀末世賢聖隱没正法將沉欲益當來懸興此問次正請問求何等人者由前云求善知識不墮邪見故此請問何等之人是善知識答中具指餘之四問文顯可知後明所爲羣盲者無慧目也後展虔誠

作是語已五體投地如是三請終而復始

二讚許

爾時世尊告普覺菩薩言善哉善哉善男子汝等乃能諮問如來如是修行能施末世一切衆生無畏道眼令彼衆生得成聖道汝今諦聽當爲汝說

三佇聽

時普覺菩薩奉教歡喜及諸大衆默然而聽四正說長行中五一指示明師令事二分別四病令除三辯事師之心四明除病之行五顯發心深廣亦當次答五問然復有少相濫（至文當指）故且宜直顯經意初中三一令識二令事三顯益今初

善男子末世衆生將發大心求善知識欲修行者當求一切正知見人心不住相不著聲聞緣覺境界雖現塵勞心恒清淨示有諸過讚歎梵行不令衆生入不律儀求如是人即得成就阿耨多羅三藐三菩提

解曰將（將欲）發大心（揀餘乘也）者正因（針鋒）善知識者正緣（芥子）因緣備具佛道方行（如論中說）善能知眞識妄知病識藥名善知識初心便令求者文殊告善財云親近供養諸善知識是具一切智最初因緣故先讚亦云欲學六波羅蜜者當與眞善知識相隨常當承事正知見人者標指也善達覺性不因修生決擇無疑名正知見法句經云善男子一切衆生欲得阿耨菩提者當親近善知識請問法要必聞如斯甚深要句又云善知識者善解深法空無相無作無生無滅了達諸法從本已來究竟平等無業無報無因無果性相如如住於實際於畢竟空中熾然建立是名善知識華手經云有四法者當知爲善知識謂善知教化修道各及過患次下釋釋有二節初明順行言心不住相者離凡夫煩惱境界若有少法當情皆名住相乃至菩提涅槃尚不取著何況世間夢幻境界故不應住色聲香味觸

法生心應無所住而生其心得無住心即契圓覺不著等者離二乘境界稱讚大乘經云寧在地獄經百千劫終不發二乘之心亦可正知見者揀外道不住相揀凡夫不著等揀二乘後明逆行即淨名云行於非道通達佛道之意塵者六塵勞謂勞倦由塵成勞故名塵勞又染心勲苦亦是塵勞心清淨者現染之中心自淨也如淨名云示有女子常修梵行等華嚴云菩薩在家與妻子俱未曾捨離菩提之心次四句則現過之中令他淨也欲度有過衆生先以同事相攝心既相親方能受教如淨名云入於婬舍示慾之過等亦同華嚴善財善友婆須愛水而不溺無猒恚火而不燒勝熱癡邪而不惑矣讚梵行等者縱使自身有病服食非儀或爲利益或有別緣蹔乖眞教只得貶已承非不得飾非説理以誤凡下此乃不同邪人自造諸過復説非梵行事爲其眞實令無量人墮大險趣但爲同事攝故雖現諸過常須讚歎眞實梵行故論云壞見之人雖不壞行不堪與衆生爲其道眼雖壞行而不破見者是則人天眞勝福田求如是人下結成大益二令事者文二一舉身命之難二例身外之易

初中二一正舉

末世衆生見如是人應當供養不惜身命

解曰謂捨泡幻之軀以貿金剛之質如將瓦器以換金瓶即雪山捨身香城敲骨之類儒典尚令竭力事父致身事君何況爲法故大乘四法經云諸苾芻盡壽乃至逢

遇喪命因緣必定不得捨善知識二遮疑

彼善知識四威儀中常現清淨乃至示現種種過患心無憍慢

解曰於中先明疑境常現清淨指前順行示現等者指前逆行心無憍慢正明不疑法句經亦云若善知識諸有所作不應起於毛髮疑心所以者何若有疑心不得正受甚深法句夫菩薩化現權道難測但依法門莫疑其跡不以順行即効虔誠或覩逆行便生憍慢故智論云於諸師尊如世尊想若有能開釋深義解散疑結於我有益則盡心敬之不念餘惡如弊囊盛寶不得以囊惡故不取其寶又如夜行險道弊人執炬不得以人惡故不取其照菩薩亦復如是於師得智慧光明不計其惡復次弟子應作是念師行般若波羅蜜無量方便力不知以何因緣故有此惡事如薩陀波崙聞空中十方佛教汝於法師莫念其短常生敬心然爲徒之難爲師不易勿因此誠誤敬麤人欲驗眞虛如前揀擇已諳其道如此遵承又此葉治徒師勿錯服服之增病無藥可治以縛解縛無有是處二例身外之易

況復搏財妻子眷屬

解曰搏謂搏食財謂錢帛詳經意勢是說財食食有四種此當段食食總段別以段揀餘古譯經論訛云搏食今此三藏承古訛音遂作搏字又不分總别謂搏即食仍略食字故云搏財也妻子者最親眷屬者僕從對前身命之難故云況復問淨名等

復云依法不依人如何和會答不依人者不効其迹迹者取捨對機逆順無準不觀種性非不求師三顯益

若善男子於彼善友不起惡念即能究竟成就正覺心華發明照十方刹

解曰不起惡念者由前無慢故也憍慢若起惡念便生障覆自心法何得入即能下二句旣無惡念之覆即得正覺成就心華下二句覺心旣明即慧光開發觸向無染故曰心華稱體無邊照十方刹二分別四病令除者此當答第二依何等法之問標以妙法釋依圓覺是所依法故此法離於四病方可依故除病之問下自有答然文似濫故但合而科之直銷經也文三一總標徵起

善男子彼善知識所證妙法應離四病云何四病

解曰心病無邊要唯此四隨有其一即不堪爲師二別釋行相然此四病文皆四節一標名二辯相三指體以破四結名皆名病者但緣不以教爲繩墨不以師爲指南但自舉心作如是意故經文皆云若復有人作如是言言是意言矣文四一生心造作

一者作病若復有人作如是言我於本心作種種行欲求圓覺彼圓覺性非作得故說名爲病

解曰辯相中作如是言者思惟揣度計校籌量與心運爲擬作行相造塔造寺供佛供僧持呪持經僧講俗講端然宴坐種種

施爲止息深山遊歷世界懃憂衣食謂是道緣故受饑寒將爲功德觀空觀有愛身猒身於多行門隨執其一託此一行欲契覺心既是造作生情豈合無爲寂照此病從前幻觀中來彼云一切菩薩從此起行至諸輪中皆云度生起行起用失彼文意成此作病破中云非作得故者圓覺性非造作造作如何契之若了覺性本圓不用與心求益不與心處即合覺心合覺心時自無諸妄無諸妄已則所作相應積土聚沙皆成佛道即於上來諸行遇緣力及便爲隨病隨治不順妄念但得妄盡性自開明歇即菩提不從外得肇公云玄道在乎妙悟妙悟在乎即眞二任意浮沉

二者任病若復有人作如是言我等今者不斷生死不求涅槃涅槃生死無起滅念任彼一切隨諸法性欲求圓覺彼圓覺性非任有故說名爲病

解曰此作意云生死是空更何所斷涅槃本寂何假修求不猒不忻無起滅念任彼一切隨諸法性者火熱水濕之類各各差別之性今時現有一類人云妄從他妄眞任他眞各稱其心何必改作作亦任作好閑任閑逢餅即飡遇衣即著好事惡事一切不知任運而行信緣而活睡來即卧興來即行東西南北何定去住此病因前諸輪標云圓覺清淨本無修習依於未覺幻力修習失彼文意自謂已覺何必作幻故成任病破中前則驅馳覓佛此乃放縱身心設令善惡不拘即名無記之性七賢豈

是大道四皓寧爲聖人尚昧欲天焉冥覺體行人至此溺水沉舟宜自警懔勿霑斯病故前文云若諸衆生本不修行於生死中常居幻化令妄想心云何解脱三止息妄情

三者止病若復有人作如是言我今自心永息諸念得一切性寂然平等欲求圓覺彼圓覺性非止合故説名爲病

解曰此者生心恐非隨情慮失一向止息豈合任之但止妄即眞何須别照得一切性者息念故離相離相故得性是諸法無性之性非即覺性寂然平等者由我心生妄相故招苦樂差殊今但止息妄心妄盡自然平等此從静觀中來迷彼取静爲行及澄諸念之言因成此病破中覺本無念見念既乖性本靈明迷照亦失念無而有既止息令無照有而隱何不觀察令顯又眞本無念念既乖眞性本無止止亦違念故言非止合故故前云於諸妄心亦不息滅懿云心形起滅理況空華圓覺本如智冥眞寂縱依漸止功亦何下但證心源不言浮用四滅除心境

四者滅病若復有人作如是言我今永斷一切煩惱身心畢竟空無所有何況根塵虚妄境界一切永寂欲求圓覺彼圓覺性非寂相故説名爲病

解曰與前異者前則但息心念令寂此則計於身心根塵本來空寂又前不妨見有根塵但不隨念愛染故云止息此即觀破至於空無故名除滅永斷煩惱等者煩惱

之本即是身心若執身心煩惱何斷故標斷煩惱釋以身空何況等者旣斷盡煩惱空却身心身心尚空根塵何有一切永寂者身等本空故名永寂諸相旣泯寂相現前擬將此心求證圓覺此從寂觀中來彼諸輪中皆云寂滅及斷煩惱迷彼文意故成此病破中夫覺體靈明不唯寂滅今滅惑住寂豈得相應況圓覺者非動非靜雙融動靜恒沙妙用無礙難思住寂之心何能契合言即似近理即全踈與體相違故言爲病三結明眞僞

離四病者則知清淨作是觀者名爲正觀若他觀者名爲邪觀

解曰然上四種行門皆是諸經勸讚況前三觀具有斯文今以此爲病者有其二意一者四病文中皆無觀慧二者但以率心偏住一行不窮善友圓意不究佛敎圓文纔悟一門之義便不能久事明師纔見一經妙文便不能廣窮聖意但貪單省執一爲圓是以經文總呵爲病若能四皆通達不滯一門即此四中並皆入道雖然作種種行元來任運清閑雖頻覺身心本空習起還須息滅又須常冥覺體不得取四爲心則自然休時非休作時非作故淨名云但除其病而不除法文中則知清淨者將前四行自驗其心隨落一門即知是病故言離者則知清淨作是觀者雖不取四病而慧解昭然不得懼落四中即便因循而已若他觀者復有聞斯四過離四又更生情便信胷襟別爲見解又作是觀者離四

也他觀者取四也問爲説揀師之時求於離病之者爲説學人自離四病若説師病何以問中別標其目又結云作是觀者等若説學人病者云何標云彼善知識所證妙法應離四病答二皆不異既聞經識病須求離病之師既事此師即修離病之行然別釋之中若師若徒病無別相雖合二意而無二途解釋結文之中即須料簡若結行人即依前釋若結揀師師無四病即須歸依若縱志別求名爲邪觀故菩薩戒云其法師者或小姓年少卑門貧窮而實有德是故不得觀法師種姓意云但觀病中離與不離莫觀種姓貴之與賤三辯事師之心

善男子末世衆生欲修行者應當盡命供養善友事善知識彼善知識欲來親近應斷憍慢若復遠離應斷瞋恨現逆順境猶如虚空了知身心畢竟平等與諸衆生同體無異如是修行方入圓覺

解曰此當答第三行何等行之問故標云欲修行者結云如是修行然且唯説事師更無別行故但辯此以當修行謂菩薩行門本無定跡隨當時事隨差別機但令善事明師明師必自臨事指示亦同善財於文殊處發菩提心已問菩薩行文殊亦不具説但令親近善友遂指德雲比丘展轉令徃矣應當供事者涅槃經説是具足因縁故故法句經以二十一喻喻善知識謂父母眼目脚足梯櫈飲食實衣橋梁財寶日月身命等後結云善知識者有如是無

量功德是故教汝親近大衆聞已舉聲號哭自念曠劫爲善知識守護今日值於如來乃至未曾報恩無心親近説是語已重復舉聲號泣等欲來親近者夫善友度人種種方便師徒心契法意方傳所以俯就物機相親相近愚者無識憍慢便生慢旣翳心即不入道故云應斷遠離者或欲除慢或遇異緣相去相離便生瞋恨云踈我親彼説愛説憎旣一念瞋百萬障起非論失道亦墮三途故此令斷論語云唯女子與小人爲難養也近之則不遜遠之則怨怨則此瞋恨也不遜則此憍慢也逆順者遠離名逆親近名順又違情曰逆隨情曰順故勝鬘云應攝受者而攝受之應折伏者而折伏之則佛法久住如虛空者心無改易了知等者結事同體悲智所以然者若不了善友及諸衆生與已同體者雖知菩提可進而不能屈節事師雖知薩埵可悲而不能忘軀弘道故此示也如是下結因成果四明除病之行此答第四除去何病之問然前文是離病故亦不定局之文

二初明所治

善男子末世衆生不得成道由有無始自他憎愛一切種子故未解脱

解曰自他憎愛前已頻明今復説者是種子故是入道微細病故由此種子難契圓明故隨所聞法門即生心作意捨此取彼憎妄愛眞能所難忘良由此矣故後能治云即除諸病現行麤而易覺種子細而難明故偏指也後明能治文二一等心觀人

若復有人觀彼怨家如己父母心無有二即除諸病

解曰七品行慈之中此當上怨同上親也觀之既同應與上樂二等心觀法

於諸法中自他憎愛亦復如是

解曰前既云怨家父母無二例此觀法應云涅槃生死不殊不殊故則無自他憎愛故知諸病只由愛憎妄見自見他故不肯久事師宗但自生情起行今既斷斯種子即知諸病自除所以觀人中云即除諸病此云亦復如是又此文於諸法中明自他憎愛尤顯異於前段前段不言法故五顯發心深廣正答第五云何發心之問文三一總標發心二別明心相三通結離邪今初

善男子末世衆生欲求圓覺應當發心作如是言

解曰諸佛因地皆發此心依此願修方成正覺若無心願策引所修行亦不成如車闕一輪鳥唯一翼二別明心相此同金剛經中具四心也四心者彼經彌勒頌云廣大一第一二常三其心不顛倒四今此文二初廣大第一

盡於虛空一切衆生我皆令入究竟圓覺

解曰即同彼經四生九類廣大我皆令入無餘涅槃也第一盡虛空者橫竪皆無分劑一切者不擇强愞怨親故云廣大皆令覺於本覺入於始本不二究竟圓覺故名第一然虛空衆生無有邊際菩薩悲願亦復如是然由發此願自熏成種得成菩提承此

願力任運而化不要起心三世諸佛悉同
於此若不爾者何異二乘二常不顛倒

於圓覺中無取覺者除彼我人一切諸相

解曰我入覺時我即圓覺衆生亦爾何有取者故天親云自身滅度無異衆生故名常心若見衆生因我入覺即非常也除彼等者除我人及所度衆生等相是不顛倒故天親云遠離依止身見衆生等相故無著亦云已斷我見得自行平等相故信解自他平等上來總是彼經實無衆生得滅度者（常心）若有我人等相即非菩薩（不顛倒心）三通結離邪

如是發心不墮邪見

偈中文五依次長行但文略耳一示明師令事五句

爾時世尊欲重宣此義而說偈言

普覺汝當知　末世諸衆生　欲求善知識
應當求正見　心遠二乘法

二分別四病令除二句

法中除四病　謂作止任滅

三辯事師之心五句

親近無憍慢　遠離無瞋恨　見種種境界
心當生希有　還如佛出世

還如佛出世者長行達巳同凡此乃敬師如佛四明除病之行二句

不犯非律儀　戒根永清淨

但須能治也以所治憎愛是犯律因云未解脫亦違戒德故此云不犯及永淨也五顯發心深廣一偈半

度一切衆生　究竟入圓覺　無彼我人相

常依正智慧　便得超邪見　正覺般涅槃

初四句如次須四心第五須通結第六潛具二經長無此有般涅槃之義留對下佛出現文以釋後一問答道場加行下根修證得道之處名曰道場謂於此處誓志尅期加功用行以求證入故名加行下根修證者謂雖信解前法而障重心浮須入道場自為制勒緣強境勝則功用有期問此入道場但是修前三觀何得別為大科答觀行法門雖同修之方便有異隨機施設故故此文先結前云若在伽藍安處徒衆隨分思察如我已說結已然後說道場儀式故知別是一段矣若約四分科經此當其證修三觀中有證相故文四初三今初

於是圓覺菩薩在大衆中即從座起頂禮佛足右遶三帀長跪叉手而白佛言

解曰菩薩名圓覺者可引前文再示正陳中二一慶前

大悲世尊為我等輩廣說淨覺種種方便令末世衆生有大增益

解之可知二請後

世尊我等今者已得開悟若佛滅後末世衆生未得悟者云何安居修此圓覺清淨境界此圓覺中三種淨觀以何為首唯願大悲為諸大衆及末世衆生施大饒益

解曰此有四節初躡慶前二若佛下明所為三云何下正請於中二初問道場後此圓覺下問加行四唯願下結請後展虔誠

作是語已五體投地如是三請終而復始

二讚許

爾時世尊告圓覺菩薩言善哉善哉善男子汝等乃能問於如來如是方便以大饒益施諸衆生汝今諦聽當爲汝説

三佇聽

時圓覺菩薩奉教歡喜及諸大衆默然而聽

四正説長行中二一答道場二答加行初中二一結前

善男子一切衆生若佛住世若佛滅後若法末時有諸衆生具大乗性信佛秘密大圓覺心欲修行者若在伽藍安處徒衆有緣事故隨分思察如我已説

解曰佛滅後者正法像法法末時者即是末法具大乘性者宿有聞熏之種不同唯識永揀餘性信佛等者聞慧初開欲修行者菩提心發若在等者指前普眼門及三觀諸輪所説隨分思察者謂圓機菩薩不滯空閑種種運爲作諸利益廣度羣品備學法門隨其閑暇分中則便思察三觀故言隨分非謂見解未圓名爲隨分二正説文三一道場期限二限内修行三誡取邪證今初

若復無有他事因緣即建道場當立期限若立長期百二十日中期百日下期八十日安置淨居

解曰無他緣者菩薩逢益即爲遇緣且赴如法華中官事當行之類若無勝利須建道場尅志加功以期聖果即三期皆是自利爲揀利他故名無他事亦可王賊命難名爲他事定三期者過則情生疲猒少則功行未圓故量尅三時亦無别義然約三

根配之有其二意一約障盡難易配長期下根中期中根下期上根二約精進懈怠配者即反於此根有利鈍期有遠近對病設藥斯之謂歟後安置淨居者欲使內外清淨身心潔白事理稱可

大方廣圓覺經大疏下卷之三

音釋

摶 音團捏聚也　梯櫈 梯天黎切體平聲木階也櫈音鐙几屬

大方廣圓覺經大疏下卷之四

唐終南山草堂寺沙門宗密述

二限內修行文二一明道場行相二明遇夏安居初文二一明隨相用心

若佛現在當正思惟若佛滅後施設形像心存目想生正憶念還同如來常住之日懸諸幡華經三七日稽首十方諸佛名字求哀懺悔遇善境界得心輕安

解曰於中三節初明佛在世行相正思惟者當知唯心無外境界次若佛下明佛滅後行相心存目想等者明設像之意謂大師去世不覩眞儀設像諦觀引心入法相即無相即見如來亦可想佛眞身常在不滅懸幡華者嚴飾壇場經三七日者去其久近無別所表稽首十方諸佛名字求哀懺悔等者准諸經論開合不同或二善戒經唯懺悔回向三智論云晝夜三時各行三事謂懺悔勸請隨喜功德無盡轉得近佛五十住婆沙加禮拜回向即常所用晨朝之文唯除發願發願是闍王說矣起信亦同文云應當勇猛精懃晝夜六時禮佛懺悔勸請隨喜回向常不休息其最備者即離垢慧菩薩所問禮佛法經總有八種通說其益則俱能遠離垢障速證佛果若別說者各如注配也一供養除慳貪障感大財富二讚佛除惡口障得無礙辯三禮佛除我慢障得尊貴身四懺悔除三四障依正具足五勸請除謗法障多聞智慧六隨喜除嫉妒障得大眷屬七回向除狹劣障成廣大善八發願除退屈障總持諸行供養者文云嚴持香華等然有三種謂財法觀行財供復有內外事皆可知其法供者即十法行謂於教法書寫供養轉施聽聞披讀受持開示諷誦思惟修習又新華嚴云諸供養中法供養最七行所謂如說修行利益攝受眾生乃至不

離菩提心等然稱法施即法供養如善德受教喜見燒身觀行供養者華嚴緣起平等章云菩薩凡所施設乃至一香一華一衣一蓋一供養具皆稱眞理等虛空界即以全法之身遊諸佛刹稱眞之物供養於佛等彼經又云我以普賢行願力故華香音樂衣服等一一量如須彌諸香油燈燈炷一一如須彌山燈油一一如大海水即同願此香華雲遍滿十方界等讚佛者情發於中而形於言言之不足故歌咏之諸經讚詞甚多不可繁列禮佛者准魏朝勤那三藏禮佛觀門優劣有七一我慢禮身依次立心無恭敬高尊自得恥於下問如碓上下二唱和禮徒肅形儀心無淨想高聲喧雜詞句渾亂(上二非儀)三恭敬禮敬從心發運於身口五輪著地(斷道離蓋任通具眼右膝正覺左膝不邪右手動地左手攝外頂得頂相)言發情懇聞唱佛名便念佛身莊嚴晃曜心想成就(云云此通人天二乘及六度菩薩宗敎中禮也)四無相禮發智清淨解佛境界深入法性離能所相自淨身心蕩蕩無礙(始敎空宗也空是大乘初門故)五起用禮觀自身心及一切佛不離法界如影在鏡諸行位地因緣果報一一皆爾故普運身心遍禮一切(終敎中從體起用也)六內觀禮但禮身內法身眞佛不緣他佛若外有可觀邪人行遥若能返照解脫有期(終敎中顯實宗也不計空色直見本覺眞性如論中心體離念等此意以背塵合覺爲歸依禮敬也)七實相禮若內若外若凡若佛同一實相見佛可禮亦是邪見觀身實相觀佛亦然安心寂滅名平等禮故文殊云不生不滅故敬禮無所觀等(頓敎禮也)

即心見境界佛即境見唯心佛不取眞棄假混絕無寄但得如此於法自然常冥法界常禮諸佛亦可第四空觀禮眞諦佛五假觀禮俗諦佛六中觀禮第一義諦佛此門則三觀一心禮三諦一境佛廣如彼說清涼大師又加八大悲禮九總攝禮十帝網禮以圓十數順其宗矣行願經云一一佛所現不可說不可說佛刹微塵數身一一身遍禮不可說不可說佛刹微塵數佛盡虛空界無有窮盡念念相續三業無疲今經既是隨相門中且當第三第五禮也餘在下離相攝念中懺悔者具云懺摩此云悔過若別說者懺名陳露先罪悔名改往修來滅除三障四障成淨戒善三障者如佛名經說罪雖無量不出其三一煩惱煞斷慧命賊劫善法瀑河壽鎖二業巧作六道令各不同懺之有三一伏二轉三滅然小乘唯時定報不定者方除大乘一切皆滅又善心懺罪即上下品類敵對若智斷煩惱及防未起之罪則上敵下下敵上三果報時至非空非海山石方所脫之不受唯懺乃滅此三能障聖道及以人天故名爲障此三滅者八萬塵勞皆悉清淨四障者華嚴隨好品中加一見障見及煩惱利鈍分異業報則因果分異故然欲懺者先知展轉起由由無始不覺起貪瞋癡煩惱也是業之因也發身口意能發是三業故唯識說皆思爲體所發是造業具故梵行品開之成六也造一切業善惡不動是所造業體也受諸苦惱報障也受有順現生後故婆沙云三三合九種從三煩惱生然懺有二意若約責心四障俱懺若就所作唯懺惡業於中復有二種一若犯遮罪先當依教作法悔之二若犯性罪復須起行起行復二一事理二順逆初中事如方等嚴場香塗圓壇高座請二十四尊設饍新衣或洗七齊三浴精一內外律者受二十四戒對師說罪要八日十五日當以七日爲期此不可滅也佛名經等歸三寶興七心一慚愧二恐怖三猒離四發菩提心五怨親平等六念佛報恩七觀罪性空通於萬行方等唯事佛名理事理如淨名觀罪性空不在內外等難曰觀

罪性空罪即滅者觀福性空福亦應滅答曰不也以罪違性福順性故真性望罪是能治能治顯時所治之罪即滅望福是能生能生顯時所生之福無盡故金剛經云無住相布施福德如虛空等普賢觀經及華嚴隨好品具二種懺觀經明晝夜精懃禮佛即是事懺觀心無心從顛倒起若欲懺悔者端坐念實相即是理懺隨好品中等衆生界善身語意業悔除諸障即是事懺觀諸業性非十方來止住於心從顛倒生無有住處等即是理懺事懺除末理懺拔根二順逆者准天台止觀須達順逆十心謂先識十種順生死心以為所治一妄計我人起於身見二内具煩惱外遇惡緣我心增盛三内外既具滅善心事不喜他

善四縱恣三業無惡不為五事雖不廣惡心遍布六惡心相續晝夜不斷七覆諱過失不欲人知八虜扈抵突不畏惡道九無慚無愧不懼凡聖十撥無因果作一闡提從無始來若自及他無不皆爾次起逆生死心從後翻破一明信因果二慚愧尅責屏罪慚天顯罪愧人三怖畏惡道翻抵突也四不覆瑕疵翻覆五斷相續心如再犯王法及吐已還食六發菩提心心等虛空翻前惡遍七修功補過翻前縱惡八守護正法翻前滅善九念十方佛翻惡緣也十觀罪性空見無我也若具此者無罪不滅若不解者設入道場徒為勞苦然上理事逆順若皆相應則一念懺悔功德與無始惑業齊等義如行願經婆沙論勸請者凡小自度但懺而已菩薩愍衆故須勸請勸請有二一請轉法輪偈云云謂知

聲如響了法眞實畢竟無生知佛法輪所出生處即常請常說未曾失時二請佛住世偈云云准行願經三乘賢聖諸善知識皆請住世然其義意乃有二請一隨相請可知二稱性請謂佛本常住衆生心垢業惡故不能見但依智離識常作佛觀心清智明即常見佛此義如下遍修三觀中釋故行願經云虛空界盡乃至我此勸請無有窮盡念念無間三業無猒請說請住皆爾隨喜者隨所見他善事而生歡喜又隨順歡喜也由昔不喜他善故今發隨喜心而慶悅彼以除之也准行願經於如來因果善根及六趣二乘一切菩薩所有功德悉皆隨喜佛爲最勝所以先明法華則唯隨喜如來權實功德回回轉向趣向者回已修善向於三處謂實

際菩提衆生展局成廣如聲入角所以要此三者凡是菩薩必大悲下化大智上求而離衆生及菩提相又此三者其必相資一即具三方成其一發願者策勵運意爲發希求樂欲爲願即四弘誓或五願也彌綸諸行直至菩提菩提心成以之爲體然上八重生起有緒謂發心香華供養口讚身體次洗滌法器欣求法雨攝他同已回向三處願皆成佛然行願雖云十種但於勸請回向中開別義耳若不備斯理事何成禮懺觀門故爲辯明勿譏其廣末後兩句道場獲益或見佛像或覩光明不作聖心即善境界身心調暢輕利安和神氣精明肢體柔潤論中說禮懺等五事已亦結云得免諸障善根增長天台止觀第九門中善根發

相有其眞僞僞者隨因所修數息等禪彼先說五停心觀發相後始明此眞僞故所發之法身手紛動或重或輕或寒或熱或念散善或起惡覺乃至憂喜驚樂此名邪定若人念著多好失心或鬼神知之則加勢力令發諸定智辯神通感動世人謂得道果乃至命終墮鬼神道若因此行惡即墮地獄若能知之正心不著即當謝滅眞者無有如上之法一一禪發即與信等相應分明清淨內心悅樂智鑒分明身意柔輭微妙虛寂猒患世間唯忻出離若見此善根發時應隨所宜或止或觀修令增長令經云遇善境即信等相應次云攝念等及下修三觀即彼長養之意隨相竟

二明離相用心

過三七日一向攝念

解曰亦名會緣入實謂初以塵心麤重令託勝相爲緣相既皆虛誠宜入實攝念者論云若修止者住於靜處端坐正意乃至心若馳散即當攝來住於正念正念者當知唯心無外境界然論與經皆先以禮懺等除惑業之濁次以正念攝馳散之動空而又寂方能現佛境之像二明遇夏安居文三一標異聲聞

若經夏首三月安居當爲清淨菩薩止住心離聲聞不假徒衆至安居日即於佛前作如是言

解曰然建道場或在伽藍或於餘處期限未滿夏首已臨入衆安居則乖誓約自終期限又犯毘尼道場中人由此疑惑如來遠念故爲辯明爲俗乖律即非因大廢小

無失故決定毘尼經說持聲聞戒是破菩薩戒持菩薩戒是破聲聞戒心離聲聞者大小不同次下即說不假徒衆者不必六和作如是言亦在下二正陳詞句

我比丘比丘尼優婆塞優婆夷某甲踞菩薩乘修寂滅行同入清淨實相住持以大圓覺爲我伽藍身心安居平等性智涅槃自性無繫屬故今我敬請不依聲聞當與十方如來及大菩薩三月安居爲修菩薩無上妙覺大因緣故不繫徒衆

解曰比丘梵語此含三義故存梵不譯一怖魔二乞士三淨戒尼者女也謂女比丘優婆塞夷者此言近事男女謂親近比丘比丘尼而承事故小乘局於二衆大乘道俗俱霑踞者居也菩薩乘者揀羊鹿車寂滅行者揀四諦行藏海疏云伽藍此云衆園園是衆居處故圓覺則萬德所依以八識海澄流注寂滅體遍法界故得名大於四智中則圓鏡也身心安居者身者五識身依五色根故心即第六意識以五識取塵意識分別熏動心海波浪從生故不名安今意無分別五不妄緣識浪永寂與體一如故名安也身安故即成所作智心安故妙觀察智平等性智者比以四惑相應妄計賴耶爲自內我於平等理中起不平等見今既所緣性寂能緣七識自如如性皆同故平等矣涅槃自性無繫屬者爲揀二乘計著方處今順法性故無所屬大因緣故者不拘小節之意也然小大安居略有八異一所依異別界圓覺二假實異定

實示現三住持異事相實相四結安異對
手作法獨自稱名五成安異身不出界心
不起念六失安異身出越界念起背本七
還界異身不踰時及界念不間斷而覺八
所祈異阿羅漢果無上菩提問大小二藍
何寬何狹答若以成相則大寬小狹界內
及圓覺故若以破相即小寬大狹身出界
及當處念起故三結示休期
善男子此名菩薩示現安居過三期日隨往
無礙
解曰道場三期已滿小乘夏限未終以本
非小乘安居故不妨隨往無礙三誡取邪
證
善男子若彼末世修行衆生求菩薩道入三
期者非彼所聞一切境界終不可取

解曰此文是總標加行中所證之境誡其
邪謬非彼所聞境界者夫信解行證雖階
級不同而所信乃至所證之法始終不異
謂解則解其所信修則修其所解證則證
其所修今明證得境界若非本所信等法
即不應取二答加行文三一別修三觀二
遍修三觀三互修三觀初文二一別釋二
總結初中三一靜觀二幻觀三寂觀初中
又三一修觀成
善男子若諸衆生修奢摩他先取至靜不起
思念靜極便覺如是初靜從於一身至一世
界覺亦如是
解曰至靜等義具在前明覺亦如是者倒
於靜也應云如是初覺從於一身至一世
界靜即是體是定覺即是慧是用初觀成

不見自身之相名一身靜以我身靜時當
體是覺名一身覺世界亦然二起功用
善男子若覺遍滿一世界者一世界中有一
衆生起一念者皆悉能知百千世界亦復如
是
解曰知衆生念者世界既全成覺衆生全
在覺中故所起念無不了達如影入鏡鏡
照無遺百千世界類此可解説則以一例
多覺發則同時已遍三誡邪證
非彼所聞一切境界終不可取
義同上也二幻觀文二一明正觀
善男子若諸衆生修三摩鉢提先當憶想十
方如來十方世界一切菩薩依種種門漸次
修行勤苦三昧廣發大願自薰成種
解曰憶想等者前至靜觀不假外緣令起
幻門中須憑聖境前威德段中圓説故約
大悲化生令道場之内且自兢修故約大
智求佛亦可諸佛菩薩必以大悲爲本但
依佛菩薩種種之門自然具大悲也道場
之内且學悲心限滿對緣即將化用漸次
等者前至靜歸體功則頓現今隨差别之
相故應漸次所以前有起於功用今即無
文是斯意也又亦可以例合有功用但是
文略或傳譯脱漏願薰成種者但能發願
願不虛行願廣心眞漸薰成種即前文云
願我今者住佛圓覺莫值外道二乘是也
二誡邪證
非彼所聞一切境界終不可取
文義亦同三寂觀文三一修觀成
善男子若諸衆生修於禪那先取數門心中

了知生住滅念分齊頭數如是周遍四威儀中分別念數無不了知

解曰先取數門者先用數息觀門治諸覺觀漸入妙境然修息者有六妙門謂一數二隨三止四觀五還六淨據天台說或依次第或隨便宜及對治旋轉觀心等次第者六各有二一修二證數中修者調和氣息不澁不滑安詳徐數從一至十想心在數不令馳散證者覺心任運任於息緣即捨數修隨（下皆說捨前修後之意也）隨中修者隨息出入想心緣息無分散意證者心既微細覺息長短遍身入出心息任運相依綿綿若存若亡恬然凝靜即捨隨修止止中修者不念前二凝寂其心證者覺身心泯然不見內外觀中修者定中觀於細微出入息想身心不實剎那不住定何所依證者覺出入息遍諸毛孔心眼開明徹見三十六物得四念處破四顛倒還中修者反觀觀心無所從生何有觀境境智雙亡道源之要證者心眼開發不加功力任運破析返本還源淨中修者知五蘊空故不起妄想心本淨故證者如是修時豁然開發三昧正受心無依倚無漏慧發隨便宜者謂於六中調試其心各經數日即知便宜隨便而用心若安隱必有所證證者謂種種禪定對治者攀緣諸境即數乍昏乍散即隨氣麤心動即止貪瞋障起即觀癡邪障起即還惡念惡境即淨然上三門有其通別謂凡夫（求樂）外道（有見）二乘（求涅槃也）菩薩通修數息道而宗趣不同故所證亦別今且唯明

菩薩者但爲求無師自然智如來知見愍念衆生故修息也如經中説阿那般那三世諸佛入道之初門故新發心菩薩欲求佛道應先調心數息知息幻化非生死涅槃以平等大慧無取捨心入於中道名見佛性得無生忍今經所明即是此意此後二門則一向別唯一乘故旋轉者如數息時先發願度生嚴土即當了所數之息即空空即息非真非假非世出世如夢幻等無而分別息念亦爾不妨從一至十了了分明知此息相成就世出世間一切諸法一一通達説不可盡餘隨等五一一如是觀心者此爲上根不由次第懸照法源源者心也觀心無相即了萬法約心數法心即數門心數隨心即是隨門心寂即止覺心即觀心無能所即還惑不能染即淨直觀心性六門即具不由次第今此經者用心在此第五前云以淨覺心故此云心中了知故修在初門文云先取數門及漸進故或亦二三唯云先取數者舉一例於餘故成在第四乃至得知百千世界故或始終唯在第五心即數門不必息故心中了知下三句者由前心息相依息調心淨因息數而入心數或不由息但入心數故了知心中生住異滅麤細妄念本末分劑頭緒數量一一分明謂生滅各一住四異二經無異字者或略之且順三世或傳寫脱漏故論云得無念者則知心相生住異滅乃至同一覺故既云無念同於一覺正當此門絶待中觀問文無無念之言云何同

此答三觀體用文在前章今此但明修之方便彼有絶對待之念又有寂滅之文由是科云靈心絶待絶待無念一覺靈心豈非同耶絶念之慧方能了知生住滅念故於此觀明之然論約究竟極證故說位滿方盡今據觀門慧發故許俱時了知周遍四威儀等者初則宴坐照見後則行住皆知知即無患譬如妖魅所欲著人若知其名自然消滅二起功用

漸次增進乃至得知百千世界一滴之雨猶如目覩所受用物

解曰淨心是圓覺體世界本在其中觀行成就全合靈源知雨滴固宜本分非論雨滴萬物皆然舉一例諸且標雨滴故前釋云旋轉諸法一一通達凡夫之類迷此靈心隨念所知故無其用三誠取邪證

非彼所聞一切境界終不可取

義准前也然此三觀雖各有證相理實圓修方證圓覺如前文說天台三止三觀證中門也第十亦云具修方爲究竟謂了知諸法因緣虛假從假入空次從空入假因此入中雙照二諦心心寂滅自然流入薩婆若海於一念中具一切佛法了了見性安住大乘行步平正其疾如風行如來行入室著衣坐牀六根清淨於一毛孔具含一切乃至八相成道即是初發心住菩薩如華嚴涅槃大品法華等說後心證果境界則不可知推教所明不離止觀之果如法華涅槃所說今經證相即初住也又彼說六妙門證相云證有二種一者解證無礙巧

慧不由心念自然圓識法界二者會證妙慧朗然開發明照法界通達無礙此復二種一相似證如法華六根清淨二眞實證復有三等一初證即初發心住以正慧開如來藏顯眞法身亦名爲佛二中證中間諸位三後證得一念相應慧妙覺現前窮照法界功用普備今經證相即相似也彼知三千界内一切所有此知百千世界心念雨滴故或即實證之初靜極覺遍故所知世界越三千故前云心現十方佛故下名如來出現世故圓頓教中因果交徹前後證相不局定故三總結

是名三觀初首方便

解曰前問云三種淨觀以何爲首故具答已結云是名等也即知前段三觀諸輪雖具釋相趣入方便是此所明二遍修三觀

若諸衆生遍修三種勤行精進即名如來出現于世

解曰如來本所示生只緣勸物修習今三觀既備則萬行已圓故就此人已名佛出又即此人本覺離念名爲佛出然前離四病云證覺般涅槃今修三觀名如來出世今以出世涅槃相對而釋有其二門一約實義二約對機實義有三一緣起即空之眞諦則非出非般故大經云如來不出世亦無有涅槃二眞如緣起之俗諦則念念處處而出現念念處處而涅槃大經又云菩薩應知自心念念常有佛成正覺如自心一切衆生心亦復如是即念也又云當知無有少許處空無佛身即處也涅槃者即如

上遍一切處出現之佛身既是緣起有爲之相念念即生即滅四相同時今以生生即滅爲念念處處而般涅槃三約第一義諦即常住世常涅槃謂寂而常照故爲住世照而常寂故爲涅槃對機者機緣感則菩提樹下而出現機緣盡則雙林樹間而涅槃故大經云佛子諸佛如來爲令衆生生欣樂故出現於世欲令衆生生戀慕故示現涅槃譬如日出普照世間淨水器中等對今經意配釋可知三互修三觀文三

一明修觀不成

若後末世鈍根衆生心欲求道不得成就

解曰下中之下力不遂心二令懺除惑業

由昔業障當勤懺悔常起希望先斷憎愛嫉妬諂曲求勝上心

解曰重發誓願決心欲證加功勵志懺業斷惑論中亦云若人修行信心以從先世罪業衆多障礙應當勇猛禮懺等三令隨便互修

三種淨觀隨學一事此觀不得復習彼觀心不放捨漸次求證

解曰有人色想所礙空靜之觀難成先觀色幻幻即全空靜觀方成復有執定實色礙於心識難觀假幻先知其體本無而不妨覩其假相方成幻觀復有修中難成絶待先知假全空而無假空全假而無空空假俱無絶於對待方見寂滅又有人直見心源方知諸法即性故空不壞相故假或但從性現故假無别所現故空先後綺互如諸輪說偈讚中二第一道場中三初一

偈期限

爾時世尊欲重宣此義而說偈言

圓覺汝當知　一切諸衆生　欲求無上道

先當結三期

次三句行相

懺悔無始業　經於三七日　然後正思惟

正思惟者攝念已後文也後二句誡邪

非彼所聞境　畢竟不可取

長行總别相計四段此則合爲一處第二

加行中三初一偈别修

奢摩他至靜　三摩正憶持　禪那明數門

是名三淨觀

次二句遍修

若能勤修習　是名佛出世

後五句互修

鈍根未成者　常當勤心懺　無始一切罪

諸障若消滅　佛境便現前

結前及安居之法長有偈無佛境出現長

先偈後餘但文略大文第三流通分謂正

宗之分法義已周欲使廣益他方遠霑來

世流傳通泰展轉無窮故有此分都無人

傳是不流流則不住不滯傳之遇其障難

是不通通則不壅不塞文五一慶聞深法

請問流通二讚許佇聽交感流通三依問

宣說内護流通四稟命加衛外護流通五

時衆受持總結流通初文三段同上今初

於是賢善首菩薩在大衆中即從座起頂禮

佛足右繞三帀長跪叉手而白佛言

可知二正陳中二一慶聞所詮

大悲世尊廣爲我等及末世衆生開悟如是

不思議事

解曰近慶道場遠該一部二請問能詮

世尊此大乘教名字何等云何奉持衆生修習得何功德云何使我護持經人流布此教至於何地

解曰然正宗分中但問所詮法義法義雖已圓備凡心難可任持聞時領會分明過後恐還遺忘事須持教以教貫穿文旣不遺隨文解義依義起觀方成眞正修行故此問經教也名字者解義先須識名迷名於義不了奉持者前雖已說持法今問持教功德者依理修行證聖已知功德無邊受持名教恐無利益故問護持者如何擁護持經之人流布等者總結十法行也謂於此經供養寫施聽受讀誦說釋思修如是分布流傳展轉終歸何地後三展虔誠

作是語已五體投地如是三請終而復始

二讚許

爾時世尊告賢善首菩薩言善哉善哉善男子汝等乃能爲諸菩薩及末世衆生問於如來如是經教功德名字汝今諦聽當爲汝說

三佇聽

時賢善首菩薩奉教歡喜及諸大衆默然而聽

三依問宣說文二初且標能說能護之人

善男子是經百千萬億恒河沙諸佛所說三世如來之所守護十方菩薩之所歸依十二部經清淨眼目

解曰說此經佛旣是眞身眞身無礙塵沙同體故一說即是多說華嚴云十方諸如

來同共一法身一心一智慧力無畏亦然
又不了義經則隨方有說不說了義之教
無佛不談如華嚴云我不見有佛國土不
說此經等守護亦如華嚴經云我等諸佛
護持此法令未來世一切菩薩未曾聞者
皆悉得聞歸依者因行之中無不從此成
佛眼目者良以推窮迷本照徹覺源是以
理貫羣經義無不盡於此若解則諸教煥
然若不了之何知正道故云眼目二正答
所說所護之法文五一答名字二答所至
三答奉持四答功德五答護持令初
是經名大方廣圓覺陀羅尼亦名修多羅了
義亦名秘密王三昧亦名如來決定境界亦
名如來藏自性差别汝當奉持
解曰經有五名二名已釋秘密王三昧者

非器不聞名秘隨器異聞名密三昧之名
其數無量圓覺三昧是彼根源故稱王也
如來決定境界者極證之處如來藏自性
差别者如來藏即圓覺在纏之名妄不能
變名爲自性隨緣起妄名爲差别又空如
來藏不空如來藏即是差别汝當奉持者
勑令依此名義而持然答奉持之問者若
以文顯則不妨因說經名承其文勢便於
此答若以義求則在後頓漸文中二答所
至文一一標行所依
善男子是經唯顯如來境界唯佛如來能盡
宣說
解曰前云是諸衆生清淨覺地又說無明
貪愛四相四病今云唯顯如來境界者下
句自釋唯佛能說故說無明等皆無所有

正是佛境佛境若不顯現衆生豈得皆空生若不空豈徹覺地故華嚴信位即佛境甚深雖智與知殊皆佛境界是此意也二依修所至

若諸菩薩及末世衆生依此修行漸次增進至於佛地

解曰依此修行者舍十法行由經唯顯佛境故修之必至佛地三答奉持文二一法

善男子是經名爲頓教大乘頓機衆生從此開悟亦攝漸修一切羣品

解曰宗是頓教事具漸門既漸頓俱收則遲速皆益已悟者文字性離而持法未悟者無離文而持義是奉持之相也入與不入總可留心故正宗中分上中下二喻

譬如大海不讓小流乃至蚊蝱及阿修羅飲其水者皆得充滿

解曰謂漸教則乖頓教頓門必具漸門蚊蝱飲海喻二乘受持修羅所飲喻菩薩受持大海有無量之水飲之則量腹之少多圓覺有無邊法門受之則隨器漸頓四答功德文三一以施寶校量顯聞經勝意明其福（以福校量）二以度人校量顯説經勝意明其智（非智不能度人故又聞者假令不解亦生其福説者必無不解故唯智也）三以宿因反驗顯信經勝雙明福智初中二初舉劣

善男子假使有人純以七寶積滿三千大千世界以用布施

解曰積福可知二顯勝

不如有人聞此經名及一句義

解曰如金剛經校量文例憖云且世珍盈

剎能爲漏果之資妙法一言必獲菩提之
報二以度人校量者謂前以劣福顯勝福
此以劣智顯勝智文二初舉劣

善男子假使有人教百恒河沙衆生得阿羅
漢果

解曰積德可知二顯勝

不如有人宣說此經分別半偈

解曰凡全偈者所謂四句句有二種謂文
句義句若約文句即兩句爲半偈若約義
句則說一切法本來空寂是半偈也顯空
體不空方爲全偈或無常眞常爲半及全
三以宿因顯信經勝（雙明福智者經文自顯也）文二一
明聞信

善男子若復有人聞此經名信心不惑

可知二驗宿因文二一反顯

當知是人非於一佛二佛種諸福慧

可知二順明

如是乃至盡恒河沙一切佛所種諸善根聞
此經教

解曰亦如金剛文勢然此宗信者必是即
解之信信該果海不是小緣故驗宿因亦
非聊示人耳五答護持

汝善男子當護末世是修行者無令惡魔及
諸外道惱其身心令生退屈

解曰前問云何護持令答意云但莫令惡
魔外道惱身心者即是護持然惱身心俱
通魔外若以義配者外道以邪智惑人令
疑是惱心也魔以神力令人種種不安乃
至病等是惱身也故經說衆魔者樂生死
外道者著諸見等（等取瓔珞是非勝負）二事皆令初

心行人退屈實藉護持四稟命外護文三

一力士衆

爾時會中有火首金剛摧碎金剛尼藍婆金剛等八萬金剛幷其眷屬即從座起頂禮佛足右繞三帀而白佛言世尊若後末世一切衆生有能持此決定大乘我當守護如護眼目乃至道場所修行處我等金剛自領徒衆晨夕守護令不退轉其家乃至永無災障疫病銷滅財寶豐足常不乏少

解曰金剛者執此杵故若取名者梵語諾健陁神此云露肩露肩神也首頭也頭有火焰故摧碎者從用得名尼藍婆者未見翻譯此神等初發心時常願爲力士護修行人其家者在家衆也凡發大心皆有障難障難多種略舉災病故云乃至財寶足者備道資緣不必富奢方多豐足故次云常不乏少不乏故即進趣妙門不退屈也

二天王衆

爾時大梵王二十八天王幷須彌山王護國天王等即從座起頂禮佛足右繞三帀而白佛言世尊我亦守護是持經者常令安隱心不退轉

解曰大梵者別指初禪王娑婆世界主二十八天者總指三界須彌山王別明帝釋護國者別顯四王別標三類者以梵與釋諸佛轉法輪時皆爲請主護世持國使災害不生故於總列之外而更別明三鬼王衆

爾時有大力鬼王名吉槃茶與十萬鬼王即從座起頂禮佛足右繞三帀而白佛言世尊

我亦守護是持經人朝夕侍衛令不退屈其人所居一由旬内若有鬼神侵其境界我當使其碎如微塵

解曰吉槃茶者亦名鳩槃茶食人精血其疾如風變化稍多住於林野管諸鬼衆故號爲王來至道場而爲上首其數十萬一一若斯依附深山或居巖穴其形可畏通變極多不屬人天住居鬼趣一由旬者則四十里或六十里五時衆受持

佛說此經已一切菩薩天龍鬼神八部眷屬及諸天王梵王等一切大衆聞佛所說皆大歡喜信受奉行

解曰文殊所問經說有三種義歡喜奉行一說者清淨不爲取著名利所染故二所說清淨以如實知法體故三得果清淨即說益也

自惟無始迷心海　曠刧漂沉生死波
塵沙諸佛出人中　浮木盲龜難值遇
何幸此身逢了教　千重疑滯類冰消
尋思累世積聞熏　慙愧多生善知識
上士慈悲哀末世　始終次第爲諮詢
能仁應感稱心源　本末無遮頓演說
已採羣詮扣眞寂　隨應聖旨解斯文
普迴功德向衆生　同入神通大光藏

大方廣圓覺經大疏下卷之四終

音釋

虜扈（虜音魯掠也扈音祜上也隨從也）　疵（音玼病也）　滯（音帝滴水也）

盂蘭盆經疏

唐 充國沙門 宗密 述

宋 晉水沙門淨源錄疏注經

清刻龍藏佛說法變相圖

盂蘭盆經疏并序

唐充國沙門　宗密　述

宋晉水沙門淨源錄疏注經

始於混沌塞乎天地通人神貫貴賤儒釋皆宗之其唯孝道矣應孝子之懇誠救二親之苦厄酬昊天恩德其唯盂蘭盆之教焉宗密罪釁早年喪親每履霜露之悲永懷風樹之恨竊以終身墳壟卒世蒸嘗雖展孝思不資神道遂搜索聖賢之教虔求追薦之方得此法門實爲妙行年年僧自恣日四事供養三尊宗密依之修崇已歷多載兼講其誥用示未聞今因歸鄉依日開設道俗耆艾悲喜遵行異口同音請製新疏心在松栢豈慢鄉閭式允來情發揮要道

稽首三界主　大孝釋迦尊　累劫報親恩

積因成正覺　將來錫衆類　應請演斯經
欲使背恩人　咸能酬罔極　我今所讚述
願衆聖冥加　自他存没親　離苦常安樂

將解此經先開四段一教起所因二藏乘所攝三辨定宗旨四正解經文初中復分爲四一酬宿因故二酬今請故三彰孝道故四示勝田故初酬宿因者悉達太子不紹王位捨親去國者本爲修行得道報父母恩然菩薩用心不務專己故開盂蘭法會以福自他二親此經所興本意如此二酬今請者大目揵連因心之孝欲度父母報乳哺之恩故出家修行神通第一觀見亡母墮餓鬼中自救不能白佛求法方陳盆供救母倒懸由愛其親施及一切故爲道俗弟子請佛留此教門酬目連所問即是說經之由致也三彰孝道者復有其二一通明孝爲二教之宗本二別明二教行孝之同異初通明中且明儒教以孝爲本者謂始自天子至於士人家國相傳皆立宗廟雖五孝之用則別而百行之源不殊故開宗明義章中標爲至德要道道德以之爲體教法由是而生何有君子而不務本既爲天經地義須令企及俯從雖論禮壞樂崩終訶衣錦食稻甚哉孝之大也聖人之德又何以加於孝乎次釋教以孝爲本者然一切諸佛皆有真化二身釋迦化身說隨機權教舍那真身說究竟實教教者經律也經詮理智律詮德行故我盧舍那佛最初成正覺時便說華嚴大經菩薩大戒戒雖萬行以孝爲宗故初標云爾時釋迦牟尼佛初坐菩提樹下成無上正覺初結菩薩波羅提木叉孝順

父母師僧三寶孝順至道之法亦同孔聖云至德要道
孝名爲戒亦名制止涅槃云奇哉父母生育
我等受大苦惱滿足十月懷抱我身既生之
後推乾就濕除去不淨大小便利乳哺長養
將護我身以是義故當須報恩隨順供養上
通明二教以孝爲本竟次別明二教行孝之
同異者於中初明其異後顯其同初謂生前
侍養異後謂没後追思異侍養異者儒宗則
愼護髮膚揚名後代故樂春不出曾子開衾
釋教則祝髮壞衣法資現世故優陀通信淨
藏迴邪是謂爲善不同同歸于孝没後異者
有其三一居喪異儒則棺槨宅兆安墓留形
釋則念誦追齋薦其去識二齋忌異儒則内
齋外定想其聲容釋則設供講經資其業報
三終身異儒則四時殺命春夏秋冬釋則三
節放生一歲終二夏滿三忌辰隨力所及皆須爲父母放生命一七乃至七七之
數初七諸七卒哭祥日亦然異今時俗但滿三年也施戒盆會此經云云良
由真宗未至周孔且使繫心愛禮存羊之類今知理
有所歸不應猶執權教且福之大者莫大於
施生是梵釋之本因是天地之大德今殺彼
祭此豈近仁心是若可忍孰不可忍雖云祈
福月令云九月中氣日在氐命有司合秩芻以養犧牲乃至以祠宗廟之靈爲人祈福
實是立讎自徇虚名殃於神道故途中有歌哭二類問
若父母生於餘趣則可改祭爲齋如墮鬼中
寧無饗祀答黍稷非馨蘋蘩可薦應知祔祭
勝於殺牛況鬼神等差豈皆受饗上明異竟
次顯其同者復有二初明存没同後明罪福
同今初約紀孝行章中五句之文以辨其同
即攝於生前没後也一云居則致其敬者儒
則別於犬馬釋則舉身七多二養則致其樂

者儒則怡聲下氣温清定省等也故有扇牀温席之流釋則節量信毀分減衣鉢等也故有割肉充飢之類（須闍太子）三病則致其憂者儒中如文帝先嘗湯藥武王不脫冠帶釋中如太子以肉爲藥高僧以身而擔四喪則致其哀者儒有武丁不言子皐泣血釋有目連大呌調御昇棺（於儒禮雖不同而亦哀有餘也）五祭則致其嚴者儒有薦筍釋有餉飯之類也（嚴雖有異祭意大同）以至教未來難弘報應故先且立於祭法令敬事於神靈神靈則父母之識性足顯祖考之常存既形滅而神不滅豈厚形而薄神乎餘如前辨上來存没同竟次辨罪福同罪同者儒則條越五刑犯當五擿而恩赦不該釋則名標七逆戒黙七遮而阿鼻定入福同者儒則旌於門閭上天之報釋則瑩於戒德淨土之因（如觀經説當修三福一孝養父母等乃至此三種業是三世諸佛淨土正因）

上來總彰孝道竟次當第四示勝田者喻如世間人欲得倉廩中五穀豐盈歲歲不乏者必須取穀麥種子以牛犂耕於田地而種之不種則竭盡也法中亦爾以悲心敬心孝心爲種子以衣食財帛身命爲牛犂以貧病三寶父母爲田地有佛弟子欲得藏識中百福莊嚴生生無盡者須運悲敬孝心將衣食財帛身命敬養供給於貧病三寶父母名爲種福也不種即貧窮無福慧入生死險道謂種福之田如種穀之田名爲福田也然種子有精新乾焦田有肥濃確瘦如悲敬孝心有懇切閑慢貧有淺深病有輕重佛有眞化化有住世入滅法有小大教有權實僧有持毀父母有現生七世一一配肥瘦之田昭然可見

今盂蘭供會具三種肥田故云勝也謂佛歡喜日供養自恣淨戒大德敬田勝也報父母恩恩田勝也父母在厄難中悲田勝也爲欲示此勝田故説此經第二藏乘所攝者藏謂三藏乘謂五乘三藏者一修多羅此云契經契者契理契機經者佛地論云貫攝爲義謂貫穿所應知義攝持所化衆生故此教於三學中詮於定學二毗柰耶此云調伏調謂調練三業伏謂制伏過非此教詮於戒學三阿毗達磨此云對法法謂涅槃四諦對謂對向對觀其能對者即無漏慧此教詮於慧學然經是化教開誘化導也律是制教制約行業也論則推徵解釋今此盂蘭盆據其名題即化教所攝屬於經藏據其義意亦制教攝屬於律藏（制比丘等年年自恣日行此法故）五乘者乘以運載爲名五謂人天聲聞緣覺菩薩此五乃有大小載有遠近一人乘謂三歸五戒運載衆生越於三塗生於人道其猶小艇纔過谿澗二天乘謂上品十善及四禪八定運載衆生越於四洲達於上界如次船越小江河三聲聞乘謂四諦法門四緣覺乘謂十二因緣法門皆運載衆生越於三界到有餘無餘涅槃成阿羅漢及辟支佛皆如大船越大江河五菩薩乘謂悲智六度法門運載衆生總超三界三乘之境至無上菩提大般涅槃之彼岸如乘船過海今此經者是人天乘所攝在小乘藏中三辨定宗旨者此經以孝順設供拔苦報恩爲宗今以二門分別一釋行相二配句數初者謂目連本爲孝誠欲酬恩德力所未及故先出家是以始得六通便觀三界見其

亡母生餓鬼中（諸得道人未必皆爲父母即驗目連爲欲報恩故出家也）雖餉香餐旋成猛火悲號投佛奉教設盆拔冥塗身脫一劫苦不辜生育大報劬勞細詳經宗備斯四義二配句數者有四四句一孝順兩字自有四句一孝而非順如三牲之養等二順而非孝如病索禁忌之食而即供欲行非爲之事而不揀等三亦孝亦順謂有隱無犯三諫而隨順色觀志三年無改四非孝非順如水中葬父之類二以孝順與設供相對復爲四句一孝順非設供如董黯王祥等二設供非孝順爲已求福而修齋等三俱是即盂蘭盆會四俱非謂逆而慳也三以孝順對拔苦亦爲四句一孝順非拔苦謂董永等二拔苦非孝順謂救他人之苦厄三俱是即盂蘭會也四俱非謂逆小之人也四以孝順對報恩亦爲四句一孝順非報恩護髮膚不驕危非法不言等二報恩非孝順扶輪報一餐修行報施主等三俱是盂蘭盆會也四俱非謂辜恩逆人今修此一門即圓四行所得功德何可校量實由境勝心强徹於神理故

第四正解經文於中復二初釋題目

佛說盂蘭盆經

疏曰此經總有三譯一晉武帝時刹法師翻云盂蘭盆經二惠帝時法炬法師譯云灌臘經應以文云具飯百味五果汲灌盆器香油錠燭等故三舊本別錄又有一師翻云報恩經約所行之行而立名故今所釋者即初譯也義淨三藏云傾自我口暢之彼心以教合機故稱佛說盂蘭是西域之語此云倒懸盆乃東夏之音仍爲救器若隨方俗應曰救倒

懸盆斯由尊者之親䰟沉闇道載飢且渴命似倒懸縱聖子之威靈無以拯其塗炭佛令盆羅百味式貢三尊仰大衆之恩光救倒懸之窘急即從此義以制經名經者正名爲線義曰契經線能貫華經能持緯謂所詮之義似緯似華能詮之文能持能貫令順此方典誥是以目之爲經借義助名仍加契字此釋符佛地論二義中貫穿之義已如上釋雜心論五義中結鬘之義餘四者涌泉出生繩墨顯示次解本文分三初序分二正宗分三流通分以三分之興彌天高判冥符西域今古同遵初序分中諸經多有二序一證信序謂如是之法我從佛聞標記說處分明大衆同聞非謬以爲證據令物信受經無豐約非信不𨗉由是經初必須證信故智度論云說時方人令生信故二發起序發明生起正宗之法如淨名寶蓋法華毫光之類然證信亦云通序諸經皆同故亦云經後序佛說法時而未有故發起亦云别序諸經各别故亦云經前序佛先自發起方說正宗故初證信者

經聞如是一時佛在舍衛國祇樹給孤獨園

疏佛臨滅度阿難請佛令置此言也所問四事佛一一答謂一令依四念處住謂觀身不淨受是苦心無常法無我二以戒爲師三默擯惡性比丘四一切經初皆云如是我聞一時佛在某處與某衆若干人等諸經多具六種成就文或闕略義必具之謂一信二聞三時四主五處六衆六縁不具教則不興必須具六故云成就今經闕於列衆也又聞成就爲初異餘經者各是譯人之意謂或云如是

之法我從佛聞或云我於佛邊聞如是法皆是指法之辭也不云我者意彰聖人皆證無我餘經有者即阿難自指五蘊假者不同情計之我亦無過也聞謂耳根發識聽彼外聲次云如是者信成就也夫信者言是事如是不信者言是事不如是故肇公云信順之辭也一時者師資合會說聽究竟總名一時揀異餘時謂如來說經時有無量不能別舉一言略周故但云一諸方時分延促不定故言一也然諸經皆不指定時而必指定處者有說展轉招難故不用之今詳其意以處則不過十六國中遊化住止之處而有其數易爲標指時則年月春秋寒熱晝夜寅卯須臾等時變易迅速積數無量不可說録難爲標指故也佛者梵云佛陀此云覺者謂覺了真妄

性相之者覺有三義一自覺我空揀異凡夫二覺他法空揀異二乘三覺滿俱空合於本覺名究竟覺或名大覺妙覺揀異菩薩在舍衛者處成就也真諦記云住處有二一境界處遊歷之境爲化在俗之流二依止處爲統出家之衆初即舍衛後即祇園又婆沙論云舉舍衛令遠人知國是總也舉祇園令近人知園是別也舍衛此云聞物謂具足欲塵財寶之物多聞解脫之人遠聞諸國故故義淨三藏譯金剛經云名講大城祇樹等者即祇陀太子所施之樹給孤長者所買之園祇陀此云戰勝波斯匿王太子也生時王與外國戰勝因以爲名給孤獨者是臣之號本名須達多此云善施謂給孤給獨即是善施又常行施故名善施鄉人美之號給孤獨孤者少而無

父也獨者老而無子也然園是須達所買樹是祇陀所施園總樹別先合標園令以禮別尊卑故樹先園後西國呼寺爲僧伽藍此云衆園以佛敎東流初至中國止鴻臚寺賓異域僧僧既漸多散置別館存其本號皆曰寺焉其買園施樹者涅槃經說須達長者爲兒娉婦詣王舍城因見佛發心請入舍衛說法佛令舍利弗隨歸先揀住處擇得祇陀太子之園長者問買太子戲云側布黃金滿即賣之長者便欲交付太子云是戲言共請斷事人斷之被斷令依先語長者載金側布唯餘一隅太子見其不惜財寶知佛殊勝遂施所餘之地置立門屋施園中樹以爲林蔭二人共成精舍請佛居之故云祇樹等也闕衆成就者但文略也如無常經等然有其時必具徒衆故經末云四輩弟子歡喜奉行二發起者此經既以孝順拔苦爲宗故托救母之緣而爲發起文分爲六第一知道已證第二知恩欲酬第三攀慕徧尋第四得見所在第五慟哭往救第六惡習現前今初○經大目揵連始得六通疏此人姓大目揵連唐言采菽氏彼國上古有仙常食菉豆尊者是彼種族故也名尼拘律陀即樹名也尊者二親因祭此樹神而生尊者故名此也是王舍城中輔相之子時人貴其種所以稱其氏始得六通者始即是初初得聖道便度二親者本因親而修道故也道雖無異本願各殊故諸聖者不必皆爾六通者一神境通智證神境故亦名如意通身如其意欲往即到故二天眼通三天耳通謂能見能聞若近若遠障內障外

色聲等故四宿命通能知宿世本生本事故五他心通謂於定散漏無漏心一切能知故六漏盡通謂身中漏盡而能知故六皆無壅故總名通二知恩欲酬◯經欲度父母報乳哺之恩疏度謂度脫然報恩兩字但是通標虛位度脫正是其報乳謂母乳哺是嚼哺乳哺如濟食是恩之實事度脫如扶輪是報之實事然父母有遠近恩有輕重報有分全遠者七世乃至多世近者即生此身七世者外教所宗人以形質為本傳體相續以父祖已上為七世故偏尊於父佛教所宗人以靈識為本四大形質為靈識所依世世生生皆是父母生養此身已去乃至七生所生父母為七世寄託之處唯在母胎生來乳哺懷抱亦皆是母故偏重母是以經中但云乳哺之恩也乃至多世者於中偏取歸依佛已來所生身之父母以能生我修道之器故諸佛成道之時多生父母皆相會遇聞法獲益恩輕重者此生父母最重餘漸輕也報有分全者侍養一生為分度脫多生為全經云右肩擔父左肩擔母徧行大地亦不能報恩故知此生所報設同孟宗董黯董永之類亦為分也今經云欲度者明其全也若總不報便是不孝罪人況加逆事且況論一切人恩華嚴經云不知恩者多遭橫死觀佛相海經云是阿鼻因諸恩尚然況於父母父母之恩無可校量故詩云蓼蓼者莪匪莪伊蒿哀哀父母生我劬勞乃至無父何怙無母何恃出則銜恤入則靡至父兮生我母兮鞠我拊我畜我長我育我顧我復我出入腹我欲報之德昊天罔

極即第十三周幽王好征伐民人勞苦孝子不得終養耳故三藏云父母義高天地恩深巨海是以係仰顧腹之恩思答劬勞之德父母恩重云父母懷抱和和弄聲含笑未語飢時須食非母不哺渴時須飲非母不乳云云十指甲中食子不淨云云計論母恩昊天罔極嗚呼慈母云何可報云云至於行來東西鄰里井竈碓磨不時還家母忽心驚兩乳流出即知我兒家中憶我即便還家反如齧指心痛問詳此經文淺朴偏誡貧賤之流何也答君子自孝故偏誡小人又君子有簞瓢之貧何妨碓磨等事偏叙艱勤之語始彰鞠養之勞耳又云其兒遙見母來或在闌車搖頭弄腦或復曳腹隨行嗚呼向母母為其子曲身下就長舒兩手摩拂塵土嗚和其口開懷出乳以乳乳之母見兒歡兒見母喜二情相交恩愛慈重莫復過是云云既至長大朋友相隨梳頭摩髮欲得好衣覆蓋其身弊衣故破父母自著新好綿帛先與其子至於行來官私急疾傾心南北逐子東西横簪頭上既與索婦得他女子父母轉疎私房屋室共妻語樂父母年高氣力衰老終朝至暮不來借問或復父孤母寡獨守空房猶如客人寄止他舍常無恩愛或無襦被寒凍苦辛厄難遭之太甚年老色衰多饒蟣虱夙夜不卧長吟歎息何罪宿愆生此不孝之子或時呼喚瞋目驚怒婦兒罵詈低頭含笑乃至云云帝釋梵王諸天人民一切衆會聞經歡喜發菩提心號哭動地淚下如雨評曰細思其事誠哉是言或有母不如此兒不如彼者百中之一也良由衆生

無始無明迷真執妄既根本顛倒故枝末一一皆然禍哉凡愚云何可度三攀慕徧尋○經即以道眼觀視世間疏觀求生處是天眼通由證道而得故云道眼也世間有二謂三界是器世間六道是有情世間然尊者喪親之日猶是凡夫不知父母生於何道今成聖果力可追求故以天眼上下觀視於三界處尋六道身得通便觀故云即也四得見所在○經見其亡母生餓鬼中不見飲食皮骨連立疏本觀世間俱尋父母父生樂處不假施勞既非經宗故此不述母生鬼道已屬三塗復在餓中是鬼之極苦拔濟苦者唯盂蘭盆發起正宗意在斯也生餓鬼中是異熟果酬引業故不見飲食是等流果酬滿業故是慳貪業果也皮骨連立是增上果準正理論鬼本住此洲之下五百由旬縱廣亦爾有琰魔羅界一云在此贍部四邊直下等從此展轉散趣餘方以人間一月為一日乘此積月積年壽五百歲然鬼有三種一無財鬼亦無福德不得食故二少財鬼少得淨妙飲食故三多財鬼多得淨妙飲食故此三種中復各有三初無財三者一炬口鬼謂火炬炎熾常從口出由前生燒壞村栅焚炙賢良以此求財墮於地獄從地獄出墮此鬼中故正法念經云若人貪嫉枉奪人財破人城郭殺害抄掠得財奉王大臣轉增凶暴墮熾然餓鬼中二針咽鬼謂頭大如山咽如針孔由破齋夜食盜竊衆僧之食故故齋法清淨經說目連路逢數百萬鬼頭如大山等三臭口鬼謂口中腐臭自惡受苦以多貪名利自是非他讚歎

惡人毀謗賢善故據此三種寧吞鐵丸不食信施少財三者一針毛鬼毛利如針行便自刺爲貪利故妄行針灸及刺畜生但爲求財不能愈疾故二臭毛鬼毛利而臭自拔受苦以販賣猪羊烹宰鵝鴨湯爛刀剥痛楚難堪地獄罪終墮斯鬼趣三大癭鬼咽垂大癭自決潰膿由嫉妬於人常懷瞋恨故多財三者一得棄鬼謂常得祭祀所棄食故以罪多福少少施多慳棄擲之物方能惠施故二得失鬼謂常得巷陌所遺食故以於現財常生慳著疑欲失者方起捨心故三勢力鬼謂夜叉羅刹毗舍闍等所受富樂類於天人或依樹林或住山谷或居靈廟或處空宮形竪而行屬於鬼趣此等變化多端者以因地罪福不精故苦樂相雜故付法藏傳說僧伽耶舍比丘遊大海邊見妙宮殿家鎖二鬼等云云今尊者之親是無財鬼中炬口鬼也不見飲食食未入口化爲火故又有處說餓鬼有三種一外障以得遇水時即見人執刀杖等障故二内障口有火炬或咽如針故三無障見河是猛火或食糞穢或自割自噉等今尊者之親當内障也上來諸鬼等皆出自心因行既招果報必應譬如影響由於形聲雖父母至親不相替代故諸智者宜各勵心儻遇善緣不應空過一朝去世誰爲修崇縱託子孫七分獲一況無孝子悔恨何追且濁世凡流鮮懷仁孝唯憂妻子豈念幽靈貧賤者迫以飢寒富貴者荒於財色設能追福厭課者多竭力罄心萬中無一世途目擊豈不昭然故恩重經云夫妻和合同作五逆或時呼喚急速走

使父母之語十度九違不相從順罵詈瞋目生存尚爾没後可知自既不仁兒豈能孝故昔有送父林野乃持輿迴歸以古觀今雖迹異而心同也五慟哭往救○經目連悲哀即以鉢盛飯往餉其母疏悲哀者生育恩重如上所陳死別隔生忽然再見縱使顏容仍舊亦可涕泣悲傷況覩鬼形皮骨連立喉中烟燄腹裏空虛苦似倒懸命唯喘息豈不能碎身擗踊竭氣號咷恨罪逆之偷安痛慈親之受苦經標總意但云悲哀細察當時何疑不爾故三藏科云摧慟釋云感激徹於骨髓號叫動於天地鉢飯往餉者母既氣綿夕漏厄在朝飢而且渴理須救濟濟此之急飯食爲先故以鉢盛飯持餉於母第六惡習現前○經母得鉢飯便以左手障鉢右手摶食食未入口化成火炭遂不得食疏境隨心變果藉業成餓因未除飽緣寧致鬼是炬口食近口而熾然水作堅冰冰近湯而確爾即知神力不禁業力除飢要且除慳故六通往餉而招殃百味盆羅而拔苦大哉業熟可思者焉令左手障鉢慳恐餘侵右手摶食貪於自給慳貪猛盛如此現行飯食劣緣若何充濟故化爲火不得食也上來序分竟自下正宗文分爲二初目連悲陳苦厄後如來廣示因緣今初○經目連大叫悲號涕泣馳還白佛具陳如此疏子急告父臣急告君自力不如理宜投佛弟子勤觀四諦已證三明可以反覆山河迴轉日月豈料母縈極苦命若倒懸竭其孝誠盡其神變竟不能令除惡報暫濟飢腸所以叫泣奔還備申哀懇後如來廣示因

縁中且依三藏大分八段第一彰母罪深第二明子德薄第三斥邪無力第四顯正有能第五許以救方第六示其正法第七孝子領悟第八慈母獲益今初彰母罪深○經佛言汝母罪根深結疏有經說定光佛時目連名羅卜母字青提羅卜欲行囑其母曰若有客來娘當具饍去後客至母乃不供仍更詐爲設食之筵兒歸問曰昨日客來若爲備擬母曰汝豈不見設食處耶從爾已來五百生中慳悋相續故云罪根深結罪謂身口之業根謂慳貪之心多生相續爲深膠固難解爲結從慳所起皆是罪業非唯彼時一度妄語謂慳貪是苦根所作是苦業餓鬼是苦果爲三道也若準十重戒中慳亦是業唯貪爲惑問五百生慳爲人爲鬼答人鬼相間造受相資若唯人身不名惡報若唯鬼身不應造業或亦爲畜於理無妨但慳習不除即名相續問目連自定光佛世已來所生之母不一如何偏救彼之青提答青提與目連縁深今生復爲其母但救此身所生之母非謂救彼遠世青提餘論云云皆爲未達第二明子德薄○經非汝一人力所柰何疏汝母慳心慳於一切時經多世事歷多人豈汝一人力可濟拔第三斥邪無力○經汝雖孝順聲動天地天神地祇邪魔外道道士四天王神亦不能柰何疏三藏云縱汝感天靈於上界激地祇於下方縱攝邪魔橫羅外道統六合以同家總八部爲一衆併其神力亦不柰何外道道士者外道中之道士也揀內道中之道士佛教初傳此方呼僧爲道士故也四天王者毗沙門

等護持世界者也第四顯正有能○經當須十方衆僧威神之力乃得解脱疏三藏云一縷不能制象必假多絲一人不能除業必資衆德今詳前後經文以邪正一多相對乃有四句一正而非多此不能救故前非汝一人柰何二多而非正亦不能救即前神祇邪魔外道等也三亦多亦正方可救拔即十方衆僧也四不多不正居然不可故經無文第五許以救方○經吾今當説救濟之法令一切難皆離憂苦疏今當説者正是許辭救濟法者是所許事令一切等者千鈞之弩不獨爲鼷鼠發機三界之尊豈偏令汝毋離苦第六示其正法於中分二初教孝子獻供之法後教衆僧受供之儀初中復有五段一定勝時二發勝意三設勝供四讚勝田五獲勝益謂自恣日爲勝時如春陽之月孝心爲勝意如精新種子百味五果等爲勝供如好牛犁以之供養如能耕墾賢聖爲勝田如膏腴之地存亡父母六親眷屬乃至七代離苦生天爲勝益如千箱萬斛秋收冬藏經文意勢豈不然乎智者詳之如指其掌今初第一定勝時○經佛告目連十方衆僧七月十五日僧自恣時疏梵語僧伽此云衆和合謂若衆而不和如羣商羣吏及軍衆等不名僧寶若和而不衆如二人同心之類亦非僧寶衆而和合爲福之因方名僧寶和合者有六種謂身和同事語和同默意和同忍戒和同修見和同解利和同均也儒説小人君子或和或同今釋子比丘和而同也今云十方者法無限局豈隔親疎衆僧者唐梵重標譯人之拙七月

十五日前三月夏安居竟故可自恣自恣有三日或十四十五十六今舉中間也此剩僧字去之又句闕亦是譯人之失也何不云共自恣時自恣者自已之過恣他所舉謂一夏安居九旬加行不階四果亦得四禪佛設教門本意如此正法像法僧等皆然雖後五百歲亦有持戒修福福是定也然將超苦海謹護浮囊猶恐當局者迷必藉旁觀得失縱不斷惑證果還希罪滅福生故偏袒於衆中白大德長老或見我過或聞我罪或疑我犯恣他所舉哀愍語我我當懺悔如此則身心清淨猶如琉璃況禪定解脫或有之矣供養此者力用可知豈不拔濟先亡資熏現在故三藏云比丘受歲之日大衆自恣之時僧多獲道於四果故能濟厄於七代二發勝意○經

當爲七世父母及現在父母厄難中者疏當爲者能救之心七世下所救之境約境明心故云勝也七世者所生父母不同儒教取上代祖宗厄難中者通取存没没則地獄鬼畜存則病痛枷禁皆名厄難七世生身雖似轉踈皆是生我修道之器既蒙鞠育豈負深恩故三藏云天地覆載既無憚於劬勞幽顯沉淪理合荅於罔極三設勝供○經具飯百味五果汲灌盆器香油錠燭牀敷卧具盡世甘美以著盆中供養十方大德衆僧疏具飯百味者總標也如人盛饌槃筵邀命賓客唯云喫飯故飯爲總統於百味百者大數非定一百五果者一核果如棗杏桃李等二膚果如瓜棃柰椹等三𣫍果如胡桃石榴等四糩果如蘇荏等五角果如菱豆等上皆舌所嘗也

汲灌盆器者沐浴等所用并下牀敷卧具皆身所覺也香者鼻所嗅也油錠燭者照燎等用即眼所見也亦可香油塗身亦屬身攝西域如此盡世甘美者亦屬舌也上來於五欲境中隹闕聲也盡世之言詳其意趣有二種盡謂富貴則盡世所有有即須求貧賤則力所及及則須覓即知不定少多之物但在竭盡其心亦類彼享于克誠馨於明德也著盆中者譯經訛錯如何牀等可置盆中應云著盂蘭盆供會之中也供養二句者正明行也據經本意但可以受用物供養大德之僧不必彫鏤金玉剪割繒綵高聳闌架等也故三藏云汝須物華四事盆美八珍歷十方而運想澄一心而供養四事謂房舍衣服飯食湯藥八珍謂食之米麪味之鹽醋果之李柰菜之芥薑四讃勝田○經當此之日一切聖衆或在山間禪定或得四道果或在樹下經行或六通自在教化聲聞縁覺或十地菩薩大人權現比丘在大衆中皆同一心受鉢和羅飯具清淨戒聖衆之道其德汪洋疏初二句約人讃時而總標末二句以威儀讃人而總結中間人法有其五對但文不次謂處有山間樹下對證有四果六通對行有自利利他對經行自利教化利他學有戒定對各有其文人有大小對亦名權實對聲聞縁覺爲實爲小十地菩薩爲權爲大又總束之不出人法爲三學三乘對從初至四果禪定也次從或在下至自在教化智慧也皆同下三句淨戒也三乘者即聲聞縁覺十地大人也皆同一心者是意和合謂受供時皆同運慚愧殷

重心慈悲報恩救濟心人雖位有凡聖德有優劣而所運心一而無異故云同也受鉢和羅飯者鉢中飯也梵云鉢多羅此云應器和字訛也今時但云鉢者略也經題云盆即是鉢也譯時隨俗題之云盆盆之與鉢皆器也故三藏釋題翻爲救器此一句經正明自恣大德受盂蘭盆供也五獲勝益○經其有供養此等自恣僧者現世父母六親眷屬得出三塗之苦應時解脫衣食自然若父母現在者福樂百年若七世父母生天自在化生入天華光䟽此一唱經有兩節意初一半者蒙悲願之力而離苦後一半者蒙慈願之力而得樂樂中有存亡之異初云此等自恣僧者指前五對所説也現世父母者生此身之父母也非謂未亡名爲現世故指得益云出三

塗其現在未亡之父母下自有文云福樂百年是也不應重舉三藏錯會故作異釋甚非文意六親者父母兄弟夫妻或云男女不取兄弟眷屬者一切姻戚通於表裏出三塗解脫者總明離苦也衣食自然者且翻三塗生於人天故屬拔苦之文亦可使得樂屬於後也若父母下明存亡得樂文相可知天華光者天上妙華光明也略指快樂之相矣自下第二教衆僧受供之儀○經時佛勑十方衆僧皆先爲施主家呪願願七世父母行禪定意然後受食初受食時先安在佛前塔寺中佛前衆僧呪願竟便自受食䟽此中前半淨三業後半具三寶前中呪願口業禪定意業受食身業後中塔前是佛呪願是法受食是僧從他受而後食法律如此即受字亦屬法

也塔者邊國訛語正云窣堵波此云高顯處此中意通殿塔塔安舍利殿安佛像自下大文第七孝子領悟○經時目連比丘及大菩薩衆皆大歡喜目連悲啼泣聲釋然除滅疏淨業既成必知離苦觀因驗果聲響不差故喜而止啼也如處世刑獄囑大力人財賄既行其心巳喜第八慈母獲益○經是時目連母即於是日得脫一劫餓鬼之苦疏目連聞經且是受敎施設盆供合在餘時今說經次便云脫餓鬼者譯經闕略也應於正宗終處叙結集家文云爾時目連聞是法巳至七月十五日施設盆供供自恣僧巳其母即於是日得脫一劫餓鬼之苦則文義俱顯矣故三藏云孝子既獻供於此辰慈母乃除殃於是日大哉聖力速疾如斯其餓鬼受苦年劫時

分待檢叙之自下大文第三流通分也文中有三一申請○經目連復白佛言弟子所生母得蒙三寶功德之力衆僧威神之力故若未來世一切佛弟子應亦奉盂蘭盆救度現在父母乃至七世父母爲可爾否疏說此語時亦是設供之後非一席之事至畢鉢羅窟方始總集爲經也目連愛其親而及他人如頴考叔諫莊公云云二讚請○經佛言大善快問我正欲說汝今復問疏初句標讚大善快問者深契聖心後二句釋所以以正欲說即遇問辭機感相投潛通密應故言快問佛本意者欲說孝道最大故拔苦事重故盂蘭法勝故世尊覩衆勝緣機熟可敎化故三答請文五一敎起行○經善男子若比丘比丘尼國王太子大臣宰相三公百官萬民庶人行

慈孝者皆應先爲所生現在父母過去七代父母於七月十五日佛歡喜日僧自恣日以百味飯食安盂蘭盆中施十方自恣僧疏雖貴賤品隔僧俗道殊自非化生濕生無不有父有母慈烏鸜鵒尚解思恩豈況人倫而不濟拔孝之利害已具懸談既識是非須依正道故云應先爲所生等也據制令必爲不爲即是違制故亦當於制教是以前亦屬律藏然佛無悲喜今於此日示現歡喜者應機緣也以佛本出世秖爲勸人修行見人造業則悲見人修善則喜今比丘九旬加行日滿倍更懇誠三千界中皆同如此稱佛本意寧不欣歡此日設盆其福甚也二教發願○經願使現在父母壽命百年無病無一切苦惱之患乃至七世父母離餓鬼苦生人天中福樂無極疏所修必假行門所獲必由心願願者心之樂欲欲得存没咸安存者保壽於人間常無病惱没者遷神於天上永絕冥塗行願相資無所不利三教常作○經是佛弟子修孝順者應念念中常憶父母乃至七世父母年年七月十五日常以孝慈憶所生父母爲作盂蘭盆施佛及僧以報父母長養慈愛之恩疏是佛弟子修孝順者反明非佛弟子及不孝者即任不設盆也念念常憶者無終始也長養是事慈愛是心故前起行及發心願以報之也餘文可解三藏云父母結愛既念念不離心孝子報恩須年年不絕供四勸受持○經若一切佛弟子應當奉持是法疏智度論云信力故受念力故持今云奉者即受之義應當者勗此二力五喜而奉命○經時

目連比丘四輩弟子歡喜奉行疏四輩者僧尼士女或曰人天龍鬼疑故兩存然凡厥生靈皆依恃怙故父母恩均於天地此雖至孝不得其門今受神方兼覩靈驗必能除七世之厄難報二親之劬勞自知心有所之是以歡喜承命

盂蘭盆經疏終

盂蘭經疏唐圭峯禪師會孝道要言以注經廣明釋門眞孝令學者得報親之方不落異解傍岐入佛最上乘也故歷代高僧於自恣日誘諸緇素設盂蘭會作度親筏實遵此經疏耳慶與徐序東孝廉結弘法會集諸宰官居士續梓方册三百卷目中適此疏未鐫李太僕捐資鏤板余檢閱南北藏文句不同今依雲棲大師定本刻之大師分科節目別出手眼但南北較訛多不能書謹跋數語令觀者不獨識文句異同或因指見月得佛大孝報恩之旨是所願矣

貴州赤水雪山沙門繼慶跋

疏主傳畧

案孝衡鈔傳燈録二本節要

終南山圭峯宗密禪師果州西充縣人也姓何氏唐建中元年生髫齔通儒書冠歲探釋典元和二年將赴貢舉偶造遂州道圓和尚法席欣然契會遂求披削當年進具傳契心印又徧訪名能廣乎知見著述圓覺華嚴涅槃金剛起信唯識盂蘭盆法界觀行願經等疏鈔并集諸宗禪言爲禪源詮及酬荅書偈議論等總百餘卷並傳於世文宗太和中詔

入內賜紫累問法要朝士傾慕尋請歸山至會昌元年正月六日於興福塔院坐滅四衆哀泣喧野奉全身於圭峯荼毘得舍利數十粒明如潤大藏之石室世壽六十二僧臘三十四宣宗追謚定慧禪師塔曰青蓮嘗有偈云作有義事是惺悟心作無義事是狂亂心狂亂隨情念臨終被業牽惺悟不隨情臨終能轉業

音釋

釁許覲切瑕隙也　秩直一切再生稻也　芻窻俞切蕘也　犧牲犧虛宜切色純曰犧牲師庚切卜得吉曰牲　异羊諸切對舉也　餉式亮切饋也　擿他歷切發擿也　確克角切正作埆磽埆瘠薄也　喘昌兖切疾息也　擗房益切撫心也　號咷號乎刀切咷徒刀切號咷大哭也　鼷音奚小鼠名　腴羊朱切肥也　椹食荏切桑椹也　糩苦外古外二切　荏忍甚切白蘇也又柱荏謂紫蘇也

禪源諸詮集

圭峰山沙門　宗密　述

清刻龍藏佛說法變相圖

禪源詮序

道不能自鳴假人而鳴鳴雖不同道則未嘗不同也苟不同不足以爲道如仲尼之一貫老聃之無爲釋氏之空寂人異道同此其證也况夫禪教兩宗同出於佛禪佛心也教佛口也豈有心口自相矛盾者乎柰何去聖時遥師承各異教者指禪爲暗證禪者目教爲漸修明暗未得其公頓漸罔知攸定迭爲詆毁殆若仇讎非但鼓之空言抑且筆之簡册世道日下弊將何如昔圭峰禪師患之遂將教禪諸祖著述章句旨意相符者集爲一書名曰禪源諸詮以訓于世將使兩家學者知一佛無二道四河無異味言歸于好永無敗盟源詮之功豈易量哉予每見南方此弊尤甚安得人有是書一洗舊習咸與惟新興念

至此未嘗不廢食而歎也今雪堂總統大師若有所契特捐衣資溲新諸梓以廣流傳千里走書俾爲序引裴公相國既述于前自視何人敢此凌躐以貽識者之誚然而此書平生所愛慕者何幸挂名其間故不讓也大德七年七月住崑山薦嚴無外惟大序

禪源詮序

禪源詮者唐圭峰禪師之所作也佛之道廣周法界而細入微塵非有非空無内無外後之學禪者志窮實相以言語爲苛纖設教者務覈真詮以空寂爲誕肆離爲異門莫能統一豈佛之道本然哉於是以教三種證禪三宗謂依性說相即息妄修心破相顯性即泯絶無寄顯示真心即直明心性江漢殊流而同歸智海酸醎異調而共臻禪味至於空宗性宗之别頓修漸修之殊莫不會其指歸開示正覺然又慮末學之易惑而難悟也則又旁行爲圖朱墨以志之自頓覺至成佛十重爲淨自不覺至受報十重爲染淨染之源由於聖凡心法悉具真妄是名藏識不覺則迷真逐妄歷劫輪迴頓覺則舍妄歸真隨順解脫雖然學者要知真如闡教如標月指若溲見月了知所標畢竟非月則詮圖兩忘愚智通爲般若垢淨俱證菩提南岳天台南侁北秀與達磨東來宗旨無有差别尚何禪與教之分哉唐大中時裴相國休爲之敘復手書

是圖付金州延昌寺後傳唯勁師再傳立契
師而圖行閩湘吳越間
國朝至元十二年
世祖御廣寒殿顧問禪教要義
帝師及諸耆德以禪源詮對
上意悅命板行於世後二十有九年爲大德
癸卯嗣法雪堂仁禪師奉
旨之五臺回途過大同得金時潛菴覺公禪
師所書畫益加攷訂鋟梓以傳諸遠俾圭峰
禪師研真顯正化導群迷之意永久不墜其
爲利益何可稱量文原與師爲方外交乃隨
喜讚歎爲之次序其說書諸編首是歲閏月
朔應奉翰林文字將仕佐郎同知
制誥兼
國史院編修官巴西鄧文原書

禪源詮序

雪堂禪師智識雄邁行解圓通喜修爲樂施與一日謂余曰愚嘗患世之學佛者不究如來設教之因妄執空有競分大小曰頓曰漸曰禪曰律呰呰紛紛千數百年如護父足使具受病雖遇一二同志有以啟之恨不能家喻而户曉也幸得圭峰所述禪源詮其文博雅其旨切當悉敘前所患者道其所以然且作圖示心一真實諦含三大義無明緣染諸相妄起依修斷法獲證入理提綱舉要如指諸掌昔至元十二年春正月

世祖皇帝萬機之暇御瓊華島延請

帝師太保文貞劉公亦在焉乃名在京耆宿問諸禪教乖互之義先師西菴贇公等八人因以圭峰禪源詮文爲對允愜

宸衷當時先師屬其弟雙泉泰公爲之記仍

命雪堂鏤板流行愚以忝問諸方未暇及此向於雲中普恩與國二寺各獲一本後在京

萬壽方丈復得遼朝崇天皇太后清寧八年印造頒行天下定本與文士較正擬欲刻梓以傳永久請敘一言庸伸先師遺志余聞之喜曰令子之心即圭峰師憂世之心也然不有斯文無以解其惑不壽其傳無以利其衆學者覩之而情不遣解不生亦何益矣古人所謂四難者今三難略具其一則在諸方叅學者倘能不負二師弘法利人之念盡心披玩情遣解生如王良總六轡馳通衢阿師駕般若航登彼岸豈有不達者哉

翰林待制朝列大夫同修

國史貫汝舟序

禪源諸詮都序敘

綿州刺史裴休述

圭峰禪師集禪源諸詮爲禪藏而都序之河東裴休曰未曾有也自如来現世隨機立教菩薩間生據病指藥故一代時教開深淺之三門一真淨心演性相之别法馬龍二士皆弘調御之說而空性異宗能秀二師俱傳達磨之心而頓漸殊稟荷澤直指知見江西一切皆真天台專依三觀牛頭無有一法其他空有相破真妄相收反奪順取密指顯說故天竺中夏其宗寔繁良以病有千源藥生多品投機隨器不得一同雖俱爲證悟之門盡是正真之道而諸宗門下通少局多故數十年来師法益壞以承稟爲戶牖各自開張以經論爲干戈互相攻擊情隨函矢而遷變

孟子曰矢人豈不仁於函人哉函人唯恐傷人矢人唯恐不傷人盖所習之術然也今學者但隨宗徒彼此相非耳函字唐韻從金鋡者鎧甲也周禮函人爲甲即造甲之人古字多單爲之故孟子亦單作

法逐人我以高低是非紛拏莫能辨析則向者世尊菩薩諸方教宗適足以起諍後人增煩惱病何利益之有哉圭峰大師久而歎曰吾丁此時不可以默矣

仲尼刪詩書正禮樂皆不得已而爲之故述而不作乃聖人貴道不貴跡意道吾久修當宗佛法今忽和會諸宗豈欲立跡哉不得已也丁當也正當須和會之時也

於是以如来三種教義印禪宗三種法門融

缾盤釵釧爲一金攪酥酪醍醐爲一味振綱領而舉者皆順

荀子云如振裘領屈五指而頓之順者不可勝數也

據會要而來者同趨

趣字平聲呼之周易略例云據會要以觀方来則六合輻輳未足多也都序據圓教以印諸宗雖百家亦無所不統也

尚恐學者之難明也又復直示宗源之本末真妄之和合空性之隱顯法義之差殊頓漸之異同遮表之迴互權實之深淺通局之是非

此下歎敘述顯明而丁寧欲人悟也

莫不提耳而告之

毛詩云匪面命之言提其耳當時疾彼人不修德荒亂言我不對面向汝說又提耳起耳就耳邊告汝汝終不改也意說丁寧之甚

指掌而示之

論語云知其說者之於天下也其如視諸斯乎指其掌言夫子語了指自手掌示弟子言見此事分明如掌中之物易了

噸呻以吼之愛軟以誘之

此下歎慈悲憂念如養赤子也

乳而藥之憂佛種之夭傷也

無少善根而作闡提是夭傷也

腹而擁之

毛詩云腹我頭我言慈母念幼子腹中抱我蹔起去又回頭顧我念惜之深也

念水火之漂焚也

欲是水火

挈而導之懼邪小之迷陷也

既有善根又離五欲復恐不入於大乘也

揮而散之悲鬭爭之牢固也大明不能破長夜之昏慈母不能保身後之子

此下歎悲智與佛同也佛日雖感得吾師然後回光曲照佛慈悲雖普得吾師然後弘益彌多

若吾師者捧佛日而委曲回照疑曀盡除順佛心而横亘大悲窮刼蒙益則世尊為闡教之主吾師為會教之人本末相扶遠近相照可謂畢一代時教之能事矣

自世尊演教至今日會而通之能事方畢

或曰自如來未嘗大都而通之今一旦違宗趣而不守廢關防而不據無乃乖祕藏密契之道乎荅曰佛於法華涅槃會中亦已融為一味但昧者不覺故涅槃經迦葉菩薩曰諸佛有密語無密藏世尊讚之曰如來之言開發顯露清淨無翳愚人不解為之祕藏智者了達則不名藏此其證也故王道興則外戶不閉而守在戎夷佛道備則諸法總持而防在魔外

涅槃圓教和會諸法唯簡別魔說及外道邪宗耳

不當復執情攘臂於其間也嗚呼後之學者當取信於佛無取信於人當取證於本法無取證於末習

都序以佛語印諸宗以本法照偏說故丁寧勸其深信

能如是則不孤圭峯劬勞之德矣

哀哀父母生我劬勞吾師之德過於是矣後之人覩其法而不生悲感木石無異且須保重也

禪源諸詮集都序卷上

亦名禪那理行諸詮集

圭峰山沙門　宗密　述

禪源諸詮集者寫録諸家所述詮表禪門根源道理文字句偈集爲一藏以貽後代故都題此名也禪是天竺之語具云禪那中華翻爲思惟修亦名靜慮皆定慧之通稱也源者是一切衆生本覺真性亦名佛性亦名心地悟之名慧修之名定定慧通稱爲禪那此性是禪之本源故云禪源亦名禪那理行者此之本源是禪理忘情契之是禪行故云理行然今所集諸家述作多談禪理少談禪行故且以禪源題之今時有但目真性爲禪者是不達理行之旨又不辨華竺之音也然亦非離真性別有禪體但衆生迷真合塵即名散亂背塵合真方名禪定若直論本性即非真非妄無背無合無定無亂誰言禪乎况此真性非唯是禪門之源亦是萬法之源故名法性亦是衆生迷悟之源故名如來藏藏識

出楞伽經

亦是諸佛萬德之源故名佛性

涅槃等經

亦是菩薩萬行之源故名心地

梵網經心地法門品云是諸佛之本源是菩薩道之根本是大衆諸佛子之根本

萬行不出六波羅密禪門但是六中之一當其第五豈可都目真性爲一禪行哉然禪定

一行最爲神妙能發起性上無漏智慧一切妙用萬德萬行乃至神通光明皆從定發故三乘學人欲求聖道必須修禪離此無門離此無路至於念佛求生淨土亦須修十六觀禪及念佛三昧般舟三昧又真性則不垢不淨凡聖無差禪則有淺有深階級殊等謂帶異計欣上厭下而修者是外道禪正信因果亦以欣厭而修者是凡夫禪悟我空偏真之理而修者是小乘禪悟我法二空所顯真理而修者是大乘禪

上四類皆有四色四空之異也

若頓悟自心本來清淨元無煩惱無漏智性本自具足此心即佛畢竟無異依此而修者是最上乘禪亦名如來清淨禪亦名一行三昧亦名真如三昧此是一切三昧根本若能念念修習自然漸得百千三昧達摩門下展轉相傳者是此禪也達摩未到古來諸家所解皆是前四禪八定諸高僧修之皆得功用南岳天台令依三諦之理修三止三觀教義雖最圓妙然其趣入門户次第亦只是前之諸禪行相唯達摩所傳者頓同佛體迥異諸門故宗習者難得其旨得即成聖疾證菩提失即成邪速入塗炭先祖革昧防失故且人傳一人後代已有所憑故任千燈千照暨乎法久成弊錯謬者多故經論學人疑謗亦衆

原夫佛説頓教漸教禪開頓門漸門二教二門各相符契今講者偏彰漸義禪者偏播頓宗禪講相逢胡越之隔宗密不知宿生何作熏得此心自未解脱欲解他縛爲法忘於軀命愍人切於神情

亦如淨名云若自有縛能解他縛無有是處然欲罷不能驗是宿世難改每歎人與法差法爲人病故別撰經律論疏大開戒定慧門顯頓悟資於漸修證師說符於佛意意既本末而委示文乃浩博而難尋泛學雖多秉志者少況迹涉名相誰辨金鍮徒自疲勞未見機感雖佛說悲增是行而自慮愛見難防遂捨衆入山習定均慧前後息慮相計十年

云前後者中間被勑追入內住城三年方

却表請歸山也

微細習情起滅彰於靜慧差別法義羅列見於空心虛隟日光纖埃擾擾清潭水底影像昭昭豈比夫空守默之癡禪但尋文之狂慧者然本因了自心而辨諸教故懇情於心宗

又因辨諸教而解修心故虔誠於教義教也者諸佛菩薩所留經論也禪也者諸善知識所述句偈也但佛經開張羅大千八部之衆禪偈撮略就此方一類之機羅衆則渀蕩難依就機即指的易用今之纂集意在斯焉問夫言撮略者文須簡約義須周足理應撮束多義在少文中且諸佛說經皆具法

法體

義

義理

因

三賢十地三十七品十波羅密

果

佛之德用

信

信法
解
解義
修
歷位修因
證
證果

雖世界各異化儀不同其所立教無不備此故花嚴每會每位皆結十方世界悉同此說今覽所集諸家禪述多是隨問反質旋立旋破無斯綸緒不見始終豈得名爲撮略佛教答佛出世立教與師隨處度人事體各別佛教萬代依憑理須委示師訓在即時度脫意使玄通玄通必在忘言故言下不留其迹迹絕於意地理現於心源即信解修證不爲而自然成就經律疏論不習而自然冥通故有問修道即答以無修有求解脫即反質誰縛有問成佛之路即云本無凡夫有問臨終安心即云本來無事或亦云此是妄此是真如是用心如是息業舉要而言但是隨當時事應當時機何有定法名阿耨菩提豈有定行名摩訶般若但得情無所念意無所爲心無所生慧無所住即真信真解真修真證也若不了自心但執名教欲求佛道者豈不現見識字看經元不證悟銷文釋義唯熾貪嗔耶見況阿難多聞總持積歲不登聖果息緣反照蹔時即證無生即知秉教之益度人之方各有其由不應於文字而責也問既重得意不責專文即何必纂集此諸句偈答集有二意一有雖經師授而悟不決究又不逢諸善知

識處處勘契者今覽之遍見諸師言意以通其心以絕餘念二爲悟解了者欲爲人師令廣其見聞增其善巧依解攝衆荅問教授也即上云羅千界即滌蕩難依就一方即指的易用也然又非直資忘言之門亦兼禪垂教之益非但令意符於佛亦欲使文合於經既文似乖而令合實爲不易須判一藏經大小乘權實理了義不了義方可印定諸宗禪門各有旨趣不乖佛意也謂一藏經論統唯三種禪門言教亦統唯三宗

各在下文別釋

配對相符方成圓見問今習禪詮何關經論荅有十所以須知經論權實方辨諸禪是非又須識禪心性相方解經論理事一師有本末憑本印末故二禪有諸宗互相違阻故三經如繩墨楷定邪正故四經有權實須依了義故五量有三種勘契須同故六疑有多般須具通決故七法義不同善須辨識故八心通性相名同義別故九悟修頓漸言似違反故十師受方便須識藥病故初言師有本末者謂諸宗始祖即是釋迦經是佛語禪是佛意諸佛心口必不相違諸祖相承根本是佛親付菩薩造論始末唯弘佛經況迦葉乃至毱多弘傳皆兼三藏提多迦已下因僧諍律教別行罽賓國已來因王難經論分化中間馬鳴龍樹悉是祖師造論釋經數千萬偈觀風化物無定事儀未有講者毀禪禪者毀講達摩受法天竺躬至中華見此方學人多未得法唯以名數爲解事相爲行欲令知月不在指法是我心故但以心傳心不立文字顯

宗破執故有斯言非離文字說解脱也故教授得意之者即頻讚金剛楞伽云此二經是我心要今時弟子彼此迷源修心者以經論爲別宗講説者以禪門爲別法聞談因果修證便推屬經論之家不知修證正是禪門之本事聞説即心即佛便推屬胷襟之禪不知心佛正是經論之本意

前叙有人難云禪師何得講説余今以此荅也

今若不以權實之經論對配深淺禪宗焉得以教照心以心解教二禪有諸宗互相違反者今集所述殆且百家宗義別者猶將十室謂江西荷澤北秀南侁牛頭石頭保唐宣什及稠那天台等立宗傳法互相乖阻有以空爲本有以知爲源有云寂黙方真有云行坐皆是有云見今朝暮分別爲作一切皆妄有云分別爲作一切皆真有萬行悉存有兼佛亦泯有放任其志有拘束其心有以經律爲所依有以經律爲障道非唯汎語而乃確言確弘其宗確毁餘類爭得和會也問是者即收非者即揀何須委曲和會荅或空或有或性或相悉非邪僻但緣各皆黨己爲是斥彼爲非彼此確定故須和會問既皆非邪即各任確定何必會之荅至道歸一精義無二不應兩存至道非邊了義不偏不應單取故必須會之爲一令皆圓妙問以氷雜火勢不俱全將矛刺盾功不雙勝諸宗所執既互相違一是則有一非如何會令皆妙荅俱存其法俱遺其病即皆妙也謂以法就人即難以人就法即易人多隨情互執執即相違誠如氷火相和矛盾相敵故難也法本稱理

互通通即互順自然凝流皆水鐶釧皆金故易也舉要而言局之則皆非會之則皆是若不以佛語各示其意各收其長統爲三宗對於三教則何以會爲一代善巧俱成要妙法門各忘其情同歸智海

唯佛所說即異而同故約佛經會三爲一三經如繩墨楷定邪正者繩墨非巧工巧者必以繩墨爲憑經論非禪傳禪者必以經論爲準中下根者但可依師師自觀根隨分指授上根之輩悟須圓通未究佛言何同佛見問所在皆有佛經任學者轉讀勘會今集禪要何必辨經荅此意即其次之文便是荅此問也文云四經有權實須依了義者謂佛說諸經有隨自意語有隨他意語有稱畢竟之理有隨當時之機有詮性相有頓漸大小有了義不了義文或敵體相違義必圓通無礙龍藏浩汗何見旨歸故今但以十餘紙都決擇之令一時圓見佛意見佛意後即備尋一藏即句句知宗五量有三種勘契須同者西域諸賢聖所解法義皆以三量爲定一比量二現量三佛言量量者如度量升斗量物知定也比量者以因由譬喻比度也如遠見煙必知有火雖不見火亦非虛妄現量者親自現見不假推度自然定也佛言量者以諸經爲定也勘契須同者若但憑佛語不自比度證悟自心者只是泛信於已未益若但取現量自見爲定不勘佛語焉知邪正外道六師親見所執之理修之亦得功用自謂爲正豈知是邪若但用比量者既無聖教及自所見約何比度比度何法故須三量勘同方爲決

定禪宗已多有現比二量今更以經論印之則三量備矣六疑有多般須具通決者數十年中頻有經論大德問余曰四禪八定皆在上界此界無禪凡修禪者須依經論引取上界禪定而於此界修習修習成者皆是彼禪諸教具明無出此者如何離此別說禪門既不依經即是邪道又有問曰經云漸修祇刧方證菩提禪稱頓悟剎那便成正覺經是佛語禪是僧言違佛遵僧切疑未可又有問曰禪門要旨無是無非塗割慈親不嗔不喜何以南能北秀水火之嫌荷澤洪州參商之隙又有問曰六代禪宗師資傳授禪法皆云內授密語外傳信衣衣法相資以爲符印曹溪已後不聞此事未審今時化人說密語否不說則所傳者非達摩之法說則聞者盡合得衣又有禪德問曰達摩傳心不立文字汝何違背先祖講論傳經近復問曰淨名已呵宴坐荷澤每斥凝心曹溪見人結跏曾自將杖打起今問汝每因教誡即勸坐禪禪菴羅列遍於巖壑乖宗違祖吾切疑焉余雖隨時各已酬對然疑者千萬愍其未聞況所難之者情皆偏執所執各異彼此互違因決申疑復增己病故須開三門義評一藏經總荅前疑無不通徹

下隨相當文義一一脚注指之荅此諸難欲見荅處須檢注文也

七法義不同善須辨識者凡欲明解諸法性相先須辨得法義依法解義義即分明以義詮法法即顯著今且約世物明之如真金隨工匠等緣作鐶釧碗盞種種器物金性必不

變爲銅鐵金即是法不變隨緣是義設有人問說何物不變何物隨緣只合荅云金也以喻一藏經論義理只是說心心即是法一切是義故經云無量義者從一法生然無量義統唯二種一不變二隨緣諸經只說此心隨迷悟緣成垢淨凡聖煩惱菩提有漏無漏等亦只說此心垢淨等時元來不變常自寂滅真實如如等設有人問說何法不變何法隨緣只合荅云心也不變是性隨緣是相當知性相皆是一心上義今性相二宗互相非者良由不識真心每聞心字將謂只是八識不知八識但是真心上隨緣之義故馬鳴菩薩以一心爲法以真如生滅二門爲義論云依於此心顯示摩訶衍義心真如是體心生滅是相用只說此心不虛妄故云真不變易故云如是以論中一一云心真如心生滅今時禪者多不識義故但呼心爲禪講者多不識法故但約名說義隨名生執難可會通聞心爲淺聞性謂深或却以性爲法以心爲義故須約三宗經論相對照之法義既顯但歸一心自然無諍八心通性相名同義别者諸經或毀心是賊制令斷除或讚心是佛勸令修習或云善心惡心淨心垢心貪心嗔心慈心悲心或云託境心生或云心生於境或云寂滅爲心或云緣慮爲心乃至種種相違若不以諸宗相對顯示則看經者何以辨之爲當有多種心爲復只是一般心耶今且略示名體汎言心者略有四種梵語各别飜譯亦殊一紇利陁耶此云肉團心此是身中五藏心也

具如黄庭經五藏論說也

禪源諸詮集卷第一

禪源集卷第二

二緣慮心此是八識俱能緣慮自分境故色是眼識境乃至根身種子器世界是阿賴耶識之境各緣一分故云自分

此八各有心所善惡之殊諸經之中目諸心所總名心也謂善心惡心等三質多耶此云集起心唯第八識積集種子生起現行故黄庭經五藏論目之爲神西國外道計之爲我皆是此識

四乾栗陁耶此云堅實心亦云貞實心此是真心也然第八識無别自體但是真心以不覺故與諸妄想有和合不和合義和合義者能含染淨目爲藏識不和合者體常不變目爲真如都是如来藏故楞伽云寂滅者名爲一心一心者即如来藏如来藏亦是在纏法身如勝鬘經説故知四種心本同一體故密嚴經云佛説如来藏法身在纏之名以爲阿賴耶藏識惡慧不能知藏即賴耶識有執真如與賴耶體别者是惡慧如来清淨藏世間阿賴耶如金與指鐶展轉無差别指鐶等喻賴耶金喻真如都名如来藏然雖同體真妄義别本末亦殊前三是相後一是性依性起相蓋有因由會相歸性非無所以性相無碍都是一心迷之即觸面向墻悟之即萬法臨鏡若空尋文句或信胷襟於此一心性相如何了會九悟修頓漸似反而

符者謂諸經論及諸禪門或云先因漸修功成豁然頓悟或云先須頓悟方可漸修或云由頓修故漸悟或云悟修皆漸或云皆頓或云法無頓漸頓漸在機如上等說各有意義言似反者謂既悟即成佛本無煩惱名爲頓者即不應修斷何得復云漸修漸修即是煩惱未盡因行未圓果德未滿何名爲頓頓即非漸漸即非頓故云相反如下對會即頓漸非唯不相乖反而乃互相資也十師資傳授須識藥病者謂承上傳授方便皆先開示本性方令依性修禪性不易悟多由執相故欲顯性先須破執破執方便須凡聖俱泯功過齊祛戒即無犯無持禪即無定無亂三十二相都是空花三十七品皆爲夢幻意使心無所著方可修禪後學淺識便但只執此言爲究竟道又以修習之門人多放逸故復廣說欣厭毁責貪恚讚歎勤儉調身調息麄細次第後人聞此又迷本覺之用便一向執相唯根利志堅者始終事師方得悟修之旨其有性浮淺者纔聞一意即謂已足仍恃小慧便爲人師未窮本末多成偏執故頓漸門下相見如仇讎南北宗中相敵如楚漢洗足之誨摸象之喻驗於此矣今之所述豈欲別爲一本集而會之務在伊圓三點三點各別既不成伊三宗若乖焉能作佛故知欲識傳授藥病須見三宗不乖須解三種佛教

前敘有人難云禪師何得講說余今總以此十意答也故初已敘西域祖師皆弘經論耳也

上來十意理例昭然但細對詳禪之三宗教

之三種如經斗稱足定淺深先敘禪門後以教證禪三宗者一息妄修心宗二泯絶無寄宗三直顯心性宗教三種者一密意依性説相教二密意破相顯性教三顯示真心即性教右此三教如次同前三宗相對一一證之然後總會爲一味今且先敘禪宗　初息妄修心宗者説衆生雖本有佛性而無始無明覆之不見故輪迴生死諸佛已斷妄想故見性了了出離生死神通自在當知凡聖功用不同外境内心各有分限故須依師言教背境觀心息滅妄念念盡即覺悟無所不知如鏡昏塵須勤勤拂拭塵盡明現即無所不照又須明解趣入禪境方便遠離憒閙住閑靜處調身調息跏趺宴默舌拄上腭心注一境南侁北秀保唐宣什等門下皆此類也牛頭天台惠稠求那等進趣方便迹即大同見解即别　二泯絶無寄宗者説凡聖等法皆如夢幻都無所有本來空寂非今始無即此達無之智亦不可得平等法界無佛無衆生法界亦是假名心既不有誰言法界無修不修無佛不佛設有一法勝過涅槃我説亦如夢幻無法可拘無佛可作凡有所作皆是迷妄如此了達本來無事心無所寄方免顛倒始名解脱石頭牛頭下至徑山皆示此理便令心行與此相應不令滯情於一法上日久功至塵習自亡則於怨親苦樂一切無礙因此便有一類道士儒生閑僧汎參禪理者皆説此言便爲臻極不知此宗不但以此言爲法荷澤江西天台等門下亦説此理然非所宗

三直顯心性宗者説一切諸法若有若空

皆唯真性真性無相無爲體非一切謂非凡非聖非因非果非善非惡等然即體之用而能造作種種謂能凡能聖現色現相等於中指示心性復有二類一云即今能語言動作貪嗔慈忍造善惡受苦樂等即汝佛性即此本来是佛除此無别佛也了此天真自然故不可起心修道道即是心不可將心還修於心惡亦是心不可將心還斷於心不斷不修任運自在方名解脫性如虛空不增不減何假添補但隨時隨處息業養神聖胎增長顯發自然神妙此即是爲真悟真修真證也二云諸法如夢諸聖同說故妄念本寂塵境本空空寂之心靈知不昧即此空寂之知是汝真性任迷任悟心本自知不藉緣生不因境起知之一字衆妙之門由無始迷之故妄執身心爲我起貪嗔等念若得善友開示頓悟空寂之知知且無念無形誰爲我相人相覺諸相空心自無念念起即覺覺之即無修行妙門唯在此也故雖備修萬行唯以無念爲宗但得無念知見則愛惡自然淡泊悲智自然增明罪業自然斷除功行自然增進既了諸相非相自然無修之修煩惱盡時生死即絕生滅滅已寂照現前應用無窮名之爲佛然此兩家皆會相歸性故同一宗然上三宗中復有遵教慢教隨相毀相拒外難之門戶接外衆之善巧教弟子之儀軌種種不同皆是二利行門各隨其便亦無所失但所宗之理即不合有二故須約佛和會也　次下判

佛教總爲三種者　一密意依性說相教

佛見三界六道悉是真性之相但是衆生

迷性而起無別自體故云依性然根鈍者
卒難開悟故且隨他所見境相說法漸度
故云說相說未彰顯故云密意也
此一教中自有三類　一人天因果教說善
惡業報令知因果不差懼三途苦求人天樂
修施戒禪定等一切善行得生人道天道乃
至色界無色界此名人天教　二說斷惑滅
苦樂教說三界不安皆如火宅之苦令斷業
惑之集修道證滅以隨機故所說法數一向
差別以揀邪正以辯凡聖以分忻厭以明因
果說衆生五蘊都無我主但是形骸之色思
慮之心從無始来因緣力故念念生滅相續
無窮如水涓涓如燈焰焰身心假合似一似
常凡愚不覺執之爲我寶此我故即起貪
貪名利榮我

嗔
嗔違情境恐侵損我
癡
觸向錯解非理計校
等三毒三毒擊於意識發動身口造一切業
業成難逃
影隨形響應聲
故受五道苦樂等身
此是別業所感
三界勝劣等處
所居處此是共業所感
於所受身還執爲我還起貪等造業受報身
則生老病死死而還生界則成住壞空空而
復成刼刼生生輪迴不絕無始無終如級井
輪都由不了此身本不是我

此上皆是前人天教中世界因果也前但令厭下忻上未說三界皆可厭患又未破我今具說之即苦集二諦也下破我執令修滅道二諦明出世因果故名四諦教

不是我者此身本因色心和合爲相今推尋分析色有地水火風之四類心有受

領納好惡之事

想

取像

行

造作一切

識

一一了別

之四類

此四與色都名五蘊

若皆是我即成八我況色中復有三百六十段骨段段各別皮毛筋肉肝心肺腎各不相

是

皮不是毛等

諸心數等亦各不同見不是聞喜不是怒既有此衆多之物不知定取何者爲我若皆是我我即百千一身之中多主紛亂離此之外復無別法翻覆推我皆不可得便悟此身心等但是衆緣似和合相元非一體似我人相元非我人爲誰貪嗔爲誰煞盜誰修戒施誰生人天

知苦集也

遂不滯心於三界有漏善惡

斷集諦也

但修無我觀智

道諦

以斷貪等止息諸業證得我空真如得須陁洹果乃至滅盡患累得阿羅漢果

滅諦

灰身滅智永離諸苦

諸阿含等六百一十八卷經婆沙俱舍等六百九十八卷論皆唯說此小乘及前人天因果部帙雖多理不出此也

二将識破境教

說前所說境相若起若滅非唯無我亦無如上等法但是情識虛妄變起故云将識破境也

說上生滅等法不關真如但各是衆生無始已來法爾有八種識於中第八藏識是其根本頓變根身器界種子轉生七識各能變現自分所緣

眼緣色乃至七緣八見八緣根種器界

此八識外都無實法問如何變耶荅我法分别熏習力故諸識生時變似我法六七二識無明覆故緣此執爲實我實法如患

病重心昬見異色人物

夢

夢相所見可知

者患夢力故心似種種外境相現夢時執爲實有外物寤来方知唯夢所變我此身相及於外境亦復如是唯識所變迷故執有我及諸境既悟本無我法唯有心識遂依此二空之智修唯識觀及六度四攝等行漸漸伏斷煩惱所知二障證二空所顯真如十地圓滿轉八識成四智菩提也真如障盡成法性身

大涅槃也解深密等數十本經瑜伽唯識數百卷論所說之理不出此也此上三類都為第一密意依性說相教然唯第三將識破境教與禪門息妄修心宗而相扶會以知外境皆空故不修外境事相唯息妄修心也息妄者息我法之妄修心者修唯識之心故同唯識之教既與佛同如何毀他漸門息妄看淨時時拂拭凝心住心專注一境及跏趺調身調息等也此等種種方便悉是佛所勸讚淨名云不必坐不必不坐坐與不坐任逐機宜凝心運心各量習性當高宗大帝乃至玄宗朝時圓頓本宗未行北地唯神秀禪師大揚漸教為二京法主三帝門師全稱達摩之宗又不顯即佛之旨曹溪荷澤恐圓宗滅絕遂呵毀住心伏心等事但是除病非除法也況此之方便本是五祖大師教授各皆印可為一方師達摩以壁觀教人安心外止諸緣內心無喘心如墻壁可以入道豈不正是坐禪之法又廬山遠公與佛陀耶舍二梵僧所譯達摩禪經兩卷具明坐禪門戶漸次方便與天台及侁秀門下意趣無殊故四祖數十年中脇不至席即知了與不了之宗各猶見解深淺不以調與不調之行而定法義偏圓但自隨病對治不須讚此毀彼

六注通前敘有人問難余云何以勸坐禪者余今以此荅也

二密意破相顯性教

據真實了義即妄執本空更無可破無漏諸法本是真性隨緣妙用永不斷絕又不應破但為一類眾生執虛妄相障真實性

難得玄悟故佛且不揀善惡垢淨性相一切呵破以真性及妙用不無而且云無故

云密意又意在顯性語乃破相意不形於言中故云密也

說前教中所變之境既皆虛妄能變之識豈獨真實心境互依空而似有故也且心不孤起託境方生境不自生由心故現心空即境謝境滅即心空未有無境之心曾無無心之境如夢見物似能見所見之殊其實同一虛妄都無所有諸識諸境亦復如是以皆假託衆緣無自性故未曾有一法不從因緣生是故一切法無不是空者凡所有相皆是虛妄是故空中無色無眼耳鼻舌身意無十八界無十二因緣無四諦無智亦無得無業無報無修無證生死涅槃平等如幻但以不住一切無執無著而爲道行諸部般若千餘卷經及中百門等三論廣百論等皆說此也

智度論百卷亦說此理但論主通達不執故該收大小乘法相體同後一真性宗

此教與禪門泯絕無寄宗全同既同世尊所說菩薩所弘云何漸門禪主及講習之徒每聞此說即謗云撥無因果佛自云無業無報豈邪見乎若云佛說此言自有深意者豈禪門此說無深意耶若云我曾推徵覺無深意者自是汝遇不解之流但可嫌人豈可斥法

此上一教據佛本意雖不相違然後學所傳多執文迷旨或名執一見彼此相非或二皆泛信渾沌不曉故龍樹提婆等菩薩依破相教廣說空義破其執有令洞然解於真空真空者是不違有之空也無著天親等菩薩依

唯識教廣說名相分析性相不同染淨各別破其執空令歷然解於妙有妙有者是不違空之有也雖各述一義而舉體圓具故無違也問若爾何故已後有清辨護法等諸論師互相破耶荅此乃是相成不是相破何者以末學人根器漸鈍互執空有故清辨等破定有之相令盡徹至畢竟真空方乃成彼緣起妙有護法等破斷滅偏空意存妙有妙有存故方乃是彼無性真空文即相破意即相成

敘前疑南北禪門相競今於此决也

由妙有真空有二義故一極相違義謂互相害全奪永盡二極相順義謂冥合一相舉體全攝若不相奪全盡無以舉體全收故極相違方極順也龍樹無著等就極順門故相成清辨護法等據極違門故相破違順自在成破無礙即於諸法無不和會耳哀哉此方兩宗後學經論之者相非相斥不異仇讐何時得證無生法忍今頓漸禪者亦復如是努力通鑒勿偏局也問西域先賢相破既是相成豈可此方相非便成相嫉荅如人飲水冷暖自知各各觀心各各察念留藥防病不爲健人立法防奸不爲賢士三顯示真心即性教

直指自心即是真性不約事相而示亦不約心相而示故云即性不是方便隱密之意故云顯示也

此教說一切衆生皆有空寂真心無始本來性自清淨

不因斷惑成淨故云性淨寶性論云清淨有二一自性清淨二離垢清淨勝鬘云自性清淨心難可了知此心爲煩惱所染亦

難可了知釋云此心超出前空有二宗之
理故難可了知也
明明不昧了了常知
下引佛說
盡未来際常住不滅名爲佛性亦名如来藏
亦名心地
達磨所傳是此心也
從無始際妄想翳之不自證得躭著生死大
覺愍之出現於世爲說生死等法一切皆空
開示此心全同諸佛如華嚴經出現品云佛
子無一衆生而不具有如来智慧但以妄想
執著而不證得若離妄想一切智自然智無
礙智即得現前譬如有大經卷
喻佛智慧
量等三千大千世界

智體無邊廓周法界
書寫三千大千世界中事一切皆盡
喻體上本有恒沙功德恒沙妙用也
此大經卷雖復量等大千世界而全住在一
微塵中
喻佛智全在衆生身中圓滿具足也
如一微塵
舉一衆生爲例
一切微塵皆亦如是時有一人智慧明達
喻世尊也
具足成就清淨天眼見此經卷在微塵内
天眼力隔障見色喻佛眼力隔煩惱見佛
智也
於諸衆生無少利益
喻迷時都不得其用與無不別云云乃至

即起方便破彼微塵

喻說法除障

出此大經卷令諸衆生普得饒益云云如來智慧亦復如是無量無碍普能利益一切衆生

合書寫三千世界事

具足在於衆生身中

合微塵中

但諸凡愚妄想執著不知不覺不得利益爾時如來以無障碍清淨智眼普觀法界一切衆生而作是言奇哉奇哉此諸衆生云何具有如來智慧愚癡迷惑不知不見我當教以聖道令其永離妄想執著自於身中得見如來廣大智慧與佛無異即教彼衆生修習聖道

六波羅蜜三十七道品等

令離妄想離妄想已證得如來無量智慧利益安樂一切衆生問上既云性　目了了常知何須諸佛開示荅此言知者不是證知意說真性不同虛空木石故云知也非如緣境分別之識非如照體了達之智直是一真如之性自然常知故馬鳴菩薩云真如者自體真實識知花嚴迴向品亦云真如照明爲性又據問明品說知與智異智局於聖不通於凡知即凡聖皆有通於理智故覺首等九菩薩問文殊師利言云何佛境界智

證悟之智

云何佛境界知

本有真心

文殊荅智云諸佛智自在三世無所碍過去未來現在事無不了達故自在無碍

荅知云非識所能識
不可識識者以識屬分别分别即非真知
真知唯無念方見也
亦非心境界
不可以智知謂若以智證之即屬所證之
境真知非境界故不可以智證瞥起照心
即非真知也故經云自心取自心非幻成
幻法論云心不見心荷澤大師云擬心即
差故北宗看心是失真旨心若可看即是
境界故此云非心境界
其性本清淨
不待離垢惑方淨不待斷疑濁方清故云
本清淨也就寶性論中即揀非離垢之淨
是彼性淨故云其性本清淨
開示諸羣生
既云本淨不待斷障即知羣生本來皆有
但以惑翳而不自悟故佛開示皆令悟入
即法華中開示悟入佛之知見如上所引
佛本出世只爲此事也彼云使得清淨者
即寶性中離垢清淨也此心雖自性清淨
終須悟修方得性相圓淨故數十本經論
皆說二種清淨二種解脫今時學淺之人
或只知離垢清淨離垢淨解脫故毁禪門
即心即佛或只知自性清淨性淨解脫故
輕於教相斥於持律坐禪調伏等行不知
必須頓悟自性清淨性自解脫漸修令得
離垢清淨離障解脫成圓滿清淨究竟解
脱若身若心無所壅滯同釋迦佛也
寶藏論亦云知有有壞知無無敗
此皆能知有無之智

其知之知有無不計
既不計有無即自性無分別之知
如是開示靈知之心即是真性與佛無異故
顯示真心即性教也花嚴密嚴圓覺佛頂勝
鬘如來藏法花涅槃等四十餘部經寶性佛
性起信十地法界涅槃等十五部論雖或頓
或漸不同據所顯法體皆屬此教全同禪門
第三直顯心性之宗既馬鳴標心為本源文
殊揀知為真體如何破相之黨但云寂滅不
許真知說相之家執凡異聖不許即佛今約
佛教判定正為斯人故前敘西域傳心多兼
經論無二途也但以此方迷心執文以名為
體故達摩善巧揀文傳心標舉其名
心是名也
默示其體
知是心也
喻以壁觀
如上所敘
令絕諸緣問諸緣絕時有斷滅否荅雖絕諸
念亦不斷滅問以何證驗云不斷滅荅了了
自知言不可及師即印云只此是自性清淨
心更勿疑也若所荅不契即但遮諸非更令
觀察畢竟不與他先言知字直待自悟方驗
實是親證其體然後印之令絕餘疑故云默
傳心印所言默者唯默知字非總不言六代
相傳皆如此也至荷澤時他宗競播欲求默
契不遇機緣又思惟達摩懸絲之記
達摩云我法第六代後命如懸絲
恐宗旨滅絕遂明言知之一字衆妙之門任
學者悟之淺深且務圖宗教不斷亦是此國

大法運數所至一類道俗合得普聞故感應如是其默傳者餘人不知故以袈裟爲信其顯傳者學徒易辨但以言說除疑況既形言足可引經論等爲證

前叙外難云今時傳法者說密語否今以此荅也法是達摩之法故聞者淺深皆益但昔密而今顯故不名密語豈可名別法亦別耶

問悟此心已如何修之還依初說相教中令坐禪否荅此有二意謂昬沉厚重難可策發掉舉猛利不可抑伏貪嗔熾盛觸境難制者即用前教中種種方便隨病調伏若煩惱微薄慧解明利即依本宗本教一行三昧如起信云若修止者住於靜處端身正意不依氣息形色乃至唯心無外境界金剛三昧經云禪即是動不動不禪是無生禪法句經云若學諸三昧是動非坐禪心隨境界流云何名爲定淨名云不起滅定現諸威儀

行住坐臥

不於三界現身意是爲宴坐佛所印可據此即以荅三界空花四生夢寐依體起行修而無修尚不住佛不住心誰論上界下界

前叙難云據教須引上界定者以管窺天但執一宗之說見此了教理應懐慚而退

然此教中以一真心性對染淨諸法全揀全收全揀者如上所說但剋體直指靈知即是心性餘皆虛妄故云非識所識非心境等乃至非性非相非佛非衆生離四句絕百非也全收者染淨諸法無不是心心迷故妄起惑業乃至四生六道雜穢國界心悟故從體起

用四等六度乃至四辨十力妙身淨刹無所不現既是此心現起諸法諸法全即真心如人夢所現事事事皆人如金作器器器皆金如鏡現影影影皆鏡

夢對妄想業報器喻修行影喻應化

故花嚴云知一切法即心自性成就慧身不由他悟起信論云三界虛偽唯心所作離心則無六塵境界乃至一切分別即分別自心心不見心無相可得故一切法如鏡中相楞伽云寂滅者名爲一心一心者名如来藏能遍興造一切趣生造善造惡受苦受樂與因俱故知一切無非心也全揀門攝前第二破相教全收門攝前第一説相教將前望此此則迥異於前將此攝前前則全同於此深必該淺淺不至深深者直顯出真心之體方於中揀一切收一切也如是收揀自在性相無碍方能於一切法悉無所住唯此名爲了義更有心性同異頓漸違妨及所排諸家言教部帙次第述作大意悉在下卷

禪源集卷第二

禪源諸詮集卷第三

圭峯山沙門宗密述

上之三教攝盡佛一代所說之經及諸菩薩所造之論細尋法義便見三義全殊一法無別就三義中第一第二空有相對第三第一性相相對皆條然易見唯第二第三破相與顯性相對講者禪者同迷皆謂同是一宗一教皆以破相便爲真性故今廣辨空宗性宗有其十異一法義真俗異二心性二名異三性字二體異四真智真知異五有我無我異六遮詮表詮異七認名認體異八二諦三諦異九三性空有異十佛德空有異

初法義真俗異者空宗緣未顯真靈之性故但以一切差別之相爲法法是俗諦照此諸法無爲無相無生無滅無增無減等爲義義是真諦故智度論以俗諦爲法無礙辨以真諦爲義無礙辨性宗則以一真之性爲法空有等種種差別爲義故經云無量義者從一法生華嚴十地亦云法者知自性義者知生滅法者知真諦義者知俗諦法者知一乘義者知諸乘如是十番釋法義二無礙義皆以法爲真諦以義爲俗諦

二心性二名異者空宗一向目諸法本源爲性性宗多目諸法本源爲心目爲性者諸論多同不必敘迷目爲心者勝鬘云自性清淨心起信云一切法從本以來離言說名字心緣等相乃至唯是一心楞伽云堅實心良由此宗所說本性不但空寂而乃自然常知故應目爲心也

三性字二體異者空宗以諸法無性爲性性

宗以靈明常住不空之體爲性故性字雖同而體異也

四真智真知異者空宗以分別爲知無分別爲智智深知淺性宗以能證聖理之妙慧爲智以該於理智通於凡聖之靈性爲知知通智局上引問明品已自分別況十廻向品說真如云照明爲性起信說真如自體真實識知

五有我無我異者空宗以有我爲妄無我爲真性宗以無我爲妄有我爲真故涅槃經云無我者名爲生死有我者名爲如來又云我計無我是顛倒法乃至廣破二乘無常無我之見如春池執石爲寶廣讚常樂我淨而爲究竟乃至云無我法中有真我

良由衆生迷自真我妄執五蘊爲我故佛於大小乘法相及破相教中破之云無今於性宗直明實體故顯之云有也

六遮詮表詮異者遮謂遣其所非表謂顯其所是又遮者揀却諸餘表者直示當體如諸經所說真妙理性每云不生不滅不垢不淨無因無果無相無爲非凡非聖非性非相等皆是遮詮

諸經論中每以非字非却諸法動即有三十五十箇非字也不字無字亦爾故云絕百非

若云知見覺照靈鑒光明朗朗昭昭惺惺寂寂等皆是表詮若無知見等體顯何法爲性說何法不生滅等必須認得見今了然而知即是心性方說此知不生不滅等如說鹽云不淡是遮云鹹是表說水云不乾是遮云濕

是表諸教每云絶百非者皆是遮詞直顯一真方爲表語空宗之言但是遮詮性宗之言有遮有表但遮者未了兼表者乃的今時學人皆謂遮言爲深表言爲淺故唯重非心非佛無爲無相乃至一切不可得之言良由但以遮非之詞爲妙不欲親自證認法體故如此也

悟息後即任遮表臨時

七認名認體異者謂佛法世法一一皆有名體且如世間稱大不過四物如智論云地水火風是四物名堅濕暖動是四物體今且說水設有人問每聞澄之即清混之即濁堰之即止決之即流而能溉灌萬物洗滌萬穢此是何物

舉功能義用而問也

答云是水

舉名答也

愚者認名便謂已解智者應更問云何者是水

徵其體也

答云濕即是水

尅體指也此一言便定更無別字可替也若云水波清濁凝流是水何異他所問之詞

佛法亦爾設有人問每聞諸經云迷之即垢悟之即淨縱之即凡修之即聖能生世間出世間一切諸法此是何物

舉功能義用而問也

答云是心

舉名答也

愚者認名便謂已識智者應更問何者是心
徵其體也
答知即是心
指其體也此言最的餘字不如若云非性
非相能語言運動等是心者何異他所問
詞也
以此而推水之名體各唯一字餘皆義用心
之名體亦然濕之一字貫於清濁等萬用萬
義之中知之一字亦貫於貪嗔慈忍善惡苦
樂萬用萬義之處今時學禪人多疑云達摩
但說心荷澤何以說知如此疑者豈不似疑
云比只聞井中有水云何今日忽覺井中濕
耶思之思之直須悟得水是名不是濕濕是
水不是名即清濁水波凝流無義不通也以
例心是名不是知知是心不是名即真妄垢
淨善惡無義不通也空宗相宗爲對初學及
淺機恐隨言生執故但標名而遮其非唯廣
以義用而引其意性宗對久學及上根令忘
言認體故一言直示
達摩云指一言以直示後人意不解尋思
何者是一言若云即心是佛是一言者此
是四言何爲名一也
認得體已方於體上照察義用故無不通矣
八二諦三諦異者空宗所說世出世間一切
諸法不出二諦學者皆知不必引釋性宗則
攝一切性相及自體總爲三諦以緣起色等
諸法爲俗諦緣無自性諸法即空爲真諦
此與空宗相宗二諦義無別也
一真心體非空非色能空能色爲中道第一
義諦其猶明鏡亦具三義鏡中影像不得呼

青爲黄妍媸各别如俗諦影無自性一一全空如眞諦其體常明非空非青黄能空能青黄如第一義諦具如瓔珞大品本業等經所説故天台宗依此三諦修三止三觀成就三德也

九三性空有異者三性謂遍計所執性

妄情於我及一切法周遍計度一一執爲實有如癡孩鏡中見人面像執爲有命質礙骨肉等

依他起性

此所執法依他衆縁相因而起都無自性唯是虚相如鏡中影像也

圓成實性

本覺眞心始覺顯現圓滿成就眞實常住如鏡之明

空宗云諸經每説有者即約遍計依他每説空者即是圓成實性三法皆無性也性宗即三法皆具空有之義謂遍計情有理無依他相有性無圓成情無理有相無性有

十佛德空有異者空宗説佛以空爲德無有少法是名菩提色見聲求皆行邪道中論云非陰不離陰此彼不相在如來不有陰何處有如來離一切相即名諸佛性宗則一切諸佛自體皆有常樂我淨十身十智眞實功德相好通光一一無盡性自本有不待機緣十異歷然二門煥矣雖分教相亦勿滯情三教三宗是一味法故須先約三種佛教證三宗禪心然後禪教雙忘心佛俱寂俱寂即念念皆佛無一念而非佛心雙忘即句句皆禪無一句而非禪教如此則自然閗泯絶無寄之

說知是破我執情聞息妄修心之言知是斷我習氣執情破而真性顯即泯絶是顯性之宗習氣盡而佛道成即修心是成佛之行頓漸空有既無所乖荷澤江西秀能豈不相契若能如是通達則爲他人說無非妙方聞他人說無非妙藥藥之與病只在執之與通故先德云執則字字瘡疣通則文文妙藥通者了三宗不相違也問前云佛說頓教漸教禪開頓門漸門未審三種教中何頓何漸答法義深淺已備盡於三種但以世尊說時儀式不同有稱理頓說有隨機漸說故復名頓教漸教非三教外別有頓漸漸者爲中下根即昧未能信悟圓覺妙理者且說前人天小乘乃至法相

上皆第一教也

破相

第二教也

待其根器成熟方爲說於了義即法華涅槃等經是也

此及下逐機頓教合爲第三教也其化儀頓即總攝三般西域此方古今諸德所判教爲三時五時者但是漸教一類不攝華嚴等經

頓者復二一逐機頓二化儀頓逐機頓者遇凡夫上根利智直示真法聞即頓悟全同佛果如華嚴中初發心時即得阿耨菩提圓覺經中觀行成時即成佛道然始同前二教中行門漸除凡習漸顯聖德如風激動大海不能現像風若頓息則波浪漸停影像漸顯也

風喻迷情海喻心性波喻煩惱影喻功用

起信論中一一配合即華嚴一分及圓覺佛頂密嚴勝鬘如來藏之類二十餘部經是也遇機即說不定初後與禪門第三直顯心性宗全相同也二化儀頓謂佛初成道爲宿世緣熟上根之流一時頓說性相理事衆生萬惑菩薩萬行賢聖地位諸佛萬德因該果海初心即得菩提果徹因源位滿猶稱菩薩此唯華嚴一經及十地論名爲圓頓教餘皆不備

前叙外難云頓悟成佛是違經者余今於此通了

其中所說諸法是全一心之諸法一心是全諸法之一心性相圓融一多自在故諸佛與衆生交徹淨土與穢土融通法法皆彼此互收塵塵悉包含世界相入相即無礙鎔融具十玄門重重無盡名爲無障礙法界此上頓漸皆就佛約教而說若就機約悟修說者意又不同如前所叙諸家有云先因漸修功成而豁然頓悟

猶如伐木片片漸斫一時頓倒亦如遠詣都城步步漸行一日頓到也

有云因頓修而漸悟

如人學射頓者箭箭直注意在中的漸者日久方始漸親漸中此說運心頓修不言功行頓畢

有云因漸修而漸悟

如登九層之臺足履漸高所見漸遠故有人云欲窮千里目更上一層樓

等者皆說證悟也有云先須頓悟方可漸修者此約解悟也

約斷障說如日頓出於霜露漸消約成德
說如孩子生即頓具四肢六根長即漸成
志氣功業
故華嚴說初發心時即成三覺然後三賢十
聖次第修證若未悟而修非真修也
良以非真流之行無以稱真何有修真之
行不從真起故彼經說若未聞說此法多
劫修六度行必竟不能證真也
有云頓悟頓修者此說上上智根性
根勝故悟
樂欲
欲勝故修
俱勝一聞千悟得大總持一念不生前後際
斷
斷障如斬一綟絲萬條頓斷修德如染一

綟絲萬條頓色也荷澤云見無念體不逐
物生又云一念與本性相應便具河沙功
德八萬四千波羅密門一時齊用也
此人三業唯獨自明了餘人所不見
金剛三昧經云空心不動具六波羅密法
華亦說父母所生眼耳徹見三千界等也
且就事跡而言之如牛頭融大師之類也此
門有二意若因悟而修即是解悟若因修而
悟即是證悟然上皆只約今生而論若遠推
宿世則唯漸無頓今頓見者已是多生漸熏
而發現也有云法無頓漸頓漸在機者誠哉
此理固不在言本只論機誰言法體頓漸義
意有此多門門門有意非強穿鑿況楞伽四
漸四頓
義與漸修頓悟相類

此猶不敢繁云比見時輩論者但有頓漸之言都不分析就教有化儀之頓漸應機之頓漸就人有教授方便之頓漸根性悟入之頓漸發意修行之頓漸於中唯云先頓悟後漸修似違反也欲絶疑者豈不見日光頓出霜露漸消孩子頓生

四肢六根即具

志氣漸立

肌膚人物業藝皆漸成也

猛風頓息波浪漸停明良頓成禮樂漸學

如高貴子孫於小時亂沒落爲奴生來自不知貴時清父母訪得當日全身是貴人

而行跡去就不可頓改故須漸學

是知頓漸之義甚爲要矣然此文本意雖但叙禪詮緣達摩一宗是佛法通體諸家所述又各不同今集爲一藏都成理事具足至於悟解修證門戶亦始終周圓故所叙之頓漸須備盡其意令血脉連續本末有緒欲見本末綸緒先須推窮此上三種頓說漸說教中所詮之法本從何來見在何處又須仰觀諸佛說此教意本爲何事即一大藏經始終本末一時洞然明了也且推窮教法從何來者本從世尊一真心體流出展轉至於當時人之耳今時人之目其所說義亦只是凡聖所依一真心體隨緣流出展轉遍一切處遍一切衆生身心之中但各於自心靜念如理思惟即如是如是而顯現也

華嚴云如是如是思惟如是如是顯現也

次觀佛說經本意者世尊自云我本意唯爲一大事因緣故出現於世一大事者欲令衆

生開佛知見乃至入佛知見道故諸有所作
常爲一事唯以佛之知見示悟衆生云云無有
餘乘若二若三三世十方諸佛法亦如是雖
以無量無數方便種種因緣譬喻言詞而爲
衆生演說諸法是法皆爲一佛乘故故我於
菩提樹下初成正覺普見一切衆生皆成正
覺乃至普見一切衆生皆般涅槃
華嚴妙嚴品云佛在摩竭提國菩提場中
始成正覺其地堅固金剛所成其菩提樹
高廣嚴顯出現品云如來成正覺時普見
衆生等一一如文
普見一切衆生貪恚癡諸煩惱中有如來身
智常無染汚德相備足
如來藏經文也
無一衆生而不具有如來智慧但以妄想執
着而不證得我欲教以聖道令其永離妄想
自於身中得見如來廣大智慧如我無異
華嚴出現品文也唯改當字爲欲字令順
語勢也法華亦云我本立誓願欲令一切
衆如我等無異
遂爲此等衆生於菩提場稱聲去於大方廣法
界敷演萬德因花以嚴本性令成萬德佛果
其有往劫與我同種善根曾得我於劫海中
以四攝法而攝受者
亦妙嚴品文也
始見我身
頻呻三昧盧舍那身
聞我所說
說上華嚴
即皆信受入如來慧乃至逝多林我入師子

頻呻三昧大衆皆證法界除先修習學小乘者

佛在法華會說昔在華嚴會中五百聲聞如聾如盲不見佛境界不聞圓融法是也次云我今亦令得聞此經入於佛慧即直至四十年後法華會中皆得授記是也

及溺貪愛之水等者

亦出現品云如來智慧唯於二處不能爲作生長利益所謂二乘墮於無爲廣大深坑及壞善根非器衆生溺大邪見貪愛之水

然亦於彼曾無厭捨釋曰即華嚴所說學小乘者法華會中還得授記及不在此會亦展轉令與授記是此云不厭捨也

如是衆生諸根鈍着樂癡所盲難可度脫我於三七日思惟如是事我若但爲讚於佛乘彼即没在苦毀謗不信故疾入於惡道若以小乘化乃至於一人我即墮慳貪此事爲不可進退難爲遂尋念過去佛所行方便力方知過去諸佛皆以小乘引誘然後令入究竟一乘故我今所得道亦應說三乘我如是思惟時十方佛皆現梵音慰喻我善哉釋迦文第一之導師得是無上法隨諸一切佛而用方便力我聞慰喻隨順諸佛意故方往波羅捺國轉四諦法輪度憍陳如等五人漸漸諸處乃至千萬

如羊車也

亦爲求緣覺說十二因緣

如鹿車也

亦爲求大乘者說六波羅密

如牛車也此上皆當第一密意依性說相

教此上三車皆是宅中指云在門外者以
喻權教三乘云云
中間又爲說甚深般若波羅密淘汰如上聲
聞進趣諸小菩薩
此當第二密意破相顯性教也
漸漸見其根熟遂於靈鷲山開示如來知見
普皆與授阿耨多羅三藐三菩提記
究竟一乘如四衢道中白牛車也權教牛
車大乘與實教白牛車一乘不同者三十
餘本經論具有明文
顯示三乘法身平等入一乘道乃至我臨欲
滅度在拘尸那城娑羅雙樹間作大師子吼
顯常住法決定說言一切衆生皆有佛性凡
是有心定當作佛究竟涅槃常樂我淨皆令
安住秘密藏中
法華且收二乘至涅槃經方普收六道會
權入實須漸次故也
即與華嚴海會師子頻呻大衆頓證無有別
異
法華涅槃是漸教中之終極與華嚴等頓
教深淺無異都爲第三顯示真心即性教
也
我既所應度者皆以度訖未得度者已爲作
得度因緣故於雙樹間入大寂滅定返本還
源與十方三世一切諸佛常住法界常寂常
照也評曰上來三紙全是於諸經中錄佛自
言也但以抄錄之故不免於連續綴合之處
或加減改換三字兩字而已
唯叙華嚴處一行半是以經題顯佛意非
佛本語也

便請將佛此自述本意判前三種教宗豈得言權實一般豈得言始終二法禪宗例教誰謂不然切欲和會良由此也誰聞此說而不除疑若猶執迷則吾不復也然上所引佛自云我見衆生皆成正覺又去根鈍癡盲語似相違便欲於其中次第通釋恐間雜佛語文相交加今於此後方始全依上代祖師馬鳴菩薩具明衆生一心迷悟本末始終悉令顯現自然見全佛之衆生擾擾生死全衆生之佛寂寂涅槃全頓悟之習氣念念攀緣全習氣之頓悟心心寂照即於佛語相違之處自見無所違也謂六道凡夫三乘賢聖根本悉是靈明清淨一法界心性覺寶光各各圓滿本不名諸佛亦不名衆生但以此心靈妙自在不守自性故隨迷悟之緣造業受報遂名衆生修道證真遂名諸佛又雖隨緣而不失自性故常非虛妄常無變異不可破壞唯是一心遂名真如故此一心常具真如生滅二門未曾暫闕但隨緣門中凡聖無定謂本來未曾覺悟故說煩惱無始若悟修證即煩惱斷盡故說有終然實無別始覺亦無不覺畢竟平等故此一心法爾有真妄二義二義復各二義故常具真如生滅二門各二義者真有不變隨緣二義妄有體空成事二義謂由真不變故妄體空爲真如門由真隨緣故妄成事爲生滅門以生滅即真如故諸經說無佛無衆生本來涅槃常寂滅相又以真如即生滅故經云法身流轉五道名曰衆生既知迷悟凡聖在生滅門今於此門具彰凡聖二相即真妄和合非一非異名爲阿賴耶識此

識在凡本來常有覺與不覺二義覺是三乘賢聖之本不覺是六道凡夫之本今且示凡夫本末總有十重

今每重以夢喻側注一一合之

一謂一切衆生雖皆有本覺真心

如一富貴人端正多智自有宅中住

二未遇善友開示法爾本來不覺

如宅中人睡自不知也論云依本覺故而有不覺也

三不覺故法爾念起

如睡法爾有夢論云依不覺故生三種相此是初一

四念起故有能見相

如夢中之想

五以有見故根身世界妄現

夢中別見有身在他鄉貧苦及見種種好惡事境

六不知此等從自念起執爲定有名爲法執

正夢時法爾必執所見物爲實有也

七執法定故便見自他之殊名爲我執

夢時必認他鄉貧苦身爲己本身

八執此四大爲我身故法爾貪愛順情諸境欲以潤我嗔嫌違情諸境恐損惱我愚癡之情種種計校

此是三毒如夢在他鄉所見違順等事亦貪嗔也

九由此故造善惡等業

夢中或偷奪打罵或行恩布德

十業成難逃如影響應於形聲故受六道業繫苦樂相

如夢因偷奪打罵被捉枷禁决罰或因行恩得報舉薦拜官署職

此上十重生起次第血脉連接行相甚明但約理觀心而推照即歷然可見次辨悟後修證還有十重翻妄即真無别法故然迷悟義别順逆次殊前是迷真逐妄從微細順次生起展轉至麤此是悟妄歸真從麤重逆次斷除展轉至細以能翻之智自淺之深麤障易遣淺智即能翻故細惑難除深智方能斷故此十從後逆次翻破前十唯此一前二有少叅差下當顯示十重者

禪源諸詮集卷第三

禪源諸詮集卷第四

圭峯山沙門宗密述

一謂有衆生遇善知識開示上說本覺真心

宿世曾聞今得悟解

若宿生未聞今聞必不信或信而不解雖人人等有佛性今現有不信不悟者是此類也

四大非我五蘊皆空信自真如及三寶德

信自心本不虛妄本不變異故曰真如故論云自信己性知心妄動無別境界又云信心有四種一信根本樂念真如二信佛有無量功德常念親近供養三信法有大利益常念修行四信僧能修正行自利利他常樂親近悟前一翻前二成此第一重也

二發悲智願誓證菩提

發悲心者欲度衆生發智心者欲了達一切法發願心者欲修萬行以資悲智

三隨分修習施戒忍進及止觀等增長性根

論云修行有五能成此信止觀合爲一行故六度唯成五也

四大菩提心從此顯發

以上三心開發論云信成就發心者有三種一者直心正念真如法故二者深心樂集諸善行故三發大悲心欲拔一切衆生苦故

五以知法性無慳等心

等者貪欲嗔恚懈怠散亂愚癡

六隨順修行六波羅蜜定慧力用

初修名止觀成就名定慧

我法雙亡

初發心時已約教理觀二執空今即定慧力觀自覺空也

無自無他證我空五

常空常幻證法空六色不異空空不異色故常空常幻也

七於色自在一切融通

迷時不知從自心變故不自在今因二空智達之故融通也

八於心自在無所不照

既不見心外別有境界境界唯心故自在也

九滿足方便一念相應覺心初起心無初相離微細念心即常住直覺於迷源名究竟覺

從初發心即修無念至此方得成就成就故即入佛位也

十心既無念則無別始覺之殊本來平等同一覺故冥於根本真淨心源應用塵沙盡未來際常住法界感而即通名大覺尊佛無異佛是本佛無別新成故普見一切衆生皆同成等正覺故迷與悟各有十重順逆相翻行相甚顯此之第一對前一二此十合前第一餘八皆從後逆次翻破前八一中悟前第一本覺翻前第二不覺前以不覺乖於本覺真妄相違故開爲兩重今以悟即冥符冥符相順無別始悟故合之爲一又若據逆順之次此一合翻前十今以頓悟門中理須直認本體翻前本迷故對前一二

上云參差即是此也

二中由怖生死之苦發三心自度度他故對前第十六道生死三修五行翻前第九造業四三心開發翻前第八三毒悲心翻瞋智心翻癡願心翻貪五證我空翻前第七我執六證法空翻前第六法執七色自在翻前第五境界八心自在翻前第四能見九離念翻前第三念起故十成佛佛無別體但是始覺翻前第二不覺合前第一本覺始本不二唯是真如顯現名爲法身大覺故與初悟無二體也順逆之次參差正由此矣一即因該果海十即果徹因源涅槃經云發心畢竟二不別華嚴經云初發心時得阿耨菩提正是此意然雖順逆相對前後相照法義昭彰猶恐文不頓書意不並顯首尾相隔不得齊覩今更畫之爲圖令凡聖本末大藏經宗一時現於心鏡此圖頭在中心云衆生心三字是也從此三字讀之分向兩畔朱畫表淨妙之法墨畫表垢染之法一一尋血脉詳之朱爲此號記淨法十重之次墨爲此號記染法十重之次此號是本論之文此點是義說論文爾

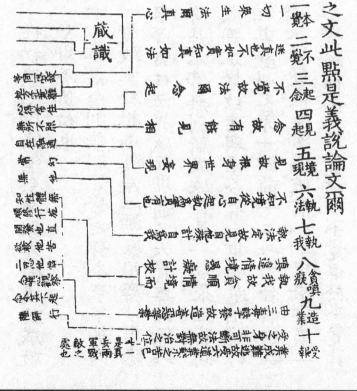

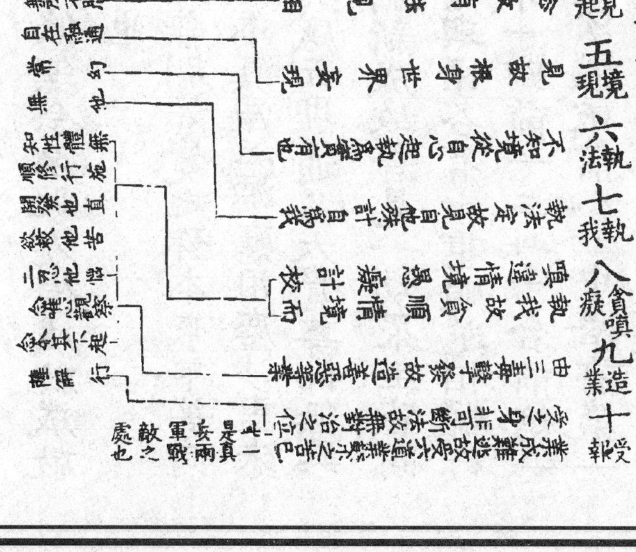

衆令遇善
開示覺心
妄本空

樂念真如法故
德常念供養故
思常念修行故
修常念親近故

一覺 聖位

二證 —— 而實無有始覺之異以生滅本來平
十 —— 斷 —— 不了一法界者從初發心至究竟
九 —— 離念地 —— 一念相應覺心初起心無初相微細念
八 —— 心自在地 —— 不見外有定實之境故於一法自在
七 —— 色自在地 —— 已證法界是自心所現故於一切色
五六 —— 定慧力用我法雙空 —— 法 無 性 故 常 空
離 我 執 故 無 自

賢位 —— 內
順性修行六波羅蜜 —— 於真如理深解現前所修離相以
堅無染離癡亂忿常定常明故隨
求忍進禪慧即前悲智願一心令
大菩提心開發 —— 心正念真如深心樂集諸善悲心

信位 —— 三 —— 學修五行覺察妄念 —— 一兩分別二乘十惡悲苦出家即習頭陀
四進善不忘五止觀法解正念止一切境立
世間無一可得覺知前念起惡故能止後

上二 —— 發菩提心 —— 發悲智願趣證大菩提漸修善

覺
一。頓悟
宿世開
友知識
本淨覺

四信
一。信根本
二。信佛功
三。信法難
四。信僧正

成事

妄
論云以不達一法界故忽然念起
名爲無名無明所染有其染心確
然根身塵境紛然分別緣慮如上
寢卧之人夢見自身貧賤種種異
狀種種憂喜又如迷上杌木謂爲人
身神鬼不同不睡之身不迷之木

體空

衆生心。
經云一實境界者所謂
衆生心乃至心有二種
一者真二者妄論云所
言法者謂衆生心是心
總攝一切世出世間法依
於此心顯示摩訶衍義

此上是標位 標圖中之位
也言衆生心者是在纏佛性 本論及經皆目為如來藏 及
義門 真妄下各二義是真如門及梨耶識
根本義理 兩畔是所標
心中性 真如 相 梨耶 染
不覺位中諸法 淨 覺中諸法 法體
也迷時無漏淨
妙德用但隱而不

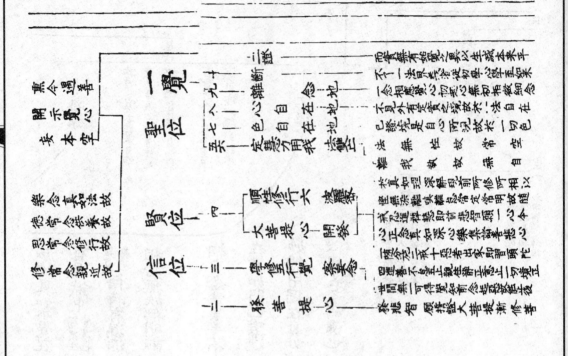

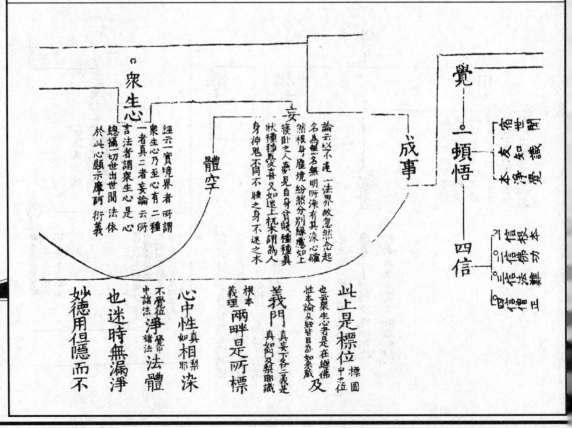

真

隨緣

論云是心從本已來自性清淨湛然空寂了然知覺如福德智慧相自端嚴

富貴之人於自宅堂中寢卧亦如曠野杌木

不變

滅故真如本覺在有漏識中一切衆生皆有佛性是此義也

悟時有漏染相必無故無明識相妄念業果等不在真如門也唯淨妙德用獨在真如心中名之為佛也

真如

真實心

心真如者即是一法界大總相法門體所謂心性不生不滅又云所謂寂常無念故名為不變

離言

是故一切法從本已來離言說相離名字相離心緣相

不空

以有自體具足無漏性功德故又云已顯法體空無妄故即是真心常恒不變淨法滿足

真如

妄識空

依妄念而有差別若離妄念則無一切境界之相一切諸法唯依

離言

畢竟平等無有變異不可破壞唯是一心故名真如也

空

從本以來一切染法不相應故謂離一切差別之相以無虛妄心念故妄念分別皆不相應也

佛

體大

相大

法身

真如自體相者有大智慧光明遍照法界真實識知常樂我淨等義故具足如是過恒沙不思議佛法滿足無有所少名為如來法身也

用大

真如用者依佛本性在於因地修波羅密攝化衆生大方便智滅除無明見本法身自然有不思議業用遍一切處隨其衆生見聞得益

應身

依凡夫二乘心所見者名為應身以不知轉識現故見從外來取色分齊不能盡知故

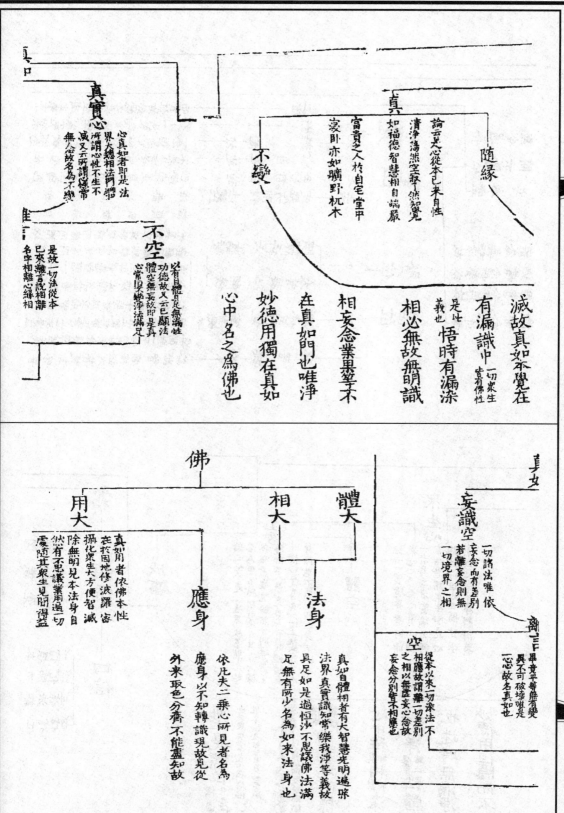

報身

依諸菩薩從初發意乃至十地心所見者名爲報身身有無量色色有無量相相有無量好所住依界亦有無量種種莊嚴隨所示現即無有邊不可窮盡皆由無漏行熏及本覺熏之所成就具足無量樂相故名爲報也

詳究前述諦觀此圖對勘自他及想賢聖爲同爲異爲真爲妄我在何門佛在何位爲當別體爲復同源即自然不執著於凡夫不僣濫於聖位不躭滯於愛見不推讓於佛心也

然初十重是一藏經所治法身中

第一重

煩惱之病生起元由

次三重

漸漸加增

我法二執

乃至麄重

三毒造業

慧滅

受報

之狀後十重是法身信方服藥

前三重汗出

汗出病差

菩提心開發

將理方法

六波羅密

漸漸減退

從六至九

乃至平復

成佛

之狀如有一人

在纏法身

諸根具足

恒沙功德
强壯
常住不變妄不能染
多藝
恒沙妙用
忽然得病
無始無明
漸漸加增
其次七重
乃至氣絶
第十重
唯心頭暖
賴耶識中無漏智種
忽遇良醫
大善知識

知其命在
見凡夫人即心是佛
强灌神藥
初聞不信頻就不捨
忽然蘇醒
悟解
初未能言
初悟之人未能說法答他問難皆悉未得
乃至漸語
能說法也
漸能行履
十地十波羅客
直至平復
成佛
所解伎藝無所不爲

神通光明一切種智
以法一一對合何有疑而不除也即知一切衆生不能神變作用者但以業識惑病所拘非巳法身不具妙德今愚者難云汝既頓悟即佛何不放光者何殊令病未平復之人便作身上本藝然世醫處方必先候脉若不對病狀輕重何辨方書是非若不約痊愈淺深何論將理法則法醫亦爾故今具述迷悟各十重之本末將前經論統三種之淺深相對照之如指其掌勸諸學者善自安心行即任隨寄一門觧即須通達無碍又不得慮其偏局便滯蕩無所指歸須洞鑒源流令分菽麥必使同中見異異處而同鏡像千差莫執好醜鏡明一相莫忌青黄千器一金唯無阻隔一珠千影元不混和建志運心等虛空界防非察念在毫釐間見色聞聲自思如影響否動身舉意自料爲佛法否美饍麤飡自想無嫌愛否炎涼凍暖自看免避就否乃至利衰毁譽稱譏苦樂一一審自反照實得情意一種否必若自料未得如此即色未似影聲未似響也設實頓悟終須漸修莫如貧窮人終日數他寳自無半錢分六祖大師云佛說一切法爲度一切心我無一切心何須一切法今時人但將此語輕於聽學都不自觀實無心否若無心者八風不能動也設習氣未盡嗔念任運起時無打罵讐他心貪念任運起時無營求令得心見他榮盛時無嫉妬求勝心一切時中於自巳無憂餓凍心無恐人輕賤心乃至種種此等亦得名爲無一切心也此名修道若得對違順等境都無貪嗔愛惡

此名得道各各反照有病即治無病勿藥問貪嗔等即空便名無一切心何必對治答若爾汝今忽遭重病痛苦痛苦即空便名無病何必藥治須知貪嗔空而能發業業亦空而能招苦苦亦空只麽難忍故前圖中云體空成事

如杌木上鬼全空只麽驚人得奔走倒地頭破額裂

若以業即空空只麽造業即須知地獄燒煮痛楚亦空空只麽楚痛若云亦任楚痛者即現今設有人以火燒刀斫汝何得不任今觀學道者聞一句違情語猶不能任豈肯任燒斫乎

如此者十中有九也

問上來所叙三種教三宗禪十所以十別異輪迴及修證又各十重理無不窮事無不備研尋玩味足可修心何必更讀藏經及集諸禪偈數過百卷答衆生惑病各各不同數等塵沙何唯八萬諸聖方便有無量門一心性相有無量義上來所述但是提綱雖統之不出所陳而用之千變萬勢況先哲後俊各有所長古聖今賢各有所利故集諸家之善記其宗徒有不安者亦不改易但遺闕意勢者注而圓之文字繁重者注而辯之仍於每一家之首注評大意提綱意在張綱不可去綱存網

花嚴云張大教網漉人天魚置涅槃岸

舉領意在着衣不可弃衣取領若但集而不叙如無綱之網若但叙而不集如無網之綱思而悉之不煩設難然克己獨善之輩不必

遍尋若欲爲人之師直須偹通本末好學之士披閱之時必須一一詳之是何宗何教之義用之不錯皆成妙藥用之差互皆成反惡音污然結集次第不易排倫攙入道方便即合先開本心次通理事次讚法勝妙呵世過患次勸誡修習後示以對治方便漸次門戶今欲依此編之乃覺師資昭穆顛倒交不穩便且如六代之後多述一真達摩大師却教四行不可孫爲部首祖爲末篇數日之中思惟此事欲将達摩宗枝之外爲首又以彼諸家所教之禪所述之理非代代可師通方之常道或因以彼修鍊功至證得即以之示人

求那慧稠卧輪之類

或因聽讀聖教生解即以之攝衆

慧聞禪師之類

或降其跡而適性一時間警策羣迷

志公傅大士王梵志之類

或高其節而守法一國中軌範僧侶

廬山遠公之類

其所製作或詠歌至道或嗟歎迷凡或但釋義或唯勵行或籠羅諸教竟不指南或偏讚一門事不通衆雖皆禪門影響佛法筌簣若始終依之爲釋迦法即未可也

天台言教廣本雖備有始終又不在此集之内

以心傳嗣唯達摩宗心是法源何法不備所修禪行似局一門所傳心宗實通三學況覆尋其始

始者迦葉阿難

親禀釋迦代代相承一一面授三十七世

有云西國已有二十八祖者下祖傳序中
即具分析
至於吾師
緬思何幸得爲釋迦三十八代嫡孫也
故今所集之次者先録達摩一宗次編諸家
雜述後寫印一宗聖教聖教居後者如世上
官司文案曹判爲先尊官判後也
唯寫文尅的者十餘卷也
就當宗之中以尊卑昭穆展轉綸緒而爲次
第其中頓漸相間理行相叅遞相解縛自然
心無所住
淨名云貪著禪味是菩薩縛以方便生是
菩薩解又瑜伽說悲增智增互相解縛
悟修之道既備解行於是圓通次傍覽諸家
以廣聞見然後捧讀聖教以印始終豈不因
此正法久住在余之志雖無所求然護法之
心神理不應屈我繼襲之功先祖不應捨我
法施之恩後學不應辜我如不辜不屈不捨
即願共諸同緣速會諸佛會也
禪源諸詮集卷第四

注華嚴法界觀門

唐圭峯蘭若沙門宗密注

清刻龍藏佛說法變相圖

注華嚴法界觀門序

唐　緜州刺史裴休述

法界者一切衆生身心之本體也從本已來靈明廓徹廣大虛寂唯一眞之境而已無有形貌而森羅大千無有邊際而含容萬有昭昭於心目之間而相不可覩晃晃於色塵之內而理不可分非徹法之慧目離念之明智不能見自心如此之靈通也甚矣衆生之迷也身反在於心中若大海之一漚爾而不自知有廣大之威神而不能用觳觫而自投於籠檻而不自悲也故世尊初成正覺歎曰奇哉我今普見一切衆生具有如來智慧德相但以妄想執著而不證得於是稱法界性說華嚴經令一切衆生自於身中得見如來廣大智慧而證法界也故此經極諸佛神妙智

用徹諸法性相理事盡修行心數門户眞可謂窮理盡性者也然此經雖行於世而罕能通之有杜順和尚歎曰大哉法界之經也自非登地何能披其文見其法哉吾設其門以示之於是著法界觀而門有三重一曰眞空門揀情妄以顯理二曰理事無閡門融理事以顯用三曰周徧含容門攝事事以顯玄使其融萬象之色相全一眞之明性然後可以入華嚴之法界矣然此觀雖行於世而罕能入之有圭山禪師歎曰妙哉法界之門也自非知樞鑰之淺深識閫閾之廣陿又何能扣其門而入之哉於是直以精義注於觀文之下使人尋注而見門得門而入觀由觀以通經因經以證性朗然如秉炬火而照重闢矣

或問曰法界眞性超情離見動念則隔彊言則乖世尊欲令衆生悟自身之法體何必廣說而爲華嚴答曰吾聞諸圭山云法界萬象之眞體萬行之本源萬德之果海故如來演萬行之因華以嚴本性而顯示諸佛證法性之萬德也故九會之經品品有無量義或剎塵數因地行願或恒沙數果位德用行布差別無閡圓融故佛身一毛端則徧一切而含一切也世界爾衆生爾塵塵爾念念爾法法爾無一法定有自體而獨立者證此本法故能凡聖融攝自在無閡納須彌於芥中擲大千於方外皆吾心之常分爾非假於他術也世人見說諸佛菩薩神變必謂假於他術或謂虛誕之辭此二疑皆非也若言假於他術者豈可聖人動不合理而假妖怪以惑人哉若言虛誕之辭者魔妖精魅尚能神變況法身聖人獨不能爲之哉由是觀之則吾輩從來執身心我人及諸法定相豈非甚迷甚倒哉然則華

嚴稱法界而極談猶未爲廣也問曰華嚴理深而事廣文博而義玄非法身大士不能證入今數紙觀文豈能盡顯之哉若觀門以文略義廣爲得則大經以文繁義局爲失矣答曰吾聞諸圭山云夫欲覩宗廟之邃美望京邑之巨麗必披圖經而登高臺然後可盡得也不登高而披圖則不可謂眞見不披圖而登高則眊(音冐目少睛光)然無所辨故法界具三大該萬有性相德用備在心不在經也(如宗廟京邑之美麗在城中不在圖上)明因果列行位顯法演義勸樂生信備在經不在觀也(如宗廟之遠近街衢之闊陿在圖不在臺)觀者通經法也(入觀通經以證性如登高臺披圖而望京邑也)文者入觀之門也(如高臺下有門得其門然後可升也)注者門之樞鑰也(臺高門深非善用樞鑰者不能開也)故欲證法界之性德莫若經(性德廣大非經備說不能盡也)通經之法義莫若觀

(法義雖廣不出三重法界非觀不能入也)入觀之重玄必由門(觀境)(幽深無門不可入也)闢三重之祕門必由樞鑰夫如是則經不得不廣門不得不束矣然則其門何以爲三重答曰吾聞諸圭山云凡夫見色爲實色見空爲斷空内爲筋骸所梏外爲山河所眩故困踣於迷塗局促於轅下而不能自脫也於是菩薩開眞空門以示之使其見色非實色舉體是眞空見空非斷空舉體是幻色則能廓情塵而空色無閡泯智解而心境俱冥矣菩薩曰於理則見矣於事猶未也於是開理事無閡門以示之使觀不可分之理皆圓攝於一塵本分限之事亦通徧於法界然後理事圓融無所罣閡矣菩薩曰以理望事則可矣以事望事猶未也於是開周徧含容門以示之使觀全事之理隨事而一一可

見全理之事隨理而一一可融然後一多無閡大小相舍則能施爲隱顯神用不測矣問曰觀文有數家之疏尚未能顯其法今略注於文下使學者何以開心目哉答曰吾聞諸圭山云觀者見法之智眼門者通智眼令見法之門初心者悟性之智雖明不得其門則不能見法此文即入法之門矣但應以智眼於門中觀照妙境若別張義目而廣釋之是於門中復設門也又此門中重重法界事理無邊雖百紙不能盡其義徒以繁文廣說無没眞法而惑後人爾且首標修字者欲使學人冥此境於自心心慧旣明自見無盡之義不在備通教典碎列科段也然不指而示之則學者亦無由及其門故直於本文關要之下隨本義注之至其門已則使其自入之也

故其注簡而備不備則不能引學者至其門不簡則不能使學者專妙觀夫觀者以心目求之之謂也豈可以文義而至哉問曰略指其門誠當矣吾恐學者終不能自入也答曰吾聞諸圭山云夫求道者必資於慧目慧目不能自開必求師以抉其膜也若情膜未抉雖有其門亦焉能入之哉縱廣何益問曰旣遇明師何假略注答曰法界難觀須依觀以修之觀文難通須略注爲樞鑰之用也惑者稽首讚曰入法界之術盡於此矣

注華嚴法界觀門

唐圭峯蘭若沙門宗密注

修
止觀熏習造詣
大方廣佛華嚴
所依經也大方廣是所證法佛華嚴是能證人大者體也諸佛衆生之心體方廣即體之相用佛者果也華嚴因也華喻萬行嚴即大智大智爲主運於萬行嚴大方廣成佛果也略無經字意不在文
法界
清涼新經疏云統唯一眞法界謂總該萬有即是一心然心融萬有便成四種法界一事法界界是分義一一差別有分齊故二理法界界是性義無盡事法同一性故三理事無閡法界具性分義性分無閡故四事事無閡法界一切分齊事法一一如性融通重重無盡故
觀
情盡見除冥於三法界也
門
此八九紙文約此成觀故
略有三重
除事法界也事不獨立故法界宗中無孤單法故若獨觀之即是情計之境非觀智之境故若分析義門即有其四今以對能觀之智故唯三重此三但是一道竪窮展轉玄妙非初法界外別有第二第三既不傍橫故云三重不云三叚

京終南山釋杜順集
姓杜名法順唐初時行化神異極多傳中有證驗知是文殊菩薩應現身也是華嚴新舊二疏初之祖師儼尊者爲二祖賢首國師爲三祖此是創製理應云作今云集者以祖師約自智見華嚴中一切諸佛一切衆生若身心若國土一一是此法界體用如是義境無量無邊遂於此無量境界集其義類束爲三重直書於紙生人觀智不同製述文字故但云集此則集義非集文也

眞空第一
理法界也原其實體但是本心今以捸非虛妄念慮故云眞捸非形閡色相故云空也
理事無閡第二
即此名之法界
周徧含容第三
事事無閡法界
第一眞空觀法於中略開四句十門

一會色歸空觀　二明空即色觀
三空色無閡觀　四泯絕無寄觀

就初句中爲四
前三捸情後一顯理前三中一捸斷空文中結釋云是眞非斷故二捸實色文中結釋云無體之空非責黃故言實色者約妄情計爲確然實有自體故不以形顯二色分假實也約情計於形顯俱爲實故然此文中以顯色例形色也三雙捸文中直云會色歸空空中必無色故據義則門門皆捸情計斷空實色據文則初二門影略互彰第三方雙捸也寶性論亦捸空亂意菩薩計三種空恐煩觀智不必和會和會亦不全同也

一色不即空以即空故標也何以故徵也次下釋也最後結也餘皆倣此色不即斷空故不是空也釋上句也斷空者虛豁斷滅非眞實心無知無用不能現於萬法此有二種謂離色明空及斷滅空離色空者空在色外如墻處不空墻外是空斷滅空者滅色明空如穿井除土出空要須滅色今揀異此故云不是斷空也故中論云先有而後無是則為斷滅然外道小乘皆有斷滅外道斷滅歸於太虛二乘斷滅歸於涅槃故肇論云大患莫若於有身故滅身以歸無勞勤莫先於有智故絶智以淪虛又云形為桎梏智為雜毒楞伽云若心體滅不異外道斷滅戲論以色舉體是眞空也故云以即空故釋下句也以色等本是眞如一心與生滅和合名阿梨耶識等而為能變變起根身器界即是此中所明色等諸法故今推之都無其體歸於眞心之空不合歸於斷滅之空以本非斷空之所變故所言歸者下有其文良由即是眞空故非斷空也結成所釋是故言由是空眞也故不是空斷也也結所標也上結下句下結上句二色不即空以即空故何以故以青黃之相非是眞空之理故云不即空釋上句也以聞經說色空不知

色性空便執色相以為眞空故須揀也此揀凡夫及初心菩薩不揀小乘小乘不計色為即空故然青黃無體莫不皆空空無也故云即空眞也釋下句然前云色舉體是眞空此云青黃無體莫不皆空者雖云青黃即兼長短等必依質閡有青黃等故空有三義以破於色一無邊際義謂空若有邊則有色法在空界外空既無有際畔則占盡十方邊量無有其外更於何處而有色等法邪二無壞義謂惑者云空雖無外何妨色等只在空界之中故以無壞義破之謂若有物入於空中則隨此物大小分量穿破於空以容其物如橛入地中釘錐之類入於木中皆隨橛等大小分量穿於地等若地等不破則不容橛等而入救曰如水不可穿破而容物入水中何妨虛空亦爾破曰水雖不破然物入時隨物大小分量排之以容其物以水性至柔不妨流動移轉故虛空豈同此水被排之動轉邪三無雜義謂惑者又云空界無外空體無壞不妨萬物皆在空中以空是虛通無罣閡故能含容故破曰若物在空中空又不壞不轉其物與空應相混雜如一團堅密之物方亭一尺此方尺分量之空既不壞不轉元在本方一尺分量之處則與此方尺之物豈非雜邪若言不雜則須一去一存若言俱存又不雜者則一尺之分各占五寸之地如此轉不相應也若言俱存俱徧一尺之分理亦不然何者以空與色有二相遠不應全體同徧當處何者二違一空是無物色是有物二空是虛通色

是質閡不可方尺分中言全是無物復言全是有物又不可言全是虛通復言全是質閡豈有此理邪故上云青黃之相非是真空之理此云青黃莫不皆空也是知虛空既無邊無壞無雜則空中必定無有色故云即空也良以青黃無體之空非即青黃故云不即空也舉其無體之空結非色相明空非有豈得色邪

三色不即空以即空故何以故以空中無色故不即空會色無體故是即空釋也良由會色歸空空中必無色決定是斷也般若心經云是故空中無色無受想行識十二處十八界十二因緣四諦等佛頂云云何是中更容他物是故由色空無也故色非空真也也上皆當門上三門以法揀情訖總結三門

四色即是空何以故凡是色法必不異真空以諸色法必無性故從緣有故依他無性即圓成故是故色即是空既非滅色存色不即不離故即真空空非色相無徧計矣依他緣起無性無性真理即是圓成古人云色去不留空空非有邊住如色空既爾一

切法亦然思之色是法相之首五蘊之初故諸經凡欲說空義皆約色說如大般若列八十餘科名數皆將色例也舉要而示則六道衆生及十方諸佛菩薩二乘人等五蘊十二處十八界也此宗染淨無二相故應云受想行識不即是斷空等其青黃等文即云領納等相非是真空之理等乃至諸佛即云神通光明等相非是真空之理等即不可以身相見如來也

第二明空即色觀者於中亦有四門揀情顯解標徵釋結一一如前四門但文勢相翻以成後文空色無閡泯絕無寄當般若心經色即是空等文也雖第三門非敵對相翻義亦不異一一反上以成中道更無別義也

一空不即色以空即色故何以故斷空不即是色故云非色釋上句也真空必不異色故云空即色釋下句也要由真空即色結下句也故令斷空不即色也結上句也

二空不即色以空即色故何以故以空理非青黃故云不即色釋上句然不異青黃故言空即色釋下句要由不異青黃故不即青黃結釋故

云即色不即色也結標三空不即色以空即色故何以故空是所依非能依故不即色釋上句也對上空中無色無色方是色之所依故如鏡中之明無影也必與能依作所依故即是色也釋下句也無色故能與色爲依如鏡中之明無影像故方能與影像作所依也故不即是影此不敵對反上文者以空中無色有理有文色中無空文理俱絕故但約能所依持而揀也色有理者摩尼珠中必無黑等色也有文者如上所引經云是故空中無色無受想等也理絕者珠所現色色處必有明珠也文絕者諸聖教中悉不見有色中無空之文也良由是所依故不即色是所依故即是色結釋是故由不即色故即色也以義結標上三門亦以法揀情訖

四空即是色何以故凡是真空必不異色以是法無我理即真空體也謂二空所顯之真如也非斷滅故真如不守自性也上皆釋竟是故空即是色也結如空色既爾一切法皆然思之真空既不異色亦不異一切法也如前所例

第三空色無閡觀雖有空色二字本意唯歸於空以色是虛名虛相無纖毫之體故修此觀者意在此故文中舉色爲首云空現舉空爲首不言色現還云空不隱也是故但名真空觀不言真空妄色觀

謂色舉體不異空全是盡色之空故則色盡而空現空舉體不異色全是盡空之色故則空即色而空不隱也色空之文各有二句皆先標無閡所以下出無閡之相謂若色是實色即閡於空空是斷空即閡於色今既色是幻色故不閡空空是真空故不閡色也有本云色不盡而空現亦通然不如無是故菩薩看色無不見空觀空莫非見色無障無礙爲一味法思之可見

第四泯絕無寄觀文二初釋此觀後總辨四句初中二初正明泯絕後徵釋所以初中文云不可等者既本文自釋今不註亦得然文勢展轉不同今亦略別配釋於文下

謂此所觀真空不可言即色空若即色者聖應同凡見妄色凡應同聖見真空又應無二諦不即色若不即色者見色外空無由成於聖智又

應凡聖永別聖不從凡得故上二句永拂前第二觀也亦不可言即空若色
即空者凡迷見色應同聖智見空又亦失於二諦不即空若不即空者凡夫見
色應不迷又凡夫所見色長隔真空應永不成聖上二句拂前初觀也一切法
皆不可拂上結例上云色空既爾一切法亦然是也不可亦不可
見彼等皆不可亦同分別此語亦不受受即是念迴絕無寄般若
現前非言所及言語道斷非解所到心行處滅故不可智知故是
謂行境有二境一是行之境今心與境冥冥心遺智方詣茲境明唯行能到非解
境故二者如是冥合即是真行行即是境行分齊故何以故以生心動
念即乖法體失正念故第二徵而釋也真空理性本自如然但以
迷之動念執相故須推破揀情顯理今情忘智泯但是本真何存新生之解數也若有解
數即為動念動念生心故失正念正念者無念而知若總無知何名正念又於前
四句中初二句八門皆揀情各前三門顯解各後一門
第三句一門解終趣行第四句一門正成行
體已上正分解行也此下反顯相須如目足更資也又初句會色歸空無增益謗二明
空即色無損減謗三空色無礙不是雙非無戲論謗四泯絕無寄不是亦空亦色無相違

謗四謗既無百非斯絕已當八部般若無相大乘之極致也況後二觀展轉深玄又初句
當色即是空次句當空即是色第三當色不異空空不異色第四即當不生不滅乃至無
智亦無得也又作觀文相似當初句空觀觀真諦次句假觀觀俗諦三四二句中道觀觀
第一義諦三即雙照明中四即雙遮明中細詳觀文所宗即不然也以雖有空色等言但
為成於真空觀也名題昭然若此即空假真俗三觀三諦已備少理事無礙復是何觀故
知不然次下反顯行解相資云若不洞明前解無以躡成此
行由前成此若不解此行法絕於前解無以成其
正解絕解為真解也由此成前若守解不捨無以入茲正
行捨解成行是故行由解成行起解絕
理事無閡所觀觀能觀第二前雖說色空是揀情計以成真空空色無
礙泯絕無寄方為真如之理未顯真如妙用故唯是真空觀門未為理事無閡今諸事與
理炳然雙融故得此觀名也文三謂一標二釋三結勸
但理事對對理在上者是所依本故鎔鎔冶也謂初銷義融融和也謂
相成義以理融事事與理而融和也即初二門二門互融故互徧也存九十亡七八
逆五六順三四通有十門標也具此等十方名理事無閡觀之於心即名

能觀觀事當俗觀理當眞令觀無礙成中道第一義觀自然悲智相導成無住行已當大乘同教之極致故下第三觀是別教一乘迴異諸敎上釋所標訖次下別釋十門有五對一相偏二相成三相害四相即五相非初對中四一正釋二歎深三喩指四問答初中文二

一理偏於事門謂能偏之理性無分限性空眞理一相無相故所遍之事分位差別染淨心境互爲緣起起滅時分此彼相貌不可具陳一一事中理皆全偏不全即是可分非是分偏經云法性遍在一切處一切衆生及國土三世悉在無有餘亦無形相而可得三句即全遍末句即不可分也何以故彼眞理不可分故釋全偏所以也是故一一纖塵皆攝無邊眞理無不圓足

二事偏於理門謂能偏之事是有分限所偏之理要無分限此有分之事於無分之理全同非分同以全同名偏何以故以事無體還如理故非如浮雲偏空是故一塵不壞而遍法界也如一塵一切法亦然思之上正釋二門竟此下結歎深此全偏門超情離見一塵既無涯分何有法之當情即不可以識識也眞理全在塵中何五眼而可觀即不可以智知也有本云難見似明容有何見之分然不及離字非世喻能況經云三界有無一切法不能與此爲譬喻此因結歎便揀後喻亦不得以世俗情所見矣世人爲見全一大海在一波中邪上釋結歎竟此下喻指文三一喻大小無閡二喻一異無閡三喻諸法各各全偏此但以海波指理事之位以分義相非全喻法如全一大海在一波中而海非小海無二故俱鹹濕故如一小波帀於大海即同海故而波非大不壞相故此喻上理事相偏竟同時全偏於諸波而海非異俱時各帀於大海而波非一非一異者下自問答明示又大海全偏一波時不妨舉體全偏諸波一波全帀大海時諸波亦各全帀互不相閡思之思之者將此合於理事也但以大海字爲眞理字以波字爲事字讀之即見義分齊也故文不合之上釋第三喻指竟此下第四問答細釋也有兩重問答一對喻中初兩節所喻爲問答二對後一節所喻爲問答初云問理既全偏一塵何故非小

以偏難小既不同塵而小何得說爲全體徧一塵以小難徧上皆約理望事難也一塵全帀於理性何故非大以偏難大若不同理而廣大何得全徧於理性以大難偏上皆約事望理難也既成矛盾矛穳也即鎗戈之類盾干也排也昔人雙賣二事各歎其勝歎盾云矛刺不入歎矛即云能穿十重之盾智者語云我買汝矛還刺汝盾入與不入即無辭矣義極相違問以大小意兼一異答以一異兼之大小

答曰理事相望各非一異故今全收而不壞

本位先理望事有其四句初二句正明徧塵非小之相一眞理與事非異故因也眞理全體在一事中宗也二眞理與事非一故眞理體性恒無上全徧下非小邊際上定義宗下正答難三以非一即非異故因也無邊理性全在一塵宗也四以非異即非一故一塵理性無有分限宗因例上以非一非異爲因答理全徧塵而非小之宗矣

次事望理亦有四句一事法與理非異故一塵全帀於理性二事法與理非一故不壞於一塵亦上定宗下正答也三以非一即非異故一小塵帀於無邊眞性四以非異即非一故一塵帀無邊理而塵不大思之宗因例上也以非一非異爲因答塵全帀理而不大之宗矣初問答竟二對後一節所喻爲問答云問無邊理性全遍一塵時外諸事處爲有理性爲無理性上闕所闕下牒之而難若塵外有理則非全體徧一塵若塵外無理則非全體徧一切事義甚相違每以理性字爲大海字以事字爲波字讀之爲問亦得答以一理性融故標下約理四句多事無閡故標下約事四句此皆因也得全在內而全在外無障無閡宗也各有四句先就理四句一以理性合體在一切事中時前問外諸事處理性有無今答云有也不礙全體在一塵處前問有則非全今答云全謂理與多塵非異故理性全體徧多塵亦與一塵非異故不妨還徧此一塵且約名字而言如一父對十子一一全爲其父也是故在外即在內二全體在一塵中時不閡全體在餘事處前問有無今答

有也父子反上是故在內即在外三以無二之性各全在一切中故是故亦在內亦在外理與內外非異故同時能徧於內外四以無二之性非一切故是故非內非外理性雖能徧內外理性恒非是內外前三句明與一切法非異此之一句明與一切法非一良爲非一非異故內外無閡前難外事有理則不全徧於一塵若全徧一塵則不全徧於外事今以非一非異故內外皆全而無閡也次就事四句即前總標多事無閡故也此就事者前問所無海波喻有今影出之若問者應云一塵全徧理時餘一切事亦全徧否若徧則有重重之失若不遍則多事不如理也一一塵全帀於理時不閡一切事法亦全帀是故在內即在外一徧不礙多徧也謂一塵與理非異故云云一二一切法各帀理性時不閡一塵亦全帀是故在外即在內多徧不礙一遍也父子反上三以諸法同時各帀故是故全內亦全外無有障閡諸法同時徧也謂內外與理非異故內外同時帀理性四以諸事法各不壞故彼此相

望非內非外一多之相歷然不壞則性非一多故居然非內外也思之問前理望事以理在一爲內在多爲外今此以何爲內外答亦以一多爲內外但前先舉理此先舉事故分二門爾故但一重問也以一多皆即理故全徧非有多理令事各徧故第四句云非內外也

三依理成事門謂事無別體要因眞理而得成立上宗下因以諸緣起此有二因皆無自性故一也由無性理事方成故二也眞如隨緣故中論云以有空義故一切法得成大品云若諸法不空即無道無果如波要因於水能成立故依如來藏得有諸法當知亦爾思之勝鬘云依如來藏故有生死依如來藏故有涅槃楞伽亦說如來藏造業受報起信論云依如來藏故有生滅心等問明品云法性本無生示現而有生等

四事能顯理門如影像表鏡明識智表本性起信云因無明能知名義爲說眞覺等謂由事攬理故則事虛而理實以事虛故全事中之理挺然露現猶如波相虛令水體露現當知此中道理亦爾思之須彌偈云了知一切

法自性無所有如是解法性即見盧舍那

五以理奪事門由前門理顯故此奪也謂事既攬理成遂令事相皆盡唯一真理平等顯現上宗下因以離真理外無片事可得故如水奪波波無不盡此則水存以壞波令盡出現品云設一切衆生於一念中悉成正覺與不成正覺亦無有異如化人化心化成正覺也

六事能隱理門由第三成事故即隱理也謂真理隨緣成諸事法然此事法既違亦云而於理遂令事顯理不顯也如水成波動顯靜隱經云法身流轉五道名曰衆生故令衆生現時法身不現也問明品亦云未曾有一法得入於法性

七真理即事門謂凡是真理必非事外上宗下因以是法無我理故事必依理理虛無體故若但空出於事外則不即事今以是即法為無我理離事何有理邪是故此理舉體皆事方為真理如水即波無動而非濕故即水是波思之

八事法即理門謂緣起事法必無自性無自性故舉體即真故說衆生即如不待滅也淨名云一切衆生皆如也又云一切衆生即寂滅相不復更滅如波動相舉體即水無異相也前法身流轉名曰衆生此門衆生寂滅即是法身衆生義一名異

九真理非事門謂即事之理而非是事以真妄異故實非虛故所依非能依故後門義應一一反此三對但文小異爾如即波之水非波以動濕異故

十事法非理門謂全理之事事恒非理性相異故前云真妄虛實今但有對能依非所依故是故舉體全理而事相宛然如全水之波非水以動義非濕故七八於解常一九十於諦常二此下結勸也先結束前義云

此上十義同一緣起真空四義一廢已同他第三門也二泯他存已五也三自他俱存九也四自他俱泯七也妙有四義一隱他存已六也二顯他自盡四也

三即十也四即八也一二是總故不配之上結束下別收十門云約理望事則有成三也有壞五也有即七也有離九也事望於理有顯四也有隱六也有一八也有異十也逆五六九十順三四七八自在即成即壞等無障無閡成不閡壞等同時頓起非前後也又事無體而藉緣可言成壞等不可言隱顯等理性本有可言隱顯等不可言成壞等不會初二者是總相故餘之八門依此成也又相徧門無別異相非如隱顯等殊故此下勸修云深思令觀明現是謂理事圓融無閡觀

周遍含容觀第三事事無閡也文三一標二釋三結勸

事如理融一一事皆如理故融通也謂若唯約事即彼此相閡若唯約理即無可相閡亦無可徧容今以事如理融故有十門無閡徧周徧攝含容無閡理含萬德無可同喻略如虛空二義謂普徧含容交參彼此涉入自在同時互爲能所略辨十門一爲法義體用之本二是周徧三是含容此三備矣四釋二也五釋三也六七皆收四五也八九融攝六七十收八九也一理如事門由此真理全爲事故如事顯現如事差別大小一多變易乃至無量無盡也有本標云理如事現事如理遍作觀釋中多徧現義細尋成局闕餘義相故謂事法既虛相無不盡不待泯之理性真實體無不現真理即與一切千差萬別之事俱時歷然顯現如耳目所對之境也亦如芥餅亦如真金爲佛菩薩比丘及六道衆生形像之時與諸像一時顯現無分毫之隱亦無分毫不像今理性亦爾無分毫隱亦無分毫不事不同真空觀及以理奪事門中唯是理現也故次云此則事無別事即全理爲事上釋也下以人證云是故菩薩雖復看事即是觀理然說此事爲不即理不壞事故

二事如理門一一事皆如理普徧廣大如理徹於三世如理常住本然謂諸事法與理非異先出徧之所由由前門理如事故即事不異理故徧此與前門互相如爲一對又與後門以非一非異互望能徧能含爲一對故事隨理而圓徧總標宗也下別示徧相遂令一塵普徧法界法界全體遍諸法時此一微塵亦如理性全在一切法中且指一事爲例釋之如一微塵一切事法亦爾例諸佛菩薩緣覺聲聞及六道衆生一一皆爾

三事含理事門文二一正釋此門二總融二門謂諸事法與理非一故存本一事而能廣容標宗如一微塵其相不大而能容攝無邊法界由剎等諸法既不離法界是故俱在一塵中現指一爲例也由上一事含於理故餘一切事與所含理體不異故隨所含理皆於一事中現然此亦與理非異方能含今但標非一者約存本事爲能含法故又以對前門故一如一塵一切法亦爾結例此理事融通非一非異故總有四句爲能含遍皆具與理非一非異義由非一故有體爲能含由非異故有用方能含也一一中一上一中有下一也上一是能含下一是所含下一是能偏上一是所偏餘三句一一例知二一切中一三一中一切四一切中一切各有所由思之通論四句皆上爲能含即當所偏下爲能偏即當所含若準下一多相望不同即第二句是偏義第三句是含義末句互爲含偏初句皆闕也但應云攝入至下當明

四通局無閡門釋第二門二門唯通今不壞相有不偏故兼局也謂諸事法與理非一故局即非異故通令此事法

不離一處即全遍十方一切塵內由非異即非一故全遍十方而不動一位即遠即近即遍即住無障無閡

五廣陿無閡門釋第三門謂事與理非一故陿即非異故故廣不壞一塵而能廣容十方剎海由非異即非一故廣容十方法界而微塵不大是則一塵之事即廣即陿即大即小無障無閡

六遍容無閡門六七二門皆合前四五兼之二三以廣容普偏不相離故二四唯偏三五唯容故今合之同時具二但以一多反覆相望故成六七二門文中有兩對初明偏即是容後明容即是偏初中云謂此一塵望於一切由普偏即是廣容以一望多故有遍容義以有彼多可一一偏故可悉容受故若多望一即無此義以所望唯一無可言偏言容但應云攝入即當後門故偏在一切中時即復還攝一切諸法全住自中謂一偏多時還攝所偏之多在我一內若以鏡燈喻者如四方四維布八鏡又上下各安一鏡爲十於中安一燈即十鏡互入如一鏡偏九鏡時即容九在一內也又由廣

容即是普徧故令此一塵還即徧在自內一切差別法中（但覆上也一容九時即能徧九）是故此塵自徧他時即他徧自能容能入同時徧攝無閡思之

七攝入無閡門謂彼一切望於一法（反上也故名義皆殊亦有兩對）以入他即是攝他（入即前徧攝即前容以多望一無多可適故云入無多可容故攝）故一切全入一中之時即令彼一還復在自一切之內同時無閡思之（多入一時還攝所入之一在我能入多內如九鏡入彼一鏡中時即攝彼一鏡還在能入九鏡之內同時交互故云無礙）又由攝他即是入他（反上能入為能攝也）故一法（此是所攝）全在一切中時（彼多攝之）還令一切（是能入也）恒在一內（一是所入）同時無閡思之（謂九各攝一在巳中時九即同入彼一鏡內也）

八交涉無閡門（六七二門約一多互望能所義別故有徧容攝入之殊令此多能攝一入一即此一亦能攝多入多即能即所即攝即入即一即多一切一時普收無閡故云交涉謂交相闌涉也）謂一法望一切有攝有入通有四句（雖以八句二二合故問既總上二門何得但云攝入不言徧答前約一多相望義別故分二門名殊令同時互即故徧即是入容即是攝若更開徧容四句即文義成重若句句云攝容一切徧入一切等即文句繁雜故但云攝入即是徧容也問若一多相即何得此還標云一望一切後門云一切望一答雖且舉一為首而亦同時迴互故釋中初句一望一切云攝入次句一切望一云攝入三即一望一四即一切望一切文昭然也二門且相對各舉一例其實一一迴互自具故第十門總之名普融也然二門義不重者至後門當示）謂一攝（如舉東鏡為能攝也同時即為能入及所攝是下一入字也此能入即彼所攝此能攝即彼所入彼謂一切也故上釋云即能即所即攝即入即一即多矣）一切（如舉九鏡為所攝也同時即為所入及能攝便是後舉一切字也一一例上反之）一入（即上能攝之一同時便為此能入及所攝也）一切（即上所攝同時便為此所入及能攝也故以兩句為一句據此句以一望多只合云徧舍不合云攝入令由此門一一反類相即故迴互無礙也）一切攝一（正是上一入一切也）一切入一（正是上一攝一切也文勢一一反上釋之）一攝一一入一（如東鏡攝彼西鏡入我東鏡中時即我東鏡便入彼西鏡中去）一切攝

一切一切入一切圓滿常如此句但以言不頓彰故假前三句三句皆偏也同時交參無礙同時具如上釋

九相在無礙門我攝餘法在他法中他又攝餘法在我法中此彼互在故云相在也謂一切望一以一切在初者反於第八其實亦一望一切乃至四句亦有入有攝亦有四句此與前句不同前但此彼同時攝入

今則欲入彼時必別攝餘法帶之將入彼中發起重重無盡之勢也攝一入一上一是所攝下一是所入二皆是所則顯上必別有能攝之法為主本文恐句中雜鬧難會故略之也餘三句亦然且此句者應云一能攝一入一如東鏡能攝南鏡帶之將入西鏡之中即東鏡為能攝能入南為所攝西為所入也此則釋迦世尊攝文殊菩薩將入普賢中也直舉一切佛為能亦得攝一切入一如東鏡攝餘八鏡帶之將入西鏡中時即東鏡為能攝能入八鏡為所攝西為所入也則一佛攝一切佛一切眾生帶之同入一切眾生中都以九鏡及一切佛為能亦得攝一入一切如東鏡攝南鏡將入八境中也或九皆攝東鏡將入九鏡中也鏡攝一切入一切此中正明諸法互相攝入一時圓滿重重無盡也前三句且趣舉其一令漸次見其義用論其諸法交涉相在即以同時令現見鏡燈但入一燈中之時即鏡中一時各有多

多之燈無先後也即知諸佛菩薩六道眾生不有則已有則一剎那中便徹過去未來川在十方一切凡聖中也同時交參無閡前三句都在第四中名同時也

十普融無閡門謂一切及一普皆同時更互相望八九互闕一也一一具前兩重四句普融無閡普融八九令各各一時頓具故云一一具前兩重四句然則亦總融前九前九展轉相由故不出一及一切互相望故前九文不頓顯故此攝令同一剎那既總別同時即重重無盡也準前思之且準八九二門思之者據第八門初句云一攝一切一入一切者且明我之自一攝他一切時此一即復單巳入他一切未言帶所攝一切復將入他一切第九門云我攝一入一等者但明所攝所入又不明一與一切一一互望皆為能攝能入今若合二門令一望多時即多望一同時一一各具能所者即成兩重四句初以一法為能攝入一一對四句所攝入者一一法攝一入一此是八中第三句全與九中初句合也二一法攝一切入一此是八中初句上半第三句下半與九中次句合也三一法攝一入一切此是八中第三句上半初句下半與九中第三句合也四一法攝一切入一切此是八中初句與九中第四句合次以一切法為能攝入一一對四句所攝入者一一切法皆攝一入一此是八中次全句與九中初句合也二一切法皆攝一切八一此是八中

末句上半次句下半與九中次句合也三一切法皆攝一入一切此是八中次句上半末句下半與九中第二句合也四一切法皆攝一切入一切此是八中全末句與九中末句合也如是二門交絡配屬即重重無盡主伴互融之門豁開也將此十門徧配一切法義方成十玄之義若但將此十以配於十玄即文勢別也令圓明顯現稱行境界無障無閡深思之令現在前

杜順和尚漩澓頌

凡夫小乘六識修　根境十二分內外
法性眞如實未知　亦未曾聞普法界
設念心中一分空　反照內寘以爲契
或證小乘局見禪　或同兎角終成外
或嫌大乘爲莽蕩　不信眞如境智大
聽說圓宗心不忻　聞說偏空殷重拜
若人欲識眞空理　心內眞如還徧外
情與非情共一體　處處皆同眞法界
不離幻色別見空　即此眞如含一切
秖用一念觀一境　一切諸境同時會
於一境中一切智　一切智中諸法界
一念照入於多刦　一一念刧收一切
時處帝網現重重　一切智通無罣閡

注華嚴法界觀門

嘉祐重校注法界觀門後序

晋水傳賢首祖教沙門淨源述

羣生之所以性混五濁衆苦嬰纏者無他焉情之惑也其義猶何猶煙出於火烟盛則火微矣情生於性情熾則性昏矣吾祖帝心慇其如此乃準雜華乃集觀法使物修之勸然而揀情廓然而顯理由理融事因事造玄此其要也自唐初帝心以是傳諸雲華雲華得之開拓六相發揮十玄而傳于賢首賢首統一心闢三門條析乎起信由是五教生焉唯清涼蹈帝心之觀機握賢首之教杼織成大疏復著玄鏡傳諸定慧定慧影不出山琢磨數載執玄鏡而作則舒皇明於筆端而爲之注宰臣裴公常習茲觀於是仰聖辨惑稽祖流芳述序以冠之至于火壯煙滅性顯情亡者不可殫紀蓋當時口授而心傳者多矣源誠愚闇究諸祖之遺訓苦志勞身行思坐誦僅三十年亦薄得其要每惟觀文上都諸郡鏤版流行互有否臧者不一炎宋皇祐中因迹吴門博求衆本旁索輿義參而校之仍治科文一冊助修記兩卷授于來學嘉祐五年春又以所校觀門再請雲間興教大師錢塘明義大師重定諸本用傳于代二師羽教翼觀名耀四方既考其辭力務討論僉曰上都觀本與西蜀文同潭州印本注義前却楚蘇印版字多訛脫獨杭本注文加千餘字若乃仰古規今按文責義唯上都西蜀兩本與夫玄鏡一撥誠爲標準耳源曰唯唯越二年有好事者特募深信刊鏤斯文匠工既畢懇求後序乃染毫書其諸祖傳授大略二師重校

宏功云時　嘉祐七年壬寅休夏後三日於

賢聖藏院西方丈序

音釋

晃胡廣切暉也　觳觫觳胡谷切觫蘇谷切觳觫懼死貌　樞鑰樞抽居切户樞也鑰以灼切關牡也　闔闢闔苦本切闢魚刈切闔闢門橛也　邃雖遂切深也　梏古沃切桎梏也　眩黃絹切惑也　踣蒲北切僵仆也　罣胡界切罣礙罥也　膜慕各切翳膜也　確苦角切堅固也　桎之日切　橛其月切木段也　釘錐釘音丁錐職垂切鑽屬　矛盾矛莫浮切盾乳尹切　鑹七亂切短矛也　鉼蒲經切　漩澓漩似宣切澓房六切漩澓洄流也　忻許斤切喜也　蹈徒到切踐也　杼直呂切機杼也　琢竹角切治玉也

黄檗山斷際禪師傳心法要

河東裴休集并序

清刻龍藏佛說法變相圖

黃檗山斷際禪師傳心法要

河東裴休集并序

有大禪師法諱希運住洪州高安縣黃檗山鷲峯下乃曹溪六祖之嫡孫西堂百丈之法嗣獨佩最上乘離文字之印唯傳一心更無别法心體亦空萬縁俱寂如大日輪昇虛空中光明照耀淨無纖埃證之者無新舊無淺深說之者不立義解不立宗主不開戶牖直下便是動念即乖然後為本佛故其言簡其理直其道峻其行孤四方學徒望山而趨覩相而悟往來海衆常千餘人予會昌二年廉于鍾陵自山迎至州憇龍興寺旦夕問道大中二年廉于宛陵復去禮迎至所部安居開元寺旦夕受法退而紀之十得一二佩為心印不敢發揚今恐入神精義不聞於未來遂

出之授門下僧太舟法建歸舊山之廣唐寺問長老法衆與往日常所親聞同異如何也

時唐大中十一年十月初八日序

師謂休曰諸佛與一切衆生唯是一心更無別法此心無始已来不曾生不曾滅不青不黄無形無相不屬有無不計新舊非長非短非大非小超過一切限量名言蹤跡對待當體便是動念即乖猶如虚空無有邊際不可測度唯此一心即是佛佛與衆生更無別異但是衆生着相外求求之轉失使佛覔佛將心捉心窮劫盡形終不能得不知息念忘慮佛自現前此心即是佛佛即是衆生為衆生時此心不減為諸佛時此心不添乃至六度萬行河沙功德本自具足不假修添乃遇緣即施緣息即寂若不決定信此是佛而欲着相修行以求功用皆是妄想與道相乖此心即是佛更無別佛亦無別心此心明淨猶如虚空無一點相貌舉心動念即乖法體即為着相無始已来無着相佛脩六度萬行欲求成佛即是次第無始已来無次第佛但悟一心更無少法可得此即真佛佛與衆生一心無異猶如虚空無雜無壞如大日輪照四天下日昇之時明徧天下虚空不曾明日没之時暗徧天下虚空不曾暗明暗之境自相淩奪虚空之性廓然不變佛及衆生心亦如此若觀佛作清淨光明解脫之相觀衆生作垢濁暗昧生死之相作此解者歷河沙劫終不得菩提為着相故唯此一心更無微塵許法可得即心是佛如今學道人不悟此心體便於心上生心向外求佛着相修行皆是惡法

非菩提道供養十方諸佛不如供養一箇無心道人何故無心者無一切心也如如之體内如木石不動不搖外如虛空不塞不礙無能所無方所無相貌無得失趣者不敢入此法恐落空無棲泊處故望崖而退例皆廣求知見所以求知見者如毛悟道者如角文殊當理普賢當行理者真空無礙之理行者離相無盡之行觀音當大慈勢至當大智維摩者淨名也淨者性也名者相也性相不異故號淨名諸大菩薩所表者人皆有之不離一心悟之即是今學道人不向自心中悟乃於心外着相取境皆與道背恒河沙者佛說是沙諸佛菩薩釋梵諸天步履而過沙亦不喜牛羊蟲蟻踐踏而行沙亦不怒珎寶馨香沙亦不貪糞尿臭穢沙亦不惡此心即無心之心離一切相衆生諸佛更無差別但能無心便是究竟學道人若不直下無心累劫修行終不成道被三乘功行拘繫不得解脫然證此心有遲疾有聞法一念便得無心者有至十信十住十行十回向乃得無心者有至十地乃得無心者長短得無心者乃至更無可脩可證實無所得真實不虛一念而得與十地而得者功用恰齊更無深淺秪是歷劫枉受辛勤耳造惡造善皆是着相着相造惡枉受輪迴着相造善枉受勞苦總不如言下便自認取本法此法即心心外無法此心即法法外無心心自無心亦無無心者將心無心心却成有默契而已絕諸思議故曰言語道斷心行處滅此心是本源清淨佛人皆有之蠢動含靈與諸佛菩薩一體不異秪爲妄想

分別造種種業果本佛上實無一物虛通寂靜明妙安樂而已深自悟入直下便是圓滿具足更無所欠縱使三祇精進脩行歷諸地位及一念證時秖證元來自佛向上更不添得一物却觀歷劫功用總是夢中妄爲故如來云我於阿耨菩提實無所得若有所得然燈佛則不與我授記又云是法平等無有高下是名菩提即此本源清淨心與衆生諸佛世界山河有相無相徧十方界一切平等無彼我相此本源清淨心常自圓明徧照世人不悟秖認見聞覺知爲心爲見聞覺知所覆所以不覩精明本體但直下無心本體自現如大日輪昇於虛空徧照十方更無障礙故學道人唯認見聞覺知施爲動作空却見聞覺知即心路絕無入處但於見聞覺知處認本心然本心不屬見聞覺知亦不離見聞覺知但莫於見聞覺知上起見解亦莫於見聞覺知上動念亦莫離見聞覺知覓心亦莫捨見聞覺知取法不即不離不住不着縱横自在無非道場世人聞道諸佛皆傳心法將謂心上別有一法可證可取遂將心覓法不知心即是法法即是心不可將心更求於心歷千萬劫終無得日不如當下無心便是本法如力士迷額内珠向外求覓周行十方終不能得智者指之當時自見本珠如故故學道人迷自本心不認爲佛遂向外求覓起功用行依次第證歷劫勤求永不成道不如當下無心決定知一切法本無所有亦無所得無依無住無能無所不動妄念便證菩提及證道時秖證本心佛歷劫功用並是虛脩如力

士得珠時秖得本額珠不關向外求覓之力故佛言我於阿耨菩提實無所得恐人不信故引五眼所見五語所言真實不虚是第一義諦

學道人莫疑四大為身四大無我我亦無主故知此身無我亦無主五陰為心五陰無我亦無主故知此心無我亦無主六根六塵六識和合生滅亦復如是十八界既空一切皆空唯有本心蕩然清淨有識食有智食四大之身飢瘡為患隨順給養不生貪着謂之智食恣情取味妄生分別唯求適口不生厭離謂之識食聲聞者因聲得悟故謂之聲聞但不了自心於聲教上起解或因神通或因瑞相言語運動聞有菩提涅槃三僧祇劫修成佛道皆屬聲聞道謂之聲聞佛唯直下頓了自心本來是佛無一法可得無一行可修此是無上道此是真如佛學道人秖怕一念有即與道隔矣念念無相念念無為即是佛學道人若欲得成佛一切佛法總不用學唯學無求無著無求即心不生無著即心不滅不生不滅即是佛八萬四千法門對八萬四千煩惱秖是教化接引門本無一切法離即是法知離者是佛但離一切煩惱是無法可得學道人若欲得知要訣但莫於心上著一物言佛真法身猶若虚空此是喻法身即虚空虚空即法身常人謂法身徧虚空處虚空中含容法身不知法身即虚空虚空即法身也若定言有虚空虚空不是法身若定言有法身法身不是虚空但莫作虚空解虚空即法身莫作法身解法身即虚空虚空與法身無

異相佛與衆生無異相生死與涅槃無異相煩惱與菩提無異相離一切相即是佛凡夫取境道人取心心境雙忘乃是真法忘境猶易忘心至難人不敢忘心恐落空無撈摸處不知空本無空唯一真法界爾此靈覺性無始已來與虛空同壽未曾生未曾滅未曾有未曾無未曾穢未曾淨未曾喧未曾寂未曾少未曾老無方所無内外無數量無形相無色象無音聲不可覓不可求不可以智慧識不可以言語取不可以境物會不可以功用到諸佛菩薩與一切蠢動含靈同此大涅槃性性即是心心即是佛佛即是法一念離真皆為妄想不可以心更求於心不可以佛更求於佛不可以法更求於法故學道人直下無心默契而已擬心即差以心傳心此為正見慎勿向外逐境認境為心是認賊為子為有貪瞋癡即立戒定慧本無煩惱焉有菩提故祖師云佛說一切法為除一切心我無一切心何用一切法本源清淨佛上更不著一物譬如虛空雖以無量珎寶莊嚴終不能住佛性同虛空雖以無量功德智慧莊嚴終不能住但迷本性轉不見耳所謂心地法門萬法皆依此心建立遇境即有無境即無不可於淨性上轉作境解所言定慧鑒用歷歷寂寂惺惺見聞覺知皆是境上作解暫為中下根人說即得若欲親證皆不可作如此見解盡是境法有沒處沒於有地但於一切法不作有無見即是法也

九月一日師謂休曰自達磨大師來於中國唯說一心唯傳一法以佛傳佛不說餘佛以

法傳法不說餘法法即不可說之法佛即不可取之佛乃是本源清淨心也唯此一事實餘二則非真般若為慧此慧即無相本心也凡夫不趣道唯恣六情乃行六道學道人一念計生死即落魔道一念起諸見即落外道見有生趣其滅即落聲聞道不見有生唯見有滅即落緣覺道法本不生今亦無滅不起二見不厭不忻一切諸法唯是一心然後乃為佛乘也凡夫皆逐境生心心隨忻厭若欲無境當忘其心心忘即境空境空即心滅若不忘心而但除境境不可除秖益紛擾故萬法唯心心亦不可得復何求哉故學般若人不見有一法可得絕意三乘唯一真實不可證得謂我能證能得皆增上慢人法華會上拂衣而去者皆斯徒也故佛言我於菩提實無所得默契而已凡人臨欲終時但觀五蘊皆空四大無我真心無相不去不來生時性亦不來死時性亦不去湛然圓寂心境一如但能如是直下頓了不為三世所拘繫便是出世人也切不得有分毫趣向若見善相諸佛來迎及種種現前亦無心隨去若見惡相種種現前亦無心怖畏但自忘心同於法界便得自在此即是要節也十月八日師謂休曰言化城者二乘及十地等妙二覺皆是權立接引之教並為化城言寶所者乃真心本佛自性之寶此寶不屬情量不可建立無佛無眾生無能無所何處有城若問此既是化城何處為寶所寶所不可指指即有方所非真寶所也故云在近而已不可定量言之但當體會契之即是言闡提者信不具也一切

六道衆生乃至二乘不信有佛果皆謂之斷善根闡提菩薩者深信有佛法不見有大乘小乘佛與衆生同一法性乃謂之善根闡提大抵因聲教而悟者謂之聲聞觀因緣而悟者謂之緣覺若不向自心中悟雖至成佛亦謂之聲聞佛學道人多於教法上悟不於心法上悟雖歷劫修行終不是本佛若不於心上悟而教法上悟者即輕心重教隨成逐塊忘於本心但契本心不用求法心即法也凡人多為境礙心事礙理常欲除境以安心併事以存理不知乃是心礙境理礙事但令心空境自空但令理寂事自寂勿倒用心也凡人多不肯空心恐落於空不知自心本空愚人除事不除心智者除心不除事菩薩心如虛空一切俱捨所作福德皆不貪著然捨有三等內外身心一切俱捨猶如虛空無所取著然後隨方應物能所皆忘是為大捨若一邊行道布施一邊旋捨無希望心是為中捨若廣修衆善有所希望聞法知空隨乃不著是為小捨大捨如火燭在前更無迷悟中捨如火燭在傍或明或暗小捨如火燭在後不見坑穽故菩薩心如虛空一切俱捨過去心不可得是過去捨現在心不可得是現在捨未來心不可得是未來捨所謂三世俱捨自如來付法迦葉已來以心印心心心不異印著空即印不成文印著物即印不成法故以心印心心心不異能印所印俱難契會故得少者然心即無心得即無得佛有三身法身說自性虛通法報身說一切清淨法化身說六度萬行法法身說法不可以言語音聲形

相文字而求無所說無所證自性虛通而已故曰無法可說是名說法報身化身皆隨機感現所說法亦隨事應根以為攝化皆非真法故曰報化非真佛亦非說法者所言本是一精明分爲六和合一精明者一心也六和合者六根也此六根各與塵合眼與色合耳與聲合鼻與香合舌與味合身與觸合意與法合中間生六識爲十八界若了十八界無所有束六和合爲一精明一精明者即心也學道人皆知此但不能免作一精明六和合解遂被法縛不契本心如來現世欲說一乘真法則衆生不信興謗沒於苦海若都不說則墮慳貪不為衆生普捨妙道遂設方便說有三乘乘有大小得有淺深皆非本法故云唯有一乘道餘二則非真然終未能顯一心法故名迦葉同法座別付一心離言說法此一枝法令別行若能契悟者便至佛地矣

問如何是道如何修行師云道是何物汝欲修行問諸方宗師相承參禪學道如何師云引接鈍根人語未可依憑云此既是引接鈍根人語未審接上根人復說何法師云若是上根人何處更就人覓他自己尚不可得何況更別有法當情不見教中云法法何狀云若如此則都不要求覓也師云若與麼則省心力云如是則渾成斷絕不可是無也師云阿誰教他無他是阿誰你擬覓他云既不許覓何故又言莫斷他師云若不覓即便休誰教你斷你見目前虛空作麼生斷他云此法可得便同虛空否師云虛空早晚向你道有同有異我暫如此說你便向者裏生解云應

是不與人生解耶師云我不曾障你要且解屬於情情生則智隔云向者裏莫生情是不師云若不生情阿誰道是　問纔向和尚處發言為什麼便言話墮師云汝自是不解語人有甚麼墮負

問向來如許多言說皆是抵敵語都未曾有實法指示於人師云實法無顛倒汝今問處自生顛倒覓甚麼實法云既是問處自生顛倒和尚荅處如何師云你且將鏡照面自看莫管他人又云秖如箇癡狗相似見物動處便吠風吹草木也不別又云我此禪宗從上相承已來不曾教人求知求解只云學道早是接引之詞然道亦不可學情存學解却成迷道道無方所名大乘心此心不在內外中間實無方所第一不得作知解只是說你如今情量處情量若盡心無方所此道天真本無名字只為世人不識迷在情中所以諸佛出來說破此事恐汝諸人不了權立道名不可守名而生解故云得魚忘筌身心自然達道識心達本源故號為沙門沙門果者息慮而成不從學得你如今將心求心傍他家舍秖擬學取有什麼得時古人心利纔聞一言便乃絕學所以喚作絕學無為閑道人今時人只欲得多知多解廣求文義喚作修行不知多知多解翻成壅塞唯知多與兒酥乳喫消與不消都總不知三乘學道人皆是此樣盡名食不消者所謂知解不消皆為毒藥盡向生滅中取真如之中都無此事故云我王庫內無如是刀從前所有一切知解盡須併却令空更無分別即是空如來藏如來藏者

更無纖塵可有即是破有法王出現世間亦云我於然燈佛所無少法可得此語只為空你情量知解但銷鎔表裏情盡都無依執是無事人三乘教網秖是應機之藥隨宜所說臨時施設各各不同但能了知即不被惑第一不得於一機一教邊守文作解何以如此實無有定法如來可說我此宗門不論此事但知息心即休更不用思前慮後問從上來皆云即心是佛未審即那箇心是佛師云你有幾箇心云為復即凡心是佛即聖心是佛師云你何處有凡聖心耶云即今三乘中說有凡聖和尚何得言無師云三乘中分明向你道凡聖心是妄你今不解返執為有將空作實豈不是妄妄故迷心汝但除却凡情聖境心外更無別佛祖師西來直指一切人全體是佛汝今不識執凡執聖向外馳騁還自迷心所以向汝道即心是佛一念情生即墮異趣無始已來不異今日無有異法故名成等正覺云和尚所言即者是何道理師云覓什麼道理纔有道理便即心異云前言無始以來不異今日此理如何師云只為覓故汝自異他汝若不覓何處有異云既是不異何更用說即師云汝若不認凡聖阿誰向汝道即即若不即心亦不心可中心即俱忘阿你便擬向何處覓去　問妄能障自心未審而今以何遣妄師云起妄遣妄亦成妄妄本無根秖因分別而有你但於凡聖兩處情盡自然無妄更擬若為遣他都不得有纖毫依執名為我捨兩臂必當得佛云既無依執當何相承師云以心傳心云若心相傳云何言心

亦無師云不得一法名為傳心若了此心即是無心無法云若無心無法云何名傳師云汝聞道傳心將謂有可得也所以祖師云認得心性時可說不思議了了無所得得時不說知此事若教汝會何堪也　問秖如目前虛空可不是境豈無指境見心乎師云什麼心教汝向境上見設汝見得只是箇照境底心如人以鏡照面縱然得見眉目分明元来秖是影像何關汝事云若不因照何時得見師云若也涉因常須假物有什麼了時汝不見他向汝道撒手賜君無一物徒勞謾說數千般云他若識了照亦無物耶師云若是無物更何用照你莫開眼寐語去

上堂云百種多知不如無求最第一也道人是無事人實無許多般心亦無道理可說無事散去　問如何是世諦師云說葛藤作什麼本来清淨何假言說問荅但無一切心即名無漏智汝每日行住坐臥一切言語但莫著有為法出言瞬目盡同無漏如今末法向去多是學禪道者皆著一切聲色何不與我心心同虛空去如枯木石頭去如寒灰死火去方有少分相應若不如是他日盡被閻老子拷你在你但離却有無諸法心如日輪常在虛空光明自然不照而照不是省力底事到此之時無棲泊處即是行諸佛行便是應無所住而生其心此是你清淨法身名為阿耨菩提若不會此意縱你學得多知勤苦修行草衣木食不識自心盡名邪行定作天魔眷屬如此修行當復何益志公云佛本是自心作那得向文字中求饒你學得三賢四果

十地滿心也秖是在凡聖中坐不見道諸行無常是生滅法勢力盡箭還墜招得來生不如意爭似無為實相門一超直入如來地為你不是與麼人須要向古人建化門廣學知解志公云不逢出世明師枉服大乘法藥你如今一切時中行住坐臥但學無心久久須實得為你力量小不能頓超但得三年五年或十年須得箇入頭處自然會去為汝不能如是須要將心學禪學道佛法有甚麼交涉故云如來所說皆為化人如將黃葉為金止小兒啼決定不實若有實得非我宗門下客且與你本體有甚交涉故經云實無少法可得名為阿耨菩提若也會得此意方知佛道魔道俱錯本來清淨皎皎地無方圓無大小無長短等相無漏無為無迷無悟了了見無一物亦無人亦無佛大千沙界海中漚一切聖賢如電拂一切不如心真實法身從古至今與佛祖一般何處欠少一毫毛既會如是意大須努力盡今生去出息不保入息　問六祖不會經書何得傳衣為祖秀上座是五百人首座為教授師講得三十二本經論云何不傳衣師云為他有心是有為法所修所證將為是也所以五祖付六祖六祖當時秖是默契得密授如來甚深意所以付法與他汝不見道法本法無法無法法亦法今付無法時法法何曾法若會此意方名出家兒方好修行若不信云何明上座走來大庾嶺頭尋六祖六祖便問汝來求何事為求衣為求法明上座云不為衣來但為法來六祖云汝且暫時斂念善惡都莫思量明乃稟語六祖

云不思善不思惡正當與麼時還我明上座父母未生時面目来明於言下忽然默契便禮拜云如人飲水冷煖自知某甲在五祖會中枉用三十年工夫今日方省前非六祖云如是到此之時方知祖師西来直指人心見性成佛不在言說豈不見阿難問迦葉云世尊傳金襴外別傳何法迦葉召阿難阿難應諾迦葉云倒却門前刹竿着此便是祖師之標榜也甚生阿難三十年為侍者秖為多聞智慧被佛訶云汝千日學慧不如一日學道若不學道滴水難消　問如何得不落階級師云但終日喫飯未曾咬着一粒米終日行未曾踏着一片地與麼時無人我等相終日不離一切事不被諸境惑方名自在人更時時念念不見一切相莫認前後三際前際無去今際無住後際無来安然端坐任運不拘方名解脫努力努力此門中千人萬人只得三箇五箇若不將為事受殃有日在故云着力今生須了却誰能累劫受餘殃

傳心法要終

黄檗斷際禪師宛陵録

裴相公問師曰山中四五百人幾人得和尚法師云得者莫測其數何故道在心悟豈在言說言說只是化童蒙耳　問如何是佛師云即心是佛無心是道但無生心動念有無長短彼我能所等心心本是佛佛本是心心如虛空所以云佛真法身猶若虛空不用別求有求皆苦設使恒沙劫行六度萬行得佛菩提亦非究竟何以故爲屬因緣造作故因緣若盡還歸無常所以云報化非真佛亦非說法者但識自心無我無人本來是佛　問聖人無心即是佛凡夫無心莫沉空寂否師云法無凡聖亦無沉寂法本不有莫作無見法本不無莫作有見有之與無盡是情見猶如幻翳所以云見聞如幻翳知覺乃衆生祖師門中只論息機忘見所以忘機則佛道隆分別則魔軍熾　問心既本來是佛還修六度萬行否師云悟在於心非關六度萬行六度萬行盡是化門接物度生邊事設使菩提真如實際解脫法身直至十地四果聖位盡是度門非關佛心心即是佛所以一切諸度門中佛心第一但無生死煩惱等心即不用菩提等法所以道佛說一切法度我一切心我無一切心何用一切法從佛至祖並不論別事唯論一心亦云一乘所以十方諦求更無餘乘此乘無枝葉唯有諸真實所以此意難信達磨來此土至梁魏二國秖有可大師一人密信自心言下便會即心是佛身心俱無是名大道大道本來平等所以深信含生同一真性心性不異即性即心心不異性名

之為祖所以云認得心性時可說不思議
問佛度衆生否師云實無衆生如来度者我
尚不可得非我何可得佛與衆生皆不可得
云現有三十二相及度衆生何得言無師云
凡所有相皆是虛妄若見諸相非相即見如
來佛與衆生盡是汝作妄見只為不識本心
謾作見解纔作佛見便被佛障作衆生見被
衆生障作凡作聖作淨作穢等見盡成其障
障汝心故總成輪轉猶如獮猴放一捉一無
有歇期一等是學直須無學無凡無聖無淨
無垢無大無小無漏無為如是一心中方便
勤莊嚴聽汝學得三乘十二分教一切見解
捻須捨却所以除去所有唯置一牀寢疾而
臥秖是不起諸見無一法可得不被法障透
脫三界凡聖境域始得名為出世佛所以云
稽首如空無所依出過外道心既不異法亦
不異心既無為法亦無為萬法盡由心變所
以我心空故諸法空千品萬類悉皆同盡十
方空界同一心體心本不異法亦不異秖為
汝見解不同所以差別譬如諸天共寶器食
隨其福德飯色有異十方諸佛實無少法可
得名為阿耨菩提秖是一心實無異相亦無
光彩亦無勝負無勝故無佛相無負故無衆
生相云心既無相豈得全無三十二相八十
種好化度衆生耶師云三十二相屬相凡所
有相皆是虛妄八十種好屬色若以色見我
是人行邪道不能見如来　問佛性與衆生
性為同為別師云性無同異若約三乘教即
說有佛性有衆生性隨有三乘因果即有同
異若約佛乘及祖師相傳即不說如是事唯

指一心非同非異非因非果所以云唯此一乘道無二亦無三除佛方便說　問無邊身菩薩為什麼不見如來頂相師云實無可見何以故無邊身菩薩便是如來不應更見只教你不作佛見不落佛邊不作眾生見不落眾生邊不作有見不落有邊不作無見不落無邊不作凡見不落凡邊不作聖見不落聖邊但無諸見即是無邊身若有見處即名外道外道者樂於諸見菩薩於諸見而不動如來者即諸法如義所以云彌勒亦如也眾聖賢亦如也如即無生如即無滅如即無見如即無聞如來頂即是圓見亦無圓見故不落圓邊所以佛身無為不墮諸數權以虛空為喻圓同太虛無欠無餘等閑無事莫強辨他境辨著便成識所以云圓成沉識海流轉若飄蓬秖道我知也學得也契悟也解脫也有道理也強處即如意弱處即不如意似者箇見解有什麼用處我向汝道等閑無事莫謾用心不用求真唯須息見所以內見外見俱錯佛道魔道俱惡所以文殊暫起二見貶向二鐵圍山文殊即實智普賢即權智權實相對治究竟亦無權實唯是一心心且不佛不眾生無有異見纔有佛見便作眾生見有見無見常見斷見便成二鐵圍山被見障故祖師直指一切眾生本心本體本來是佛不假脩成不屬漸次不是明暗不是明故無明不是暗故無暗所以無無明亦無無明盡入我此宗門切須在意如此見得名之為法見法故名之為佛佛法俱無名之無僧喚作無為僧亦名一體三寶夫求法者不著佛求不著

法求不著衆求應無所求不著佛求故無佛不著法求故無法不著衆求故無僧　問和尚見今說法何得言無僧亦無法師云汝若見有法可說即是以音聲求我若見有我即是處所法亦無法法即是心所以祖師云付此心法時法法何曾法無法無本心始解心心法實無一法可得名坐道場道場者秪是不起諸見悟法本空喚作空如來藏本來無一物何處有塵埃若得此中意逍遥何所論問本來無一物無物便是否師云無亦不是菩提無是處亦無無知解　問何者是佛師云汝心是佛佛即是心心佛不異故云即心即佛若離於心別更無佛云若自心是佛祖師西來如何傳授師云祖師西來唯傳心佛直指汝等心本來是佛心心不異故名為祖若直下見此意即頓超三乘一切諸位本來是佛不假修成云若如此十方諸佛出世說於何法師云十方諸佛出世秪共說一心法所以佛密付與摩訶大迦葉此一心法體盡虛空徧法界名為諸佛理論者箇法豈是汝於言句上解得他亦不是於一機一境上見得他此意唯是默契得者一門名為無為法門若欲會得但知無心忽悟即得若用心擬學取即轉遠去若無岐路心一切取捨心心如木石始有學道分云如今現有種種妄念何以言無師云妄本無體即是汝心所起汝若識心是佛心本無妄那得起心更認於妄汝若不生心動念自然無妄所以云心生則種種法生心滅則種種法滅云今正妄念起時佛在何處師云汝今

覺妄起時覺正是佛可中若無妄念佛亦無何故如此為汝起心作佛見便謂有佛可成作衆生見便謂有衆生可度起心動念總是汝見處若無一切見佛有何處所如文殊纔起佛見便貶向二鐵圍山云今正悟時佛在何處師云問從何來覺從何起語默動靜一切聲色盡是佛事何處覓佛不可更頭上安頭嘴上加嘴但莫生異見山是山水是水僧是僧俗是俗山河大地日月星辰總不出汝心三千世界都來是汝箇自己何處有許多般心外無法滿目青山虛空世界皎皎地無絲髮許與汝作見解所以一切聲色是佛之慧目法不孤起仗境方生為物之故有其多智終日說何曾說終日聞何曾聞所以釋迦四十九年說未嘗說著一字云若如此何處是菩提師云菩提無是處佛亦不得菩提衆生亦不失菩提不可以身得不可以心求一切衆生即菩提相云如何發菩提心師云菩提無所得你今但發無所得心決定不得一法即菩提心菩提無住處是故無有得者故云我於然燈佛所無有少法可得佛即與我授記明知一切衆生本是菩提不應更得菩提你今聞發菩提心將謂一箇心學取佛去唯擬作佛任你三祇劫修亦秖得箇報化佛與你本源真性佛有何交涉故云外求有相佛與汝不相似　問本既是佛那得更有四生六道種種形貌不同師云諸佛體圓更無增減流入六道處處皆圓萬類之中箇箇是佛譬如一團水銀分散諸處顆顆皆圓若不分時秖是一塊此一即一切一切即一種種

形貌喻如屋舍捨驢屋入人屋捨人身至天身乃至聲聞緣覺菩薩佛屋皆是汝取捨處所以有別本源之性何得有別　問諸佛如何行大慈悲為衆生說法師云佛慈悲者無緣故名大慈悲慈者不見有佛可成悲者不見有衆生可度其所說法無說無示其聽法者無聞無得譬如幻士爲幻人說法者箇法若為道我從善知識言下領得會也悟也者箇慈悲若為汝起心動念學得他見解不是自悟本心究竟無益　問何者是精進師云身心不起是名第一牢強精進纔起心向外求者名為歌利王愛遊獵去心不外遊即是忍辱仙人身心俱無即是佛道　問若無心行此道得否師云無心即便是行此道更說什麼得與不得且如瞥起一念便是境若無一念便是境忘心自滅無復可追尋　問如何是出三界師云善惡都莫思量當處便出三界如來出世為破三有若無一切心三界亦非有如一微塵破為百分九十九分是無一分是有摩訶衍不能勝出百分俱無摩訶衍始能勝出

上堂云即心是佛上至諸佛下至蠢動含靈皆有佛性同一心體所以達磨從西天來唯傳一心法直指一切衆生本來是佛不假修行但如今識取自心見自本性更莫別求云何識自心即如今言語者正是汝心若不言語又不作用心體如虚空相似無有相貌亦無方所亦不一向是無有而不可見故祖師云真性心地藏無頭亦無尾應緣而化物方便呼為智若不應緣之時不可言其有無正

應之時亦無蹤跡既知如此如今但向無中棲泊即是行諸佛路經云應無所住而生其心一切衆生輪廻生死者意緣走作心於六道不停致使受種種苦淨名云難化之人心如猿猴故以若干種法制禦其心然後調伏所以心生種種法生心滅種種法滅故知一切諸法皆由心造乃至人天地獄六道修羅盡由心造如今但學無心頓息諸緣莫生妄想分別無人無我無貪瞋無憎愛無勝負但除却如許多種妄想性自本來清淨即是修行菩提法佛等若不會此意縱你廣學勤苦修行木食草衣不識自心皆名邪行盡作天魔外道水陸諸神如此修行當復何益志公云本體是自心作那得文字中求如今但識自心息却思惟妄想塵勞自然不生淨名云唯置一牀寢疾而臥心不起也如今臥疾攀緣都息妄想歇滅即是菩提如今若心裏紛紛不定任你學到三乘四果十地諸位等地秪向凡聖中坐諸行盡歸無常勢力皆有盡期猶如箭射於空力盡還墜却歸生死輪迴如斯修行不解佛意虛受辛苦豈非大錯志公云未逢出世明師枉服大乘法藥如今但一切時中行住坐臥但學無心亦無分別亦無依倚亦無住著終日任運騰騰如癡人相似世人盡不識你你亦不用教人識不識心如頑石頭都無縫罅一切法透汝心不入兀然無著如此始有少分相應透得三界境過名為佛出世不漏心相名為無漏智不作人天業不作地獄業不起一切心諸緣盡不生即此身心是自由人不是一向不生秪是隨

意而生經云菩薩有意生身是也忽若未會無心著相而作者皆屬魔業乃至作淨土佛事並皆成業乃名佛障障汝心故被因果管束去住無自由分所以菩提等法本不是有如來所說皆是化人猶如黃葉為金錢權止小兒啼故實無有法名阿耨菩提如今既會此意何用區區但隨緣消舊業更莫造新殃心裏明明所以舊時見解總須捨却淨名云除去所有法華云二十年中常令除糞秖是除去心中作見解處又云蠲除戲論之糞所以如來藏本自空寂並不停留一法故經云諸佛國土亦復皆空若言佛道是修學而得如此見解全無交涉或作一機一境揚眉動目秖對相當便道契會也得證悟禪理也忽逢一人不解便道都無所知對他若得道理心中便歡喜若被他折伏不如他便即心懷惆悵如此心意學禪有何交涉任汝會得少許道理秖得箇心所法禪道總沒交涉所以達磨面壁都不令人有見處故云忘機是佛道分別是魔境此性縱汝迷時亦不失悟時亦不得天真自性本無迷悟盡十方虛空界元來是我一心體縱汝動用造作豈離虛空虛空本來無大無小無漏無為無迷無悟了了見無一物亦無人亦無佛絕纖毫的量是無依倚無粘綴一道清流是自性無生法忍何有擬議真佛無口不解說法真聽無耳其誰聞乎珍重

師一日上堂開示大衆云

預前若打不徹臘月三十夜到來管取你熱亂有般外道纔見人說做工夫他便冷笑猶

有遮箇在我且問你忽然臨命終時你將何抵敵生死你且思量看却有箇道理那得天生彌勒自然釋迦有一般閑神野鬼纔見人有些少病便與他人說你只放下著及至他有病又却理會不下手忙脚亂爭柰你肉如利刀碎割做主宰不得萬般事須是閑時辦得下忙事得用多少省力休待臨渴掘井做手脚不辦遮場狼藉如何迴避前路黑暗信采胡鑽亂撞苦哉苦哉平日只學口頭三昧說禪說道喝佛罵祖到遮裏都用不著平日只管瞞人爭知道今日自瞞了也阿鼻地獄中決定放你不得而今末法將沈全仗有力量兄弟家負荷續佛慧命莫令斷絶今時纔有一個半個行脚只去觀山觀景不知光陰能有幾何一息不回便是來生未知甚麼頭面嗚呼勸你兄弟家趂色力康健時討取個分曉處不被人瞞底一段大事遮些關捩子甚是容易自是你不肯去下死志做工夫只管道難了又難好教你知那得樹上自生底木杓你也須自去做個轉變始得若是個丈夫漢看個公案僧問趙州狗子還有佛性也無州云無但去二六時中看個無字晝參夜參行住坐卧著衣吃飯處阿屎放尿處心心相顧猛著精彩守箇無字日久月深打成一片忽然心花頓發悟佛祖之機便不被天下老和尚舌頭瞞便會開大口達摩西來無風起浪世尊拈花一場敗缺到這裏說甚麼閻羅老子千聖尚不柰你何不信道眞有遮般奇特爲甚如此事怕有心人

頌曰塵勞迥脫事非常緊把繩頭做一場不

是一番寒徹骨爭得梅花撲鼻香

黃檗禪師傳心法要卷終

金剛般若經疏論纂要

京大興福寺沙門宗密述

長水沙門子璿治定

清刻龍藏佛說法變相圖

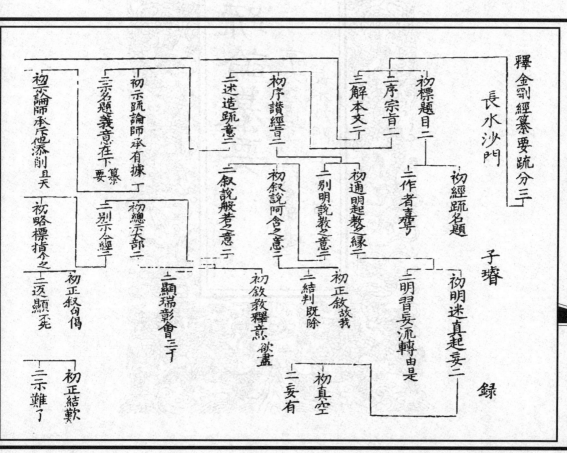

釋金剛經纂要疏分三

長水沙門　子璿　録

- 初標題目二
  - 初經疏名題
  - 二作者嘉號
- 二序宗旨二
  - 初序讚經旨二
    - 初通明起教之緣二
      - 初明迷真起妄二
        - 初真空
        - 二妄有
      - 二明習妄流轉由是
    - 二別明說教之意三
      - 初敘說阿含之意二
        - 初正敘故我
        - 二結判既除
      - 二敘說般若之意二
        - 初敘教釋意欲盡
        - 二顯瑞彰會三
  - 二述造疏意二
    - 初示疏論師承有據二
      - 初示論師承序他添削且天
        - 初略標指今之
          - 初正敘句偈
          - 二返顯不死
        - 初正結歎
        - 二示難了
      - 二示名題義意在下纂要
    - 初總示大部二
    - 二別示今經二
- 三解本文三

三示今述解不覽煩端故今
初偈文歸請稽首
二開章正釋二
初標列章門將釋
二依章正釋四
一辯教起因緣一
二明經宗體二
三分別處會二
四釋通文義二
初通赴機緣初中
二克就佛意若據
初總論諸教二
二廣序讚二
初序嘆幽玄二
二引文結顯河沙
初總標由執起障由此
二別示二障過患二
初標別後
二釋二
三結執二
初對治我法二執二
二為遣斷種現二疑二
三轉滅輕重二業二
四為顯示福慧二因三
三順結敬讚
初具序一經詮旨二
二結嘆四法幽玄三
初煩惱由煩
二所知由所
初標二為
二釋遮未
初標三為
二釋轉重
三彰繆解
初順釋故談
二返顯若無
初未說失為凡佛成
二已說得為佛因二
初標四為
二釋二
三結敬須
初標五為
二釋未聞
三結故此
初約法正立別顯
二約喻釋成必節
三約行結顯為行

二別顯此經五
五為發明真應二身三
初明經宗二
初統明諸教第二
二別顯今經三
二明經體三
初標立二體
二正釋文字
三總結皆故
初總明佛說大部處會一
二別明傳譯卷時主三
初總示大部三第
二別顯此經此經
初總標略辯極堅
二引教委釋涅槃
三結顯偷旨皆以
初正明六種五又
二結示傍正傍蕪
初正明東土翻譯前後二
二因弁西方解釋異同二天
初通辯諸譯後別
二克示所傳今所
三示今科判依據差別二
初正明科釋所依今科
二結成立題所以題云
初引經論總彰三義三
二引真諦別示六種二
四釋通文義二
初題目疏二
二經文疏二
初釋金剛二
二約法弁義二
初翻名示相金剛
初明總攝三慧若約
二引論文釋成二

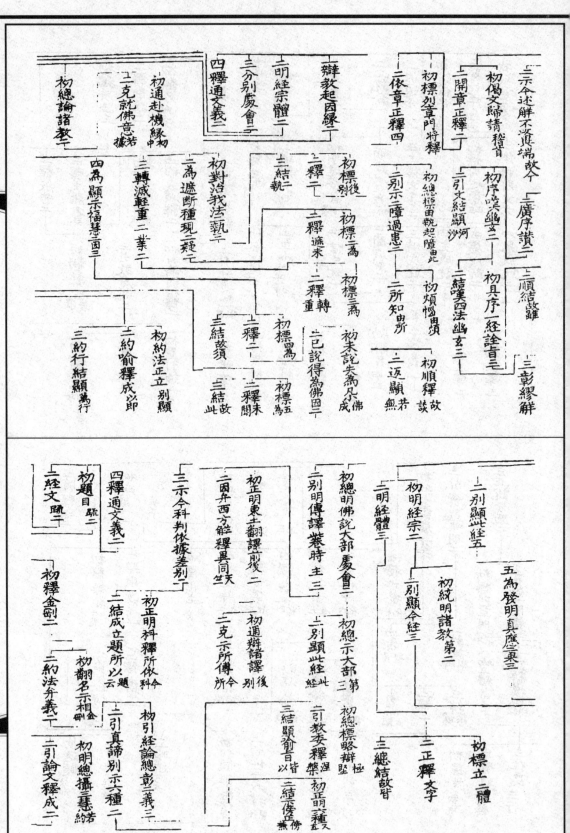

初釋所詮三
二釋能詮二
初翻名 經者
二釋義 契者
初科分後釋
二隨釋 經三
初序分二
二正說分
三流通分
初證信序 疏三
二發起序 疏二
初叙意二發

二釋般若二
三釋波羅蜜三
初約語對翻 波羅
二約義順釋二
三順義通結 若兼
初釋義 謂離
二通難一切
初明建立之目 此釋
二明建立之意 明
三正釋文義二
初標列述意 正三
二依科解文六

初翻名略指 般若
二引教廣弁二
初引論別相釋二
二引經通相 依若
初合釋 一信
二單釋 單釋
初信成就二
二聞成就二
三時成就二
四主成就二
五處成就二
六衆成就二

初正釋成 故無
二配因果二
初雙引論 云
二雙解釋 則聞
初正釋我聞之義 二兩
二商教所聞之法 阿難
初揀顯釋 三時
二會法釋 又說
初翻名 四主
二釋義二
初引論正釋二
二引論返釋三

二隨釋經二
初戒 疏七
二定 疏一
初併資緣 二分
二淨身業 淨二
三正入定 正三
初正解此文三
二通前表法二
初約大宗廣弁三
二引資聖略明二
三正說分 疏二

初釋標類 衆
二釋舉數 千二
初釋化主 七分
二釋化時 化二
三釋化儀 化三
四釋化處 化四
五釋化事 化五
六釋化等 化六
七釋化終 化七
初標列章門 第二
二依章隨釋二

初釋舍衛 五處
二釋祇園 二
初總指 祇樹
二別釋 三
初釋祇陀 祇陀
二釋給孤 梵語
三釋園字 西國
初首資聖
二引證 故
初標 大然
二釋 二
三結 欲說
初正釋前七
二總指後四 四後

初返顯 故知
二引證 起信
三順結 又云
初約體離念 釋起信
二約位三義 釋然覺
初表通序 表本
二表別序 心竟
初種性 初中
二發起 二發
三住處 三行

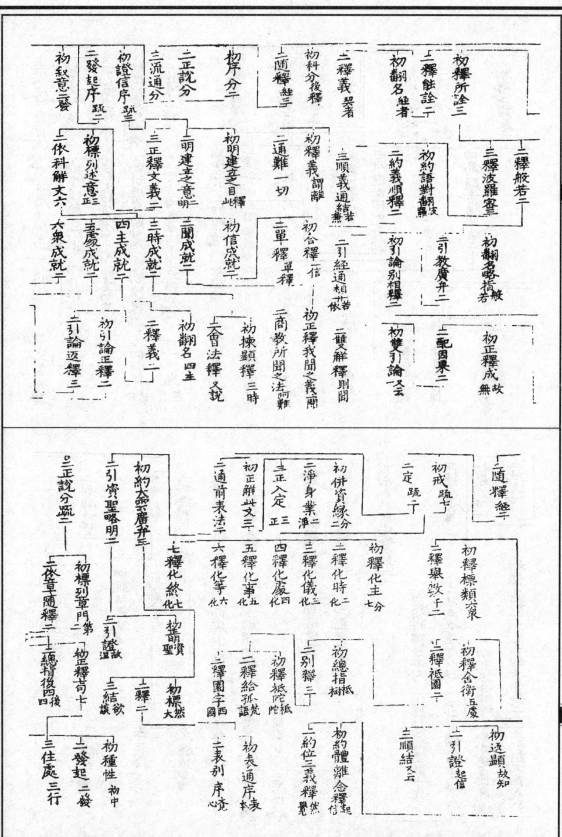

初約無著七種義句以懸判三
二依天親問答斷疑以科釋二
二廣釋第三
初正弁十八住處十八
二重以八義相攝收
三更約地位配釋八
四對治 四對
五不失 五不
六地位 六地
七立名 七名
初標章分文第一
二依章正釋 經四
初整儀請佛聽二
二正發問端聽二
一發心住十八
二波羅蜜相應住 波二
三欲得色身住 欲二
四欲得法身住 欲四
五修道無慢住 五
初正示此文 於五
二通叙後段 此從
三別結對治 當今
初善現申請二
二如來讚許聽三
三善現佇聞
四如來正說二
初釋請人 長老
二釋請儀二
初印讚所讚 曲分
初正釋經 從座
六不離佛世住 不六
七願淨佛土住 願七
八成熟衆生住 成八
九遠離外論住 遠九
十觀破色身住 色十
初國土具足 八十
二無上見智淨具足 二無
三無上福具足 福三
四無上身具足 身四
五無上語具足 語三

二敕聽許說 敕二
三標勸將陳 標三
初釋當機 曲分
二釋正問二
初正答所問二
二躡迹斷疑
初舉總標別從問聽四
二約別顯總以答問二
初答安住降心問四
二答修行降心問五
初總標
二別釋
三總結
一別解菩薩 菩提
初釋魏本 釋二
二會當經 譯秦
三引論證 無故
初正釋經文 此四
二斥他謬判 有料
三詳定經旨 詳兄
四牒難釋通 別不
初科釋文意 句初
十一給侍如來住 一十
十二遠離退失住 二十
十三忍苦住 三十
十四離寂靜味住 四十
十五證道離喜住 五十
十六求佛教授住 六十
十七證道住 七十
十八求佛地住 八十
初廣大心 二疏
二第一心
三常心
十六無上心具足 心六
初受生差別 下
二依止差別 依二
三境界差別 境三
初釋標 文一
二釋列三
初釋文 卯若
二通難 勞卯
初舉疑因以問
二防相得以酬
三釋體異有為

四顯益疏二
二別弁喻上旨虛空
四不倒心
四印佛身無相二

五結勸
初約論分文二疏
初標章叙疑一斷
二依經斷疑經四

二躡迹斷疑疏二
二依論科釋疏分二十七

初斷求佛行施住相疑疏二
初釋前二句二
初正釋非但
二斷因果俱深無信疑疏二
二釋後二句二
二引證故是

初標章叙疑二斷
初正釋若見
初引起信故起
二依經斷疑四
二引論釋四
二引肇注肇云
三引本論偈云
四依無著無著

初約無信以呈疑
初釋佛知見
二呵疑詞以顯信
二釋得福德得福
三明能信之所以二
四示中道之玄門。

初明歷事善友積集信因
初明攝受得福顯福德門疏二
二明攝受所以顯智慧門疏二
二明善友所攝成就信德二

初敘意科分二明
初正明己斷麁執疏二
初節釋經文

二依科正釋二
二因顯未除細執疏二
二商較經旨雖然

三斷無相云何得說疑疏二
初釋總明二相若心
初正弁二相若取
二釋別明二相二
二別解微意有中

初標章叙疑三斷
二依經斷疑經二
初舉疑因以問
初正釋經文

初問答斷疑四
二顯實理以酬
三釋無定之言疏二
四釋無取說所以
二商較果證非然
三結斷疑情知故

二校量顯勝四
初舉劣福以問
二釋福多以酬
初引無著
初釋文論云
二通難何故
二引天親二
三判經福超過疏二
四釋超過所以二

初正釋
初正釋經文
二別示句相四句
二轉釋

初舉所得以問
二明無取以答
三引已證令信三
初弁得名不取
二分科釋經三

四斷聲聞得果是取疑疏二
初入流果疏三
二一來果
三不來果
四不生果疏二
初標章叙疑斷四
二依經斷疑經四
五斷釋迦然燈取說疑疏二
初舉取相莊嚴問
二釋離相莊嚴答
三依淨心莊嚴勸
初明佛先印
二彰已不取
三却釋佛意
初雙標論云
二雙釋唯以
三雙結是以
初標章叙疑斷五
二依經斷疑
六斷嚴土違於不取疑疏二
初標章叙疑斷六
二依經斷疑經三
初標章指疑斷七
二依經斷疑經二
七斷受得報身有取疑疏二
初總釋喻旨
二別解非身二
初牒經略指非身
三引論廣釋二
初引本偈偈故
二引論文三
初約多河以幷沙
初問答斷疑疏二
二校量顯勝二

初約外財校量廣顯經勝二
初校量勝劣三
二釋勝所以五
初約多沙以彰福
二約多福以顯勝
初尊處兼人勝三
二約義幷名勝
三佛無異說勝
四施福劣塵勝
五感果離相勝
初明處可敬
二顯人獲益
三顯處有佛
初正明
二拂跡
初總標信解
二別顯三空
三如來印定
初泣歎未聞深法勝
二淨心契實具德勝二
三信解三空同佛勝三
初引無著顯意
二約天親釋文論云
二約內財校量倍顯經勝二
初校量勝劣
二釋勝所以五
四聞時不動希有勝
五大因清淨第一勝
八斷持說未脫苦果疑疏二
初引一生證極苦忍二
二引多生證相續忍
初標章叙疑斷八
二依經斷疑經二
初明忍體
二明忍相二
初總標
二別顯二
初正明
二返顯

初明起忍以斷疑二
二勸離相以安忍疏一
初引論叙意勸二
二分文正釋二經
初對治不忍流轉苦
二對治不忍相違苦二疏
九斷能證無體非因疑疏三
初斷疑疏二
二離執
初略消經意
二廣釋五語真語
初標章叙疑九斷
二依經斷疑經二
初捨命不如二
初捨命福
二信經福
二餘乘不測
十斷如遍有得無得疑二
初標章叙疑斷十
二依經斷疑二經
三依大心說
四具德能傳
初供佛多中全具福
二持經多中少分福
五樂小不堪
初總叙意八疑
六所在如塔
二別科釋十
七轉罪為佛
初舉喻斷疑
二讚經功德二
八起事多尊疏
初總標
二別釋十
九具聞則疑
十總結幽邃
初若名菩薩必無我
二若有我相非菩薩
三能所俱寂是菩提

十一斷住修降伏是我疑疏二
初標章叙疑十一斷
二依經斷疑經二
初問
二答三
十二斷佛因是有菩薩疑疏二
初舉疑處
二斷疑念
初顯真如是佛故非無
二明佛即菩提故無得
三印決定
四返覆釋
初標章叙疑十二
二依經斷疑經四
十三斷無因則無佛法疑二
初科分十三
二隨釋三
初標章叙疑斷初
二依經斷疑二經
初遣執遮疑
二釋義斷疑
初明失念
初斷向無佛疑二疏
二斷一向無法疑二疏
初標章叙疑斷
二依經斷疑經二
二顯真佛真法體
初明無人
二引前說
十四斷無人度生嚴土疑疏三
初標章叙疑十四
二初遮度生念三
二遮嚴土念三
初明失念
二釋所以

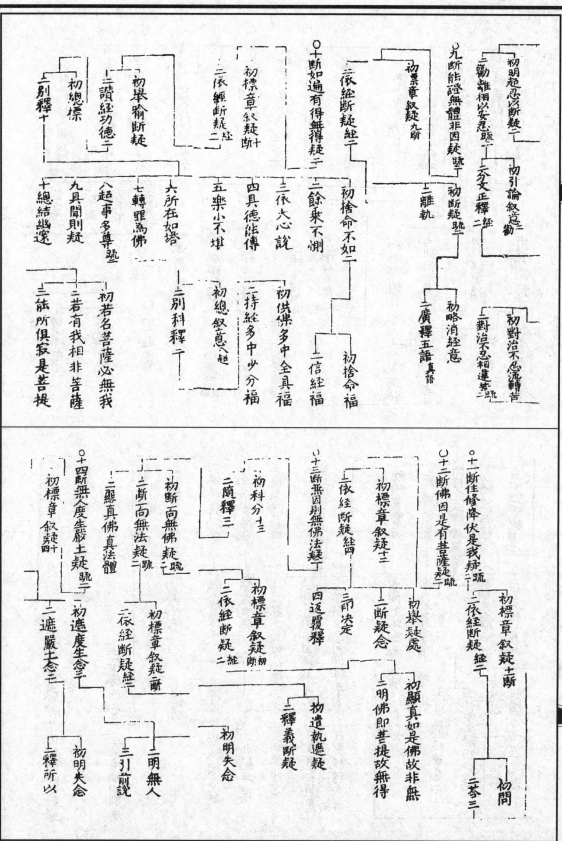

二依經斷疑三經

○十五斷諸佛不見諸法疑三疏

初標章叙疑十五

二引論明意之斷

三依經斷疑二

初約能見五眼明見淨七

二約所知諸心明智淨五

初約一恒河以數沙

二約河中沙以數河

三約河中沙以數界

四約界中所有生

五約一一生所有心三

○十六斷福德例心顛倒疑二疏

三釋成菩薩

初肉眼

二天眼

三慧眼

四法眼

五佛眼二疏

初引無著義總釋　無著

二引古德偈重結　古德

初局釋當文　前四

二通前總弁二

初總明染淨以標悉知

二會妄歸真以釋悉知

三推破雜染以釋非心

初標章叙疑十六

二依經斷疑經三

初引論正釋云偈

二問答解妨福問

初問福答福

二返釋順釋二疏

○十七斷無為何有相好疑二疏

初標章叙七十

二依經斷疑二經

○十八斷無身何以說法疑二疏

初標章叙疑八十

二依經斷疑三經

○十九斷無法如何修證疑二疏

○二十斷所說無記非因疑疏二

○二十一斷平等云何度生疑二疏

初標章叙疑一二十

二依經斷疑四經

○二十二斷以相比知真佛疑疏二

○二十三斷佛果非關福相疑疏二

初標章叙疑三二十

初由無身故現身

二由無相故現相

初遮錯解

二釋所以

三示正見

初標章叙疑九十

二依經斷疑三經

初遮其錯解

二示其正見

三返釋所以

四展轉佛迹

初標章叙疑二二十

二依經斷疑五

初遮毀相之念

二曰毀相之過

初以無法為正覺

二以平等為正覺

三以正助修正覺

初標章叙疑十二

一依經斷疑

初問以相表佛

二以答因苗識根

三難凡聖不分

四悟佛非相見

五即見聞不及

初明得忍故不失

二依經斷疑經四
三明福相不失
四明不失所以二
二明不受故不失二
○二十四斷化身出現受福疑疏二
初標章叙疑二十四
二依經斷疑經二
初斥錯解
二示正見
初正明
二徵釋
初引天親明斷疑
二引無著破執法無著
三引大雲示破相大雲
○二十五斷法身化身一異疑疏二
初標章叙疑二十五
二依經斷疑經二
初約界塵破一異五
初細末方便破麤色疏二
二不念方便破微塵疏二
初約斷疑釋
二約破法釋又若
三不念方便破世界
四俱約塵界破和合疏二
初引天親論解
二引無著論解無著
五佛即無中妄執有
二約止觀破我法二
初除我執二
初斥錯解
二遣言執
二除法執二
初除分別疏二
初總標此頌
二別釋二
初總彰三義於中
二轉釋後義以三
二顯本寂
初總徵三法
二別釋第三二
初明說法功德
二明說法不染二疏
初標章叙疑二十六
初申經意

初明分別所依二
二正顯無分別理云何
二依經斷疑二
初引無著解二
二引大雲解大雲
二消經文云何
○二十六斷化身說法無福疑疏二
○二十七斷入寂如何說法疑疏二
初標章叙疑二十七
二依經斷疑疏二
初約本論斷疑於中
二兼無著釋相二
初指論分文兼二
二隨文正釋四
初星喻見一星
二翳喻相二翳
三燈喻識三燈
初開章指文釋此
二隨章弁釋三
初釋章意一自
二別解文三
初約兩論釋魏本中九喻二
二約諸經顯諸虛假喻之大意經二
初自性相二
二著所住味相二著
三隨順過失相二
四隨順出離相三
二會通秦譯經本二
初指喻顯法三會

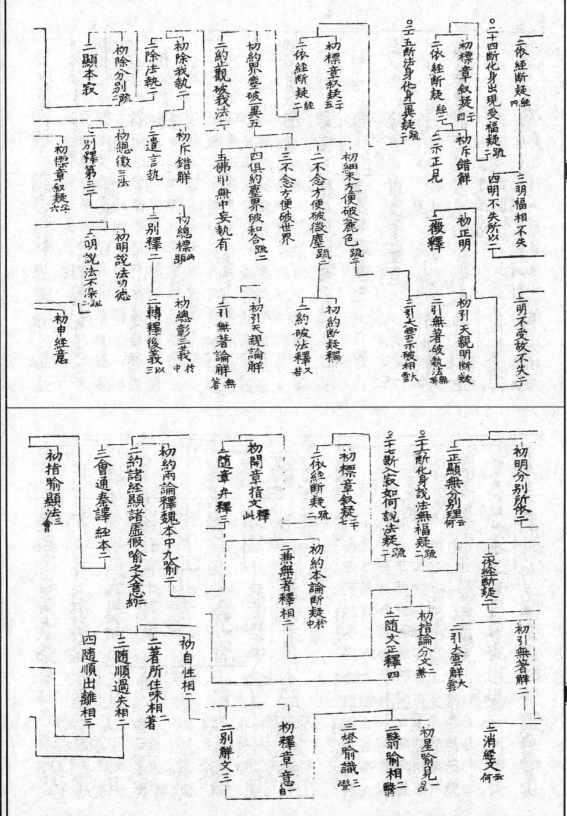

二正會廣略 魏譯

初釋章意 隨四

二正解文 三

初夢喻過去 夢初

二電喻現在 電二

三雲喻未來 雲三

三總結示 無著

三流通分 疏二

初隨經文別釋

二引論疏讚釋 無著

釋金剛經纂要疏科

初釋章意 隨三

二正解文 二

初露喻

二泡喻

金剛般若經疏論纂要 并序上

京大興福寺沙門 宗密 述　長水沙門 子璿 治定

鏡心本淨像色元空夢識無初物境成有由是惑業襲習報應綸輪塵沙劫波莫之遏絶故我滿淨覺者現相人中先說生滅因緣令悟苦集滅道既除我執未達法空欲盡病根方談般若心境齊泯即是真心垢淨雙亡一切清淨三千瑞煥十六會彰今之所傳即第九分句偈隱畧旨趣深微慧徹三空檀含萬行住一十八處密示階差斷二十七疑潛通血脉不先遣遣曷契如如故雖策修始終無相由斯教理皆密行果俱玄致使口諷牛毛心通麟角或配入名相著事乖宗或但云一真望源迷派其餘胷談臆注不足論矣河沙珍寶三時身命踰所不及豈徒然哉且天親無著師補處尊後學何疑或添或棄故今所述不攻異端疏是論文亂非城内纂要名意及經題目次下即釋無煩預云

稽首牟尼大覺尊　能開般若三空句
發起流通諸上士　冥資所述契群機

將釋此經未入文前懸叙義門畧開四段第一辯教起因緣第二明經宗體第三分別處會第四釋通文義初中二初總論諸教謂酬因酬請顯理度生也若據佛本意則唯爲一大事因緣故出現於世欲令衆生開佛知見等後別顯此經五一爲對治我法二執故由此二執起煩惱所知二障由煩惱障障心心不解脫造業受生輪轉五道由所知障障慧慧不解脫不了自心不達諸法性相縱出三界亦滯二乘不得成佛故名障也二執若除

二障隨斷爲除二執故説此經二爲遮斷種現二疑故遮未起種子之疑斷現起現行之疑即經中荅所問已便躡跡節節斷疑乃至經終二十七叚三爲轉滅輕重二業故轉重業令輕受滅輕業令不受四爲顯示福慧二因故佛成正覺未説般若之前衆生由無妙慧施等住相皆成有漏或滯二乘故談般若顯示妙慧爲法身因五度爲應身因若無般若則施等五非波羅密不名佛因故須福慧二嚴方成兩足尊矣五爲發明真應二果故未聞般若之前但言色相是佛不知應化唯真之影不如實見真身應身故此發明二果令知由前二因證得第二明經宗體二初宗統論佛教因緣爲宗別顯此經則實相般若觀照般若不一不二以爲其宗以即理之智觀照諸相故如金剛能斷一切即智之理是爲實相故如金剛堅牢難壞萬行之中一一不得昧此是故合之以爲經宗二體文字般若即是經體文字即含聲名句文文字性空即是般若無別文字之體故皆含攝理無不盡統爲教體第三分別處會二初總明佛説大部處會六百卷文四處十六會説一王舍城鷲峯山七會（山中四會山頂三會）二給孤獨園七會三他化天宮摩尼寶藏殿一會四王舍城竹林園白鷺池側一會此經則第二處第九會第五百七十七卷後別明傳譯此卷時主前後六譯一後秦羅什二後魏菩提流支三陳朝真諦四隨朝笈多五唐初玄奘六大周義淨上六人皆三藏今所傳者即羅什弘始四年於長安草堂寺所譯天竺有無著菩薩入

日光定上昇兜率親詣彌勒稟受八十行偈又将此偈轉授天親天親作長行解釋成三卷論約斷疑執以釋無著又造兩卷論約顯行位以釋令科經唯約天親釋義即兼無著亦傍求餘論採集諸疏題云纂要其在玆焉

第四釋通文義二初解題目

金剛般若波羅蜜經

金剛者梵云跋折羅力士所執之杵是此寶也金中最剛故名金剛帝釋有之薄福者難見極堅極利喻般若焉無物可能壞之而能碎壞萬物涅槃經云譬如金剛無能壞者而能碎壞一切諸物無著云金剛難壞又云金剛能斷又云金剛者細牢故細者智因故牢者不可壞故皆以堅喻般若體利喻般若用又真諦記說六種金剛一青色能消災厄喻般若能除業障二黄色隨人所須喻無漏功德三赤色對日出火慧對本覺出無生智火四白色能清濁水般若能清疑濁五空色令人空中行坐慧破法執住真空理六碧色能消諸毒慧除三毒傍兼可矣非堅利之本喻般若正翻云慧即照五蘊空相應本覺之慧是也若約學者從淺至深言之則攝聞思脩三慧總爲般若故無著云能斷者般若波羅蜜中聞思脩所斷如金剛斷處而斷故又云細者智因故者智因即慧也依智度論因位名般若果位名智則聞思脩皆名爲細細妙之慧佛智之因矣般若能斷故在因位佛果無斷轉受智名若依大品經若字通智慧二義故智與慧名義少殊體性

無別波羅密者此云彼岸到應云到彼岸謂離生死此岸度煩惱中流到涅槃彼岸涅槃此云圓寂亦云滅度一切衆生即寂滅相不復更滅但以迷倒妄見生死名在此岸若悟生死本空元來圓寂名到彼岸若兼般若迴文應云到彼岸慧經者梵音脩多羅義翻爲契經契者詮表義理契合人心即契理契機也經者佛地論云能貫能攝故名爲經以佛聖教貫穿所應說義攝持所化生故後釋經文隹常三分初序分二正宗分三流通分初文二初證信序二發起序○今初證信序

如是我聞一時佛在舍衛國祇樹給孤獨園與大比丘衆千二百五十人俱

釋此分三一明建立之因則佛臨滅度阿難請問四事佛一一荅我滅度後一依四念處住二以戒爲師三默擯惡性比丘四一切經初皆云如是我聞一時佛在某處與某衆若干等二明建立之意意有三焉一斷疑故謂結集時阿難昇座欲宣佛法感得自身相好如佛衆起三疑一疑佛重起說法二疑他方佛來三疑阿難成佛故說此言三疑頓斷二息諍故若不推從佛聞言自製作則諍論起三異邪故不同外道經初云阿憂等三正釋文義具六成就謂信聞時主處衆六緣不具教則不興必須具六故云成就一信若兼我聞合釋則指法之辭也如是之法我從佛聞單釋如是者智度論云信成就也佛法大海信爲能入智爲能度信者言是事如是不信者

言是事不如是又聖人說法但爲顯如唯如爲是故稱如是又有無不二爲如如非有無爲是二聞我即阿難五蘊假者聞謂耳根發識癈别從總故云我聞阿難所不聞二十年前之經有云如來重說有云得深三昧總領若推本而言即阿難是大權菩薩何法不通三時師資合會說聽究竟故言一時諸方時分延促不同故但言一又說法領法之時心境泯理智融凡聖如始本會此諸二法皆一之時四主具云佛陀此云覺者起信云所言覺義者謂心體離念離念相者等虛空界即是如來平等法身則以無念名之爲佛然覺有三義一自覺覺知自心本無生滅二覺他覺一切法無不是如三覺滿二覺理圓稱之爲滿故知有念則不名覺起信云一切衆生不名爲覺以無始來念念相續未曾離念又云若有衆生能觀無念者則爲向佛智故五處舍衛此云聞物謂具足欲塵財寶多聞解脫等遠聞諸國故義淨譯云名稱大城祇樹等者即祇陀太子所施之樹給孤長者所買之園祇陀此云戰勝波斯匿王太子也生時王與外國戰勝因以爲名梵語須達此云善施給孤獨即是善施也又亦常行施故西國呼寺爲僧伽藍此云衆園六衆與者并也及也大者名高德著比丘梵語此含三義故存梵不譯一怖魔二乞士三淨戒衆者理和事和千二百五十者佛初成道度憍陳如等五人次度迦葉三兄弟兼徒總一千次度舍利佛目連各

蕪徒一百次度耶舍長者子等五十人經舉大數故滅五人此常隨衆故偏列數非無餘衆末隱顯耳俱者一時一處二發起序者謂乞食威儀離於邪命是爲持戒戒能資定定能發慧故以戒定發起般若正宗△文二初戒

爾時世尊食時著衣持鉢入舍衞大城乞食於其城中次第乞已還至本處

分七節釋一化主成實論說具上九號爲物欽重故曰世尊天上人間共所尊故二化時食時辰時當日初分求乞易得不惱自他乞已歸園正當巳時如常齋法三化儀著僧伽棃衣持四天王所獻鉢四化處園在城東南五六里自外之內爲入處廣人多曰大五化事佛爲欲顯頭陀功德令放逸者慚愧以同事攝故自乞食瓔珞女經說化佛身如全段金剛無生熟二藏令所乞者利益他故故淨名云爲不食故應受彼食六化等一由內證平等理外不見貧富相二心離貪慢慈無偏利三表威德不懼惡象沽酒婬女等家四息凡夫猜嫌五破二乘分別七化終然已字義屬下句文連上句飯食字義屬上句文連下句若廣其文令當句中備者應云次第乞已還至本處飯食飯食訖收衣鉢佛若不食他福不滿寶雲經說隨所乞得分爲四分一擬與同梵行二擬施貧病乞人三水陸衆生四自食十二頭陀經唯說三分除梵行二定

飯食訖收衣鉢洗足已敷座而坐

分三節釋一併資緣將欲入定須息攀緣衣鉢不收心有勞慮故佛示現爲後軌也即收大衣著七條二淨身業阿含經說佛行離地四指蓮花承足令示現洗者順世表法爲後軌也三正入定敷座坐禪者由身端故心離沉掉故魏譯云如常敷座結加趺坐端身而住正念不動唐譯云端身正願住對面念無著云顯示唯寂者於此能覺能說故然大聖現跡必有所表表本覺之佛在五蘊之都覺魔軍本空名爲戰勝照心識具德即是給孤求法養神名乞士衆覺心既發寧棄塵勞將欲偏觀遂入識蔵心心數法次第思惟即妄而真皆得法喜法喜無體融合覺心思惟假緣亡緣可符真性觀照是跡拂跡返本還源返本

還源法空心寂心寂真體般若朗然欲談般若正宗如是示現發起資聖云夫身有二一僞二真五蘊僞體假衣食以生育法身無相因般若以照成羣生保僞遺真諸佛養真棄僞群生既迷真而取僞我乃假僞跡而引真故託乞食之緣將施法喜之化故涅槃經云汝諸比丘雖行乞食初來曾乞大乘法食第二正宗分二門分別初約無著七種義句以懸判後依天親問荅斷疑以科釋初中七義句者一種性不斷謂護念付囑二發起行相謂由請讚許三行所住處謂十八住從佛正說直至經終是無相行所住處矣四對治謂一一住處皆具邪行共見正行二種對治五不失謂由對治離增減二邊不失中道六地位謂

由不失中道成賢聖位信行地淨心地如來地七立名謂由前六智慧堅利位地闊狹故名金剛後四但約第三句中十八住說無別經文十八住處者一發心住經云應如是降伏其心所有一切等二波羅密相應行住不住色布施等三欲得色身住可以身相等四欲得法身住法身有二一言說法身頗有衆生等因言顯理故二證得法身復有二一智相如來得阿耨等二福相若人滿三千等五於脩道得勝中無慢住須陀洹等從此至十六住如次對治十二種障意明欲求色身法身須離是障障盡故入十七證道住今當對治第一慢障六不離佛世時住昔在然燈等離第二少聞障不離佛世則具多聞七願淨佛土住菩薩莊嚴佛土不等離小攀緣作念脩道障緣形相土則小無緣則大契法界故八成熟衆生住人身如須彌等離捨衆生障若見大小不能濟物九遠離隨順外論散乱住如恒河中所有沙等離樂隨外論散乱障恒沙寶施不及持經如何外學不脩正法十色及衆生身摶取中觀破相應行住三千世界所有微塵等離破影像相中無巧便障既離散乱與定相應以細末不念二種方便破麁至細泯細至空則除影像之相想十一供養給侍如來住可以三十二相見如來不等離福資糧不具障不以相見常見法身名爲給侍福無邊矣十二遠離利養及疲乏熱惱故不起精進及退失住恒河沙身命布施等離樂味懈

怠利養障恒沙命施猶劣受持豈爲一身耽著利養身疲心惱而懈怠耶十三忍苦住忍波羅蜜割截身等離不能忍苦障無我等相累苦能忍十四離寂靜味住當來之世若有人能於此經受持讀誦等離智資糧不具障日三時捨身一一沙數不及信經如何唯專禪定耽寂靜味闕於智慧而不持說十五於證道時遠離喜動住云何住降等離十一不自攝障我能住降心生喜動動則不能自攝十六求佛教受住於然燈佛所有法得菩提不等離十二無教授障欲入初地須佛教授故約遇佛得無所得而證道矣十七證道住人身長大等攝種性智證徧行真如成法報身故長大矣十八上求佛地住於中復有六種具足一國土淨具足我當莊嚴佛土等此教二地已上諸大菩薩二無上見智淨具足有肉眼不等此下皆唯佛果故云無二無上之言貫通下四三福自在具足若人滿三千界七寶等四身具足佛可以具足色身等五語具足汝勿謂如來說法等六心具足佛得阿耨菩提爲無所得耶乃至應作如是觀又十八住畧爲八種亦得滿足一攝住處二波羅蜜淨住處一二次配三欲住處攝三及四四離障礙住處即前十二障也從五至十六五淨心住處六究竟住處上二次配十七十八七廣大住處八甚深住處上二各攝十八住處一一住中皆深皆廣十八住文配位地者第一十住第二十行中前六三第七行四後三行五

至十四如次配十迴向十五煖頂十六忍世第一十七初地十八從二地乃至佛地

第二依天親問答斷疑以科釋揔分四段

△初善現申請二初整儀讚佛

時長老須菩提在大衆中即從座起偏袒右肩右膝著地合掌恭敬而白佛言希有世尊如來善護念諸菩薩善付囑諸菩薩

長老者德長年老唐譯云具壽壽即是命魏譯云慧命以慧爲命須菩提有三義譯謂善吉善現空生生時室空解空之善瑞現矣相師占云唯善唯吉從座起下皆整理威儀脩敬之相希有者世所無故如來者從如而來論云善護念者依根熟菩薩說謂與智慧力令成就佛法與教化力令攝受衆生善付囑者依根未熟菩薩說懼其退失付授智者付者將小付大囑者囑大化小菩提薩埵此云覺有情三釋一約境所求所度二約心有覺悟之智餘情慮之識三約能所所求能求三皆如次配覺及有情二正發問端

世尊善男子善女人發阿耨多羅三藐三菩提心應云何住云何降伏其心

曲分二初釋當機華嚴云忘失菩提心脩諸善業魔所攝持阿耨多羅三藐三菩提此云無上正徧正覺謂正智徧智覺知真俗不偏不邪二釋正問魏譯云應云何住云何脩行云何降伏其心意云若人發菩提心已住何境界脩何行業妄心若起云何降伏故佛令安住四心脩六度行於中降心不令著相秦譯畧脩行者意云住道

降心即是脩行謂四心六度皆名住修降伏故無著云住謂欲願脩行謂相應等持降伏謂彼心若散制令還住又十八住中一一皆以住修降伏釋之故知義雖有三而行是一○二如來讚許

佛言善哉善哉須菩提如汝所說如來善護念諸菩薩善付囑諸菩薩汝今諦聽當爲汝說善男子善女人發阿耨多羅三藐三菩提心應如是住如是降伏其心

曲分三一印讚所讚重言善哉讚美之極護付能令佛種不斷是事必然故印讚言如汝所說○二勑聽許說無以生滅心行聽實相法智論偈云聽者端視如渴飲一心入於語義中踊躍聞法心悲喜如是之人可爲說三標勸將陳我當爲汝如是如是委細而說三善現佇聞

唯然世尊願樂欲聞

唯者順從之辭禮對曰唯野對曰阿十地經云如渴思冷水如饑思美食如病思良藥如衆蜂依蜜我等亦如是願聞甘露法△四如來正說二一正荅所問二初舉揔標別以牒問

佛告須菩提諸菩薩摩訶薩應如是降伏其心

此以降伏爲揔住脩爲別也謂住脩之中皆有降伏經意在此故唯標降伏有科此所標云舉後攝初者乃令經文極不穩暢理例顛倒自古言教秪有以初攝後未聞以後攝初况詳經文無別荅降伏之處則知降伏在住脩中皆令離相是荅降伏問

也不別荅者此經宗於離相離相正是降
心本意欲明降心須約住脩而顯住脩降
心本不相離故無著十八住皆有住脩降
心△二約別顯揔以荅問二一荅安住降
心問四初廣大心
所有一切衆生之類若卵生若胎生若濕生
若化生若有色若無色若有想若無想若非
有想非無想
文二初句標三界普度故若卵下二列三
一受生差別天獄化生鬼通胎化人畜各
四諸餘微細水陸地空不可具分品類卵
劣在初者二釋一約境具緣多者爲首二
約心從本至末爲次二依止差別有色四
禪無色四空三境界差別功德施云有想
則空識二處無想則無所有處非等則有
頂○○二第一心
我皆令入無餘涅槃而滅度之
即無住處涅槃不共二乘故云第一無著
云何故願此不可得義生所攝故又云卵
濕無想有頂則不能云何普入有三因緣
一難處生者待時故二非難處生未成熟
者成熟之故三已成熟者解脫之故○○
三常心
如是滅度無量無數無邊衆生實無衆生得
滅度者
一性空故二同體故論云自身滅度無異
衆生三本寂故四無念故五法界故四不
倒心
何以故須菩提若菩薩有我相人相衆生相
壽者相即非菩薩

論云遠離依止身見衆生等相故無著云已斷我見得自行平等相故信解自他平等顯示降伏心中攝散時衆生想亦不轉如彼爾炎△二荅脩行降心問五○初摠標

復次須菩提菩薩於法應無所住行於布施

於法者統標諸法應無下正明脩行問菩薩萬行何唯說一荅萬行不出六度六度摠名布施故偈云檀義攝於六資生無畏法此中一二三是名脩行住無著云若無精進疲倦故不能說法若無禪定即貪信敬利養染心說法若無智慧便顛倒說法二別釋

所謂不住色布施不住聲香味觸法布施

本論但指三事謂自身報恩果報偈云自身及報恩果報斯不著護存已不施防求於異事三摠結

須菩提菩薩應如是布施不住於相

前但指三事今則心境空有微細盡袪故偈云遠離取相心論云不見施物受者施者無著云不住相想有人將此結文爲荅降伏問非也前標次釋次結皆云無住都是脩行中降伏之義何忽偏判配結之文爲荅別問○四顯益

何以故若菩薩不住相布施其福德不可思量須菩提於意云何東方虛空可思量不不也世尊須菩提南西北方四維上下虛空可思量不不也世尊須菩提菩薩無住相布施福德亦復如是不可思量

初句徵者論云若離施等相想云何成就

施福若菩薩下釋於中三初法說爲疑無福不可思以斷之東方下喻說可知菩薩無住相下法合虛空者無者云循如虛空有三因緣一遍一切處謂住不住相中福生故二寬廣高大殊勝故三無盡究竟不窮故五結勸

須菩提菩薩但應如所教住

二躡跡斷疑論云自此已下示現斷生疑心於中文分二十七段一斷求佛行施住相疑疑云爲求佛果行施即是住所求佛相云何無住又不住相爲因豈感色相之果因果不類故斷之文四初舉疑因以問

須菩提於意云何可以身相見如來不

本祗因以相爲佛故對前不住相起疑佛舉疑起之因問荅欲令除斷○二防相得以酬

不也世尊不可以身相得見如來

遮防疑者欲以相求令得見佛故荅云不可以相得見論云爲防彼相成就得如來身三釋體異有爲

何以故如來所說身相即非身相

相是有爲生住異滅佛體異此故非身相偈云三相異體故者佛體異於有爲三相也住異二相同是現在故合爲一若細分即四故唯識云生表此法先非有滅表此法後是無異表此法非凝然住表此法暫有用四印佛身無相

佛告須菩提凡所有相皆是虛妄若見諸相非相即見如來

非但佛身無相但是一切凡聖依正有爲

之相盡是虛妄以從妄念所變現故妄念本空所變何實故起信云一切境界唯依妄念而有差別若離心念即無一切境界之相若見諸相等者遮離色觀空也恐聞相是虛妄又別求無相佛身故云相即非相便是如來不唯佛化身相是如來所見一切相相皆無相即如來也故起信云所言覺義者謂心體離念離念相者等虛空界即是如來平等法身肇云行合解通則爲見佛偈云離彼是如來者離彼三相是法身如來也無著則於色身但離徧計不執色相即真色身故彼論云此爲顯示如來色身又此當第三欲得色身住處二斷因果俱深無信疑論云無住行施因深也無相見佛果深也未來惡世必不生信空說何益斷之文四初約無信以呈疑

須菩提白佛言世尊頗有衆生得聞如是言說章句生實信不

魏云頗有衆生於未來世云云今畧此句者影在後五百歲也句詮差別章者觧句實信者大品云於一切法不信是信般若

二呵疑詞以顯信

佛告須菩提莫作是說如来滅後後五百歲有持戒脩福者於此章句能生信心以此爲實

後五百歲者大集云初五百歲解脫牢固第二五百歲禪定牢固三多聞四塔寺五鬬諍皆如初二句例本疑惡世無信故舉惡世以斷疑持戒脩福者戒定也以此爲實者正解無倒無著云增上戒等三學顯示脩行

少欲等功德戒出三塗定出六欲慧出三界三明能信之所以二初明歷事善友積集信因

當知是人不於一佛二佛三四五佛而種善根已於無量千萬佛所種諸善根聞是章句乃至一念生淨信者

無著云顯示集因於多佛所明久事善友則緣勝也種諸善根明久伏三毒則因勝也二明善友所攝成就信德二初明攝受得福顯福德門

須菩提如來悉知悉見是諸衆生得如是無量福德

無著云謂於一切行住所作中知其心四蘊見其依止色身故此等顯示善友所攝論云若不說見或謂如來以比智知若不說知或謂如來以肉眼見故須二語得福德者魏云生如是福德取如是福德論云生者能生因取者熏脩自體果義無著云生者福正起時現行取者即彼滅時攝持種子此云得者生取二義不離於得得之一字生取俱攝二明攝受所以顯智慧門由無二執故得攝受△文二初正明已斷麤執

何以故是諸衆生無復我相人相衆生相壽者相無法相亦無非法相

初徵信者以何義故得如來悉知悉見後釋二一無我執執取自體爲我計我展轉趣於餘趣爲人計我盛衰苦樂種種變異相續爲衆生計我一報命根不斷而住爲壽者二無法執論云無法相者能取所取一切法無亦無非法相者無我真空實有

然離二執正是得佛知見成就淨信之本善根福德却是相兼故論云有智慧便足何故復說持戒功德爲示現實相差別義故亦有持戒功德依信心恭敬能生實相故不但說般若二因顯未除細執

何以故是諸衆生若心取相則爲著我人衆生壽者若取法相即著我人衆生壽者何以故若取非法相即著我人衆生壽者

若心取下揔明二相揔解取法非法盡名相也亦是建立取相則我等相便生立義宗也若取法下別明二相論云但有無明使無現行麁煩惱示無我見故無著云但取法及非法相轉非我等想以我等想及依止不轉中有徵者取法但爲法相何故便著我等釋云取非法亦著我等何況取法以後釋前也四示中道之玄門

是故不應取法不應取非法以是義故如来常說汝等比丘知我說法如筏喻者法尚應捨何况非法

初正結歸中後引說以證筏喻者假言顯義不應如言執義不執即爲不取非全棄也偈云彼不住隨順於法中證智論釋云不住者得證智捨教如到彼岸隨順者隨順彼證智之教法如未到岸無著云法尚應捨者實相生故何况非法者理不應故三斷無相云何得說疑論云向說不可以相見佛佛非有爲云何釋迦得阿耨菩提云何說法斷之文二初問荅斷疑四初舉疑因以問

須菩提於意云何如来得阿耨多羅三藐三

菩提耶如来有所說法耶
佛問得不意顯不得故無著云顯示翻於
正覺取故二順實理以酬
須菩提言如我解佛所說義無有定法名阿
耨多羅三藐三菩提亦無有定法如来可說
偈云應化非真佛亦非說法者三釋無定
法之言
何以故如来所說法皆不可取不可說非法
非非法
無著云不可取者謂正聞時不可說者謂
正說時非法者分別性故非非法者法無
我理故論云彼法非法非非法依真如義
說非法者一切法無體相故非非法者彼
真如無我實相有故何故唯言說不言證
有言說者即成證義故若不證者則不能
說四釋無取說之所以
所以者何一切賢聖皆以無爲法而有差別
魏云一切聖人皆以無爲法得名論意云
聖人但依真如清淨得名非別得法故無
取說而有差別者論云真如具足清淨分
清淨無著云無爲者無分別義故是故菩
薩有學得名如来無學得名初無爲者折
伏散乱時顯了故後無爲者唯第一義者
無上覺故三乘賢聖皆脩證無爲故通說
爲差別二校量顯勝四初舉劣福以問
須菩提於意云何若人滿三千大千世界七
寶以用布施是人所得福德寧爲多不
俱舍偈云四大洲日月蘇迷盧欲天梵世
各一千名一小千界此小千千倍說名一
中千此千倍大千皆同一成壞七寶者金

銀琉璃珊瑚碼碯赤真珠頗梨二釋福多以酬

須菩提言甚多世尊何以故是福德即非福德性是故如来說福德多

無著云是福德者標牒即非者約勝義空是故者約世俗有三判經福超過

若復有人於此經中受持乃至四句偈等爲他人說其福勝彼

偈云受持法及說不空於福德福不趣菩提二能趣菩提四句者但於四句詮義究竟即成四句偈如凡所有相皆是虛妄若見諸相非相即見如来此最妙也然但義見四句持說即趣菩提文或增減不必唯四義若闕者則互成謗四釋超過所以二初正釋

何以故須菩提一切諸佛及諸佛阿耨多羅三藐三菩提法皆從此經出

諸佛菩提法者論云名爲法身於彼法身此二能作了因一切諸佛者即報化身論云於此能爲生因二轉釋

須菩提所謂佛法者即非佛法

第一義中無有佛法從經出也四斷聲聞得果是取疑論云向說聖人無爲法不可取說云何聲聞各取自果如證而說斷之文四初入流果

須菩提於意云何須陀洹能作是念我得須陀洹果不須菩提言不也世尊何以故須陀洹名爲入流而無所入不入色聲香味觸法是名須陀洹

須陀洹此云入流入聖人流故亦云須流

預聖人流故秖由不入六塵名入聖流不是別有所入故論云聖人得果不取一法不取六塵境界故名逆流乃至羅漢不取一法以是義故名阿羅漢然非不取無爲自果但於證時離取我等煩惱是故無如是心我能得果若起如是心我能得果即爲著我等故知得果是不取義何得疑云是取二一來果

須菩提於意云何斯陀含能作是念我得斯陀含果不須菩提言不也世尊何以故斯陀含名一往來而實無往來是名斯陀含

斯陀含此云一來斷欲界六品脩惑從此命終一往天上一來人間便得阿羅漢果故名一來而實無來者已悟無我誰能往來三不來果

須菩提於意云何阿那含能作是念我得阿那含果不須菩提言不也世尊何以故阿那含名爲不來而實無不來是故名阿那含

阿那含此云不來亦云不還斷欲界九品脩惑盡命終一往天上更不還來下界故云不來而實無不來義同前釋四不生果阿羅漢此釋有三一無賊三界見脩煩惱盡故二不生不受後有故三應(應供)受人天廣大供養故文三初舉所得以問

須菩提於意云何阿羅漢能作是念我得阿羅漢道不

二明無取以答

須菩提言不也世尊何以故實無有法名阿羅漢世尊若阿羅漢作是念我得阿羅漢道即爲著我人衆生壽者

三引已證令信三初明佛先印

世尊佛說我得無諍三昧人中最爲第一是第一離欲阿羅漢

無諍者不惱衆生能令衆生不起煩惱故佛讚之十弟子中善現第一離欲者三界煩惱但有貪心盡名爲欲非唯欲界二彰已不取

我不作是念我是離欲阿羅漢

三却釋佛意

世尊我若作是念我得阿羅漢道世尊則不說須菩提是樂阿蘭那行者以須菩提實無所行而名須菩提是樂阿蘭那行

論云離二種障一煩惱障得阿羅漢故離二三昧障得無諍故離故無所行阿蘭那者此云寂靜五斷釋迦然燈取說疑論云釋迦昔於然燈佛所受法彼佛爲此佛說法云何言不可取不可說

佛告須菩提於意云何如來昔在然燈佛所於法有所得不不也世尊如來在然燈佛所於法實無所得

於法實無所得者然燈佛說說是語言釋迦所聞唯聞語言語言非實智證法故論云釋迦於然燈所言語所說不取證法以是義故顯彼證智不可說不可取六斷嚴土違於不取疑論云若法不可取云何諸菩薩取莊嚴淨土云何自受法王身斷之文三初舉取相莊嚴問

須菩提於意云何菩薩莊嚴佛土不

佛意欲明法性真土故問取形相莊嚴土不二釋離相莊嚴答

不也世尊何以故莊嚴佛土者即非莊嚴是
名莊嚴
偈云智習唯識通如是取淨土非形第一
體非嚴莊嚴意論釋云諸佛無有莊嚴國
土事唯真實智慧習識通達故不可取莊
嚴有二一形相二第一義相非嚴者無形
相故莊嚴意者即是第一莊嚴以一切功
德成就莊嚴故三依淨心莊嚴勸
是故須菩提諸菩薩摩訶薩應如是生清淨
心不應住色生心不應住聲香味觸法生心
應無所住而生其心
論云若人分別佛土是有爲形相而言我
成就者彼住於色等境中爲遮此故故云
應如是生清淨心不應住色等也而生其
心者則是正智此是真心若都無心便同

空見七斷受得報身有取疑疑意如前斷
之文二初問荅斷疑
須菩提譬如有人身如須彌山王於意云何
是身爲大不須菩提言甚大世尊何以故佛
說非身是名大身
論云如須彌山王勢力高遠故名爲大而
不取我是山王以無分別故報佛亦如是
以得無上法王體故名大而不取我是法
王以無分別故故偈云如山王無取受報
亦復然非身名身者非有漏有爲身是無
漏無爲身故偈云遠離於諸漏及有爲法
故論云若如是即無有物若如是即名有
物以唯有清淨身故以遠離有爲法故以
是義故實有我體以不依他緣住故二校
量顯勝二一約外財校量廣顯經勝二一

校量勝劣三初約多河以辨沙

須菩提如恒河中所有沙數如是沙等恒河於意云何是諸恒河沙寧爲多不須菩提言甚多世尊但諸恒河尚多無數何況其沙

恒河者從阿耨池東面流出周四十里沙細如麪金沙混流佛多近此説法故取爲喻二約多沙以彰福

須菩提我今實言告汝若有善男子善女人以七寶滿爾所恒沙河數三千大千世界以用布施得福多不須菩提言甚多世尊

論云前已説喻何故復説偈云説多義差别亦成勝校量後福過於前故重説勝喻何故不先説此喻爲漸化衆生令信上妙義故又前未顯以何等勝功德能得菩提故三約多福以顯勝

佛告須菩提若善男子善女人於此經中乃至受持四句偈等爲他人説而此福德勝前福德

施感生死經趣菩提大意同前二釋勝所以五一尊處歎人勝三初明處可敬

復次須菩提隨説是經乃至四句偈等當知此處一切世間天人阿修羅皆應供養如佛塔廟

大般若説天帝不在諸天若來但見空座盡皆作禮供養而去窣堵波此云高顯塔者還國訛語廟貌也於塔中安佛形貌二顯人獲益

何况有人盡能受持讀誦須菩提當知是人成就最上第一希有之法

前四句猶勝況此盡能受持故最上等也

三顯處有佛
若是經典所在之處則爲有佛若尊重弟子經顯如来法身依法則有報化又一切賢聖皆以無爲得名經顯無爲必有賢聖尊重弟子二約義釋辨名勝
爾時須菩提白佛言世尊當何名此經我等云何奉持佛告須菩提是經名爲金剛般若波羅蜜以是名字汝當奉持所以者何須菩提佛說般若波羅蜜則非般若波羅蜜
佛立經名約能斷惑斷惑故勝也則非般若者無著云對治如言執故三佛無異說勝
須菩提於意云何如来有所說法不須菩提白佛言世尊如来無所說
無所說者無別異增減之說但如證而說既如其說則無所說三世佛皆然故云無異說故論云無有一法唯獨如来說餘佛不說無著云第一義不可說四施福劣塵勝
須菩提於意云何三千大千世界所有微塵是爲多不須菩提言甚多世尊須菩提諸微塵如来說非微塵是名微塵如来說世界非世界是名世界
論云寳施福德是煩惱因以能成就煩惱事故地塵無記非煩惱因故塵勝施劣大雲云故諸地塵則非貪等煩惱塵是名無記地塵如来說三千界非煩惱染因界是名地塵無記界是則界爲塵因塵不生煩惱施爲福因福生煩惱五感果離相勝
須菩提於意云何可以三十二相見如来不

不也世尊不可以三十二相得見如来何以故如来說三十二相即是非相是名三十二相

恐施寳者云我施求佛誰言煩惱故此經云可以相爲佛不論云持說此法能成菩提勝彼福德何以故彼相於佛菩提非法身相故經福能降施福德三十二相意明經福降施方得色相佛身若但寳施即煩惱因二約内財校量倍顯經勝二初校量勝劣

須菩提若有善男子善女人以恒河沙等身命布施若後有人於此經中乃至受持四句偈等爲他人說其福甚多

捨身勝於寳施持說又勝捨命二釋勝所以五初泣歎未聞深法勝

爾時須菩提聞說是經深解義趣涕淚悲泣而白佛言希有世尊佛說如是甚深經典我從昔来所得慧眼未曾得聞如是之經

捨身之苦已感人心何况更聞不及持說是故悲淚論云念彼身苦尊重法故悲淚慧眼人空也未聞法空也二淨心契實具德勝二初正明

世尊若復有人得聞是經信心清淨則生實相當知是人成就第一希有功德

論云此中有實相餘者非實相二拂跡

世尊是實相者則是非相是故如来說名實相

無著云爲離實相分别想故三信解三空同佛勝三初總摽信解

世尊我今得聞如是經典信解受持不足爲

難若當来世後五百歲其有衆生得聞是經
信解受持是人則爲第一希有
無著云未来法滅時尚有菩薩受持故無
我人等取云何汝等於正法時遠離脩行
不生慚愧二别顯三空
何以故此人無我相人相衆生相壽者相所
以者何我相即是非相人相衆生相壽者相
即是非相何以故離一切諸相即名諸佛
無著云無我等者無人取我等即非相者
無法取離一切者顯示諸菩薩隨順學相
諸佛世尊離一切相是故我等應如是學
三如来印定
佛告須菩提如是如是
四聞時不動希有勝
若復有人得聞是經不驚不怖不畏當知是
人甚爲希有
論云驚者謂非處生懼怖者不能斷疑心
故畏者一向怖故其心畢竟墮驚怖故五
大因清淨第一勝
何以故須菩提如来說第一波羅密即非第
一波羅密是名第一波羅密
何以故者有二一躡前不驚等徵二都躡
前勝以徵論云此法門者名爲大因勝餘
脩多羅故名爲清淨無量諸佛同說故故
彼珍寶檀等無如是功德是故彼福德中
此福爲勝

金剛般若經疏論纂要下

京大興福寺沙門 宗密述　長水沙門 子璿 治定

入斷持說未脫苦果疑論云向說捨身苦身果報故福劣苦爾依此法門持說諸菩薩行苦行亦是苦果云何此法不成苦果○斷之文二初明超忍以斷疑二○初明忍體

須菩提忍辱波羅蜜如來說非忍辱波羅蜜

忍到彼岸已離苦相况彼岸非岸誰苦誰忍△

二明忍相二初引一生證極苦忍二初正明

何以故須菩提如我昔爲歌利王割截身體我於尒時無我相無人相無衆生相無壽者相

歌利此云極惡佛昔作仙山中修道王獵疲寢妃共禮仙王問得四果皆荅不得王怒割截天怒雨石王懼而懺悔仙證本無瞋王乃免害論云不但無苦而乃有樂以慈悲故○二反顯

何以故我於往昔節節支解時若有我相人相衆生相壽者相應生嗔恨

二引多生證相續忍

須菩提又念過去於五百世作忍辱仙人於尒所世無我相無人相無衆生相無壽者相

累苦故忍熟而樂但與正定慈悲相應故偈云離我及恚相實無有苦惱共樂有慈悲如是苦行果○二勸離相以安忍論云若有菩薩不離我相見苦行苦欲捨菩提心故勸離相無著云爲對治不忍因緣有

三種苦謂流轉苦衆生相違苦乏受用苦

○文二○初惣標

是故須菩提菩薩應離一切相發阿耨多羅三藐三菩提心

若離相發心雖逢大苦即能不捨無著云離一切相者爲離如是三苦相也○二別顯二○初對治不忍流轉苦

不應住色生心不應住聲香味觸法生心應生無所住心若心有住則爲非住是故佛說菩薩心不應住色布施

初正明流是集諦轉是苦諦無著云若著色等則於流轉苦中疲乏故菩提心不生後引證引前說無住施具含六度證此文矣○二對治不忍相違苦

須菩提菩薩爲利益一切衆生應如是布施如来說一切諸相即是非相又說一切衆生則非衆生

無著云既爲衆生行施云何於彼生瞋由不能無衆生想故衆生相違時即生疲乏故顯示人無我法無我論云諸相者衆生相也非相者無我也陰中見我是衆生相一切衆生者五陰法也非衆生者陰空故法無我也乏受用苦配在後斷九斷能證無體非因疑論云於證果中無道云何彼於果爲能作因○斷之文二○初斷疑

須菩提如来是真語者實語者如語者不誑語者不異語者

佛所有說皆如其事今說證果何疑不然真語者說佛身大菩提法也是真智故實語者說小乘四諦諦是實義如語者說大

乘法有真如小乘無也不異語者說三世授記等事更無參差佛將此四語不誑衆生是故秦譯加不誑語○二離執

須菩提如來所得法此法無實無虛

無實者如言說性非有故無虛者不如言說自性故有○十斷如遍有得無得疑論云若聖人以無為真如法得名彼真如一切時處恒有何故有得者有不得○斷之文二○初舉喻斷疑

須菩提若菩薩心住於法而行布施如人入闇則無所見若菩薩心不住法而行布施如人有目日光明照見種種色

論云無智住法心不清淨故不得有智不住法心清淨故得有目者如得對治法日光者如所治闇盡能治現前空喻真如色喻性上萬德○二讃經功德二○初總標

須菩提當來之世若有善男子善女人能於此經受持讀誦則為如來以佛智慧悉知是人悉見是人皆得成就無量無邊功德

無著云讀誦者此說受持因故為欲受故讀為欲持故誦論云受持修行依總持法故讀誦修行依聞慧廣故是則從他聞法內自思惟得修行智也故偈云修從他及內○二別顯十初捨命不如二○初捨命福

須菩提若有善男子善女人初日分以恒河沙等身布施中日分復以恒河沙等身布施後日分亦以恒河沙等身布施如是無量百千萬億劫以身布施

偈云以事及時大福中勝福德○二信經

福

若復有人聞此經典信心不逆其福勝彼何

況書寫受持讀誦爲人解說

信經劣於持說多命勝於前喻○二餘乘

不測

須菩提以要言之是經有不可思議不可稱

量無邊功德

偈云非餘者境界無著云不可思議者唯

自覺故不可稱量者無有等及勝故○三

依大心說

如来爲發大乘者說爲發最上乘者說

最上者一佛乘也○四具德能傳

若有人能受持讀誦廣爲人說如来悉知是

人悉見是人皆得成就不可量不可稱無有

邊不可思議功德如是人等則爲荷擔如来

阿耨多羅三藐三菩提

成就等者偈云滿足無上界荷擔者無著

云肩負菩提重擔故○五樂小不堪

何以故須菩提若樂小法者著我見人見衆

生見壽者見則於此經不能聽受讀誦爲人

解說

六所在如塔

須菩提在在處處若有此經一切世間天人

阿修羅所應供養當知此處則爲是塔皆應

恭敬作禮圍繞以諸華香而散其處

七轉罪爲佛

復次須菩提善男子善女人受持讀誦此經

若爲人輕賤是人先世罪業應墮惡道以今

世人輕賤故先世罪業則爲消滅當得阿耨

多羅三藐三菩提

輕賤者揔包於中或打或罵故隋譯云輕賤甚輕賤無著云此毀辱事有無量門故復云甚輕賤當得菩提者罪滅故○八超事多尊論云示現速證菩提法故○文二

○初供佛多中全具福

須菩提我念過去無量阿僧祇刧於然燈佛前得值八百四千萬億那由他諸佛悉皆供養承事無空過者

那由他者十億爲洛叉十洛叉爲俱胝十俱胝爲那由他○二持經多中少分福

若復有人於後末世能受持讀誦此經所得功德於我所供養諸佛功德百分不及一千萬億分乃至筭數譬喻所不能及

九具聞則疑

須菩提若善男子善女人於後末世有受持讀誦此經所得功德我若具說者或有人聞心則狂亂狐疑不信

十揔結幽邃

須菩提當知是經義不可思義果報亦不可思議

無著云此顯示彼福體及果體不可測量故○十一斷住修降伏是我疑佛教我住修降伏兼不住前十種疑執過患若無我者誰人受教誰人住修誰人如此離過云云亦云除微細執故偈云於內心修行存我爲菩薩此即障於心違於不住道○斷之文二○初問

尒時須菩提白佛言世尊善男子善女人發阿耨多羅三藐三菩提心云何應住云何降伏其心

二荅三○初若名菩薩必無我

佛告須菩提若善男子善女人發阿耨多羅三藐三菩提心者當生如是心我應滅度一切衆生滅度一切衆生已而無有一衆生實滅度者

一若有我相非菩薩

何以故若菩薩有我相人相衆生相壽者相則非菩薩

三能所俱即是菩提

所以者何須菩提實無有法發阿耨多羅三藐三菩提心者

十二斷佛因是有菩薩疑論云若無菩薩云何釋迦如來於然燈佛所行菩薩行○斷之文四○初舉疑處

須菩提於意云何如來於然燈佛所有法得阿耨多羅三藐三菩提不

降怨王請然燈佛入城城中長幼盡迎路泥善慧布髮佛與授記故舉此問○二斷疑念

不也世尊如我解佛所說義佛於然燈佛所無有法得阿耨多羅三藐三菩提

善慧彼時都無所得離諸分別由無法故得記若有法者是有相心不順菩提佛不與記○三印決定

佛言如是如是須菩提實無有法如來得阿耨多羅三藐三菩提

論云我於彼時所修諸行無有一法得阿耨多羅三藐三菩提功德施論引佛說云若見於佛即見自身見身清淨見佛清淨見一切智智皆悉清淨是中見清淨智亦

復清淨是名見佛我如是見然燈如来得無生忍一切智智明了現前即得受記是受記聲不至於耳亦非餘智之所能知我於此時亦非惛懵無覺然無所得〇四及覆釋

須菩提若有法如来得阿耨多羅三藐三菩提者然燈佛則不與我授記汝於来世當得作佛號釋迦牟尼以實無有法得阿耨多羅三藐三菩提是故然燈佛與我授記作是言汝於来世當得作佛號釋迦牟尼

無著云若正覺法可說如彼然燈所說者我於彼時便得正覺然燈則不記言来世當得以法不可說故我於彼時不得正覺是故記言来世當得〇十三斷無因則無佛法疑於中三初斷一向無佛疑論云若無菩提即無諸佛如来有如是謗謂一向無佛爲斷此疑故云如来者即是真如〇斷之文二〇初顯真如是佛故非無

何以故如来者即諸法如義

無著云如清淨故名爲如来猶如真金

二明佛即菩提故無得

若有人言如来得阿耨多羅三藐三菩提須菩提實無有法佛得阿耨多羅三藐三菩提

先標錯解魏云若有人言如来得阿耨菩提者是人不實語後釋正見偈云菩提彼行等謂等前菩薩行無得也無著云或謂然燈如来所於法不得正覺世尊後時自得正覺爲離此取故云若人言等〇二斷一向無法疑論云有人謗言若無因行則如来不得阿耨菩提爲斷此疑故云如来

所得等○斷之文二○初遣執遮疑
須菩提如来所得阿耨多羅三藐三菩提於
是中無實無虛
論云無色等相故彼即菩提相故無著云
顯真如無二故謂言説故謂彼正覺不無
世間言説故○二釋義斷疑
是故如来説一切法皆是佛法須菩提所言
一切法者即非一切法是故名一切法
論云一切法者皆真如體故皆佛法即非
者由色等法即真如故即非色等法真如
常無色等諸相故是名者即是真如法自
性矣○三顯真佛真法體
須菩提譬如人身長大須菩提言世尊如来
説人身長大則為非大身是名大身
偈云依彼法身佛故説大身喻身離一切
障及徧一切境功德及大體故即説大身
非身即是身是故説大身論云非身者無
有諸相故大身者有真如體故無著云攝
一切衆生大身故於彼身中安立非自非
他故○十四斷無人度生嚴土疑論云若
無菩薩者諸佛亦不成菩提衆生亦不入
涅槃亦無清淨佛土何故諸菩薩發心欲
令衆生入涅槃起心修行清淨佛土○斷
之文三○初遮度生念三○初明失念
須菩提菩薩亦如是若作是言我當滅度無
量衆生則不名菩薩
偈云不達真法界起度衆生意及清淨國
土生心即是倒○二明無人
何以故須菩提實無有法名為菩薩
無法名菩薩豈有我度衆生○三引前説

是故佛說一切法無我無人無衆生無壽者
二遮嚴土念二○初明失念
須菩提若菩薩作是言我當莊嚴佛土是不名菩薩
二釋所以
何以故如来說莊嚴佛土者即非莊嚴是名莊嚴
三釋成菩薩
須菩提若菩薩通達無我法者如来說名真是菩薩
論云若起度衆生嚴土之心即是顛倒非菩薩者起何等心名爲菩薩故經言通達等無著云謂人無我法無我十五斷諸佛不見諸法疑論云前說菩薩不見彼是衆生不見我爲菩薩不見清淨佛土若如是則諸佛不見諸法○斷之文二初約能見五眼明見淨偈云雖不見諸法非無了境眼諸佛五種實以見彼顛倒○文五○初肉眼
須菩提於意云何如来有肉眼不如是世尊如来有肉眼
肉團中有清淨色見障內色名爲肉眼佛具諸根故有肉眼○二天眼
須菩提於意云何如来有天眼不如是世尊如来有天眼
於肉眼邊引淨天眼見障外色依大般若佛肉眼能見人中無數世界不唯障內若佛天眼能見諸天所有細色除見天外見人等事名肉眼矣淨名云唯佛世尊得真天眼照見恒沙佛土不以二相○三慧眼

須菩提於意云何如来有慧眼不如是世尊如来有慧眼

以根本智照真理故○四法眼

須菩提於意云何如来有法眼不如是世尊如来有法眼

後得智說法度人○五佛眼

須菩提於意云何如来有佛眼不如是世尊如来有佛眼

前四在佛總名佛眼又見佛性圓極名爲佛眼○無著云爲令知見淨勝故顯示有五種眼略說有四種謂色攝第一諦攝世諦攝一切種一切應知攝○古德偈云天眼通非礙肉眼礙非通法眼唯觀俗慧眼直緣空佛眼如千日照異體還同○二約所知諸心明智淨五○初約一箇恒河以數沙

須菩提於意云何如恒河中所有沙佛說是沙不如是世尊如来說是沙

二約一河中沙以數河

須菩提於意云何如一恒河中所有沙有如是沙等恒河

三約沙河中沙以數界

是諸恒河所有沙數佛世界如是寧為多不甚多世尊

四約尒所界中所有生

佛告須菩提尒所國土中所有衆生

五約一一衆生所有心三○初揔明染淨以標悉知

若干種心如来悉知

無著云若干種心者有二種謂染及淨即

共欲心離欲心等二會妄歸真以釋悉知

何以故如来說諸心皆爲非心是名爲心

大雲云由一切妄心依真如體都無其性佛證真如故悉知之諸心者標指非心者妄識本空是名心者真心不滅若本論釋則與此殊偈云種種顛倒識以離於實念不住彼實智是故說顛倒○三推破雜染以釋非心

所以者何須菩提過去心不可得現在心不可得未来心不可得

無著云過去已滅故未来未有故現在第一義故○十六斷福德例心顛倒疑論云向說心住顛倒皆不可得若如是福德亦是顛倒何名善法○斷之文二○初問福荅福

須菩提於意云何若有人滿三千大千世界七寶以用布施是人以是因緣得福多不如是世尊此人以是因緣得福甚多

以是離相無倒行施因緣成無漏福離於二障既非顛倒故得福多○二反釋順釋

須菩提若福德有實如来不說德福德多以福德無故如来說得福德多

偈云佛智慧爲本非顛倒功德論云顯示福非顛倒佛智爲本故福有者取相也福無者離相也問福性空故福多者前說妄心性空妄亦應多荅福以佛智爲本順於性空故悟性空福則甚多心識顛倒違於性空故悟性空則心識都盡十七斷無爲何有相好疑論云若諸佛以無爲得名云何諸佛成就相好而名爲佛此約法身佛

故以為疑○斷之文二○初由無身故現身

須菩提於意云何佛可以具足色身見不不也世尊如来不應以具足色身見何以故如来說具足色身即非具足色身是名具足色身

即隨形好也如鏡中無物方能現物故論云法身畢竟非色身非諸相然相好二種亦非不佛此二不離法身故是故此二亦得言無故說非身亦得言有故說成就○

二由無相故現相

須菩提於意云何如来可以具足諸相見不不也世尊如来不應以具足諸相見何以故如来說諸相具足即非具足是名諸相具足

即三十二相也一一如前色身中說十八

斷無身何以說法疑論云若如来色身相好不可得見云何言如来說法○斷之文三○初遮錯解

須菩提汝勿謂如来作是念我當有所說法莫作是念

谷中無人能作音聲故○二釋所以

何以故若人言如来有所說法即為謗佛不能解我所說故

世尊達諸法空畢竟無執今言有說是謗佛執法也○三示正見

須菩提說法者無法可說是名說法

偈云如佛法亦然所說二差別不離於法界說法無自相大雲云若言無說是真說法若言有說不名說法是謗佛故○十九

斷無法如何修證疑論云如来不得一法

云何離上上證轉轉得阿耨菩提爲斷此疑示現非證法名爲阿耨菩提○斷之文三○初以無法爲正覺

須菩提白佛言世尊得阿耨多羅三藐三菩提爲無所得耶佛言如是如是須菩提我於阿耨多羅三藐三菩提乃至無有少法可得是名阿耨多羅三藐三菩提

偈云彼處無少法知菩提無上論云彼菩提處無有一法可證名爲阿耨菩提○二以平等爲正覺

復次須菩提是法平等無有高下是名阿耨多羅三藐三菩提

偈云法界不增減論云是法平等是故名無上以更無上上故○三以正助修正覺

以無我無人無衆生無壽者修一切善法則得阿耨多羅三藐三菩提須菩提所言善法者如来說即非善法是名善法

無我等是了因即正道也修一切善法是緣因即助道也即得阿耨菩提是正覺也所言善法者標指也即非等者論云彼法無有漏法故名非善法以有無漏法故名爲善法○二十斷所說無記非因疑論云若修一切善法得阿耨菩提者則所說法不能得菩提以是無記法故○斷者

須菩提若三千大千世界中所有諸須彌山王如是等七寶聚有人持用布施若人以此般若波羅蜜經乃至四句偈等受持讀誦爲他人說於前福德百分不及一百千萬億分乃至筭數辟喻所不能及

偈云雖言無記法而說是彼因是故一法

寶勝無量珍寶論云以離所說法不能得大菩提故此法能爲菩提因又言汝法是無記而我法是記是故勝捨無量七寶○二十一斷平等云何度生疑論云若法平等無高下者云何如來度衆生○斷之文四○初遮其錯解

須菩提於意云何汝等勿謂如來作是念我當度衆生須菩提莫作是念

二示其正見

何以故實無有衆生如來度者

偈云平等真法界佛不度衆生以名共彼陰不離於法界論云衆生假名與五陰共不離法界○三反釋所以

若有衆生如來度者如來則有我人衆生壽者

論云若如來有如是心五陰中有衆生可度者此是取相過無著云如來如尒炎而知是故若有衆生想則爲有我取○四展轉拂跡

須菩提如來說有我者則非有我而凡夫之人以爲有我須菩提凡夫者如來說則非凡夫

二十二斷以相比之真佛疑論云雖相成就不可得見如來而以見相成就比智則知如來法身○斷之文五○初問以相表佛

須菩提於意云何可以三十二相觀如來不

二荅因苗識根

須菩提言如是如是以三十二相觀如來

大雲云前悟色身今迷法身意謂法身既

流出相身即由此相知佛證得無相法身

〇三難凡聖不分

佛言須菩提若以三十二相觀如來者轉輪聖王則是如來

偈云非是色身相可比知如來諸佛唯法身轉輪王非佛〇四悟佛非相見

須菩提白佛言世尊如我解佛所說義不應以三十二相觀如來

五即見聞不及

尒時世尊而說偈言若以色見我以音聲求我是人行邪道不能見如來

魏加後偈云彼如來妙體即法身諸佛法身不可見彼識不能知偈云唯見色聞聲是人不知佛以真如法身非是識境故無著云以彼法真如相故非如言說而知唯

自證知故二十三斷佛果非關福相疑由前相比法身是失又聞以色見聲求是邪遂作念云佛果一向無相無為若尒則修福德之因但成相果相果既非佛果佛果則不以具相而得故佛果畢竟不關福相故論云有人起如是心若不依福德得大菩提如是諸菩薩則失福德及失果報〇斷之文四初遮毀相之念

須菩提汝若作是念如來不以具足相故得阿耨多羅三藐三菩提須菩提莫作是念如來不以具足相故得阿耨多羅三藐三菩提

華嚴經云色身非是佛音聲亦復然亦不離色聲見佛神通力肇云不偏在色聲故言非非不身相故復言是大雲云若言如來不以相具斷滅見矣故佛止云莫作是

念○二出毀相之過

須菩提汝若作是念發阿耨多羅三藐三菩提心者説諸法斷滅莫作是念

毀相則墮斷滅斷滅是損減之過斷見邊見之過○三明福相不失

何以故發阿耨多羅三藐三菩提心者於法不説斷滅相

無著云於法不説斷滅者謂如所住法而通達不斷一切生死影像法於涅槃自在行利益衆生事此中爲遮一向寂静故顯示不住涅槃偈云不失功德因及彼勝果報論云雖不依福德得真菩提而不失福德及彼果報以能成就智慧莊嚴功德莊嚴○四明不失所以二○初明得忍故不失

須菩提若菩薩以滿恒河沙等世界七寶布施若復有人知一切法無我得成於忍此菩薩勝前菩薩所得功德

論云有人起如是心諸菩薩得出世智失彼福德及以果報爲遮此故偈云得勝忍不失以得無垢果無我者二種無我也○二明不受故不失二○初正明

須菩提以諸菩薩不受福德故

論云彼福德得有漏果報故可訶也無著云此顯示不著生死故若住生死即受福德○二徵釋

須菩提白佛言世尊云何菩薩不受福德須菩提菩薩所作福德不應貪著是故説不受福德

二十四斷化身出現受福疑論云若諸菩

薩不受福德云何諸菩薩福德衆生受用
○斷之文二○初斥錯解
須菩提若有人言如来若来若去若坐若卧
是人不解我所說義
偈云是福德應報爲化諸衆生自然如是
業諸佛現十方○二示正見
何以故如来者無所從来亦無所去故名如
来
偈云去来化身佛如来常不動大雲云衆
生心水若清淨則見佛来来無所從濁則
見雙林示滅則云佛去去無可至肇云解
極會如體無方所緣至物現来無所從感
畢爲隱亦何所去○二十五斷法身化身
一異疑據前不可以化相比知法身法身
無去来坐卧即似真化異據遮斷滅之念
又顯不失福相即似真化一故成疑也此約
微塵世界委釋非一非異義以斷此疑○
文二初約塵界破一異五○初細末方便
破麁色
須菩提若善男子善女人以三千大千世界
碎爲微塵於意云何是微塵衆寧爲多不甚
多世尊
偈云於是法界處非一亦非異論云彼諸
佛如来於真如法界中非一處住亦非異
處住爲示此義故說世界碎爲微塵故偈
云世界作微塵此喻示彼義○無著云爲
破名色身故說界塵等於中細末方便及
無所見方便塵甚多者是細末方便○大
雲云即是析塵至於細末以此方便破麁
色矣此言微塵依大乘宗於一摶色假想

分析至極略色爲塵非小乘宗實塵矣○
二不念方便破微塵
何以故若是微塵衆實有者佛則不説是微塵衆所以者何佛説微塵衆則非微塵衆是名微塵衆
論云塵碎爲末故非一處塵衆聚故故非異處如是佛住法界中非一處住非異處住○又若塵衆實有者世間凡夫悉亦自知何須佛説秖爲不知體不成就故佛説矣故無著云世尊説非者以此聚體不成就故若異此者佛雖不説亦自知是聚○
三不念方便破世界
世尊如来所説三千大千世界則非世界是名世界
本論破世界不實之義可知無著云此破名身世界者衆生世界○四俱約塵界破和合
何以故若世界實有者則是一合相如来説一合相則非一合相是名一合相
論云若實有一世界如来則不説三千界大雲云若實有一世界冥然是一一和合矣是則不合有多差別今既佛説三千明非冥然一矣故約三千破一界也○無著云爲並説若世界若微塵界故有二種摶取爲一摶取及差別摶取大雲云此明塵衆及衆生類俱名世界一合相者即是摶取摶取爲一故云和合故此一合有二摶取一者一摶取即是世界和合爲一二差別摶取即是微塵有衆多極微名爲差別非一合者第一義中二界無實故五佛印

無中妄執有
須菩提一合相者則是不可說但凡夫之人
貪著其事
論云以彼聚集無物可取虛妄分別故云
妄取若有實者即是正見無著云世諦說
摶取第一義不可說彼小兒凡夫如言說
取大雲云執見五蘊取其和合是貪著事
迷於事法起煩惱矣○二約止觀破我法
二初除我執二初斥錯解
須菩提若人言佛說我見人見衆生見壽者
見須菩提於意云何是人解我所說義不世
尊是人不解如来所說義
二遣言執
何以故世尊說我見人見衆生見壽者見則
非我見人見衆生見壽者見是名我見人見
衆生見壽者見
論云我見虛妄分別佛說即是不見無著
云此顯示如所不分別云何顯示如外道
說我如来說爲我見故安置人無我又爲
說有此我見故安置法無我如是觀察菩
薩入相應三昧時不復分別即此觀察爲
入方便○二除法執二○初除分別
須菩提發阿耨多羅三藐三菩提心者於一
切法應如是知如是見如是信解不生法相
無著云此顯示何人無分別於何法不分
別何方便不分別○此顯示增上心增上
智故於無分別中知見勝解○於中若智
依止奢摩他故知依止毗鉢舍那故見此
二依止三摩提故勝解以三摩提自在故
解內攀緣影像彼名勝解○云何無分別

此正顯無分別大雲云前之方便是加行智今不分別是根本智即親證真如離能所取名不分別○二顯本寂

須菩提所言法相者如來說即非法相是名法相

無著云此顯示法相中不共義及相應義

如前已說二十六斷化身說法無福疑因聞真化非一非異意云若就非一化唯虛假若就非異又唯冥合歸一法身即化身終無自體若尒即所說法受持演說無福

○斷之文二○初明說法功德

須菩提若有人滿無量阿僧祇世界七寶持用布施若有善男子善女人發菩薩心者持於此經乃至四句偈等受持讀誦爲人演說其福勝彼

偈云化身示現福非無無盡福論云雖諸佛自然化身作業而彼諸佛化身說法有無量無盡無漏功德○二明說法不染

云何爲人演說不取于相如如不動

無著云爲說法不染故以有如是大利益故決定演說如是演說即無所染○云何演說等者顯示不可言說故若異此者則爲染說以顛倒義故又說時不求信敬等亦爲無染說法○大雲云若能不以生滅心行說實相法則如彼真如故曰如如又心如境如故曰如如不動者則無染義○

二十七斷入寂如何說法疑論云若諸佛如來常爲衆生說法云何言如來入涅槃

○斷者

何以故一切有爲法如夢幻泡影如露亦如

電應作如是觀
釋此文爲三初約兩論釋魏本中九喻魏本云一切有爲法如星翳燈幻露泡夢電雲應作如是觀○於中文二初約本論斷疑偈云非有爲非離諸如来涅槃九種有爲法妙智正觀故論云諸佛得涅槃化身說法故非有爲非離有爲何故示現世間而不住有爲由妙智正觀有爲如九喻虛假故○二兼無著釋相無著云此偈顯示四有爲相文四○一自性相此見相二用識爲體生死根本故文三○一星喻見無著云無智暗中有彼光故有智明中無彼光故○二翳喻相論云如目有翳則見毛輪等色觀有爲法亦尒以顛倒見故無著云人法我見如翳以取無義故○三燈喻識燈約膏油相續不絕識依貪愛生死無休○二著所住味相論云幻喻所依住處以器世間種種差別無一體實故無著云味着顛倒境故大雲云幻出城郭誑人識變山河不實故○三隨順過失相自身及受用是過失觀此無常是名隨順又解云隨順身受即是過失文二○初露喻身論云身亦如是少時住故二泡喻受論云所受用事亦復如是以受想因三法不定故無著云顯示隨順苦體以受如泡故功德施云觀察壽如水泡或始生未成體或纔生或蹔停住即歸散滅○四隨順出離相無著云隨順人法無我故得出離文三○初夢喻過去無著云彼過去行以所念處故如夢論云應觀過去所有集造同於夢

境但唯念性故功德施云觀察作者如夢中隨見聞之境以念分別熏習住故雖無作者種種境界分明現前如是衆生無始時來有諸煩惱善不善業熏習而住雖無我是能作者而現無涯生死等事○二電喻現在論云以刹那不住故功德施云觀察心如電生時即滅三雲喻未來論云以於子時阿黎耶識與一切法爲種子根本無著云彼麁惡種子似虛空引心出故如雲○無著云如是知三世行則達無我此顯示隨順出離相大雲云過未無體現又不住則三世空達無我矣○二約諸經顯諸虛假喻之大意佛說一切法空疑云云何現見一切境界故說如幻幻法雖無分明可見又疑云幻法既無入何愛著故說

如陽焰渴鹿謂之水愛著奔趣又疑云渴鹿畢竟不得水貪者如何皆得受用故說如夢夢中所見亦得受用又疑云夢造善惡寤無業報夢打尊長寤無憂懼故說如影如響雖全無體明鏡對色空谷對聲妍媸高低一一皆應必無雜亂必無參差又疑云若都無實菩薩何以作利樂事故說如化謂變化者雖知不實而化事○三會通秦譯經本夢幻泡影空理全彰露電二喻無常足顯悟真空則不住諸相觀生滅則警策修行妙符破相之宗巧示亡情之觀○魏譯九喻秦本略者以星燈有體雲種含生恐難契空心潛滋相想取意之譯妙在茲焉○第三流通分

佛說是經已長老須菩提及諸比丘比丘尼

優婆塞優婆夷一切世間天人阿修羅聞佛所説皆大歡喜信受奉行

尼者此云女也優婆塞此云近事男優婆夷此云近事女親近比丘比丘尼而承事故阿修羅此云非天皆大等者文殊所問經云有三種義歡喜奉行一説者清淨不爲取著利養所染二所説清淨以如實知法體三得果清淨○無著云若聞如是義於大乘無覺我念過於石究竟無因故天親云諸佛希有總持法不可稱量深句義從尊者聞及廣説迴此功德施羣生大雲云大聖説經妙理斯畢二空圓極四衆奉行肇云同聽斉悟法喜蕩心服翫遵式永崇不朽資聖云般若深經三世佛母聞經四句以超惡趣之因一念淨持必獲菩提之記故人天異類莫不虔受奉行矣

金剛般若經疏論纂要下